CHAMA FATAL

Da Autora:

Calafrios

Chama Fatal

LISA JACKSON

CHAMA FATAL

Tradução
Maria Clara Mattos

Título original: *Fatal Burn*

Capa: Simone Villas-Boas
Foto da Autora: Sigrid Estrada

Editoração: DFL

2009
Impresso no Brasil
Printed in Brazil

CIP-Brasil. Catalogação na fonte
Sindicato Nacional dos Editores de Livros – RJ

J15c Jackson, Lisa
Chama fatal/Lisa Jackson; tradução Maria Clara Mattos. — Rio de Janeiro: Bertrand Brasil, 2009.
532p.

Tradução de: Fatal burn
ISBN 978-85-286-1412-1

1. Romance americano. I. Mattos, Maria Clara. II. Título.

09-5322
CDD – 813
CDU – 821.111(73)-3

EDITORA BERTRAND BRASIL LTDA.
Rua Argentina, 171 — 2º andar — São Cristóvão
20921-380 — Rio de Janeiro — RJ
Tel.: (0xx21) 2585-2070 — Fax: (0xx21) 2585-2087

Atendemos pelo Reembolso Postal.

AGRADECIMENTOS

Você já deve ter ouvido a expressão "É preciso uma família para se educar uma criança". Bem, eu acredito nisso. E, às vezes, é preciso uma família para se escrever um livro. Pelo menos, foi assim com *CHAMA FATAL*. Tive toneladas de ajuda de amigos, parentes, pesquisadores e divulgadores. Eles foram fenomenais. Em primeiríssimo lugar, tenho que agradecer à minha irmã, Nancy Bush, que se tornou o centro de controle de tudo e, não somente editou este livro, como também cuidou da publicidade, de detalhes operacionais, crises de família e telefonemas diários, tudo isso enquanto escrevia seu próximo romance, *ELECTRIC BLUE*. Em segundo lugar, meu muito obrigada a Kathy Baker, que me defendeu desde o início. Ao longo dos anos, Kathy não somente vendeu meus livros entusiasticamente, como se tornou uma amiga de verdade. Também não posso me esquecer da equipe fantástica da Kensington Publishing que, infalivelmente, vem me apoiando. Todos, de todos os departamentos, trabalham duro.

As pessoas a seguir também foram fundamentais à criação de *CHAMA FATAL*: Kelly Bush, Ken Bush, Eric Brown, Matthew Crose, Michael Crose, Danielle Katcher, Marilyn Katcher, Mike Kavanaugh, Ken Melum, Roz Noonan, Darren Foster, Bob Okano, Kathy Okano, Betty Pederson, Jack Pederson, Sally Peters, Jeff Rosenberg, Robin Rue, Samantha Santistevens, John Scognamiglio, Mike Seidel, Linda Sparks, Larry Sparks, Celia Stinson e Mark Stinson.

Se me esqueci de alguém, aqui vão minhas desculpas.

PRÓLOGO

Veranico de outono
Floresta perto de Santa Lucia, Califórnia
Três anos antes

Ele estava atrasado.

Conferiu seu relógio e o visor digital brilhou assustadoramente no breu da floresta.

Onze e cinquenta e sete.

Inferno!

Ele nunca chegaria na hora e acabaria por chamar atenção sobre si mesmo, um preço alto demais a pagar.

Apertando o passo, começou a correr sobre o terreno desigual, descendo o trecho coberto por árvores baixas, muito longe da civilização.

Muito longe de ser descoberto.

Os sons da noite insinuavam-se dentro da sua cabeça: o sussurro das folhas de outono na brisa quente, o estalar dos galhos se quebrando sob seus passos apressados, e as batidas ensurdecedoras do próprio coração pulsando violentamente, injetando adrenalina em suas veias.

Olhou furtivamente para o pulso, o visor do relógio marcava meia-noite. Sua mandíbula travou. O suor parecia emanar de cada poro da sua pele e os nervos estavam tão tensionados quanto o garrote de um assassino.

Devagar! Não anuncie sua presença esmagando os arbustos como se fosse um cervo ferido! É melhor atrasar alguns minutos do que estragar tudo fazendo uma barulheira infernal.

Parou, inspirou profundamente várias vezes e sentiu o cheiro da floresta ressecada, inflamável. Sob a roupa escura, ele suava. Por causa da noite quente. Do esforço. Da expectativa. E do medo.

Limpou o suor das pálpebras e respirou fundo. *Concentração. Foco. Não derrape. Não esta noite.*

Em algum lugar próximo uma coruja piou baixinho e ele tomou isso como uma profecia. Uma boa profecia. E daí que estava atrasado? Ele podia dar um jeito nisso.

Esperava que sim.

Quando seu coração desacelerou, enfiou a mão no bolso da jaqueta justa, encontrou a máscara de esqui e rapidamente a colocou no rosto, ajustando os buracos dos olhos e do nariz.

Olhou para baixo e viu o primeiro piscar de luzes entre as sombras da floresta. Depois outro.

Lanternas.

Eles estavam se reunindo.

Seu coração quase parou.

Mas não havia caminho de volta, não agora. Ele estava comprometido. Assim como os outros. Havia chance de ele ser pego, de todos serem pegos, mas era um risco que estavam dispostos a correr.

Continuou a descida.

Enquanto a lua cheia subia até o ponto mais alto do céu, ele atravessava os últimos quatrocentos metros entre pinheiros e carvalhos. Forçando o coração a bater mais devagar, deslizou pela última curva do caminho até a clareira, onde outras quatro pessoas o esperavam.

Todos vestidos como ele, de preto, os rostos cobertos por máscaras de esqui. Estavam de pé, a menos de um metro uns dos outros, formação que se transformaria num círculo assim que se juntasse a eles. Sentiu que todos os olhos ocultos se voltavam para ele quando tomou o lugar que completava o anel.

— Você está atrasado — uma voz áspera sussurrou. O mais alto deles o fitava. O líder.

Cada músculo do seu corpo se retesou. Acenou em concordância. Nenhuma desculpa seria aceitável.

— Não pode haver erro. Nem atrasos!

Mais uma vez, ele inclinou a cabeça, aceitando a repreensão.

— Não cometa esse erro novamente!

Os outros o fitaram, o transgressor. Manteve o olhar fixo à frente. Finalmente, todos voltaram a atenção para o líder, que era ligeiramente mais alto que os outros. Algo nele irradiava poder, uma força manifesta — algo que dizia que era um homem a ser respeitado... e temido.

— Vamos começar — o líder continuou, de forma branda, pelo menos por enquanto. Depois de uma última olhada em volta do círculo, ele abaixou até o chão. Acendeu o isqueiro, aproximando a pequena chama da pilha de galhos, e o fogo se espalhou, crepitante. Pequenas e brilhantes labaredas riscaram um caminho predeterminado. O cheiro de querosene queimado encheu o ar. Uma ponta afiada de luz flamejante se definiu, depois outra, enquanto o símbolo incendiava e uma estrela brilhante queimava na clareira.

— Esta noite é o fim. — O líder se ergueu e tomou seu lugar a uma das pontas da estrela. Cada um posicionado de pé em uma das cinco pontas, as botas perigosamente próximas das chamas.

— Basta!

— Tudo pronto? — a pessoa à sua esquerda perguntou.

Homem ou mulher?

Ele não sabia.

— Tudo. — O líder olhou para o relógio. Havia satisfação, até mesmo orgulho em sua voz, ainda que velada. — Vocês sabem o que têm que fazer. Hoje, Ryan Carlyle vai pagar pelo que fez. Hoje à noite ele morre.

O coração do retardatário comprimiu-se.

— Espera! Não! Isso é um engano — outro membro do grupo argumentou, como se um súbito sentimento de culpa o acometesse. Ou seria uma mulher? O discordante era, certamente, a pessoa mais baixa do grupo e vestia roupas largas o suficiente para criar uma falsa impressão. Balançava a cabeça como se em confronto com a própria ética. — Não podemos fazer isso. É assassinato. *Assassinato premeditado*.

— Já está decidido. — O líder foi firme.

— Deve haver uma solução melhor.

— O plano já está em ação. Ninguém vai descobrir. Nunca.

— Mas...

— Como eu disse, a decisão está tomada. — O sussurro foi incisivo e cruel, desafiando o dissidente a continuar com o seu argumento.

Todos os olhos invisíveis se viraram na direção daquele que encontrara coragem para discordar. Ele sustentou a postura por uma fração de segundo, até que seus ombros cedessem em relutante aceitação, como se não houvesse nada que pudesse fazer. Não mais argumentou.

— Muito bem. Então, estamos todos de acordo? — O líder lançou um último olhar ao dissidente, antes de começar a descrever o simples, porém eficiente, plano que daria fim à vida de Ryan Carlyle.

Ninguém fez perguntas.

Todos compreenderam.

— Estamos de acordo? — O líder conferiu. Houve acenos de concordância em todas as pontas, menos na do dissidente. — Estamos de acordo? — O líder inquiriu asperamente. O dissidente desistiu da luta e trincou rapidamente os dentes, como se com medo de proferir o mais discreto protesto.

O líder respirou satisfeito, depois desviou o olhar do dissidente e mirou cada um dos membros de pé nas pontas da estrela, antes de se fixar novamente no retardatário.

Seria porque ele chegara alguns minutos depois da meia-noite, hora marcada? Ou por um instinto de desconfiança elementar?

Ele sentiu o peso do olhar do homem alto e o encarou calmamente, de igual para igual.

— Todos sabem o que têm que fazer. Espero que executem suas tarefas sem falhas. — Ninguém se manifestou. — Vão — o líder ordenou. — Separadamente, cada um por onde veio. Sem falar sobre isso com ninguém.

Enquanto as chamas se espalhavam pela estrela, buscando novas fontes de combustível, os cinco conspiradores deram as costas para o fogo e desapareceram na floresta.

Ele também fez o que fora ordenado, virando-se rapidamente, ignorando as batidas retumbantes do coração e o suor que lhe cobria o corpo. Por dentro, ele vibrava, os sentidos aguçados. Fez o percurso da subida correndo e arriscou um olhar por cima do ombro. Esforçando-se para ouvir, não escutou nada além do som da própria respiração ofegante e do suspiro do vento que soprava as folhas das árvores dos arredores.

Ele estava só.

Ninguém o seguia.

Ninguém descobriria o que planejara.

Lá embaixo, ao longe, na clareira, o fogo começava a ganhar força, a estrela flamejante crepitando e rastejando velozmente pelo mato seco em direção ao bosque vizinho.

Ele não tinha muito tempo. Ainda assim, esperou, os olhos perscrutando a encosta escura, os segundos passando rapidamente. Finalmente, ouviu o som distante do motor de um carro e, então, menos de um minuto depois, outro carro, ou caminhonete, deu sinal de vida.

Anda, anda, ele pensou, olhando para o relógio e mordendo o canto da boca. Por fim, o som, pouco distinguível, do terceiro motor veio à tona e foi perdendo força à medida que o carro se distanciava. Bom.

Ele esperou que o quarto veículo desse partida.

Um minuto se passou.

Levantou a máscara e limpou o rosto, depois a colocou novamente sobre a cabeça. Só por precaução.

Mais um minuto.

Que inferno! O que é que está acontecendo?

Sentiu uma pontada de medo percorrer-lhe a espinha.

Não entre em pânico. Espere.

Mas não era para demorar tanto. Todos deviam estar desesperados para fugir. Espiou as labaredas por entre as árvores. Em breve alguém veria o fogo e buscaria socorro.

Droga!

Talvez o líder tenha mudado de ideia e o considerado um risco, no final das contas. Talvez o fato de ter chegado atrasado tivesse sido um erro muito pior do que imaginara e o líder do bando secreto o estivesse perseguindo, se aproximando dele.

Punhos cerrados, sentidos em alerta, buscou a escuridão.

Sem desespero. Ainda dá tempo. Mais uma vez ele olhou para o relógio. Quase meia-noite e meia. E o fogo ardia lá embaixo, firme, lambendo a vegetação rasteira.

Seus ouvidos filtravam os sons, e o cheiro de fumaça provocava suas narinas... aquilo era o som de um motor de carro sendo ligado?

Outros cinco minutos se passaram e ele continuava parado, suando, à espreita, pronto para atacar.

Nada ainda.

Merda!

Não podia perder mais nem um minuto e decidiu pôr seu plano em ação. Agilmente, voltou a subir pela trilha rumo à estrada de terra pouco usada mais acima; mas, numa bifurcação, virou rapidamente à direita. O coração aos pulos, os nervos à flor da pele, se encaminhou para a lateral da encosta. Seus músculos começavam a doer com o esforço quando finalmente avistou o abismo à sua frente, um rasgo profundo no meio da colina.

Estava perto agora. Ainda daria tempo.

Sem hesitação, encontrou a enorme árvore que usara como ponte antes e, cuidadosamente, abriu caminho sobre o tronco de casca rústica e galhos partidos até o outro lado da fenda. Ao longe, o fogo ainda queimava, as chamas cada vez mais flamejantes, a fumaça subindo em direção ao céu escuro da noite.

Rápido!

Ao final do tronco, pulou para o chão, firme, pegou uma nova trilha, seguindo-a sem erro até uma pedra do tamanho de um homem. Cinco passos acima, encontrou uma árvore partida ao meio por um raio, dividida como se Deus, Ele mesmo, tivesse cortado o carvalho em dois pedaços.

Na base do tronco rachado estava sua presa.

Mãos e tornozelos amarrados, presos a um dos lados da árvore, a boca tapada, seu prisioneiro esperava.

Ele acendeu sua lanterna, viu que os pulsos do cativo estavam cobertos de sangue, a pele em carne viva pelo atrito com a corda ao tentar escapar.

Sem sucesso.

— A informação estava correta — disse para a vítima de olhos esbugalhados. Suor escorria pelo rosto do homem e ele olhava desesperadamente à sua volta, como se esperasse por um resgate. — Eles querem sangue.

Sons ininteligíveis saíam da garganta do homem amarrado.

— Seu sangue.

O prisioneiro se agitou, debatendo-se com suas amarras, e o torturador sentiu uma pontinha de pena — bem pequena — dele. Os sons engrolados ganharam volume e ele imaginou que o cativo estivesse implorando por sua vida patética. Olhos esbugalhados, o prisioneiro sacudia violentamente a cabeça. *Não! Não! Não!* Como se tudo não passasse de um terrível engano.

Mas havia uma doce justiça no que estava acontecendo. Ele sentiu o calor se espalhar por suas veias, a descarga de adrenalina pela expectativa do que estava por vir. Lentamente, enfiou a mão no bolso da calça e pegou o maço de cigarros. Puxou um pelo filtro e levou-o casualmente aos lábios, enquanto a patética criatura amarrada à árvore observava, em pânico.

— Ah, é, eles definitivamente querem Ryan Carlyle morto hoje à noite — ele disse, encostando o isqueiro na ponta do Marlboro e acendendo-o, as mãos em concha para proteger a chama. Tragou profundamente, sentindo o gosto da fumaça, sentindo-a dar voltas ao encher-lhe o pulmão.

O prisioneiro, olhos arregalados, o corpo se contorcendo, sacudia-se no esforço de se libertar, os gritos terríveis abafados, o sangue escorrendo pelos seus pulsos.

— E, sabe do que mais? Eu também quero vê-lo morto. Mas de um jeito diferente, de um jeito que me serve melhor. — Ele encontrou uma espécie de paz ao pensar na morte de Ryan Carlyle e todos os desdobramentos que esta acarretaria.

O cativo rastejava e se debatia loucamente. Parecia estar gritando palavrões, em vez de pedindo pela própria vida ou urrando de terror. Como um animal ferido, atirou-se para longe da árvore, esticando as cordas, como se pudesse, de alguma maneira, libertar-se.

Tarde demais.

A decisão já fora tomada.

Buscando mais uma vez o bolso da calça, o torturador retirou dali uma seringa. Segurando o cigarro entre os lábios, empurrou de leve o êmbolo, espalhando gotas do líquido claro no ar da noite.

O prisioneiro estava em pânico absoluto, mas não fazia a menor diferença. Ele estava preso, não seria difícil mergulhar a agulha em seu braço exposto e esperar a droga produzir seu efeito. Afastando-se, observou enquanto os olhos da vítima esgazeavam e seus movimentos se tornavam lerdos. O cativo não mais puxava suas amarras, simplesmente rolava os olhos em direção ao seu torturador com ódio abjeto.

E a hora chegara.

— *Adios* — disse, gentilmente. Jogou o cigarro aceso no chão seco da floresta. O fogo lambeu imediatamente os gravetos dos pinheiros, as folhas e os galhos secos, ardendo em chamas vermelhas, seguindo cuidadosamente a trilha preparada até a base da árvore.

Zás!

Um pequeno galho pegou fogo.

Isso!

Um arbusto aceso.

A fumaça subiu preguiçosa aos céus enquanto uma trilha de labaredas envolvia a árvore. Ele se afastou quando a cabeça do prisioneiro pendeu para o lado.

— Desculpe, Carlyle — ele disse, sacudindo a cabeça ao ver o homem, quase em câmera lenta, tentar romper as amarras, cordas feitas de fibra natural que se transformariam em nada mais que cinzas, e, mesmo se analisadas pela polícia, teriam os mesmos componentes que as roupas que a vítima estava usando. Seria difícil dizer que estivera preso e amarrado. Mesmo a droga, fazendo dele um ser indefeso, se dissiparia, tornando quase impossível seu rastreamento.

Deu vários passos para trás e mirou sua vítima através da parede crescente e crepitante de chamas famintas.

— Não há nada mais que eu possa fazer — disse com algo mais que satisfação. — Você é um homem morto.

CAPÍTULO 1

Três anos depois

— Socorro! — ela tentou gritar, mas a voz não saía.

Corria, as pernas pesadas como chumbo, o medo fazendo-a avançar para o meio da fumaça, do calor. À sua volta, a floresta queimava, fora de controle. Quentes, chamas ferventes subiam em espiral diabolicamente em direção ao céu. A fumaça entupia sua garganta, queimava as narinas com seu cheiro quente, amargo. Seus pulmões ardiam. Os olhos lacrimejavam, a pele empolava.

Troncos enegrecidos de árvores tombavam ao redor dela, espatifando-se no chão enquanto corria. Uma poeira de fagulhas crivava o solo já em chamas e chamuscava sua pele.

Meu Deus, meu Deus, meu Deus!

Era como se, de alguma maneira, ela tivesse caído do outro lado dos portões do inferno.

— Socorro! — gritou novamente, mas sua voz estava presa na garganta, nem mesmo o mais tímido sussurro escapou de sua boca. — Por favor, alguém me ajude!

Mas ela estava só.

Não havia ninguém para ajudá-la agora.

Seus irmãos, sempre tão rápidos para socorrê-la, não podiam salvá-la.

Ah, meu Deus.

Corre, droga! RÁPIDO! Rápido, Shannon! Agora!

Ela se atirou com tudo para frente, aos tropeços, o fogo, uma besta queimando raivosa, seu hálito fervente e pútrido, seus braços crispados tentando alcançá-la, enroscando-se nela, torrando-lhe a pele.

Justo quando ela pensou que iria morrer, que seria consumida pelas chamas, o fogo recuou com um rugido. Desapareceu. A fumaça negra se transformou numa espessa neblina branca e ela estava subitamente correndo num campo coberto de cinzas, o cheiro de carne queimada pesando em suas narinas, o terreno devastado, árido.

E havia ossos por todos os lados.

Pilhas e pilhas de ossos desbotados, carbonizados.

Esqueletos brancos de animais e pessoas, todos salpicados de cinzas.

Gatos. Cachorros. Cavalos. Pessoas.

Na sua imaginação, os esqueletos tornavam-se membros da sua família, e, apesar de serem apenas ossos, ela atribuía rostos aos crânios. Sua mãe. O pai. Seu bebê.

Uma dor a trespassou quando pensou na criança.

Não! Não! Não!

Eram somente esqueletos.

Ninguém que ela conhecesse.

Não poderia ser.

O cheiro de morte e fogo se extinguindo queimava suas narinas.

Ela tentou se afastar, escapar, mas, enquanto se movia, tropeçou nos ossos espalhados. Ela caiu e os esqueletos se quebraram sob ela. Frenética, tateando violentamente, tentou se levantar, correr, fugir daquele amontoado denso e chacoalhante.

Trrrrrim!

Uma sirene rugiu. Como se estivesse distante.

Seu coração deu um salto. Alguém estava vindo!

Ah, por favor!

Ela se virou e viu um dos esqueletos se mover, a cabeça grotescamente queimada girando para encará-la. Pedaços de carne chamuscada pendiam dos seios da face e grande parte do cabelo preto estava queimado, os olhos encovados. Mas eram olhos que ela reconhecia, olhos em que confiara, olhos que um dia amara. E eles a encararam fixamente, piscaram, acusando-a silenciosamente de crimes indizíveis.

Não. Ela pensou, raivosa. Não, não, não!

Como uma coisa tão terrível pode estar viva?

Ela gritou, sem que um fiapo de voz saísse.

— Ssshannon... — a voz do seu marido sussurrou malignamente dentro da sua cabeça. Arrepios tomaram conta da sua pele, apesar do calor. — Sssshannon. — Ela teve a sensação de que o rosto dele estava tomando forma, a pele escurecida preenchendo os ossos, espalhando-se, a cartilagem cobrindo o nariz, os olhos fundos fixos nela.

Ela tentou mais uma vez.

Trrrrrim! *A sirene. Não, um telefone. Seu telefone.*

Na cama, Shannon levantou-se num sobressalto. O suor escorria-lhe pelas costas e seu coração batia milhões de vezes por minuto. Estava escuro, ela estava em seu quarto, guardada pelos limites da sua casa de campo. Com um soluço, sentiu o alívio crescer dentro dela. Fora um sonho. Apenas um sonho. Não, um pesadelo terrível e doentio.

No chão, ao lado da cama, seu cachorro latiu, desgostoso.

Outro toque estridente do telefone.

— Jesus, Maria, José... — ela sussurrou, recorrendo à frase usada vez ou outra pela mãe em reação a surpresas desagradáveis: — O que é que tá acontecendo comigo? — Afastou o cabelo dos olhos e soltou lentamente o ar, ainda tremendo. O quarto estava quente, preenchido pelo ar do verão vazio de brisa. Desvencilhou-se rapidamente dos lençóis úmidos, arfando como se tivesse corrido uma maratona. — Um sonho — disse a si mesma, uma dor de cabeça insinuando-se no fundo dos olhos. — Só mais um sonho infeliz.

O coração aos pulos, arrancou o fone do gancho e levou-o à orelha: — Alô?

Nenhuma resposta.

Apenas o silêncio... depois, algo mais... alguém respirando baixinho?

Ela olhou de relance para o relógio da mesa de cabeceira: meia-noite e sete piscando em números digitais vermelhos, grandes o suficiente para que pudesse enxergá-los sem as lentes de contato:
— Alô?!

De repente, estava cem por cento acordada.

Rapidamente, acendeu a luz do abajur. Quem poderia estar ligando àquela hora da noite? O que era mesmo que sua mãe sempre dizia? Nada de bom acontece depois da meia-noite. O coração disparado. Ela pensou nos pais, velhos e frágeis. Será que teria acontecido um acidente? Alguém da sua família estaria machucado? Sumido? Ou algo pior?

— Alô! — ela disse novamente, mais alto. Então, deu-se conta de que, se houvesse algum problema, se fosse a polícia ou um de seus irmãos ao telefone, a pessoa teria dito alguma coisa imediatamente.
— Quem está falando? — demandou uma resposta. Depois, pensou se não estaria sendo vítima de um trote cruel.

Como nos velhos tempos. Ela encolheu o corpo ao se lembrar da última vez... subitamente melada de suor, lembrou-se do tempo em que passava trotes, quando dormia na casa das amigas na época de colégio: ligavam para estranhos no meio da noite e sussurravam alguma coisa com a intenção de assustar a pessoa do outro lado da linha.

Mas isso já fazia muito tempo e, agora, esta noite, enquanto segurava o fone no ouvido, ela não estava com humor para esse tipo de brincadeira juvenil idiota: — Olha só, ou você responde ou eu vou desligar. — Ainda conseguia distinguir o som desmaiado de uma respiração rouca, quase excitada. — Tudo bem! Você pediu! — Desligou o telefone com raiva. — Maluco... — murmurou, irritada e nada satisfeita por ter sido arrancada daquele pesadelo horrível.

Droga, fora tão real. Tão visceral. Tão perturbador. Mesmo agora ainda suava, a pele formigando, o cheiro de fumaça ainda alojado nas narinas. Esfregou os olhos, suspirou profunda e lentamente, esforçando-se para fazer com que as imagens fossem embora. Tinha sido um sonho, nada mais, disse para si mesma, enquanto identificava o número da última chamada, aquela recebida depois da meia-noite. Identidade bloqueada. Sem nome. Sem número.

— Grande novidade — resmungou, tentando suavizar o desconforto. Devia ser só uma criança entediada, discando a esmo, na esperança de uma reação. Certo? Shannon olhou para o telefone e franziu o cenho. Quem mais poderia ser?

Seu cachorro, Khan, um vira-lata com vestígios da ancestralidade de um pastor australiano visíveis no pelo mesclado e nos olhos de cores diferentes, latiu baixinho novamente de seu velho tapete ao lado da cama. Olhou para a dona, na esperança de que ela o deixasse subir na cama.

— Você tá louco? — ela perguntou, rolando na cama para alcançá-lo e coçar-lhe a cabeça atrás da orelha. — Já é meia-noite e nós dois precisamos dormir. Então, nem pense em subir, ok? Eu só preciso tomar alguma coisa para dor de cabeça. — Levantou-se e foi descalça até o banheiro.

Quando entrou no cômodo apertado, ouviu o barulho de Khan subindo na cama delicadamente: — Desce! — ordenou e acendeu a luz. Ouviu o cachorro voltar para o chão. — Valeu a tentativa, Khan.

Grande treinadora que você é, pensou enquanto afastava o cabelo do rosto, agarrando um punhado de cachos. *Você pode treinar cachorros para buscas e resgates em áreas afetadas por desastres, prédios em chamas e até na água, mas é incapaz de manter esse vira-lata fora da cama.*

Inclinando-se sobre a pia, abriu a torneira com a mão livre e tomou um gole d'água direto da bica, lavando o rosto ainda corado enquanto reminiscências do pesadelo ardiam em sua memória.

Não pense nisso!

Ryan estava morto fazia três anos e, na época, ela fora acusada de tê-lo assassinado e, depois, absolvida do crime. — Tá na hora de superar isso! — grunhiu, puxando uma toalha da prateleira e esfregando o rosto e o pescoço. Os pesadelos, o analista assegurara, diminuiriam com o tempo.

Até agora a predição não tinha se provado verdadeira. Olhou para o espelho preso à porta do armarinho de remédios em cima da pia e estremeceu. Manchas escuras brotavam sob seus olhos injetados. Seu cabelo acobreado estava embaraçado, uma bagunça depois do sono intranquilo, madeixas úmidas grudadas na pele. Pequenas rugas de ansiedade se formavam em volta dos lábios e no canto dos olhos.

— O rosto de um anjo escondendo a língua do demônio. — Seu irmão Neville dissera, depois de se terem envolvido numa discussão especialmente violenta quando ela tinha por volta de catorze anos.

Já não mais, pensou com amargor ao pegar uma toalha na prateleira, molhá-la e passá-la úmida sobre a pele.

Neville. Ainda sentia terrivelmente sua falta e aquele nó particular de pesar sempre apertava-lhe o peito quando pensava nele. Tecnicamente, como nascera meros sete minutos depois do irmão gêmeo, Oliver, Neville era o mais próximo em idade de Shannon, nascida dois anos depois, a última da ninhada de seis filhos de Patrick e Maureen Flannery. Apesar de Oliver e Neville compartilharem aquele "laço especial" entre irmãos gêmeos, ela, também, tinha uma intimidade com Neville que nunca experimentara com os outros irmãos.

Gostaria que ele estivesse ali, agora. Ele lhe faria um cafuné, daria aquele sorriso torto e diria:

— Você se preocupa demais, Shannon. Foi só um sonho.

— E um telefonema — ela responderia. — Um telefonema estranho.

— Engano.

— À meia-noite?

— Ei, em algum lugar do mundo ainda é hora de festa. Relaxa.

— Tá bom — murmurou. Como se fosse possível. Encharcou a toalha novamente, torceu e colocou-a na nuca. Uma dor de cabeça, trazida pelo pesadelo, atacava-lhe a base do crânio. Abriu o armário, achou um frasco de ibuprofeno e jogou duas pílulas na palma da mão, antes de engoli-las com mais um gole de água da torneira. Viu o vidro de comprimidos para dormir na prateleira embaixo do espelho, aquelas que o Dr. Brennan prescrevera três anos antes. Considerou a possibilidade de tomar duas, depois desistiu da ideia. Amanhã de manhã — não, *hoje* de manhã — ela não poderia estar grogue nem lenta. Tinha muitas sessões de treinamento agendadas com cachorros novos e, supostamente, assinaria a escritura de sua nova propriedade — um rancho bem maior. Apesar de ainda faltarem algumas semanas para a mudança, queria deixar tudo em ordem.

Ao lembrar-se da propriedade que estava comprando, sentiu outra pontada de angústia. Na semana anterior, quando dera uma volta pelo rancho, sentira-se observada, como se olhos se escondessem atrás dos galhos retorcidos dos carvalhos escuros. Até Khan parecera irritadiço naquele dia. Nervoso.

Supere isso, repreendia-se mentalmente. Diferentemente da maioria dos cães que treinava, Khan não era conhecido por sua intuição. Ninguém a estivera seguindo, observando seus movimentos. Ela não estava dentro de um filme de terror, pelo amor de Deus. Ninguém se escondera nas sombras da floresta que rodeavam a região, nenhum ser sinistro a estivera observando por trás de pedras ou montes. Ninguém, a não ser ela mesma, havia estado ali.

Ela só estava apreensiva de colocar toda a sua herança e dinheiro guardado naquele lugar novo. E por que não estaria? Seus irmãos haviam sido contra, todos eles, e cada um tivera atrevimento suficiente para dizer-lhe que estava redondamente equivocada.

— O papai não teria aprovado isso. — Shea dissera na última vez em que fora visitá-la. Seu cabelo negro reluzindo em mechas azuladas sob a luz do portão, enquanto ele fumava um cigarro de pé e a encarava fixamente, como se ela tivesse enlouquecido. — O papai passou a vida inteira economizando e investindo. Ele não ia querer ver você desperdiçando sua parte numa fazenda velha e cheia de mato.

— Você nem foi ver o lugar — ela acusara, destemida. — E não adianta vir com lágrimas de crocodilo para cima de mim, porque o papai confiava nas minhas decisões.

Shea lançara-lhe um olhar sombrio e incompreensível, tragando longamente seu cigarro, dando a entender que Shannon definitivamente não conhecia o próprio pai.

— O papai sempre me apoiou — ela dissera, a voz um pouco falhada.

— Eu só estou falando... — Ele soltara uma baforada de fumaça cinza, depois jogara a guimba do cigarro no chão de terra que separava a casa das cocheiras e das outras construções ao ar livre. — Cuidado, Shannon. Com seu dinheiro e com você mesma.

— Que é que você tá querendo dizer com isso?

O cigarro, ainda queimando, deixava um rastro fino de fumaça.

— É só que, às vezes, você é um pouco impetuosa. — Ele deixara a cabeça pender e piscara para ela. — Você sabe. Faz parte da maldição dos Flannery.

— Não começa. Isso é a maior baboseira que eu já ouvi. Só uma maneira da mamãe se vingar do papai. Maldição dos Flannery... Francamente, Shea.

Ele erguera uma das sobrancelhas escuras. Por um segundo ele lembrara uma caricatura de Satã, as sobrancelhas arqueadas e aquela expressão maliciosa de quem sabe tudo.

— Só tô comentando.

— Sei... Bom, eu vou comprar e não se fala mais nisso.

Agora, uma semana depois, ela se perguntava o que aquilo quereria dizer. Era quase como se o irmão estivesse dando um aviso para ela.

E Shea não fora o único pessimista. Ah, não! Seus outros irmãos partiram para cima com tudo nas últimas semanas, homens adultos que pareciam acreditar ter ainda algum domínio sobre ela. Shannon bufou de irritação ao lembrar-se de Robert aconselhando-a a colocar o dinheiro no banco. Mas ela lucraria muito pouco dessa maneira. Robert! O homem estava esbanjando a parte dele da herança como se fosse água, comprando carro esporte no meio de uma supercrise de meia-idade que incluía abandonar a mulher e os filhos. Já Aaron, o irmão mais velho, quase perdera parte do seu dinheiro no mercado financeiro. Sem falar no final de semana em Reno e os rumores de que teria apostado mais de trinta mil dólares nas mesas de Blackjack, perdido e dobrado a aposta na tentativa de se recuperar. Não funcionara e Aaron ficara sensível ao assunto desde então.

E havia Oliver, entregando todo o seu dinheiro à Igreja e a Deus. Claro, ela pensou franzindo o cenho, considerando a possibilidade de a fé renovada de Oliver ter a ver com ela. A culpa cravou um buraco no seu coração ao lembrar que, depois do acidente, quando Ryan perdera a vida e Neville desaparecera, Oliver tornara-se ultrarreligioso, a ponto de ter se candidatado ao seminário e estar, agora, preparando-se para o sacerdócio. Sua participação na fé recente do irmão era obscura. Incerta. Contudo, o fato de ela ter sido acusada do assassinato do marido fora um fator.

Shannon afastou esse pensamento. Ela não iria revisitar aquele território familiar, porém proibido.

Ela acreditava que Shea era o único cuidadoso com sua parte da herança. Mas ele sempre fora cauteloso. Com seu dinheiro. Com sua vida. Um tipo reservado que trilhava seu caminho com suavidade, porém munido de todas as armas. Não só carregava um grande cajado, como também uma bazuca e granadas.

Quem eram seus irmãos para lhe darem conselhos? Eles podiam derramar suas opiniões negativas até que fizesse frio no inferno, mas ela faria o que achasse melhor. Era tão teimosa quanto eles.

Provavelmente toda essa vibração negativa a deixara nervosa na última vez que passeara pela terra coberta de mato. Era só isso.

Então, por que, de repente, estava tão angustiada? Sem conseguir dormir? Assustando-se com a própria sombra? Acordando no meio de pesadelos pavorosos?

Fez uma careta e largou a toalha na pia. Talvez devesse voltar ao analista. Um ano se passara desde que se sentira forte o suficiente para parar com as sessões semanais que a ajudaram a organizar sua vida.

Apesar de não gostar muito da ideia, talvez ela fosse realmente do tipo de pessoa que precisa de terapia para continuar funcionando.

— Que ótimo — murmurou.

Meu Deus, como estava quente. A temperatura vinha beirando os trinta e sete graus a semana toda, as noites mal chegavam à casa dos vinte e cinco. Em todos os cantos da cidade falava-se sobre a possibilidade de uma seca severa e, com certeza, de uma crescente ameaça de incêndios.

Ela se recusou a olhar a própria imagem refletida no espelho novamente. — Você vai estar melhor pela manhã — disse e se perguntou se a Revlon teria bases suficientes em estoque para fazer com que seu rosto parecesse descansado. Não queria nem imaginar quantas gotas de soro fisiológico seriam necessárias quando colocasse as lentes de contato dali a algumas horas.

Sua boca tinha um gosto amargo. Espalhou um pouco de pasta sobre os dentes, enxaguou, depois torceu com força a torneira enquanto escutava o encanamento velho gemer em protesto. O cheiro de fumaça e fogo ainda resistia no ar.

Secou a boca com outra toalha de rosto e se perguntou por que não conseguia afastar aquele cheiro acre de suas narinas.

Então, ouviu o ganido de Khan. Baixo. Um uivo de alerta.

Ainda com a toalha na mão, olhou pela fresta da porta e viu a massa de pelo cinza e marrom se revirando na cama.

— Que é que tá havendo? — perguntou enquanto olhava pela janela.

Só então se deu conta do que estava acontecendo. A fumaça ainda adentrava seu nariz e garganta porque era mais do que uma simples imagem remanescente de seu sonho. Era real.

Seu coração quase parou. Cruzou o quarto às pressas, ao passo que Khan, o corpo rijo, o pelo eriçado, começou a latir violentamente.

Deus, o que seria aquilo?

O medo subiu-lhe pela espinha. Olhou ansiosamente através da persiana e não viu nada além da noite. Uma lua prateada surgia atrás das colinas e começava a iluminar os pouco mais de dois hectares que configuravam sua propriedade, um terreno árido, infestado de ervas daninhas, prestes a ser transformado em parte de um condomínio. Uma repentina e forte lufada de vento soprou do leste e varreu com força o vale, sacudindo os galhos das árvores nos arredores da casa, levantando as folhas já secas do solo.

Nada parecia estranho.

Nada parecia fora do normal.

Não fosse o cheiro.

Seu medo cresceu.

Khan ganiu novamente, a cabeça baixa, os olhos para o outro lado da janela aberta. Repentinamente, se deu conta de que a silhueta de seu corpo nu estava recortada pela luz do abajur, desligou o interruptor e tateou a gaveta da mesa de cabeceira em busca dos óculos. Ao mesmo tempo, seu olhar perscrutava o terreno coberto de sombras, manchado pela luz da lua. Não viu nada... ou aquilo ao sul seria um reflexo luminoso? Jesus. Sua garganta se fechou. Encontrou os óculos e derrubou o abajur da cabeceira ao arrancá-los de dentro do estojo. Em segundos já os tinha colocado sobre a ponta do nariz e apertava os olhos no escuro.

O reflexo se fora... nenhuma luz fantasmagórica, nenhuma labareda crepitante... mas o leve odor de fumaça permanecia. Podia senti-lo na língua.

Poderia ser de *dentro* de casa?

E por que o cão insistia em olhar para o lado de fora?

Alcançou o telefone na intenção de falar com Nate Santana, morador do anexo em cima da garagem. Lembrou-se, então, de que ele ficaria fora uma semana, as primeiras férias tiradas em anos de trabalho. — Droga. — Cerrou os dentes. Não havia mais ninguém que pudesse chamar em caso de uma emergência no meio da noite. Nem mesmo os irmãos, os quais, depois de três anos, ainda pensavam que ela estava ligeiramente desequilibrada.

Com todos os músculos tensionados, cruzou o piso de tábuas corridas até a claraboia do telhado do outro lado do quarto. Olhou atentamente pelo vidro, observando a frente da casa e o pátio de estacionamento, passando pela cocheira e os canis. Apertou os olhos para ver melhor sob a luz fantasmagórica das lâmpadas de segurança e não viu nada perturbador, nada que pudesse ter deixado o cão nervoso.

Talvez Khan tenha ouvido uma coruja ou um morcego.

Ou sentido a presença de um cervo, de um gambá, vagando pelo terreno atrás da casa.

E você, você está simplesmente aflita, reagindo ao pesadelo e àquele telefonema esquisito...

Mas isso não explicava o leve cheiro de fumaça ainda insistente no ar. — Vem — ela disse ao cachorro. — Vamos investigar. — Desceu as escadas sem acender nenhuma luz e Khan passou correndo por ela, quase a derrubando, as patas fazendo barulho nos degraus enquanto ele liderava o caminho até a porta da frente. Quando chegou ao hall, parou, focinho na porta, músculos tesos.

Mas agora ela não acreditava mais nele.

Ela ficou na ponta dos pés e espiou através das frestas envidraçadas da porta de carvalho. Do lado de fora a noite estava calma, o vento dissipava-se rapidamente. Sua caminhonete estava estacionada onde a deixara, na frente da garagem, as portas dos depósitos e cocheiras fechadas, o pátio vazio. As janelas do apartamento de Nate às escuras.

Viu? Nada além da sua imaginação trabalhando sem parar, mais uma vez.

Tentou relaxar, mas os nós de tensão nos ombros não afrouxaram. A dor de cabeça voltava – indiferente aos analgésicos que tomara.

Shannon entrou na cozinha e olhou pela grande janela que dava para o pátio e para os pequenos piquetes, os quais usava para treinar seus cães de busca e resgate. Os cachorros nos canis não estavam latindo, não havia ruído vindo da cocheira onde os cavalos treinados por Nate descansavam. Ninguém a espionava escondido na penumbra.

Khan, imóvel, ganiu perto da porta. — Alarme falso — ela disse para o animal e se repreendeu silenciosamente por ser tão medrosa.

Em que momento *isso* acontecera? Em que momento seu espírito de aventura se dissolvera? Ela, criada entre todos aqueles irmãos mais velhos, ela que nunca havia demonstrado medo e que insistia em fazer o que eles faziam, nunca se deixando acovardar por nada. Em que momento ela havia se transformado num coelho assustado?

Shannon crescera ali. Fora moleca. Quando criança, era destemida. Aprendera a andar de bicicleta sem rodinhas antes de quatro anos, e, quando completara dezoito, cruzara toda a orla da Califórnia dirigindo a velha moto do irmão por estradas esburacadas. Montara em pelo ainda pequena, até mesmo entrara em competições locais de rodeio Aos quinze anos, sem que os pais soubessem, pegara carona com duas amigas para assistir a um show ao ar livre num teatro fora de Denver. Mais tarde, sobrevivera a um acidente quando dirigia o novo Mustang conversível de Robert. O carro acabara tendo perda total, depois de um mergulho numa vala profunda que destruíra primeiro a frente, depois o motor; ela conseguira sair do acidente com uma clavícula quebrada, um punho torcido, os olhos roxos e o ego em frangalhos. Suspeitava que Robert nunca a perdoara por isso.

Não era estranho que tivesse se apaixonado fulminante e rapidamente, sem imaginar, nem por um segundo, que algo resultante dessa paixão pudesse não ser um mar de rosas.

— Idiota — resmungou ao pensar em Brendan Giles, seu primeiro amor. Como fora tola, como ficara destruída quando acabara...

Para espantar os pensamentos sombrios, abriu a geladeira e remexeu atrás de um pacote de latas de Pepsi Diet em busca de uma garrafa de água gelada. Fechou a geladeira e cruzou a cozinha no escuro mais uma vez. Apoiou o quadril na bancada e pressionou a garrafa plástica contra a testa, mas o suor continuou a escorrer-lhe pelas costas.

Ar-condicionado. Era do que precisava. *Ar-condicionado e uma maneira de evitar que idiotas lhe telefonassem no meio da noite.*

Khan finalmente desistiu de sua vigília, trotou até ela e roçou as costas na porta dos fundos. Seu pelo não estava mais eriçado e ele olhou na direção dela, olhos pedintes, como se não pudesse mais esperar para ir lá fora e levantar a perna sobre o primeiro arbusto disponível.

— Claro, e por que não? — ela murmurou. — Pode sair. — Destrancou a porta, ainda mantendo a garrafa contra a cabeça. — Mas não se acostuma. É de madrugada. — Khan disparou para fora e ela o seguiu, na esperança de um alívio para o calor. Talvez soprasse uma brisa.

Não teve sorte.

A noite estava quente e o ar, parado.

Sufocante.

Shannon deu um passo na direção da varanda e seu olhar capturou algo fora de lugar, um pedaço de papel branco preso num dos postes de sustentação do telhado. Sentiu um rápido arrepio na espinha, apesar de o papel talvez não significar nada. Alguém deixara um bilhete.

À noite? Por que não telefonar, simplesmente...?

Seu sangue congelou. *Talvez a pessoa que deixou o bilhete seja a mesma do telefonema.*

Deu um passo para trás e debruçou sobre a parede interna da cozinha, até encontrar o interruptor e iluminar a varanda com a luz incandescente das lâmpadas que pendiam do telhado.

Ela ficou paralisada.

Seu olhar dirigiu-se ao papel.

— Meu Deus.

Estremeceu internamente ao olhar para aquele pedaço branco. Estava chamuscado, as bordas retorcidas e escuras. E alguém o prendera ao poste com uma tachinha verde.

O coração rugindo em seus ouvidos, Shannon se aproximou. O papel chamuscado tinha um formato específico, ela reparou. Ajustou os óculos e leu as palavras borradas, mas ainda visíveis, no centro do documento.

Nome da mãe: Shannon Leah Flan...

Nome do pai: Brendan Giles

Sentiu falta de ar.

O ar congelou dentro dos seus pulmões.

Data de Nascimento: 23 de setembr...

Hora do nascimento: 24:07.

— Não! — gritou, deixando a garrafa cair e escutando-a rolar pela varanda, como se o som viesse de longe. *23 de setembro!* Sua cabeça começou a rodar. Amanhã. Não, estava errado. Já passara da meia-noite, logo, hoje era 23 de setembro, e a ligação... Deus, o telefone tocara precisamente à meia-noite e sete. Joelhos trêmulos, ela se apoiou no gradil da varanda, o olhar investigando a escuridão, procurando quem quer que tivesse feito aquilo, quem quer que quisesse lhe trazer de volta toda aquela dor... — Filho da mãe — deixou escapar por entre os dentes cerrados. Apesar do calor da noite, estava gelada até os ossos.

Treze anos antes, no dia 23 de setembro, exatamente sete minutos depois da meia-noite, Shannon dera à luz uma menina de três quilos.

Não vira a criança desde então.

CAPÍTULO 2

Ele estava de pé em frente ao fogo, sentindo o calor que emanava das labaredas e ouvindo seu crepitar ao devorar os gravetos secos. Persianas fechadas, desabotoou a camisa devagar, o algodão branco, limpo e impecavelmente bem passado caindo-lhe dos ombros enquanto a lenha sibilava sob o fogo. Estalando.

Olhava-se no espelho acima da lareira enquanto se despia. Apreciou o corpo torneado com perfeição, os músculos movendo-se com facilidade, deslizando sob sua pele rígida de atleta.

Olhou rapidamente para os próprios olhos. Azuis. Gelados. Descritos por uma mulher como “feitos para a perdição”; por outra como “frios”; por mais de uma garota inocente como “olhos que já viram muitas coisas”.

Todas estavam certas, pensou e sorriu. Um sorriso “de matar”, ele também já ouvira.

Bingo!

As mulheres não faziam ideia de quão perto da verdade todas haviam estado.

Ele era bonito e sabia disso. Não o suficiente para fazer com que as pessoas se virassem para olhá-lo na rua, mas tão interessante que as mulheres, uma vez que o notavam, tinham dificuldade de desviar o olhar.

Houvera um tempo em que escolhia a dedo e raramente era rejeitado.

Desafivelou o cinto de couro e deixou que caísse no chão de tábuas corridas. A calça comprida escorregou-lhe facilmente pelas pernas e aninhou-se aos seus pés. Ele não se preocupava com roupas de baixo. Para quê? Era tudo uma questão de aparência.

Sempre.

O sorriso se desfez quando ele chegou mais próximo da lareira e sentiu o calor que irradiava dos tijolos antigos. Os porta-retratos sobre o aparador atraíram sua atenção. Imagens captadas quando seu alvo, ele ou ela, não se sabia sob o foco de uma câmera. Gente que o conhecia. Ou que sabia quem ele era. Gente que tinha que pagar. A criança, a velha, os irmãos. Todos capturados por suas lentes sem que soubessem.

Idiotas!

Atrás das fotos estava sua faca de caça. Cabo de osso e lâmina de aço que cortava com facilidade, instrumento capaz de rasgar qualquer coisa viva. Pelo, pele, couro, músculo, osso, nervo — todos facilmente retalháveis com a quantidade certa de força.

A faca era sua segunda opção como arma.

A primeira era gasolina e um fósforo... Mas, às vezes, não era o suficiente.

Testou a lâmina na palma da mão e, apesar de mal ter tocado sua pele, fez brotar uma linha fina de sangue, gotas vermelhas marcando a mais superficial das fendas que corriam paralelas à sua linha da vida.

Percebeu a ironia daquilo e ignorou as outras minúsculas cicatrizes na palma da sua mão, evidências de uma fascinação pela lâmina. Observou o rastro vermelho se expandir, escorrer e, quando havia sangue suficiente para formar uma gota densa, suspendeu a mão sobre o fogo. Sentindo o calor que quase queimava a pele, assistiu ao mergulho da gota até ouvir o barulho dela queimando ao entrar em contato com as chamas vorazes.

— Hoje à noite, começa — anunciou, já tendo completado a primeira parte de seu plano, a fagulha sugerindo que ele estava a caminho. Dentro de pouco daria início à segunda fase, viajaria calmamente para o norte. E, ao anoitecer, a próxima etapa estaria cumprida. Começaria pela velha — como é que ela se chamava? Blanche Johnson? Certo. Ele zombou da ridícula tentativa da mulher de se manter anônima. *Ele* sabia quem ela realmente era, disfarçando-se tolamente de velha professora de piano com suas echarpes de tricô. E ela teria que pagar, assim como Shannon Flannery. Assim como todo o resto.

Passou os dedos pela faca. Ele começaria por Blanche. E, depois, uma vez que tivesse tirado a criança do caminho, seria a vez de Shannon. Shannon e os outros. Deixou que os olhos passeassem pelas fotografias, até que chegassem a um porta-retratos um pouco maior: o da foto de Shannon. Mandíbulas apertadas, olhou fixamente para o rosto deslumbrante.

Inocente e sexy, doce e sedutor.

E culpada até a raiz dos cabelos.

Passou o dedo ao longo da linha do rosto dela, as entranhas se revolvendo ao se fixar nos olhos verdes, no nariz ligeiramente sardento, nas madeixas rebeldes de cachos de cobre. Sua pele era pálida, os olhos vivos, o sorriso tênue, como se o pressentisse escondido atrás das árvores sombrias, sua lente direcionada para o rosto em forma de coração.

O cachorro, um vira-lata qualquer despenteado, aparecera do outro lado do bosque, levantara o focinho, tremera, rosnara, quase entregando sua presença. Shannon dera um comando ao animal, e ele fora fuçar por entre as árvores.

Então, iniciou sua fuga. Movendo-se silenciosamente por entre as árvores e arbustos escuros, distanciando-se deles, andando na direção do vento. Ele tirara as fotos. Não precisava de mais nada.

Até aquele momento.

Porque ainda não chegara a hora certa.

Mas agora...

O fogo incandescia, vivo, parecia pulsar enquanto crescia, dando ao cômodo vazio um brilho quente, avermelhado. Olhou novamente a própria imagem. Tão perfeita no espelho.

Ele deu as costas para o próprio reflexo.

Olhando por sobre o ombro, trincou os dentes brancos perfeitos, fazendo-os ranger diante da visão cruel de sua imagem de costas no espelho, a pele brilhante coberta de cicatrizes, como se escorresse do próprio corpo.

Lembrou-se do fogo.

A agonia da pele queimando até os ossos.

Ele nunca esqueceria.

Não enquanto estivesse vivo neste planeta esquecido por Deus.

E aqueles que fizeram isso com ele pagariam.

Pelo canto dos olhos, viu a foto de Shannon novamente. Linda e alerta, como se soubesse que sua vida estava prestes a mudar para sempre.

Mas, antes, ele precisava colocar a isca.

Para fazer com que a mulher se submetesse a ele.

Sorriu para si mesmo. Quanta sorte a filha estar morando em Falls Crossing, uma cidade pequena no Oregon, às margens do Rio Colúmbia. Ele conhecia bem o lugar. Já o visitara. Esperara. Observara.

Era coisa do destino o fato de a velha que dizia se chamar Blanche e a menina se conhecerem, de estarem no mesmo lugar, de ele poder matar dois coelhos com uma cajadada só... ou dois fósforos.

As labaredas crepitavam e faiscavam na lareira.

Como eram tolas.

A menina.

A velha.

E Shannon.

Todas se sentindo seguras com suas vidas, seus segredos, suas mentiras.

Elas não sabiam que ninguém estava seguro? Nunca?

Se eram tolas o suficiente para acreditar no contrário, tinham tudo para ter uma grande, terrível surpresa.

Guardou a faca na bainha e uma excitação subiu-lhe pelas veias. Esperara muito por isso. Sofrera. Mas, agora, era sua vez. Hoje à noite ele colocaria a roda para girar.

Mas era só o começo.

Havia ainda alguns detalhes de que precisava cuidar, depois estaria a caminho.

Cuidado, ele pensou, sorrindo diabolicamente ao olhar para a faca e ver o fogo refletido na lâmina fina e comprida. *Eu estou chegando, Shannon, é verdade, estou chegando. E desta vez eu terei mais que uma câmera e uma velha certidão de nascimento comigo.*

— Pelo amor de Deus, o que é que você tava pensando? — Aaron perguntou, irritado, batendo com o indicador num pedaço de papel queimado sobre a mesa da cozinha. Este, juntamente com a tachinha, estava protegido por uma embalagem plástica sobre a superfície de madeira desgastada, ao lado do jornal e do conjunto de saleiro e pimenteiro de cerâmica em forma de dálmata.

A cozinha estava um forno, mesmo com o ventilador zumbindo enquanto jogava o ar quente de um lado para outro. Khan estava deitado perto da porta de trás, sobre um tapete velho, observando Shannon atentamente, como se esperasse que ela, milagrosamente, fizesse surgir algum resto de comida da mesa.

Shannon fechou a tampa do lava-louças e apertou o botão *start*. O motor rugiu, a água começou a correr, e ela, finalmente, olhou na direção do irmão. — O que eu tava pensando? Eu sei lá, acho que eu tava reagindo, mais do que pensando.

— Durante três dias, caramba?

— É. Isso mesmo. Durante três dias.

Na outra noite, depois de encontrar o bilhete, uma vez recobrado o bom-senso, ela vestira o par de luvas de látex, que usava para limpar os canis, e colocara o pedaço da certidão de nascimento, junto com a tachinha, numa embalagem de Ziploc.

— Por que você não me chamou na hora?

— Eu não sabia o que fazer, Aaron, ok? — ela admitiu, secando as mãos num pano de pratos velho. — Eu... foi um choque.

— Eu imagino. — Aaron passou as mãos no cabelo cheio, foi até a geladeira, abriu a porta e pegou uma cerveja. Fez uma careta ao ver a indicação de baixo teor alcoólico na lata, mas abriu-a mesmo assim e sentou-se sobre a bancada da pia, as pernas em calça cáqui balançando em frente à lavadora barulhenta. Gotas de suor eram visíveis em sua testa e nas têmporas.

O irmão mais velho de Shannon era a imagem cuspida do pai. O mesmo maxilar quadrado. Os mesmos olhos intensos e azuis. Olhos de quem não gosta de ser enganado. O mesmo nariz retilíneo — as narinas que se abriam sobre o bigode aparado quando se irritava. Exatamente a mesma fúria violenta capaz de brotar num rompante. O temperamento irascível de Aaron o expulsara do exército, do Corpo de Bombeiros e o encaminhara a uma terapia de controle da raiva com um psicólogo local, a quem deixara de ver fazia um ano.

Atualmente estava voando sozinho, como ele dizia, gerenciando a própria agência de investigação particular, que vinha a ser a empresa de um homem só, preso aos serviços de secretário.

Sem desviar o olhar da irmã, tomou um longo gole de cerveja e perguntou:

— Alguém mais sabe disso?

— Só quem deixou o bilhete.

— E você acha que foi ele que telefonou?

— Ele ou ela. Com certeza. Foi intencional. Alguém queria me apavorar e conseguiu. E como. Por isso eu te chamei...

— Até que enfim.

— Olha só, eu podia ter chamado o Shea, mas não queria a polícia envolvida, pelo menos não agora, não até eu entender o que é que tá acontecendo. E também podia ter chamado Robert, mas não achei que o assunto interessasse ao Corpo de Bombeiros. Nada foi queimado ou danificado.

— Fora sua paz de espírito.

— Amém — ela sussurrou, sacudindo a cabeça.

— Então, você decidiu me chamar por eliminação.

— Você me pareceu a escolha mais lógica.

— E desde quando você é lógica? — ele perguntou, com um sorrisinho.

— Sei lá, talvez desde o dia em que resolvi, finalmente, virar gente grande. — Ela encontrou um elástico no parapeito da janela e prendeu o cabelo num rabo de cavalo. Empertigou-se e olhou pela janela. Alimentara os cães, garantira que estariam seguros, depois cuidara dos cavalos, antes de telefonar para o irmão. Agora a penumbra estava se aproximando, lançando sombras compridas ao longo do estacionamento e das construções lá fora, apesar de a temperatura se recusar a cair. — Você é detetive particular. Achei que podia descobrir alguma coisa.

Aaron tomou outro gole de cerveja e, olhando por sobre o ombro, seguiu o olhar da irmã. Apontando com o queixo na direção da garagem e do apartamento às escuras de Nate Santana, perguntou:

— O Santana não está por aí?

— Não.

— Conveniente, você não acha?

— Coincidência. — Ela sentiu um arrepio e perguntou-se, não pela primeira vez desde que telefonara para o celular de Aaron, se fora um erro tê-lo chamado. Verdade seja dita, esse era o motivo de ter adiado a decisão. Ela não queria depender de nenhum dos irmãos, não queria parecer incapaz de lidar com os próprios problemas, não precisava da interferência deles. Por isso esperara, depois chegara à conclusão de que precisava da *expertise* de Aaron, e, agora, claro, estava se criticando do começo ao fim.

— Eu achei que você não acreditava em coincidência.

— Eu não acredito.

— Mas você não acha estranho que, na primeira vez que o Santana passa uns dias fora, acontece uma coisa desse tipo? — Apontou para o pedaço de papel guardado no plástico, ao lado dos cachorros de cerâmica em cima da mesa. — Pensei que vocês dois fossem íntimos.

— Nós somos sócios, só isso.

— Ele vai se mudar com você?

— Eu não sei, mas não vai morar dentro da casa — ela suspirou e lançou um olhar de "não começa" para o irmão. — Não é nada disso que você tá pensando que existe entre a gente, apesar de não ser da sua conta.

— Agora é.

— Tudo bem. Ok. Mas eu e o Nate somos só parceiros de negócios. Não somos amantes, entendeu? Se é essa a sua desconfiança. E quanto a ele se mudar, eu não sei ainda. A gente ainda tá discutindo o assunto.

Aaron murmurou qualquer coisa, provavelmente uma insinuação de que não acreditava nela, mas não disse nada em voz alta. Melhor assim. Seu olhar era grave, grave como ela nunca vira, quando ele perguntou:

— Você teve algum contato com a sua filha?

— O quê? — ela perguntou, surpresa.

— O bebê que você largou, que acabou de fazer aniversário. Alguma vez você entrou em contato com ela?

— Não! Quer dizer, eu nem sei onde ela tá.

Diante desse pensamento, Shannon sentiu a mesma pontada de dor que sempre a acometia quando se lembrava de que desistira de sua única filha, nunca mais a tendo visto depois daquele único olhar de relance no hospital. Somada àquela dor seca, a culpa por não ter sido forte o suficiente para criar sua filha sozinha. Não importa quantas vezes tenha dito a si mesma que fizera a coisa certa, que a menina estaria muito melhor na companhia de pais amorosos que desejavam desesperadamente uma criança, as dúvidas ainda invadiam seus pensamentos, seus sonhos... Lágrimas repentinas, quentes, indesejadas, avolumavam-se no fundo de seus olhos.

Sua voz, quando falou novamente, era um sopro: — Eu pensei nisso. Meu Deus, eu queria, mas... não, eu nunca nem tentei. Nunca coloquei meu nome numa dessas listas da internet, nem me cadastrei em nenhuma dessas agências que ajudam as pessoas adotadas a encontrar os pais biológicos.

— Mas você pensou nisso?

Ela assentiu.

— Você contou para alguém?

— Não. — Ela pigarreou. — Pensei em fazer isso daqui a alguns anos, quando ela ficasse adulta.

Aaron coçou o queixo. — E o Giles?

— Brendan? — ela perguntou, apesar de haver previsto que o nome de seu ex-namorado, pai da criança, seria mencionado.

— É. Tem notícias dele?

— Não... nunca tive.

Aaron franziu a testa, como se duvidasse dela. O cachorro, concluindo que não havia nenhuma guloseima para ele, levantou, esticou as pernas enquanto bocejava, os lábios negros puxados para trás, fazendo com que os dentes ficassem à mostra.

— Ele é o pai da criança.

— Eu *sei*, Aaron. Mas ele caiu fora quando soube que eu tava grávida. Saiu do país. Esqueceu?

— É o que você acha. — Ele saltou da bancada e aterrissou agilmente no linóleo rachado e velho do chão da cozinha.

— Eu sei disso. A cidade inteira sabe. — Ela levantou as mãos e suspirou longamente. — Não vamos meter o Brendan nisso.

— Eu só gostaria de falar com ele.

Eu não, Shannon pensou. Ela não queria ver Brendan nunca mais enquanto vivesse.

— Ele é um covarde e não tava nem um pouco interessado no bebê. Mas, se você quer procurá-lo, tudo bem. Pode ir. — Os músculos de seu rosto tensionaram à lembrança da última briga por causa da gravidez. Ela se lembrou de como a figura linda dele se transformara em algo monstruoso, como seus lábios se contorceram, em repulsa; lembrou-se das palavras que ele dissera, palavras que arderam em sua mente e partiram seu já frágil coração. — O Brendan teve a coragem, o atrevimento — ela admitia agora — de sugerir que a criança poderia não ser dele. Você sabia disso?

— É a resposta padrão de um cara normal.

— Não, de um cara normal, não. Essa é a maneira de um covarde cair fora.

— Você devia ter insistido em fazer um teste de paternidade.

— Pra quê? Pra ele ser forçado a fazer uma coisa que não queria? Reivindicar a criança? Admitir responsabilidade pra mim? Não, Aaron, isso não era uma alternativa.

— Pelo menos você não acabou tendo que casar com ele.

As palavras do irmão se instalaram como chumbo no calor da cozinha. Porque os dois pensaram em Ryan Carlyle. O homem com quem ela se *casara*. Aquele que ela fora acusada de assassinar. Provavelmente uma escolha pior do que Brendan Giles. Nossa, ela sabia escolher os piores. Não era de estranhar que evitasse qualquer relacionamento sério desde a morte de Ryan.

Aaron conferiu seu relógio. — Você se importa se eu levar isto? — perguntou, já pegando a embalagem de Ziploc.

Ela negou com um gesto de cabeça e ele guardou o saco plástico contendo o maldito papel queimado. Depois ele se abaixou e deu tapinhas na cabeça de Khan.

— Então, por enquanto, vamos manter esse assunto entre nós dois — ele sugeriu. — Depois a gente conta pro Shea, se precisar, mas, até as coisas ficarem mais claras, eu vou dar uma investigada e ver o que descubro. — Terminou a cerveja, amassou a lata e deixou-a sobre a bancada. O sorriso duro que dirigiu à irmã fez com que ela se lembrasse novamente do pai.

Aaron se encaminhou para a porta, Khan atrás dele, depois parou, encarou a irmã, o sorriso evanescendo, e disse:

— Sabe de uma coisa, Shannon? Eu não tô gostando disso.

— Somos dois.

— A gente se vê.

Abraçou-a rapidamente, acariciou a cabeça de Khan mais uma vez e saiu em direção ao entardecer quente e seco. A escuridão instalou-se rapidamente e as lâmpadas de segurança se acenderam. Aaron correu até o carro, entrou e ligou a ignição ao mesmo tempo que acendia um cigarro. O motor rugiu e ele pisou no acelerador.

Shannon acompanhou as luzes traseiras do Honda do irmão enquanto desapareciam por entre as árvores. A escuridão parecia engoli-lo. Rapidamente, ela fechou a porta e conferiu a fechadura. Seus dedos automaticamente alcançaram a coleira de Khan, puxando-o para perto. Era bom tê-lo ali. Era bom não estar tão completamente só.

CAPÍTULO 3

— Pai, perdoa-me porque pequei.

Oliver Flannery baixou a cabeça. Estava nu, de joelhos no chão da floresta, com dúvidas em relação aos votos que estava prestes a fazer. Trabalhara tão duro com este objetivo: tornar-se padre, seguir o chamado, devotar sua vida a Deus.

E ele era tão indigno.

Tão desgraçadamente indigno.

Sentiu o sussurro quente da noite acariciar-lhe a nuca, como se um demônio vindo diretamente do inferno respirasse atrás dele.

Para quantas pessoas ele mentira?

Quantas leis de Deus e dos homens ele quebrara?

Fora até ali, até a floresta, onde ouvira a voz de Deus pela primeira vez, não uma voz humana ecoando em seu ouvido, algo mais calmo, quase dócil, que entrara nele e se transformara num barulho tão alto como o rugido das ondas do mar.

Ele escalara uma rocha, chegara ao topo, ao alto de uma montanha, e considerara a possibilidade de se jogar. Enquanto estava de pé, nu como agora, pronto para acabar com a própria vida, os dedos projetados na beira do precipício, a voz lhe falara. Suave a princípio, acalmando-o, diminuindo a velocidade das batidas de seu coração.

Entrega-te a Mim, Oliver. Curo-te, e, tu, por tua vez, curarás outros. Confia. Tem fé. Abandona tuas posses terrenas. Segue-Me, Oliver, e te perdoarei por todos os teus pecados.

— Todos? — sussurrara tanto tempo atrás.

Acredita em Mim.

Ele hesitara, os olhos fechados, o ímpeto de saltar, enquanto ouvia o chamado sedutor do leito do riacho seco trinta metros abaixo de si. Erguera os braços, intencionando uma queda livre, quando Deus lhe dissera: *Eu te perdôo.*

Os olhos de Oliver se abriram e ele olhara para baixo, para o chão do vale, uma vertigem invadindo-o enquanto dava passos para trás, o coração aos pulos, o suor escorrendo-lhe pelo peito e pelas costas. O que ele estava pensando? Teria Deus, realmente, falado com ele? Ou estaria enlouquecendo, a culpa que vinha lhe corroendo a alma finalmente assumindo o controle de sua mente?

Confia, a voz comandara mais uma vez. *Entrega-te a Mim.*

Oliver caíra de joelhos, as lágrimas escorrendo-lhe pelo rosto, e jurara tornar-se um humilde servo de Deus daquele momento em diante.

Mas ele falhara.

Tudo o que fizera fora uma mentira.

E, mais uma vez, ele considerara o caminho mais fácil, a fuga mais rápida. Mas matar-se seria covardia. E um pecado.

Outro pecado.

Seu maxilar ficou tenso enquanto ele reexaminava sua vida lamentável.

Baixou ainda mais o corpo, até que se deitou, prostrado, sobre a grama e as folhas, e implorou a Deus que atendesse às suas preces.

O perdoasse.

O guiasse.

Mas, na escuridão, com um risco de lua no alto do céu da noite estrelada, ouviu apenas o som das batidas de seu coração traidor e o suspiro do vento quente soprando as folhas secas, sacudindo os galhos quebradiços das árvores acima de sua cabeça.

A voz de Deus estava em silêncio.

O único som era o sussurrar dos demônios em sua mente. Zombando dele. Tentando-o. Dizendo o que ele já sabia: que era indigno.

— Me ajuda! — ele gritou, angústia e dor rasgando-lhe por dentro, a culpa querendo espremer o ar de seus pulmões. Os dedos agarrados à terra seca, às folhas e aos galhos, a grama morta comprimida sob seus punhos impotentes. Lágrimas rolavam de seus olhos enquanto pensava em Jesus na cruz, ele que morrera pelos pecados de Oliver.

Era justo?

Não.

Ainda assim, não era capaz de controlar os demônios incansáveis lutando por sua alma, não conseguia interromper a pulsação quente que corria em seu sangue.

Desesperado, olhou para o céu, para as estrelas e para a quase imperceptível de tão fina lua. Estaria Deus ouvindo? Estaria Ele se importando?

Oliver fechou os olhos e deixou o rosto ir de encontro ao chão, onde a poeira entrou em suas narinas e encheu sua garganta.

— Pai, por favor — ele implorou, agonizante —, me ajuda.

Mas não ouviu nenhum som confortante.

Não encontrou respostas.

Os demônios gargalharam.

Esta noite, tudo indicava, Deus realmente o abandonara.

Pela primeira vez na vida, Dani Settler matava aula. Sentiu-se um pouco culpada por isso, além de detestar a ideia de perder a aula de educação física, última do dia e sua preferida. Até mesmo o professor, Sr. Jamison, era legal. Um dos poucos professores legais da Harrington Junior High.

Mas ela tinha que fazer isso. *Tinha*. Apesar de ainda estarem na terceira semana de aulas.

Pendurou a mochila nos ombros e saiu por uma porta na lateral do ginásio. Passou apressadamente por uma fileira de pinheiros que impediam que alguém na sala de professores a visse — especialmente a enxerida Srta. Craig, inspetora de cara enrugada — e se escondeu atrás das baias dos ônibus.

Até agora, tudo bem, pensou, já suando. Era final de setembro e não havia nem sinal de outono no ar. Só folhas secas e poeirentas no chão, e no céu intensamente azul o rastro da fumaça de um jato voando para o leste. O sol acima das montanhas era bestial e irradiava ondas intermitentes de calor. Ainda assim, ela apertou o passo e começou a correr. Tinha quarenta minutos para chegar ao cibercafé e voltar, antes da saída dos ônibus. Ela receberia falta na aula de educação física, seu pai seria chamado, mas ela chegaria em casa com uma desculpa antes que ele ficasse realmente aborrecido.

Cruzou os dedos diante desse pensamento. Detestava deixar o pai irritado, detestava mais ainda desapontá-lo. Mas, dessa vez, ela não tinha escolha.

Sem olhar para trás, Dani continuou correndo por uma rua transversal, depois atravessou o parque, as solas do Nike lambendo a trilha de asfalto sombreada por abetos altos, verdes, e carvalhos que já começavam a desfolhar.

Seu plano era muito simples. Uma vez dentro do cibercafé e sentada diante de um computador, se conectaria ao seu novo provedor de e-mail gratuito. Abrira a conta da casa da amiga Jessica, fornecendo informações falsas. Jessica não sabia sobre sua nova identidade, nem Andrea, amiga de quem também usava o computador. Elas pensavam que Dani usava sempre DaniSet321, identidade e endereço eletrônico que todo mundo conhecia, utilizados para falar no Messenger ou para mandar e-mails para os amigos.

Ninguém imaginava que ela tinha outro pseudônimo, porque toda vez que usava o computador de outra pessoa se identificava como DaniSet321. Então, quando ninguém estivesse prestando atenção, mudava para seu nome secreto. Achava que assim estaria totalmente segura, sem chance de ser descoberta, já que os irmãos mais velhos de Jessica e de Andrea haviam instalado programas *antispyware* nos computadores. Entre um e outro programa, as informações ficavam enterradas tão profundamente na memória das máquinas que "provavelmente explodiriam os computadores da CIA se tentassem examinar todas as camadas de informação", Stephen — o irmão cheio de espinhas e fissurado em tecnologia de Jessica — tinha orgulho de repetir. Ela tentava esquecer que frequentemente o chamava de "retardado de proporções indiscutíveis" e teve de confiar nele dessa vez.

Então, Dani arriscara, acreditando que não seria descoberta, e, há aproximadamente um ano começara a navegar na internet sob o nome nascidaemSF2309. Até agora parecia que tudo continuava na mesma. Seu novo nome tinha a intenção de atrair a atenção de alguém que estivesse procurando por ela. Sabia que tinha nascido em São Francisco e seu aniversário era dia 23 de setembro.

Sentia certa culpa por estar enganando o pai, mas, se ele descobrisse, teria um ataque, e ele já andava estressado o suficiente. Apesar de aparentar tranquilidade com o fato de ser pai solteiro, ela sabia que isso o incomodava. Bastante. Recentemente começara a namorar de novo e a ideia de vê-lo se casando com outra mulher que não fosse sua mãe era realmente terrível. Ela estava feliz por ele estar, finalmente, superando a dor pela morte da mãe, mas Dani não ficava tão animada com a possibilidade de uma nova "mãe", que provavelmente teria filhos, um ex-marido e outros parentes para atrapalhar mais ainda a situação.

Mas Dani tinha a sua própria missão. Desde que a mãe morrera, sua curiosidade a respeito de suas raízes biológicas crescera a ponto de se transformar, agora ela sabia, em obsessão. Estava tão perto! Não que as pessoas que esperava encontrar — parentes de sangue — fossem substituir seus pais. Nunca. Nem pensar! Imaginar isso era idiotice.

Mesmo assim, tinha uma enorme necessidade de saber de onde vinha. Quem eram seus pais verdadeiros? Onde, exatamente, ela nascera? Em que circunstâncias? Tinha irmãos, meios-irmãos ou meias-irmãs? Será que os pais eram casados? Haviam sido? Estariam vivos? Na cadeia? Será que ela era resultado de uma aventura de uma única noite? Quem sabe, até mesmo, de um estupro? Murchou por dentro diante desse pensamento, mas continuou correndo pelas alamedas em direção ao rio.

Levara quase um ano, mas, finalmente, alguém numa das salas de bate-papo que visitara oferecera uma esperança para que encontrasse os pais biológicos, ou, pelo menos, descobrisse quem eram. A pessoa era BJC27, uma mulher que dizia ter sido adotada e sofrera por anos até localizar os pais verdadeiros, vivos, até conhecê-los, finalmente, aos 27 anos. Apesar de o pai ainda negar ser o progenitor daquela filha, a mãe chorara quando se reencontraram e a apresentara a seus dois meios-irmãos. Fora a experiência mais profunda da vida de Bethany Jane e, desde então, ela dedicava seu tempo livre a ajudar outros a fazerem o mesmo. Ela e Dani, esta sob o disfarce de nascidaemSF2309, começaram a se corresponder. Bethany Jane estava certa de poder ajudar e vinha pesquisando adoções particulares nos arredores de São Francisco, ocorridas treze anos atrás.

Dani suspeitara no começo, com medo de ser uma fraude. Fora tão longe quanto checar as informações de BJC27 na internet, procurando perfis de usuários, e descobriu que Bethany Jane era bibliotecária de uma pequena universidade de Phoenix, tinha por volta de quarenta anos e era solteira. Apesar de Bethany Jane não ter lhe dado nada além de nome e sobrenome, Dani a investigara. Entrara no site da universidade e confirmara que Bethany Jane Crandall trabalhava na biblioteca. Sua foto estava incluída. Uma busca no Google listara uma porção de Bethany Jane Crandall, mas esta estava associada à biblioteca, a um grupo de leitura e a uma organização chamada Direitos de Nascença, dedicada a trabalhar com e para famílias adotivas.

Bom o suficiente.

A última mensagem que Bethany enviara para nascidaem SF2309 assegurava que ela descobrira os nomes e os endereços de seus pais biológicos, e que mandaria documentos comprobatórios via internet. Dani não podia correr o risco de abri-los em casa, ou mesmo na casa das amigas, logo decidira ir até o cibercafé que ficava ao norte da cidade.

E ela estava quase lá! O cheiro do rio a alcançou, um odor profundo de mofo que ela aprendera a amar, e, enquanto cruzava as ruas da cidade, avistava o Rio Colúmbia rumando firme em direção ao oeste. Raios de sol refletiam na água cinza sempre em movimento até a corrente gelada e lambiam o desfiladeiro pontiagudo e abrupto entre Washington e o Oregon.

Ao longo dos anos, o pai a ensinara a respeitar o rio. Levara Dani para pescar, andar de barco e praticar windsurfe nas suas águas mexidas. Cavalgaram nos cumes escarpados do desfiladeiro com vista para a fenda do rio e acamparam perto das cataratas.

Ela sentiu nova pontada de culpa. Travis Settler fizera tudo ao seu alcance para ensiná-la a viver ao ar livre, sabendo como tomar conta de si mesma, preservando a natureza. Ela sabia manejar uma canoa, sabia caçar com arco e flecha, rastrear e fazer uma fogueira. Ele lhe mostrara quais as plantas venenosas, quais as comestíveis. No final das contas, fizera todo o possível para que ela fosse forte e autossuficiente.

E como ela estava lhe retribuindo por isso?

Mentindo descaradamente!

Mas tinha chegado até ali e não voltaria atrás. Estava muito perto da verdade.

Quando passou por uma caçamba de entulho atrás do Canyon Café, assustou um gato malhado que tomava sol por ali. O bichano miou e se escafedeu do topo do caixote verde onde estava e esgueirou-se pelo estacionamento ao lado, onde se escondeu debaixo de uma van branca, suja, com placa do Arizona. Provavelmente, Dani não teria notado que o carro era de outro estado, não fosse pelo jogo que ela e o pai brincaram durante anos quando viajavam de carro. Desafiavam-se para ver quem avistava mais placas no caminho. Ela não tinha visto uma van exatamente como aquela do outro lado da rua do colégio no dia anterior?

O gato, ao lado do pneu traseiro do carro, olhava ameaçadoramente para ela. Dani diminuiu o passo e secou o suor debaixo dos olhos com as costas da mão. Deslizou até a sombra de um alpendre que cobria uma área de carga e descarga vazia da loja de informática. Rapidamente, antes que alguém aparecesse vindo da porta dos fundos, tirou a mochila dos ombros, abriu o zíper do compartimento principal, enfiou a mão lá dentro e pegou o disfarce que ela achava necessário usar para o caso de cruzar com alguém conhecido. Não era nada de mais, mas, num relance, ninguém a reconheceria. Uma garantia, caso ela fizesse alguma confusão e o pai começasse a fazer perguntas.

Além do mais, apesar de nunca ter visto alguém a espionando, tinha a estranha sensação de estar sendo observada e seguida ultimamente. Achava que o pai, desconfiado de que algo estivesse errado, a estivesse escoltando. O que era uma bobagem. Isso era produto da culpa que a consumia por estar enganando Travis Settler.

Afastando esses pensamentos desconfortáveis para longe, vestiu o boné de beisebol esfarrapado dos Yankees e a suéter cinza enorme que pegara no Achados e Perdidos da escola. Em seguida, colocou óculos escuros vagabundos que comprara na farmácia. Completou o traje com uma calça de moletom azul que alguém havia esquecido no vestiário dois dias antes.

O tênis teria de ser aquele mesmo. Não trocaria o Nike preferido no caso de ela ter de lançar-se em uma rápida fuga. Além da óbvia desonestidade, alguma coisa mais naquele seu plano a deixava nervosa. Talvez porque o disfarce a fizesse parecer uma completa idiota. O visual de CDF e o excesso de roupas num dia tão quente poderiam fazer com que prestassem mais atenção nela do que se não fizesse nada, mas ela estava comprometida com seu plano.

Enfiou o cabelo dentro do boné, puxou a aba sobre os olhos, escorregou os óculos escuros até a ponta do nariz e aceitou o calor sufocante debaixo da suéter enorme e fedorenta. Depois, para garantir que não chamaria atenção de ninguém caso o celular resolvesse tocar, desligou o aparelho e enfiou-o no bolso.

Era agora ou nunca!

Uma vespa zumbiu em volta da sua cabeça; ela afastou o inseto e deu uma olhada em volta para ter certeza de que ninguém testemunhara sua transformação. As palmas de suas mãos suavam e ela mordia o lábio, nervosa, sem dúvida porque andava mentindo para todas as pessoas que conhecia. Até para a melhor amiga, Allie Kramer, com quem deveria se encontrar depois da aula, antes de cada uma entrar no ônibus respectivo.

Se desse tempo.

Rápido, rápido, rápido! E não vai dar pra trás agora. Vá até o fim!

Mas a paranoia, aquela sensação de estar sendo observada de alguma janela escondida, uma fenda, uma fresta, continuava com ela.

Dani já mentira para o pai outras vezes, quando achava que ele estava sendo ridiculamente superprotetor. O celular tornava tudo tão conveniente. Ela podia ligar para ele e dizer que estava em algum lugar em que não estava, ou evitar uma possível briga, telefonando e explicando tudo, antes de finalmente ter de admitir a mentira cara a cara.

Inspirou profundamente e pendurou a mochila no ombro ao ouvir o barulho de vozes vindo da porta aberta da loja de informática. E elas estavam ficando mais altas. Definitivamente, alguém se aproximava. Alguém que, provavelmente, a conhecia e conhecia seu pai. Droga! Saiu rapidamente de onde estava e tentou não pensar em como o pai ficaria decepcionado se descobrisse o que estava fazendo.

Dani detestava fazer as coisas às escuras, mas, desde a morte da mãe, ele andava ainda mais fechado com relação a seus pais biológicos, sempre repetindo: "Quando você tiver dezoito anos, se ainda quiser saber, eu te ajudo."

Dezoito? Isso seria dali a cinco anos. Ela podia morrer antes disso.

Não, não podia esperar, pensou enquanto dobrava a esquina. Como não havia tráfego, atravessou a rua sem nenhuma precaução, em frente a um bar chamado Nada Integral. Que idiota, pensou, olhando para as propagandas de cerveja em neon nas janelas e porta.

Enfiou uma mecha rebelde de cabelo dentro do boné e secou o suor do pescoço. Bom, não era culpa sua ele ter ficado tão superprotetor e esquisito depois que sua mãe morrera. Jesus, de repente ele começara a agir como se ela fosse de vidro ou algo assim, passara a ficar com raiva quando ela fazia perguntas sobre seu nascimento, de repente começara a beber muito, até que, finalmente, começara a namorar de novo. E *isso* era outro pesadelo. O pai, todo arrumado e penteado, passando loção pós-barba e perfume, pelo amor de Deus.

Eca! Nojento!

Dani sentiu um arrepio com esse pensamento. Conseguia conversar com ele sobre qualquer assunto, mas quando o tema dizia respeito à maior de todas as questões — *Quem sou eu, afinal?* — o pai simplesmente fechava a cara. Seus olhos azuis ficavam sombrios, os lábios se retesavam e a espinha parecia saltar para fora na parte de trás do pescoço. Era como se acreditasse que ela seria capaz de deixá-lo se descobrisse o nome dos pais biológicos.

Mas ela não podia mais esperar, mesmo sabendo que Travis daria um ataque. Ele acabaria descobrindo que ela faltara à última aula, mas ela tinha a desculpa desenhada: estava com cólica menstrual e tinha ficado com vergonha de falar para a professora. O pai não iria querer aprofundar o assunto. Ela se anteciparia ao colégio e contaria que faltara a aula assim que chegasse em casa. Ele diria que ela não fizesse aquilo de novo, que a escola o avisaria e, provavelmente, a colocaria de castigo por alguns dias. Talvez ele só fizesse um sermão.

Mas valeria a pena. Finalmente, ela teria algumas respostas.

Dobrou a última esquina até o cibercafé, checou as horas no relógio de pulso e viu que estava bem no horário. O Desfiladeiro sem Fio, como era chamado, era uma casa antiga que fora transformada num labirinto de pequenas salas. Um letreiro neon já gasto, que zumbia sem parar, indicava que estavam abertos e placas pintadas à mão listavam os serviços: xerox, impressão, internet, fax e coisas do gênero.

Palmas das mãos suando, Dani adentrou o ambiente onde o ar era seco e abafado, apesar dos vários ventiladores trabalhando sem parar para que o ar se movimentasse entre os cômodos. O cara responsável pelo lugar estava sentado em frente a um dos diversos computadores, todos eles conectados por um emaranhado de cabos, modems e teclados. Ele se intitulava Sargento e ela achava que tinha por volta de sessenta anos, apesar de ser difícil precisar a idade de qualquer pessoa acima de quarenta. Sentava-se numa cadeira velha, que parecia ocupar sempre. Apesar de estar ficando nitidamente careca, prendia o que restava do cabelo num rabo de cavalo, e as mechas cinza amarradas insinuavam-se sobre as costas de sua jaqueta camuflada. Ao som da porta se abrindo, olhou em sua direção.

— Eu só quero dar uma olhada nos meus e-mails — Dani disse, apressada.

— Vai lá. — Ele apontou para a placa que mostrava o preço cobrado pelo período de quinze minutos de uso, depois se virou para o computador, no qual, ao que parecia, jogava um envolvente jogo de xadrez.

Ótimo.

Mal olhara para ela.

Dani se espremeu para dar a volta numa pilha de pacotes de papel e entrou no cômodo que uma vez já fora a sala de jantar da casa antiga e agora comportava cinco monitores incandescentes. Foi até um computador nos fundos da sala, longe das janelas, e se conectou rapidamente, usando seu novo apelido cibernético.

Havia uma mensagem de BJC27.

O coração de Dani batia descoordenado enquanto ela abria a mensagem e se perguntava por que não tinha nenhum arquivo anexado. Bethany Jane só escrevera três frases incompletas:

Desculpe. Estou tendo problemas para anexar arquivos. Mando assim que puder.

Dani não podia acreditar naquilo. A mulher *prometera* que mandaria tudo hoje. *Prometera!*

Que decepção! Matutou em silêncio por alguns segundos e respondeu rápido:

Por favor, mande assim que puder!

Depois, se desconectou. Que desperdício! Cinco pratas! Deixou a nota no balcão e saiu apressada. Lá fora o calor a envolveu como se fosse um forno.

Tinha se metido nessa confusão — a troco de quê?

Nada!

Nem uma mísera migalha de informação.

Teria que mentir para o pai e inventar outra maneira de voltar ali, mas só depois de ter checado o computador de Jessica para ver se algum e-mail *com* anexo tinha chegado. Não podia se arriscar a fazer o download do arquivo na casa da amiga; então, só mesmo quando tivesse certeza do anexo voltaria e gastaria mais cinco dólares.

Aborrecida e desanimada, tirava a suéter quando percebeu que a van branca estava estacionada na alameda. Provavelmente não teria dado importância se não achasse que parecia ser o mesmo veículo empoeirado que vira do outro lado da rua do colégio.

Não... aquela tinha placa de Idaho, mas era muito parecida com a van debaixo da qual ela vira o gato malhado se esconder. Tinha o mesmo aspecto sujo. Mesma marca, mesmo modelo. Quando passou por ela, viu que uma porta não estava totalmente fechada. Depois, ouviu um barulho... parecia um filhote chorando. Caramba, será que alguém deixou um cachorro nessa lata velha, com esse calor? Que espécie de idiota faria uma coisa dessas? Ela parou por um segundo ao ver, com o canto dos olhos, algo investir contra ela.

Começou a correr, mas era tarde demais.

Um homem surgiu, vindo de trás da van, e agarrou-a com destreza com um dos braços. Cobriu sua boca com um trapo embebido em algo horrível.

Não! Ai, meu Deus, não!

Ela tentou se desvencilhar, mas ele era muito forte.

Se ao menos pudesse se soltar, poderia chutar e bater, aplicar golpes que o incapacitariam. Ela se contorceu, tentando se libertar em vão.

Medo e adrenalina jorravam-lhe no sangue.

Ela tentou gritar, mas acabou inalando mais daquele cheiro terrível, que encheu suas narinas e garganta. Chutava freneticamente, mas não atingiu nada com suas tentativas. O que quer que fosse aquela coisa nociva no pedaço de pano estava enfraquecendo-a, deixando-a zonza, e, em segundos, mal conseguia se mover, mal e mal se mantinha acordada.

No seu atordoamento, percebeu que estava sendo arrastada para dentro da van.

Não! Dani, você não pode deixar isso acontecer! Você tem que lutar! Correr! Gritar!

Debatia-se, selvagem, mas seus braços e pernas pareciam de borracha, e os golpes que deferia mostravam-se fracos. Uma escuridão ganhava força no seu cérebro, fazendo-a submergir.

Numa última tentativa, lançou o braço em direção ao rosto dele, mas só conseguiu atingi-lo levemente, suas unhas arranhando-lhe a lateral da face sem força alguma. Seu braço parecia pesar meia tonelada.

Quando ele a arrastou para dentro da van, ela se deu conta de que não havia cachorro nem gato, nenhum filhotinho com calor e medo do escuro, somente um gravador de fita cassete escondido nos fundos.

Fora enganada.

O homem estivera esperando por ela.

E ela não tinha dúvida de que a mataria. Antes que seus olhos se fechassem, viu de relance que havia alguma coisa dentro da van.

Um saco preto de lixo, amarrado com um laço amarelo. E, do fundo do pacote, por um buraco mínimo, vazava um fio fino e escuro de um líquido que se parecia com sangue.

Enjoada, olhou para cima, em direção ao raptor, com medo de estar prestes a morrer, certa de que o rosto dele seria o último que veria na vida, depois... escuridão.

CAPÍTULO 4

— Já faz dias — Travis Settler murmurou entre dentes, o medo pela filha desaparecida congelando-lhe o sangue, enquanto ele permanecia sentado à mesa da cozinha de sua casa, ocioso, impotente. — Uma eternidade, droga!

Ele fechou os olhos. Recostou na cadeira velha. Tentou controlar a raiva e a ansiedade, profundamente arraigadas em suas entranhas, contando até dez. Como não adiantasse de nada, continuou desenhando números na cabeça. Onze, doze, treze... Quando chegou a setenta e nove, desistiu, e abriu os olhos e deu de cara com Shane Carter, o delegado de Lewis County, observando-o.

Carter era um homem alto, esguio, alguém que, em outra época, poderia ter sido um caubói. Um bigode cheio que combinava com o cabelo quase preto cobria-lhe o lábio superior e ele tinha olhos castanhos e intensos, capazes de enxergar o âmago de qualquer um. Agora, estavam focados em Travis. — A gente tá fazendo de tudo — ele disse.

E o terceiro homem no ambiente, o tenente Larry Sparks, do Departamento de Polícia do Oregon, assentiu com a cabeça.

Sparks estava encostado na parede da cozinha, tomando café e fazendo caretas. Não havia um pingo de humor no seu olhar sombrio e a expressão do seu rosto dizia tudo: todos estavam preocupados. Mais que preocupados.

Todos estavam inquietos por saber que a cada dia que passava eles perdiam terreno. Sobre o fogão, o relógio marcava os segundos, lembrando enfaticamente Sparks de que o tempo estava correndo.

— A gente vai encontrar a Dani — Carter disse, a convicção reforçando suas palavras. — E também agarrar o desgraçado que matou Blanche Johnson.

— Quando? — Nunca em sua vida Travis se sentira tão impotente, tão completamente inútil. Nem mesmo quando a mulher morrera, três anos antes. Aquilo fora doloroso. Injusto. Errado. Mas isso... — Que inferno! — deixou escapar, antes que Carter respondesse sua pergunta. Porque o delegado não poderia respondê-la. Ninguém sabia quando... ou, meu Deus, *se* ela seria encontrada. Ninguém sabia porcaria nenhuma! Eles usaram cães farejadores. Usaram uma equipe de rastreadores juntamente com a força policial e vizinhos para vasculhar a cidade e as montanhas dos arredores de Falls Crossing. Pregaram cartazes, convocaram a mídia, imploraram pela ajuda das pessoas. A polícia e o FBI interrogaram alunos e funcionários da escola.

Ainda assim, não encontraram nada. Nada de nada.

E ele estava enlouquecendo.

A polícia revirara o quarto dela, centímetro por centímetro. Haviam levado, inclusive, o computador, na esperança de encontrar alguma indicação de que Dani estivesse navegando por sites em que pedófilos buscavam por presas desavisadas.

O aperto na boca do estômago foi tão forte que Travis sentiu uma pontada de dor. Se algum pervertido desgraçado encostasse num fio de cabelo dela... Ele não podia adentrar esse território. Não o faria. As autoridades não encontraram nada na memória do computador indicativo de que Dani estivera procurando algo na internet que não fosse relacionado a seres humanos e cães, sempre em busca de um bichinho para salvar e trazer para casa. Como se três gatos, um cachorro, dois cavalos, até mesmo uma tartaruga não fossem o suficiente.

Ele olhou para a gaiola da tartaruga, um viveiro elaborado que ele e Dani haviam criado juntos. O objeto agora ficava na lavanderia, debaixo da janela, a tartaruga escondida dentro da sua "casa", um pedaço de tubo de plástico. A cabeça, o rabo e os pés listrados abrigados dentro do casco. Travis compreendia. Às vezes, gostava de se esconder; outras, como agora, estava tão ligado e excitado que precisava fazer alguma coisa, *qualquer coisa*!

Raiva e medo, companhias constantes desde que tomara conhecimento do desaparecimento da filha, o estavam devorando, desesperando, e ele não podia suportar mais um minuto — um segundo — esperando parado. O tique-taque do relógio e o zumbido da geladeira vazia faziam com que Travis pensasse que realmente enlouqueceria.

— Ninguém faz a menor ideia de onde a minha filha está — disse, secamente. — Fora o filho da mãe que meteu as mãos nela. — Por um segundo ele não pôde respirar. Pensou em Dani, sua única filha, seu cabelo castanho revolto, seu nariz ligeiramente sardento, seus olhos absolutamente vivos e atentos. Ela era forte — ele a criara para ser forte —, mas, meu Deus, ela era uma criança, só uma criança. Sozinha. Com algum psicopata.

Talvez ela simplesmente tenha fugido, como a polícia sugerira. Talvez o desaparecimento dela não tenha nada a ver com o assassinato da Blanche Johnson.

Nossa, como ele queria acreditar, fosse por um segundo, que Dani agira por impulso e saíra por aí, que tinha se rebelado, mas estava em segurança.

Mas isso era tolice. Ele sabia. Provavelmente a polícia também.

Seus dentes rangeram de frustração e o terror se infiltrou na sua alma. O que será que estaria acontecendo com ela? Onde ela estaria, pelo amor de Deus? Estaria ferida? Ou... ou coisa pior? Sentiu um nó na garganta. Os olhos arderam. Mas ele não pensaria no pior. Ainda não. O que era mesmo que sua tia sempre dizia em momentos difíceis? "Onde há vida, há esperança." Bem, que tudo o mais vá para o inferno, é melhor que haja vida... ai, merda... um buraco do tamanho do Wyoming ocupou o lugar do seu coração.

Ele olhou para o canto da mesa em que estava sentado, para o telefone que o FBI instalara com um fone separado. Estava mudo. Troçando dele. Desafiando-o a acreditar que a filha estava a salvo.

Meu Deus, Dani, onde você está?

Descerrou um dos punhos e passou a mão no cabelo.

Pela primeira vez desde que deixara o Batalhão de Forças Especiais do exército, quase dezoito anos antes, Travis sentia necessidade de ações rápidas, de um plano decisivo, de um ataque fulminante em quem quer que tivesse lhe roubado a filha. Apertou tanto o maxilar que chegou a sentir dor, seus punhos se cerraram, as mãos se abrindo e fechando, se abrindo e fechando repetidas vezes.

Finalmente, disse as palavras que temera pronunciar mais cedo:

— Quem quer que tenha feito isso, não vai ligar. Não vai haver pedido de resgate.

— Ainda é cedo... — Carter começou a falar, mas, depois de um olhar lançado por Travis, não completou a frase. Carter não era o tipo de homem que mentia com facilidade. Aquilo, Travis entendia; o delegado não era bom com chavões. Ainda bem.

— Não é cedo. — Travis empurrou a cadeira para trás, os pés arranhando o piso de madeira do pequeno chalé onde morava havia mais de uma década. — Você sabe disso. Eu sei disso. O tenente Sparks... — Travis apontou o queixo na direção de Sparks, que segurava uma caneca marrom rachada. — Ele também sabe disso, não sabe, Sparks?

O tenente não respondeu. Olhou rapidamente para Travis, depois desviou o olhar, dirigindo-o à própria caneca. Sparks era outro que não mentiria.

Estômago revirado, Travis foi descalço até a janela, em frente a qual passava tantas manhãs, tomando café, ouvindo as notícias na tevê ao longe, na sala, enquanto Dani, lá em cima, no quarto, debaixo do seu teto, acordava. Ele esperava por ela, olhando a vista, de vez em quando espiando um cervo de rabo negro vagando pelo jardim ou um guaxinim perscrutando por entre os galhos das árvores, enquanto os raios de sol riscavam o céu acima das montanhas. Enquanto isso, Dani, nunca particularmente feliz por ter que levantar, se aprontava relutantemente para ir ao colégio. Não demorava muito. Aos treze anos, diferentemente de muitas meninas da sua idade, ela não se interessava pelos meninos, ainda. Ainda evitava maquiagem, tinturas de cabelo e aquelas revistas idiotas de adolescente, coisas que, ele sabia, eventualmente chegariam abalroando sua vida antes que estivesse pronto... ou, pelo menos, sempre esperara por isso.

Se fizesse um pequeno esforço, quase poderia ouvir o ruído dos pés dela batendo na tábua corrida ao pular da cama, o barulho da água correndo pelo encanamento velho enquanto ela escovava os dentes e, depois, ainda grogue, entrava no chuveiro, o tropeço dos tênis quando descia a escadaria de madeira às pressas. Invariavelmente, a mochila estaria pendurada num dos ombros, o cabelo úmido, os olhos acesos e ansiosos pelo que quer que o dia lhe apresentasse. Vestiria jeans velhos e suéter de capuz, traje que a mãe teria proibido, estivesse ainda viva. Depois, Dani pegaria uma barra de granola e uma caixa de suco para o caminho — outra prática que Ella tentaria evitar.

Parando somente para acariciar o cachorro, Dani se jogaria dentro da picape, posicionando-se na direção, e ele a deixaria dirigir um pouquinho antes de trocarem de lugar, e ele a transportaria pela cidade e a deixaria debaixo da ampla entrada do Harrington Junior High.

Jesus! Será que ouviria aqueles sons novamente? Aqueles sons simples, mundanos, sons cotidianos que anunciavam que a filha estava viva, bem e feliz... até mesmo despreocupada.

Deu uma olhada para o pé da escada, como se esperasse que ela aparecesse para dar fim àquele pesadelo em que estava vivendo. Depois, afastou rapidamente o pensamento. *Esquece! Ela não está aqui! Alguém a levou e a culpa é sua por não ter estado suficientemente atento!*

— Para de se culpar — Shane aconselhou, como se tivesse lido a mente de Travis.

Travis lançou um olhar gelado para o tenente.

Carter podia se dar ao luxo de distribuir conselhos. Ele não tem filhos, não pode entender. Não importa o quanto Carter tenha se tornado íntimo das filhas de Jenna Hughes, não é a mesma coisa que ser pai.

— Não vai ajudar — Carter disse.

— Nada vai ajudar — Travis resmungou, olhando ameaçadoramente para o telefone, que o desafiava com seu silêncio, recusando-se a tocar.

— Ele tem razão — Sparks disse. — Não vai adiantar ficar se culpando.

— O que é que vai adiantar? Ficar aqui parado, esperando feito um boneco de cera?

— Não... basta deixar a gente fazer nosso trabalho. — O telefone de Sparks tocou e ele o levou rapidamente ao ouvido.

Travis não pôde evitar o fio de esperança que invadiu seu peito. Manteve o olhar fixo no policial enquanto ele atendia à chamada:

— Sparks.

Por favor, que seja a Dani... que seja alguém pra dizer que eles a encontraram e ela está bem, que, como a polícia suspeitava, ela fugiu e está fora de perigo...

Sparks percebeu seu olhar e, provavelmente, notou o brilho de esperança nos olhos de Travis. O tenente sacudiu levemente a cabeça e apoiou a caneca no parapeito da janela, enquanto a pessoa do outro lado da linha falava sem parar. As esperanças de Travis se extinguiram. Sparks confirmou com um gesto de cabeça e olhou para o relógio, ainda ao telefone. — Entendi. — Desligou o celular e o guardou na capinha que usava presa ao cinto. — Tenho que correr. Acidente na 84. Fico em contato. — Ajeitou o chapéu na cabeça e parou ao alcançar a maçaneta da porta. Seu olhar encontrou o de Travis. — Aguenta firme.

— É só o que eu posso fazer.

Despediu-se de Carter e saiu, batendo a porta de tela atrás de si.

Travis assistiu à saída do tenente pela janela. O jipe de Sparks deslizou pela estradinha de terra, o rastro de poeira assentando-se no pavimento de pedras esparsas.

Um medo, negro como a meia-noite, insinuou-se nas veias de Travis enquanto ele observava através do vidro uma paisagem que, antes, achava tranquila: a vista de troncos velhos, arbustos densos e restos de uma cerca quebrada que um antigo proprietário construíra. As estacas estavam apodrecendo, as poucas ripas restantes, velhas e envergadas, e, mesmo assim, Travis não tivera coragem de pô-la abaixo. A velha cerca falava sobre outro tempo, um outro lugar, menos complicado, extremamente romanceado, porém firme e verdadeiro, agora tão distante.

Ele franziu o cenho.

Agora, a paisagem era dominada por dois agentes federais, os mesmos que haviam cumprimentado Sparks à sua saída.

Um dos agentes tinha o quadril encostado no carro empoeirado que brilhava sob os raios constantes do sol. José Juarez era um homem baixo, forte, cujas emoções andavam sob rédea tão curta, que ele parecia quase não ter coração. Frio como o diabo, mas, Travis suspeitava, mortal como uma cobra pronta para dar o bote. A outra, Isabella Monroe, do escritório local, era incansável, os olhos passando de uma pessoa à outra, a suspeita encravada nas profundezas das íris cor de ardósia. Alta e um pouco magra demais, de traços angulosos e bochechas inacreditavelmente pronunciadas, o cabelo puxado para trás, preso com um nó na altura do pescoço, Monroe andava de um lado para outro sob os galhos arqueados de um cedro milenar, ao mesmo tempo concentrada no celular grudado na orelha.

Inútil.

O que eles tinham feito para encontrar a Dani? Nada. Porcaria nenhuma. — Eles sabem que não vai ter pedido de resgate — Travis disse, olhando para os mesmos agentes que já haviam dito que deixariam o posto, provavelmente hoje, não que isso significasse que eles não iriam mais se comunicar, alguém, possivelmente Monroe, passaria por lá diariamente, mas eles não estariam presentes o tempo todo.

Até mesmo a imprensa, tão faminta no começo, já se afastara, os telefonemas e as visitas à casa se extinguindo ao passo que os repórteres farejavam histórias novas e mais interessantes. Uma bênção.

— Todo mundo está fazendo o que pode — Carter afirmou.

— Bem, não é o suficiente, é? — Travis falhou em manter a raiva longe de sua voz. Por que a Dani? Por que ela fora abduzida em algum momento antes da última aula do dia? Ele passara as últimas noites acordado, perguntando-se a mesma coisa, e ainda não tinha encontrado uma resposta.

A polícia continuava trabalhando em cima da teoria de que ela havia fugido. Haviam trazido isso à tona inúmeras vezes. Mas ela nunca saíra de casa antes.

Sempre existe uma primeira vez. Não disseram, mas ele vira a suspeita em seus olhos e sabia que, ele também, era suspeito, o pai solteiro, o pai solteiro *adotivo*. Travis não se enganava; sabia que sua vida estaria sendo microscopicamente estudada, cada escorregada que dera — desde o murro no rosto de Tommy Spangler aos dezesseis anos e sua suspensão do colégio à dispensa do exército por insubordinação — seria escrutinizada, esmiuçada e reconstituída, somente para ser reexaminada.

Tudo bem.

Ele não tinha nada a esconder.

Ele só queria sua filha de volta.

Esfregou a mão na barba por raspar e pensou na tarde em que fora dada como desaparecida.

Dani ligara de manhã, dissera que havia esquecido a mochila e pedira que ele a deixasse na casa da professora de piano, onde ela teria a temida aula que tanto detestava, aula que a mãe a fizera começar aos cinco anos de idade e que Travis, como uma espécie de penitência em nome da esposa morta, insistia que Dani mantivesse.

Assim, ele fora até a casa de Blanche Johnson, uma construção alta, de estilo vitoriano, com acabamentos exagerados e canteiros de flores repletos de petúnias e gerânios explodindo em tons rosa e vermelhos exuberantes. Ele esperava ouvir o som de piano vindo das janelas abertas.

Em vez disso, encontrara Shane Carter e Jenna Hughes, mãe de Allie Kramer, já estacionados e esperando do lado de fora. O orgulho de Travis ainda estava ferido pelo fato de que estivera interessado em Jenna por um bom tempo. Mas ela escolhera Carter. Caminhou até o jipe de Jenna, carregando a sacola de Dani, o sorriso congelado no rosto.

— Chamada de emergência da Dani — ele dissera, explicando-se. Depois, qualquer outro assunto se perdera quando ele farejou o primeiro sinal de fumaça flanando no ar do verão tardio.

A memória voltava-lhe aos pedaços depois daquilo. Lembrava-se de ter subido às pressas os degraus do portão da frente, encontrado a porta entreaberta e entrado correndo. Seu coração batendo desregrado ao ver mais fumaça lá dentro, vindo dos fundos da casa. Por sorte, o fogo não era mais que uma panela queimada na cozinha e morrera rapidamente quando ele usara o extintor de incêndio que encontrara pendurado atrás da porta dos fundos.

Mas a descoberta medonha, aquela que ainda mandava fagulhas de medo por todo o seu corpo, fora ter encontrado o corpo de Blanche Johnson mutilado. Ela estava caída em meio a uma piscina de sangue atrás do sofá da sala, cômodo onde dava suas aulas. Partituras espalhavam-se pelo chão, o banquinho do piano vazio.

O rosto de Blanche era de um branco pálido, os olhos abertos vidrados, o carpete sob ela manchado de um vermelho-escuro. Cravadas profundamente na parede, escritas com o que parecia sangue, as palavras que o assombravam desde que pusera os olhos nelas: Hora do Ajuste de Contas.

Agora, fechando os olhos, ele sabia que estava vivendo o pesadelo de qualquer pai e queria rachar, quebrar-se em mil pedaços, mas queria sua filha de volta mais que tudo.

E queria matar o desgraçado que a levara.

Toda aquela conversa sobre ela ter fugido era só um monte de baboseira. Dani tinha lá seus rasgos de independência, claro, mas ela não era esse tipo de rebelde.

É? E como é que você sabe?, sua consciência o atormentava.

No fundo, dava-se conta de que não estivera preparado para ser um pai solteiro e parte dele se perguntava se o que estava acontecendo não era resultado de alguma falha sua, se o Deus que ele expulsara completamente de sua vida desde a morte da mulher, três anos antes, não o estaria punindo, finalmente.

Hora do Ajuste de Contas, pensou pela milésima vez. Quem fizera isso? O que quereria dizer? Pelo amor de Deus, seria Dani a vítima?

Travis não conseguia afastar as imagens daquele dia, daquela tarde em que perdera a filha. Um terror como nenhum outro o invadira quando olhara para aquela parede riscada com a ameaça horrível. Um medo profundo e punitivo pela filha roía suas entranhas enquanto se dirigia à escola, onde Allie, filha de Jenna, estava irritadíssima porque a mãe estava atrasada. Os ombros magros da menina estavam apoiados num poste, os braços cruzados sobre o peito em sinal de indignação. Ela estivera esperando numa parte coberta do pátio, perto do portão de entrada do colégio.

As aulas de piano haviam sido canceladas, Allie explicara, e ela estava furiosa porque a mãe não atendera sua chamada e a deixara esperando.

Travis não recebera nenhuma ligação desse tipo da filha.

Comunicação alguma, apesar de ela ter um celular.

Ele adentrara a escola apressado, exigindo respostas de uma secretária presunçosa que fazia questão de alertá-lo para o fato de que sua filha perdera uma das aulas.

Travis ficara confuso. As coisas pioraram quando, depois do interrogatório, ficara evidente que nem a secretária bajuladora, nem a diretora, ninguém na porcaria do colégio fazia a menor ideia do que acontecera com sua filha.

O que descobriram era que Dani faltara à última aula do dia — educação física, sua favorita, com o Sr. Jamison, seu professor preferido — e nenhum aluno ou funcionário do Harrington Junior High se lembrava de tê-la visto ir embora.

Não havia pista e todas as tentativas de falar com seu celular haviam falhado. As entrevistas da polícia com os amigos e conhecidos da menina não revelaram nada, nenhuma indicação do que pudesse estar passando pela cabeça dela, e ninguém sabia dizer se ela teria entrado em contato com alguém.

Era como se tivesse desaparecido no ar.

Exceto pelo assassinato bizarro de Blanche Johnson, que morrera de uma pancada na cabeça e deixara o bacon no fogo...

Hora do Ajuste de Contas.

A mensagem ecoava sem parar na sua cabeça. Seria dirigida somente a Blanche ou incluiria Dani?

O que queria dizer?

Até agora a polícia não tinha nenhum palpite sobre quem matara Blanche Johnson e, Travis sabia, a cada hora que passava as chances de encontrar o assassino diminuíam, as pistas, se é que havia alguma, esfriavam. A imprensa o perseguira, repórteres de lugares distantes como Denver e Seattle o procuraram, e, através de redes locais, colocaram no ar um apelo a quem quer que tivesse raptado sua filha. Mas não houvera resposta.

Só o silêncio da tela. Fora do ar.

Morta.

Angustiado, punhos cerrados, impotente, olhou para o nada do outro lado da janela e se deu conta de que Carter o observava, testemunhando a agonia que lhe rasgava o rosto, o medo que lhe corroía a alma. Por sorte, Carter não lhe ofereceu nenhum lugar-comum, fazendo não mais que murmurar aquele "eu compreendo" que Travis achava tão insípido. Ninguém, a não ser um pai que tivesse perdido um filho, seria capaz de mensurar a extensão do seu medo, do seu desespero, do pânico infernal de nunca voltar a ver sua filha.

Ele tinha que fazer alguma coisa. *Qualquer coisa*. Para trazer sua menina de volta. E a cada segundo que passava, ganhava a certeza de que era ele quem deveria resolver a situação. Não poderia contar com os agentes federais, com a polícia do estado, com o delegado local.

Teria que fazer justiça com as próprias mãos.

Dani era *sua* filha, *sua* responsabilidade, e, quando pensou nela — sozinha, na esperança de que ele a salvasse —, sentiu-se fraco e indigno, soube que precisava agir... qualquer que fosse o movimento.

— Não posso ficar aqui nem mais um minuto — admitiu, virando-se para encarar Carter.

— Você tem que ficar. Para o caso de ela ligar.

— Ela não vai ligar — Travis disse, sem emoção. — Nós dois sabemos disso.

— Você...

— Eu tenho que encontrar minha filha. — Apontou para o próprio peito. — Eu.

— Deixa isso pra quem é profissional.

— Quem? O Gordo e o Magro lá fora? — Apontou o queixo na direção dos dois agentes do FBI. — Eles estão convencidos de que ela fugiu, e eu sei, eu sinto, que não. — Não mencionou o fato de ser um detetive particular licenciado, sabia como proceder. Carter já sabia disso.

O delegado pareceu a ponto de iniciar uma discussão. Em vez disso, acenou positivamente. — Não vá fazer nenhuma besteira — aconselhou, os olhos escuros concentrados em Travis.

— Pode deixar.

O celular de Carter tocou. Ele atendeu rapidamente, e, por um segundo, Travis experimentou o mesmo inacreditável jorro de esperança, a mente ansiosa agarrando-se à menor possibilidade de serem notícias de Dani, notícias de que ela estava bem, que...

A expressão no rosto de Carter disse tudo o que precisava saber. Ouvindo atentamente, o delegado sacudiu a cabeça. As esperanças de Travis derreteram como gelo no deserto. Era inútil. Não ouviriam um pio. E, além do mais, estavam mergulhados no assassinato de Blanche Johnson.

Sem olhar novamente para Carter, encaminhou-se para o quarto dos fundos, o seu quarto, aquele que dividira com Ella. Mentalmente, ele já estava fazendo as malas. E sabia por onde começar a procurar por Dani, uma direção que sugerira e que a polícia estava "investigando".

Bem, ele faria mais que dar uma olhada; viraria do avesso a vida da pessoa que temera durante todo o tempo de vida de Dani: sua mãe biológica, a mulher que rastreara todos esses anos, uma mulher que ele sabia longe de ser santa. Na verdade, ela escapara de uma acusação de assassinato no passado. Ele lera sobre o assunto, e, sabendo o nome dela, sabendo quem ela era, não fora capaz de resistir a vê-la de perto.

Havia ido a São Francisco a trabalho, atrás do pai devedor de um cliente, e decidira dar uma escapada até Santa Lucia. Ele, assim como a imprensa, montara acampamento do lado de fora do fórum. Repórteres armados de câmeras e microfones posicionavam-se estrategicamente. Curiosos amontoavam-se debaixo das árvores. Era o começo da primavera e os raios de um sol preguiçoso atravessavam as folhas, protegendo a praça e manchando o chão.

Travis encontrara uma árvore frondosa e encostara-se em seu tronco descascado. Logo depois das cinco da tarde, a multidão começara a se aproximar do prédio. As portas do fórum se abriram e ele a vira, a acusada, mulher que lhe pareceu bem menor do que imaginara. Vestia um terno azul-marinho tradicional, que Travis suspeitara ser uma escolha dos advogados, e era escoltada por vários homens. Irmãos, pensara Travis, notando a semelhança entre eles. Junto a eles, um homem mais velho — cabelo grisalho emaranhado, óculos de armação preta e expressão tensa — também a acompanhava. Travis apostara ser aquele o advogado de Shannon. Sua pasta de aparência cara, o terno cinza impecável, a gravata de seda azul de nó muito benfeito e apertado, a camisa branca engomada, tudo nele gritava "homem da lei".

Os homens a conduziram escada abaixo, em direção a um estacionamento ao lado do edifício de fachada de mármore. Shannon Flannery andava de cabeça erguida, o queixo pequeno projetado à frente, os olhos escondidos atrás de lentes escuras. Com uma *entourage* em volta de si, como se fosse uma celebridade, encaminhara-se para os carros sem parar para pronunciar um comentário ao emaranhado de repórteres.

As câmeras estavam a postos, os microfones foram aproximados, perguntas eram lançadas pelos jornalistas.

— Sra. Flannery, a senhora tem a intenção de depor em sua defesa? — Uma loura alta gritara enquanto se dirigia ao seu cameraman para que filmasse de um determinado ângulo.

Outra voz, agora masculina, exclamara:

— Sra. Flannery, a senhora se diz inocente e, mesmo assim, seu advogado entrou com uma alegação de maus-tratos, o que parece uma defesa às acusações, como se a senhora estivesse envolvida na morte do seu marido.

— E quanto ao fato de a senhora não ter um álibi? — um jovem de bigode ruivo e rosto vermelho de excitação perguntara. Estava de pé perto de Travis e agia como se estivesse prestes a conseguir a matéria da sua vida. A imagem de lobos circundando um cervo ferido viera à mente de Travis. — As pessoas se perguntam o que a senhora estava fazendo na noite em que seu marido foi assassinado. — O homem dissera.

Shannon interrompera os passos, depois se voltara lentamente, o olhar por trás das lentes mirando o ávido repórter. Suspendera os óculos, ajeitando-os no topo da cabeça para que mantivessem as ondas de seu cabelo cor de cobre longe do rosto. E era um rosto lindo, de feições marcantes, porém equilibradas. Seus olhos, profundos e de um verde impressionante, apertaram-se depois de um piscar dos cílios volumosos e escuros. As sobrancelhas arquearam-se, quase uma troça, e os lábios, suaves e rosados, eram uma lâmina afiada de raiva suprimida. Apesar da mão apaziguadora do advogado em seu braço, ela respondera: — Sem comentários. — Ela dissera lenta e claramente, como se todos à sua volta fossem surdos ou imbecis. Seus olhos, irradiando inteligência, aterrissaram inequivocamente sobre o repórter, de pé ao lado de Travis.

— Mas onde a senhora estava naquela noite? — o homem perguntara novamente, invencível.

O advogado sussurrara algo no ouvido de Shannon, mas ela não prestara atenção. — Sem comentários — repetira.

Quando se abaixou para entrar no carro que a esperava, seu olhar voltou-se para Travis. Como se o tivesse escolhido intencionalmente no meio da multidão.

Provavelmente fora sua imaginação, mas os sons da rua, dos repórteres, do tráfego, dos pombos na praça — tudo parecera silenciar.

Sua pele arrepiara-se atrás do pescoço e ele sentira como se uma atadura comprimisse seus pulmões.

Impressionara-se com o que vira na expressão dela — dor, preocupação e algo mais, um lampejo de determinação que o dilacerara. Essa mulher não era estranha à angústia. Mas não parecia ser uma louca que surtara e matara o próprio marido. Shannon Flannery parecia saber o que estava fazendo o tempo todo.

Parecia estável e segura.

Capaz de matar?

Talvez.

Seu olhar fora um desafio, e, enquanto ela o encarava, ele sentira uma emoção desconhecida invadir sua corrente sanguínea, uma ânsia de saber mais sobre ela, um interesse que ia além da curiosidade casual a respeito da mãe biológica de sua filha.

Ainda olhando fixamente para ele, ela baixara os óculos. Um longo minuto se passara antes que entrasse pela porta aberta do carro que a esperava. Fora então que sentira a mudança suave na atmosfera, uma alteração em seus pensamentos. Pela primeira vez percebera o suor que lhe escorria nas têmporas, indo aninhar-se nas palmas de suas mãos.

Travis observara o carro descer a rua, até dobrar a esquina no primeiro sinal de trânsito. Muito tempo depois que a multidão se dispersara, ele ainda estava parado, olhando para o lugar onde vira o Mercedes pela última vez.

Algo dentro dele mudara.

Algo sombrio, algo que não compreendia, algo em que não queria pensar ressoara em seu coração antes de desaparecer.

Sob a sombra da árvore, pensara em Ella, não fazia seis meses enterrada. Ella e seu cabelo louro curto, seu sorriso amplo, suas bochechas rosadas. Fora sábia e feliz, uma amiga que se transformara em mulher, depois amante. Uma mulher gentil. Uma mulher que frequentava a igreja. Uma mulher segura. Uma mulher estéril.

E a cento e oitenta graus de Shannon Flannery.

A culpa cravara uma estaca em seu coração e, daquele momento em diante, passara a sentir um frêmito de agitação quando ouvia o seu nome. Abrira um arquivo sobre ela, o qual mantinha trancado em seu gabinete, e, às vezes, tarde da noite, estudava-o.

Parecia loucura agora, mas, naquele dia, quase três anos atrás, tivera uma premonição, um palpite, que seus caminhos se cruzariam novamente. Teria sido por causa de Dani? Ou seria algo em que não ousava pensar?

Qualquer que fosse a razão, estivera certo.

Iria atrás dela.

Por causa da filha.

A filha dela.

Uma garota desaparecida.

Seus músculos se retesaram quando lembrou que, depois dessa viagem a São Francisco, Dani começara a perguntar quem eram seus pais biológicos. Ela nunca dissera pais "verdadeiros" e sempre tentara ser evasiva nas perguntas, nunca as fazendo de forma direta, mas ele desconfiara que o interesse da menina fosse profundo. Apesar de não ter provas, até chegara a pensar que Dani tinha tentado encontrar a mulher, que talvez tivesse vasculhado os documentos de adoção que ele mantinha guardados naquele arquivo. Dani, apesar de ser a luz de seus olhos, era esperta e maliciosa, capaz de esbanjar charme, fingir total inocência, mesmo quando escondia algo por trás daqueles olhos expressivos.

Uma vez ele a flagrara no computador de casa, numa sala de bate-papo da internet para pessoas adotadas procurando pais verdadeiros, e teve a certeza de que, apesar de aparentar desinteresse desde então, ela tinha encontrado uma maneira de continuar buscando informações.

Droga! Ele deveria ter falado com ela, aberto o jogo, mas ele só pensava que ela era muito nova.

Logo, mesmo que Shannon não tivesse vindo procurá-la, talvez Dani, na tentativa de localizar a mãe biológica, tivesse fugido ou, de alguma maneira, sido atraída para longe.

Nem pense nisso, lançou o alerta para si mesmo. A verdade é que ele podia estar completamente errado. Talvez Shannon Flannery tivesse seguido sua vida e não guardasse nenhum interesse no bebê que dera para adoção. O mesmo podia valer para o pai biológico de Dani, Brendan Giles. Mas esse frágil palpite era o único que Travis tinha no momento.

Claro que ele sabia onde Shannon morava. Desde que a vira em carne e osso no fórum, Travis acompanhava seu paradeiro. Dissera a si mesmo que era uma preparação para o dia em que Dani quisesse conhecer sua mãe biológica, mas, agora, enquanto pegava o barbeador na pia do banheiro e o guardava na *nécessaire* de náilon, se perguntava se sua fascinação por ela não teria um sentido mais profundo, ainda desconhecido.

Não pensaria nisso agora. Nem no fato de Dani ter acabado de celebrar o décimo terceiro aniversário.

Agora ele nem sabia se a veria novamente.

Travis sentiu o estômago revirar. Puxou uma sacola de viagens do armário e jogou dentro dela um jeans e as duas primeiras camisas que viu penduradas. Depois, de olho na porta, alcançou a prateleira do alto e pegou uma caixa de metal lacrada.

Dentro, estava sua arma.

Uma Glock. Calibre 45. Grande o suficiente para fazer um buraco substancial em qualquer um que se metesse no seu caminho. Ele provavelmente nem precisaria estar armado. Estava planejando lidar com a mãe biológica da sua filha, pelo amor de Deus. E, ainda assim, acreditava que devia estar preparado. Para qualquer eventualidade. Talvez Shannon não estivesse nisso sozinha. E, droga, talvez ela nem mesmo estivesse envolvida. Era, simplesmente, a primeira e única pista que levantara.

Mas alguém estava com sua menina.

E, quando ele encontrasse quem quer que fosse esse alguém, queria ter a certeza de manter a sorte a seu favor.

Segurou a arma e a sensação dela em sua mão era tão boa... O peso certo. Curvou os dedos em volta do cabo macio e estendeu o indicador até o gatilho.

A pistola estava descarregada.

Encontrou a munição, guardou no bolso, depois jogou a arma dentro da sacola. A picape já estava equipada com tudo de que poderia precisar: binóculos de visão noturna, um telescópio pequeno, faca de caça, jaqueta camuflada e outras peças de equipamento com os quais se familiarizara durante seu curto período no exército.

Fechou o zíper da bolsa.

Estava pronto.

Olhou uma última vez através da persiana para os federais parados perto dos carros.

Inúteis!

Se quer um serviço benfeito, faça você mesmo; sempre soubera disso.

Assim que Tico e Teco fossem embora, ele estaria fora dali.

E se você estiver errado? E se Shannon Flannery não tiver nada a ver com o desaparecimento de Dani?

Então, continuaria procurando. Sem parar. Até que encontrasse sua filha.

CAPÍTULO 5

Q*uem* era *esse maluco?*

Cuidadosamente, sem ousar evidenciar que estava acordada, Dani abriu um olho e estudou seu raptor. Era noite, ele estava dirigindo, as feições do rosto iluminadas pelo brilho esverdeado das luzes do painel, os grandes pneus do carro cantando ao contato com o asfalto da estrada.

Ela estava com medo, mais medo do que já tivera em todos os seus treze anos de vida, e parte dela queria se partir em milhões de pedaços e gritar, chorar pelo pai. Mas ela não o fez, não daria essa satisfação para esse imbecil. Ah, ela o deixaria pensar que estava ainda mais apavorada do que de fato estava, só para fazê-lo acreditar que não revidaria, que era frágil demais para tentar encontrar uma maneira de escapar, enquanto sua cabeça trabalhava e ela tentava não deixar que o terror a paralisasse.

Sem chance.

Ela sabia que, se quisesse sair dessa com vida, teria que contar com suas habilidades e com sua inteligência.

Mas estava algemada, os punhos unidos em frente ao corpo, o que realmente complicava as coisas.

Fazia *tae kwon do* desde os quatro anos, era faixa preta e vencera vários campeonatos. Sabia montar em pelo, atirava bastante bem com armas calibre 22, e seu pai, já tendo feito parte de um grupo de elite do exército, lhe ensinara quais os pontos vulneráveis de um homem, caso alguém tentasse agarrá-la.

Mas fora boba, não estava atenta quando esse idiota a agarrara do lado de fora do cibercafé. O cibercafé! Droga, ela fora uma imbecil. Sentiu o rosto corar de vergonha. Sempre se achara esperta, malandra, capaz de sustentar qualquer tipo de competição ou de briga, mas... esse maluco a enganara. Estava convencida de que ele fingira ser BJC27, ou descobrira, de alguma forma, os e-mails que ela trocara com Bethany Jane Crandall. Mas como? Tinha sido tão cuidadosa.

Agora se sentia uma total e completa idiota.

Mas não podia se preocupar com isso agora, não quando precisava descobrir como escapar. Como se metera nessa confusão era assunto encerrado. Cometera um erro — talvez, até, o maior erro de sua vida —, mas não estava morta, ainda, e trabalhava num plano para se libertar. Só não tinha esquematizado os detalhes. E ela não se esqueceria da faca coberta de sangue que vira nos fundos da van, a mesma que ele escondera quando pararam no acostamento e ele pensara que ela não estava olhando. E ainda havia o enorme saco de lixo preto cheio até a boca — de alguma coisa. Ela preferia não pensar que tinha um pequeno corpo embrulhado dentro do plástico opaco, ou os restos de outra criança que ele tivesse raptado.

Quase engasgou com esse pensamento.

Deus, por favor, me ajuda.

Começou a morder o lábio inferior, um hábito que ganhara quando a mãe adoecera. Parou com o sutil flagelo, recusando-se a mostrar qualquer sinal de fraqueza ou de que estava acordada. Precisava conduzir esse idiota à complacência.

Através dos olhos quase fechados, estudou as feições dele sob o brilho fantasmagórico da luz verde do painel. Nariz retilíneo, olhos fundos, boca dura como aço, uma barba obscurecendo-lhe o maxilar. Mantinha a velocidade entre noventa e cem por hora. O rádio estava ligado numa estação de notícias. Concluiu que a transmissão era de Santa Rosa, na Califórnia, o que fazia sentido. Estava atenta à quilometragem, espiando o velocímetro sempre que podia e calculou que estavam em algum lugar no norte da Califórnia.

Ele não usara o caminho mais fácil, no entanto. Primeiro, fora na direção leste, cruzara o estado de Idaho, onde, logo depois da meia-noite, nos arredores de uma cidade pequena a uns sessenta quilômetros de Boise, se pudesse confiar nas placas da estrada, entrara numa via longa, esburacada, que seguia por caminhos de grama desbotada, sapê e árvores aparentemente mortas. Galhos e mato rasparam o fundo do carro e a van pulara e sacudira ao passar por pedras e buracos. A estrada levara a um campo de mato amarelo à altura dos joelhos, rodeado de algumas construções destruídas e, obviamente, abandonadas.

Ele estacionara perto de uma garagem dilapidada, cujo teto estava afundando e as janelas estavam lacradas. Depois de uma rápida olhada na direção dela, saltara do carro e, sob a luz pálida da lua, espreguiçara. Ele era alto. Meio musculoso. E ela achou que devia ter por volta de trinta anos, talvez até estivesse perto dos quarenta.

Observara-o aproximar-se da garagem, mexendo nos bolsos no caminho. Encontrara algo que cintilava sob a luz fraca. Uma chave. Rapidamente, ele destrancara o cadeado, e as velhas portas da garagem se abriram com um rangido. Voltara à van, abrira as portas de trás e retirara sua mochila, uma caixa de ferramentas e duas outras caixas.

Meu Deus, ela se perguntara, será que o plano dele consiste em os dois ficarem ali? Arrepiara-se ao pensar que passaria qualquer quantidade de tempo sozinha com ele naquela casa de campo abandonada que, na sua avaliação, saíra diretamente de um filme de terror.

Como faria para fugir?

Para onde iria?

Ainda tinha seu celular, desligado e escondido no sutiã. Dera um jeito de movê-lo do bolso da calça de moletom imunda, enquanto ele pensava que ela ainda estava fora do ar por causa daquela coisa de cheiro horrível que ele usara para dominá-la, e antes que a algemasse. Mas tinha medo de que o aparelho caísse, se tentasse pegá-lo. Até agora, não tinha tentado usá-lo, temendo que, se conseguisse ligá-lo, o homem pudesse ouvir o barulho do celular sendo acionado. Era um telefone velho, não tinha GPS como os novos.

Mas seria arriscado tentar usá-lo naquela noite, então, por ora, ela decidira esperar e guardar a pouca bateria que tinha para quando estivesse sem algemas e soubesse que não ia se atrapalhar e deixá-lo cair. O plano era só usar o celular quando tivesse absoluta certeza de que estaria sozinha por mais que alguns poucos minutos.

Imaginava que só teria uma única chance de ligar para o pai.

Quando se sentara na van, esticara um pouquinho o pescoço e espiara pela janela. Vira os prédios isolados e decadentes. Mesmo sob o luar pálido, notara que a pintura da casa de campo estava descascada e gasta, as dobradiças podres e enferrujadas. Uma porta de tela ia e vinha, batendo ao sabor do vento que soprava sobre a paisagem seca. Um pedaço do telhado estava completamente destruído.

O que algum dia fora um depósito e uma casa de máquinas era hoje uma pilha de tijolos e pedaços de telhado derrubado.

Era tão silencioso ali.

Fora o barulho da porta de tela batendo, Dani não ouvia nada além do som da própria respiração.

Era como se tivessem parado no fim do mundo, onde a terra acaba. Ela tremia, apesar do calor, e engolia o medo que lhe escalava a garganta. Quanto tempo ficaria ali com ele? Questionou, enquanto olhava preocupada para os fundos da van, onde o saco escuro ainda estava.

Sentira a estranha necessidade de desfazer o laço amarelo que o amarrava e abrir aquela porcaria.

O que a impedira fora o medo de abrir o saco e encontrar uma garota morta, de olhos abertos, o olhar sem vida direcionado para ela.

Estremecera ao pensar nessa possibilidade, mas estava terrivelmente fascinada com o embrulho e seu conteúdo. O sangue já parara de escorrer dele e coagulara, formando uma mancha no tapete de borracha. Silenciosamente, usando ambas as mãos, já que estavam presas uma à outra, esticara os braços para trás por um segundo e tocara o plástico. Ele cedera ao seu toque, então, definitivamente havia algo mais para mole ali dentro.

Sua imaginação corria solta.

Precisava se controlar.

Não faz isso, repreendera-se em silêncio. *Esquece esse saco idiota e tenta descobrir um jeito de sair daqui!*

Ela suspirou e desviou o olhar dos fundos da van.

Nem pense nisso... pelo menos não tá fedendo... ainda não. Agora dá um jeito de sair daqui e ir buscar ajuda. O telefone não, você pode deixar cair, melhor esperar um pouco, mas faz alguma coisa!

Com a própria reprimenda servindo de incentivo, Dani trabalhou rápido.

Olhos fixos no vidro dianteiro da van, tentou abrir o porta-luvas e procurar algum tipo de documento — como o registro do automóvel, cartão de seguro, *qualquer* coisa que desse a ela uma pista sobre quem ele era ou o que queria. Sua outra esperança era que encontrasse algum tipo de arma ou alguma coisa que pudesse usar como tal. Se pelo menos encontrasse um canivete ou uma chave de fenda... mas o porta-luvas estava trancado.

O tempo era seu inimigo. Suando, sentindo os segundos rapidamente irem embora junto com sua chance de fugir, procurou freneticamente por algum tipo de ferramenta no interior escuro do carro. Um martelo, uma chave-inglesa, um estilete — algum objeto que pudesse esconder e conferir-lhe algum poder sobre o desgraçado. Mas não havia nada! Nem mesmo uma porcaria de caneta-tinteiro ou um lápis para espetá-lo no nariz, nos olhos ou onde quer que ela conseguisse alcançar.

Droga!

Olhou para cima e viu que ele entrava na garagem.

Vai, Dani!

Remexendo a bainha da blusa, enfiou os dedos dentro do sutiã. Com cuidado, um olho no para-brisa, ela puxou o telefone, que estava espremido na parte de baixo do seu seio esquerdo, até o meio do sutiã, depois para cima e sobre a pequena renda. Mas o aparelho, molhado de suor, deslizou na sua mão e acabou escorregando e caindo no chão. Não! Arfando, pegou o telefone com os dedos úmidos.

Graças a Deus. Seu coração batia desgovernado quando ela amparou o telefone numa mão e o abriu com a outra. A tela inicial se iluminou, a musiquinha soou, antes que pudesse tirar o som do aparelho. Lentamente, meu Deus, de maneira angustiantemente lenta, o telefone ganhava vida.

Ótimo!, ela pensou, o coração aos pulos enquanto vigiava pelo vidro do carro e checava novamente a localização do raptor.

Ele ainda estava na garagem.

Ela esperava ter alguns minutos de liberdade.

O visor mostrava que ainda tinha um pouco de bateria. Não era muita, mas já era alguma coisa.

Esperava escutar que tinha um milhão de mensagens do pai, mas a tela se apagou antes mesmo de dar sinal de vida. Com pavor, deu-se conta de que não havia sinal — não existia nenhuma torre de celular por perto. Seu telefone não era capaz de fazer nem receber chamadas!

Não!

Isso era impossível!

Mas era verdade.

Seu estômago revirou. Droga. Não poderia sair da van e andar pelos arredores, tentando achar um lugar que tivesse cobertura local, ou mesmo de *roaming*. Com vontade de chorar, desligou o telefone e voltou a guardá-lo no sutiã, onde estaria seguro, apesar de dolorosamente contra seu seio.

Não deixou que o desapontamento a derrubasse. Ficara com vontade de desistir, mas obrigara-se a lutar. Talvez houvesse outra oportunidade de fazer a chamada.

Tentou simplesmente ficar sentada e esperar, mas, por dentro, seu corpo gritava. Tinha que fazer algo que a ajudasse a escapar! Mas o quê? O que poderia fazer?

Olhou em volta, perscrutou o painel, os porta-copos e o banco do motorista, antes de pousar o olhar sobre o cinzeiro, onde dúzias de guimbas amassadas espremiam-se dentro do pequeno recipiente. Estava tão cheio que era impossível fechá-lo.

E cada guimba carregava um pouco do DNA do maluco.

Bom.

Sem pensar duas vezes, espichou o corpo até o meio da van e tentou pegar uma das guimbas de cigarro com as mãos algemadas. Se nada mais acontecesse, ela entregaria, algum dia, de alguma maneira, as pontas de Marlboro Light para a polícia. Eles fariam testes de laboratório, checariam seus bancos de dados e conseguiriam descobrir o esconderijo imundo daquele homem, exatamente como já vira em programas que desvendam crimes reais. E se fosse o caso de ela não ser capaz de falar... se fosse encontrada realmente ferida ou... até mesmo... Sentiu um nó na garganta e lembrou-se do saco de lixo nos fundos da van e do rastro macabro de sangue que escorria dele. Meu Deus...

Dani não queria pensar que aquele pedófilo desgraçado a mataria, que ele poderia usar a faca de lâmina comprida na sua garganta. Quase perdeu o controle sobre a bexiga quando considerou a hipótese, então, teimosamente, expulsou esse pensamento terrível e apertou os dentes até sentir dor. Decidiu que, se o filho da mãe tentasse alguma coisa, teria uma surpresa. Apesar de estar fazendo o papel da assustada, da garotinha tola, planejava lutar contra ele com unhas e dentes antes que ele conseguisse encostar um dedo nela.

No interior às escuras da van, ela se aproximou do banco do motorista.

As algemas dificultavam seus movimentos. O tempo estava se esgotando para ela.

Ainda assim, tinha que tentar. Não podia simplesmente bancar a medrosa para sempre. Mas teria que ser cuidadosa. Não poderia deixar que nada entornasse do cinzeiro para não levantar suspeitas.

Lambeu os lábios. Disse para si mesma que era como jogar pega-varetas, aquele jogo de que brincara com Allie Kramer. A meta era tirar uma vareta de um monte de outras misturadas sem mexer em nenhuma delas. Ela era boa naquilo. Mas pegar varetas num jogo era bem diferente de pegar guimbas de cigarro amassadas num cinzeiro.

Limpou o suor das palmas das mãos na calça e prendeu a respiração. Com cuidado, tentou tirar um dos cigarros amassados e fedorentos do recipiente. Assim que seus dedos agarraram o filtro, um rugido colossal rasgou a noite, o rugido de um motor sendo ligado. Dois fachos idênticos de luz brilharam através das portas abertas da garagem. Assustada, Dani deu um pulo. E foi quando guimbas de cigarro voaram para o chão do veículo — a olhos vistos.

Jesus do céu, ela seria pega!

Estava prestes a tentar devolver as pontas de cigarro ao cinzeiro ou empurrá-las para baixo do banco quando uma caminhonete preta saiu da garagem, seus faróis faiscando como os olhos de um monstro.

Dani sentou, paralisada, o suor parecia congelar no seu couro cabeludo.

Ficou observando o maluco estacionar o carro nos fundos da garagem, depois vir correndo em direção à van.

O coração dela parou.

Ah, não!

Ele veria os cigarros espalhados e adivinharia seus movimentos.

As botas dele amassavam ameaçadoramente o chão de terra.

Com o medo subindo-lhe pela garganta, ela guardou a guimba no bolso e rezou silenciosamente para que ele não percebesse nada de errado. Suava pelo esforço e de nervoso, mas forçou-se a fingir estar somente aterrorizada.

Com o que não foi difícil.

Apesar de mal conseguir respirar, tentou pensar em como impedi-lo de ver o que tinha feito.

Tinha que distraí-lo!

Era isso!

Antes que ele notasse algo estranho.

Seu coração batia tão forte que ela tinha certeza de que ele seria capaz de ouvir. A guimba de cigarro no seu bolso pesava como uma pedra. Ai, que plano idiota! Ele veria as pontas espalhadas no chão e saberia o que ela andara fazendo. Provavelmente a revistaria e encontraria o telefone!

Ele entrou no carro e olhou rapidamente para ela, o que a fez derreter por dentro. Sem uma palavra, ligou o motor, dirigiu reto pelo caminho acidentado, parou e engatou a marcha à ré. Agarrou o encosto do banco com o braço, seus dedos quase alcançando-lhe o pescoço, conferiu os retrovisores e olhou por sobre o ombro, enquanto fazia a manobra, rapidamente encaixando a van dentro da garagem dilapidada.

Dani mal podia respirar.

Perguntava-se se ele a deixaria ali. Se a algemaria à porta. Se a amordaçaria e a abandonaria para que morresse naquela van escura, fedorenta, em companhia da garota morta do saco de lixo atrás dela.

Meu Deus!

Sua boca estava seca.

Ou será que a levaria com ele?

Qualquer das opções era terrível.

Prendeu a respiração e esperou.

A van era tão grande que só sobravam alguns centímetros entre o carro e as paredes da construção antiga. Mas, de alguma forma, quase sem esforço, ele estacionara sem arranhar o para-lama. Quando freou, as luzes traseiras vermelhas iluminaram fantasmagoricamente a garagem pequena. Dani murchou por dentro ao ver as paredes daquela alcova velha cobertas de teias de aranha.

Com um grunhido de satisfação, o monstro colocou o carro em ponto morto e desligou o motor. — Anda, vamos nessa. Sai do carro — ele ordenou. Desativou a tranca automática das portas, fazendo com que a sua maçaneta funcionasse. Quando abriu a porta do motorista, a luz interna se acendeu. Virou-se para ela, os olhos intensos estreitando-se um pouco. — Não adianta tentar nenhuma gracinha. — Depois, saltou para o pequeno espaço que a porta aberta permitia do lado de fora e varreu o interior do veículo com os olhos.

Dani congelou.

— Eu disse vamos nessa! — Estendeu os braços e pegou seu maço de Marlboro, uma nota fiscal velha de gasolina e um bloco de anotações. Foi quando viu as guimbas amassadas espalhadas no chão do carro, perto do acelerador. — Que porra é essa?!

Desviou seu olhar para o rosto dela. Dani fingiu não perceber enquanto simulava uma dificuldade com a porta. Como se tentasse se equilibrar, chutou "acidentalmente" o painel, seu pé acertando o cinzeiro lotado. Outros cigarros caíram. — Eu não consigo sair daqui. — Ela gemeu, o lamento na própria voz fazendo-a encolher internamente. Odiava agir como uma menininha patética e assustada. Apesar de estar com medo, o que realmente queria era ter a chance de dar um chute na região que interessava e arrancar os olhos do psicopata.

— Meu Deus, você é uma imbecil — ele rosnou, dando um peteleco nas guimbas incriminadoras. — O que é que você tava fazendo? Tentando fugir? — Seus lábios se abriram sobre os dentes e os olhos brilharam, demoníacos.

Dani estremeceu.

— Não banca a espertinha, garota. — Bateu a porta do motorista e deu a volta rapidamente atrás da van.

Dani abriu a porta do passageiro e quase caiu do lado de fora. Quando as solas dos tênis tocaram o chão de terra da garagem, sentiu os dedos dele contra sua nuca, enroscando a gola da sua jaqueta. O cheiro de terra misturada a anos de poeira encheu-lhe as narinas e ela pensou ouvir asas batendo sobre eles, asas de morcego ou de coruja.

Ele a colocou de pé quase sem esforço. — Escuta — rosnou ao seu ouvido, a barba por fazer roçando-lhe a bochecha, o hálito ainda recendendo à fumaça do último cigarro. — É melhor você fazer o que eu tô mandando, senão vai se arrepender!

Ela sentiu um arrepio de repulsa. Achou que molharia as calças. Pior, seu celular começou a escorregar pela pele suada.

Ele a puxou para longe da van e bateu a porta. Com os pés ainda tentando se equilibrar em chão firme, enquanto ele a arrastava, ouviu-o rosnar no seu ouvido:

— Vou avisar uma última vez: não tenta fazer uma merda comigo. Entendeu? Nenhuma merda! — Sacudiu-a com força e o telefone deslizou ainda mais.

Não!

Ela tentou desesperadamente apertar os braços contra o corpo. Mas ainda podia sentir o aparelho deslizando.

Quando ele a largou, ela perdeu o equilíbrio e bateu no paralama da van. Sentiu o calor do metal do capô enquanto o motor esfriava. O telefone escorregou para o chão da garagem. Ela se encolheu, esperando ser descoberta.

— Agora anda, garota. A gente não tem muito tempo.

Ele estava nervoso quando a empurrou para frente e fechou a porta do passageiro. Mas, na confusão, não viu o celular, espremido atrás do pneu. Ela queria mergulhar e apanhar o telefone, mas sabia que seria pega. Queria gritar, sair correndo, mas qualquer tentativa de fuga naquele momento teria sido inútil. A fazenda abandonada era tão afastada que ninguém jamais a ouviria.

Então, estava fadada à passividade. *Me ajuda*, ela rezava silenciosamente enquanto andava aos tropeços em direção ao caminhão preto. *Me ajuda... por favor, Deus, me ajuda!*

Desejava ardentemente não ter faltado às aulas de domingo da igreja sempre que tivera chance. Quando sua mãe era viva, Dani era obrigada a ir, mas, desde que ela morrera, o pai não forçara sua natureza pouco religiosa. E ficara grata por não ter que acordar cedo aos domingos para ouvir a professora, Jewel Lundeen, com seu sorriso açucarado e seu poder de aço — uma mulher que a forçara a decorar passagens da Bíblia para, depois, caso ela as esquecesse, relembrá-la calma, porém firmemente, da importância de se conhecer as palavras do senhor.

Pior ainda, parecia realmente ter prazer com coisas estúpidas, como fazer fantoches de Jesus e colocar os alunos para brincar de marionetes com o filho de Deus e os apóstolos. Jesus andando sobre as águas. Jesus jogando pequenos pedaços de pão no lago de celofane. Jesus transformando os minúsculos jarros d'água em refrigerante de uva.

Era tão absurdo, mas, enquanto era escoltada em direção à caminhonete preta por um homem de quem morria de medo, Dani desejava ter prestado mais atenção. Não que não acreditasse em Deus. Ela só não acreditava naqueles rituais tolos; então, quando sua mãe morreu, o pai concordou que ela abandonasse a tradição das manhãs de domingo, desde que a substituísse por algo ao ar livre.

O que era muito mais legal.

Ou era isso que ela pensava até estar sentada no banco de passageiro de um cretino doente que a raptara. Se, pelo menos, ele não fosse tão cuidadoso! Se cometesse um erro. O coração dela afundou quando viu que ele fechava as portas da garagem com calma, trancando-as com segurança, antes de se aboletar atrás do volante desse novo veículo e virar o nariz para a estrada: um caminho sinuoso que ia em direção ao sul.

Agora, depois de dias que pareciam meses, ela sabia que estava na Califórnia; ouvira muitos programas de rádio para saber disso. Enviou mais uma prece a Deus e esperou, com fervor, que Ele escutasse. Que a perdoasse.

Que o pai a encontrasse.

Seu raptor não estava facilitando as coisas, no entanto.

Dia sim, dia não, ele trocava as placas dos carros, primeiro, da van branca empoeirada, agora, da caminhonete. Originalmente, tinha placas de Idaho. O que mudou quando foram em direção ao sul, a caminho da fronteira de Montana, e ele roubou a placa de trás de um utilitário de Washington.

E durante todo o tempo em que ziguezaguearam, cruzando o Wyoming, o Colorado e Nevada, ela manteve a guimba de cigarro escondida. Ele tinha um banheiro químico portátil na traseira do caminhão sob uma cobertura, e, quando ela disse que precisava ir ao banheiro, ele tirou suas algemas e deixou-a ir, sempre seguindo-a bem de perto.

A comida era comprada em restaurantes drive-thru ou em postos de gasolina, sempre tarde da noite, e toda vez ele a observava como uma águia; a faca, sempre uma ameaça visível.

Em nenhum momento, desde que a colocara à força dentro da van, ele a vendara, e isso era uma preocupação. Todos os programas de detetive que já vira na televisão sugeriam que, se ele não estava preocupado com o fato de ela ver seu rosto, então provavelmente a mataria para que ela não pudesse identificá-lo.

Sua garganta se fechou diante de tal pensamento, mas ela não se rendeu ao medo. Ele a mantivera viva até agora. Sequer tocara nela, a não ser para empurrá-la para dentro e para fora da van. E quando lançava um olhar na sua direção, não parecia vê-la. Era como se ela não fosse nada além de uma carga com a qual ele tinha que lidar.

Ele era silencioso. Sério. Uma raiva latente era evidente na maneira com que segurava o volante, ou pressionava os lábios quando precisava diminuir a velocidade, ou mesmo parar, por causa de obras na estrada. Quando falava com ela, era para latir ordens e lembrá-la de que, se fizesse o que ele estava mandando, não se machucaria.

Até agora mantivera a palavra.

O que ele queria dela? Não. Ela nem sequer queria pensar nisso.

Como se sentisse que ela o observava, rapidamente olhou em sua direção. Dani deixou as pálpebras penderem, fingindo dormir, encostada à janela do banco de passageiro, o tempo todo com vontade de gritar.

— Eu sei que você tá acordada — ele disse.

Sua voz era profunda e rouca, arranhando seus ouvidos como lixa. Ela o odiava. *Odiava.*

— Não adianta fingir. Então, para de me encarar, ok?

Ele apertou o isqueiro do painel, ela ouviu o barulho familiar, depois o chacoalhar de celofane enquanto ele abria outro maço de cigarros. Marlboro Lights. O isqueiro pulou na hora em que ele freou e ela o ouviu mexer nele, depois sentiu o cheiro típico, forte, da fumaça. Ele deu uma tragada e abriu a janela, o ar fresco sendo rapidamente tomado pelo aroma de tabaco queimado.

Enquanto os pneus rolavam sobre o caminho seco e insetos se chocavam contra o para-brisa, Dani tentava pensar numa maneira de fugir. Na próxima parada? Quando ele parasse para dormir? Mas como? Ele sempre a deixava algemada.

Todo problema tem uma solução. Às vezes, a gente só precisa trabalhar duro para encontrá-la.

Ela quase podia ouvir a voz do pai. Ele repetira essa frase inúmeras vezes. Sempre que ela tinha um problema no colégio com os amigos, quando tinha certeza de que não ia passar na próxima prova de matemática, quando a linha da vara de pescar ficava presa em galhos de uma árvore envergada sobre o rio.

Lágrimas encheram seus olhos. O pai era alto. Forte. Honesto. E duro. Realmente duro. Mesmo quando a mãe morrera, ele dera um jeito de ficar firme.

Engoliu um soluço e endireitou-se, com algum esforço. Arriscando mais uma olhada para o raptor, Dani pensou no pai novamente. Ele iria atrás dela. Ela sabia disso. Mas quando? E como? Esse cara não ia deixar nenhum tipo de rastro, especialmente porque trocava as placas sempre que tinha oportunidade. Quais as chances de ser parado?

As mãos de Dani, algemadas, se fecharam.

De alguma maneira seu pai iria encontrá-la.

Ele tinha que fazer isso.

E logo.

CAPÍTULO 6

Armado de algum conhecimento e muita suspeita, Travis estacionou a picape a uns dois quilômetros da casa de Shannon Flannery. Dirigira doze horas sem parar, da sua casa no Oregon até Santa Lucia, na Califórnia. Passara pela rua dela e desviara da estrada principal, porque não queria ser visto. Por mais que quisesse invadir sua casa e exigir respostas, concluiu que seria melhor observar o lugar por um tempo e examinar os arredores, na tentativa de descobrir se Dani estava em algum lugar por perto.

Era noite. As poucas estrelas no céu e a lua crescente ofereciam pouca luz e, apesar da camada fina de nuvens flutuando no céu escuro, a temperatura estava vários graus acima dos vinte e cinco.

Furtivamente, todo de preto, carregando uma mochila, ele correu pelas ruas de trás e por terrenos baldios, assustando um gato que se escondia nas sombras, fazendo com que um cão no final da rua começasse a latir sem parar.

Cortou caminho cruzando várias alamedas, deu a volta num campo de tiro, até deparar com uma cerca de tela danificada, circundando a propriedade dela. Novas placas de NÃO ENTRE haviam sido pregadas, mas ele as ignorou, bordejando a linha da cerca, movendo-se nas sombras da noite até o ponto mais distante, onde viu, através de carvalhos maltratados, uma luz suave emanando das janelas de uma casa. A propriedade de Shannon Flannery, onde ela treinava cães de busca e resgate.

Teria que ser cuidadoso.

Silencioso.

Manter-se na direção do vento.

Deu a volta no terreno até chegar a um bosque de árvores esparsas próximo à cerca. Menos de trinta metros adiante estava a casa. A casa dela. Espichando-se por sobre a cerca, aterrissou suavemente do outro lado, depois esgueirou-se ao longo de alguns arbustos até o chalé de dois andares. Ela estava em casa, ele ouviu sua voz através de uma janela aberta. Mas, de onde estava, só conseguia escutar trechos da conversa.

— ... tô te falando... eu não sei... — ela dizia enfaticamente, a voz baixa e calma.

Fez uma pausa, como se escutasse a resposta.

Depois, a viu passando pela janela, o telefone na orelha. Ele não moveu um músculo.

— ... desculpa... escuta, Mary Beth, o Robert não me conta nada, você sabe disso... — Mais uma pausa. Ela parou de repente e andou até a janela, seus olhos examinando o terreno onde ele estava. O cabelo vermelho dela brilhava sob a luz do teto, as sobrancelhas franzidas em sinal de atenção, os lábios carnudos apertados.

Seu coração disparou, na certeza de que ela o veria. Em vez disso, ela suspendeu o cabelo do pescoço, usando a mão livre, e fez um sinal afirmativo com a cabeça, como se a pessoa do outro lado da linha pudesse vê-la.

— Eu não sei se é uma boa ideia... certo... não posso explicar o que se passa na cabeça dele... eu acho... — Ela fechou os olhos, jogou a cabeça para trás e suspirou. E ele pôde ver um pedaço do colo levemente bronzeado sob o decote em V da blusa e a cavidade entre os seios.

Sentiu um aperto na garganta quando viu o suor deslizando pelo pescoço dela até atingir a fenda velada. Pela primeira vez, desde que deixara Falls Crossing, dava-se conta do quanto fora tolo, de como vinha agarrando-se a qualquer coisa sem sentido. O que essa mulher poderia saber sobre a Dani? Quais eram as chances de que Dani a tivesse contatado? O que ele estava pensando ao dirigir feito um louco até ali, certo de que essa mulher estava de alguma maneira por trás do desaparecimento da sua filha?

Deslizou o maxilar para o lado.

— ... Eu não faria isso, se fosse você, Mary Beth. Olha só, eu sei que não sou muito boa pra dar conselhos, mas...

Mais uma vez ela foi interrompida e seus olhos se arregalaram. Ela suspendeu a cabeça e o seu rosto corou. — Já chega. Eu não tenho que ouvir esse tipo de coisa de você, nem de ninguém. Tchau! — Desligou o telefone. Trincou os dentes por uns instantes, murmurou alguma coisa e se afastou da janela.

Travis deixou o ar escapar dos pulmões.

E agora?

Passou as mãos no cabelo. Estava prestes a ir embora, quando percebeu alguma coisa. Um movimento. Perto da lateral da casa.

Uma pessoa ou uma sombra? Não saberia dizer.

Agachou-se, escondendo-se automaticamente. Será que ela o teria visto e saído silenciosamente? Ele procurou seus binóculos de visão noturna dentro da bolsa sem tirar os olhos do ponto em que achava ter visto alguém sob as árvores.

Mas a figura fora embora, e, depois que abriu a bolsa, tirou o binóculo e o apontou para a área onde pensava ter avistado alguém; percebeu que não havia nada, só uma bomba d'água e uma torneira comprida.

Suando, moveu o binóculo em volta do terreno. O som de grilos quase sucumbia ao zumbido da rodovia a alguns quilômetros de distância e do ribombar de um trem em algum trilho distante.

Não ouviu passos, não viu ninguém escapando pelas imediações ou se escondendo atrás das árvores.

Eram só seus nervos pregando-lhe uma peça.

Deu mais uma varrida na área com o binóculo, depois guardou-o com cuidado na bolsa. Girou nos calcanhares, pensando em qual seria seu próximo passo. Será que deveria vigiar a casa, observar quem entrava e saía?

E se ela não tivesse nenhuma conexão com Dani? Isso era certamente possível. Só porque ela era a mãe biológica da sua filha e Dani andava interessada em descobrir quem eram os pais verdadeiros? Talvez isso não quisesse dizer muita coisa. Talvez tenha sido um lapso tremendo pensar que Shannon Flannery a teria, de alguma maneira, enganado e levado para longe; o lapso de um homem desesperado e impotente.

Jesus Cristo, ele pensou. Aqui estava ele, sozinho num terreno, espionando uma mulher que ele não conhecia, uma mulher provavelmente inocente. Mas que opção ele tinha? Telefonara seis vezes para Falls Crossing, desde que saíra de lá, falara com as autoridades encarregadas das investigações.

Nenhum telefonema haviam recebido.

Nenhuma pista nova fora encontrada.

Nenhum pio de quem quer que estivesse com sua menina.

Filho da mãe, pensou, *desgraçado filho da puta!*

De pé, deu as costas para a casa de Shannon e guardou seu equipamento de observação.

Que bem faria transtornar a vida dessa mulher? O fato de estar desesperado não justificava...

BUM!

Uma explosão.

A terra tremeu.

Vidros estilhaçados.

O que foi isso?

A cabeça de Travis chicoteou para trás, os olhos fixos na casa de Shannon.

Estava intacta.

Mas um prédio próximo ao chalé, uma espécie de barracão, de repente estava em chamas. Labaredas vazavam o telhado, fagulhas voavam alto e caíam sobre o terreno ressecado.

Travis começou a correr.

Puxou o celular do bolso.

Discou 9-1-1 enquanto corria.

Um toque.

— Nove-um-um, qual a emergência? — a atendente perguntou.

BAM!

Outra explosão e o telhado do barracão se espatifou em mil pedaços. O fogo fazia uma espiral no firmamento. A escuridão dispersa em meio a lampejos de chamas selvagens abrindo caminho até o céu.

Cachorros uivavam.

Cavalos relinchavam.

— Fogo! — Travis gritou ao telefone enquanto corria. — E duas explosões na casa de Shannon Flannery. — Deu às pressas o endereço que sabia de cor não fazia nem uma semana. — Manda os caminhões. Os carros de emergência. — A fumaça expandia-se no céu noturno. Chamas crepitavam, gananciosas. Fagulhas incendiavam as folhas, a grama, os galhos secos.

— Tem alguém ferido?

— Eu não sei, ainda. Você pegou o endereço? — ele gritou.

Ela repetiu o endereço para ele.

— As equipes de emergência já estão a caminho.

— Manda correrem! — Travis desligou o telefone e, com as mãos no topo da cerca, jogou-se para dentro da propriedade de Shannon e começou a correr novamente.

BUM!

As janelas chacoalharam.

As portas tremeram.

Shannon, subindo as escadas, agarrou-se ao corrimão. — O que foi isso? — sussurrou, o coração imediatamente em disparada. Tendo o medo como condutor, voou escada abaixo.

Com um latido seco, seguido de um grunhido, Khan correu para a porta da frente. Uivando, arranhando, os pelos do pescoço eriçados, começou a latir dando o alarme.

Shannon olhou pelas janelas perto da porta da frente.

Seu sangue congelou.

Luz e sombra se intercalavam na escuridão. Com o canto dos olhos, avistou o barracão, a apenas alguns metros do estábulo. Labaredas atravessavam o telhado em direção ao céu. — Meu Deus, não! — gritou.

Voou até o seu celular, arrancando-o do carregador. *Os cavalos! Os cachorros!* Discou 9-1-1 e continuou andando em direção à cozinha. A ligação foi atendida no primeiro toque:

— Nove-um-um, qual é...

— Aqui é Shannon Flannery! — ela gritou ao telefone ao mesmo tempo que arrancava o extintor de incêndio da parede, perto da porta dos fundos, e dava seu endereço duas vezes. — Teve uma explosão aqui e agora tá pegando fogo num barracão da minha propriedade! É muito fogo! Manda alguém rápido!

— Tem alguém machucado?

— Ainda não! Você pegou o endereço?

— Peguei.

— Ótimo. Avisa ao Shea Flannery, da polícia. Ele é investigador de incêndio e é meu irmão!

Desligou e enfiou o celular no bolso do jeans.

BAM!!!

Outra explosão ecoou pela casa. *Ai, meu Deus, por favor, não deixa machucar os animais!* Pensou nos caminhões com o tanque quase cheio, nos cavalos e cachorros presos nos abrigos. *Jesus! Não! Por favor, não!*

Abriu a porta. Uma parede enorme e barulhenta de fogo estava consumindo as vigas de madeira velha do barracão, o telhado. O calor irradiava de ondas de fogo a caminho do céu. Uma fumaça densa e negra formava nuvens assustadoras que queimavam suas narinas, fechando-lhe a garganta. Em meio a tudo isso, relinchos e latidos assustados dos animais apavorados rasgavam a noite.

Se pelo menos o Nate estivesse aqui!

Se pelo menos os bombeiros estivessem aqui!

A que distância ela estava deles? Cinco minutos? Dez? Nesse tempo, todas as construções de madeira da propriedade estariam envolvidas pelo fogo.

Calçou as botas às pressas e agarrou o extintor, sabendo que era muito pequeno para dar conta das chamas que consumiam o barracão. Mas o dióxido de carbono pressurizado ajudaria a adiar o avanço do fogo, deitando uma fina camada do produto que retardaria o progresso das chamas.

Khan uivava e se mantinha ao lado dela. Shannon forçou-o a ficar dentro de casa, ignorando seus ganidos de preocupação. Ela podia ouvi-lo latir e arranhar freneticamente a porta enquanto cruzava correndo o caminho até o portão.

Sem diminuir o passo, abriu a lingueta do extintor e apontou-o para o chão, onde fagulhas queimavam galhos, folhas e arbustos. Uma camada grossa do pó químico espalhou-se.

Com o canto dos olhos, viu o homem correndo em sua direção. Ela se virou, lançando um jato de CO_2 à frente, e ele desviou rápido.

— Ei! Cuidado! — ele gritou mais alto que o rugido das chamas.

— Quem é você?

— Eu vi o fogo e chamei a emergência. Achei que podia ajudar.

Camuflado em jeans escuro e luvas.

Como o inferno.

Ela virou o extintor na sua direção novamente e ele se afastou mais uma vez. Mãos sobre a cabeça, ele se esquivava do pó químico.

— Você pode me atacar, se quiser, ou você pode confiar em mim! — ele gritou. — Eu tô aqui pra ajudar.

— Eu não te conheço!

—Eu também não te conheço, mas você tem um problema e tanto pra resolver.

Uma viga do teto do barracão cedeu e o telhado veio abaixo. Fagulhas irromperam na noite. O estranho estava certo. Não havia muito tempo.

— Melhor você se afastar agora — ele ordenou, movendo-se em direção ao extintor. — Isso não vai ajudar muito.

— Vai ter que ajudar! — ela declarou, dirigindo-se para a porta do estábulo. Ele estava logo atrás dela, mantendo alguma distância, sabendo que ela podia atirar um jato de CO_2 em cima dele se quisesse.

— O que você pensa que tá fazendo?

— Soltando os cavalos. — Ela agarrou a maçaneta da porta da cocheira. De dentro vinha o som dos relinchos assustados dos cavalos. Cascos arranhavam o piso coberto de palha das baias. Sobre esse som, o fogo crepitava quente e alto, queimando barulhento. — Quem você disse que era?

— Não importa. Sério, você tem que sair daqui. Tudo isso, os prédios, as árvores, a grama, pode ir pro espaço em segundos.

— Eu vou.

— Eu tô falando agora!

— Eu não posso! — Ela não tinha tempo para discutir. Andando ao redor dele, viu suas feições sob o reflexo dourado das chamas e se perguntou mais uma vez quem ele era, esse homem alto, de ombros largos, olhos intensos e feições que pareciam entalhadas em granito. Ostentava um nariz que parecia ter sido quebrado pelo menos uma vez. — A gente não tem tempo! — ela gritou com todas as forças. — Ou você me ajuda ou sai da minha frente!

— O que eu posso fazer?

Ela não pensou duas vezes: — Vai até o outro barracão. É o canil. — Ela apontou para o prédio comprido e baixo, espremido entre a cocheira e a garagem. — Deixa os cachorros saírem, ok? Não importa pra onde eles vão, só importa que eles saiam de lá.

Ele já estava se virando.

— Tem um extintor na entrada. Depois que você soltar os cachorros, usa o extintor no que der, depois liga a mangueira do jardim. Ela fica presa na parede de trás da casa!

— Ok!

Ela entrou pela porta do pandemônio em que se transformara a cocheira.

Os cavalos andavam para trás, relinchando apavorados enquanto a fumaça tomava conta do recinto. Ela viu o fogo pelas janelas, as chamas crescendo, indo em direção ao céu com seus dedos selvagens, demoníacos, lançando chamas vermelho-sangue que volteavam e pulavam dentro da cocheira. O som de fundo era um rugido distante.

Ainda carregando o extintor, acendeu a luz. Nada aconteceu. — Merda! — Pressionou o interruptor novamente, mas foi inútil. Suando, correu pelo corredor que separava as duas fileiras de baias.

Os cavalos espumavam, as patas batendo nas portas das baias, os olhos brancos e ariscos. O cheiro de urina e excremento misturava-se ao de suor e medo e eram sobrepujados pelo poderoso e sempre presente odor da fumaça.

— Shh... — ela tentou acalmar os animais, com voz suave, a mentira chegando com facilidade. — Tá tudo bem.

Onde é que foram parar os bombeiros?

Tentou acionar o interruptor de luz deste lado do prédio.

Novamente nada aconteceu.

— Inferno!

Ela teria que trabalhar no escuro. Não tinha tempo de procurar uma lanterna e, de qualquer maneira, conhecia o lugar como a palma da mão.

Rápido! Rápido! Rápido!

Esgueirou-se ao longo da parede. Tateando, destravou a grande porta dupla que dava para o piquete descoberto e empurrou-a. As bandas se abriram. Chocaram-se contra as paredes do lado de fora.

A luz avermelhada e tremeluzente do fogo crepitava dentro do prédio em meio à fumaça negra. Rapidamente, ela prendeu as portas, mantendo-as abertas para o lado protegido do estábulo, onde o piquete comprido e seus portões permitiriam que evacuasse os animais, caso fosse necessário.

Voltou para dentro da cocheira.

BAM!

Ela pulou.

As portas dos fundos do prédio, exatamente por onde entrara minutos antes, bateram, fechando-se.

— Ei! — ela gritou, mas não houve resposta. Seu coração, já aos pulos, começou a bater mais freneticamente ainda. O vento ou o estranho, seja lá quem ele fosse, havia batido aquela porta.

Mas por quê?

Ai, Jesus, ela não podia se preocupar com isso agora. Tinha que levar aqueles cavalos para algum lugar seguro.

Segurando o extintor debaixo do braço, cruzou o corredor, refazendo seus passos. Destravou primeiro a baia à sua direita, onde ficava o cavalo castrado preto de Nate, e disse suavemente:

— Anda, garoto, vem. — Mas o animal não precisou ser coagido. Em meio a uma nuvem de fumaça preta, saiu correndo da baia, as ferraduras ecoando sobre o concreto, o rabo negro sacudindo atrás de si.

Um já foi. Só faltam sete!

O suor escorria-lhe pelo rosto e pelos braços. Destravou a baia do outro lado do corredor e a tordilha cheia de energia saiu em disparada. Tão frenética estava a égua que tropeçou no concreto, arranhando-se na lateral da baia, quase perdendo a ferradura enquanto galopava para a área descoberta.

Até agora, tudo bem.

O ar estava denso e Shannon começou a tossir, mas os cavalos estavam conseguindo escapar. Quando ela alcançou a próxima baia, ouviu o latido dos cachorros e esperou fortemente que o estranho que aparecera por ali os estivesse soltando.

Quem seria ele?

Por que estava ali, parecendo esperá-la no pátio de estacionamento?

Será que ele tinha começado o incêndio?

Ai, pelo amor de Santa Maria, Shannon, não fica pensando nisso agora. É hora de se preocupar em colocar esses animais pra fora!

Abriu a baia do lado esquerdo e uma égua branca de focinho e patas cinza voou pela porta aberta. Outras duas a seguiram rapidamente.

Adrenalina injetada nas veias, continuou abrindo as baias, uma de cada vez, evitando uma fuga desordenada, ou mesmo ser pisoteada pelos cavalos. Dois cavalos, um preto e um cinza, saíram correndo das baias respectivas, o barulho dos cascos chocando-se contra o cimento misturava-se ao rugido do fogo ardente.

Só mais um!

Grossas nuvens de fumaça agitavam-se lá dentro e ela estava tossindo — a visão já prejudicada quando alcançou a última baia. Abriu a portinhola, esperando que a égua assustada saísse correndo, mas ela estava acovardada ao fundo, tremendo, a pele encharcada de suor, a espuma manchando-lhe o pelo.

— Vem, garota — Shannon disse, deslizando para dentro da baia e largando o extintor para ficar com as mãos livres. Depois o pegaria de volta. Agora, o mais importante era tirar a égua dali.

— Hora de sair daqui. — A égua resfolegou e empinou, as orelhas balançando nervosas, o olhar selvagem. Suavemente, Shannon tentou encorajá-la, movendo-se delicadamente para a frente na intenção de alcançar o cabresto do animal.

Conseguiu.

Crash!

Uma janela explodiu, espalhando vidro.

A égua relinchou e empinou, sacudindo as patas dianteiras. Shannon esquivou-se do ataque. — Não, não, não, Molly. Calma... vem aqui. — Ela falou baixo e com segurança, sem demonstrar medo, apesar de, por dentro, estar gritando para que a égua saísse dali, para que corresse com os outros, para que seguisse a tropa! — Vamos — Shannon disse, as botas esmagando o vidro espalhado pelo chão, o calor queimando-lhe a pele.

Ao fundo, destacando-se sobre o barulho terrível das chamas, ouviu o primeiro ruído desmaiado das sirenes. *Carros de bombeiros! Graças a Deus! Rápido! Antes que seja tarde demais!*

Movendo-se devagar, porém decididamente, ela fixou o olhar na égua e levantou a mão até o cabresto. Não teria tempo de achar uma rédea, simplesmente precisava tirar o animal assustado dali e levá-lo para fora. — Isso, vamos lá — ela disse e agarrou o cabresto de couro.

A égua levantou a cabeça bruscamente.

Shannon não esmoreceu.

Um rasgo de dor atravessou seu ombro.

A égua refugou, quase arrancando o braço de Shannon.

— Não!

Uma pata pesada e preta a atacou.

Shannon, ainda segurando o cabresto, tentou escapar do golpe.

Um casco arranhou-lhe a têmpora.

A dor explodiu atrás de seus olhos.

Ela começou a cambalear para trás, mas não soltou o cabresto.

Então, um casco atingiu seu ombro já ferido e desceu arranhando-lhe o corpo. Parecia golpear cada uma de suas costelas, antes de finalizar o ataque chocando-se contra seu quadril. A dor percorreu toda a lateral do seu corpo e uma tela negra escureceu-lhe a consciência.

— Para — ela murmurou e agarrou-se ao cabresto como se sua vida dependesse dele. Se o soltasse agora, não seria capaz de alcançá-lo novamente, não conseguiria salvar a égua. — Vem agora — ela insistiu, ignorando a dor que lhe ardia pelo corpo. Os dedos fincados às tiras de couro, ela puxou lentamente, lutando contra o impulso de apagar por completo, conduzindo o animal rebelde através da porta da baia.

Lá fora o fogo rugia. Ela viu o incêndio crescente através da janela, lambendo e destruindo tudo, ao passo que as chamas alastravam seu calor malévolo.

Com o canto dos olhos, viu uma sombra.

A figura de um homem dentro do estábulo. *Ai, meu Deus, será que aquele idiota que apareceu por aqui não foi soltar os cachorros?*

Virou a cabeça para olhar para ele, mas não havia ninguém ali, não era nada além da sua imaginação pregando-lhe uma peça.

A égua se esquivou, tentando refugar novamente, mas Shannon, o braço doendo intensamente, aguentou firme. Ela precisava de foco, não podia se distrair. A prioridade era tirar o animal dali e levá-lo ao piquete lá fora, longe do fogo. Depois checaria o canil. Concentrando-se na porta aberta nos fundos, a uma distância que parecia impossível, ela continuou a mover-se. Se conseguisse chegar lá fora, se conseguisse lutar contra a tela negra que a rondava. Seu ombro gritava de dor e ela sentiu um filete de sangue escorrer pela lateral do corpo, onde a égua a acertara com o casco e arranhara a pele.

— Vamos, vamos — ela sussurrou, mais para si mesma que para a égua. — Você consegue.

A abertura da porta insinuava-se à frente delas. Só mais alguns metros! Além da porta de entrada, o céu noturno era de um laranja demoníaco. A fumaça fazia lágrimas brotarem de seus olhos e ela tossia, mas continuava colocando um pé diante do outro. Ouviu o ganido dos cães e rezou para que estivessem em segurança, para que o estranho tivesse conseguido soltá-los.

Quem era aquele homem que aparecera do nada? Um anjo da sorte? Um bom samaritano que, simplesmente, estava passando por ali? Ou ele estaria envolvido de alguma maneira com o incêndio terrível? Como era mesmo o nome dele?

Ele não dissera. Pelo menos, ela achava que não. Sua cabeça estava meio confusa, ela mal conseguia respirar. Forçou-se a continuar caminhando. Estavam tão perto... tão perto...

Não teve tempo de se perguntar novamente quem seria aquele homem estranho, nem mesmo quis considerar a possibilidade de estar relacionado de alguma forma ao incêndio que viu pelas janelas, agora ardendo selvagem, as chamas subindo em curvas em direção ao céu, as faíscas ameaçando o telhado da garagem e o apartamento de Nate Santana.

Nate! Se pelo menos ele estivesse aqui, ela pensou novamente, quase delirando. Se, pelo menos, ela pudesse se apaixonar por ele... se... Seus pensamentos estavam confusos... ela pensou ter ouvido seu nome, como se alguém a chamasse de dentro de um túnel... *Continua andando! Foco! É só dor e fumaça. Você precisa de ar! Só falta tirar a maldita égua daqui!*

Deus, como estava quente. O suor brotava-lhe do couro cabeludo. Escorria-lhe pelas costas. O calor era tão intenso, a dor no braço, debilitante, suas pernas pareciam de borracha. — Vamos lá — encorajava-se. Tentava percorrer os últimos metros, um pé na frente do outro, quando a égua, subitamente dando-se conta de que a liberdade estava próxima, puxou a cabeça para trás e arrancou o cabresto dos dedos de Shannon.

Começou a segui-la, um passo depois do outro, em direção à porta aberta, quando viu algo se mexer com o canto dos olhos.

Seu coração deu um pulo.

Uma figura sombria despontou, carregando uma vara enorme.

O homem que ela vira mais cedo!

Com uma arma!

NÃO! Ela desviou para a esquerda, esquivando-se.

Mas seus movimentos não eram precisos.

Ela estava grogue. Quase tropeçando nas próprias pernas.

Tarde demais!

Ai! O cabo grosso e pesado de um forcado acertou-lhe a lateral da face.

A dor espalhou-se pelo seu rosto, agulhou seus olhos. *Não... ai, meu Deus, não!*

O sangue jorrou de seu nariz e da pele.

Ela levantou uma das mãos para se proteger e cambaleou para trás, tentando alcançar a porta aberta, na esperança de ver o rosto do desgraçado, mas estava encoberto, escondido na sombra de um capuz.

— Shannon! — um homem gritou, de longe. Seu agressor? Em choque, ela se virou, tentando correr, as pernas bambas, o sangue escorrendo de seu rosto e pelo pescoço. Ela mal conseguia enxergar e a cada gole de ar parecia-lhe que estava engolindo fogo.

Só mais alguns passos!

— Shannon! — o homem gritou novamente de algum lugar fora do estábulo.

— Aqui! Socorro! — ela exclamou, mas as palavras saíram estranguladas, emudecidas pela força e pelo estalar do fogo.

Deu mais um passo em direção à porta.

CRACK!

Parecia que sua nuca iria explodir.

Ela caiu para a frente, aterrissando no cimento.

Ele foi até ela mais uma vez, a figura sombria emoldurada pela luz vermelha bruxuleante, fantasmagórica, que atravessava as janelas.

Ela gritou.

Ele levantou o forcado mais uma vez e ela tentou focar em seu rosto, mas estava coberto. Ao passo que se aproximava, tentando atingi-la, ela fez um esforço e rolou para o lado, agarrou a ponta do forcado, antes que ele se chocasse contra ela.

Seus dedos envolveram o cabo de madeira lisa e ela jogou todo o seu peso nele, na esperança de lançá-lo na direção do rosto, do pescoço ou do peito do desgraçado. Mas seus dedos estavam escorregadios devido ao suor e ao próprio sangue. Ela não conseguiu. Como se ela não pesasse nada, ele girou o forcado e ela foi obrigada a soltá-lo, as botas escorregando no sangue.

Ele arrancou-lhe o cabo e ela caiu para trás. O ombro machucado foi de encontro ao concreto. Uma dor quente, ardente, percorreu-lhe o braço, reverberando por todo o seu corpo.

Contorcendo-se, ela deixou escapar um grito e rolou na direção da porta aberta, escapando de seu agressor. A escuridão a chamava, implorando para que deixasse a consciência e a agonia para trás, mas, se ela o fizesse, sabia que quem quer que fosse que a tivesse atacado a mataria. Bateria nela com o cabo ou rasgaria seu corpo com as pontas de ferro.

Sirenes!

Altas. Penetrantes. O uivo das sirenes cortou o ar da noite.

Se ela conseguisse aguentar... o socorro estava a caminho... Se enroscou em posição fetal, protegendo-se dos ataques, que sabia próximos, e fechou os olhos. Estava tão quente... ela não conseguia respirar... *Fica acordada! Não desmaia!* Mas estava perdendo a batalha, a força que a puxava era tão grande... *Pelo amor de Deus, Shannon, não desista!*

Mas era inútil, a dor era muito intensa. Deitou-se no chão, exausta, o sangue pingando no concreto. Sem outro pensamento, entregou-se à escuridão envolvente...

CAPÍTULO 7

Travis destrancou o último canil.

Um pastor alemão se atirou para fora e passou por ele, quase derrubando-o no escuro, e saiu correndo atrás da matilha de border collies, labradores e alguns vira-latas de linhagem indecifrável que libertara.

Ele conseguira soltar todos os cães ansiosos e nervosos, apesar do fato de o canil estar afundado numa escuridão fantasmagórica, trespassada somente pelo brilho avermelhado e diabólico que adentrava pelas janelas. Nenhuma das lâmpadas funcionara.

Apesar de tudo, todos os cachorros estavam livres, correndo pelos campos em direção à floresta. Pela porta viu-os disparar para longe do fogo que escalava as alturas até alcançar o céu noturno.

Ele pensou no homem que vira segundos antes da primeira explosão. Quem era? Travis não tinha dúvidas de que o filho da mãe provocara o incêndio intencionalmente. Mas por quê?

Suando, carregando o extintor que encontrara no canil, cruzou o piquete correndo e foi em direção ao fogo, espalhando o pó químico pelo chão nas proximidades do barracão em chamas, enquanto procurava por Shannon, examinado as sombras, sentindo o calor escorchante das explosões.

Onde ela estava?

Com os cavalos?

Ainda na cocheira?

Não a vira em lugar algum do lado de fora, mas avistara os cavalos em correria no ponto mais afastado do terreno. Estavam ansiosos, os olhos arregalados, as cabeças altas enquanto cheiravam o ar e gemiam assustados.

Shannon não estava com eles. Ou perto.

Varreu o terreno com os olhos mais uma vez.

Será que ela tinha voltado para a casa?

Não, concluiu, ainda espalhando o produto para retardar o avanço do fogo nas proximidades do prédio em chamas. Depois de soltar os cavalos, ela teria corrido até o canil para certificar-se de que ele dera conta dos cães. Estava inflexível quanto a salvar os animais.

Sirenes gritavam ao longe e um animal amarelado, de patas, crina e rabo pretos, em pânico, fugiu correndo da cocheira. A égua passou por ele em velocidade estonteante, as patas escuras chispando enquanto tentava alcançar os outros cavalos, agora amontoados e inquietos no piquete.

Será que Shannon ainda estava lá dentro?

— Shannon! — ele gritou, um olho na porta, outro na camada de pó químico que lançava na direção do barracão. Devagar, adentrou a cocheira.

Pensou que ela talvez tivesse saído pela porta da frente do prédio, a mesma pela qual entrara, a porta menor que dava para o estacionamento, mas as chamas se alastravam e ele ouviu, ao longe, o gemido de uma sirene. Teve um mau pressentimento.

Um pressentimento realmente ruim.

Não sabia quantos cavalos restavam no prédio. A pequena manada que resfolegava e se agitava no pátio talvez fosse toda a tropa, mas, ainda assim, foi em direção à porta aberta, sentindo o gosto da fumaça na boca e o calor queimar-lhe os pulmões.

Ao mesmo tempo perscrutava a paisagem, os prédios, os piquetes e picadeiros, os portões e estradas.

As sirenes se aproximavam com seu som ensurdecedor.

Seu extintor de repente ficou vazio, as últimas gotas do produto sendo expelidas.

— Shannon! — gritou novamente, espiando um cavalo encolhido do lado de fora da cocheira a apenas alguns metros de um tanque de água e uma torneira. Ainda de olho na porta, correu até o prédio, jogou o extintor no chão e desenrolou a mangueira. Sem perder tempo, conectou-a à torneira, abrindo-a ao máximo, e se voltou para a cocheira, na intenção de lançar um jato na direção do telhado. — Shannon!

Onde diabos ela estava? Ainda lá dentro? Com um cavalo machucado?

— Que inferno!

Ele tinha que descobrir. Largou a mangueira e deixou-a contorcer-se no chão, como se fosse uma cobra a debater-se.

Estava a dois passos da entrada quando ouviu um grito.

Um berro agudo, de agonia explícita.

O medo sacudiu-lhe o corpo.

— Shannon! — Correu para a porta escancarada e adentrou o ambiente às escuras.

Ela estava a menos de três metros da porta.

Um amontoado em meio a uma piscina de sangue.

— Jesus! Não!

Em um segundo Travis a alcançou.

Ela estava abatida, havia sangue cobrindo-lhe o rosto, escorrendo pelo concreto. Meu Deus, será que ela foi pisoteada? Ajoelhou-se ao lado dela, sentindo o calor do fogo, ouvindo o rugido de um motor possante misturado ao som de pedrinhas e terra sendo esmagadas por pneus grossos.

Os carros de bombeiro!

Ambulâncias!

Paramédicos!

Deus, por favor, que sejam os paramédicos!

O coração na boca, Travis tentou sentir o pulso de Shannon, checou suas vias aéreas tentando ouvir-lhe a respiração, apesar do barulho de homens gritando, botas pisoteando e de labaredas crepitando.

Ela estava viva, respirando, o pulso estável, e, ainda assim, sentia-se gelada, o sangue escorrendo da ferida atrás da sua cabeça.

— Aqui! — gritou com todas as forças. — Preciso de ajuda aqui! — Queria movê-la, arrastá-la daquele prédio às escuras, imerso em fumaça, mas não ousou fazê-lo por medo de machucá-la ainda mais.

Onde tinham se enfiado os médicos?

— Shannon! — gritou, tentando acordá-la sem sacudi-la. — Shannon Flannery!

Ela não se moveu. Sob a luz fraca e avermelhada, ele viu que seu rosto, antes tão bonito, fora espancado. O sangue escorria de seu nariz e de sua boca, formando crostas, feridas despontavam no que fora, até recentemente, uma pele imaculada. Rasgou um pedaço da bainha da sua camiseta e colocou-o sobre a parte mais lesada do ferimento, sentindo o sangue fresco e grudento que atravessava o algodão escuro da camisa. Com os dentes e a mão livre, rasgou mais um pedaço da camiseta e tentou conter o sangue que escorria atrás da cabeça de Shannon, tentando mexê-la o mínimo possível, sabendo que ela poderia ter machucado seriamente o pescoço.

— Socorro! — gritou mais uma vez.

Meu Deus, eles não vão fazer uma busca no prédio?

Por um segundo ele soltou o pano encharcado e o queixo dela para procurar seu celular no bolso. Não ousou deixá-la, mas ligaria novamente para a emergência e pediria que enviassem uma mensagem para os paramédicos, informando que havia uma mulher ferida na cocheira que precisava de atenção imediata.

Havia acabado de suspender a antena com os dentes quando ouviu passos.

Graças a Deus!

— Aqui! — gritou.

Alguém estava correndo na sua direção.

Uma onda de alívio percorreu seu corpo.

Ainda ajoelhado, telefone na mão, olhou para cima, na expectativa de se deparar com um bombeiro ou paramédico, mas o homem alto que parara a apenas alguns centímetros dele vestia jeans manchados e camiseta surrada. Ele olhou para Travis com olhos sombrios e suspeitos.

— Quem é você? — perguntou.

Mas Travis ignorou a pergunta. — Ela precisa de ajuda.

— Já deu pra perceber. — Num instante o estranho já estava de joelhos.

— Merda — ele murmurou, tocando-a gentilmente, porém com familiaridade, como se estivesse acostumado a passar as mãos pelo corpo dela. Travis sentiu um nó na boca do estômago e uma onda de ciúme percorrer-lhe o sangue. Ignorou o sentimento ridículo, na esperança de que, fosse quem fosse esse desgraçado, ele pudesse ajudá-la.

— Você é da equipe de bombeiros?

O homem, de olhos escuros, não respondeu, estava completamente concentrado em Shannon, assustadoramente concentrado, como se o resto do mundo, o incêndio pavoroso, os cavalos espalhados e apavorados, a equipe de resgate, todo esse cenário infernal, tivesse sido removido.

Cuidadosamente, o homem tocava nela, sondando-a.

— Shannon — sussurrou em voz quase inaudível. — Acorda. Você está me ouvindo?

— Ela tá desmaiada — Travis disse, impaciente.

O homem não fez mais que dar uma ligeira olhada para ele.

— Eu vou buscar ajuda! — Apesar de hesitante em deixá-la, Travis correu até os fundos da cocheira e tentou abrir a porta. Que inferno! Sacudiu a tranca, ouviu o barulho da fechadura e empurrou a porta com o ombro. Veículos de emergência espalhavam-se por toda parte — uma equipe da polícia, um carro de bombeiros com escada magiro e uma ambulância. Bombeiros com seus capacetes e equipamentos contra incêndio já apontavam mangueiras, arrastavam cavalos, gritavam uns com os outros ao passo que cercavam o fogo.

— Ei, você! — gritou um dos bombeiros, homem baixinho e musculoso vestindo jaqueta de proteção, calça comprida e capacete. Seu rosto era severo e decidido, os olhos penetrantes por trás do visor de proteção transparente do capacete. Segurava uma ferramenta numa das mãos e carregava um tanque de oxigênio nas costas. — Tem alguém lá dentro? — perguntou, apontando na direção da casa de Shannon.

— Eu não sei. — Pensou no homem fugindo do fogo. Onde ele teria ido parar? — Eu acho que não, mas tem uma mulher ferida na cocheira. Ela precisa urgentemente de cuidados médicos, agora!

O bombeiro indicou os paramédicos que saíam da ambulância.

Travis fez sinal para eles enquanto os bombeiros arrastavam mangueiras para as proximidades do barracão em chamas e os prédios vizinhos. O fogo, irado, cuspia labaredas, assoviava e faiscava, como se enraivecido pelo ataque dos galões de água.

— Tem uma mulher lá dentro, a dona da propriedade, Shannon Flannery, e ela está inconsciente — Travis explicou enquanto os médicos retiravam seus equipamentos de dentro da ambulância. — Ferimento na cabeça. Cortes no rosto. Talvez alguma coisa interna.

— E você? — a médica perguntou, seguindo Travis enquanto este corria em direção às cocheiras. Ela era baixa e esguia. Seu parceiro, um homem atarracado que corria ao lado dela, era somente alguns centímetros mais alto.

— Eu tô bem.

— Não parece — ela disse, franzindo o cenho, e olhou para a jaqueta, o jeans e a camiseta de Travis, todas as peças sujas de sangue... sangue de Shannon.

— Não é meu — ele disse, alcançando a porta. — Descendo o corredor. A luz não tá funcionando.

— Não tem problema. — O homem acendeu uma lanterna enorme, que iluminou o caminho de concreto que dividia o prédio. Ao longo de todo o percurso, pegadas de sangue podiam ser vistas.

— Não pisa aí! — o paramédico ordenou, mas era tarde demais. Travis viu que as pegadas já haviam sido borradas pela suas próprias botas quando cruzara correndo a escuridão em busca de ajuda. Sabendo que qualquer evidência presente naquele rastro estava provavelmente perdida, ele se esquivou das pegadas próximas à porta de trás, onde Shannon jazia inerte sob os cuidados do homem alto.

Ele não se afastou de Shannon, nem mesmo quando os paramédicos se aproximaram.

— Para trás, senhor — a médica ordenou. — Senhor!

Relutantemente, o homem afastou-se de Shannon e a mulher baixa e sisuda carregando o equipamento de proteção assumiu o controle. — Meu Deus — disse num sussurro. — É Shannon Flannery?

— É — os dois homens responderam, e Travis estremeceu diante da visão do rosto castigado de Shannon. Ele já vira sua cota de ferimentos nos seus tempos de exército, já tivera sua cota de lutas, mas as contusões de Shannon, os cortes e hematomas no rosto dela, o sangue espalhado por todo o seu corpo, reviraram-lhe o estômago.

A médica olhou para cima. — Algum de vocês é parente dela? Marido?

— Não — Travis disse, e o outro homem balançou negativamente a cabeça.

— Vocês sabem se alguém mais se feriu? — ela perguntou, ajoelhando-se ao lado de Shannon enquanto o parceiro alcançava a maleta e retirava dali um par de luvas de látex.

— Eu não sei — Travis respondeu. — Não vi mais ninguém.

— Mora mais alguém aqui? — Ela vestiu as luvas e começou a examinar Shannon, conferindo seu pulso e sua respiração.

— Eu moro, mas não estava em casa. Acabei de chegar — o homem alto respondeu.

Nate Santana. Travis concluiu. E outra vez o sentimento indesejado e não convidado de ciúme correu em suas veias. Ele sabia sobre Santana, evidentemente, lera a respeito dele em alguma matéria sobre Shannon. O cara era supostamente um treinador de cavalos, algo do gênero, um "encantador de cavalos", se é que se pode acreditar no que a internet dizia a respeito dele.

Mas em nenhum dos artigos que lera Santana e Shannon apareciam romanticamente envolvidos. Um aperitivo não divulgado pela imprensa. Agora, Travis adivinhava, pelo olhar de preocupação no rosto dele, pela maneira com que tocara nela, falara com ela, Santana parecia mais do que simples parceiro de Shannon. Provavelmente vivia com ela e era seu amante.

Tenso, Travis arriscou um olhar para o homem alto de cabelo preto e olhos como um quartzo negro. Linhas profundas eram evidentes ao redor de sua boca e pés de galinha rodeavam seus olhos.

— Mais alguém, além de você e de Shannon Flannery, vive nesse local? — o paramédico perguntou.

— Não.

Do lado de fora da cocheira, bombeiros lidavam com o fogo, gritando entre si, trabalhando juntos, lutando contra as chamas numa espécie de caos fascinantemente organizado. Mais água era bombeada em direção ao fogo. Fumaça e fagulhas subiam pelo céu escuro da noite.

— Algum hóspede ou visita?

O homem alto olhou para Travis. — Não que eu saiba.

— Tudo bem. Então, o que foi que aconteceu com ela? — a médica perguntou enquanto seu parceiro passava um rádio informando a alguém que, aparentemente, não havia mais ninguém nas imediações.

— Ela estava soltando os cavalos, com medo de que o prédio acabasse explodindo. Fui cuidar dos cachorros... eu não estava aqui na hora, mas pensei que ela tivesse levado um coice ou sido pisoteada por um cavalo...

— Isso foi mais do que um coice — ela disse, olhando para os dois homens. — Há quanto tempo ela está desmaiada?

Travis disse:

— Uns cinco minutos... talvez seis, sete.

Rápida e eficiente, a médica enfaixou a cabeça de Shannon, franzindo o cenho diante do corte na parte de trás. Depois rasgou-lhe a blusa e fez um curativo no arranhão debaixo de suas costelas. — Laceração superficial — ela disse para o parceiro, antes de iluminar os olhos de Shannon com uma pequena lanterna. — Shannon Flannery!

— gritou. — Shannon! — Nenhuma resposta. — Vamos levá-la. Cuidado com o ombro.

Ela fez uma careta enquanto abriam a maca. Num gravador, disse: — A vítima sofreu múltiplas contusões no rosto e na cabeça... — Registrou mais algumas informações referentes aos sinais vitais, depois desligou o aparelho. — Parece que alguém deu uma surra nela. — Olhou para o rastro de sangue no chão do corredor, depois disse: — Vamos levá-la para o hospital.

Travis estremeceu. Que teria acontecido com ela nos poucos minutos em que estiveram separados, enquanto Shannon entrava na cocheira e ele ia para o canil? Ele olhou para baixo, para o que fora, há tão pouco tempo, um rosto de beleza de tirar o fôlego. Olhou para os hematomas escuros, para as bandagens e para o sangue nas feições antes perfeitas. Os paramédicos imobilizaram o pescoço dela, depois a colocaram cuidadosamente na maca.

A médica estava certa. Parecia que alguém descera um taco de beisebol em Shannon. Porque ela permanecera na cocheira, porque ela se preocupava tanto com seus animais que era capaz de arriscar a própria vida por eles.

Seu maxilar deslizou para o lado e ele se sentiu um tolo.

— Vocês dois: vão contar ao investigador o que sabem sobre o incêndio — a paramédica ordenou. Depois, ela e o parceiro suspenderam a maca com Shannon e a levaram para longe do fogo, cruzando a alameda entre a garagem e a cocheira até a ambulância que os aguardava.

— Vamos começar por você — Santana sugeriu, os olhos negros fixos em Travis. A suspeita evidente no maxilar cerrado. — Quem é você, afinal? E como é que aconteceu de você simplesmente aparecer na hora que o incêndio começou?

CAPÍTULO 8

Shea pisou fundo no acelerador. Forçando o limite de velocidade, a sirene aos gritos, as luzes sobre a cabine da sua picape piscando, dirigia furiosamente pelas ruas vazias da cidade em direção aos arredores onde a irmã morava.

Ele não podia acreditar no que Melanie Dean, a atendente do centro de emergência, lhe dissera. Que teria havido um incêndio na casa de Shannon e que ela, sua irmã, e um homem teriam ligado pedindo socorro. Melanie dissera que o segundo telefonema viera de um celular registrado em nome de Travis Settler, de Falls Crossing, no Oregon. Poucos minutos depois, o centro recebera outras ligações de pessoas que passavam pelas redondezas, ou moravam perto o suficiente para sentir o cheiro ou ver as chamas.

Freou para sair da estrada principal e abriu o vidro. O cheiro amargo de fumaça, fuligem, umidade e madeira queimada atingiu-o com força total. Era um cheiro com o qual crescera.

Um de seus tios acabara de se aposentar, depois de quarenta anos de serviço para o Corpo de Bombeiros de São Francisco, outro tio morrera trabalhando, lutando contra um incêndio no sul da Califórnia nos anos oitenta. Shea trabalhara para o Corpo de Bombeiros de Santa Lucia, antes de abandonar o emprego e assumir o cargo de investigador da polícia dessa cidade alguns anos atrás.

Estava no sangue dos Flannery.

Todos os seus irmãos haviam estado, em algum momento, associados ao Corpo de Bombeiros, mas só Robert permanecera, sustentando a tradição familiar dos Flannery contra o fogo.

Por entre as árvores, ele viu luzes, e, em segundos, deu a volta e parou na clareira do pátio de estacionamento. À frente, perto da cocheira, o que restava do depósito de dois andares estava agora reduzido a um monte de restos carbonizados. Iluminadas pelos faróis de um carro de bombeiros remanescente e por algumas lanternas dos homens encarregados, três paredes permaneciam de pé. O telhado colapsara, uma parede se fora, todas as janelas explodiram. A fumaça ainda exalava da massa queimada e úmida em filetes. Por sorte, parecia que nenhum dos outros prédios tinha sido afetado. A cocheira, o canil e a garagem, até mesmo a casa, provavelmente teriam sofrido danos com a fumaça, mas, no final das contas, Shannon tivera sorte. O barracão era o menos importante dos prédios ao ar livre, e agora toda a área fora isolada e ostentava a fita amarela de "cena do crime". Até a casa fora declarada território proibido.

Shea desligou o motor, puxou o freio de mão e deixou escapar alguns palavrões, sussurrados antes de saltar do carro. A noite carregava certa tensão no ar e parecia tão tensa quanto ele próprio. O chão estava molhado devido à ação das mangueiras e suas botas se arrastaram pelo caminho de terra, pedras, poeira e escombros. Muitos bombeiros ainda estavam por ali, limpando a área, guardando o resto dos equipamentos no último caminhão.

Uma van do canal local de notícias e dois carros de polícia espremiam-se numa garganta da pista do lado de dentro da fita de isolamento para que houvesse espaço suficiente para a manobra dos carros do Corpo de Bombeiros.

Os repórteres remanescentes já se preparavam para ir embora e Shea fez uma careta ao pensar nas manchetes que apareceriam no *Cidadão de Santa Lucia*, ou nas chamadas do noticiário das onze.

Sem dúvida o incêndio na casa de Shannon acabaria se transformando em motivo para uma volta ao passado, para o tempo em que

Shannon Flannery fora julgada pelo assassinato do marido, aquele filho da mãe. Shea travou o maxilar ao lembrar-se de Ryan Carlyle. O desgraçado tivera o merecido. Aquela história deveria continuar morta.

Sua mãe, Maureen, não aguentaria reviver o escândalo.

— Que inferno — murmurou quando se aproximou dos policiais e obteve a informação de que Shannon fora levada para o Hospital Geral de Santa Lucia e que ninguém sabia ainda a causa do incêndio. Isso ele já imaginava. Descobrir o estopim do fogo era seu trabalho — bom, seu e do investigador do Corpo de Bombeiros Rural de Santa Lucia, o qual era responsável não somente pela cidade, como pela zona campestre.

Como Shea trabalhava para o Departamento de Polícia estava sempre em desacordo com o investigador, que, na sua opinião, era um cara de pau, sempre atrás de promoção, sempre chamando a atenção da imprensa para si, sorrindo para as câmeras. Cameron Norris podia ter diplomas em criminologia e negócios até a raiz dos cabelos, mas não sabia a diferença entre um fio e um chumaço, no que dizia respeito a incêndios. E o palhaço nunca ficara satisfeito com o fato de Shannon não ter sido culpada pelo incêndio que matara o marido.

Os dois policiais conversavam, ainda guardando o local e impedindo a aproximação de qualquer um que passasse por ali: vizinhos, amigos preocupados, curiosos, repórteres e quem quer que vagasse pela pista para ver o incêndio sem se preocupar em preservar o local para os investigadores. Tudo o que queriam era a oportunidade de se aproximar. Assim é e assim sempre será; todos têm fascinação pelo fogo, monstro selvagem que pode devorar e destruir; uma entidade necessária ao homem e tão instintivamente temida quanto a morte.

Shea mostrou sua credencial para os policiais, que mal levantaram os olhos, acenaram positivamente e continuaram a conversa enquanto esperavam que a equipe que inspecionaria o local chegasse para começar a colher as evidências.

Um dos bombeiros que estavam guardando o material o avistou e abandonou o que estava fazendo.

Seu irmão Robert.

Mesmo todo paramentado, Shea o reconheceria em qualquer lugar.

Apesar de todos os filhos de Patrick se parecerem com ele, Robert era aquele a quem todos os parentes se referiam como "a imagem cuspida do pai", até mesmo na maneira veloz e decidida de andar.

— O que foi que aconteceu? — Shea perguntou, assim que Robert se aproximou.

— Não sei. — Robert desprendeu e tirou o capacete, depois baixou o capuz, revelando o cabelo ensopado e o rosto encardido, coberto de fuligem. Um pouco mais baixo que Shea, Robert fora agraciado com o mesmo cabelo absolutamente preto, os mesmos olhos de um azul intenso e o mesmo maxilar quadrado que todos os irmãos Flannery compartilhavam. — Ligaram uma hora atrás. — Deu um suspiro e passou a mão pelo pescoço. — Nossa, quase não acreditei que era a casa da Shannon. Ouvi o endereço e quase molhei as calças.

— Mas você chegou a ver a Shannon?

— Não. Só ouvi dizer que ela tá bem machucada. Cuddahey deu uma olhada nela. — Olhou na direção do carro de bombeiros, onde Kaye Cuddahey trabalhava com uma mangueira. Shea a conhecia. Alta, bonita, língua afiada, três filhos e dois ex-maridos que não valiam nem um centavo.

— Ela inalou muita fumaça? Se queimou?

— Não. O que falaram é que provavelmente ela foi pisoteada pelos cavalos. Cuddahey disse que parecia que alguém tinha batido nela com um bastão de beisebol.

— Batido nela? — Shea repetiu, a pele se arrepiando como se se incendiasse. — Quem?

— Ninguém sabe ainda.

— Mas isso não faz sentido. — Ele coçou o queixo. — Ela é sempre tão cuidadosa com os animais. Eles confiam nela. — Fixou o olhar no amontoado escurecido que antes fora o barracão. Por que o prédio pegara fogo tão de repente? E por que parecia que alguém tinha dado uma surra em Shannon?

Shea cerrou os dentes enquanto pensava no que poderia ter acontecido. Os cavalos. Só podia ser isso. Os cavalos em pânico, desesperados para fugir, devem tê-la derrubado e passado por cima dela, os cascos pesados cortando e ferindo, até mesmo quebrando os ossos da irmã, quase a matando. É, só podia ser isso.

Ou teria sido outra coisa?

Algo muito mais sinistro.

A noite o assombrou... o cheiro do fogo sendo apagado, o barulho do vento, o sentimento de que algo muito errado estava acontecendo.

Olhou para as ruínas pensando em como aquilo tinha acontecido. Seus olhos se estreitaram sob o brilho das luzes de segurança e das lanternas remanescentes. Tudo parecia pior sob a aura azul daquela iluminação falsa. Mais proibido. Mais maligno.

Sentiu um gosto amargo na boca.

Um medo antigo tomou forma em sua mente.

Não gostava do caminho dos próprios pensamentos. Pensamentos terríveis que viajavam por territórios mortais que ele não queria explorar. Nunca.

— Acho que foi o fogo — Robert estava dizendo. — Os cavalos devem ter entrado em pânico na hora de sair. No fundo, eles são animais selvagens e o medo do fogo é uma coisa totalmente primitiva. Ela pode ter escorregado. Um deles pode ter derrubado a Shannon. O resto saiu atropelando.

— Pode ser. — Shea aceitou o argumento, mas não estava convencido. Pelo menos, não completamente. Shannon, como qualquer outra pessoa da família Flannery, conhecia os perigos do fogo. Ela saberia qual a reação dos animais. Apesar do próprio medo, teria sido extremamente cuidadosa.

Alguma coisa não se encaixava naquilo tudo.

Alguma coisa estava fora do lugar.

— Onde ela foi encontrada?

— Na cocheira. — Robert acenou em direção ao prédio a menos de cinco metros dos escombros do barracão. — Perto da porta dos fundos que dá para o pátio.

Uma fita amarela circundava o prédio de dois andares. Shea estivera na cocheira algumas vezes, quando Shannon recebera um cavalo particularmente difícil, animal que Santana estava domando. Ali se podia hospedar até uma dúzia de cavalos, sendo seis baias de cada lado do corredor central que se dirigia ao estacionamento de um lado e a um piquete grande do outro. Perto da porta dos fundos ficavam vários armários para arreios, selas, equipamento diário e ração, além de um compartimento fechado para os remédios veterinários. Acima da cabeça ficava o mezanino onde, dependendo da época do ano, se guardava palha e feno.

A parede próxima às sobras do barracão estava escurecida e várias janelas estavam quebradas.

— Sorte não ter destruído tudo aqui também — Shea pensou alto.

— Ou algum dos cavalos.

— Onde estão os animais?

— Num cercado, depois do piquete. O Santana juntou todos eles e os trancou num curral do outro lado do piquete, o mais longe do fogo possível. Depois encontrou os cachorros e eles estão numas gaiolas, longe daqui, lá perto da estrada. Assim as coisas não ficam mais confusas do que já estão, enquanto o pessoal da investigação dá uma olhada.

— E o cachorro da Shannon? — Shea perguntou enquanto examinava a área que os investigadores de incêndios premeditados teriam que avaliar: um terreno detonado e inundado.

— O Khan? Ele tava dentro de casa. Intacto e injuriado de estar preso enquanto tudo acontecia do lado de fora. Agora ele tá com os outros cachorros.

— O Santana tá tomando conta dele também?

— Tá. — Os olhos de Robert encontraram os de Shea por um segundo e, apesar de nenhum dos dois dizer uma palavra, os sentimentos não mencionados em relação ao homem que morava e trabalhava com Shannon foram compartilhados naquele momento. Nem Shea nem Robert confiavam plenamente em Nate Santana.

— Um cavalheiro — Shea disse ironicamente e os cantos da boca de Robert se apertaram no rosto sujo de fuligem. — Onde o Santana tava, na hora?

— Boa pergunta. Talvez no apartamento dele. Só apareceu depois que ela conseguiu soltar os cavalos. Mas eu tenho a impressão, por causa de uma coisa que o Aaron disse outro dia, que era pra ele estar viajando, e a Shannon ia passar a semana sozinha.

A sensação ruim que Shea experimentara cresceu. O corroeu. Os homens ainda nem tinham começado a fuçar os escombros e as coisas já não faziam sentido.

— Olha só, o que eu sei é que ele e outro cara tavam tentando ajudar a Shannon, antes de os caras da emergência chegarem — Shea disse.

— Que outro cara?

— Um cara de fora. O nome é Settler, eu acho. Não consegui saber mais que isso.

O motor do carro de bombeiros atrás dele roncou. — Estranho. Nunca vi esse cara, nunca ouvi esse nome. Mas o capitão tem todas as informações. Olha só, eu tenho que voltar. — Virou-se em direção ao último caminhão e às mangueiras que eram recolhidas por uma dupla de bombeiros.

— Quem tá no hospital com a Shannon?

— Oliver — Robert disse, mencionando o irmão mais novo. — Eu liguei pra ele quando me dei conta de que era a Shan.

Oliver também já fora bombeiro, mas desistira, e, agora, estava a apenas algumas semanas de se tornar padre.

Shea não compreendia o chamado latente que estava levando Oliver a servir a Deus, mas a mãe deles estava feliz de ter um padre na família. Maureen tinha tão pouco interesse pela vida, fora tomada de tamanho desespero nos últimos anos, que Shea achou que Oliver deveria prosseguir, se tornar padre. Fazer os votos. Se abster do sexo e do pecado para o resto da vida. Francamente, alguém devia quebrar a tradição aparentemente inquebrável da família — ou seria obsessão? — de lutar contra o fogo.

— Depois que o Oliver falar com os médicos e vir que a Shannon tá bem, ele vai ligar pra mamãe.

— Isso vai ser engraçado — Shea disse, sarcástico. Esse talvez fosse o golpe final na mãe. Não era suficiente que tivesse criado desajustados como o pai, nem mesmo a filha conseguia ficar longe de confusão. Parecia ser um traço de família dos Flannery, ou uma maldição, como Maureen O'Malley Flannery costumava dizer.

Todos os Flannery haviam nascido marcados. Todos tinham algum escândalo guardado no armário. Todos tinham uma inclinação para a confusão — qualquer que fosse ela.

— Contanto que a Shannon esteja bem, nada mais importa — Shea sussurrou.

— Se você acha isso.

— Que é que você quer dizer?

— Só que, se alguém realmente deu uma surra na minha irmã, eu acho que o desgraçado vai ter que pagar por isso. E pagar caro.

— A lei vai tomar conta disso.

— Tá bom — Robert grunhiu, o sorriso no rosto sombrio sem um traço de humor. — E eu vou ser canonizado pelo papa.

— Ei! Flannery! Que tal você vir me dar uma ajuda aqui? — Kaye Cuddahey, com uma expressão de vítima que queria dizer "estou cansada de fazer tudo sozinha para vocês, seus preguiçosos", acenou para Robert. Ela e Luis Santiago estavam batendo as portas do caminhão ligado. Parecia irritadíssima quando olhou para Robert.

— Te vejo mais tarde — Robert disse e dirigiu-se para o caminhão.

Alguns segundos depois, o veículo ganhava a estrada.

Shea andou pelo local do incêndio, examinando os escombros, tentando imaginar como o fogo havia irrompido. Até agora não tinha respostas, mas isso mudaria. Assim que tudo estivesse mais calmo, ele e alguns amigos do laboratório da polícia, assim como o investigador do Corpo de Bombeiros, examinariam as pilhas de cinzas, vidros e restos carbonizados para tentar chegar a uma conclusão mais exata sobre o que acontecera. Talvez Shannon pudesse ter alguma explicação. Ou Santana. Ou o outro cara, o estranho. Qual era mesmo o nome? Jesus, quem era ele?

Shea voltou para seu carro, colocou capas protetoras nas botas, vestiu um par de luvas e carregou a lanterna com ele. Passou pela fita amarela de isolamento e entrou na cocheira.

Com um toque no interruptor da lanterna, todo o interior do prédio foi iluminado pela luz fluorescente. Sentiu o estômago revirar quando viu uma poça de sangue escuro, coagulado. Em vez de cruzar o ambiente, deu a volta nos fundos e ficou do lado de fora, de onde examinou a poça escura que secava aos poucos. Ali também havia manchas escuras, qualquer possível evidência certamente fora destruída quando os paramédicos atenderam Shannon e, depois, a removeram.

Ele se agachou e mirou o corredor, tentando imaginar o que acontecera. Onde estavam as pegadas dos cavalos? Se eles a tivessem pisoteado, haveria rastros. Mas não havia nada. Havia outras pegadas, no entanto, solas do tamanho dos sapatos ou das botas de um homem.

Seu estômago revirou e a sensação de que as coisas estavam indo de mal a pior ficou ainda mais forte. Ouviu a distância o som de um carro se aproximando. Viu faróis.

A equipe de investigação chegara.

Logo, logo talvez tivessem algumas respostas.

De um banco desgastado pelo sol no portão dos fundos do chalé, ele assistiu ao amanhecer enquanto tomava goles de uma garrafa de Coca-Cola. Estava quente, a temperatura tão alta que não havia o friozinho das manhãs, somente o vento seco e cortante que corria pelos morros em volta, perseguindo os riachos secos e se insinuando sobre a floresta.

Raios avermelhados subiam atrás das montanhas a leste. Tons de laranja vibrantes e dourados empurravam as sombras da noite para os confins da Terra, lembrando-o do fogo... sempre o fogo.

Uma lebre pulou sobre os arbustos ao redor da cabana velha, um lugar que ninguém ocupava havia décadas. Um corvo gritou do alto do galho de um carvalho esguio. Sobre sua cabeça, insetos deixavam seus ninhos úmidos, construídos nos beirais do telhado, os corpos magros e pretos se arrastando para fora de buracos estreitos em busca de calor.

Este era seu refúgio.

Um lugar que ninguém conhecia.

Nem mesmo quem lhe era próximo.

Se é que havia alguém.

Tomou mais um gole da garrafa.

A criança estava lá dentro. Trancada num quarto onde a única luz natural entrava por uma claraboia. As janelas estavam lacradas e cobertas por compensados de madeira, a porta trancada pelo lado de fora.

Até agora ela não reclamara.

Tolinha assustada. Mas uma chata, de qualquer maneira.

Difícil acreditar que aquela criança tímida e assustada fosse sangue de Shannon Flannery. Filha dela.

Seu olhar retornou ao céu que se iluminava e ele afastou os pensamentos sobre a menina enquanto olhava para as cores brilhantes.

Que mais uma vez o faziam lembrar-se do fogo.

Lembrar-se dela.

Seu sangue se aqueceu ao pensar nela.

Estivera perto o suficiente para sentir seu cheiro, seu medo, para ouvir-lhe o ar escapar num suspiro quando ele atacara. Lambendo os lábios, lembrou-se da sensação do impacto, forte o suficiente para rasgar-lhe a pele, para esmigalhar-lhe alguns pequenos ossos, não para pulverizá-la, não para marcar definitivamente sua beleza, não para mantê-la no hospital por semanas.

Não para matá-la.

Ainda não.

Ele soube, no momento em que começara o incêndio, que ela correria para os cavalos. Antes ou depois de ir até os cães, mas contava com o fato de que salvaria os animais antes de esperar por socorro.

Então, ele esperara. Escondido atrás de um tonel de ração, o forcado ao alcance da mão, contara os segundos, ouvira a própria respiração, sentira o pulso acelerar. Assistira a seu trabalho pela janela, sentira os efeitos da explosão que espatifara os vidros e fizera tremer o chão. Vira os cavalos entrarem em pânico, de um lado para outro em suas baias, o suor transformando-se em espuma. Observara as chamas que se alastravam rapidamente ao alcançar as vigas velhas, lambendo tudo até o telhado seco, quentes e selvagens.

Meu Deus, fora perfeito.

Mesmo agora ele podia sentir um calor de excitamento murmurando em suas veias.

A segunda explosão deixara os animais, já assustados, em desespero incontrolável. Eles relinchavam e escoiceavam em suas baias, enquanto os cachorros no canil ganiam e uivavam em sofrimento.

Melhor ainda, de seu ponto de vista, conseguia ver a casa e pôde ver quando a porta se abriu e ela apareceu com seu patético extintor de incêndio. Exatamente como ele havia imaginado. O cabelo vermelho solto e selvagem, o rosto quase sem maquiagem, contorcido de pavor, o corpo magro e flexível, pequeno e atlético, os seios em pé e firmes, o bumbum perfeito.

Assustada, mas no controle, ela voara para fora de casa e cruzara o pátio em direção às cocheiras.

Tudo estava funcionando perfeitamente.

Não fosse um homem aparecer do nada.

Alguém inesperado.

Alguém que estivera escondido por ali.

A famosa mosca na sopa.

O sorriso sumiu de seu rosto quando se lembrou do intruso.

Por sorte, Shannon o convencera a ir soltar os cachorros enquanto ela libertava os cavalos.

Quando o estranho fora na direção do canil, ela abrira a porta da cocheira e começara a correr para os fundos. Previsível, mais uma vez. Aquilo dera-lhe tempo suficiente para fechar a porta que dava para o estacionamento e trancá-la, eliminando um ponto de fuga, garantindo que estariam sozinhos. Que o estranho não voltaria para interrompê-los.

Agora, tomava um grande gole de Coca, enquanto o sol coroava as montanhas do leste, uma bola de fogo que dourava tudo e afastava completamente os vestígios remanescentes da noite.

Sua língua estalou nos cantos da boca quando se lembrou da espera antes de deitar suas garras. Como seus músculos haviam doído, seu sangue cantando por antecipação, uma sensação de desejo ardente a percorrer-lhe o corpo.

Fora preciso toda a paciência para esperar que ela libertasse os animais, um de cada vez. Que caminhasse na sua direção e da égua assustada, fêmea arredia que ele já havia assombrado ao acender um isqueiro na sua frente, perto o suficiente para que ela refugasse e relinchasse de medo, ainda o cheirando enquanto ele esperava, ainda sentindo a presença do isqueiro e de sua chama longa e quente.

Quando Shannon a alcançara, a égua já estava enlouquecida de pavor. Espumando. Shannon precisara de toda sua habilidade para tirar a égua da baia. Ainda assim, o animal conseguira machucá-la.

E ela mal deixara escapar um som.

Tão corajosa.

Tão justa.

E tão amaldiçoada.

O forcado fora útil e eficiente.

Ele poderia tê-la matado, se quisesse, mas isso arruinaria seus planos. E por mais que tivesse experimentado o gosto do desejo de sangue, tinha que ser paciente.

Outros deveriam pagar, antes. Secou a garrafa e jogou-a no mato, desbaratando um ninho de pintassilgos que voaram desgovernados com o distúrbio.

Ele queria que Shannon sobrevivesse ao fim dos outros. Se não testemunhasse as mortes, que, pelo menos, experimentasse a dor da perda, imaginasse o tormento das vítimas, soubesse que ela também não sobreviveria.

Ninguém sobreviveria.

CAPÍTULO 9

Shannon sentia como se estivesse no inferno.

Seu corpo todo doía.

Seu rosto pulsava de dor.

Sua cabeça parecia prestes a explodir.

E, acima de tudo, tinha dificuldade de acordar, as pálpebras pesavam uma tonelada, e, quando lambia os lábios, sua língua parecia grossa e estranha, sentia um gosto amargo na boca e os dentes pareciam sujos.

Ouvia vozes — sussurros, silêncios — e sentia dedos tocando-lhe o braço nu.

Tentava enxergar com uma das vistas embaçadas, e acabava tendo que fechar as pálpebras para proteger os olhos da luz.

— Ela está acordando — uma voz suave e feminina disse.

Um segundo depois ela percebeu que não estava em casa, deitada na própria cama, mas num hospital. A memória lhe voltava em fragmentos dolorosos. Lembrava-se do fogo e do pânico no barracão, de correr descalça para fora de casa, do estranho esperando por ela, dos cavalos descontrolados, do crepitar terrível do fogo e, depois, do pavoroso e cruel ataque.

— A Srta. Flannery está voltando a si — a voz suave de mulher repetiu. — Vá ver se a Dra. Zollner ainda está por aí.

— Encontrei com ela na Ala B faz uns dez minutos — uma voz mais jovem respondeu.

— Ótimo. Procure-a para mim. Avise que a paciente está acordando.

Shannon ainda estava presa às lembranças que lhe voltavam. Quem estava escondido na cocheira? Quem tentara matá-la?

Seu coração acelerou e ela começou a respirar de maneira irregular ao relembrar a dor, o pavor, o medo de tudo o que acontecera. Será que o homem que a atacara era o responsável pelo incêndio? E quem seria o bom samaritano que aparecera do nada depois das explosões? Amigo ou inimigo? Será que ele havia provocado o incêndio e, depois, fingido querer ajudá-la, só para esperar por ela na cocheira às escuras, pronto para o ataque? Ele lhe dissera seu nome?

Sua cabeça latejava enquanto tentava pensar, achar o sentido de tudo aquilo.

— Shannon?

A voz de mulher — voz de enfermeira, Shannon imaginou, ficou mais próxima. — Shannon, você está me ouvindo? Shannon?

— Tô — ela forçou a resposta, apesar do gosto de carvão na boca e da latência numa das bochechas.

— Como é que você está se sentindo? Acha que consegue abrir os olhos?

Com esforço, Shannon piscou algumas vezes antes de conseguir manter as pálpebras abertas e o foco na enfermeira pequenina de cabelo curto e mechado, covinhas e óculos com armação de metal.

— Como é que você está se sentindo? — ela perguntou novamente, seus dedos suaves tocando os punhos de Shannon enquanto ela tentava conferir-lhe o pulso.

Péssima!

Com dor!

Como se tivesse sido atropelada duas vezes por um trator.

— Em comparação a quê? — Shannon conseguiu dizer, a voz pouco mais que um sussurro.

A enfermeira entortou o canto da boca. — Tão ruim assim?

— Pior.

— Depois que a médica te examinar, a gente vai aumentar sua medicação para dor — a enfermeira disse, a compaixão estampada nos olhos escuros. — Você sabe onde está?

— No hospital.

— Não em *qualquer* hospital, se você me permite. Você é hóspede oficial do Hospital Geral de Santa Lucia, o melhor da área... Bem, pelo menos isso é o que a gente deve dizer para você.

Shannon girou levemente a cabeça e viu que estava num quarto particular, com paredes de um verde pálido, equipamento médico esterilizado, uma televisão presa no alto de uma das paredes e uma bancada pequena, já coberta de vasos de flores.

As pessoas já tinham mandado presentes?

Isso levava tempo.

Experimentou um momento de pânico.

— Quanto tempo eu fiquei desacordada? — perguntou, olhando para o soro intravenoso no seu braço.

— Você foi trazida para cá anteontem à noite.

Ela olhou para fora pela janela. Crepúsculo. As luzes do estacionamento sendo acesas ao passo que escurecia.

— Que foi que aconteceu? E os meus cavalos? — Um jato de adrenalina lavou o que quer que a estivesse mantendo tão grogue e sonolenta.

— Eles estão bem, com certeza. — A enfermeira enfiou um termômetro digital embaixo da língua de Shannon, checou sua temperatura, depois enrolou um aparelho de pressão no seu braço.

Shannon estava inquieta enquanto a enfermeira colocava o estetoscópio gelado em seu braço e anotava as informações no quadro.

Tentando manter a calma, perguntou:

— Minha bolsa tá aqui? Minha carteira? Meu celular?

— Acho que não. Você veio de ambulância. De um incêndio. Uma emergência. Não tinha nada de pessoal com você, além da roupa do corpo e do seu relógio.

Shannon olhou para o pulso.

— Está no armário.

— Eu preciso de um telefone — Shannon disse, começando a entrar em pânico. Com certeza seus irmãos teriam cuidado dos seus animais. Teriam ligado para Nate ou, caso não tivessem conseguido encontrá-lo, teriam ido atrás de Lindy, a pessoa responsável pelas contas e capaz de encontrar alguém para garantir a alimentação, a água e o exercício dos cavalos e cachorros. — E tenho que sair daqui.

— Tem um telefone na mesinha de cabeceira — a enfermeira disse —, mas tem gente da família montando guarda na sala de espera. Um deles, o policial alto...

— Shea.

A enfermeira acenou positivamente. — Ele pediu para a gente te avisar que sua família está tomando conta de tudo, inclusive da sua casa, dos negócios e dos animais. Você não precisa se preocupar. Basta se cuidar para ficar bem.

— Não me preocupar? — *Só rindo.* — Ele tá aqui?

— Não sei. Acho que um dos seus irmãos está, mas sua mãe foi para casa.

Shannon soltou um longo suspiro. A ideia de a família estar acampando no hospital, garantindo a segurança da sua casa, preocupando-se com ela, fez com que sua dor de cabeça aumentasse. Imaginou a mãe rezando, os dedos artríticos acariciando as contas gastas do terço enquanto Oliver a consolava. Robert estaria impaciente: já tinha os próprios problemas para resolver, principalmente com a própria família, além de estar tentando evitar qualquer confronto cara a cara com a mulher, Mary Beth. Aaron estaria irritado, a cabeça quente a ponto de explodir, pronto para descobrir quem havia feito isso com ela e acertar as contas. Shea, como sempre, seria a voz da razão, calmo, porém discretamente furioso.

— Oi, Shannon. — Uma mulher alta, vestindo jaleco branco entrou no quarto e apresentou-se como Dra. Ingrid Zollner. O cabelo preso, com mechas loiras de sol, deixava-lhe o rosto livre, de feições fortes, e as linhas em volta dos olhos e da boca sugeriam que passava muito tempo ao ar livre. Seu sorriso era cansado e forçado.

Depois de algumas das mesmas perguntas feitas pela enfermeira, a Dra. Zollner examinou Shannon, checou sua visão periférica, quanta dor a paciente sentia, os curativos do rosto, da cabeça e da barriga. Explicou a Shannon a extensão de suas feridas.

— Você foi trazida para cá inconsciente, com uma concussão decorrente de uma pancada atrás da cabeça e várias contusões. Por sorte, e confesso que não sei como, não teve nenhum osso quebrado. Seu ombro está distendido e você tem alguns hematomas nas costelas.

Ela examinou o ferimento atrás da cabeça de Shannon novamente. — No frigir dos ovos, acho que você teve muita sorte.

— Sorte? — Shannon repetiu enquanto a enfermeira ajustava seu soro. — Bom, não é bem assim que eu tô me sentindo.

— Poderia ter sido bem pior. — A médica foi bastante comedida, o sorriso forçado sumindo de seus lábios. — Eu disse sorte porque você não teve nenhum dano cerebral. Não precisou de cirurgia de reconstrução facial. Considerando a selvageria do ataque, com certeza, você teve sorte.

Shannon não viu razão para argumentar.

Cruzando os braços sobre o peito, a Dra. Zollner disse:

— A polícia estava querendo falar com você e eu disse que, se você concordasse, eles poderiam ter uns minutos, não mais que isso. Eles têm sido bastante insistentes, mas se você não quiser digo a eles que esperem.

— Não tem motivo pra adiar isso — Shannon disse. — E você pode me dizer quando eu vou pra casa?

Uma sobrancelha loura da médica se arqueou. — Logo.

— Logo quando?

Zollner olhou especulativamente para Shannon e seu bipe disparou. Ela o tirou de dentro do bolso, conferiu o número, franziu o cenho e jogou o aparelho ali outra vez. — Provavelmente amanhã de manhã — ela disse para Shannon. — Eu quero que passe mais uma noite aqui sob observação. Apesar de eu ter dito que você teve sorte, uma concussão é coisa séria.

— Eu sei, mas eu tenho animais pra cuidar. Tenho...

— Você tem que ficar boa — a médica disse com firmeza, encaminhando-se para a porta. — Tenho certeza de que alguém pode tomar conta dos seus bichinhos.

— Não, você não entendeu...

Mas a Dra. Zollner já havia se retirado e deixado Shannon sozinha com a enfermeira.

— Que ótimo... — Shannon murmurou.

— Vou ver o que eu posso fazer — a enfermeira disse, com uma piscadela. — A Dra. Zollner é muito ocupada. Enquanto isso, converse com os detetives e eu avisarei à sua família que você acordou e que eles podem vir fazer uma visita em breve. Talvez depois de você comer alguma coisa.

A menção à comida causou imediata reação no estômago de Shannon. — Gostei disso — ela disse.

— Bom sinal. — A enfermeira deixou o quarto, e os analgésicos começaram a fazer efeito.

Dois minutos depois, dois detetives, Cleo Janowitz e Ray Rossi, entraram pela porta semiaberta. Janowitz era magra como uma top model e quase tão alta quanto seu parceiro, cuja altura girava em torno de um metro e oitenta. O cabelo preto, liso e sedoso, caía-lhe nos ombros e os olhos amarelados em forma de amêndoas eram intensos e perspicazes. O sorriso em seu rosto era pálido.

Rossi poderia ser um Kojak jovem: nariz largo, grandes olhos castanhos, cabeça raspada... mas o pequeno cavanhaque e as maçãs do rosto afastavam de certa forma aquela imagem.

— Srta. Flannery — Janowitz, obviamente a detetive-chefe, começou. — Eu sei que você não está se sentindo muito bem, então a gente vai tentar ser breve, mas vou precisar fazer algumas perguntas sobre o que aconteceu, algumas noites atrás.

— Tudo bem. — Deitada na cama, com uma sonda de soro atrelada ao braço e curativos restringindo seus movimentos, Shannon apertou o botão para levantar um pouco o encosto da cama. Era esquisito ser entrevistada ali, no hospital, com a porta do quarto semiaberta, o balcão dos enfermeiros visível pela fresta.

— Você sabe que existe a suspeita de incêndio premeditado? — Janowitz perguntou enquanto mergulhava a mão na pequena bolsa preta pendurada no ombro. Tirou uma caneta e um bloquinho de espiral com as páginas cobertas de garranchos. Rossi pegou um gravador no bolso e o colocou sobre uma mesa perto da cama.

— Eu imaginei — Shannon disse, seu maior medo confirmado. Como encontrara a certidão de nascimento queimada no portão e fora atacada na cocheira, sabia que alguém estava disposto a machucá-la. Ela só não sabia quem ou por quê.

— Os investigadores da cena do crime ainda estão avaliando as evidências, e eu acho que o investigador da polícia, Shea Flannery, está fazendo a mesma coisa. Ele é seu irmão, é isso?

— É.

— Ele está na sala de espera, mas a gente queria falar com você primeiro.

Ela sentiu certo alívio ao saber que pelo menos um dos seus irmãos estava por perto. Apesar de eles a enlouquecerem quase sempre, tinha que admitir a sensação de segurança por ter uma família com que contar. — O que você quer saber?

Janowitz olhou fixamente para ela com seus olhos dourados e intensos. — A gente imagina, pelos ferimentos, que você foi atacada por alguém. Nós encontramos um forcado com sangue no cabo, pegadas, algumas também com sangue. E os seus ferimentos não podem ter sido causados por coices ou por cavalos passando por cima de você, como foi a nossa primeira suspeita.

Shannon respirou devagar. — Alguém tava me esperando na cocheira. — Ela se lembrou do pânico aterrador que sentiu enquanto as chamas subiam e as janelas se estilhaçavam. Do frenesi dos cavalos e dos latidos selvagens dos cães. Do medo que aumentou de proporção quando o homem a atacou. — Ele me atacou.

— Você conseguiria descrever esse homem? — Janowitz perguntou.

— Um pouco, mas tava escuro e eu achei, quer dizer, eu tenho a impressão de que ele tava usando uma máscara, alguma coisa assim.

Acho que devia ter mais ou menos um metro e oitenta, era musculoso... atlético, talvez, mas, realmente, isso é mais uma impressão do que qualquer outra coisa. Como eu falei, tava escuro e foi tudo tão rápido...

— Deu para ver o que ele estava vestindo?

— Não... — Ela sacudiu lentamente a cabeça. — Uma roupa escura, preta talvez? Eu não sei...

— Jeans? — Rossi perguntou, instigando-a.

— Talvez. Não sei.

Rossi continuou:

— Manga comprida? Casaco? Luvas?

— Eu... eu não sei dizer, não tenho certeza.

— Você reparou em mais alguma coisa nele? Se estava usando perfume ou cheirando a gasolina?

— Não, só suor. Cheiro de suor, eu acho, talvez, mas, mais que tudo, ele cheirava a fumaça do incêndio.

— Ele disse alguma coisa? Te chamou? Você conseguiria identificar a voz dele?

— Não. Ele não disse uma palavra — ela respondeu.

— Como foi que o ataque começou?

Ela engoliu em seco. — Como eu disse, eu acho que ele ficou me esperando na cocheira, até eu me afastar bem da porta que tinha aberto pros cavalos. A maioria já tinha saído. Uma das éguas, a Molly, resfolegou na hora de sair da baia. Ela tava assustada e empacou no lugar. Eu tive que agarrar o cabresto e, literalmente, puxá-la. Ela andou pra trás... me atingiu... — Shannon esticou o braço para pegar seu copo d'água. Rossi o pegou para ela.

Com um pigarro, Shannon contou tudo de que se lembrava, Janowitz fez mais perguntas e tomou mais notas no seu bloquinho de espiral enquanto Rossi escutava sem comentar mais nada.

Não, Shannon não vira outros veículos que não conhecia.

Não, não vira ninguém na propriedade que não devesse estar lá.

Sim, às vezes ela tinha a sensação de estar sendo seguida ou observada. Não sabia explicar muito bem a sensação.

Não, ela não fazia ideia de quem deixara o pedaço queimado da certidão de nascimento da filha, ou quem poderia ter telefonado exatamente às 24:07 no dia do décimo terceiro aniversário da menina, mas, sim, achava que todos aqueles eventos, inclusive o incêndio, estavam ligados.

Shannon bocejou, repentinamente cansada. Moveu o ombro e sentiu uma pontada de dor nas costelas. Não queria mais pensar no incêndio, não conseguia se concentrar.

Mas Janowitz estava longe de ter terminado: — Tinha um homem, um estranho na propriedade. Que você encontrou na hora que o fogo começou.

— Ahã. — Shannon acenou positivamente, lembrando-se do homem alto que aparecera das sombras, o mesmo que ela mandara soltar os cachorros do canil. Estava muito escuro para ver o rosto dele direito, tudo de que se lembrava eram imagens vagas de um homem alto, atlético e de feições duras. — Não peguei o nome dele.

Janowitz conferiu suas anotações, voltando algumas páginas, e Shannon desconfiou de que ela não precisava realmente se lembrar. A detetive parecia bastante obstinada, e, Shannon apostava, tinha memória rápida e aguçada. — Travis Settler.

O nome não significava nada para Shannon. — Settler?

— Você não conhece?

Ela balançou a cabeça. — Não. Mas... — Ela se lembrou de ter avistado seu rosto de relance e da sensação de tê-lo visto em algum lugar antes. Queria encerrar a entrevista. Tudo havia sido tão louco... mas a detetive olhava para ela com expectativa, esperando que terminasse. — Bem, quando eu vi o rosto dele naquela noite, tive uma... uma sensação estranha de já ter encontrado com ele, visto, sei lá, em algum lugar antes. Tipo um *déjà-vu*. — O que era impossível. Onde ela o tinha visto? — Mas eu não tenho certeza.

— Ele é de Falls Crossing.

Shannon encolheu os ombros. — Onde é isso?

— No Oregon. Perto da divisa com Washington.

— Nunca ouvi falar.

— Muita gente não conhece. — Uma espécie de sorriso franziu o canto da boca de Janowitz. Então a detetive durona tinha senso de humor.

— E você nunca conheceu um Travis Settler?

— Não, não conheço ninguém com esse nome — ela disse, virando o rosto para a janela e apreciando os galhos frondosos de um carvalho iluminado pelas lâmpadas de segurança. Aquele nome lhe era familiar? Ela achava que não. — Era pra eu conhecer esse cara? — Shannon perguntou, voltando a olhar para a detetive. Ela percebeu uma sombra de dúvida no olhar da mulher, como se Janowitz soubesse de alguma coisa que ela não. E o outro cara, o Rossi, tinha o rosto mais franzido em volta da pequena barbicha loura visível acima do queixo.

— Espera aí — Shannon disse, o pulso acelerando. — O que é que tá acontecendo? Quem é esse Settler?

Janowitz ignorou a pergunta. — Você acha que Travis Settler foi quem te atacou?

— Não... eu... — Ela realmente não sabia; sabia? Ela achava que ele tinha ido soltar os cachorros, mas ele poderia ter fingido correr até o canil e, depois, se escondido. — Eu não sei, mas... não, eu não *acho* que tenha sido ele. Por que seria?

— Quem você acha que foi?

— Não faço a menor ideia. Tava escuro. A égua já tinha me machucado.

— Conta isso de novo — Janowitz disse, o olhar firme sem deixar escapar nada. De repente, Shannon se sentiu vulnerável. Deitada naquela cama, uma sonda enfiada no seu pulso direito, o braço esquerdo imobilizado, o rosto coberto de curativos. Aquelas pessoas, a polícia, eles sabiam muito mais sobre o que tinha acontecido com ela, com sua propriedade, que ela mesma. E agiam como se ela estivesse escondendo alguma coisa.

— Eu vi o fogo — ela começou fragilmente. Quase sem forças, mesmo assim reviveu cada passo do que acontecera naquela noite terrível: ela agarrando o extintor de incêndio, correndo para a cocheira, encontrando com Settler, o pânico loucamente ao disparar pelas baias, depois a tentativa de evitar ser pisoteada, a resistência da égua Molly, a sensação de ter o ombro rasgado ao meio, o refugo da égua e, finalmente, quase tê-la conduzido à segurança, quando, subitamente, fora atacada por trás.

— E não tinha nenhuma luz acesa na cocheira?

— Nada tava funcionando.

— O disjuntor desarmou — Rossi interveio.

— O quê?

— O motivo de não ter luz na cocheira é que o disjuntor do prédio desarmou, talvez por causa do fogo, talvez porque alguém o tenha desligado intencionalmente. Você desligou o disjuntor?

— Não, claro que não...

Janowitz disse:

— Os disjuntores do canil também desarmaram.

O coração de Shannon quase parou. Quão premeditado fora o ataque? Por quanto tempo o cara a vigiara? Andara pela propriedade? Armara o golpe? Ela estremeceu, como se a temperatura do quarto tivesse caído vinte graus.

O incêndio premeditado não era o mais assustador; ela suspeitara mesmo que alguém o fizera intencionalmente — um incendiário, como o pai costumava chamá-los. Mas o fato de ela, pessoalmente, ser o alvo, isso era completamente diferente.

— Srta. Flannery — a detetive Janowitz perguntou, a voz um pouco mais suave —, você tem algum inimigo, alguém que pudesse querer te machucar?

Shannon fechou os olhos. Uma dúzia de nomes lhe veio à cabeça, gente que a insultara. Difamadores. Pensavam que ela, literalmente, "se livrara de um assassinato" três anos atrás. Ela pensava — não, desejava — que grande parte daquele ódio, daquele amargor, tivesse diminuído com o passar dos anos... agora, não tinha mais tanta certeza. A dor de cabeça não parava, apesar do analgésico intravenoso. Todos os sentimentos antigos, a raiva, a dor, o medo voltavam dentro dela. Quem quereria vê-la mal? Por onde começar? A família de Ryan seria um bom começo. A mãe, o pai e alguns primos dele tinham jurado vingança depois do julgamento. A namorada, Wendy Ayers, quase cuspira em Shannon quando o veredicto fora anunciado. Wendy claramente considerava que Ryan era propriedade sua, apesar de Shannon ainda estar casada com ele quando ele morrera.

E havia outros também, gente que ele conhecia, que tinha trabalhado com ele, amigos que não conseguiam acreditar que um homem com aquele charme irlandês e aquele rosto fosse capaz de levantar a voz, que dirá a mão, para sua mulher...

Sentiu um embrulho no estômago diante das lembranças.

— Você trabalha com meu irmão, Shea, ele pode te dar uma lista.

Janowitz não se fez de rogada. Aproximou-se, uma ruga se formando entre suas sobrancelhas escuras. — Mas e você? Quem você imagina que poderia querer te fazer algum mal? Um ex-namorado, alguém com quem tenha trabalhado? E esse Nate Santana? Era para ele estar fora naquela noite, mas, de repente, apareceu.

— Não foi o Nate — Shannon disse, firme, mas, no fundo, não tinha ela, também, algumas dúvidas quanto ao homem que contratara, o homem junto a quem passara tantas horas, o homem que pouco lhe contara sobre seu passado? Sabia que ele se preocupava com ela, no entanto, e não acreditava que pudesse ser parte desse tipo de violência... ou poderia?

— Você está envolvida com alguém?

— Não... agora, não. Meu ex-marido, Ryan Carlyle, morreu, mas, com certeza, você já sabe essa história de cor.

— E o pai da criança que você deu para adoção?

— Brendan? — Deixou escapar um gemido de desgosto. — Ele foi embora quando eu disse que tava grávida, há quase catorze anos. Nunca mais ouvi falar dele. Os pais disseram que ele foi pra América do Sul.

— Nenhum outro namorado?

Ela balançou a cabeça e sentiu o rosto corar. — Nada sério. Me envolvi com dois homens, desde... desde a morte do Ryan. O primeiro, Reggie Maxwell, disse que era de Los Angeles, mas na verdade ele morava em Santa Rosa com a mulher e três filhos. Assim que eu descobri, terminei tudo. — Sua mão se fechou com a lembrança, um misto de fúria e embaraço por ter sido enganada.

— E o outro?

— Keith Lewellyn, um advogado de São Francisco. Direito empresarial. A gente saiu umas cinco, talvez seis vezes. Nenhum de nós tinha interesse no outro. Acabou rápida e naturalmente. As pessoas que têm os piores sentimentos por mim são os amigos e a família do Ryan.

Janowitz esperou, caneta posicionada.

Rossi coçou a barbicha.

O gravador continuou gravando.

— Com certeza você sabe que eu fui acusada de assassinar meu marido — ela disse rapidamente, os dedos torcendo a bainha do lençol. — Donald Berringer foi o principal advogado de acusação. Fui considerada inocente, mas um monte de gente não ficou feliz com o veredicto, inclusive o Berringer. Durante quase um ano eu recebi correspondências afrontosas, e, claro, a família do meu marido ficou indignada. — Ela pigarreou e olhou diretamente para os dois detetives. — Eu recebi ameaças de morte. Informei à polícia.

— Você sabe quem mandou alguma dessas ameaças?

Ela fez uma careta, depois lhes contou sobre os primos de primeiro grau de Ryan, os irmãos Carlyle, tão enfáticos na crença de que ela era a assassina. Kevin a fuzilava toda vez que a via, intimidando-a propositalmente. Mary Beth, cunhada de Shannon, a acusara de assassinato e testemunhara contra ela. E até a Margaret, normalmente calma, a rejeitara.

Depois, Shannon mencionou Wendy, a namorada de Ryan, mas admitiu que a maioria da correspondência era anônima.

— Aos poucos, as ameaças foram diminuindo. Eu imaginei que quem quer que estivesse por trás delas tinha encontrado alguma outra coisa com que se ocupar. Um alvo novo. Fiquei aliviada. Foi... difícil. — Ela pigarreou. — Faz quase um ano que tudo tá calmo, talvez um ano e meio. Eu pensei que já tinha ficado tudo pra trás.

— O que aconteceu agora pode não ter nenhuma ligação com a morte do seu marido — Janowitz disse, a expressão um pouco mais suave. — Parece ter mais a ver com a criança. A menina que você deu para adoção. Ela está desaparecida.

— Desaparecida? — Shannon levantou a cabeça, num movimento brusco, a fraqueza que começara a sentir subitamente desapareceu. — Como assim? Desaparecida de onde?

— Travis Settler, o homem que estava do lado de fora da sua casa, é o pai adotivo da sua filha. Ele está em Santa Lucia porque a garota não voltou pra casa depois do colégio, há mais ou menos uma semana, dois dias depois de você ter recebido a certidão de nascimento queimada.

— Minha... filha? — Shannon sussurrou, em choque, quase incapaz de compreender o que Janowitz estava dizendo, a cabeça latejando.

— Isso. A menina que nasceu há treze anos. A menina da certidão de nascimento encontrada no seu portão.

Shannon sentiu como se o mundo à sua volta estivesse desmoronando.

O olhar de Janowitz encontrou o seu.

— Eu acho que é mais que mera coincidência.

CAPÍTULO 10

Dani espiou o filete de luz que entrava no quarto pela fresta da porta. A fenda mínima permitia que visse a sala principal e a lareira na parede. Esta era feita de pedaços de pedras antigas e tinha uma bancada espessa, sobre a qual estavam vários porta-retratos. Pareciam fotos de rosto, mas ela não conseguia distinguir as feições. Não dava para ver toda a extensão da bancada, logo não tinha certeza quanto à quantidade de fotografias, mas, com certeza, enxergava três.

Ele também mantinha na prateleira sua faca de caça, um isqueiro e uma pistola — todos artigos que Dani poderia utilizar, fosse ela capaz de escapar.

E estava trabalhando nisso. Ela tinha um plano.

Acima da bancada havia um espelho partido. Um pouco da prata da parte de trás aparecia pelas rachaduras, as quais causavam distorções na imagem, mas Dani pôde ver o rosto dele e um pouco da sala, inclusive a porta atrás da qual estava.

Apesar de agora estar presa neste pequeno quarto, de vez em quando tinha permissão para andar pelo chalé. A casa maltratada possuía este quarto, um banheiro fedorento, uma cozinha mínima, sem uso, e a sala — cômodo contíguo à sua porta trancada, lugar onde ele passava a maior parte do tempo quando estava ali.

A má notícia era que ele trancava a porta do "quarto dela" sempre que botava os pés fora da cabana; a boa era que ficava muito tempo longe, logo, ela poderia colocar seu plano de fuga em ação. E, apesar de até agora não ter sido rude com ela, não indicando que a machucaria, ela pressentia que era só uma questão de tempo. Ele a estava usando para algum propósito vil, criminoso, e ela estava determinada a frustrar seus planos. Para salvar-se. Faria o que fosse preciso, porque, apesar de ainda estar bancando a inocente, não iria simplesmente desistir. Se tentasse machucá-la ou matá-la, lutaria com todas as forças, não deixaria barato. Agir covardemente agora talvez a ajudasse a ganhar alguma liberdade, mas, no final, imaginou ela, não a salvaria.

Portanto, pensava numa maneira de sair daquela pocilga. Seus aposentos se resumiam àquele pequeno quarto, um armário e um banheiro portátil, do tipo que se usa em acampamentos. As janelas haviam sido cobertas com folhas de compensado pelo lado de fora, mas uma claraboia permitia a entrada de alguma luz natural e a visão de um pouco de céu. Um tapete em frangalhos cobria a maior parte do chão de madeira destruído. Ele lhe dera um casaco, um catre com saco de dormir e um travesseiro sem fronha de cheiro muito estranho, nunca o usava — não queria nem pensar nos bichos imundos que viviam ali dentro, ou em quem mais deitara a cabeça naquela coisa podre.

Pelo que imaginava, as paredes não tinham nenhum tipo de isolamento, logo o ambiente estava sempre quente e abafado. Não fosse pela claraboia, a qual ele abria com uma vara que se encaixava numa manivela, certamente já teria morrido sufocada ou cozida nesse muquifo.

Agora era noite. Estava escuro lá fora, apesar de ela pensar ter visto um fiapo de luar. Silencioso. Só mesmo o barulho dos insetos zumbindo e cricrilando no sereno.

E o maluco cumpria seu ritual doentio. Pela fresta da porta, ela o observava mais uma vez.

Toda noite ele fazia os mesmos movimentos que acompanhava agora. Abaixava-se e usava o isqueiro de butano para acender a lareira. Era do mesmo tipo que o pai dela usava para acender a churrasqueira de casa.

Seu estômago revirou quando ela pensou no pai e sentiu o queixo tremer ao dar espaço para o medo, para o pânico que a invadia. Fechou os olhos. E se ele não conseguisse encontrá-la? E se esse louco tivesse apagado tão bem suas pegadas que nem mesmo seu pai — com toda a experiência e desenvoltura para caça e rastreamento que conquistara no exército — tivesse a menor ideia de onde ela estava? Onde estava ele agora? Estaria ainda à procura dela? Teria desistido?... Não... não o seu pai. Travis Settler moveria céu e terra para encontrá-la. Disso ela sabia. Ela só queria que ele aparecesse. E desejou nunca, nunca ter tentado encontrar a mãe biológica. Tudo começara ali... era tudo culpa sua.

Engoliu as lágrimas e disse para si mesma que parasse de agir como uma criança e se concentrasse na sua tática para parar esse maluco.

Por enquanto, pressionaria o olho contra a fresta da porta e observaria o pervertido e sua maluquice.

O jornal amarelado e pequenos galhos dentro da lareira pegaram fogo instantaneamente, as chamas ansiosas subiram para lamber os gravetos que ele empilhara no gradil da lareira.

Satisfeito, colocou o isqueiro na bancada novamente, levantou-se descalço em frente às pedras escurecidas e olhou para sua imagem refletida no espelho.

Depois, aconteceu a coisa que era realmente esquisita, exatamente como acontecera nas últimas três noites. Era como se o fogo, a visão da própria imagem, ou algo igualmente bizarro, o excitasse.

Enquanto as chamas crepitavam e assoviavam, consumindo a madeira seca, ele tirava lentamente a roupa, como se estivesse fazendo uma performance ou um striptease maníaco. Tudo para o próprio prazer.

Dani nunca vira um stripper de verdade em ação, claro, mas uma amiga lhe contara tudo, amiga cuja mãe solteira ganhara de presente um telegrama animado sensual no aniversário de quarenta anos, em que o rapaz cantava, dançava e tirava a roupa. Sua amiga dissera que tinha sido muito, muito nojento, apesar de o mensageiro ser um gostoso na faixa dos vinte. Ele tirara a gravata, o smoking e a camisa e ficara só de tanga.

Agora, vendo esse pirado tirar a roupa, Dani não podia estar mais de acordo. Ainda assim, assistia fascinada, tentando entender esse fracassado.

Primeiro ele desabotoou a blusa, depois, nunca desviando o olhar do espelho, jogou a camisa no chão. Ela prendeu a respiração e mordeu a língua enquanto apreciava as costas dele. A visão dos seus ombros fez com que ela estremecesse. Cicatrizes cortavam-lhe os músculos, marcas de queimaduras cobriam-lhe a pele fazendo-a parecer lisa e muito esticada, enquanto o resto do corpo era macio e bem torneado. O que será que tinha acontecido com ele? E o que significava essa coreografia estranha?

Sem saber que ela o observava, ele continuou. Desabotoou o jeans e deixou que a calça escorregasse até o chão, depois chutou a Levi's suja para longe. Se estava vestindo cueca, ela deve ter ido embora no mesmo movimento rápido. Ela nunca vira uma cueca, sungão, samba-canção, nada do gênero, na verdade. Depois, ele ficou nu, de frente para o fogo, de costas para ela, o corpo bronzeado, a não ser pelas costas marcadas e o bumbum musculoso.

Ele estava em forma, ela podia ver isso. A carne dele era dura. Nenhuma flacidez visível, somente um corpo rijo, bem torneado, com aquela queimadura horrível nos ombros que ia até a metade das costas. Não conseguia vê-lo de frente, a não ser seu rosto, e não sabia se as cicatrizes iam até lá. Mas o rosto dele não tinha nenhuma marca e era bonito de uma maneira demoníaca. Olhos azuis, azuis, cabelo cheio e negro, maxilar pronunciado, uma boca fina e cruel.

Ela finalmente entendeu o que as mulheres queriam dizer quando falavam que um cara era "bonito feito o demônio". Dani acreditava que ele era realmente o diabo.

Ele esticou o braço até a bancada, pegou um frasco de óleo e começou a espalhá-lo pelo corpo lentamente, no pescoço, nos braços, no tórax, fazendo com que a pele bronzeada liberasse um brilho dourado sob a luz do fogo.

Era como se absorvesse a si mesmo, obsessivamente.

Agora as chamas luminosas e ardentes do fogo dançavam e estalavam, fagulhas vermelhas ferventes cintilavam em meio às cinzas. Ele sorriu para o próprio reflexo e tocou em si mesmo... lá embaixo.

Doente! Doente! Doente!

Ela pensou que ele poderia ejacular e decidiu que não queria assistir *àquilo*!

Mas, em vez disso, ele fez xixi, mandando seu córrego para o fogo, espalhando urina sobre as chamas, enquanto seus olhos desviavam da própria imagem para assistir ao recolhimento do fogo e seu assobio, sob o ataque de cheiro azedo.

Dani quase vomitou.

Trincou os dentes, disposta a assistir até o fim, esperando, de alguma maneira, desvendar aquele homem.

Assim que terminou de fazer pipi, o ritual estava terminado.

De uma hora para outra.

Se ele se despira devagar, recolocara as roupas apressadamente, quase como se quisesse compensar a perda de tempo. O fogo crepitava e morria, pedaços carbonizados ainda cintilando vermelhos em meio às cinzas enquanto ele enfiava a camisa pela cabeça e vestia a calça.

Dani se encolheu num canto, aninhando-se no catre, cruzando os dedos para que ele não percebesse que fingia dormir. Como fazia todas as noites. Sabia que ele viria. Sempre dava uma conferida nela, abrindo a porta o suficiente para que a luz incidisse sobre seu rosto e o catre. Às vezes parecia que ele a observava por uma eternidade.

Ela sempre fingia não estar acordada, os olhos sempre fechados, mas não apertados, a boca um pouco aberta enquanto tentava respirar regularmente. Às vezes, até rolava para o lado enquanto ele olhava, depois suspirava. O tempo todo ela tremia por dentro, com medo de que ele percebesse seu ardil, que resolvesse mudar a rotina, entrar no quarto, dirigir-se ao catre, abaixar-se e tocar nela...

Sentia náuseas só de pensar, mas forçava-se a parecer relaxada. Acontecesse o que acontecesse, ela teria que ir até o fim, até o momento em que pudesse machucá-lo, debilitá-lo ou fugir dele.

Até agora ele não colocara os pés dentro da sua cela privativa.

Na verdade, era como se ele mal a tolerasse.

Ela ainda não fazia ideia de quem ele era e todas as tentativas de travar alguma conversa encontravam resistência nos seus olhos gelados e nos lábios apertados.

Durante todo esse tempo ele mal lhe dirigira a palavra e quando falava com ela era sempre para lhe latir uma ordem:

— Vai pro seu quarto.

— Tá olhando o quê?

— Come e cala a boca.

Durante as refeições, permitia que ela se sentasse à mesa e engolisse o mesmo que ele — feijão enlatado, espaguete enlatado, cozido enlatado. Tudo preparado por ele na lareira em que fazia xixi todas as noites. Isso revirava-lhe o estômago, mas ela forçava a comida goela abaixo, determinada a manter-se forte, determinada a fugir dessa prisão insuportável e quente como o inferno. Ele lhe dava água mineral e, às vezes, uma Coca-Cola.

Nos breves momentos em que a deixava sair do quarto, ela inspecionava o chalé o máximo que podia, cada possibilidade de fuga, as poucas janelas e as duas portas. Nenhuma televisão. Nenhum telefone. Nenhuma eletricidade. A cabana era primitiva e decadente, a porta do seu quarto era lacrada com uma tranca velha de antigamente, que parecia estar ali há séculos.

Suas missões fora da cela eram rápidas, só dava tempo mesmo para comer e esticar as pernas, mas ele ficava ao seu lado o tempo todo, os olhos focados nela, os músculos tensos como se estivesse pronto para dar um bote se ela desse um passo em falso. Aquele pensamento, das mãos dele sobre ela novamente, do cheiro dele próximo, mantinha-a na linha.

Perguntava-se para onde ele ia todas as noites, depois do estranho ritual do xixi. Ele ficava fora por horas a fio, às vezes até tarde do dia seguinte, como se morasse em outro lugar, ou tivesse um trabalho, como se vivesse uma vida dupla.

Era maluco. É isso. Ficou escutando enquanto ele se preparava para ir embora — como todas as noites. Primeiro, ele trancava a porta, deixando-a presa nesse quarto miserável. Depois, andava até o lado de fora, as botas fazendo ranger as barras do portão velho. Depois disso, os passos iam desaparecendo e, um minuto ou dois a seguir, o som do motor de uma caminhonete ecoava a distância.

Ela sabia que ele estacionava o carro longe do chalé, num abrigo rústico fora da estrada. Já tinha visto o lugar, as bordas da cobertura danificada, na noite em que ele a trouxera. Desde então, nunca mais vira a caminhonete. Nas poucas vezes em que ele a deixara sair, ficara colado nela. Naqueles minutos preciosos, ela tentava como louca descobrir onde estavam. Como não o vira cruzar nenhuma outra fronteira estadual, tinha quase certeza de que ainda estavam na Califórnia. Haviam passado por cidades pequenas, vinhedos e atravessado o Vale da Lua, logo, provavelmente, se encontravam naquela área que seu pai chamava de "terra do vinho". Mas onde era aquilo?

Da cabana ela não ouvia barulho de tráfego, nem mesmo um zum-zum de carros a distância na estrada. Mas no meio da noite era acordada pelo som de um trem passando. Os trilhos não podiam estar muito longe, imaginou, porque o chalé inteiro chacoalhava. O barulho das rodas e o rugido do motor eram ensurdecedores durante sua passagem.

Agora, pensando na rota do trem, para onde ia e de onde vinha, qual a distância da próxima estação, Dani suava deitada no catre, contando os segundos através das batidas do próprio coração. Mal se atrevia a respirar enquanto esperava o som da caminhonete dando a partida ao longe. Torcendo para que ele realmente estivesse indo embora para passar a noite, e não só por uns minutos para buscar algo no carro, ela se esforçava para prestar atenção nos sons.

Ela o queria longe.

Para sempre.

Ela não morreria aqui.

Não, ela sairia desta prisão quente, sem ar.

Só precisava de algum tempo.

Muito tempo.

Sozinha.

Para que pudesse organizar seu plano.

Então, escutou os engasgos do motor da caminhonete.

Graças a Deus.

Dani relaxou. Tinha algumas horas, talvez mais. Na escuridão quase completa, rolou para fora da cama e engatinhou sem titubear para dentro do armário, no qual descobrira o que esperava ser sua salvação. Não conseguia ver nada, mas tateou ao longo da tábua corrida até encontrar aquela tábua empenada que deixava aparente um prego saindo do buraco.

Sorriu para si. O pervertido não tinha notado, pensava que o quarto era seguro. *Cabeça de bagre!*

Usando uma das meias como luva, segurou a cabeça do prego e começou a movimentá-la. Para a frente e para trás, para a frente e para trás, puxando levemente, na esperança de alargar o buraco, ao mesmo tempo que pressionava aquele prego velho e enferrujado para fora da madeira apodrecida.

O suor se acumulava na sua testa.

Descia-lhe pelos braços.

A cabeça enferrujada furou-lhe a meia e ela dobrou o algodão sobre o prego, ainda sentindo as bordas afiadas escavarem-lhe os dedos. Não se importou, continuou trabalhando, apesar do desconforto, mesmo quando sentiu o sangue brotar.

O prego, se conseguisse extraí-lo, seria seu bilhete para a liberdade.

— Eu não quero saber que pauzinhos você vai ter que mexer, ou a mão de quem você vai ter que beijar, molhar, mas me tira daqui — Shannon disse na cama do hospital.

Seu irmão, Shea, em todo o seu um metro e oitenta, não estava convencido. De pé dentro do quarto, balançou negativamente a cabeça. — Não acho que seja uma boa ideia.

— Provavelmente não é, mas eu quero que você dê um jeito. Você é do Departamento de Polícia, basta mexer umas peças, dar uns telefonemas, pedir a ajuda de alguém, mas, pelo amor de Deus, me tira daqui. — Ela já estava se virando na cama, dobrando as pernas e tentando não se contorcer de dor no ombro e nas costelas. Estes pareciam os piores ferimentos, pior ainda que o corte na cabeça, o qual demandara a raspagem de um punhado de cabelo e sete pontos.

A refeição que a enfermeira preparara às pressas — um caldo pálido, gelatina vermelha e um sanduíche tímido de peru — continuava intacta no prato. Sua fome sumira quando soubera as notícias sobre Travis Settler e a filha dele. Não, vamos corrigir isso, *sua* filha.

— Não funciona assim — Shea estava tentando explicar, mas ela não aceitaria "não" como resposta.

— Bem, ou você dá um jeito com os poderosos aqui do hospital ou eu vou abandonar o posto. — Ela deslizou os pés até o chão e descobriu que suas pernas podiam sustentá-la.

— Shannon, ouve a voz da razão.

— Ouve você, ok? Os detetives deixaram escapar que o cara que apareceu na minha casa durante o incêndio é o pai adotivo da minha filha. E ele tá dizendo que ela tá desaparecida.

— É verdade.

— Você checou? E não me disse nada?

— Pensei que era melhor esperar você ter alta.

— Pode me considerar fora daqui. Então, a minha filha tá realmente desaparecida?

Ele apertou os lábios, mas confirmou com um aceno de cabeça.

— É. Ela sumiu já faz um tempinho. E o Settler veio pra cá, porque achou que você poderia ter alguma coisa a ver com o rapto dela.

Ela sentiu um aperto na boca do estômago. — Cara legal esse. Ele perde a criança e, imediatamente, acha que *eu* tenho alguma coisa a ver com isso? *Eu!* — Apontou para o próprio peito. — A mulher que acreditou que a filha tava sendo adotada por alguém que ia tomar conta dela, garantir a segurança dela, ter amor por ela? A pessoa que não vê a menina há treze anos, caramba? — A voz de Shannon falhou um pouco. Lutou contra as lágrimas e pigarreou. Agora não era hora de ter uma crise emocional. Agora, mais do que nunca, tinha que estar lúcida, controlada. — E a mulher dele? — perguntou. — Onde é que ela fica nisso tudo? Quando eu concordei em dar o bebê pra adoção, mesmo sendo particular, os advogados me disseram que ela seria criada por um casal que realmente queria ter filhos, mas não conseguia.

— A mulher dele morreu.

— Ah... — Um pouco da raiva de Shannon desapareceu. Por alguns breves segundos ela sentiu uma pontinha de compaixão pelo pai solteiro, que, obviamente, era obrigado a lidar com a própria dor, além do sofrimento da criança. Quem sabe o quanto havia sofrido? — O que é que aconteceu com ela?

— A mulher? Não sei direito. Alguma doença, eu acho. Já faz uns anos que ela morreu. Agora é só pai e filha.

— Que ele perdeu! — A raiva novamente se acendeu nela. Que tipo de pai perde uma filha? *Sua* filha? Racionalmente, ela sabia que crianças podem ser raptadas, fugir, é uma tragédia que acontece todo dia, mas não a filha *dela*, não a criança preciosa de que tivera que abrir mão contra a própria vontade! Ela lutara contra a ideia, mas, no final, fora persuadida de que entregar o bebê a um casal amoroso, desesperado por um filho, seria melhor para a menina. O casal seria capaz de dar a ela tudo o que quisesse e precisasse... e acabara dando errado. Os olhos de Shannon queimavam. Ela tentou se controlar. — Tem alguma coisa muito errada nessa história... — sussurrou, engolindo com dificuldade.

Recusando-se a ceder à dor que lhe ia da cabeça ao tronco, cruzou cuidadosamente o pequeno quarto e abriu a porta do armário. Dentro, havia um roupão amarelo atoalhado, velho, que um dos irmãos certamente encontrara nos fundos do seu guarda-roupa de casa. A peça de vestuário já tivera dias melhores. Os punhos estavam gastos e havia uma mancha de café numa das golas que nunca saíra. Suas botas sujas de sangue tinham sido levadas e não havia nenhum sapato ali, só um par de chinelos azul-marinho completamente detonado.

— Perfeito — ela murmurou enfaticamente. Irritada, enfiou os pés nos chinelos.

— Eu acho que não vou conseguir te convencer a não fazer isso.

— Não.

— Parece que você se esquece de que é a caçula da família, Shan. — Shea revirou os olhos, como se estivesse absolutamente frustrado. Cavucou o bolso, procurando seu maço de cigarros, antes de se dar conta de onde estava. Deixou a mão pender na lateral do corpo.

— É, bem, vamos parar de pensar em mim como a criança do clã. Ou como a única irmã, ou qualquer idiotice dessas. Eu sou adulta e chegou a hora de parar de me apoiar em vocês.

— A não ser quando é pra eu mexer os pauzinhos pra te tirar daqui.

Ela fez a gentileza de sorrir. — Ninguém disse que eu não usaria vocês sempre que fosse preciso.

Os olhos dele se estreitaram. — E quem te deu as rédeas da situação?

— O filho da mãe que tentou acabar comigo com essa surra — ela disse, apertando a faixa do roupão sobre a camisola patética de hospital. Ela não tinha opção a não ser vestir aquilo. — Então, pode fazer o que for possível pra me arrancar daqui e a gente vai embora.

— Você quer que eu te leve de volta pra casa?

— Até quero, mas primeiro a gente vai ter que dar uma paradinha num lugar.

— Paradinha?

— Você sabe onde o Travis Settler tá, não sabe?

Os lábios de Shea contraíram-se. — Eu não posso te levar lá.

— Claro que pode.

— Shannon, eu realmente sou contra você ter qualquer contato com ele. A gente ainda não descartou o cara da lista de suspeitos.

— Não quero saber.

— Me escuta, Shannon. Você pode comprometer a investigação — Shea insistiu, mais uma vez buscando o maço de cigarros no bolso, para desistir logo em seguida. — Eu não posso deixar você falar com ele.

— Não sei por quê. Eu só quero algumas respostas, tipo onde é que tá a minha filha, caramba. E desde quando você age de acordo com as regras, inclusive? Desde quando alguém dessa família faz isso?

Ele estava de pé em frente à porta, uma parede em forma de homem.

— Ou você me ajuda ou eu vou fazer do meu jeito — ela disse, andando até o telefone na mesa de cabeceira. — Eu ligo pro Nate. Eu sei que ele tá em casa, tomando conta dos animais, e aposto que ele vem correndo. Ou eu posso pedir um táxi. Ou você pode simplesmente me dar uma carona até o lugar que eu quero ir. — Ela pegou o telefone e Shea levantou a mão.

— Merda! Quando foi que você ficou tão cabeça-dura?

— Traço genético da família Flannery. — Não se deu ao trabalho de explicar que, na hora em que viu o fogo no barracão, decidiu que ela mesma cuidaria daquilo. Sabia agora que os cavalos estavam a salvo, que os cachorros também e que a casa ainda permanecia de pé. Mas sua filha estava desaparecida. Ela não podia ficar parada, esperando.

— Tudo bem, você venceu — Shea rosnou. — Vou adiantar a papelada pra você sair. Vou fazer a minha parte, mas você fala com a equipe, pega suas receitas e prescrições. Depois disso, eu te levo em casa pra pegar as suas coisas... uma roupa limpa, sua bolsa. Se você vai encontrar o Travis Settler, melhor não ir com essa camisola de hospital.

— Tudo bem — ela concordou, silenciosamente admitindo que ele estava certo. Ela não queria agir de qualquer jeito e parecer uma maluca.

Shea não havia terminado. — Escuta, eu não conheço esse cara e não confio nele. Então, não vou te largar lá nem qualquer coisa do gênero. A gente vai junto. É pegar ou largar.

Shannon não hesitou. Largou o telefone. — Tudo bem.

Já era hora de ficar cara a cara com Travis Settler.

CAPÍTULO 11

Travis apagou a luz do pequeno quarto de hotel, abriu um pouco a persiana e olhou pela janela. Do outro lado do pátio de estacionamento, depois de uma fila de minivans, sedãs e utilitários, estacionado do outro lado da rua, estava um carro de polícia sem indicação, disfarçado. O mesmo Ford Taurus prateado que ele vira o seguindo mais cedo naquele dia. Uma operação secreta, ele pensou e franziu o cenho. Fechou a cortina, ligou o ar-condicionado no máximo e a televisão, deixando-a muda, depois se jogou na cama de colchão fino e colcha de estampa floral.

O que queria dizer aquilo que acontecera na casa da Shannon?

Não era preciso ser um gênio para adivinhar que alguém não só incendiara o barracão como usara o fogo como uma distração e uma armadilha. Shannon ficara tão absorta em salvar seus animais que quase fora assassinada por um agressor.

Ela fora enganada.

A tevê, sintonizada num canal de notícias, mostrava o presidente sorrindo, acenando para a imprensa enquanto seus guarda-costas do serviço secreto o guardavam de uma multidão de opositores.

Travis não prestou atenção. Secou o suor da testa e tentou encontrar um sentido no incêndio. Com certeza o incendiário poderia ter a intenção de queimar o barracão numa ação fortuita, e, depois, quando Shannon o encontrara, entrara em pânico e a espancara enquanto tentava fugir... mas isso não fazia sentido, Travis pensou. Não... havia alguma coisa escondida que não estava clara, ainda.

O que ele sabia sobre Shannon Flannery? Antes de qualquer coisa, que era a mãe biológica da Dani. Nunca se casara com o pai da criança e entregara o bebê para adoção particular, através do escritório de advocacia Black, Rosen e Tallericco, que fechara as portas dez anos antes.

Também sabia que fora incriminada pelo assassinato do marido. De acordo com os registros, o casamento era instável e ela havia entrado com uma medida cautelar contra Ryan Carlyle. Havia rumores de amantes e a especulação de que ele seria um criminoso conhecido como "Incendiário Furtivo", devido a uma série de incêndios provocados, que nunca mais ocorreram depois da sua morte.

Algumas pessoas pensavam que Carlyle fora vítima da própria armadilha. Que morrera num incêndio na floresta que ele mesmo provocara, que escorregara numa pedra e quebrara o tornozelo enquanto o fogo o cercava.

Outros achavam que sua mulher, cansada de ser traída e espancada, o atraíra até a floresta, debilitara-o de alguma maneira e, depois, iniciara o incêndio. As chamas não só o haviam matado, como o reduziram a pouco mais que cinzas, além de destruir uns duzentos hectares da vida selvagem californiana e mandar três bombeiros para a emergência do hospital.

Então, o que o incêndio na casa da Shannon Flannery tem a ver com a Dani?

Nada!

Nada de nada!

Isso tudo havia sido uma caçada infrutífera.

Nada mais.

Atravessou o corpo na cama, abriu o frigobar, que fazia muitas vezes de mesa de cabeceira, e pegou uma cerveja que comprara mais cedo, juntamente com uma pizza de nove dólares, oito acima do preço. Aquela porcaria com gosto de papelão, coberta de quase nada de uma mussarela queimada.

Hoje, enquanto cumpria seus afazeres, inclusive durante o tempo despendido em redações de jornais e na biblioteca, antes de uma parada para comprar cerveja e a pizza ruim, a polícia o seguira naquele Taurus prata empoeirado. Não que os culpasse. Apesar de ele ter chamado a emergência, a ligação poderia ter sido seu disfarce, um álibi. Suas roupas *estavam* sujas com o sangue dela, e Shannon não sabia quem ele era. Mais todas as evidências encontradas na sua caminhonete.

Abriu a tampa da garrafa de cerveja, depois zuniu a tampinha, que aterrissou pesadamente no cesto de lixo debaixo de uma mesa gasta e marcada.

Respondera ao inquérito policial durante quase uma hora, depois fora liberado... mas, ainda assim, eles o estavam seguindo.

Não os culpava por apertarem o cerco contra ele, mas, por outro lado, era um bocado irritante.

Enquanto tomava um gole da bebida, perguntava-se quem estaria por trás do ataque. Quem quereria destruir a propriedade de Shannon e chegar tão perto de matá-la?

Sempre considerara Shannon Flannery sua inimiga, uma mulher que poderia procurar pela filha que entregara treze anos antes, uma mulher que tinha o poder de transformar a sua vida num caos total. Ele nem mesmo tinha certeza de que a transação particular com os advogados estava de acordo com todas as leis de adoção do estado. Durante anos, Travis tivera medo de que Shannon mudasse de ideia, que pudesse encontrar uma maneira de reivindicar a guarda da filha e que Dani fosse arrancada dele.

Depois da morte de Ella, seu medo crescera, chegara quase a ponto da paranoia, mas agora... depois de ter visto Shannon Flannery em ação, tentando salvar seus animais e acabar espancada selvagemente, flagrou-se amolecendo em relação a ela.

Talvez ela não fosse o inimigo.

Então, quem era?

Quem estaria com sua menina?

Secou a garrafa de cerveja e a deixou na mesa de cabeceira. Se pelo menos pudesse encontrar sua filha. Era só isso que ele queria. Dani em casa novamente.

Sentiu um nó na garganta e o maxilar latejar. Abriu o celular e pressionou o botão de discagem rápida para Shane Carter. Apesar de ter certeza de que Carter teria telefonado se soubesse alguma notícia de Dani, Travis sentiu necessidade de conferir, de ouvir alguma coisa, *qualquer* coisa.

Um toque.

Dois.

— Carter — o delegado atendeu.

— Sou eu, Travis. Tava só querendo saber se você teria alguma notícia. — Deus, ele detestava ouvir o desespero que transparecia na própria voz.

— Nada, ainda — Carter disse, depois pigarreou.

— Nenhum pedido de resgate?

— Não.

— Nenhuma evidência nova? Nenhuma pista? — persistiu, desejando só uma pontinha de esperança.

Houve uma pequena hesitação, antes que Carter dissesse:

— Não exatamente, mas a gente está checando uma informação.

— O quê? — Travis perguntou, o coração batendo, em pânico. Meu Deus, por favor, não o deixe me dizer que encontraram o corpo de uma menina, que o laboratório está tentando identificar neste exato momento. Apertou os olhos bem fechados e segurou o aparelho como se fosse quebrá-lo.

— Earl Miller, que trabalha na loja de informática do Janssen, acha que viu uma van branca com placa de outro estado no dia em que Dani desapareceu. Ele não se lembra de muita coisa sobre o carro, só que a placa era do Arizona e que ele achou, mas não tem certeza, que era uma van da Ford. Ele não viu o motorista, mas outra pessoa, a Madge Rickert, estava passeando com o cachorro e viu um carro parecido, parado numa rua perto do colégio, no mesmo dia, mais cedo, por volta de oito e meia. Ela se lembra, porque ficou tentando impedir o chihuahua dela de fazer xixi no pneu de trás da van.

— Essa é a hora que ela foi pro colégio.

— Ele podia estar vigiando a Dani.

— Jesus. — Os pulmões de Travis estavam tão apertados que ele mal conseguia respirar. Apesar de achar que estava preparado para comprovar que a filha fora raptada, a notícia lhe trouxe um medo desesperador.

— Escuta, Travis, a gente não sabe de nada, ainda. Isso pode não nos levar a encontrar a Dani, mas, por enquanto, é tudo o que a gente tem. Nós estamos checando com os vizinhos da Blanche Johnson novamente, perguntando se alguém viu uma van desconhecida com placas de fora.

Travis balançou a cabeça, aquiescendo. Nenhum dos dois acreditava ser coincidência o fato de Dani ter desaparecido no dia em que Blanche Johnson fora assassinada. — Vai me dando notícia.

— Pode deixar. E, enquanto isso, é melhor você pensar em se manter longe de confusão — Carter aconselhou. — Recebi alguns telefonemas da delegacia de Santa Lucia falando sobre você.

Travis deu uma olhada em direção à janela de cortinas cerradas. Ele não precisava conferir. Sabia que o carro da polícia ainda estava parado do outro lado da rua. — Eu imaginei.

— Tive que contar pra eles o que está acontecendo por aqui e o motivo de você estar na cidade. Parece que você se meteu em encrenca.

— Mais ou menos — Travis concordou. — O que foi que eles disseram?

— Um monte de coisas. Falaram do incêndio. Contaram que você foi visto no local de um ataque contra a mulher que vem a ser a mãe biológica da sua filha. — Travis aguentou firme. As notícias tendiam a piorar, ele tinha certeza. — Olha só, eu garanti pra eles que você é um cara decente, firme, decidido a encontrar sua filha, que não tentaria nenhum tipo de violência. — Ele fez uma pausa. — Eu não menti, menti?

Travis pegou o controle remoto e desligou a televisão. — Eu não provoquei o incêndio, se é isso que você tá pensando. E, com certeza, não espanquei nenhuma Shannon Flannery. Mas alguém fez isso. E, é verdade, eu tava lá.

— Com um kit de vigilância que inclui uma faca de caça, binóculos de visão noturna e uma .45 carregada.

— Eu tenho porte de arma.

— Eu sei, mas a polícia ficou curiosa. Mais que curiosa. E lá está você, na cena do crime, com a caminhonete parada a quilômetros de distância. Quando eles olharam dentro do carro, com mandado de busca, diga-se de passagem, encontraram um monte de coisas, inclusive um dossiê completo sobre a Shannon Flannery, com fotos, anotações e matérias de jornal. Pra eles, parece que você tem uma obsessão pela mulher, que você se encaixa direitinho num perfil de perseguidor.

Travis fechou os olhos. Ele sabia disso, lógico, mas detestava que esfregassem as coisas na sua cara.

— Você sabe por quê.

— Mas eles não.

— Eu contei.

— Suspeitar é o trabalho deles.

Travis concordou com a cabeça. Viu sua imagem refletida no espelho sobre a pequena cômoda desgastada. Estava abatido. Cansado e com a barba por fazer. O cabelo desalinhado, apesar de tentar continuamente ajeitá-lo com a mão, sem conseguir resultado. E as linhas em volta dos olhos e da boca estavam mais fundas que de costume. O suor brotava-lhe no couro cabeludo e sua aparência era a de alguém que não dormia nem comia havia dias.

Ele disse:

— Achei que seria melhor não bater na porta dela e sair acusando de cara, antes de ter certeza de que a Dani não tava por perto. Minha ideia era dar uma mapeada no lugar, primeiro. Me calçar.

— E a Dani não estava lá.

— Não. — Travis esfregou os olhos com a mão livre. Imaginou o rosto da filha. Onde ela estava, Deus do céu? *Onde?* Quem era o doente que estava com ela? O que ele estava fazendo com ela? Imagens da van branca e suja, câmara de torturas sobre rodas, passou pela sua cabeça. Deus, será que ela estava amarrada? Será que o sujeito a estava machucando? Torturando? Forçando-a a fazer sexo com ele?

Sentiu-se retalhado por dentro e achou que iria vomitar. Uma fúria assassina o invadiu. Se encontrasse o doente desgraçado que raptara sua filha, Travis o mataria. Sem pestanejar.

— Então, você acha que a Shannon Flannery tem alguma coisa a ver com o sequestro?

— Não. — A voz de Travis era dura. — Agora não.

— Então é melhor você explicar isso para as autoridades e ir embora daí. Se é que eles vão deixar.

Ele fechou os olhos mais uma vez, escutou o zumbido do ar-condicionado. — Como assim?

— Você é um suspeito, Travis. Do incêndio. Do espancamento. É isso.

— Só pra deixar registrado, eu acho isso má ideia. — Shea estava atrás do volante da sua caminhonete, saindo do estacionamento do hospital.

— Você e todo mundo. — Da sua posição, encolhida contra a porta do carona do carro do irmão, Shannon olhou para ele. — Já entendi, ok? Não vai roer a corda agora.

— Tudo bem.

Ela estava presa pelo cinto de segurança e tentava fingir que a cada solavanco do carro uma pontada de dor não irradiava do seu ombro até as costelas. Apertado dentro da mão, ia um saco plástico com um frasco de Vicodin da farmácia do hospital e duas folhas de receita da Dra. Zollner, insatisfeita. Mas Shannon não queria tomar nenhum dos comprimidos até que falasse com Travis Settler. Ainda tinha narcóticos na corrente sanguínea; portanto, não estava tão ágil como gostaria e não queria adicionar mais nada à neblina que já tinha na cabeça.

— Eu tô tão mal assim?

Ele levantou uma sobrancelha. — Pior.

— Acho que você devia ser mais encorajador.

— E eu acho que você devia ir pra casa descansar.

Ela se olhou no espelho. Estava mais que derrubada. Shea não estava brincando. E, apesar de não querer perder um segundo, ela precisava evitar a aparência de maluca que vira refletida no espelho.

— Eu só preciso de uns minutos pra me recompor. Depois, eu quero ver esse cara de perto.

— Tudo bem. — Shea pressionou o isqueiro do painel, pegou o maço de Marlboro, tirou o cigarro com uma das mãos enquanto segurava o volante com a outra. — Olha só, Shannon, provavelmente não é a melhor hora pra falar disso, mas eu queria saber por que você não me procurou pra falar da certidão de nascimento queimada e do tal telefonema esquisito que você recebeu semana passada.

— Eu contei pros detetives.

— Hoje.

— É.

— Quando não tinha escolha, mas você não se deu ao trabalho de me contar antes.

— Isso não teria evitado o incêndio.

— Provavelmente não.

O isqueiro saltou no painel. Shea abriu a janela do seu lado do carro, acendeu o cigarro e dirigiu pelas ruas do centro da cidade, passando por um hotel de estilo espanhol com telhado de telhas vermelhas, palmeiras em vasos e tetos altos abobadados, arrematando paredes de chapisco ocre. Lâmpadas brilhavam no chão do hotel, jogando luz nas paredes e exibindo as telhas terracota e a vegetação vistosa perto da entrada.

— Então, por que eu deveria ter chamado a polícia? — ela perguntou, sentindo que Shea estava louco por uma briga.

— Porque você tava sendo assediada. Podia ter alertado o departamento e o pessoal.

— Eu não queria fazer um dramalhão.

— Você não queria era virar notícia — ele esclareceu, diminuindo por causa do sinal vermelho, perto de um mercadinho. — De novo. — Ficou matutando e fumando, o carro em ponto morto esperando o sinal mudar de cor. Olhou duas vezes para o relógio.

Um grupo de garotos de skate — vestindo gorros, apesar da temperatura ainda estar perto dos trinta graus, aos gritos e gargalhadas — ziguezagueou pelas duas faixas de carros parados, suas silhuetas sombrias e esguias iluminadas pela luz afiada do farol dos automóveis.

Shannon disse, deliberadamente:

— Pensei em pedir pro Aaron investigar primeiro.

Shea olhou rapidamente para ela e deu mais uma tragada no cigarro. — Por que o Aaron? — A fumaça saía em curvas do seu nariz quando o sinal ficou verde e ele pisou no acelerador.

— Ele é detetive particular, pra começo de conversa, e não é filiado ao Departamento de Polícia, como você, nem ao Corpo de Bombeiros, como o Robert, ou à Igreja...

— Como o Oliver, sei, já entendi. Mas o Aaron só é detetive particular porque não conseguiu ser da polícia. Deu um jeito de ser chutado do Corpo de Bombeiros e não é nenhum santo; então, a Igreja também não ia querer o cara lá.

— E o que é que você tá querendo dizer com isso? — ela perguntou, e ele acelerou em direção à periferia da cidade.

— Que ele não era exatamente a melhor opção.

— Acho que não — ela murmurou, baixando o para-sol para proteger os olhos. — Porque, pelo visto, ele não conseguiu ficar de boca calada.

— Ei, pelo menos dessa vez ele fez a coisa certa. Até porque, como você mesma disse, você já contou pra Janowitz e pro Rossi. — Ele esmagou o resto do cigarro no cinzeiro já lotado.

Shea estava certo, claro, o que não queria dizer que não era irritante o fato de Aaron ter espalhado tudo para os outros irmãos.

Viajaram em silêncio por algum tempo pelas ruas do subúrbio e por pequenos ranchos, até passarem por terrenos vazios, demarcados como uma nova subdivisão.

A próxima entrada era a dela. Shea pisou no freio ao entrar numa pista comprida. Shannon não sabia o que era pior: os sacolejos do corpo por causa dos buracos da estrada desigual ou o descompasso das emoções ao ver os escombros do barracão, o chamuscado na parede exterior da cocheira e sua casa, ainda de pé, abençoadamente intocada.

As lâmpadas de segurança estavam acesas, desenhando auréolas de luz azul no ar. A fita adesiva amarela ainda informava que a área era uma cena de crime. E o lugar parecia vazio. Parado. Sem vida.

— Onde é que tá o Nate? — ela perguntou, procurando a caminhonete dele no estacionamento. O Explorer não estava no lugar usual. Nem luzes brilhavam atrás das janelas do apartamento em cima da garagem.

Shea levantou os ombros. — Estranho.

Shannon sentiu um sussurro de terror atravessar seu corpo.

— Melhor eu dar uma olhada nos animais.

— Eu cuido disso. Você entra e vai trocar de roupa.

— Tem certeza?

— Tenho.

Arrastando os pés pela sujeira que restara, ela se encaminhou até a porta da frente. A casa estava trancada e ela não tinha a chave.

— Espera aí, deixa comigo. — Shea usou uma chave de seu chaveiro e abriu a porta. Era a chave que ela tinha lhe dado quando ainda era casada com Ryan. Isso parecia fazer um milhão de anos agora.

Quando abriu a porta, sua expectativa era de que Khan se jogasse em cima dela, mas a casa estava vazia. E silenciosa. Nenhum barulho de unhas de cachorro na escada, nenhum ganido ansioso, nenhum corpo se contorcendo, pedindo que ela o acariciasse. Somente o zumbido da geladeira e da água pingando da torneira da cozinha. Shannon acendeu a luz e permaneceu no hall. Tudo estava exatamente como havia deixado, e, ainda assim, tudo parecia diferente, quase irreal. Como se ela não entrasse ali há anos, e não dias.

Foi até a cozinha, apertou a torneira da pia e observou suas bananas e maçãs, agora apodrecendo numa cesta em cima da mesa. O carregador do celular estava no lugar de sempre e sua bolsa, no canto da bancada, parecia intocada.

Shea ainda estava na soleira da porta de entrada. — Tá tudo bem?

— Tá... fora o Khan.

— Ele deve estar com o Santana ou com os outros — Shea palpitou.

— É, pode ser. — Mas alguma coisa não lhe cheirava bem. Tudo parecia igual, mas a atmosfera da casa perdera o calor, o aconchego. Esfregou os braços, como se sentisse frio, apesar de ainda estar suando por causa do calor.

— Vou procurar o Khan quando der uma olhada nos outros e você... vai indo tomar um banho. — Ele olhou para o relógio mais uma vez. — Você consegue subir sozinha?

Ela forçou um sorriso. — Acho que sim. Eu tô te atrapalhando com alguma coisa? Tipo, um encontro?

— O quê? — Ele olhou para ela imediatamente. Registrou a expressão da irmã e riu. — Não... nada de mais.

Ela não tinha certeza de que ele estava falando a verdade, mas não estava com vontade de discutir. Não esta noite.

— Eu vou deixar a porta aberta. Grita, se precisar de mim — ele disse, virou-se abruptamente e se dirigiu rapidamente para a cocheira. Parecia nervoso. Indisposto. Mas, na verdade, ela também. Sem dúvida, a família toda.

Ela subiu as escadas, um passo doloroso por vez, e, quando chegou ao quarto, onde a cama ainda estava desfeita, tentou se arrumar. Lavou o rosto, esfregou um pano úmido pelo corpo, passou batom e um pouco de rímel. Depois, com alguma dificuldade, vestiu uma calça jeans e uma camiseta de linha. Não conseguia dobrar o corpo sem sentir muita dor, e logo enfiou os pés num par de chinelos de dedo, depois tentou, sem sucesso, pentear o cabelo rebelde e encaracolado. Atrás da cabeça havia uma falha grande na região raspada para o curativo e uma fileira de pontos costurava seu couro cabeludo. Delicadamente, com os dedos, cobriu o lugar com uma mecha, prendeu os cachos num rabo de cavalo e observou sua imagem no espelho, com olhar desdenhoso.

Parecia um pouco melhor, mas não a ponto de concorrer num concurso de beleza.

Não que isso importasse, ela queria se entender com Travis Settler.

Estava se dirigindo ao andar de baixo quando ouviu o motor. Faróis iluminavam a noite quando chegou do lado de fora. Esperava encontrar Nate Santana voltando com Khan, o cachorro sentado no banco do passageiro, o nariz para fora da janela do carro.

Em vez disso, viu o novo carro esporte do seu irmão Robert, um BMW prateado, que parecia quase de mentira sob a luz dos postes. Comprara o veículo no final de semana em que saíra da casa que dividia com Mary Beth e os dois filhos. Para Shannon, o carro espalhafatoso era só mais um sintoma da doença dele, conhecida como crise de meia-idade.

Robert não estava sozinho. Aaron vinha no banco ao lado e, quando saltaram do veículo lustroso, Shea apareceu na porta de entrada do canil e apressou-se a ir ao encontro dos irmãos.

— O que é que tá acontecendo? — Shannon perguntou, os olhos estreitos em suspeita. — Uma emboscada? — Prestando atenção à expressão severa no rosto de cada um dos irmãos, disse: — Dos Irmãos Carrancudos?

— Muito engraçado — Robert resmungou.

— Cadê o Oliver, então? — Shannon perguntou.

— Com a mamãe... ou na igreja — Robert respondeu. — Você sabe como é, o trabalho de Deus nunca termina.

— E aí? O que é que vocês querem? — ela perguntou, o olhar acusador se dirigindo a Shea. — Nem adianta se juntarem pra tentar me impedir de encontrar o Settler, porque é perda de tempo.

— A gente só quer te dar todas as informações — Aaron disse.

— Como, por exemplo, a informação que você contou o que tava acontecendo pra esses dois — apontou para Robert e Aaron —, apesar de a gente ter um acordo?

— Foi por causa do incêndio.

Ela ainda estava absolutamente irritada. — Então? Qual é a suspeita?

— Vamos conversar lá dentro — Shea sugeriu, e Shannon se deu conta de que ele continuava olhando para o relógio a cada dois minutos. Isso era uma armadilha. Ele aconselhara que ela passasse em casa para trocar de roupa, só para poderem trabalhar todos juntos na tentativa de fazê-la mudar de ideia. Ótimo. Exatamente como quando ela era criança, a mais nova e única menina dos seis Flannery.

— Fala logo — ela sugeriu quando entraram e sentaram-se rijos em volta da mesa da cozinha. Meia dúzia de mosquitos sobrevoava a cesta de bananas e maçãs.

— Os investigadores encontraram uma coisa estranha no incêndio — Shea começou a falar. — No lugar onde o fogo foi ateado, obviamente, jogaram um pouco de querosene, tinha um símbolo no caminho queimado, embaixo de um bloco de cimento, que, com certeza, não ia queimar.

— E isso quer dizer? — ela perguntou, sem gostar do que estava ouvindo.

— Quer dizer que, quem quer que tenha começado o incêndio, fez isso de propósito, sabendo que a gente ia descobrir. — Shea enfiou a mão no bolso traseiro e retirou dali uma pequena placa. — A marca era nesse formato... quase um diamante, faltando um pedaço.

Ela olhou para aquela forma e balançou a cabeça. — E?

— E esse é o mesmo formato da certidão de nascimento que você encontrou no portão. O original tá no laboratório, mas dá uma olhada na cópia e vê se as bordas queimadas não são parecidas com o símbolo que a gente encontrou no barracão. Eu aposto que a pessoa passou um spray no papel, pra impedir o avanço do fogo e não deixar a certidão queimar completamente, pra ficar com esse formato. — Ele apontou para as duas imagens.

A garganta de Shannon secou quando ela viu a cópia da certidão de nascimento, agora sobre a mesa, perto do desenho de Shea.

— Não é idêntico, mas é parecido — ele disse.

O coração de Shannon batia desgovernado enquanto ela olhava para os símbolos. Que espécie de piada macabra era essa?... Não, não era uma piada. Era um aviso. Uma declaração. Uma declaração *clara*, direta, sarcástica. — Mas tem alguma coisa no meio do desenho — ela disse, apontando para a placa de Shea. — Um número seis... ou nove.

— Seis, com certeza — Aaron confirmou. — Se a gente usar a certidão como modelo e assumir que a impressão nela tá de cabeça pra cima, não de cabeça pra baixo, a padronagem que foi encontrada no incêndio deve ser a mesma, com o pedaço cortado do diamante pra cima. Assim.

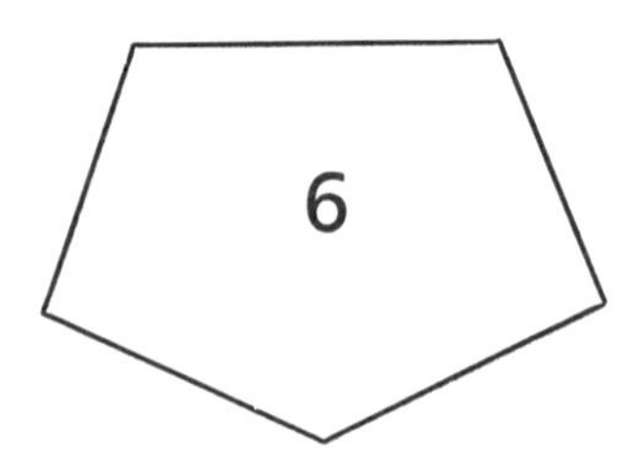

Apesar do calor opressivo dentro da pequena casa, o sangue de Shannon pareceu congelar enquanto ela olhava para aquelas duas imagens: duas ameaças queimadas ligadas à criança que ela não via desde o nascimento. — E o que é que isso significa? — ela perguntou, num fiapo de voz. Os três irmãos, que frequentemente pareciam confusos, olhavam fixamente para ela, seus olhos azuis escurecidos pela raiva, seus lábios finos ainda mais comprimidos, os maxilares apertados.

Shea disse: — A gente esperava que você soubesse.

Ela balançou a cabeça lentamente. — Não faço a menor ideia. — O medo lhe subindo pela espinha. — Quem faria...?

— A gente vai descobrir — Aaron insistiu, mas ela não viu a mesma segurança nos olhos de Shea e Robert.

— Talvez a gente devesse mostrar isso pro Travis Settler. — Ela sentiu o estômago se contrair com uma pontada de dor e a mente divagou, enquanto tentava imaginar como o pai adotivo da sua filha poderia estar envolvido com o incêndio, com a correspondência queimada deixada no seu portão. — Não pode ser uma simples coincidência ele estar aqui, em Santa Lucia, minha filha estar sumida e um pedaço da certidão de nascimento ter aparecido na minha porta no dia do aniversário dela.

— Ele tava no Oregon quando a certidão foi deixada aqui — disse Shea.

— Você tem certeza? — Aaron perguntou.

— Parece que sim. A gente checou com a polícia do estado e com o delegado local.

— Mas ele apareceu do nada quando o incêndio começou — Robert disse.

— Isso é verdade — Shea concordou.

Shannon endireitou os ombros. — Então, não tem motivo pra gente ficar esperando, tem? Vamos lá, falar com ele.

CAPÍTULO 12

A última pessoa que Travis esperava ver do outro lado da sua porta era Shannon Flannery, mas lá estava ela, sob a marquise do pátio que cercava os quartos do hotel. Seu rosto mostrava as evidências do espancamento — cortes e inchaços, alguns hematomas que nenhuma maquiagem disfarçaria, apesar de não parecer que isso a incomodava. Ela estava cercada de três homens que a faziam parecer pequena, uma anã, três homens que, apesar de não serem idênticos, eram parecidos o suficiente sem que fosse necessário ser um geneticista para descobrir que eram irmãos. Dois dos homens enormes eram os mesmos que ele vira escoltando-a no dia do julgamento; o terceiro era, obviamente, outro irmão Flannery.

— Travis Settler? — ela perguntou, os olhos verdes espremidos enquanto espichava o pescoço para poder olhá-lo no rosto. Braço numa tipoia, ela se mantinha rija. Ele se lembrou do talho na lateral do corpo dela, da ferida na parte de trás da sua cabeça. Havia também pequenas manchas de sangue visíveis no branco dos olhos de Shannon. — Meu nome é Shannon Flannery, mas você já sabe disso, não sabe? A gente se encontrou na minha casa, depois de alguém botar fogo nela.

— Isso.

— Eu perguntei seu nome, mas você não me disse.

— Não dava tempo.

— Claro — ela disse, sem interesse em esconder seu cinismo.

Ele não a culpava. Sua desculpa parecia tão esfarrapada quanto, de fato, era.

— Acho que a gente precisa conversar, Settler.

Ele olhou para os homens sisudos, e ela, rapidamente, apontou para cada um de uma vez. — Meus irmãos: Shea, chefe do Departamento de Incêndios da Polícia de Santa Lucia. — Era o mais alto e tinha o mesmo cabelo preto do homem que ela apresentou em seguida. — Robert, bombeiro. — Seu olhar se dirigiu ao último irmão. — Aaron é detetive particular.

Aaron assentiu muito discretamente com a cabeça. Era mais ou menos um centímetro mais baixo que os outros, mais parrudo e tinha ombros ligeiramente arqueados. Um bigode cheio cobria-lhe o lábio, e alguma coisa sombria se escondia em seu olhar.

Imediatamente, Travis desconfiou dele.

O julgamento não era o mesmo em relação aos outros dois.

— Parece que você é o cara que tava na minha casa na noite do incêndio — ela disse —, que você é o pai adotivo da minha filha e que ela tá desaparecida. — Ela tremia agora. A raiva transparecia em seu olhar, a fúria travava-lhe o maxilar. — O que é que tá acontecendo, afinal?

— Eu acho que fiz uma besteira.

— Uma tremenda besteira. Você vai convidar a gente pra entrar ou vai me deixar plantada aqui, no estacionamento?

Até o momento, os homens não haviam dito uma palavra, simplesmente olhavam fixamente para ele, como se fosse a encarnação de Satã. Ele pensou no quarto pequeno, com uma única cadeira, duas camas de viúvo e espaço limitado. Não conseguia se imaginar espremido ali com essa mulher enraivecida e seus três irmãos ameaçadores cheios de suspeita.

— Que tal se a gente for pro restaurante? — ele perguntou, apontando na direção do El Ranchito, a lanchonete acoplada ao hotel. — Eu pago um drinque pra gente.

Os olhos de Shea se estreitaram um pouco. Desconfiados.

— O quarto é muito pequeno — Travis explicou, já adentrando o cômodo e pegando sua carteira sobre a mesa. Depois, encontrou o ar quente da noite lá fora, o barulho do tráfego sempre presente. Fechou a porta atrás de si. — Tudo bem pra você? — perguntou para Shannon, ignorando a opinião de seus acompanhantes. Ele lidaria com ela. Tudo bem. Mas não com aquele grupo transbordando testosterona.

— Eu vou pular a parte do drinque — ela disse, perscrutando-o. — Tudo bem pra mim ir pro restaurante.

— Ótimo. Vamos lá, então.

Cruzaram o estacionamento e entraram na lanchonete refrigerada. Travis segurou a porta de vaivém para Shannon e sua frota de Flannerys, depois achou uma mesa grande no canto do restaurante, perto da janela, longe dos homens de cabeça raspada que jogavam sinuca e do grupo usando bonés de beisebol, que assistia a notícias de esporte na tevê que ficava na parede em cima do bar.

Todos se sentaram e Travis percebeu que Shannon fez uma careta ao se acomodar de frente para ele. Ela o encarou através da mesa escura de madeira gasta. Dois dos irmãos se aboletaram ao seu lado. Shea se posicionou na cabeceira.

Travis nem sabia por onde começar.

Antes que pudesse dizer uma palavra, uma garçonete apareceu e, aparentemente sem perceber que o grupo não estava em clima de festa, matraqueou e anotou os pedidos, depois seguiu para o bar.

— Eu te devo desculpas — Travis começou. — É verdade, eu sou o pai da Dani. Minha mulher e eu adotamos a sua filha há treze anos. — Sentiu uma contração nos pulmões e o peso em seu peito era quase insuportável. — Você tá certa, ela tá desaparecida, a gente tem muito poucas pistas do que aconteceu e eu não aguentei ficar sentado, esperando um telefonema que não ia chegar.

— E se chegar? — Shannon perguntou, o rosto pálido sob os hematomas, os lábios mal se movendo. — E se o sequestrador tentar entrar em contato com você?

— Tem gente pra atender o telefone.

— E se ele se recusar a falar com qualquer pessoa que não seja você?

— Eu tenho celular. A ligação vai ser direcionada pra mim. — Sentiu-se repentinamente cansado e velho, a ameaça do fracasso como pai pesando em seus ombros. — Eles não vão ligar, Shannon.

Os ombros dela enrijeceram diante da familiaridade com que ele pronunciava seu nome. — Você acha que ela fugiu?

— Não. — Ele sacudiu a cabeça. — A Dani nunca demonstrou nenhuma vontade de sair de casa. A gente não briga, quer dizer, a gente não briga muito... — Ele viu preocupação no rosto dela, a ansiedade por qualquer informação sobre a criança que ela entregara para adoção. Ele abriu as mãos. — Eu realmente não sei o que pensar.

A garçonete voltou com quatro garrafas de cerveja e uma água tônica para Shannon. A conversa foi interrompida enquanto uma porção de petiscos e um mix de nozes, castanhas e amendoins eram colocados sobre a mesa.

Quando a garçonete se afastou, Travis se aproximou de Shannon. Ela se retraiu diante do gesto dele. — Eu disse que fiz uma besteira, mas a razão foi eu não ter nenhuma pista. Tudo o que eu sabia era que minha filha tinha manifestado recentemente algum interesse pelos pais biológicos.

— E o que você disse pra ela? — Shannon perguntou, com cuidado.

— Que quando ela tivesse dezoito anos, quando achava que estaria madura o suficiente pra lidar com a situação, eu contaria tudo o que sabia pra ela.

— Mas você fez um dossiê. Você chegou aqui com armas e equipamentos. Você tava se esgueirando nos arredores da minha casa. — O rosto dela corou de repente, seu olhar endureceu. — Você ficou me espionando. Pensou que eu tinha raptado a menina. E, pelo que eu sei, você incendiou meu barracão.

— Eu andei fazendo uma porção de coisas, algumas bem idiotas ultimamente, mas, pode acreditar em mim, eu não provoquei o incêndio.

— Você tava lá — Shea disse, mexendo na sua garrafa sem beber.

— E tinha todo o tipo de armas, equipamento de espionagem e de informação sobre a Shannon. — O menor deles, Aaron, manifestou-se.

— Eu tirei conclusões precipitadas, porque não tinha pra onde ir.

Shannon apontou para o peito dele. — E, por isso, você decidiu me assediar?

— Eu só tava procurando a minha filha. — Travis suspirou, recostou na cadeira e deu um grande gole na garrafa, mal sentindo o gosto da cerveja. Sustentou o olhar dela, ignorou os três irmãos. — E eu tava desesperado. Desculpa. — Ele se moveu na direção da tipoia no braço dela. — Eu não tive nada a ver com o incêndio. De verdade. Eu vim dirigindo do Oregon. Aquela noite foi minha primeira oportunidade de ver o que era o quê.

— E, em vez de bater na minha porta ou telefonar, você decidiu se esgueirar pelos arredores da minha casa de noite, como se fosse um ladrão.

— Eu não queria começar a fazer acusações até saber um pouco mais sobre você.

— Me espionando...

— É.

— Filho da mãe!

Ele se aproximou dela mais uma vez, querendo garantir que escutaria cada palavra sua. Podia sentir o cheiro de sabonete na sua pele, o odor remanescente de antisséptico do hospital. — Você precisa entender uma coisa, Shannon Flannery... — Ele percebeu que os três irmãos ficaram tensos, encolhidos, como se estivessem prontos para atacá-lo. Ele não se importou. Talvez até achasse bem-vinda uma atividade física em que pudesse despejar toda a sua frustração. Aproximou seu nariz de Shannon e sussurrou, a voz rouca: — Eu faria qualquer coisa, entendeu? *Qualquer* coisa pra encontrar a minha filha. Então, eu peço desculpas se fui inconveniente, se te incomodei, porque, é verdade, eu te espionei sim. E faria isso de novo. Sem pestanejar. *Qualquer coisa!* Se isso significasse ter a Dani de volta!

— O pai todo protetor. — Ela não conseguiu disfarçar o desdém.

Sua alfinetada alcançou o objetivo, mas ele não cedeu à provocação. — Eu não sabia se você tava envolvida. Precisava checar pra descartar a possibilidade.

— E você descartou?

— Acho que sim, mas isso meio que me deixa sem ter pra onde ir — ele disse com certo amargor. — Então, assim que as autoridades me retirarem da lista de suspeitos, o que tem tudo para acontecer logo — olhou para Shea, que estava sentado na ponta da mesa sem se mover —, eu desisto dessa parte da minha caçada infrutífera e volto à estaca zero.

Ela engoliu com dificuldade. Travis deixou que seus olhos se desviassem para os movimentos da sua garganta, e a aceleração no batimento do seu pulso era visível. Ele voltou a recostar na cadeira e deu mais um gole na garrafa long-neck, tentando não se sentir assoberbado de medo. Bolas de sinuca se chocavam ao longe. Na televisão, a notícia mudava do golfe para o beisebol.

Shannon respirou profundamente. — Só pra deixar registrado, Settler, eu concordo com você em um ponto: eu também faço qualquer coisa, e eu quero dizer *qualquer* coisa, pra garantir a segurança da minha filha. — Como se percebesse a escalada de protesto na garganta dele, acrescentou, tensa: — O fato de eu ter dado minha filha para adoção não significa que não tenha amor ou sentimentos maternais por ela. Eu dei a minha filha, porque a amava, amo. Era... era a melhor coisa que eu podia fazer. Eu tinha certeza disso: se não tivesse, pode acreditar, não teria feito isso. Agora... — Ela trincou os dentes. Seu queixo começou a tremer. Com esforço, conseguiu controlar as emoções. — Então, não briga comigo, ok? Eu vou fazer o que puder. E... nesse caso... acho que sei de algumas coisas que podem ajudar.

Shannon olhou para os irmãos — o cara da polícia, Shea, fez um gesto de concordância quase imperceptível com a cabeça.

— Você pode não estar tão errado em ter vindo pra cá.

— O quê? — Os olhos de Travis cravaram-se nela. — Você falou com a Dani? Sabe onde ela tá?

— Não, não. — Ela levantou a mão. — Calma, caubói. Eu não faço ideia de onde a minha... quer dizer, sua filha, tá. Não ponho os olhos nela desde que tinha dez minutos de vida. — Uma sombra encobriu seu olhar. Mesmo naquele ambiente escuro, onde homens se amontoavam no bar, concentrados nas suas bebidas, onde havia vestígios distantes de música mexicana, porém presentes, ele enxergou sua dor encoberta.

— Então...?

Ela contou tudo para ele. Falou do telefonema estranho. Da sensação que tinha de estar sendo observada. Da certidão de nascimento queimada, a certidão de nascimento da Dani.

Ele sentiu como se tivesse levado um chute na boca do estômago. — Desgraçado! — Travis sibilou. Um dos punhos acertou o tampo da mesa, fazendo com que a cesta de petiscos desse um pulo. Várias cabeças no bar se viraram na direção deles.

Um dos homens jogando sinuca gritou "Merda" quando sua tacada descambou para a direção errada. Ele olhou para Travis e o homem contra quem jogava disfarçou um sorriso.

Travis não se deu ao trabalho de olhar para eles. — Quem? — ele perguntou e ela balançou negativamente a cabeça, levantando o ombro cansado. — Quem faria isso? — A cabeça dele estava a mil. O desaparecimento de Dani e a certidão de nascimento queimada tinham que estar ligados. Mas como? E por quê? E quem, caramba? Ninguém mencionara isso antes; ninguém dissera para ele que sua filha estava conectada com o que estava acontecendo ali. Pelo amor de Deus, onde estava a Dani?

Nervos à flor da pele, ele se virou e olhou para os irmãos que bebiam cerveja friamente. O mais escorregadio deles, Aaron, atirava amendoins à boca como se fossem comprimidos, como se ele fosse um viciado em busca de alívio rápido. O cara do meio, o bombeiro, seja lá qual for o nome dele — Bob, Rob, não, Robert —, rolava a garrafa entre as mãos. O terceiro, investigador de incêndios, Shea, não tinha tocado na cerveja, não tomara nem um gole. Braços cruzados sobre o peito, perscrutava Travis intensamente, como uma águia pousada num galho alto, pronta para mergulhar ao menor sinal de movimento no chão.

— Você sabe de mais alguma coisa — Travis acusou, a voz baixa, enquanto os clientes do bar se voltavam para seus drinques e notícias esportivas. — Você viu a Dani? — Seu olhar voltou rapidamente para Shannon. — Teve alguma notícia dela?

— Não. Não fazia ideia de que ela não tava segura com a família. Quando eu recebi o telefonema e encontrei a certidão, só pensei que alguém tava fazendo uma brincadeira de mau gosto. Como você já deve saber, eu tive problemas... já fui assediada antes. Tenho certeza de que você sabe do meu passado obscuro.

Ele não respondeu.

— Então, na tentativa de manter a discrição e chegar a uma conclusão do meu jeito, sem mexer nesse ninho de ratos de novo, eu não procurei a polícia. — Os cantos da boca de Shannon se tensionaram. — Em vez disso, pedi pro Aaron dar uma investigada pra mim, já que ele é detetive particular. Achei que você ia entender, já que também é uma espécie de investigador, pelo que eu tô entendendo.

Travis não se importou com o comentário. Concentrou o olhar no irmão de bigode. — O que foi que você descobriu?

— Nada. A certidão era cópia. Quando o incêndio aconteceu, eu entreguei a correspondência pra polícia. — Aaron pegou mais um punhado de amendoins.

Shea acrescentou:

— O laboratório tá com a certidão. Eles estão analisando o papel, o diagrama queimado, e a gente procurou alguma evidência na casa da Shannon. Pegadas, digitais, alguma guimba velha de cigarro, alguma coisa que pudesse ter ficado pra trás. Até agora, nada. Nenhuma marca no pedaço de papel queimado. — Ele enfiou a mão no bolso e pegou o que parecia ser uma cópia do documento quase destruído.

— Jesus — Travis disse, olhando para o pedaço de informação quase ilegível. No pedaço de papel só havia o suficiente para que quem quer que o lesse captasse a mensagem. — Esse cara realmente sabe o que tá fazendo. Ele queria que você começasse a pensar na Dani.

Ela concordou, depois esfregou o braço na tipoia com a mão livre, como se tentasse afastar um arrepio. — Mas eu não fazia ideia de onde ela tava, com quem, que tava desaparecida...

— Ele deve ter imaginado que eu iria parar aqui.

— Como ele ia saber que você tinha alguma informação sobre os pais biológicos?

— Palpite. — Travis pensou alto enquanto analisava os restos da certidão de nascimento. — Ou então, ele sabia de alguma coisa.

— Como? Quem teria contado?

— Eu não sei. Eu e minha mulher não contamos pra ninguém, e, na verdade, ela não sabia tanto quanto eu. Depois que ela morreu, e a Dani começou a fazer cada vez mais perguntas, eu comecei a acumular mais informações do que já tinha. — Ele não admitiu ter visto Shannon na escadaria do fórum, não achava que essa informação ajudaria no caso. — Mas nada me preparou pra isso.

— Nem poderia — Shannon disse, como se experimentasse a mesma dor.

O que era ridículo, Travis pensou. Ela nem conhecia Dani, nunca mais vira a filha, se é que estava sendo verdadeira, desde aqueles primeiros minutos depois do nascimento.

— Alguém queria que eu viesse parar aqui — Travis arrematou.

— Você acha? — As sobrancelhas de Shea se uniram, formando uma linha negra e raivosa.

— Aposto.

— Acho uma virada muito sensacional, meio impossível, se vocês querem a minha opinião — Aaron interrompeu. Seus olhos azuis condenavam Travis por um milhão de crimes indizíveis.

— Talvez, mas eu tô aqui e a certidão de nascimento foi queimada aqui. Nem tão impossível assim.

Os irmãos não retrucaram. Shannon também não. Travis teve a sensação de que eles ainda estavam escondendo alguma coisa.

— Então? Que mais vocês descobriram?

— Nada que possa ser discutido.

— Eu sou o pai da Dani, caramba. — Sua voz era baixa, mas intensa.

Shannon disse:

— Mas pode ter sido você quem incendiou a minha casa.

Ele balançou a cabeça. — Eu só tava lá. Espionando você, é verdade, porque tava desesperado pra encontrar a minha filha, mas não incendiei nada. — Ele estava com raiva agora e sentiu uma veia latejar na têmpora. — E, só pra constar, eu não poderia estar envolvido na história da certidão, porque, de acordo com o que vocês dizem, isso aconteceu no dia do aniversário da Dani, por volta de meia-noite, e eu tava com a minha filha. Tinha umas amigas dela dormindo lá em casa.

Os olhos de Shannon escureceram. Ela olhou para longe, como se não quisesse ser lembrada das atividades normais da vida de uma criança que ela não via desde o nascimento.

Shea fez um sinal de anuência com a cabeça. — A gente sabe. A gente checou. O delegado Carter confirmou. A filha da noiva dele tava na festa.

Travis estremeceu diante da lembrança. Isso, Alice dormira na sua casa com outras seis meninas de doze, treze anos. O suficiente para quase enlouquecê-lo naquele dia. Agora, claro, tudo o que sentia era uma terrível culpa.

— O cara que provocou o incêndio é provavelmente o mesmo que queimou a certidão. — Ele se lembrou da figura sombria que vira em meio ao fogo. — Acho que eu vi o criminoso naquela noite.

— O quê? — ela perguntou num sussurro, os olhos se arregalando.

— Eu já disse isso pra polícia. — Travis voltou o olhar para Shea. — Quando os dois detetives, a Janowitz e o Rossi, me interrogaram, eu falei pra eles desse cara. E, por falar nisso, tenho certeza de que um deles, ou algum policial disfarçado, anda me seguindo. Um Taurus prateado, parado do outro lado da rua? Meio óbvio, não é?

Um músculo se moveu no maxilar de Shea Flannery.

— Por que você não me falou nada? — Shannon perguntou, lançando um olhar enfurecido para o irmão.

— A gente ainda tá tentando entender as coisas. Você é que tava desesperada pra encontrar com o Settler.

— E o que mais vocês estão escondendo de mim?

— Nada — Shea disse rapidamente.

Muito rapidamente para Travis. O que será que o policial estava escondendo? E os outros irmãos? Apesar do silêncio, eles também pareciam saber muito mais do que estavam dizendo.

— Você viu o homem que provocou o incêndio? — Shannon perguntou, voltando a atenção da conversa para Travis.

— Eu vi um homem por ali, andando perto dos prédios, logo antes da explosão, mas, não, não vi quem era nem como era a cara dele — Travis disse, antecipando as próximas perguntas dela. — Eu tava com um binóculo de visão noturna, mas não deu tempo de colocar antes de começar o inferno.

— Mas você *viu* outro homem na minha propriedade naquela noite? — ela perguntou novamente, como se não tivesse ouvido direito.

Travis fez um gesto afirmativo. — Ele parecia mais ou menos do meu tamanho e tava de roupa preta. Não vi nenhum carro, nem nada que chamasse atenção no cara. E, não, eu não conseguiria identificar o cara numa acareação ou qualquer coisa do tipo — ele disse, repetindo o que dissera para os dois detetives.

— Droga — ela murmurou, afastando o cabelo dos olhos.

Ele viu os hematomas no rosto dela mais uma vez e reparou nos pontos vermelhos no branco dos olhos.

— Podia ser o Santana — o irmão bombeiro sugeriu, as sobrancelhas arqueadas, incitando Travis a condenar o homem.

— Não era o Nate! — Shannon disse, irritada, o rosto indignado corando. — Esquece isso, tá bem? Eu já te falei que ele nunca faria nada pra me ferir ou machucar os animais! — Ela deixou escapar um suspiro de raiva e, apesar dos ferimentos, parecia querer estrangular cada um dos seus irmãos ao seu lado.

Travis a aplaudiu silenciosamente. Mas o fato de ser tão rápida em defender Nate era outra coisa, uma coisa que o incomodava. Muito. Muito mais do que devia.

— E você? — Shea perguntou. — Acha que foi o Santana? No seu depoimento, você disse que encontrou com ele quando achou a Shannon na cocheira.

Shannon virou os olhos incrivelmente verdes para ele. Eles se estreitaram juntamente com os lábios, como se ela o desafiasse a dizer um sacrilégio.

— Pode ser — ele concordou, dando mais um gole na garrafa e observando Shannon, enquanto engolia —, mas não posso afirmar.

A irritação transpareceu nos olhos dela. — Não foi o Nate — insistiu. — Vamos deixar isso bem claro e aí a gente vai estar na mesma página.

— Ele não tem nenhum álibi — Aaron corroborou.

— Chega! — Shannon ordenou.

Travis, surpreso por ter deixado o posto de suspeito tão facilmente, estava secretamente satisfeito com o fato de que os irmãos superprotetores de Shannon não gostavam muito de Nate Santana. Viu uma brecha para fazer uma pergunta que estava na sua cabeça desde o começo.

— E o pai da Dani... o pai biológico?

Shannon enrijeceu visivelmente. Sua voz era calma, mas ela parecia estar se controlando. — Ele foi embora assim que eu contei que tava grávida, antes da minha filha... da Dani... nascer. Ninguém, nem os pais sabem o que aconteceu com ele.

— Ou isso é o que eles dizem — Robert interveio, enquanto bebia o resto da sua cerveja.

— Na verdade, pode ser que o Brendan tenha voltado. — Aaron tinha parado de comer os amendoins.

— *O quê?* — Shannon virou o rosto abruptamente. Fuzilou Aaron com seus olhos verdes. — O Brendan voltou?

— Ei, calma. Eu ouvi falar por aí. Só isso — Aaron disse, arrependido. — Algumas pessoas na cidade viram alguém parecido e *acharam* que podia ser ele. Ninguém tem certeza. E, também, já faz tanto tempo que ele pode ter mudado muito. Depois que você me pediu pra investigar a certidão de nascimento queimada, eu dei uma sondada. Pelo que eu consegui descobrir, ninguém entrou no país usando um passaporte com o nome Brendan Giles, mas ainda estou averiguando.

— Você sabia disso e não me falou nada? — ela sussurrou, obviamente incrédula. Olhou rapidamente para Shea. — E você também sabia? Não adianta negar.

— Ok. Sabia.

— Que inferno! — ela resmungou.

Aaron disse:

— Eu só não queria chatear você. Não até eu ter certeza.

— Que droga, Aaron, é a minha vida, minha filha... — A voz dela desapareceu quando olhou para Travis novamente. Pegou o copo e sua mão tremia tanto que um pouco do líquido respingou pela lateral quando levou a bebida à boca.

— Meu Deus — murmurou enquanto dava um gole na água tônica, depois baixou o copo. — Então, todo mundo tem um segredo, todo mundo tá protegendo alguém, ou não confia em ninguém, ou... Caramba, isso é um circo!

— Shannon... — Shea ameaçou.

— Não começa, tá? — As narinas inflamadas de indignação. — Não tenta aplacar as coisas, não tenta me acalmar, não fica com pena de mim, não faz o papel de irmão mais velho e, pelo amor de Deus, não minta.

Antes que ele pudesse se defender, ela se virou para Travis, a boca controlada, os olhos determinados. — Eu não tinha certeza se ia querer, por isso não falei nada antes. Mas agora... agora eu sei que preciso ver a minha filha. — Suspirou longamente, trêmula, e fechou os olhos como se quisesse se acalmar, se fazer entender. — Quer dizer, eu espero que você tenha uma foto dela. Da minha filha, quer dizer, sua filha... da Dani.

Ele fez um gesto assertivo. — Tenho.

— Posso ver?

— Shannon, não sei se é uma boa ideia — Aaron disse.

— Ele tá certo, Shannon — Shea interveio. — É melhor você pensar nela de uma maneira menos concreta.

— Me mostra — ela insistiu. — Por favor.

Travis também ficou na dúvida se seria bom, mas seria terrível dizer isso agora. No fundo, sentia que era inevitável, de qualquer maneira. Claro que ela queria ver a filha. Claro que sua curiosidade e seu instinto maternal latente falariam mais alto.

Ele se virou, tirou a carteira do bolso e abriu-a. Protegida por um plástico transparente, lá estava a foto colegial do ano anterior. Quando espiou a fotografia, sentiu uma nova pontada de aflição. Este ano, Dani provavelmente perderia o dia da foto, ele pensou, e mais tantos outros eventos. Sentiu uma dor profunda e dilacerante. Deus, ele tinha que recuperá-la. E logo. Conhecia as circunstâncias, sabia que cada hora que passava as pistas ficavam mais distantes e era mais difícil encontrar a pessoa desaparecida.

Jesus, ele não podia pensar dessa maneira. Tinha que se manter positivo. Focado. Ele a encontraria. De alguma maneira... simplesmente a encontraria.

Hesitante, Shannon puxou a carteira mais para perto, deslizando-a sobre a superfície lisa da mesa.

— Essa foto na escola foi tirada em outubro do ano passado. Tem mais ou menos um ano — ele disse. Quando ela passou para a próxima foto, uma em que ele e Dani estavam sentados numa pedra, ostentando orgulhosamente "a caça do dia", duas trutas prateadas de doze centímetros, ele engoliu com dificuldade. Lembrou-se daquela manhã de outono. Tinham se levantado antes do amanhecer, estrelas ainda piscando sobre os pinheiros, o córrego da montanha borbulhando e gargarejando, atravessando o terreno onde estavam acampados. Usaram iscas falsas e cada um pescara sua cota. Sua garganta se fechou e ele arquivou a lembrança, mais uma vez, bem no fundo da sua mente.

Havia outras fotografias também, tiradas no colégio, uma de Dani com o uniforme de softball três vezes o seu tamanho, tirada quando ela estava na sexta série. Shannon olhou para a foto posada, os lábios tremendo sobre os dentes, depois traçou a linha do maxilar da menina com o dedo fino.

Como se repentinamente se desse conta do que estava fazendo, rapidamente passou para a próxima foto, um retrato de família, posado e tirado quando a filha tinha entre cinco e seis anos. Dani, com um vestido inacreditavelmente babado que Ella adorava e a menina detestava, estava sentada no colo da mãe. Travis, de pé, rijo, com um terno escuro do qual mal se lembrava agora, fora instruído pelo fotógrafo a colocar a mão sobre o ombro da mulher; portanto, lá estava ele, numa pose ridícula, enquanto Ella forçava um sorriso e Dani iluminava a cena. Apesar do plástico, apesar do envelhecimento da foto, os olhos brilhantes de Dani, seu cabelo ruivo e seu sorriso sem alguns dentinhos mostravam claramente a personalidade peralta de menina levada. Travis sentiu um aperto no coração e foi acometido por um pensamento repentino: era bom que Ella não estivesse viva, que sua mulher não precisasse sofrer a dor, o desespero e o medo que eram suas constantes companhias desde que o cadáver sangrento de Blanche Johnson fora encontrado e desde a apavorante descoberta sobre o desaparecimento de Dani.

Hora do Acerto de Contas.

Encolheu-se por dentro. Jesus, o que isso queria dizer? O que isso tinha a ver com Shannon Flannery e aquela porcaria de certidão de nascimento?

O medo era como uma cobra gelada subindo-lhe pelas veias.

Shannon estudou as fotos, quase devorou cada uma delas com seu olhar intenso, como se estivesse faminta de informação, de uma imagem mental da criança que dera para adoção. Apertou as mandíbulas e lágrimas se juntaram no canto de seus olhos, fazendo-a piscar. Estendeu a mão para pegar um guardanapo na mesa, limpou o nariz e secou os olhos para interromper o fluxo das lágrimas. Engoliu um soluço e, finalmente, deslizou a carteira sobre a mesa.

— Se... se você não se importar... — pigarreou — gostaria de ter uma ou duas cópias.

Ela parecia tão completamente devastada que ele esqueceu todo o seu ressentimento, o medo, toda a paranoia.

— Talvez seja bom você pensar melhor — Robert interrompeu, o próprio rosto mostrando sinais de sofrimento. — Eu, é... eu tenho filhos, não tenho estado com eles tanto quanto eu gostaria e... talvez seja melhor você não saber.

— Tarde demais — ela disse, depois olhou para Travis. — Se você não se importar.

Ele não podia negar. Com o braço numa tipoia, o rosto ferido, os olhos implorando com calmo desespero, ele não podia recusar:

— Vou ver se consigo fazer uma cópia. Enquanto isso... — Mais uma vez ele enfiou a mão no bolso de trás da calça e, com uma dor profunda, retirou um pedaço de papel dobrado que entregou para Shannon.

— Meu Deus... — ela sussurrou ao desdobrar o pôster que ele fizera. Era uma fotografia colorida de Dani. Travis olhou para a imagem da filha de cabelo encaracolado, grandes olhos verdes cintilantes, o nariz benfeito, pequeno e sardento. O queixo fino, a boca grande e sorridente na foto. Sobre seu rosto, em negrito, via-se a palavra DESAPARECIDA. Abaixo do retrato, uma descrição da menina, o nome dele e seus telefones de contato.

Shannon fechou os olhos e levou a mão trêmula à testa. Quantas vezes vira pôsteres como esse? Quantos pares de olhos de pais preocupados, aterrorizados, ela já testemunhara?

— Pode ficar, se você quiser.

Obrigada.

— Meu Deus, Shannon, não faz isso! — Aaron interrompeu. — Acho melhor você se lembrar do porquê de a gente estar aqui.

Bem lembrado, Travis pensou, relutante. Ele não gostava daquele cara meio bajulador, mas precisava manter distância daquela mulher; ela ainda era uma ameaça. *Não* uma aliada. Mesmo assim, não conseguia deixar de querer saber mais sobre ela e, apesar de manter-se duro, não acreditava que as lágrimas que surgiram em seus olhos fossem falsas. Imaginou que todos os dias, durante os últimos treze anos, ela se arrependia de ter entregue o bebê para adoção. E que, de alguma forma, estava envolvida na mesma confusão que ele e a filha. Por que mais a certidão queimada teria sido deixada na sua porta na noite do aniversário de Dani?

Shannon olhava para o pôster como se não conseguisse extrair o suficiente dele. Finalmente o dobrou e guardou no próprio bolso. Ele terminou sua cerveja e decidiu que, uma vez que já estava andando em terreno pantanoso, não havia razão para não ir um pouco adiante.

Apontando para a tipoia de Shannon, perguntou:

— E como é que você tá se sentindo?

— O quê? — ela perguntou, como se estivesse perdida em seus pensamentos. — Ah. — Sorriu discretamente. — O que é que você acha?

— Como se um caminhão tivesse passado em cima de você.

Ela pigarreou.

— Mais ou menos isso.

Ele aquiesceu. Afastou a cadeira e fez sinal para a garçonete.

— Acho que já falamos tudo por hoje. — Olhou para ela. — Mais alguma pergunta?

— Só mais uma coisa. — Ela olhou-o nos olhos. — Eu posso ajudar mais do que você pensa. Sou treinadora de cachorros de busca e resgate. Treino cães para encontrar gente. Eu quero ajudar. Com eles.

— Se você acha que vai funcionar.

— Eu não sei. Ela não foi raptada aqui, mas se você viu aquele homem... se ele tá com ela... tem alguma coisa dela com você? Alguma roupa? Escova de cabelo? Qualquer coisa que ela manuseava muito?

Ele pensou na suéter de Dani que estava no banco de trás da caminhonete. Será que podia confiar nela? O que tinha a perder? Talvez fosse um erro deixar Shannon participar, mas ela parecia sincera e ele estava ficando sem opções. — Acho que tenho sim.

Ela afastou a cadeira. — Vamos lá pegar, então.

Como se estivesse esperando o momento certo, a garçonete chegou com a conta. Shannon tentou pegá-la. Ele a impediu. — Eu convidei — ele disse. Jogou o cartão de crédito na bandejinha. Ela não objetou, seus irmãos terminaram o que restava de suas cervejas, depois afastaram as cadeiras da mesa e ficaram de pé.

Em dois minutos, tudo estava encerrado. Ele pagou pelas bebidas e se encaminhou para a porta. A *entourage* Flannery andando logo atrás dele até chegarem ao pátio de estacionamento. O calor asfixiante da noite o golpeou com força total.

Uma mulher esperava ao lado de um BMW.

— Tudo bem, Robert — ela disse, o veneno escorrendo-lhe do sorriso. — Onde é que tá a vagabunda?

O olhar de Travis se dirigiu a Robert. Que diabos estava acontecendo?

CAPÍTULO 13

Shannon parou imediatamente.

A noite estava quente.

Abafada.

O pátio quase vazio irradiava calor. Dois sedãs, uma minivan e uma caminhonete estavam estacionados em frente aos apartamentos do hotel. Alguns outros encontravam-se espalhados nas vagas perto do restaurante. Uma mulher esperava de pé.

Mary Beth, seu rosto uma máscara de fúria desdenhosa, tinha o quadril apoiado no para-lama do BMW novo de Robert. Pequena, de short, um corpo estonteante, o cabelo preto e liso com reflexo azul-marinho, ela se eriçou levemente ao ver a família Flannery. Pendurada num dos dedos, brilhando sob a iluminação azulada do estacionamento, estava uma chave. Mary Beth, lábios apertados, segurava a pequena peça de metal prateado, sua ameaça evidente: a intenção era riscar até destruir a lateral daquela preciosidade metálica.

A uns cinco metros dali, de pé ao lado do próprio carro, estava o irmão dela, Liam. Tudo nele — a postura, o olhar, o maxilar — sugeria que procurava briga.

E encontrara.

Shannon não acreditou no que viu. Parecia um filme estranho, surrealista, a cópia ruim de uma cena de briga de rua de *Amor, Sublime Amor*.

E ela não queria fazer parte daquilo.

— Espera — Robert disse para os irmãos. Cruzou o pátio correndo enquanto o tráfego continuava sua rotina apressada e a noite se aproximava sob as lâmpadas de segurança. — O que é que você tá fazendo aqui? — inquiriu, arrancando a chave do dedo de Mary Beth e puxando-a para longe do seu carro.

— Tô atrás de você.

— Cadê as crianças?

— Como se você se importasse! — Ela fingiu choque e bateu com a mão livre no peito, enquanto brandia a outra enfurecidamente.

— Onde é que você largou a Elizabeth e o RJ? — ele exigiu a resposta num sussurro.

— Com a minha irmã. A Margaret tá tomando conta deles.

— Pra você poder vir atrás de mim?

— Isso mesmo. — Mary Beth fazia o papel da vítima ferida com empenho total. Não fosse a presença de Liam se esgueirando ao fundo como se fosse seu guarda-costas, uma sombra ameaçadora.

— Você enlouqueceu? — Robert insistiu.

— Não, querido — ela disse, o sarcasmo evidente nas palavras —, você enlouqueceu. Cadê a piranha desgraçada que tá com você? Num desses quartinhos de quinta? — Ela torceu o nariz com desdém enquanto acenava na direção da fileira de portas dos quartos do hotel barato. — Eu quero falar com ela.

— A Cynthia não tá aqui.

— Cynthia... — ela repetiu, sussurrando a palavra como se fosse uma cobra. — Tem certeza? — Mais uma vez ela fez um gesto em direção ao hotel onde Travis fixara residência temporária. — Você acha que eu vou acreditar que ela não tá enfiada num desses quartos?

— Não tá. Que inferno! — Robert continuou: — Agora, vai pra casa, Mary Beth. Vai buscar as crianças. Você tá fazendo uma cena, tá fazendo um papel ridículo.

— Eu? Amor, você já fez papel ridículo suficiente por nós dois. — Havia dor em seus olhos.

— Por favor, Mary Beth, aqui não é o lugar — Shannon disse e deu um passo à frente, mas a mão de Shea segurou seu braço bom, impedindo-a.

— É, como se *você* se preocupasse com isso! — ela escarneceu. Mary Beth estava incontrolável, como se gostasse da plateia. Seus olhos se voltaram para o marido. — Não finja que você se preocupa com a honra da família, com a reputação, qualquer merda dessas. Quem é que anda passeando por aí num carro esporte que não pode pagar? Quem é que anda dormindo com uma puta de carteirinha? Ignorando os votos do casamento? As crianças? Quem foi que se mudou pra um cafofo, um apartamentinho de solteiro, quando tem família em casa? — ela exigiu respostas. — Até parece, Robert. Você não tá nem aí pra fazer cena!

Robert encrespou: — Para com isso, Mary Beth!

— Para com isso *você*. Você é que tá agindo feito um imbecil — ela contra-atacou. Do outro lado do BMW, Liam se aproximou.

Shannon queria se enfiar num buraco do asfalto. Isso era tão absurdo, tão a cara de Mary Beth, sempre uma personagem de melodrama. Por mais que simpatizasse com a cunhada, Shannon detestava cenas em público. Já tivera o suficiente para a vida inteira e estava furiosa com o irmão, por ele ser tão idiota. Ou ficava casado e era fiel à mulher ou se divorciava dela, em vez de sair esfregando a amante na cara de Mary Beth.

— Isso tá ficando completamente fora de controle — Shea resmungou entre dentes. Soltou o braço de Shannon, cruzou o pátio e disse para o irmão: — Você não quer tirar ela daqui? — Apontou com o queixo para Mary Beth, e um carro entrou no estacionamento banhando o grupo com a luz dos faróis.

— Não se mete, Shea.

Shea a ignorou. — Escuta, Mary Beth...

— Cala a boca! A briga aqui não é sua.

— Você tá me obrigando a participar. — Os olhos de Shea se estreitaram e focaram a cunhada. — Vão fazer isso num lugar com alguma privacidade. — Olhou para o irmão. — Leva ela daqui, Robert. Antes que as pessoas reclamem. Antes que alguém chame a polícia.

— Você não é da polícia? — Mary Beth provocou.

— Tira ela daqui, *agora* — Shea ordenou. — Ou eu vou ter que tomar uma providência.

— É assim que funciona pra você, né? — Mary Beth perguntou, virando-se para o cunhado. — Esconde a sujeira embaixo do tapete, não deixa ninguém saber. Bem, eu não vou deixar uma piranha qualquer desgraçar a minha vida, a vida dos meus filhos. A gente também tem direitos!

Shannon não aguentava mais. Deu um passo à frente, consciente de que Travis Settler estava observando cada movimento seu, e disse baixinho: — O Shea tem razão. Aqui não é hora nem lugar.

— Como se você tivesse noção desse tipo de coisa!

— Pensa nas crianças.

— Feito *ele*? — Ela puxou o braço que estava sendo segurado por Robert. Lágrimas brotavam de seus olhos agora, o rímel manchando-lhe o rosto. — Feito você? — Ela olhou para Shannon, e Liam encaminhou-se para a porta do passageiro do carro prateado. — Esse é o problema da sua família! Só pensam em vocês mesmos. Você não sabe o que é ter um filho, o que é educar uma criança, o que é colocar alguém acima de si mesma! — acusou, o rosto contorcido de dor e ódio. — E quando o seu marido te deu alguma dor de cabeça, você simplesmente calou a boca? Claro que não. — Ela apontou para Shannon. — Você arrumou um jeito de se livrar dele, não foi? O Ryan acabou morto. Tostado feito linguiça!

— Chega! — Robert sibilou.

Shannon olhava para a mulher enraivecida, com uma fúria impotente. Mary Beth estava ferida, com ódio, e não se satisfaria até que arranhasse e machucasse todas as pessoas associadas ao marido infiel.

— Leva ela daqui — Shea insistiu.

Aaron, até agora guardando certa distância, envolveu os ombros de Mary Beth com o braço.

— Não toca nela! — Liam avisou.

— Sossega o facho! — Aaron devolveu; depois, com mais calma, dirigiu-se a Mary Beth: — MB, não faz isso. Me deixa te levar pra casa. A gente pega as crianças na casa da Margaret.

Por um segundo, ela pareceu acatar a sugestão. Depois de um trailer passar por eles, levantou a cabeça.

— Seu filho da mãe desgraçado! — Afastou o braço dele com um safanão. — Pode esquecer! Você é o pior de todos, Aaron, e isso já é muita coisa. E não adianta tentar dar em cima de mim!

— O quê? — Aaron parecia estarrecido.

— Essa técnica de merda de se fazer de idiota também não funciona. Você tenta me cantar há anos.

— Meu Deus, Mary Beth, escuta o que você tá dizendo — Aaron disse com dificuldade, mas o sangue quente de Robert assumiu o controle da situação.

— Agora chega! — ele disse para a mulher. — Entra na porcaria do carro. — Robert abriu a porta do passageiro do carro esporte.

— Por quê?

— A gente vai conversar, ok? Agora, me faz o favor de entrar na merda do carro.

— Não entra. — Foi o conselho de Liam.

Mary Beth pareceu titubear, mas, naquele momento, o gerente do hotel abriu a porta do escritório e foi até o estacionamento. Homem baixo e atarracado, de largura semelhante à altura, o cabelo obviamente penteado para esconder a calvície, ele olhou para o grupo amontoado perto do carro. Apontou para Travis Settler e gritou:

— Algum problema? Eu não quero confusão aqui, entendeu? Vão resolver suas coisas longe daqui, senão eu vou chamar a polícia. — Seus olhos pequenos focaram Robert e Mary Beth. — Eu não estou brincando! Agora, vê se vocês somem daqui!

Robert encarou a mulher. Mary Beth, lábios apertados, a maquiagem do rosto borrada, deslizou para dentro, resmungando algo como “odeio sentar no mesmo banco onde a bunda da vagabunda já encostou”. Robert bateu a porta, deu a volta apressadamente até o banco do motorista e enfiou a mão no bolso, procurando pelas chaves. Rapidamente, como se estivesse com medo de que ela fosse fugir, sentou-se ao volante. Em segundos, o motor pegou e rugiu, assim que ele pisou no acelerador. Sem olhar para trás, acelerou para longe do estacionamento, o resto do grupo acompanhando as luzes traseiras do carro até que desaparecessem na próxima esquina.

— Merda! — Liam olhou sarcasticamente para os Flannery e voltou para seu jipe preto. Em segundos tinha entrado no carro e estava dando ré, quase acertando o para-lama de uma minivan. Colocou a marcha em DRIVE e, cantando pneus, saiu às pressas do pátio de estacionamento.

— Qual é a desse cara? — Aaron perguntou, ainda olhando para o jipe que se afastava.

— Quem sabe? — Shannon nunca conseguira entender ninguém da família de Ryan. Olhou para Travis Settler, mas o homem ficou em silêncio.

— A Mary Beth é maluca — Aaron resmungou, pegando seu maço de cigarros e seu isqueiro no bolso. Levou um à boca. — Eu nunca cheguei nem perto dela. — Acendeu o cigarro e soltou a fumaça pelo canto da boca. Uma gota de suor lhe escorreu da costeleta pela lateral do rosto. — Uma doida de carteirinha.

— Sempre foi. — Shea deu uma olhada para Travis Settler. — Acho que deu pra você ter um panorama geral do funcionamento da nossa família. Às vezes, não é uma paisagem das melhores.

— Toda família tem seus problemas — Travis disse, desconversando.

— É... Bem, a gente carrega uma cota extra de excentricidade. — Shea tentou conduzir Shannon até a caminhonete, mas ela se virou para Travis, lembrando-o:

— E as coisas da Dani?

— Claro. — Ele se dirigiu ao próprio carro. — Só um minuto.

Quando estava longe o suficiente para não ouvir o que diziam, Shea murmurou: — Eu acho que você não vai querer se envolver nisso, vai, Shannon?

— Eu já tô envolvida.

— Você não sabe nada sobre esse cara.

— Eu sei que ele é o pai da minha filha e ela tá correndo perigo. Basta pra mim. — Ela viu outro protesto tomar forma nos lábios do irmão, mas, seja lá o que ele fosse dizer, acabou guardando para si. O que era ótimo. Ela estava cansada, ficando de mau humor, e também bastante constrangida com a cena de Mary Beth. E isso não chegava nem perto da raiva que sentia do irmão. Queria estrangular Robert.

Travis correu de volta na direção deles. Entregou uma suéter vermelha de capuz e um porta-CDs para Shannon. — É tudo o que eu tenho comigo — explicou.

— Eu espero que seja suficiente, mas só vai funcionar se a gente tiver alguma pista de onde a Dani tá ou de algum lugar por onde ela tenha passado — Shannon disse. — Passa lá em casa amanhã. A gente tenta pensar num plano de ação.

— O quê? — Aaron perguntou. Shannon lançou-lhe um olhar ameaçador e ele desistiu de continuar.

— Passo sim — Travis prometeu, e Shannon, as coisas da filha nas mãos, entrou na caminhonete de Shea.

— Se você vai mesmo fazer isso, melhor fazer direito — Shea sugeriu e começou a procurar algo nos fundos do carro. Encontrou dois sacos plásticos e Shannon guardou as peças dentro deles.

Ela duvidava que a filha estivesse por perto, mas não poderia deixar passar a chance de tentar ajudar, mesmo que pouco.

Shea se sentou ao volante, Shannon ocupou o meio do banco e Aaron se espremeu ao lado dela, resmungando algo sobre Mary Beth enquanto batia a porta do carro. — O que foi que deu nela? — grunhiu.

Shannon só queria esquecer o episódio mortificante. Apesar de estar longe de confiar completamente em Travis Settler, preferiria que ele não fosse testemunha das questões privadas da sua família. Não queria que ele soubesse muitas coisas sobre ela. Por motivos que não compreendia totalmente, pensou que qualquer conhecimento que ele possuísse sobre ela poderia ser perigoso. *Ele não é o inimigo,* sua mente insistia, mas ela não tinha certeza. Estava frágil e preocupada. Só queria ir para casa.

Mas não conseguiu deixar de espiar pelo retrovisor enquanto o carro de Shea se afastava do hotel. Viu a imagem de Settler refletida no espelho e seu coração bateu de maneira desconfortável.

Alto, pernas longas, usando jeans, um tênis de corrida e uma camisa justa nos ombros largos, Settler permaneceu onde estava, pés afastados, braços cruzados sobre o peito. A luz pálida da entrada do seu quarto no hotel iluminava sua cabeça, realçando as mechas louras do cabelo castanho-claro despenteado que caía sobre sua testa. A expressão em seu rosto era dura, alerta. Seus intensos olhos azuis acompanharam a picape e ela imaginou que seu olhar encontraria o dela no espelho. O que era tolice. Não havia como ele enxergar o interior escuro da cabine da caminhonete.

Mas seu último olhar para ele ficou impresso profundamente em sua memória: os ombros largos, o maxilar quadrado, a intensidade irradiando dele em ondas claras de sensualidade.

Precisaria ser cega para não ter reparado nas feições angulosas e bem talhadas do rosto dele quando se sentaram à mesa, no restaurante. Ou na pele bronzeada e marcada pelo tempo e pela experiência. Tinha a sensação de que ele era duro, imaginava que, se sorrisse, faria uma mulher se derreter por ele. Mas ele estava tenso. Preocupado. A única coisa em que pensava era encontrar a filha. O que, simplesmente, o deixava mais atraente para ela.

Atraente?

Deus, em que ela estava pensando?

Devia ser efeito dos analgésicos.

Ou do choque de encontrar o pai adotivo da sua filha.

Ou o fato de ter visto as fotos da criança em que seu bebê se transformara.

Ela não poderia, não *acharia* Travis Settler sexy nem atraente. Ele estava decidido a salvar a filha deles... dele... dela. Ele a ajudara naquela noite, quando alguém a espancara com selvageria. E era sexy e lindo de morrer. Mas ela precisava se lembrar. Ele era o inimigo.

Ele admitira tê-la espionado, ter pensado que ela, de alguma maneira, sequestrara Dani.

Se ele soubesse como ela se sentia realmente em relação à filha...

Fechou os olhos e a mente para quaisquer outros pensamentos insanos sobre ele; não tinham cabimento ali.

Shea abriu a janela e apertou o botão do isqueiro no painel.

Shannon recostou a cabeça, sentindo-se completamente exausta. Seu corpo doía e a cabeça rodava. Quando a paisagem da periferia de Santa Lucia despontou na janela e a conversa entre seus dois irmãos começou a girar sobre ela entre ondas de fumaça de cigarro, fechou os olhos e, silenciosamente, lutou contra a dor de cabeça que se insinuava.

Encontrar Travis Settler, conversar com ele e saber que ele era o pai da sua filha fora difícil, porém mais difícil ainda fora ver as fotos da sua menina. Até agora estava tremendo por dentro. Olhara para aquelas imagens e tentara imprimi-las na mente, mas, ao mesmo tempo, ao ver a transformação da filha de bebê em adolescente, sentira uma dor tremenda, mais parecida com a solidão do que qualquer coisa que pudesse nomear.

Você devia ter ficado com ela. Devia ter sido capaz de vê-la crescer, participar do seu primeiro Natal. Você devia tê-la ajudado a subir numa bicicleta pela primeira vez, num cavalo pela primeira vez, ensinado o respeito aos animais. Ela deveria ter feito a primeira comunhão na Igreja de Santa Teresa, onde você fez a sua. Você devia tê-la segurado no colo para a foto, não a mulher de Travis Settler. Sua filha deveria ter conhecido os tios, avós e, mais importante que tudo isso, você, Shannon Flannery, devia tê-la protegido. Disso. De qualquer que fosse o horror pelo qual estivesse passando agora.

A dor de cabeça grassava e sua garganta estava tão apertada que ela mal podia engolir. Onde estava Dani, o bebê pequeno, chorão, de rosto rosado, que Shannon entregara para adoção com tanta dificuldade? Será que estava viva? Esperando que o pai ou a polícia a salvasse? Ou o impensável já teria acontecido?

Deus. Não pense isso. Não pense isso. Ela tá viva. Travis vai encontrá-la, e você, droga, vai ajudá-lo! Você deve isso à sua filha!

A picape sacolejou ao passar por um buraco na estrada e um espasmo de dor percorreu suas costelas. A dor de cabeça contra a qual lutara o dia inteiro fazia a base do seu crânio latejar. Ela precisava chegar em casa, tomar mais uns analgésicos e dormir umas cem horas.

Depois, seria capaz de encarar a confusão que era a sua vida.

E Travis Settler?

E o paradeiro da filha dele — sua filha?

A dor pulsante na cabeça aumentou.

Ela quase perdera o trem da conversa dos irmãos, mas, então, ouvira novamente o nome de Mary Beth.

— Uma cachorra — Aaron disse.

— Maluca... que nem o resto da família dela — Shea concordou. — É só olhar pro Liam e pro Kevin.

— É. E que merda que o Liam tava fazendo lá hoje à noite?

— Apoio moral — Shannon disse.

Aaron bufou e um fio de fumaça saiu por suas narinas. — Apoio moral? Dele? O cara que tem a moral de todos os discípulos do demônio juntos?

Shannon concordou em silêncio e a paisagem da cidade deu lugar à do campo. Pelo menos no que dizia respeito à parte maluca da família Carlyle, os primos de Ryan, Liam e Kevin, eram conhecidos pelo temperamento violento. Seu pavio curto era fácil de acender, e, quando isso acontecia, todos os demônios ficavam à solta. Quantas vezes, durante seu casamento com Ryan, ela testemunhara acessos de cólera dos irmãos Carlyle em reuniões de família?

A conversa foi interrompida, e Shannon se deu conta de que Aaron provavelmente fizera uma pergunta enquanto ela estava pensando nos ex-cunhados.

— O quê?

— Eu perguntei se você comprou a história do Settler. Que ele estava por acaso na sua casa na hora do incêndio — Aaron repetiu.

— Eu não sei o que pensar — ela admitiu.

Shea reduziu para virar numa esquina. — Eu também não.

— Eu ainda não acabei de investigar o cara. Acho que tem mais coisa embaixo do pano na vida do nosso amigo do Oregon. É muita coincidência ele vir lá daquela cidadezinha do fim do mundo e parar aqui, na casa da Shannon, na noite em que o lugar pega fogo. Eu não gosto disso.

— Eu também não — Shea concordou.

O argumento de Aaron fazia sentido, ela pensou. Parecia um pouco mais que simples coincidência que Travis Settler estivesse na casa dela naquela noite. Mas depois de ter estado com ele esta noite, de ter presenciado seu medo, seu desespero, seu sofrimento pela filha, não acreditava que tivesse provocado o incêndio. E ele não estava na região quando ela recebera a certidão queimada. Ele podia ser muitas coisas... mas ela duvidava que fosse responsável pelo incêndio. Ao pensar nele, experimentou uma dúzia de sentimentos conflitantes pelo homem de maxilar firme que criara sua filha.

Shea diminuiu a velocidade e as rodas da picape deixaram a estrada. Pela fresta dos olhos semiabertos, Shannon espiou as árvores que guardavam o caminho da sua propriedade. Os troncos retorcidos, visíveis sob a luz irregular dos faróis do Dodge em movimento. Logo estaria na própria cama. Parecia fazer séculos desde que dormira no quarto do segundo andar do seu lar pela última vez, lar que uma vez dividira com seu marido Ryan. Ele estava morto havia muito tempo. Ela sofria pela dor que a morte causara à família dele, mas não sentia o mesmo porque ele não fazia mais parte da sua vida.

— Sem esquecer a Margaret. Outra doida varrida — Aaron disse enquanto apagava o cigarro no cinzeiro. Shannon não queria mais pensar em nenhum dos primos de Ryan esta noite. Eles eram um clã muito fechado. Anos atrás, antes do seu casamento com Ryan e antes de Robert pedir a mão de Mary Beth, todos haviam estudado na mesma escola, a Santa Theresa. Os Flannery e os Carlyle nunca chegaram a ser amigos, sempre foram conhecidos.

Até ela cometer a besteira de se casar com um deles.

Olhou para a garagem, viu a luz acesa no apartamento de Nate e sentiu certo alívio. O barracão era uma pilha de cinzas e entulho, assim seria por um tempo, mas ela não prolongou a dor da perda. Pelo menos nenhum dos outros prédios pegara fogo.

Porque quem quer que tenha feito isso não quis... ele tinha um propósito. É só lembrar o símbolo estranho, com o número 6 no meio. Sem esquecer que ele pode estar com a Dani.

A porta sobre a garagem se abriu e Nate, as botas fazendo barulho nos degraus, correu escada abaixo. Com seus passos largos, estava do outro lado do pátio antes que Shea tivesse desligado o motor. Ao lado dele, aos pulos para acompanhar as passadas enérgicas de Nate, estava Khan.

O coração de Shannon quase explodiu de felicidade.

Meu Deus, ela sentira falta dele.

Aaron saiu da caminhonete, ajudou Shannon a descer com cuidado. Khan deixou escapar um latido de felicidade e se lançou na sua direção, ganindo e se sacudindo, o rabo agitando o ar freneticamente e se chocando contra a porta do carro. Shannon se inclinou e acariciou o cão.

— Também tava com saudade... — ela disse à massa de pelo saltitante.

— Ele ficou arrasado sem você. O pobrezinho gania dia e noite. Queria entrar em casa e te procurar. Eu deixei algumas vezes, mas, depois, resolvi que ele tinha que segurar a onda. — Nate estava sério, seus olhos azuis escurecidos pela noite. — E você? Como é que você tá?

— Já estive melhor — ela disse, forçando um sorriso. — Aliás, já estive bem melhor.

Aaron desceu da cabine do carro. — Eu acho que a Shannon devia descansar. Você vai ficar por aí?

— Vou.

Aaron não disse nada enquanto ele e Shea acompanharam Shannon e o cão galopante até o interior da casa. Mas, depois, começaram a discutir sobre quem deveria ficar com ela.

— Ninguém! — ela finalmente teve que gritar, depois de dizer duas vezes que ficaria bem. — O Nate tá logo ali e vocês dois estão a um telefonema de distância.

— Eu me sentiria melhor se alguém ficasse dentro de casa com você. Cadê a Lily? — Shea sugeriu.

Shannon suspirou: — A Lily tem um marido e três gatos. Você — apontou para Shea — tem uma mulher que quase não te vê normalmente, e, Aaron, você e eu sabemos que se fosse pra você ficar aqui a gente ia se engalfinhar em vinte minutos. Juro, eu tô bem — ela disse encaminhando-os para a porta. Eles resmungaram e pareciam insatisfeitos, mas finalmente caminharam de volta para a caminhonete de Shea.

Assim que saíram, Shannon trancou a porta e tirou o cartaz de Dani Settler do bolso. Enquanto olhava para a foto, sentiu algo mudar na própria alma.

— Minha pequenininha — suspirou —, onde é que você tá? — Olhou carinhosamente para a imagem da garota de rosto saudável. Ela tinha que estar viva. *Tinha que*. Certamente Deus não a provocaria dessa maneira, oferecendo-lhe a possibilidade de ver a criança, para depois tirá-la novamente.

— Por favor, faça com que ela esteja bem — ela sussurrou e, pela primeira vez em meia dúzia de anos, fez o sinal da cruz sobre o peito.

Até o momento a Besta — era assim que Dani decidira chamá-lo — não descobrira seu plano. Ela se deitou e olhou através da claraboia do teto, na esperança de existir outra maneira, uma maneira mais fácil, de escapar.

Trabalhara no prego teimoso ao longo das três últimas noites, durante o máximo de tempo que conseguira aguentar, tentando tirá-lo do buraco, forçando-o para cima.

Sabia que tinha feito progressos, que a cabeça do prego estava agora três centímetros acima do piso e mais fácil de mover, mas ainda teimava em se manter preso e ela não podia se arriscar, fazer com que seus dedos sangrassem.

Ele notaria.

Ficaria desconfiado.

Se queria que isso desse certo, teria que ser muito, muito cuidadosa.

Mas tinha a sensação de que o tempo estava se esgotando. O cara estava ficando ansioso. Percebia uma mudança nele, via a impaciência e a expectativa em seus olhos.

Deus, ele era louco e aquele rito esquisito de ficar nu em frente à lareira, se lambuzando de óleo, depois fazendo xixi nas chamas, era pura maluquice! Até agora a rotina não mudara, fora o fato de que ele parecera satisfeito consigo mesmo algumas noites atrás e ela notara um pouco de sangue na sua camisa.

Mais uma vez se lembrou do saco ensanguentado que ele deixara em Idaho. Quem estaria ali dentro? Que criança ele teria matado, deixado apodrecer e feder na garagem daquela fazenda abandonada?

Para de pensar nisso! Forçou-se a sair da cama. Arrastou-se para dentro do armário pequeno, sem ar, e tentou não ouvir os ratos mastigando e andando sob o piso de madeira. Tirou as meias novamente e, ignorando o fato de estarem fedorentas, usou-as como luvas, dobrando as pontas para proteger melhor os dedos, e começou a trabalhar para remover o prego.

Remexe, remexe, remexe.

Suor escorria-lhe pelo rosto e pelo nariz.

Seus dedos doeram imediatamente, mas ela continuou trabalhando.

Movendo o prego para a frente e para trás, puxando-o para cima, os músculos cansados enquanto ela tentava segurar a cabeça pequenina. Estava tão decidida que quase não ouviu o barulho de um motor

Ela congelou.

Ele estava de volta?

Tão cedo?

O motor foi desligado.

Talvez fosse outra pessoa.

Devia gritar por socorro?

Rapidamente, saiu do armário, tropeçando ao tentar calçar as meias, suando como uma condenada.

Passos esmagavam as pedrinhas esparsas do chão de terra lá fora.

Droga!

Ela se virou, bateu com a cabeça. Quase gritou. Engoliu o ar e o berro.

A porta da rua foi aberta com estrondo.

Ela engatinhou rapidamente até o catre.

Ouviu a fechadura da porta do quarto se abrir.

Se jogou no catre e fechou os olhos.

A porta foi aberta e um raio de luz da lanterna inspecionou rapidamente o quarto.

O coração de Dani estava aos pulos, seus nervos hirtos como as cordas do piano da Sra. Johnson.

— O que é que você tá fazendo? — ele grunhiu e ela congelou, fingindo que dormia.

— Eu perguntei o que é que você tá fazendo. — Ele atravessou o quarto e chutou a armação da cama.

Ela deu um pulo, não mais fingindo dormir. De qualquer maneira, ele não estava mesmo acreditando. — Eu tive que ir ao banheiro.

Ele girou a lanterna na direção do vaso portátil vazio ao lado da cama. — Eu acho que não foi isso não.

— Porque não deu tempo. Eu ouvi você chegando e tinha certeza de que ia abrir a porta. Eu não queria ser pega... você sabe, agachada... quando você entrasse.

Ele riu.

Sem acreditar.

Ela não conseguia vê-lo. Estava muito escuro. Depois, ele virou a lanterna na sua direção e ela não enxergou mais nada com o facho de luz agredindo seus olhos.

Ele apontou a lanterna da cama para o vaso portátil, depois para a janela lacrada, depois para a claraboia. Satisfeito por encontrar tudo conforme o esperado, direcionou a luz para o armário.

Dani queria desaparecer. E se tivesse deixado alguma coisa lá dentro? E se ele reparasse na cabeça do prego despontando?

O coração batia tão alto que ela tinha certeza de que ele poderia ouvir. Precisava fazer alguma coisa para distraí-lo. Disse a primeira coisa que lhe passou pela cabeça: — Tô com sede.

— O quê? — Ele voltou a lanterna na sua direção e ela levantou uma das mãos para proteger os olhos.

— Eu disse que eu tô com sede.

— Difícil. Você vai ter que esperar. Até de manhã.

— Mas...

— Eu disse esquece. Jesus, você é um porre, garota. — Ele saiu do quarto e, por um segundo, Dani pôde ver sua silhueta iluminada pelas chamas ainda ardentes do fogo. Ele tinha algo mais na mão, além da lanterna, um objeto pequeno, quadrado... e ela reconheceu que era um celular, que ele deslizou para dentro do bolso.

Meu Deus, se conseguisse tirá-lo dele!

Será que havia sinal, ali, no meio das montanhas?

Por que ele, de repente, começara a carregar um telefone?

Onde o conseguira?

Na casa dele, idiota. Ele mora em algum lugar por aqui. É só lembrar que ele tem uma vida dupla. Se você conseguir pegar o telefone, pode descobrir onde o desgraçado mora e avisar a polícia!

A esperança acendeu dentro dela por um instante, mas logo evanesceu.

Ele fechou a porta e passou a tranca, depois conferiu para ver se o cativeiro estava mesmo lacrado antes de sair. A porta não se abalou.

O coração de Dani afundou.

Mais uma vez ela estava presa.

CAPÍTULO 14

Passa lá em casa amanhã. A gente tenta pensar num plano de ação. O convite de Shannon ecoava em Travis quando ele pensou nos próximos passos. Será que poderia confiar nela?

Ele não sabia.

Tinha opções?

Não muitas.

Olhou para o relógio e decidiu que não estava muito tarde para ligar para Carter. Apesar de não ter muitas esperanças, precisava ouvir que alguém estava fazendo alguma coisa por sua menina.

O delegado atendeu antes do segundo toque do telefone:

— Carter.

— É o Travis. Estava pensando se você teria alguma novidade.

— Nada de mais. E você? Conseguindo ficar longe de confusão?

— Tentando.

— Posso imaginar. — Carter não se esforçou em esconder o sarcasmo.

— Bem, parece que a gente tem alguma pista nova pra seguir, mas não é muita coisa. Você se lembra da Madge Rickert?

Travis se lembrou imediatamente: — A mulher que tava passeando com o cachorro e viu uma van branca perto do colégio.

— Isso. Parece que ela ficou preocupada com a história e foi parar num hipnotizador pra tentar se lembrar da placa do carro.

— E isso funciona?

— Às vezes, eu acho, apesar de não ser científico. De qualquer maneira, ela foi nesse cara e voltou com vários números e letras de uma placa do Arizona.

O coração de Travis parou. Seus dedos apertaram o aparelho celular. — E?

— E a placa é de um Chevrolet TrailBlazer; mas, veja bem, a placa foi dada como desaparecida há seis semanas. A gente ligou pro cara e ele achava que a tinha perdido num lava jato. Agora, claro, a gente acha que foi roubada.

Travis encostou um ombro na parede do quarto de hotel.

— Tem mais. O dono da Blazer não tem certeza de quanto tempo a placa ficou sumida antes dele perceber. E parece que ele tinha passado duas semanas acampando. Primeiro foi pra Medford, no Oregon, depois passou por Siskiyou Mountains e ficou umas noites acampado perto de Lake Tahoe.

Travis fechou os olhos. — Bem entre Falls Crossing e Santa Lucia.

— Exato. Você me entendeu. Os federais estão checando os registros e transações recentes de vans brancas da Ford que se encaixam com o ano e o modelo da que estamos caçando, mas isso é mais ou menos procurar agulha no palheiro. Às vezes as pessoas não completam as transferências dos documentos quando compram um carro. O veículo pode passar por várias mãos antes que alguém resolva registrar. Uma porção de carros anda por aí sem seguro, sem documento.

As esperanças de Travis diminuíram consideravelmente. — Mas você continua atrás da van?

— Com certeza. — Carter hesitou. — Eu não preciso dizer que tem chance do cara já ter se livrado do carro. A gente acha que o que ele vem fazendo é trocar as placas do carro constantemente, pra despistar. Provavelmente ele rouba os carros, muda as placas e ninguém percebe, a não ser que seja estúpido o suficiente pra ser parado pela polícia.

— Ele não é estúpido — Travis disse e foi acometido de uma nova onda de terror.

— E você? O que foi que descobriu por aí? Falou com a mãe biológica da Dani?

— Falei — Travis respondeu, pensando em Shannon e na sua oferta de ajuda para encontrar a menina. Fez um rápido relato do que acontecera para Carter, incluindo o episódio da certidão de nascimento queimada deixada na porta de Shannon.

Carter concordou em passar a informação para o FBI e alertou Travis para que deixasse a polícia cuidar do caso. Seu conselho foi mera formalidade. Os dois sabiam que Travis não desistiria. — Só não vai fazer algo de que possa se arrepender — Carter disse.

— Tarde demais.

— É, imaginei.

Falaram mais um pouco, antes de Travis desligar. Agora que conhecera Shannon Flannery e soubera da certidão queimada, tinha uma nova perspectiva sobre o que estava acontecendo e um medo mais agudo. Seu palpite de que o desaparecimento de Dani estava ligado à mãe biológica não estava tão longe da verdade quanto ele tinha começado a desconfiar.

Obrigando-se a tirar suas emoções do caminho, a pensar racional e logicamente, como se o que estivesse acontecendo com sua filha fosse um caso no qual trabalhava para outra pessoa, passou as próximas horas bebericando cerveja e organizando tudo o que sabia sobre Shannon Flannery para que, no dia seguinte, quando fosse ao seu rancho, estivesse preparado para qualquer coisa.

Apesar de a polícia ter confiscado seu computador e suas anotações, ele tinha cópias de matérias antigas de jornal e mantivera seus arquivos num pen drive que a polícia não encontrara. Mais cedo, ele comprara um novo laptop e, antes de Shannon Flannery vir bater em sua porta, atualizara os programas da máquina nova e transferira as informações para a memória do computador.

Trabalhando sob a premissa de que o rapto de Dani tinha alguma relação com a mãe biológica, Travis reviu tudo o que sabia. A certidão queimada provava que Shannon estava envolvida no sequestro, mesmo que perifericamente. Mas como? E por quê? E qual o significado do incêndio? O documento fora queimado e deixado para que ela o encontrasse, o barracão derrubado pelo fogo, o marido morto num incêndio provocado na floresta. Ninguém acreditara na teoria de descuido de um fumante ou de alguém acampado que a defesa propusera. Não. Alguém queria Ryan Carlyle morto, queimado. Talvez para esconder as evidências de assassinato, ou talvez para afirmar algo. Talvez por vingança.

Travis franziu o cenho diante das anotações e girou a caneta algumas vezes enquanto revia as matérias sobre a morte de Ryan Carlyle, a convocação de Shannon e seu julgamento.

Então, por que o barracão de Shannon fora incendiado?

Parou de girar a caneta.

Incendiado.

Como em... Qual o nome dado ao incendiário? Incendiário Furtivo? O piromaníaco que todos acreditavam ser o marido de Shannon Flannery, Ryan Carlyle.

Sete prédios haviam sucumbido às chamas em dois anos e, miraculosamente, só houvera uma fatalidade: uma mulher, chamada Dolores Galvez, que estava dentro de um restaurante abandonado, apesar de ninguém saber o motivo.

Nenhum bombeiro se ferira ou perdera a vida lutando contra as chamas, nenhum prédio vizinho fora destruído e, apesar das investigações sugerirem que os prédios, todos abandonados, teriam sido incendiados para o lucro das seguradoras, tudo isso não passara de especulação. O armazém, o restaurante, dois prédios de apartamentos, duas residências e uma escola particular vazia não tinham nenhuma ligação; logo, a menos que o Incendiário fosse freelancer, alguém pago para queimar prédios, a teoria das companhias de seguro acabou caindo por terra. Todos os incêndios haviam sido iniciados com o mesmo mecanismo de acionamento a distância.

Com a morte de Ryan Carlyle, os incêndios pararam, apesar de nunca ter sido provado que ele era o culpado.

Coincidência?

O que Shannon saberia sobre os incêndios?

Estariam conectados com o sequestro de Dani e com o incêndio recente na casa dela? Ele fez uma anotação: como começou o fogo no barracão? Lembrou-se de ter ouvido uma explosão. Seria possível que o incêndio tivesse sido iniciado da mesma maneira?

Travis passou a mão pelo pescoço tenso e foi até o frigobar buscar outra cerveja. Virou a aba do boné e franziu o cenho. Era uma tremenda virada imaginar que o Incendiário Furtivo pudesse estar de volta. O que significaria que Ryan Carlyle não era o piromaníaco, portanto, inocente dos crimes pelos quais fora julgado culpado, ou que alguém estaria usando informações sobre os crimes originais e recriando os cenários do Incendiário Furtivo.

Que inferno.

Ele tomou um gole da garrafa e sentou-se à mesa mais uma vez. Avaliou se estava se esquecendo de alguma coisa, alguma coisa vital, uma conexão entre o que acontecera três anos antes e o que acontecia agora. Reviu as informações, agora dando enfoque especial ao lado pessoal de Carlyle.

Não somente Carlyle perdera a vida numa floresta em chamas, como um dos irmãos de Shannon, Neville, desaparecera algumas semanas depois do incêndio e nunca mais se teve nenhuma notícia dele; pelo menos era o que dizia a família Flannery. Logo depois, o irmão gêmeo de Neville, Oliver, tivera um esgotamento nervoso e fora internado num hospital psiquiátrico por várias semanas, antes de encontrar Jesus e decidir entrar para o sacerdócio.

Por que a Igreja quereria alguém mentalmente tão instável?, Travis se perguntou. Tomou mais um gole de cerveja e fez uma anotação para averiguar esse ângulo da história.

O que estes dois acontecimentos — o desaparecimento de Neville e o esgotamento nervoso de Oliver — teriam a ver com o incêndio? Haveria alguma conexão entre os eventos e, o mais importante, o desaparecimento de Dani?

Quem raptara sua filha?

O cara que roubara carros, trocara placas, teria retalhado Blanche Johnson e tinha alguma ligação com Shannon?

Travis sentiu uma pontada no estômago e se lembrou da promessa de manter-se imparcial, de pensar como detetive particular, não como pai.

O que Shannon saberia e não estaria lhe contando, intencionalmente ou por não achar significativo?

Era inocente como insistia, tão transparente e cristalina quanto ela e os irmãos pregavam?

Os olhos de Travis se estreitaram quando ele pensou no rosto espancado, porém determinado dela, no desenho de seu maxilar, na curva do pescoço, mais visível com o cabelo preso, afastado do rosto. O que o torturava era ter visto a filha nas feições de Shannon, até mesmo na poeira de sardas no nariz dela.

Ele rangeu os dentes de trás e terminou a cerveja num gole só.

Começou a formular uma estratégia.

Talvez não devesse agir como se Shannon fosse uma inimiga. Talvez devesse esfriar um pouco, acalmar sua raiva e tentar se aproximar, agir como se estivesse interessado nela para descobrir como, acidental ou intencionalmente, ela poderia estar envolvida em tudo isso.

Considerou os homens na vida de Shannon.

Seu primeiro amante, Brendan Giles, o pai biológico de Dani, deixara o país e nunca retornara.

Ryan Carlyle, o marido, acabara assassinado.

Um irmão, Neville, desaparecera.

Seu gêmeo passara um tempo num manicômio.

Aaron, o cabeça quente que ele conhecera mais cedo, fora expulso do Corpo de Bombeiros... Por quê? Travis fez um círculo em volta do nome dele.

Ano passado o pai de Shannon morrera de um ataque cardíaco repentino, um homem que, apesar de estar na casa dos setenta, até aquele momento era saudável e robusto.

Ela tivera dois outros relacionamentos passageiros nos anos posteriores à morte do marido: com Keith Lewellyn e Reggie Maxwell. Dois zeros à esquerda.

Lewellyn era advogado e trocava de mulher como quem troca de roupa; seu interesse por Shannon se devera, provavelmente, à sua má reputação. O outro, Maxwell, saíra com Shannon durante um mês apenas, e era casado. O relacionamento morrera antes mesmo de começar de verdade. Pelos comentários, e estes eram basicamente resultado das fofocas que ouvira na cidade, Shannon parara de vê-lo de repente, depois de três encontros, provavelmente ao descobrir que ele tinha uma mulher. Pelo menos era nisso em que Travis fora induzido a acreditar.

Depois viera Nate Santana.

O cara misterioso.

O homem que parecera tão íntimo dela na noite do incêndio, que a tocara com tanta naturalidade, que assumira o comando como se devesse, sozinho, cuidar de seu bem-estar. Uma pontada de ciúme atravessou a corrente sanguínea de Travis e ele disse a si mesmo que estava se comportando como um perfeito idiota. Não havia espaço para se apegar emocionalmente a ninguém agora, menos ainda a Shannon Flannery.

Concentrou-se novamente no homem que morava na propriedade dela. Santana era conhecido por trabalhar com cavalos difíceis, temperamentais. Passara algum tempo na cadeia, apesar de acusado erroneamente por assassinato. Com certeza era parceiro dela, mas, talvez, também fosse seu amante.

Isso não cheirava bem para Travis.

Atualmente, nada cheirava bem para ele.

Era tarde. Seus irmãos haviam ido embora algumas horas mais cedo e ela convencera Nate de que ficaria bem durante a noite. Ele deve ter acreditado nela, porque, quando colocou uma xícara com água no micro-ondas, reparou que as luzes do apartamento dele não estavam mais acesas.

O telefone tocou. Ela definiu o tempo no micro-ondas e pegou o aparelho da parede. — Alô?

— Ele tá aí? — uma mulher inquiriu. — Shannon, o Robert tá na sua casa? — A voz de Mary Beth Flannery estava uma oitava acima do comum, as palavras um tanto engroladas, a raiva latente quase saindo pelo bocal do aparelho. Obviamente, Robert não fora capaz de acalmá-la mais cedo.

— Claro que não, Mary Beth. A última vez que o vi, ele estava com você.

— Ele foi embora. Com as crianças.

— Então... talvez ele esteja no apartamento dele — Shannon sugeriu, condenando silenciosamente o irmão adúltero. O que havia de errado com Robert para que não conseguisse manter o zíper da calça fechado perto de uma mulher?

— Já chequei — Mary Beth afirmou. — Que droga. Ele tá com *ela e* com meus *filhos*! *Eu tenho certeza.*

— Não tem como você saber isso — Shannon disse, encolhendo internamente diante do falso tom das próprias palavras. Meu Deus, será que ele realmente envolveria as crianças nessa confusão?

— Claro que tem. Como você e todo mundo no Corpo de Bombeiros e nesta porcaria de cidade sabe. Até as crianças. Merda... isso é horrível... é errado! — A voz dela era entrecortada por soluços.

Shannon engoliu os conselhos que, sabia, Mary Beth não ouviria. — Eu não sei o que dizer...

— Você não tem que me dizer nada. — Mary Beth começou a chorar baixinho. No passado, Shannon fora sua melhor amiga. Agora, era uma estranha.

— Eu não sei por que eu te liguei — Mary Beth deixou escapar. — Acho que foi porque você me ligou mais cedo... eu pensei que você soubesse de alguma coisa ou quisesse conversar... Ai, merda. Mas, com certeza, eu me enganei...

— Desculpe, Mary Beth. Eu sei que isso tudo é difícil, mas eu não te liguei...

O micro-ondas apitou baixinho.

— Claro que você ligou. O número tá registrado no meu bina. Que espécie de jogo é esse?

— Mas eu não...

— Meu Deus, Shannon. Você é igualzinha a eles, talvez seja até pior! Para de mentir pra mim. Você e os seus irmãos doentes. Eu nunca devia ter me casado com o Robert. Nunca! — Ela bateu o telefone, encerrando a ligação.

Shannon enrijeceu. *Você é igualzinha a eles, talvez seja até pior!* As palavras de Mary Beth ecoaram na sua cabeça e ela trincou os dentes. Havia outras acusações que a cunhada não mencionara, mas que haviam ficado para sempre veladas entre elas: acusações odiosas que pairavam no ar. Acusações que a assombravam.

— Você matou o Ryan, eu sei — Mary Beth dissera para ela uma vez, logo após o julgamento, quando Shannon a encontrara por acaso no caixa do mercado. — Não me importa que o advogado tenha distorcido as minhas palavras quando eu testemunhei, não importa o que o juiz decidiu; você matou o Ryan, e, com certeza, foi você quem jogou a gasolina e acendeu o fósforo.

Mexida pela raiva de Mary Beth, Shannon conseguira manter-se firme. — Eu não matei meu marido — negara pela centésima vez ao sentir o olhar das pessoas sobre ela, mulheres empurrando carrinhos de compras cheios até a metade e com bebês no banquinho próprio; o funcionário, chocado do outro lado da gôndola de saladas, interrompeu o caminho que a colher fazia em direção à embalagem plástica.

Mary Beth tivera a decência de baixar o tom de voz: — Eu sou sua cunhada, Shannon, mas é só isso, ok? Não sou sua amiga. Não mais. — E, assim, ela empurrara o carro vazio com sua rodinha defeituosa até o setor de verduras.

Shannon sentira-se mortificada e infeliz.

Fechou os olhos e contou devagar até dez, escutando o tique-taque do relógio da parede sobrepondo-se ao zumbido do motor da geladeira. — Que desastre — sussurrou ao pensar nos irmãos. Todos agraciados com a atípica beleza irlandesa dos cabelos escuros, cheios, dos olhos azuis brilhantes impregnados do "demônio em pessoa", como a mãe costumava dizer. Suas bochechas eram altivas, as sobrancelhas, hirsutas, os maxilares quadrados pareciam ter sido talhados por um carpinteiro, depois, vincados no queixo. Todos haviam sido abençoados com dentes inacreditavelmente brancos que rasgavam seus sorrisos de parar o trânsito. Mas juntamente com os sorrisos fáceis, sensuais, e com o brilho dos olhos azuis, vinham os problemas. Ela não somente era a única mulher daquilo que o pai, Patrick, sempre se referira como "sua ninhada", como também não se parecia tanto assim com os irmãos. Eles haviam puxado o temperamento franco, robusto, explosivo de Patrick, enquanto Shannon era do tipo mignon, tinha cachos que se recusavam à doma e os olhos verdes da mãe. A diferença era que, se a mãe, Maureen, fora frágil a vida toda, quase tendo morrido ao dar à luz os gêmeos, Shannon era obstinada e atlética como os irmãos. Maureen fora uma mulher temente a Deus, que se orgulhava de manter-se fiel à ética católica e frequentemente dizia aos filhos que o diabo os estava observando. Todos os meninos, exceto Oliver, talvez, ignoravam seus alertas quanto ao pecado e seus castigos. Shannon, para humilhação da mãe, sempre seguira os passos dos irmãos mais velhos e quebrara quase todas as regras de Maureen. Assim como quebrara seu pobre coração. O pior golpe, certamente, fora engravidar antes do casamento.

Shannon sentiu o velho coice no coração ao se lembrar da fraqueza subitamente aparente nos ombros do pai na noite em que soubera do bebê iminente da filha. Ficara no escritório, um cigarro apagado preso entre os dentes, encostado ao umbral da janela, de costas para ela. Mas Shannon vira seu semblante refletido no vidro, seus olhos endurecendo de ódio no rosto subitamente vermelho de cólera.

— Vou matar esse cidadão — prometera.

— Não, pai — Shannon sussurrara, segurando as lágrimas. — Você não vai.

— Esse desgraçado desqualificado vai casar com você.

— Sem chance — ela insistira. — Ele não me quer. Não quer a criança, e eu também não quero ficar com ele. Não vai ter casamento.

A mãe, o rosto sem cor, sentava-se numa poltrona estofada.

— Jesus, Maria e José — dissera com um suspiro de cansaço. — Shannon Mary Flannery, você vai se casar com o pai do meu neto, e vai fazer isso rápido. Vou ligar para o padre Timothy agora.

— Não! — Se alguma vez tivera certeza de alguma coisa na vida era de que não queria se tornar a esposa do homem fraco e covarde que ela pensara que amava.

— Não tem outra saída, é isso e ponto. — O pai endossara. Cruzara o cômodo e postara-se ao lado da mulher, levando uma das mãos grandes e ásperas ao ombro frágil de Maureen. — Se for preciso, caço esse moleque com uma espingarda. Ele vai se casar com você.

— Isso é arcaico — Shannon argumentara, eriçando-se. — Eu posso criar meu filho sozinha.

— Pelo amor de Deus! Isso não é uma opção.

A mãe se levantara e o pouco da força raramente mostrada por Maureen Flannery ficou aparente. Apontara um dedo acusador para a filha única e decretara:

— Vou falar com o padre Timothy, com a mãe do Brendan e...

— Não! Deixa essa mulher fora disso. Eu cuido dela. — As bochechas de Shannon coraram. Lágrimas começaram a rolar-lhe pelo rosto. Ela quase entrara em pânico ao pensar em ter que lidar com os pais de Brendan. Nunca haviam gostado dela e essa situação só faria com que as coisas ficassem piores. Antes que pudesse dizer mais uma palavra, sentiu o estômago revirar, o gosto amargo da bile subir-lhe pela garganta. Era como se o bebê que carregava pudesse ouvir e compreender o que estava sendo dito, e protestasse em alto e bom som.

Ela saíra correndo, fora até o lavabo debaixo da escada e vomitara compulsivamente. Arfando exausta, trincara os dentes, comprometendo-se silenciosamente a fazer o que fosse melhor para a criança. Sabia que não poderia criá-la. Não com a desaprovação do pai e da mãe, certos de que o bebê fora concebido em pecado. Não com irmãos frequentemente considerados demônios, imorais, até mesmo pela própria mãe. Não tendo a possibilidade de esbarrar com Brendan nas ruas de Santa Lucia.

Naquela noite, no pequeno lavabo, Shannon engolira as lágrimas, dera descarga e encarara a imagem pálida de seu rosto no espelho sobre o armário de remédios. Do outro lado da porta, seus pais continuavam discutindo, o pai furioso com "jovens que não conseguem guardar seu negócio dentro das calças", e a mãe reclamando da "maldição dos Flannery", algo que Maureen sempre trazia à baila quando as coisas não saíam de acordo com o planejamento original. Shannon quase conseguia ver a mãe fazendo um sinal da cruz rapidamente sobre o peito, exatamente como sempre fazia quando falava de má sorte.

Mesmo agora, catorze anos depois, Shannon sentiu a pele corar ao lembrar-se da confissão para os pais de que estava com três meses de gravidez.

— A maldição dos Flannery — disse em voz alta, pensando no irmão Robert. Ainda perturbada com o telefonema de Mary Beth, Shannon retirou a xícara do micro-ondas. Encontrou uma caixa de chás de ervas sem cafeína que a primeira mulher de Shea, Anne, lhe dera de Natal há muito tempo. Escolheu um mix de frutas vermelhas e mergulhou o saquinho na água fervida da xícara. Considerou a possibilidade de procurar por Robert, mas logo desistiu.

Mary Beth estava certa. O envolvimento dele com Cynthia Tallerico era sabido por toda a cidade, porque Robert se mudara de seu rancho de três quartos para um apartamento. Não fizera nenhum esforço para esconder seus passos. Enquanto seus outros "flertes" haviam sido clandestinos e rápidos, esse era diferente, resistia. Era aberto e público. Público o suficiente para constranger Mary Beth e seus dois filhos. Robert não parecia se importar. Não ouvia ninguém — nem mesmo Oliver, o irmão que em breve se tornaria padre.

Robert rápida e firmemente pedira o divórcio, afirmando que amava Cynthia. E nada parecia fazê-lo mudar de ideia. Chegara o momento de seguir em frente e de Mary Beth "cuidar da própria vida". Ela, católica fervorosa, recusava-se, insistindo que Robert "recobraria a razão", e usava os filhos como reféns na guerra sem fim.

Em que momento o amor virara ódio?, Shannon se perguntou com ferocidade. Seu casamento também terminara num campo de batalha sangrento.

Com a xícara de chá nas mãos, Shannon apagou as luzes e subiu as escadas em direção ao quarto. Sentada à janela, podia ver o jardim nos fundos da casa, e, do outro lado da cerca, a propriedade que acabara de ser vendida e daria lugar a um condomínio onde "setenta lares novos e baratos" seriam construídos.

Outra razão que a fizera querer se mudar. Seus dois hectares logo seriam parte do crescimento do subúrbio de Santa Lucia. Ela precisava de mais espaço para treinar os animais.

Pensou que o lugar que comprara era perfeito e que seria bom deixar os horrores vividos naquela casa para trás. Quando abriu a janela e olhou para o céu, viu a lua subindo, ouviu cigarras e grilos sussurrando para ela, e teve um mau pressentimento.

Olhou a noite e sentiu como se, escondidos na escuridão, olhos invisíveis a observassem.

Um arrepio gelado percorreu-lhe a espinha.

A maldição dos Flannery, pensou novamente. Lembrou-se da imagem da mãe naquele dia fatídico, tantos anos atrás, seu espírito em frangalhos, o olhar de horror e condenação quando Shannon dissera "Estou grávida". Aquela imagem nunca a deixara.

— Tá na hora de superar isso, Shannon — disse para si mesma, tirou os sapatos e atravessou o banheiro descalça. Mas sua cabeça nadava em imagens de Dani Settler. Silenciosamente, rezou para que a menina estivesse a salvo, para que logo reencontrasse o pai. Seu lugar era ao lado dele, de Travis Settler. Shannon não fazia parte da vida de Dani.

Sentiu o coração apertar ao tirar o comprimido para dor do frasco. Suas costelas começavam a doer e uma dor de cabeça se insinuava. Jogou a pílula na boca, engolindo-a com água. Depois, pegou a escova de cabelo e desembaraçou os nós das mechas trançadas. Passou a escova pelos fios como se sua vida dependesse disso. Sentiu necessidade de se apressar, como se, quanto mais penteasse, quanto mais rápida e furiosamente escovasse o cabelo, mais rápido sua dor teria fim e, logo, isso tudo estaria encerrado. Finalmente, largou a escova e cobriu o rosto com as mãos por muitos minutos.

Temia pela filha que nunca conhecera e, agora, talvez nunca conhecesse. Estava doente de preocupação.

Cegamente, voltou para o quarto e viu o chá na mesa de cabeceira. Todos os seus pensamentos estavam em Dani. Do bolso, ela retirou o pôster, passou a mão nas dobras do papel e colocou a foto perto da sua cama. — Fique bem, pequena — sussurrou. — Por favor, fique bem. — Lutou contra uma nova crise de choro enquanto se deitava e apagava a luz.

Encontraria Dani. Ela e Travis. Havia força naquele homem, determinação. Ela o ajudaria a encontrar a filha.

E depois? Sua mente a atordoava. *Ela já pode estar morta... Ah, por favor, Deus, não! Mas, se ela não estiver e você a encontrar, vai simplesmente deixá-la escapar da sua vida novamente?*

Isso, claro, era impossível.

Mas esta noite Shannon não pensaria no futuro. Não agora. Não até sua filha estar a salvo novamente.

Ele observava a distância, seu binóculo direcionado para onde Shannon morava. Pelo que podia ver, ela estava em casa e sozinha. O momento perfeito.

Enfiou a mão no bolso e pegou seu celular. Depois, sabendo que estava em contato com a torre mais próxima da casa dela, fez a ligação.

Um toque.

Dois.

No terceiro, uma mulher disse:

— Alô?

Ele esperou.

— Alô?

Mais uma vez ele não disse nada.

— Shannon? — a mulher adivinhou. Sua voz começou a ficar mais estridente: — Escuta, eu não sei que espécie de jogo maluco você tá fazendo comigo, mas é melhor parar com essa merda ou eu vou ligar pra polícia! — Bateu o telefone.

No escuro, ele sorriu. *Não precisa se preocupar*, ele pensou enquanto guardava o aparelho no bolso. *A polícia vai estar aí mais cedo do que você pensa*.

Era hora de o jogo esquentar. Esta noite. Sentiu uma onda de excitação correr por suas veias.

Ah, sim, em breve "a polícia" estaria a caminho.

CAPÍTULO 15

— Aquela filha da mãe! — Mary Beth disse, zunindo os sapatos e assistindo ao choque dos saltos contra a parede do closet, seu closet esvaziado pela metade. Quando ela e Robert se mudaram para aquela casa, cinco anos antes, o closet fora uma das razões para se apaixonarem pelo lugar. Agora, o espaço era uma piada de mau gosto, o seu "lado" abarrotado com suas roupas, o de Robert vazio, não fosse pela jaqueta de colegial pendurada no único cabide. Ela fechou os olhos e lembrou-se dele vestido com ela no ensino médio, tão inocente. Ela se apaixonara por ele tão facilmente, acreditara no sonho de felizes para sempre.

Que piada, ela pensou com desdém. Todos aqueles jogos de sexta-feira a que assistira, indo encontrá-lo depois das partidas, despendendo mais tempo sozinha com ele do que devia, sempre que conseguiam encontrar um lugar isolado.

Esperara por ele enquanto fazia faculdade, até mesmo engolira seu desapontamento quando ele decidira seguir os passos do pai e entrar para o Corpo de Bombeiros de Santa Lucia.

Outro erro.

Dali para a frente, sua vida fora um inferno.

Com um suspiro, apagou a luz do closet. Jesus, estava quente ali dentro. O ar-condicionado estava quebrado de novo e Robert se recusava a pagar o conserto.

Que idiota.

Mary Beth abriu as janelas do quarto, depois foi até a sala e fez o mesmo. Não havia muita brisa, mas, pelo menos, um pouco do ar de dentro da casa refrescaria a noite.

Robert, Robert, Robert.

Por que não conseguia esquecê-lo?

Deveria se divorciar do desgraçado?

E se seus pais, o pároco e seus filhos fossem contra? Deus a culparia?

Não, mas seus filhos sim. Eles nunca superarão.

Afastou a franja dos olhos. Sabia-se condenada a permanecer com o marido até a morte. E tendo em vista como se sentia esta noite, isso não demoraria a acontecer. Deus, como ela gostaria de dar um tiro no marido!

Bem, não de verdade.

Mas adoraria tirar-lhe o fígado.

Desde o começo, sempre houvera outras mulheres. Mesmo no último ano de faculdade, mas ela tinha certeza de que, assim que se casassem, seu olhar errante se voltaria para ela.

Obviamente isso não acontecera. Depois de algum tempo, Mary Beth começou a pensar que talvez um bebê pudesse mudar as coisas — e mudara. Pelo menos durante alguns anos, depois que Elizabeth nascera. Mas as noites em claro, sem saber onde o marido estava, voltaram. Então, ela engravidara novamente, de um menino.

Com certeza isso daria certo!

Mas ela estava errada. Mais uma vez.

Foi até o quarto das crianças, guardou alguns brinquedos e apanhou algumas roupas espalhadas, as quais carregou pelo corredor até a lavanderia apertada, do lado de fora da cozinha, dentro da garagem para um carro só.

Depois de jogar as roupas sujas num cesto equilibrado em cima da secadora e de tentar destruir uma teia de aranha com uma das meias de Júnior, fechou a porta e voltou para a cozinha. Já decidira se afogar na garrafa de vinho que abrira mais cedo — sua insufladora de confiança. A bebida certamente a ajudara a confrontar o marido no estacionamento do hotel fajuto. Merda, o que o Robert estava pensando?

— Ele não está pensando — disse em voz alta. — A não ser que realmente a cabeça dele fique no pau. — Ela não confiava nele. Nunca confiara. Nunca pudera.

Ah, ele jurou que não iria estar com aquela vagabunda esta noite. Quando ela duvidou e começou a gritar com ele, chegando a ponto de dar-lhe um tapa na cara quando chegaram em casa, ele agiu como se a culpa fosse dela.

Recuou, levantou a mão, mas não chegou a devolver o tapa. Simplesmente a encarou, os olhos sombrios, indecifráveis, e avisou:

— Atenção, Mary Beth. Você não acredita na Bíblia? Qual a citação que se aplica à situação? Você colhe o que planta.

— Se esse é o caso, seu canalha, então você vai passar a eternidade queimando no fogo do inferno!

Com isso, ele foi embora, o motor do carro poderoso de merda rugindo. Um BMW! Quando eles estavam devendo as calças! Culpa dela novamente, ele dissera. Porque ela não trabalhava fora, então não tinham dinheiro.

Mas tomar conta das crianças — filhos *dele*! — não contava?

— Imbecil — ela murmurou, tirando uma garrafa de Chardonnay da geladeira e arrancando a rolha. Encheu uma taça longa com o adorável fluido âmbar e não se prendeu ao fato de fazer anos que ela e Robert não tomavam uma garrafa de vinho juntos.

Levou a garrafa e a taça para o banheiro, colocou-as na borda da banheira, depois despiu-se. Tirou primeiro a calça apertada, em seguida a blusa, que tinha um decote que julgara suficiente para fazer com que Robert se interessasse. Imaginara uma luta de fogo contra fogo para tê-lo de volta, e, para tal, comprara um sutiã sensual e uma calcinha incrível para combinar. Agora, olhando a própria imagem refletida no espelho, concluía que não estava nada mal para uma mulher que dera à luz dois bebês enormes. Ela fazia exercícios e tentava manter o corpo torneado, mas tudo o que ouvia de Robert eram reclamações sobre o custo da academia e do personal trainer que a ajudavam a criar sua rotina atlética.

Devia haver um jeito de ganhá-lo de volta, determinou. Só precisava pensar um pouco. No passado, sexo funcionara, mas agora... que inferno, agora ele agia como se estivesse apaixonado. *Apaixonado!* Por aquela advogada divorciada duas vezes e sem filhos. Não estava certo.

Com raiva novamente, tirou o sutiã e o que ninguém em sã consciência chamaria de calcinha, e encheu a banheira com água quente. Ligou os jatos da hidromassagem e resolveu tirar vantagem do fato de que os filhos não estavam em casa. Deu um gole no vinho, temperou a água com óleos de banho. Depois, enrolou-se num roupão curto e foi até o quarto de Robert Júnior, abriu a gaveta da cômoda e procurou pelas barras de chocolate que ele guardava ali. Teria preferido trufas, mas chocolate ao leite seria o suficiente. Desembrulhou uma barra, deu uma mordida e deixou escapar um suave gemido de prazer por fazer algo que raramente se permitia.

Apenas de roupão, foi até seu quarto e encontrou um de seus CDs favoritos das Dixie Chicks. Colocou-o no aparelho de som, aumentou o volume e voltou para o banheiro, onde uma montanha de espuma se formava na água da banheira. Rapidamente, terminou a primeira taça de vinho, bem, terceira, se contadas as duas que tomara antes de telefonar para Liam e ir com ele abordar Robert. Serviu mais uma taça, deu uma mordida no chocolate e pendurou o roupão num gancho perto da banheira.

Antes de afundar-se no banho, acendeu as velas que decoravam o parapeito da janela de vidro e a borda que circundava a Jacuzzi. Desligou a luz do alto. As velas tremeluziam, suaves.

O banho parecia delicioso.

Entrou na água quente, sentindo o cetim fluido sobre a pele a penetrar seus ossos cansados. Pegou algumas bolhas de sabão e soprou-as da palma da mão, sorrindo. Apesar de estar fazendo quase trinta graus do lado de fora, ela adorava a água quente em volta dela, levando embora o estresse.

Tomou um gole do vinho, mais devagar agora.

Várias velas pequenas estavam refletidas no espelho e no vidro da janela acima da banheira. Apesar de toda a confusão, sentiu uma pontinha de esperança.

Teria Robert de volta.

Sempre conseguira.

Este era só um desafio um pouco mais duro que o da última vez.

Com tristeza, considerou inegável o fato de que Robert nunca deixaria de trair. Se não a ela, a outra mulher em sua vida.

Revirando-se dentro d'água, sentiu a onda do vinho na sua corrente sanguínea. Ouvira alertas suficientes para não misturar bebida alcoólica com antidepressivos. Mas os tomava desde o último caso de Robert e nunca parara de beber. E, até o momento, não tivera problemas.

Até parece; que mal pode fazer tomar uma ou duas taças?

Esculpiu a espuma sobre os seios, cantando junto com a música que falava sobre corações partidos e dor. Logo, ela sabia, viria a canção que falava do assassinato de um marido abusivo.

Exatamente o que Shannon fizera.

Mary Beth, como todos na sua família, estava convencida de que Shannon armara uma arapuca para seu primo Ryan. Houvera a medida cautelar e, quando Ryan a quebrara, apareceram fotos de Shannon coberta de machucados, que ele jurava não terem sido sua culpa.

Bom, Ryan era um caso sério também.

Se Mary Beth tivesse se casado com ele, sim, talvez encontrasse uma maneira de livrar-se dele também. Ele era um safado de marca maior, mesmo que fosse seu primo.

"Sangue ruim", sua mãe costumava dizer quando se referia a ele. Mas quem sabia de fato quão bom ou ruim seu sangue era? Fora adotado antes de Mary Beth nascer.

E, um dia, Shannon fora sua melhor amiga. Por isso, ter testemunhado contra ela no julgamento fora tão difícil. O que ela teria feito se alguém a espancasse constantemente? Deveria aceitar? Nem pensar! E o fato de, num dos piores incidentes, Shannon ter abortado?

Mary Beth franziu o cenho. Não queria pensar em Shannon e seus problemas. Ela que lidasse com eles. Mary Beth tinha os seus. Pensou ouvir um cão da vizinhança latir. Girou a taça entre os dedos e cantou a música que começou a tocar. No meio da canção, pressentiu alguma coisa, uma lufada da brisa quente de verão adentrando o ambiente, soprando a torre de espuma sobre seus seios. Experimentou alguns segundos de pânico antes de lembrar que abrira as janelas para refrescar a casa.

Provavelmente estava imaginando coisas. Ou, mais provável ainda, estava reagindo por causa do vinho. O Chardonnay tinha a habilidade de lhe subir rápido à cabeça. Por isso o adorava tanto. Ultimamente, ela realmente ansiava a suavidade mágica que o álcool lhe proporcionava, a maneira como lhe acalmava os nervos depois de brigas e discussões com o marido idiota. Suspirou e terminou mais uma taça de vinho. Recostou a cabeça na borda da banheira, fechou os olhos e deixou a água quente aliviar-lhe um pouco da tensão.

Ela teria Robert de volta.

Era só uma questão de tempo.

Quase sem fazer barulho, ele removeu a tela da janela do quarto. O cômodo estava escuro, somente uma nesga de luz entrava pela fresta da porta do banheiro. Uma música pulsava na casa, o que mascararia qualquer ruído que fizesse.

O sangue dançava em suas veias, zumbia em seus ouvidos. Com as mãos em luvas, envolveu os pés com sacos plásticos. O som alto era perfeito para encobrir seus passos silenciosos sobre o carpete. De pé na penumbra do quarto, sentindo o perfume dela misturado ao cheiro de sabonete e sais de banho, sentiu um êxtase de antecipação. Olhou pela fresta. Ela estava deitada na banheira, os olhos fechados, inconsciente da sua proximidade, sem saber que sorvia suas últimas doses de oxigênio. A água batia nas pontas do cabelo escuro colado à nuca e vestígios de rímel marcavam seu rosto. O batom estava desmaiado, parte dele impressa na borda da taça de vinho vazia apoiada na beirada da banheira.

Os jatos da Jacuzzi estavam ativados, a água pulsava em volta dela, as bolhas na superfície da água começavam a diminuir. Ele viu seus seios através da espuma, grandes auréolas escuras parcialmente escondidas, mamilos ligeiramente enrugados. Não vestia nada além de uma gargantilha, uma corrente fina e dourada, de onde pendia uma cruz de pequenos diamantes que brilhavam sob a luz tremeluzente das velas.

Sua pele estava sedosa, molhada, e ele imaginou suas mãos percorrendo as partes mais íntimas dela. Lambeu os lábios, sentindo o desejo perverso crescer em seu corpo. Seu pênis enrijeceu um pouco, excitado pela sensação da pele molhada dela. Imaginou-se esfregando o membro na sua pele brilhosa e quase pôde sentir o óleo de banho cobri-lo em gotas a serem espalhadas pelas mãos de Mary Beth.

Diante desse pensamento, quase gemeu em voz alta.

Sua respiração estava pesada, o sangue quente de vontade, mas afastou os pensamentos de desejo da cabeça.

Não!

Não ela.

Não essa.

Não agora.

Nunca.

Ele tinha um trabalho a fazer.

Morte para aviar.

Mary Beth Carlyle Flannery era só o começo.

O suor se acumulando nas sobrancelhas, ele cuidadosamente se adiantou e empurrou um pouco a porta, o suficiente para que pudesse passar espremido por ela.

Ela não se moveu. Suas pálpebras nem se mexeram. Os cílios escuros continuavam seu descanso, fazendo sombra em suas bochechas, arcos gêmeos e suaves. Se ela percebeu a mudança na atmosfera, não demonstrou. Mesmo assim ele estava atento. Cauteloso. Mal se atrevia a respirar.

Aproximou-se da banheira.

O chão rangeu.

— Robert? — ela murmurou enquanto abria lentamente os olhos.

Ele deu um passo à frente, as mãos imediatamente em volta do pescoço dela. Assustada, Mary Beth arregalou os olhos. Sacudiu-se e começou a gritar. Com todas as forças, usando o corpo como contrapeso, ele afundou a cabeça dela na água.

Ela se debateu e tentou agarrá-lo. Suas mãos golpeavam as roupas molhadas dele. As pernas dela debatiam-se na água, chocavam-se contra as paredes da banheira. Ela era forte. Musculosa. Resistia. Com a adrenalina correndo-lhe nas veias, ela tinha a força de uma atleta. Contorcia-se e forçava, gemia e tossia com falta de ar, agarrava os pulsos dele na tentativa de afrouxar sua pegada, buscando machucá-lo, desesperadamente procurando uma maneira de escapar.

Ele se manteve firme.

Forçou-a para baixo até que sua cabeça se chocasse contra o fundo da banheira e seu cabelo preto e curto dançasse, flutuando em volta do rosto.

Mary Beth sufocava, chutava e se debatia.

Velas voaram das bordas da banheira, apagando-se na água, chocando-se contra o chão, criando pequenas poças de cera. Ela tentou projetar-se para fora da água, mas ele a manteve submersa, sentindo seu pânico, assistindo enquanto seus olhos rolavam de desespero. Ela se revirava freneticamente, tentando se libertar dele.

Sem resultado.

A água transbordava da banheira, bolhas de espuma respingavam o chão e as paredes.

Ela era mais forte do que ele previra, mas suas mãos a seguraram firme no fundo da banheira, impedindo-a de respirar.

Podia ver o horror no rosto dela sob a água, as bolhas de ar subindo e se dissipando na superfície.

Sorriu.

Sob suas mãos, sentiu a força dela se esvair. Seus movimentos tornarem-se desordenados e fracos. Ainda assim, ele se manteve firme, enquanto a porcaria do CD continuava a tocar, alto, a voz da cantora ecoando em sua cabeça.

Todo o esforço cessou.

Finalmente, estava tudo acabado.

Mary Beth o encarava dentro d'água, seus grandes olhos vidrados.

Ele a manteve submersa por mais três minutos, até ter certeza de que estava morta.

Depois, esvaziou quase toda a água da banheira, para que o corpo da mulher ficasse parcialmente exposto. Satisfeito com a posição dela, estendeu uma toalha na borda, deixando que caísse na água. Em seguida, alcançou o cinto do roupão que estava pendurado perto da banheira e puxou uma das pontas até que tocasse a água, mantendo a outra ponta ainda pendurada na alça do roupão rosa.

Trabalhando rapidamente, despejou óleo de banho no restante da água. Depois, para certificar-se de que iria pegar fogo, buscou na sua bolsa um frasco que continha sua própria mistura de óleos, os quais garantiriam que a centelha se espalhasse com rapidez. Derramou todo o conteúdo do frasco na água, em volta de Mary Beth.

O CD parou de tocar abruptamente.

O silêncio o circundou.

Ficou paralisado.

Alguém teria entrado? O som de outra pessoa entrando na casa teria lhe escapado por causa de sua concentração na tarefa e da porcaria da música?

Prendeu a respiração e, sem mover um músculo, esperou. Seu coração batia aos pulos, o suor cobria-lhe o corpo sob as roupas molhadas.

Mas não havia nada além do zumbido da geladeira na cozinha, o som da água escoada da banheira ainda percorrendo o encanamento e, lá fora, a algumas casas de distância, o latido agudo e ritmado de um cão de pequeno porte. Como se o vira-lata desgraçado soubesse que algo estava acontecendo.

Rápido, droga. Você não tem tempo a perder.

Concluindo que estava sozinho, finalizou rapidamente o serviço.

Usando um batom de Mary Beth que encontrara numa cestinha na bancada da pia, desenhou uma figura no espelho; depois, levando a mão à bolsa mais uma vez, pegou um pequeno pacote especial que deixou sobre a pia.

O resto era fácil. Depois de uma olhada final para Mary Beth, derrubou uma vela acesa dentro da banheira.

Labaredas incandesceram e atravessaram a superfície da água, encontrando a toalha e o cinto do roupão. Uma fumaça escura, acre e fina, formou-se, queimando-lhe as narinas, ao passo que sua intensidade crescia com as chamas que a alimentavam avidamente, crepitando e assoviando ao encontro da água.

Mary Beth estava envolta pelo fogo, o cômodo, iluminado pelo reflexo azul brilhante das chamas. Ele tinha que ir embora. Agora. Independentemente da satisfação de assistir à pele dela começar a queimar.

Movendo-se com rapidez, saiu por onde entrara, deslizando pela janela ao encontro da noite, esgueirando-se por entre arbustos e cercas, escondendo-se atrás da garagem quando um carro passou por ele, o som alto sobrepondo-se ao barulho do motor da picape, elevada por rodas de tala larga, que era comandada por um adolescente.

Ele se espremeu contra a cerca e o rapaz não o viu por muito pouco.

Uma vez que o carro passou por ele, voltou a respirar e lançou-se numa corrida. Entrou numa alameda em velocidade e, a quatro quadras do incêndio, ouviu o primeiro sinal de uma sirene rasgando a noite.

Tarde demais, pensou e entrou na sua caminhonete respirando com dificuldade. *Realmente tarde demais.*

Sirenes ecoavam a distância.

Fogo!

Os olhos de Shannon se abriram e ela estremeceu.

Algo estava errado. Terrivelmente errado. Olhou para o relógio e deu-se conta de que se deitara não havia nem duas horas, tendo dormido ainda menos tempo que isso. Saiu da cama no escuro e foi até a janela.

Não é aqui. Você está em segurança.

Respirou fundo e desceu as escadas para ter certeza. Ouviu as patas de Khan arranhando o piso. Ele desceu atrás dela. Quando ela saiu pela porta da frente, o cachorro estava ao seu lado, espreguiçando-se enquanto cheirava o ar.

Não havia nada queimando.

Não havia nada fora do normal.

Ainda assim, ela sentiu um arrepio, um tremor por dentro. Encaminhou-se para os escombros do barracão e disse a si mesma que estava se assustando à toa, que incêndios aconteciam todos os dias. Não poderia perder a razão só porque ouvira uma sirene.

Mesmo assim...

Entrou em casa, foi direto para a cozinha, pegou o telefone e discou para o celular de Shea. Ouviu quatro toques antes de ser direcionada para a caixa de mensagens.

— Esquece — disse para si, mas, enquanto o dizia, pressionou os números do telefone de Aaron. Ele atendeu no terceiro toque.

— Shannon — ele disse, a voz absolutamente acordada e um tanto arfante. Ela imaginou que ele estivesse dirigindo, por causa dos ruídos além de sua voz e das falhas na recepção do telefone. Com certeza, soube que era ela, antes mesmo que se identificasse. Seu celular tinha identificador de chamadas, assim como seu telefone pessoal. Aaron, o detetive particular, possuía todos os tipos de dispositivos conhecidos. Até mesmo um rádio de polícia.

— Eu sei que isso vai parecer maluquice, mas eu ouvi barulho de sirene e tive uma sensação estranha, quase um pressentimento, de que o incêndio podia ter alguma relação com... sei lá, com o que aconteceu aqui naquela noite. — Ouviu a si mesma e balançou a cabeça, como se ele pudesse vê-la. — Meu Deus, acho que eu tô meio paranoica.

Ele hesitou.

Tempo suficiente para que o coração de Shannon lhe viesse à boca. — O que foi? — ela inquiriu.

— A casa do Robert.

— O quê?!

— Calma, eu acho que os bombeiros vão conseguir salvar a casa. Ou, pelo menos, a maior parte dela. Eu já falei com o Shea.

Os piores medos de Shannon se solidificaram. — Mas a gente esteve com o Robert e a Mary Beth não faz muito tempo.

— Pois é.

— Tinha alguém em casa? — ela perguntou, o medo se pronunciando em seu corpo. As crianças haviam sido levadas para a casa de Margaret, mais cedo, e Mary Beth telefonara... de onde? Talvez ela e Robert estivessem em algum outro lugar...

— Não sei.

— Ai, meu Deus!

— Eu já tô indo pra lá. Você fica aí e eu ligo assim que tiver alguma notícia.

— Até parece, Aaron.

— Você não vai até o incêndio.

— Tá bom.

— Shannon, é sério. Você sabe que a última coisa que os bombeiros precisam é de mais plateia.

— O Robert é meu irmão também — ela disse, irritada. — Mary Beth e as crianças são parte da minha família... — Silenciosamente, rezou para que estivessem a salvo, ainda com a tia Margaret. Com qualquer um. Menos em casa. Rezou para que ninguém estivesse em casa. Shannon desligou o telefone enquanto Aaron ainda tentava dissuadi-la de ir até o local do incêndio.

Vestiu um jeans e uma camiseta de mangas compridas às pressas, depois prendeu o cabelo com um elástico. Deixou Khan para trás e, dez minutos depois, já estava no carro em movimento. Pensou em alertar Nate, mas resolveu não perturbá-lo quando se deu conta de que seu Explorer não estava estacionado no lugar usual.

Será que estava em frente à garagem quando ela chegara da cidade com os irmãos? Ela achava que sim, mas não conseguia se lembrar. E, agora, não tinha tempo de averiguar.

Pisou no acelerador e o carro deu um solavanco.

Mais um incêndio.

Na casa de um membro da família.

Quais as chances de algo assim acontecer? Sentiu uma pontada de medo. Ignorou o limite de velocidade ao entrar na cidade e cruzar as ruas familiares, sentindo o cheiro da fumaça, enxergando as luzes, antes de entrar na rua em que o irmão e a mulher moravam havia anos.

Terror pulsava dentro dela. Todos os pensamentos centrados no irmão e na família dele. Imagens cruzavam sua mente. A festa de casamento de Robert e Mary Beth... ela, ainda no vestido de noiva de strass, cortando o bolo e brindando ao casamento. A primeira valsa dos dois. As lágrimas de felicidade de Mary Beth. O nascimento da filha, Elizabeth, e seu batizado na Igreja de Santa Theresa. Lembrou-se do dia em que Robert Júnior nascera, poucos anos depois. Shannon esperara do lado de fora da sala de parto para dar as boas-vindas ao sobrinho. Relembrou depois as reuniões de família, às vezes com os parentes do marido, outras vezes com os Flannery, nas quais Robert e Mary Beth encontravam-se aos abraços, como se fossem recém-casados, ou sem se falar, por causa de alguma briga recente.

Virou uma última esquina e encarou o que parecia o caos absoluto.

No quarteirão, perto da casa de Robert, a rua fora isolada. Um carro de bombeiro e dois caminhões estavam estacionados em frente ao hidrante mais próximo da casa de Robert. Carros de polícia, suas luzes, um redemoinho de vermelhos e azuis, estavam estacionados na rua. Dezenas de vizinhos e curiosos que haviam seguido os automóveis e caminhões estavam nos arredores. Do outro lado da rua, a inevitável van do noticiário local, um repórter já posicionado em frente às chamas.

Shannon espremeu sua picape numa vaga muito estreita para ela, saltou do carro e, ignorando os protestos das próprias costelas e do ombro, cruzou a rua apressadamente.

Labaredas se lançavam em direção ao céu, a fumaça negra insinuando-se para o alto. O estômago de Shannon revirou. *Por favor, meu Deus, faça com que eles estejam a salvo. Por favor, por favor, por favor.*

Os bombeiros tinham a situação sob controle. Mangueiras serpenteavam pela rua e pelo gramado. Homens e mulheres com equipamentos de proteção esguichavam o telhado e as casas vizinhas. Silvos e vapores emanavam das chamas sendo combatidas pela água.

Apesar da dor nas costelas, Shannon cruzou correndo a rua molhada e enfumaçada. A fumaça fazia-a tossir enquanto ela passava por entre os aglomerados de pessoas que observavam o fogo, fascinadas pelas chamas e pela sensação de tragédia iminente.

Alcançou a barreira policial e foi impedida de seguir adiante.

— Ninguém pode passar, senhora — um guarda robusto insistiu.

— Mas é a casa do meu irmão!

— Ninguém pode passar daqui, senhora.

— Tem alguém lá dentro? Por favor, você sabe me dizer? — perguntou, frustrada, seus olhos procurando entre os bombeiros de capacete e roupa protetora, todos com a mesma cara. Será que Robert estava com eles?

Claro que não. Não era o turno dele. Vocês se encontraram algumas horas atrás.

E Mary Beth?

Seu olhar alcançou a garagem, que estava fechada. Ela não conseguia ver se o carro estava lá dentro. E as crianças... Ah, meu Jesus, as crianças. Certamente estavam a salvo. Tinham que estar.

— Tem... tinha alguém lá dentro? — ela repetiu a pergunta.

— Olha só, seria melhor que a senhora fosse para casa. Vamos ter notícias em breve — o policial disse.

— Nem pensar. Cadê o investigador de incêndio da polícia? Shea Flannery?

Outro policial, de queixo estreito e bigode muito fino, apontou para o que parecia ser o centro de controle das operações. — Acho que ele está lá, mas você não pode passar.

— Eu sou irmã do dono da casa! Minha família pode estar lá dentro!

— Mais uma razão para ficar do lado de fora.

Ela sentiu uma mão tocar-lhe o cotovelo e virou-se rapidamente, na expectativa de encontrar um machão do Departamento de Polícia de Santa Lucia intencionando escoltá-la para longe. Em vez disso, deparou com Travis Settler ao seu lado. Uma parte dela queria desmoronar, cair nos braços dele e bater em seu peito, despejar sua frustração. Só precisava que alguém a abraçasse, alguém que lhe dissesse que tudo ficaria bem.

Em vez disso, olhou para ele. — O que é que você tá fazendo aqui?

— Eu ouvi as sirenes. O hotel fica a um quilômetro e meio daqui. Eu pensei... Meu Deus, nem sei o que pensei. — Seus olhos estavam escuros com a luz noturna. — Mas, depois do incêndio na sua casa, eu tinha que ver o que tava acontecendo, e agora... — Ele balançou a cabeça, linhas profundas de preocupação formando-se em sua boca.

— Isso é um pesadelo — ela sussurrou, o ar úmido e cheio de fumaça penetrando as suas narinas. Viu Shea com o comandante dos bombeiros e notou que Aaron abria caminho na multidão vindo em sua direção. Por todo lado se via uma névoa fina, borrifos das mangueiras.

— Eu consegui encontrar o Robert — ele disse, e Shannon sentiu alívio por saber que o irmão estava em segurança. — Ele tá a caminho.

— E as crianças? Mary Beth?

— As crianças ainda estão na casa da Margaret. Robert deixou a Mary Beth aqui.

— Aqui...?! — A mão de Shannon voou até a boca, apesar de ela dizer para si mesma que não pensasse no pior. Mary Beth podia ter escapado das chamas. — Alguém já esteve com ela?

Os olhos de Aaron estavam sombrios e ela sentiu a mão de Travis, ainda em seu braço, apertá-la um pouco mais forte. Linhas de preocupação se formaram entre as sobrancelhas de Aaron. Parecia prestes a comentar o motivo de sua inquietação quando seu olhar se desviou mais uma vez para um ponto sobre o ombro de Shannon e ele tensionou o maxilar. — Não sai daqui — disse e se afastou apressado, resoluto. Passou por um grupo de homens e mulheres de chinelos e robe, os rostos brancos ainda hipnotizados pelo espetáculo.

Shannon espichou o pescoço e viu o objeto da atenção de Aaron.

Robert estacionara seu BMW adorado e corria por entre a multidão. Seu rosto, distorcido pelo pavor, os olhos escurecidos pelo medo. Apesar de Aaron estar falando ao seu lado, ele parecia não escutar. Seu olhar estava fixo na casa, suas passadas se alargando enquanto abria espaço entre as pessoas e ignorava os policiais no seu caminho até a porta da frente da casa.

— Mary Beth! — Robert gritou, a voz rouca de emoção.

Um bombeiro corpulento bloqueou sua passagem. — Ninguém pode entrar — ele disse. Depois, espremeu os olhos, reconhecendo-o. — Robert?

— Minha mulher tá lá dentro! — Robert mergulhou em direção à porta, empurrando o companheiro do Corpo de Bombeiros que já abria caminho.

Shannon foi atrás dele, com Travis e Aaron colados a ela.

— Mary Beth! — Robert subiu os degraus de dois em dois.

Shannon sentiu os olhos lacrimejarem devido à fumaça, mas seguiu em frente, subiu as escadas até o hall, onde dois bombeiros estavam ajoelhados no chão.

Ela parou instantaneamente diante dos dois homens.

Um deles fechava um saco grande e preto. O outro segurava um corpo tão queimado que era difícil reconhecer Mary Beth.

— Meu Deus! — Aaron sussurrou em choque.

— Não olha — Travis recomendou a Shannon, mas era tarde demais. Ela olhava incrédula e aterrorizada para os restos escurecidos do que até recentemente fora sua cunhada — uma mulher vital, uma jovem mãe.

Uma onda de náusea subiu-lhe pela garganta e a voz da negação gritava em sua cabeça. Esses restos dilacerados não podiam ser Mary Beth! Não podiam! Shannon cambaleou até o quarto do sobrinho e vomitou violentamente, Travis ao seu lado, Aaron de pé como uma estátua, o rosto branco como giz.

— Bota essa gente pra fora! — alguém ordenou.

O tempo todo se ouviam os sibilos mortais do fogo, fumaça e cinzas buscando uma saída através das janelas destruídas.

E, mais alto que tudo, mais alto que a balbúrdia de rádios, ordens abruptas e botas se chocando fortemente contra o chão, um lamento agudo, profundo, que dilacerou a alma de Shannon.

No hall sujo de carvão ela viu Robert, de pé entre os dois homens, cair de joelhos.

CAPÍTULO 16

— Vem, eu vou tirar você daqui — Travis disse.

Com o estômago ainda embrulhado, as costelas doendo, Shannon disse com voz trêmula:

— Não, eu tenho que ficar com o Robert. Não posso ir embora. — Com um gosto amargo na boca, sentia como se um rolo compressor tivesse passado por cima dela.

— Não tem nada que você possa fazer aqui.

— Eu não posso ir embora.

— Seus irmãos podem tomar conta dele agora.

— Eu quero falar com ele... — Ela levantou a mão, desesperançada, assistindo à chegada de Shea na sala lotada, abrindo caminho entre um pequeno grupo de bombeiros e agachando-se ao lado de Robert. O irmão chorava abertamente, seu rosto da cor das cinzas, seu corpo cedendo ao peso insuportável. O que ela poderia dizer para diminuir sua dor, para acalmar sua culpa?

— Ele tá certo — Aaron disse, seu olhar também fixo nos dois irmãos. Robert de joelhos. Shea agachado ao lado dele, falando baixo.

— Mas eu quero... ajudar.

— Tudo bem — Aaron disse. — Você pode ligar pro Oliver. Ele pode ir pra casa da mamãe, a não ser que você queira ir lá.

Shannon sentiu-se frágil novamente. — Ela tem que saber — concordou, sem emoção na voz. — Mas eu tô sem celular. O meu sumiu.

Travis tirou um telefone do bolso. — Pode usar o meu.

Ela não hesitou. — Obrigada. — Voltou sua atenção para Aaron. — Eu vou ligar pro Oliver e a gente pode ir junto pra lá — disse e olhou para Travis. — Eu não posso voltar pra casa ainda.

— Eu sei. — Sua mão no braço dela não relaxava. — Eu te levo.

— Eu tô de carro.

Aaron argumentou:

— É verdade, Shan, melhor você não dirigir. Eu preciso ficar aqui. Talvez ele possa ajudar levando você. — Aaron lançou um olhar inquiridor para Travis, depois voltou os olhos para os irmãos.

Relutante, Shannon ligou para Oliver. Era verdade: apesar de poder oferecer algum conforto a Robert, seus irmãos, sempre por perto, seriam capazes de fechar o cerco sobre ele. Separadamente ou em grupo, eles sempre tentaram protegê-la, mas ela nunca conseguira penetrar o círculo, nunca fora incluída nem depositária da confiança deles no mesmo nível. Imaginava que o motivo era o fato de ser a mais nova e única filha de Patrick e Maureen, ou seja, duplamente excluída.

Agora, ela pressionava o celular de Travis contra a orelha e sentia o cheiro remanescente da loção pós-barba dele no aparelho enquanto esperava o telefone tocar seis vezes antes de a ligação ser encaminhada para a caixa postal.

— Ele não tá atendendo.

Aaron franziu o cenho. — Eu achava que padre ficava acordado vinte e quatro horas por dia, sete dias por semana.

— Ele ainda não é padre — Shannon disse, e acrescentou: — Eu vou ver a mamãe.

O olhar de Aaron ficou sério. — Tem certeza de que quer fazer isso, Shan?

— Tenho. — Ela voltou o olhar para Travis. — Eu acho melhor fazer isso sozinha, mas... obrigada.

Ele soltou seu braço e ela abriu caminho entre os bombeiros até a porta. Do lado de fora, a multidão parecia ter crescido, em vez de diminuído, nos poucos minutos desde que ela chegara. Evitando os curiosos, inclusive um homem de pijama que trazia um cachorro na coleira, bem como as poças d'água, a lama, os carros e picapes parados de qualquer maneira, ela se dirigiu à própria caminhonete. A última coisa que queria fazer esta noite era encarar a mãe, mas alguém precisava estar com Maureen Flannery quando ela ficasse sabendo que a nora morrera num incêndio.

Achava que o aviso não poderia esperar até o dia seguinte, caso a mãe acordasse cedo e ouvisse o noticiário ou algum conhecido telefonasse para prestar solidariedade.

Shannon se preparou.

Apesar de a mãe ter tido de lidar com sua cota de acidentes e mortes, e da força sempre presente do fogo em sua vida, Maureen, com certeza, se despedaçaria ao saber que a mãe de seus dois netos morrera.

Ou fora assassinada?

Alguém não chegara perto de matá-la? Ele já não provocara não só um, mas dois incêndios, se fosse levado em conta o fogo que queimara a certidão de nascimento de Dani Settler? Ela sentiu um calafrio ao pensar que em algum lugar na escuridão havia um assassino doente, louco, um criminoso que tinha Dani Settler como refém.

Se é que a menina ainda estava viva.

Os joelhos de Shannon tremeram. Ela se recusava a pensar que a garota não estava viva. Presa, sim, porém ainda respirando.

Não deixaria sua mente vagar por águas turvas, amedrontadoras. Neste momento, ela tinha que lidar com a mãe. — Uma coisa de cada vez — disse para si mesma.

E os pais de Mary Beth? Os irmãos e a irmã? Os filhos? Quem contaria para eles?

O coração de Shannon parecia pesar uma tonelada quando pensou nos sobrinhos crescendo sem a mãe. Robert poderia se casar outra vez, mas uma madrasta não ocuparia o lugar de Mary Beth, pelo menos não aos olhos das crianças. Shannon não conseguia não pensar na própria situação, na filha que ela não conhecera, talvez nunca chegasse a ver, e se perguntou, mais uma vez, qual seria a conexão entre tudo aquilo. Não parecia possível que os incêndios não estivessem interligados e, ainda assim, a ideia de que estavam relacionados de alguma maneira, talvez até tendo sido provocados pela mesma pessoa, era muito estranha. Lançou um olhar para trás e viu Travis Settler, ainda ao lado de Aaron, observando-a caminhar até o carro. Em vez de uma sensação de estranheza ou de medo, sentiu certa calma. Como se fosse certo. Como se ele fosse confiável.

Você nem conhece esse cara. Ele apareceu no incêndio na sua casa também, lembra? E agora você acha que pode confiar nele? Que pode estar segura com ele? De alguma maneira, Travis Settler, por mais preocupado que pareça, por mais atraente e sexy que seja, está envolvido nisso. Não confie nele. Lembre-se: as cobras mais venenosas são, na verdade, as mais interessantes.

Entrou na sua picape e deu-se conta de que estava presa. Vários carros, a van do noticiário, bloqueavam a passagem. — Inferno — rosnou entredentes.

Olhou para a multidão deixada para trás pelo vidro, agora embaçado e sujo de insetos mortos. Gotas de sereno marcavam o vidro e dificultavam-lhe a visão, fazendo com que tudo parecesse mais surreal do que já era. Através do vidro embaçado, viu Travis, uma cabeça mais alta que as outras, abrindo caminho entre o aglomerado de gente e vindo na direção do seu carro. Ela baixou o vidro.

Seu tolo coração acelerou um pouco e ela reprovou silenciosamente a reação.

— Vem — ele disse, agora já ao lado da porta do carro. — Fecha tudo e a gente vai no meu. Não vou me meter, eu prometo.

— Tudo bem. — Ela não aguentaria mais um segundo sem fazer nada. — Onde tá o seu carro?

— Numa rua perto daqui.

— Ideia inteligente — ela admitiu e seguiu ao lado dele enquanto cruzavam as alamedas escuras até chegarem a uma rua quase deserta. A picape de Travis estava estacionada do outro lado de um colégio para crianças, onde os filhos de Robert e Mary Beth estudariam não tivesse Mary Beth insistido que fossem para a Santa

Theresa, escola paroquial que tinha ensino fundamental e ensino médio, e onde todos os irmãos de Robert e de Mary Beth haviam estudado.

Travis abriu a porta do carro para ela, deu a volta até a porta do motorista, entrou e sentou-se ao volante. A luz interna do veículo se apagou quando ele fechou a porta e ligou o motor. — Você vai ter que me dizer o caminho — ele disse, já dirigindo pela rua vazia.

— No próximo cruzamento, você vira à direita, depois à esquerda no sinal. Depois é só seguir a estrada até a Avenida Greenwich, mais ou menos por uns dois quilômetros, eu acho — ela disse. — Outra direita. Mais ou menos quatro quadras depois de virar.

Ele olhou para ela e abriu um pequeno sorriso de compreensão no escuro do carro. — Me avisa se eu entrar no lugar errado.

Ela olhou para cima num movimento brusco e se perguntou se haveria algum duplo sentido nas palavras dele, tentando ler a resposta naqueles olhos intensamente azuis, mas chegou à conclusão de que estava exagerando. O dia longo e a tragédia terrível a estavam confundindo. Sua mãe, sempre dramática, certamente se quebraria em mil pedaços.

Viajaram em silêncio, Travis sem se incomodar em ligar o rádio, Shannon sem se incomodar com a ausência de palavras entre eles. Passaram por carros estacionados e postes de luz. Cruzaram com alguns veículos, e um gato malhado atravessou na frente do carro, escafedendo-se pelas sombras quando Travis desviou para não atropelá-lo.

— Caramba! — ele rosnou.

Shannon viu o felino se esconder nos arbustos. Ela estava gelada. Não importava a temperatura do lado de fora, por dentro estava congelando, pensando em sua infância e sua adolescência com Mary Beth.

Era verdade que estava mesmo morta? Aquela mulher vivaz, vibrante, cheia de opiniões. Shannon se lembrou da visão do cadáver carbonizado e seu estômago se revirou violentamente, alertando-a de que, apesar de vazio, ainda poderia levá-la a ter ânsias de vômito. Envolveu o tronco com os próprios braços, quase feliz pela pontada de dor nas costelas, dor que confirmava que estava viva, e lutou contra o enjoo.

Mary Beth estava morta. Queimada. Deus, isso era incompreensível.

— Quem faria isso? — perguntou-se sem se dar conta de que falava em voz alta.

— O cara que raptou a Dani.

Girou o pescoço e olhou diretamente para Travis pela primeira vez desde que entraram no carro. — Por quê? Você acha que tudo isso tá ligado? O incêndio na minha casa? A morte de Mary Beth? *Por quê?*

— O assassinato dela, Shannon. Sua cunhada foi assassinada.

Shannon balançou a cabeça, lutou contra o arrepio de certeza que tomava conta dela. — Como é que você sabe?

— Eu sei, só isso. Aposto dez contra um que vão encontrar evidências de que o incêndio foi provocado, quando eles investigarem.

— Mas por quê? O que é que Mary Beth tem a ver com a Dani? Por que incendiaram a minha casa?

— Me diz você.

— Eu não sei! — Ela espremeu-se no canto do banco, afastando-se desse homem, e olhou para ele, perguntando-se o que o movia. Sim, ela sabia que estava preocupado com a filha, morrendo de preocupação até, mas, além disso, o que mais sabia sobre ele? A resposta era simples: quase nada. Ainda assim, estava no carro com ele, indo dar a terrível notícia da morte de Mary Beth para a mãe. — Você ainda me culpa pelo desaparecimento da Dani, não é?

— Não. — Ele estava impenetrável. — Mas, de alguma maneira, tem a ver com você. Senão, qual o sentido da certidão queimada? Quem pegou a minha filha quer ostentar isso. Quer provocar. Se aproveitando do fato de saber mais do que a gente.

— Mas qual seria a questão?

— Eu não sei.

— Ah, vira aqui. — Ela apontou para a Avenida Greenwich, ladeada de árvores grandes demais, as raízes rompendo a calçada.

Travis girou o volante e entrou na rua estreita que dividia áreas urbanas perfeitas, onde casas de dois andares pós-Segunda Guerra se pareciam com moldes de biscoitos, uma exatamente igual à outra. Algumas tinham pedras ou tijolos realçando as fachadas, outras haviam sido reformadas várias vezes.

A casa dos pais de Shannon, a qual apontou para Travis ao se aproximarem, possuía o mesmo exterior sem graça de meio século antes. A lateral fora pintada de uma cor diferente a cada década e, agora, tinha uma tonalidade de verde que descascara e formara bolhas depois de muitos anos exposta ao sol. O telhado precisava de reforma e a entrada para um único carro estava coberta de mato seco, assim como o gramado da frente.

— Quer que eu entre com você?

— Eu posso fazer isso sozinha.

— Então, eu espero aqui.

— Não precisa.

— Eu sei. Mas eu vou esperar.

Ia contra-argumentar, mas, na cabine escura da picape, ela viu a resolução no maxilar firme de Travis. Não conseguiria demovê-lo. Além do mais, ela não tinha energia nem tempo para tal.

Olhou mais uma vez para a casa. Não poderia adiar o inevitável.

— Você se incomoda de me emprestar de novo? — perguntou, ainda segurando o celular dele.

— Tudo bem.

Ela discou rapidamente. Logo depois do segundo toque, a mãe atendeu. A voz de Maureen estava grogue, mas, ainda assim, guardando alguma lucidez, como se tivesse sido acordada de um sono profundo e, dando-se conta de que era tarde, soubesse que nenhuma boa notícia viria pelo fio do telefone. — Alô?

— Oi, mãe. Sou eu, Shannon.

— Shannon? O que aconteceu? — Sua voz estava alerta agora. Preocupação soando em cada sílaba. Da picape, Shannon viu o quarto da mãe no segundo andar da casa se iluminar, através da janela, quando Maureen acendeu o abajur da cabeceira. — Está tudo bem com você? Sua cabeça?

— Eu tô aqui fora. Abre a porta pra mim.

— Ai, meu Deus, o que foi que aconteceu? — Maureen perguntou e Shannon pôde ver a silhueta da mãe através da persiana: viu-a levantar-se e pegar o robe que sempre deixava pendurado numa das colunas do espaldar da cama.

— Abre a porta, mãe, e eu explico o que aconteceu.

— Deus do céu, o que será desta vez?

Shannon desligou, entregou o telefone para Travis e abriu a porta do carro. Quando atravessou o gramado, a luz do portão já estava acesa, as trancas abertas e a porta da frente, atrás da tela protetora, escancarada. A mãe, pequenina e frágil, o cabelo ruivo coberto por uma rede, o velho robe de chenile amarrado na cintura, estava de pé do outro lado da porta. — O que houve? — inquiriu, o medo tomando conta de suas feições ao passo que se debatia com o gancho que segurava a tela de proteção.

Shannon havia ensaiado o que diria. — É a Mary Beth, mãe. Aconteceu um acidente. — Ela entrou na casa onde os odores de poeira, hipoteca, gordura de bacon e cebola fritos se misturavam. Ela foi imediatamente inundada de lembranças da infância ao lado dos irmãos barulhentos e bagunceiros: Shea e Robert deslizando pelo corrimão; Aaron sentado às escondidas no portão dos fundos, seu estilingue voltado para o alimentador de pássaros; Neville e Oliver construindo uma casa na macieira dos fundos, para depois trocá-la por um forte no sótão. E Shannon no meio de tudo. Apesar das tentativas da mãe de fazê-la interessar-se em cozinhar, bordar, fazer jardinagem ou, até mesmo, escrever, ela era a primeira a implorar para ser a próxima da fila a sentar-se dentro da caixa que os irmãos empurravam escada abaixo, ou para entrar nas lutas de balões de água, nas quais ela, inevitavelmente, era responsável por comandar a mangueira.

Quantas vezes Maureen descrevera sua casa como um "hospício"?

Agora, o lugar vivia arrumado, nenhum livro fora do lugar na prateleira. O único barulho era proveniente do relógio de cuco do hall de entrada tiquetaqueando os segundos do que restava da vida de Maureen.

— O que aconteceu com a Mary Beth? Ela se machucou? O quê? — Maureen queria respostas.

Agora vinha a parte dura: — Ela morreu, mamãe. Num acidente.

— *Morreu? Como? Não!* — O choque esvaiu de cor o rosto de Maureen.

— Infelizmente é verdade, mãe.

Maureen começou a tremer. Agarrou-se à moldura da porta.

— Mas eu estive com ela... Deus meu... O que aconteceu? — perguntou enquanto a verdade se concretizava. — As crianças? — perguntou, ao ser invadida por um novo pânico.

— A Elizabeth e o Robert Júnior estão bem. Eles ficaram na casa da Margaret, irmã da Mary Beth.

— E...?

— Tudo bem com o Robert. — Mentira. Fisicamente ele estava bem, Shannon sabia, mas, emocionalmente estava destruído.

— Mas como foi isso?

— Incêndio.

— Que os santos nos protejam! — A mão ossuda de Maureen voou para o peito e ela rapidamente fez o sinal da cruz. — Outro incêndio? — ela sussurrou, cuspindo as palavras como se fossem um epitáfio. — Jesus, Maria, José — disse e, inconscientemente, fez outro sinal da cruz. — É a maldição dos Flannery.

— Não existe isso, mãe.

Maureen estreitou os olhos de pestanas ruivas na direção da filha.

— Diga isso para Mary Beth. — Foi com passos pesados para a cozinha, acendendo as luzes atrás de si. Shannon a seguiu, a tempo de vê-la remexer uma gaveta procurando por cigarros que guardava para emergências. Maureen parara de fumar durante cada uma das gravidezes, voltando sempre que o bebê da vez completava três meses de vida. Por fim, abandonara o vício para sempre quando Shannon tinha cinco anos, mas, sempre que uma crise se instalava, Maureen era rápida em encontrar o maço guardado "só para emergências" e os fósforos armazenados para o mesmo fim.

Agora, dedos trêmulos, abria o maço, puxava um cigarro pelo filtro e riscava um fósforo. — Me diga o que você sabe.

— Nada, ainda — Shannon admitiu.

Maureen acendeu o cigarro e sorveu a fumaça profundamente enquanto apagava o fósforo, sacudindo a mão. — Onde o Robert estava?

— Não sei.

— Com aquela mulher, a Tallericco? Sua advogada?

— Ela não era minha advogada, só me ajudou com a adoção — Shannon disse e experimentou uma ligeira surpresa ao juntar essas pontas. Utilizara o escritório de advocacia de São Francisco de Black, Rosen e Tallericco quando dera sua filha para adoção e Cynthia Tallericco, sócia na época, tivera interesse no caso dela. Apesar de um associado tê-la ajudado no processo burocrático, Cynthia a atendera e consolara.

Agora, divorciada pela segunda vez, e não mais no escritório, Cynthia se mudara para Santa Lucia e, de alguma maneira, se envolvera com Robert. O caso deles havia esquentado fazia uns três meses e Robert saíra da casa em que morava com Mary Beth e as crianças há menos de seis semanas.

E agora a mulher dele estava morta, assassinada num incêndio e a filha de que Shannon abrira mão — através do escritório para o qual Cynthia Tallericco trabalhara — estava desaparecida. Quais as chances de coincidência nessa história?

A campainha tocou e Maureen teve um sobressalto visível.

— Mais boas notícias? — Deu uma última tragada, abriu a torneira para apagar o cigarro, depois jogou a guimba molhada no lixo embaixo da pia. Quando a campainha tocou novamente, atravessou com agilidade o corredor, cujas paredes eram cobertas por fotografias dos filhos, até a porta da frente.

Shannon esperava encontrar Travis do outro lado da porta, mas, em vez dele, o rosto do irmão Oliver apareceu num dos três painéis de vidro sobre a porta.

— Graças a Deus — Maureen declarou ao destrancar a porta mais uma vez. Assim que Oliver entrou, ela desmoronou. — Você já soube? — Maureen perguntou, lágrimas escorrendo de seus olhos. — Do incêndio? De Mary Beth?

— O Aaron me ligou e deixou recado. — Oliver tentou um sorriso desmaiado, sem nenhum traço de ternura. Olhou para a irmã e algo estranho passou pelos olhos dele por um segundo, algo fora de lugar. Ele passou o braço confortador em volta dos ombros magros e, agora, trêmulos, da mãe. — Eu vim assim que pude.

— Obrigada.

— Por que a gente não reza junto?

— Isso.

— Shannon? — Olhou expectante para a irmã.

Shannon não se imaginava ajoelhada no carpete velho da sala enquanto Oliver se manteria de pé para rezarem. Parecia errado, assim como sua entrada para a igreja parecera. Ele sempre tivera uma tendência religiosa — ela sabia disso —, mas, depois do incêndio que tirara a vida de Ryan, e depois de perder o irmão gêmeo, Oliver fora mandado para um hospital psiquiátrico, aos frangalhos. Saíra de lá recitando as Escrituras e falando sobre seu chamado, até mesmo sugerindo que conversava com Deus. Shannon nunca se acostumara. Enquanto todos na família pareciam se dar bem com a nova intensidade religiosa de Oliver, ela achava aquilo muito estranho.

A alegação de Aaron de que o fervor de Oliver "se devia a Neville", de que ele "sentia falta do gêmeo", não era explicação suficiente na opinião de Shannon. "Aqueles dois, eles eram as metades de um todo", Aaron lembrava a Shannon. "Aí, o Neville desaparece e o Oliver não consegue funcionar, pelo menos, não de maneira certa."

— Você acha que ele sabe o que aconteceu com o Neville? — Shannon perguntara.

Aaron simplesmente encolhera os ombros. — Duvido. — Balançara a cabeça. — É muito estranho.

Quanto a isso, Shannon estava de acordo. Perguntara-se se Neville fugira, como Brendan, ou sofrera algum acidente enquanto caçava, ou mesmo se fora morto. Era tão estranho. Neville simplesmente... desaparecera. A imprensa e o promotor da Justiça estavam convencidos de que Neville ajudara Shannon a tramar o assassinato do ex-marido dela. Que, juntos, haviam encontrado uma maneira de drogar Ryan, arrastá-lo para a floresta e provocar o incêndio que supostamente o cremaria, destruindo as evidências do crime. Mas haviam sido desleixados, não entendiam os procedimentos modernos, estragaram tudo.

Neville, a teoria continuava, desaparecera para não ter que testemunhar contra a irmã nem incriminar a si mesmo.

Mas tudo eram conjecturas.

Nunca provadas.

Eram uma pilha de lixo.

Mas algo acontecera. Algo que Shannon não compreendia. E, fosse o que fosse, atormentara Oliver até que ele surtasse e, por alguma razão, começasse a ter conversas com Deus.

— Melhor eu ir andando — ela se dirigiu à mãe, pensando no estranho em que o irmão mais jovem se transformara.

— Esse homem lá fora está esperando você? — Oliver perguntou.

— Que homem? — Maureen virou-se para Shannon e ela lançou um olhar crucificador para Oliver.

— Tive que pegar uma carona até aqui. Fui até o incêndio e meu carro ficou preso na rua.

— E por que você não convidou o homem para entrar? Quem é ele?

— O nome dele é Travis Settler. É uma história complicada e já é muito tarde.

— Você está saindo com ele?

Shannon quase riu. Saindo com Travis Settler? Deus, como isso soava mais simples do que a verdade! — Não, mãe, ele é só um ami... um conhecido que se ofereceu pra me trazer aqui.

— Um bom samaritano — Oliver disse e Shannon sentiu uma ligeira sensação de desconforto. Ela não se referira a Travis como um bom samaritano, depois de ter sofrido o ataque? Agora, conhecendo-o um pouco melhor, dava-se conta de que ele era tudo, menos isso. Viera para Santa Lucia com um único propósito. Esconder-se nas sombras da casa dela para espioná-la. Ele achava que ela havia roubado sua filha, pelo amor de Deus. Ele só a salvara porque estava escondido na propriedade, tentando desenterrar a verdade. Ela até chegara a pensar que ele poderia ser o homem que a atacara, mas mudara sua opinião sobre ele nos dias que se seguiram. Quase confiara nele.

Quase.

Mas não chegara a tanto.

— Com certeza — ela disse, ansiosa para encerrar a conversa. — Um bom samaritano. É isso que ele é.

Depois, saiu. Antes que a mãe fizesse mais perguntas, antes que ela dissesse ou fizesse algo de que pudesse se arrepender.

Deixou que a tela de proteção da porta batesse atrás de si e encontrou Travis do lado de fora, encostado no carro, olhando para a casa. As luzes da cidade iluminavam o céu e apenas algumas estrelas apareciam entre a remanescente nuvem de fumaça que pairava sobre o chão e contaminava o ar.

— Você teve companhia.

— Meu irmão, Oliver.

— O que quer ser padre. É, eu sei.

— O que é que você ainda *não* sabe sobre a minha família? — ela perguntou ao abrir a porta da caminhonete. Ele olhou para ela na intenção de ajudá-la a subir no carro, mas foi recebido com um olhar que dizia claramente: não se atreva. A última coisa que ela queria era se apoiar nele, mas, por causa da dor no ombro, teve mais que uma pequena dificuldade para entrar no veículo e, uma vez sentada, esperou que a dor diminuísse. — Existe algum segredo que os Flannery conseguiram manter escondido de você?

— Mais do que eu gostaria — ele admitiu. Sorriu levemente, de um jeito que o fazia particularmente atraente. Shannon afastou o olhar, perturbada com seus pensamentos, enquanto Travis batia a porta do passageiro.

Discretamente, ela o observou dar a volta na frente do carro: passadas largas, costas eretas, quadris estreitos... o tipo de problema que ela não queria nem precisava ter.

Reprimiu-se mentalmente. O que havia de errado com ela? Por que estava tão atenta a ele?

Quase engasgou quando ajeitou seu cinto de segurança. Estava apertado. Restringindo-a. E quando o prendeu, ele apertou suas costelas, fazendo com que sentisse dor. O analgésico perdera o efeito horas antes e ela estava sentindo que a dor se insinuava, as costelas, o ombro e a cabeça fazendo com que a agonia percorresse cada centímetro do seu corpo. Estava exausta, preocupada e sofrendo.

O que mais poderia dar errado?

Nem comece!

Ele entrou na cabine e fechou a porta. A luz interna se apagou e ela se viu mais uma vez, repentinamente, confinada num pequeno espaço com ele, tão próxima que poderia sentir seu cheiro, tocar sua perna se deixasse a mão cair.

O perfil dele estava visível sob a luz fraca do painel e da claridade que entrava pelo para-brisa. Travis Settler era forte, até mesmo bonito, com seu maxilar rijo, o nariz reto e os olhos penetrantes que pareciam ver tudo. Sua boca era fina, um arranhão cortava-lhe o queixo encoberto pela barba incipiente. O cabelo, despenteado e rebelde, e tudo nele dava a sensação de que era um homem com quem não se brinca — era duro, recolhido, pronto para agir.

Ele passou a marcha do carro e saiu da vaga. Ela notou a pulseira do relógio dele. Nada sofisticado, simplesmente funcional, sem frescura, uma peça para ver as horas num pulso forte, sensual — um pulso que estava agora apoiado sobre a coxa firme dentro da calça jeans. Ela conseguia imaginar os músculos sinuosos sob o pano. E a rigidez do seu abdômen. E a força de suas mãos e dedos.

Pegou-se em flagrante.

Em que estava pensando?

Devia estar mais cansada do que imaginava.

Ele deu uma olhada rápida na sua direção, e ela soube, naquele segundo, que a vira olhando para ele. Desejando sumir dentro do banco do carro, Shannon se endireitou e levantou uma sobrancelha indagadora, como quem diz "o que foi?", na esperança de que ele não percebesse o vermelho tomando conta de seu rosto. Mas ela teve que baixar o vidro e tomar um pouco de ar.

Então, ele era extremamente masculino.

Então, ele era sexy.

Então, fazia muito tempo que ela não sentia uma fagulha de interesse por homem nenhum.

E daí?

Já não aprendera a lição sobre os homens? Ou, talvez, os analgésicos ainda não tivessem deixado completamente o seu corpo e seu cérebro não estivesse funcionando adequadamente. Esta noite, acima de todas as outras, com a morte recente de Mary Beth, o próprio corpo ainda não recuperado do ataque que sofrera, *sua* filha desaparecida, a última coisa — a última — em que Shannon deveria pensar era sexo. Ou homens sensuais. Ou em como seria ter aquelas mãos grandes, rústicas, escalando suas costelas e tocando seus seios.

Ela tremeu. Era isso que acontecia quando se encarava a própria mortalidade? Um aumento de atenção? Um aumento do desejo por intimidade? Não podia se sentir assim em relação a Travis Settler... principalmente Travis Settler.

Irritada consigo mesma, Shannon retirou o elástico que mantinha o rabo de cavalo preso e prendeu o cabelo outra vez. Precisava de alguma distância dele, precisava quebrar a intimidade que o ambiente apertado da cabine parecia criar. Tinha a esperança de que a janela aberta e o ar vindo de fora ajudassem a destruir qualquer familiaridade entre eles — familiaridade imaginada ou não.

Não confie nesse homem, Shannon. Não. Você não sabe nada sobre ele, além do fato de que é pai adotivo da Dani e que sabe tudo a seu respeito.

O carro ganhava velocidade e o vento assoviava, puxando alguns fios rebeldes do elástico que continha suas madeixas. Shannon gemeu ao mover o ombro e teve que se controlar para não gritar um palavrão. Quando a dor passou, ela voltou a respirar lentamente. Discretamente, deu mais uma olhada para esse estranho que se enxertara na sua vida, esse homem que era pai da sua filha.

A masculinidade dele afogava sua razão. Ela se sentia fraca e vulnerável. Gemeu por dentro. Não era certo.

Enquanto dirigia, o olhar de Travis estava focado no para-brisa, mas estava tão atento a ela quanto ela a ele. Duas vezes lançou-lhe um olhar através dos retrovisores antes de mudar de pista na rua quase deserta, mas ela adivinhou que estava observando-a com o canto dos olhos, que qualquer movimento que fizesse, qualquer gesto mínimo, não passaria despercebido.

— Ok, eu sei algumas coisas sobre você, sobre a sua família, mas não sei tudo — ele disse, quebrando o silêncio que os envolvia. Shannon se virou, feliz de ser arrancada dos próprios pensamentos. — Por exemplo, eu não sei por que quem quer que esteja com a minha filha quer envolver você. Eu não sei por que um dos seus irmãos virou padre ou por que o gêmeo desapareceu. Não faço ideia de por que a pessoa que raptou a Dani começou a provocar incêndios e, pior, eu não sei quem é o assassino desgraçado nem o que ele fez com a minha filha! — De repente, sua calma se esfacelou: — Alguma coisa tá acontecendo, alguma coisa que não faz sentido e que me apavora completamente. Eu tô desesperado de preocupação, me sentindo impotente pra cacete, e, é verdade, quero saber tudo sobre qualquer pessoa remotamente ligada a você e à sua família, já que o filho da mãe que pegou a Dani tá interessado. Você é minha única conexão com ela, e eu realmente quero saber cada detalhe a seu respeito, porque isso pode ajudar.

— Mas você não acha que eu tenho alguma coisa a ver com o sequestro — ela quis se certificar, quando ele parou no sinal vermelho.

— Não mais. — A luz do sinal de trânsito lançava um reflexo vermelho um tanto sobrenatural dentro do carro.

— Ótimo. — Ela não sabia se acreditava nele ou não, mas concluiu que não importava. Forçou-se a olhar para o outro lado e se concentrou na noite ainda habitada por uma fumaça densa, que avistava através do vidro do para-brisa.

Na esquina da casa de Robert, Travis seguiu reto, na direção da estrada para sair da cidade.

— Ei, espera! Você perdeu a entrada — ela disse, os olhos indo da rua deserta que levaria à casa do irmão para o rosto de Travis.

— Você não tá em condições de dirigir.

— O quê? Você enlouqueceu? Eu não posso largar o meu carro. Onde você pensa que tá me levando?

— Pra sua casa. Você pode ligar pra um dos seus irmãos e pedir pra alguém pegar seu carro de manhã.

— Ele vai ser rebocado de manhã.

— Pelo que eu sei, você tem amigos na polícia.

— Nem pensar! Pode fazer a volta. Me leva até a porcaria do carro, sem bancar o machão comigo, ok? Eu não vou tolerar isso. Você não precisa agir feito um John Wayne de filme B dos anos cinquenta, dizendo o que a pobre mulherzinha indefesa deve fazer. Eu posso dirigir até em casa.

— Tarde demais.

Shannon ficou de queixo caído. — Você é inacreditável.

— Você tá com uma aparência péssima e eu te vi gemer e fingir que não tá com dor, mas não funcionou. A noite foi longa e dura. Eu acho que você precisa de uma carona pra casa.

— Não me interessa o que *você* acha que *eu* preciso, Travis Settler. A vida é minha. Minha! — Irritada, ela bateu com o dedão no próprio peito. — E o carro é meu e a decisão é minha... ai... — Uma dor atravessou suas costelas, interrompendo qualquer argumento. Praticamente dando a ele a palavra final. Ela inspirou profundamente, apertou os olhos e amaldiçoou a própria fraqueza em silêncio. — Tudo bem — resmungou quando pôde respirar normalmente outra vez. Olhou para ele, procurando algum sinal de satisfação, mas não encontrou nenhum, somente um olhar sério que desviou do rosto dela para a estrada. — Me leva pra casa. Seja um babaca.

Os lábios dele se moveram levemente.

Ele quase sorriu.

Quase.

CAPÍTULO 17

Que diabos dera nele?

Quem era ele para dizer o que ela devia fazer, para se recusar a levá-la até a porcaria da caminhonete, para mandar nela a torto e a direito?

Travis, diminuindo para virar na entrada da casa dela, não conseguia acreditar no que fizera. Mas algo em Shannon o forçava a assumir o controle. Sabia que ela estava sofrendo, não só mental como fisicamente, por conta da dor provocada pelos ferimentos. Mesmo assim, não tinha o direito de tomar conta da vida dela.

Mas não fora capaz de impedir-se.

Mesmo quando ela estivera a ponto de perder o controle, ignorara seus protestos. O que não era do seu feitio. Ele não era desses homens que pensavam saber de tudo, que impingiam seu ponto de vista aos outros.

Mas ali estava ele, dirigindo pela estrada que levava à casa dela, os dedos totalmente agarrados ao volante enquanto se perguntava o que o aguardava na porta de entrada.

Nate Santana revoltado?

Um dos irmãos de Shannon?

Preparou-se para qualquer confronto nessa direção, mas, quando fez a última curva e a luz dos faróis iluminou a casa, o lugar parecia sereno. Nenhum carro ou picape parado no estacionamento. Nenhuma luz se acendeu quando ele parou a caminhonete.

Desligou o motor e puxou o freio de mão.

— 'Brigada pela carona... eu acho — ela disse, tirando o cinto de segurança e abrindo a porta. A luz interna do carro acendeu e Travis notou como ela estava pálida. Os cortes no rosto, apesar de melhorando, ainda estavam pronunciados, os hematomas debaixo dos olhos ainda mais escurecidos pela falta de sono.

— Dorme um pouco. Você pode pegar seu carro amanhã.

— Meu carro! Posso usar seu telefone mais uma vez? Desculpe. Eu perdi meu celular. — Ela levantou uma mão frágil, depois a deixou cair. — Não tive tempo de procurar, minha cabeça tá tão cheia que eu tô com medo de esquecer de ligar quando entrar em casa.

— Tudo bem.

Ele estendeu o telefone e ela teclou.

Estava ainda sentada dentro da caminhonete, uma das pernas na barra de apoio para subir no carro, o jeans desbotado bastante apertado. — Oi, você ainda tá aí? É, realmente é horrível. Eu não posso imaginar... e o Robert... eu sei... escuta, eu fui lá na mamãe e ela ficou superchateada, mas o Oliver apareceu pra rezar com ela, ou seja lá o que eles ficaram fazendo... acho que ela vai ficar bem. Humm... olha só, eu posso te pedir um favor? Você pode tirar meu carro daí? Ele ficou preso. Não deu pra sair de carro... eu peguei uma carona... com o Travis Settler. — Ela olhou rapidamente para ele, depois concordou com a cabeça, como se o irmão, do outro lado da linha, pudesse vê-la. — Não se preocupa, eu tô bem. As chaves estão na ignição. Vejo você amanhã. 'Brigada, Aaron. — Desligou o telefone e entregou-o para Travis. — Missão cumprida. — Saiu do carro e, de pé do lado de fora, olhou para ele pela porta aberta. — Obrigada.

— Tudo bem.

— Não, quer dizer, obrigada por tudo. — Lançou a sombra de um sorriso para ele, algo ligeiramente terno. Seu rosto bonito estava destruído de dor, sofrimento e cansaço.

— Não foi nada.

— Eu te convidaria pra entrar... — disse, levantando a mão, que deixou cair logo em seguida. Não completou a frase, mas ele sabia já ter ultrapassado os limites, no que dizia respeito a Shannon Flannery.

— Outro dia. Eu volto amanhã, quer dizer, hoje, mais tarde.

— Pra ver se a gente consegue fazer os cachorros reconhecerem o cheiro da Dani.

Ele concordou, ficando um pouco sombrio ao lembrar-se da filha desaparecida. Deu-se conta, ligeiramente chocado, de que quanto mais ficava com Shannon, mais percebia a semelhança dela com Dani. Olhou para a casa. — Tem alguém pra tomar conta de você?

— Tem o Khan. — Ela sorriu. O primeiro sorriso espontâneo que ele presenciava. E que se alargou por causa de algo na expressão de Travis.

— Agora, me diz você, "duro de matar" — ela disse. — Você, que anda escavando a minha vida pessoal, que vem me vigiando de binóculo e pesquisando a minha vida na internet. Tem alguém pra tomar conta de mim aqui? — Ela bateu a porta da caminhonete e continuou a olhar para ele pela janela aberta. — Você me diz. Essa matéria vai cair no teste amanhã.

Ela levantou a mão para se despedir, depois foi em direção à porta, destrancou-a e acendeu as luzes de dentro e de fora antes de se abaixar e acariciar o cachorro aos seus pés. A bola de pelo e orelha rasgada sacudia-se e gania quando ela olhou para ele, sorriu novamente e entrou em casa, fechando a porta atrás de si. Ele a ouviu trancar a porta com um clique alto e definitivo.

Então, por onde andava Santana?, Travis se perguntou ao ligar o motor do carro. Por que não estava com Shannon esta noite? Já que não a acompanhara até o incêndio, por que Nate Santana, o amante, não estava acordado, esperando por ela?

Quando Travis fez a volta no pátio, procurou por outro veículo, mas a área do estacionamento estava vazia. Santana poderia ter parado na garagem, mas Travis desconfiou que o rapaz não estava nas imediações. Olhou para o relógio. Onde ele estaria? E onde estava na noite em que Shannon fora atacada?

Tentando encontrar uma explicação para tudo aquilo, passou os olhos pelas construções da propriedade, parando nos escombros escurecidos do que fora, uma vez, o barracão.

Quem estaria por trás disso?

Meu Deus, onde estaria Dani?

Frustração e medo tomaram conta dele. Xingou entredentes e apertou o acelerador, os pneus espalhando pedrinhas no chão.

Os dias escapavam-lhe pelos dedos. O monstro que raptara sua criança estava ficando mais corajoso e letal. Agora, outra mulher estava morta e Travis tinha certeza de que o assassinato de Mary Beth ligava-se de alguma maneira ao desaparecimento de Dani.

Ele só esperava que sua filha estivesse viva.

Oliver estava só.

A catedral estava vazia, quase fantasmagórica.

Fazendo o sinal da cruz sobre o peito rapidamente, ajoelhou-se no chão frio de pedra e sentiu imediatamente dor nos joelhos, reflexo de um machucado impiedoso dos tempos em que jogava futebol.

Abraçou a dor. Desejou que pudesse suportar mais. Depois, talvez, o demônio fosse banido de sua alma por toda a eternidade.

Em vez disso, ele permanecia, um câncer negro que se espalhava dentro dele.

— Perdão, Pai, porque pequei — orou desesperadamente.

Lá de cima, do altar, o Filho de Deus olhava para ele. Ferido, sangrando, uma coroa de espinhos sobre a cabeça, sofria na cruz. Jesus não se movia. Uma estátua de gesso e tinta. Encarando-o.

Oliver fez o sinal da cruz novamente e implorou para que o Santo o tomasse. Pediu que a bondade o preenchesse. Almejou desesperadamente o perdão.

Mas seus olhos se desviaram para o chão sob as janelas, onde as sombras dançavam e brincavam.

Raios brilhantes do sol nascente penetravam o vidro manchado e criavam imagens salpicadas e coloridas nas pedras geladas do piso da catedral.

Os padrões de cor lembravam-lhe um caleidoscópio do irmão Neville.

Quantas horas passara olhando pelo buraco do brinquedo para ver as cores dançando, rodopiando e se alternando. Mas Neville era muito egoísta com o passatempo que comprara com dinheiro ganho de presente de aniversário e escondia o tubo mágico numa fresta do colchão na sua cama, a de cima, do beliche.

Oliver o encontrara.

E pegara.

Quando Neville descobriu que seu tesouro estava desaparecido, acusou Oliver do crime, mas este mentiu e jurou ter visto Aaron bisbilhotando em volta dos beliches. Oliver convencera Neville de que Aaron era o culpado e Neville nunca desconfiara.

Mas Aaron sempre fora um alvo fácil.

Oliver escondera seu prêmio num buraco do tronco de um carvalho na divisa do parque, a três ruas de casa. Havia um caminho passando pela floresta e pelo jardim dos fundos do velho Henderson que levava ao pequeno pedaço de terra, onde ficavam um balanço enferrujado e um parquinho perto de uma rede de beisebol, parquinho que era considerado um playground. Mas havia uma árvore especial. Ele despendera horas nos galhos retorcidos do carvalho olhando pelo vidro mágico e deixando sua mente vagar com as imagens distorcidas.

Nunca confessara seu pecado para o irmão gêmeo.

Mas, na verdade, nunca confessara vários de seus pecados. Porque ele estava envenenado por dentro. Sabia disso agora. O pensamento torturador queimava-lhe o cérebro. Sussurrou uma prece, mas seus olhos buscavam a padronagem colorida no chão que o fazia lembrar-se de outros lugares. Assombrações. Corredores que rangiam e vitrais manchados de Jesus, Maria e os apóstolos... Experimentou uma sensação estranha, quase sedutora, atravessar-lhe a corrente sanguínea, e ele pensou naquele lugar escuro... solitário... o lugar para onde fora curar sua doença.

Eles chamavam aquilo de hospital.

Nossa Senhora das Virtudes.

Mas ele sabia.

Hospitais eram feitos para curar.

Aquele lugar — com suas pias vazando, suas escadarias rangentes e demoníacos corredores ocultos — era feito para danificar. Uma brisa gelada cruzava os arcos, como se uma entidade profana, impura, vagasse por ali. Ele a sentira mais de uma vez.

Olhou para os pulsos, viu as cicatrizes, agora com vinte e cinco anos de existência, e sentiu um estrondo violento sacudir sua alma. Baixou a cabeça rapidamente e, mais uma vez, começou a rezar.

Ardorosamente.

Desesperadamente.

Precisando que Deus o ouvisse e mantivesse domados seus demônios.

Mas era uma causa perdida.

Os demônios voltariam.

Sempre voltavam.

O telefone tocou ao lado da cama e Shannon o alcançou, depois de relutar um pouco. Perdera qualquer esperança de voltar a dormir. Eram só nove e meia da manhã e ela já recebera um telefonema da mãe, dizendo que Oliver passaria na sua casa mais tarde para levar a caminhonete, uma ligação de Lily, chocada com a morte de Mary Beth, e uma terceira chamada de Carl Washington querendo marcar uma entrevista. Acabara de desligar com o repórter quando o telefone tocou novamente.

— Alô? — atendeu, tensa, pronta e armada para dizer a Washington que parasse de importuná-la.

— Como você tá?

Travis Settler. Ela reconheceu a voz forte imediatamente. Estupidamente, seu pulso começou a pular um pouco e ela se lembrou de como o vira na noite anterior, na picape, no escuro, tão perto que poderia tê-lo tocado.

Chegou para trás e recostou no espaldar da cama. — Tudo bem.

— Pegou seu carro?

— Um dos meus irmãos vai trazer mais tarde.

— Que bom. Eu pensei que a gente podia começar o trabalho com os cachorros.

Ele parecia ansioso. Ela não o culpava. — Me dá uma hora. Tenho umas coisas pra fazer.

— Tudo bem. — Ele desligou e ela se arrastou para fora da cama.

— Nenhum descanso para os pecadores — ela murmurou, e Khan levantou a orelha ruim, mas não saiu do seu lugar. — É, eu tô falando de você. — Ela acariciou o pelo do cão, depois se encaminhou para o chuveiro. A dor de cabeça persistia na base do crânio e seus olhos pareciam cheios de areia. As poucas horas de sono entre os pesadelos com Mary Beth não haviam sido suficientes e seu ombro doía um pouco.

A água quente do banho lhe deu uma sensação boa e ela conseguiu lavar o cabelo sem deixar cair muito xampu nos olhos nem mexer nos pontos atrás da cabeça. Deixou as madeixas soltas e decidiu deixá-las secar ao ar livre. Escovou os dentes e passou um pouco de rímel e batom.

A imagem refletida no espelho não tinha exatamente o glamour de Hollywood, e sim um ar fresco e asseado que lhe pareceu apropriado.

Vestiu um jeans limpo e desbotado, passando, em seguida, uma camiseta de gola em V pela cabeça. Suas costelas e seu ombro estavam melhores.

— Vida limpa — disse a Khan enquanto o cão se espreguiçava na cama. Foi até o banheiro e pegou um comprimido de Vicodin no frasco. Pensou no dia que teria pela frente. Travis Settler era o primeiro da lista, depois teria que dar conta dos cachorros, da mãe, dos irmãos e sabe-se lá de quem mais. Envolveu o comprimido com os dedos e decidiu não tomar nada mais forte do que analgésicos de balcão de drogaria. Não queria passar o resto do dia grogue ou sonolenta. Não era muito de tomar remédios e queria se livrar deles o mais rapidamente possível. Se a dor ficasse insuportável, então, tudo bem, tomaria uma dose, se não, "aguentaria a guerra", como seu pai costumava dizer.

Seu pai.

Pensou fugidiamente nele e perguntou-se o que diria ou faria ao ver incêndios acontecendo, pessoas morrendo... Patrick Flannery fora um homem de ação, muitas vezes tendendo a quebrar regras para atender aos seus propósitos. Mais dedicado à carreira do que à mulher e aos seis filhos, era um indivíduo sem papas na língua, cujo hábito de beber e quebrar regras acabara por custar-lhe o emprego.

— Papai... — sussurrou, lembrando-se do rosto dele e quase ouvindo-o dizer: *Coragem, Shannon. A vida nem sempre é fácil, mas é sempre interessante.*

Infelizmente, às vezes "interessante" significava dolorosa. Bastava se lembrar da imagem do corpo carbonizado de Mary Beth sendo arrastado para fora de casa.

Shannon devolveu o comprimido ao frasco, jogou o remédio no armário e fechou a porta espelhada.

Conformou-se com uma dose de ibuprofeno. — Café da manhã — explicou para Khan, engoliu os comprimidos a seco, depois se debruçou sobre a pia ajudando-os a escorregar pela garganta com um gole d'água da torneira.

Com o cachorro ao seu lado, desceu as escadas e foi preparar o café. Enquanto a cafeteira borbulhava e pingava, alimentou Khan e deu uma olhada pela janela. O sol já estava alto havia algum tempo e ela sentiu a brisa quente e seca que vinha de fora, promessa de outro dia de temperatura acima de trinta e cinco graus nesta época de seca e ameaça de fogo na floresta.

Como no ano em que Ryan foi assassinado.

Ela tentou não se lembrar daquele veranico sufocante em que se falava em pane de energia e baixa dos níveis de água nos reservatórios. Os incêndios eram incansáveis, sonoros e avassaladores nas montanhas dos arredores.

E junto com o calor e o medo vinham as explosões de fúria. Ela vira isso no rosto de Ryan e soubera que falar sobre divórcio só aumentaria sua ira, que a medida cautelar que conseguira estava estampada em seus olhos mais vivamente do que no papel.

Não conseguira se livrar dele nem da sua fúria. Nem mesmo seus irmãos haviam sido capazes de protegê-la. Nem de manter seu bebê em segurança. Ninguém o fora. Sentiu um nó na garganta ao se lembrar de um tempo que prometera esquecer. Fechou os olhos com força ao lembrar-se da segunda gravidez e a tristeza e a raiva antigas invadiram-lhe a alma. Seus dedos agarraram a bancada da pia. Como quisera aquela criança, mesmo que o pai fosse o marido distante, mesmo que fosse fruto de um casamento sem amor que desmoronara rapidamente. Aquela criança, seu filho, filho de Ryan Carlyle, era um fruto bom daquela união infeliz e violenta. Ela mordeu o lábio. A culpa partiu-lhe o coração como uma serra, porque, se olhasse profundamente para sua alma, e encarasse a verdade nua e crua que a perseguia sem descanso, confirmaria que não sofria por Ryan ter ido embora. Talvez nem mesmo pelo fato de estar morto.

Depois de procurar o pote de creme na geladeira, sem sucesso, serviu-se de café. Enquanto dava goles na xícara, procurou o celular, mas também não foi bem-sucedida na tarefa. Depois, Khan disparando na sua frente, saiu de casa, e ela notou que a caminhonete de Nate, mais uma vez, não estava estacionada no lugar de sempre. Começou a se preocupar com ele. A preocupação se transformou em perplexidade quando foi checar os cavalos e viu que já tinham sido alimentados, banhados e levados para fora da cocheira para pastar ou simplesmente ficar por ali, espantando moscas com o rabo.

Olhou para as janelas das instalações de Nate. Onde ele estava? Durante todo o tempo em que trabalharam juntos, ele sempre fora de acordar cedo, sempre levara os cavalos para fora ao amanhecer, dependendo da estação. Ultimamente, seus horários estavam estranhos e passava mais tempo fora do que na propriedade.

Era verdade que os dois tinham os próprios afazeres com os animais e raramente conferiam o trabalho um do outro... mesmo assim, agora, estavam muito distantes da rotina.

Estranho.

Tão pouco característico dele.

Ou era? O que ela realmente sabia sobre ele? Não muito, se parasse para pensar. O que ele estava tramando? Qual o problema com os horários?

Dando-se conta de que não poderia fazer nada quanto a isso agora, decidiu falar com ele mais tarde, quando ele aparecesse, e se estivesse acordada. Quaisquer que fossem suas razões, o problema era dele.

A menos que esteja, de alguma forma, envolvido nos incêndios...

— Impossível — murmurou, irritada com o próprio pensamento. Abriu a porta e foi, imediatamente, cumprimentada por uma série de latidos excitados, pulos, até mesmo de Tattoo, o único cão de caça da matilha. Um por um, falou com os cachorros, depois deixou-os sair para se exercitarem. — Vocês todos estão de folga hoje — explicou. — Menos você. — Deu um tapinha na testa grande de Atlas, um pastor alemão enorme, com a cabeça do tamanho da de um urso. Foi recompensada com uma focinhada na perna, já que o cão queria mais carinho. Para os outros cães, deu o aviso: — Mas, cuidado, porque amanhã a gente volta ao trabalho. Trabalho sério — disse, rindo para os animais. — Entenderam?

Tattoo latiu.

Cissy, uma border collie intensa, cuja cara era metade branca, metade preta, mal escutou. Estava concentrada em perseguir Atlas. O cão maior não a intimidava nem um pouco e, agora, Cissy, os olhos dirigidos ao outro, esperava deitada, seu corpo imóvel e colado ao chão, ao passo que o cachorrão a ignorava e fazia pipi numa estaca da cerca.

— Desculpe, Cissy — Shannon disse. — Eu acho que o Atlas não entende você. É uma coisa tipicamente masculina.

A border collie virou a cabeça como se verdadeiramente compreendesse, enquanto os outros, depois de dispararem cheios de energia, se enroscavam na perna de Shannon. Só havia cinco cães ali, fora Khan, e todos eram dela. Normalmente, tinha o dobro de animais no canil, aqueles que ela treinava e os de que tomava conta, mas, antecipando sua mudança, restringira o número de cachorros aos que eram de sua propriedade.

Enquanto eles se espreguiçavam, rolavam na grama seca e farejavam em volta, Shannon não conseguia deixar de olhar para os escombros do barracão, escurecidos e gastos, uma anomalia para o dia iluminado. Quem provocara o incêndio que arruinara o barracão onde só havia sobra de comida dos animais, material sem utilidade e equipamentos em desuso? Por quê?

Olhou para o piquete onde os cavalos pastavam e viu Molly, focinho no rabo de um cavalo malhado castrado. Os dois animais balançavam o rabo, as orelhas em constante movimento para afastar as moscas inconvenientes.

Quem era o culpado de incendiar o barracão e esperar para atacá-la? Lembrou-se da agressão e ficou tensa, rememorando a força do homem, assim como a violência de sua fúria.

Mordeu o lábio e seus olhos se estreitaram. Se seu agressor quisesse matá-la, teria sido simples dar-lhe um tiro enquanto ela tentava libertar os cavalos. Se o provável assassino estivesse preocupado com o barulho, bastaria que usasse um silenciador. Ou ele poderia ter cortado seu pescoço, usado o forcado para trespassá-la, em vez de espancá-la até que perdesse os sentidos.

Não, matá-la não fora seu propósito.

De outra maneira, ele teria incendiado a casa, não o barracão.

Quem quer que fosse, queria que ela tivesse medo, que soubesse que ele tinha algum poder sobre ela, o suficiente para roubar sua única filha e assombrá-la com o fato de tê-la sequestrado.

Então, é alguém que sabe o quanto a menina era importante para você, que sabe como foi difícil abrir mão dela. Um parente? Confidente?

Ela não mantivera segredo quanto à gravidez. Muita gente daquela pequena comunidade soubera.

E o que o rapto da Dani Settler tem a ver com a morte de Mary Beth?, Shannon se perguntou. Por que o desgraçado se dera ao trabalho de poupá-la, mas, depois, quisera que Mary Beth morresse? E de maneira terrível.

Shannon olhou para o entulho que antes fora o barracão, olhou para a fita amarela balançando na brisa leve que levantava poeira e soprava algumas folhas secas pelo terreno. Ela se apoiou na cerca. Seus pensamentos, assim como acontecera durante toda a noite, voltaram-se para Mary Beth. Shannon achava incompreensível o fato de a cunhada estar morta.

Atlas apareceu e enfiou o focinho em sua perna. Ela acariciou-lhe a cabeça grande e conseguiu sorrir. Ele era seu melhor cachorro de rastreamento. Confiante sem ser agressivo, sociável sem deixar de estar atento aos comandos, Atlas tinha inteligência e faro para ser um excelente cão de busca, assim como um bom rastreador. — Bom garoto — ela disse, fazendo carinho atrás das orelhas do animal. — A gente vai trabalhar mais tarde. Prometo. — Ele balançou o rabo comprido.

Shannon olhou para o sol, brilhando no céu da manhã, já prometendo que o dia seria absurdamente quente. Sentiu-se desconjuntada e dolorida, mas resistiu, não queria estar grogue ou distraída quando Settler chegasse.

Levou os cães para o canil. Quando voltava para casa, ouviu o telefone tocar. Correndo o mais rápido que os machucados lhe permitiam, adentrou a cozinha no quarto toque, atendeu e falou por cima da mensagem da secretária eletrônica:

— Eu tô aqui, só um segundo.

Desligou a secretária e checou o bina. Era Shea.

— Oi — disse, apoiando-se na bancada. — Novidades?

— Várias — Shea respondeu. Shannon percebeu a tensão na voz do irmão. — Primeiro, parece que Mary Beth foi assassinada.

Travis dissera a mesma coisa, mas ela começou a tremer por dentro novamente. — Não posso acreditar nisso.

— Como eu sou da família, eles sugeriram que outra pessoa investigasse. Você provavelmente vai receber uma ligação da Nadine Ignacio, ela é minha substituta e vai fazer um bom trabalho.

— Você foi liberado das suas funções?

— Ninguém disse isso — ele disse, soando levemente amargurado. — Eu ainda sou o chefe de investigações, só vou ficar afastado de qualquer coisa que tenha a ver com os incêndios envolvendo a família, inclusive o da sua casa. Conflito de interesses.

— Isso tá ficando cada vez pior.

— Me falaram que era pra me proteger.

— Você acredita nisso?

— Nem um pouco, mas fazer o quê? — ele disse, sem inflexão. — Então, você vai ser interrogada de novo pela equipe de investigação de incêndio e pela Nadine, e, agora, também por alguém da Divisão de Homicídios, provavelmente o detetive Paterno.

— Quem é ele?

— Ele trabalha na polícia de São Francisco há anos. Tava envolvido naquele caso Cahill, lembra? Que saiu nos jornais alguns anos atrás.

— Não lembro.

— Bom, foi um escândalo, aquela socialite com amnésia. De qualquer maneira, o caso colocou Paterno em evidência e parece que ele não gostou muito. Se mudou pra cá há mais ou menos um ano e meio. Tudo o que sei é que ele é bom no que faz. Joga limpo. Você pode confiar nele.

— Porque eu não confiaria? — ela perguntou, repentinamente percebendo que Shea a estava alertando.

— Porque as perguntas podem ser um pouco difíceis, Shannon. Passei uma hora com o Paterno e ele não tá só interessado no incêndio na casa do Robert, mas no da sua casa e no desaparecimento da filha do Travis Settler. Ele também tá desenterrando a história do Incendiário Furtivo e a morte do Ryan.

O incômodo de Shea era contagioso e ela sentiu uma pontada de preocupação. — O Incendiário Furtivo? Por quê?

— Não sei. Provavelmente, ele tá querendo ter o máximo de informação possível. Cobrir todas as áreas.

Mas ela percebeu a hesitação na voz do irmão. — Tem alguma coisa que você não tá me dizendo — ela cobrou.

— Olha só, eu não posso discutir a investigação com ninguém, nem com você — ele disse abruptamente, claramente nervoso. — Eu só queria te dar um alerta sobre o que tá acontecendo.

Ela queria argumentar, mas sabia que seria inútil; Shea não se deixaria encostar contra a parede. Ela mudou de assunto: — Você esteve com Robert? Como ele tá?

— Tão mal quanto era de esperar. Tá se comendo de culpa. Parece que ele foi a última pessoa a ver Mary Beth viva, e, como todos nós assistimos à briga do lado de fora do El Ranchito, Settler, Liam e o gerente do hotel também...

— Ele é suspeito. — Claro, o marido afastado, envolvido com outra, um homem que queria se divorciar da mulher que não queria deixá-lo e estava em pé de guerra com ele.

— É, mas ele não tá na lista sozinho. Algumas outras pessoas não se davam bem com a Mary Beth.

— Não se dar bem não é exatamente motivo pra matar — Shannon disse, perguntando-se até onde aquilo tudo iria.

— Quando foi a última vez que você falou com a Mary Beth?

— Eu? — Shannon perguntou, surpresa.

— É, você... O Paterno vai perguntar, como vai perguntar pra todo mundo.

— Bem, no estacionamento, claro, e, depois, ela me ligou quando eu cheguei em casa. — Shannon se lembrou do telefonema. — Ela parecia meio alta, acho que ela tinha bebido, não tava dizendo coisa com coisa. Ainda tava com raiva do Robert. Eu imaginei que ele tivesse deixado ela lá e, depois, ido embora. Bem, ela tava se queixando e procurando por ele, de novo. Você sabe, o de sempre.

— Ela não disse nada estranho?

— Era tudo estranho, Shea.

— Mas *ela* ligou pra *você*, certo?

— Não foi isso que eu disse?

— Só queria saber se você tinha ligado pra ela.

— Não. Pra quê? — Shannon disse. — Mas isso é estranho, porque ela disse que eu tinha ligado pra ela e, por isso, tava me ligando de volta. Eu falei que ela tava enganada e ela ficou toda revoltada, falando que o meu número tava registrado no bina dela, sei lá. Imaginei que tinha bebido além da conta. Por quê?

— Você tem certeza disso?

— Claro que eu tenho certeza, Shea! *Ela* me ligou — Shannon insistiu. Shea não respondeu e ela sentiu, novamente, que havia algo além do que ele estava lhe contando. Algo vital. Talvez, até, algo incriminador. — Que é? Você não acredita em mim? É só conferir a conta dela.

— A gente tá fazendo isso.

— Ótimo! — Ela se afastou dos armários e jogou o resto do café na pia. — Isso deve deixar tudo mais claro. — Acreditando que a conversa não estava indo para lugar nenhum, mudou novamente de assunto: — Alguém mais esteve com a mamãe?

— Oliver ficou a noite passada com ela e eu passei lá de manhã. Não sei se o Robert e o Aaron estiveram com ela.

— Vou ligar pra lá.

— Isso é bom. — Ela ouviu o som de vozes abafadas do outro lado da linha. Provavelmente, Shea não estava mais sozinho. — O quê? É. Só um minuto — ele disse, a voz encoberta, depois voltou a atenção para ela. — Olha só, Shan, eu tenho que desligar agora. A gente se fala mais tarde. — Desligou antes que ela pudesse se despedir, mas isso não era incomum. A cabeça de Shea estava sempre dois passos à frente do seu corpo.

Ela desligou, sentindo um frio que vinha de dentro para fora. Apesar de a temperatura já estar acima de vinte e cinco graus, ela sentia como se seu sangue estivesse congelando lentamente.

— Para com isso — disse para si mesma, com firmeza, ao ouvir o barulho do motor de uma caminhonete entrando na propriedade. Em segundos, a picape de Travis apareceu no seu campo de visão.

CAPÍTULO 18

A Besta estava de volta!

Dani sentiu o coração na garganta. Estava tão compenetrada na tarefa de tirar o prego da madeira que não ouviu o carro chegar. Como ele não havia voltado na noite anterior, imaginou que teria o dia livre. Agora as botas dele faziam ranger o piso da entrada.

Jogou suas roupas sujas em cima do prego, deu um pulo para fora do armário e foi para a cama. O coração aos pulos enquanto ouvia o barulho das fechaduras sendo destrancadas e da porta se abrindo.

Passos pesados atravessavam a cabana.

Sentiu um nó na garganta ao se dar conta de ter deixado a porta do armário aberta. Mas era tarde demais para fazer alguma coisa.

Menos de um segundo depois, a porta do quarto foi aberta com força suficiente para chocar-se contra a parede. Apavorada, olhou para ele e pôde ver que algo acontecera.

Algo ruim.

Sua calma usual havia ido embora, o cabelo estava despenteado, as pupilas de seus olhos estavam dilatadas e o desespero aparente nele fez com que ela se arrepiasse de medo. Pediu a Deus que ele não visse o armário, que não visse que a cabeça do prego estava um centímetro acima do chão.

Insinuou-se sobre a cama, suando, sujo, respirando com dificuldade. Parecia que uma corrente elétrica percorria o corpo dele.

— Levanta! — ordenou. Apontou para a sala e nem olhou para o armário aberto. — Vamos.

— Pra onde?

— Lá. — Ela percebeu um ligeiro espasmo no olho dele e não discutiu a ordem, apesar de se perguntar o que teria acontecido. O sol já estava alto havia muitas horas, a casa estava quente e ele não voltara durante a noite, o que era estranho, diferente de seu comportamento habitual.

Ela entrou na sala, um cômodo onde ele sempre a fazia cruzar apressadamente.

— Senta — ele disse, apontando para a lareira. — E não tenta nenhuma gracinha.

Começou a preparar o fogo na lareira e Dani teve certeza de que ele estava alterado. A sala já estava quente, mas ele acendeu o fogo mesmo assim, girou nos calcanhares e grunhiu de satisfação quando as chamas começaram a estalar e crescer, queimando, brilhantes.

Pela primeira vez ela olhou as fotos sobre a lareira mais de perto. Já tivera permissão para entrar no cômodo, mas, sempre, ao ser escoltada para fora. Agora, via que eram seis as fotografias, todas aparentemente tiradas muito tempo atrás. Quatro eram imagens do rosto de homens sérios e jovens. Todos com feições parecidas. Cabelo preto brilhante, olhos azuis intensos e intimidadores, lábios finos. Outra foto era de um casal no dia do casamento, a mulher de vestido longo branco e véu, o homem de smoking. Ele poderia ser um dos rapazes das fotos de rosto, numa fotografia tirada em outra época. A última era a imagem de uma mulher, do rosto dela, e Dani sentiu seu coração apertar. Tinha cabelo castanho-avermelhado, olhos grandes e verdes, e o sorriso só mostrava um pouquinho dos dentes. Parecia rir de uma piada particular, o pescoço dobrado, a orelha apoiada numa das mãos, os dedos enterrados nos cachos vermelhos.

— Quem são essas pessoas? — ela perguntou, a cabeça cheia de perguntas.

Ele não respondeu.

— São todos parentes, não são? Irmãos?

Ele estava de joelhos, olhando fixamente para o fogo, mas sua cabeça se voltou rapidamente, como se, antes, tivesse esquecido a presença dela, sua proximidade com as fotos. Olhou irritado para Dani. — Você pergunta demais.

— Quem são?

— Cala a boca. — Ele se levantou rapidamente e alcançou a bancada da lareira. Por um segundo, Dani pensou que iria queimar as fotografias, mas, em vez disso, ele simplesmente mudou a posição de seu isqueiro, depois, tirou do bolso um gravador pequeno e um papel pautado dobrado. As bordas davam a impressão de que fora arrancado de um caderno de espiral. Uma mensagem estava escrita na folha.

Ele se agachou ao lado dela e aproximou o gravador de sua boca, o suficiente para que gravasse tudo o que dissesse. — Lê isso — instruiu

MÃE, POR FAVOR, ME AJUDE, MÃE. ESTOU COM MEDO. VEM ME BUSCAR. EU NÃO SEI ONDE ESTOU, MAS ACHO QUE ELE VAI ME MACHUCAR. POR FAVOR, MAMÃE, VEM RÁPIDO.

Em vez de dizer as palavras, ela virou a cabeça para olhar para ele. Sentiu o cheiro de fumaça e suor de seu corpo. — Minha mãe morreu — ela sussurrou. Sentiu uma dor profunda ao pensar em Ella Settler, a mãe superprotetora, a mãe que a fizera sofrer nas aulas de domingo, que estudara matemática e história com ela todas as noites, antes de ir para a cama, que não tolerava ser contestada. Dani mordeu o interior das bochechas, na tentativa de impedir que o queixo tremesse ao lembrar-se de suas brigas com a mãe que tinha valores tão rígidos sobre o que era certo e o que era errado. Talvez por isso, Deus, em que Ella acreditava tanto, levara sua mãe embora. Para puni-la. Talvez a razão para ter terminado nas mãos de um psicopata fosse o fato de ter sido uma filha tão ingrata. Engoliu a necessidade de soluçar e lutou contra as lágrimas quentes que se formavam atrás de suas pálpebras. Ela não podia, não *iria* se mostrar fraca na frente desse maluco.

— Faz o que eu mandei — ele rosnou.

Dani o encarou. — O que é que você vai fazer com isso?

— Não te interessa.

— Eu já falei, ela morreu — Dani disse com voz firme.

— Mas a sua mãe biológica não — ele falou entredentes, e Dani sentiu como se seu coração fosse se espatifar no chão podre do barraco onde se encontravam. — Lembra? A mãe que você tava tão decidida a encontrar? Ela ainda tá viva.

— Você sabe onde ela tá? — Dani perguntou, incrédula. Depois, disse para si mesma que isso poderia ser mais um dos truques do pervertido. Ele não era confiável. Ela já não sabia disso?

Subitamente, ela compreendeu. Seu olhar voou para a bancada da lareira, onde a foto da jovem bonita de cabelo acobreado estava virada para baixo.

— Entendeu? — ele a provocou.

Dani disparou. Pegou a fotografia e olhou para o rosto da mulher que, naquela imagem, não deveria ter mais de vinte anos. — É ela, não é? — Seu coração disparou ao olhar para ele. — Onde ela tá? O que você quer fazer com ela? De quem são as outras fotos?

— Basta gravar a mensagem. Assim, ninguém se machuca.

Os dedos de Dani agarraram a moldura barata com tanta força que o metal feriu-lhe a carne. Mas ela estava cansada de receber ordens, cansada das provocações dele. Sua mãe biológica estava por perto! Tinha que estar! Por isso Dani fora arrastada até ali. Olhou para a fotografia da linda mulher que lhe dera vida, depois desistira dela. Por quê? Quem era ela?

O maluco sabia.

Sempre soubera.

Por isso a fizera acreditar nele, com sabedoria suficiente para envolvê-la.

— Eu disse pra gravar a merda da mensagem e você não se machuca!

— Você tá me ameaçando? — ela perguntou quando ele arrancou o porta-retratos de sua mão.

— Pode pensar o que quiser. Grava a porcaria do recado e fica tudo bem, você não se machuca, sua mãe não se machuca, seu pai não se machuca.

— Meu pai? Você sabe onde ele tá?

Ele não respondeu, mas o sorriso convencido que se formou em seus lábios diziam tudo o que ela queria saber.

— Onde?

— Não se preocupa com isso.

— Onde ele tá? — Depois, ela se deu conta. — Você tá falando do meu pai biológico, é isso? Eu tô falando do meu pai adotivo, *ele* é meu pai de verdade. Travis Settler. Esse outro cara... ele não conta.

Alguma coisa passou pelos olhos dele por um instante e suas narinas pareceram se alargar um pouco. — Não me interessa quem conta ou deixa de contar. Faz a gravação. Você tem cinco minutos. — Ele olhou para o relógio, depois puxou uma faca de caça de cima da bancada da lareira. Devagar, desembainhou a arma e Dani pensou no saco de lixo sujo de sangue dentro da van branca com placa de outro estado, a van para onde ele a arrastara e que, agora, estava estacionada com o saco e seu conteúdo grotesco que apodrecia naquela garagem em algum lugar de Idaho.

Que bem faria se fosse morta agora?

Que bem faria se recusar a atendê-lo?

Talvez sua mãe natural fosse muito, muito rica e a gravação servisse para algum tipo de pedido de resgate.

Ela pegou o gravador e tentou pensar numa maneira alternativa de informar sua localização para quem ouvisse a fita, mas não sabia onde estava. Isso tudo estava acontecendo rápido demais. Ela não tinha tempo de inventar um sinal ou algum tipo de mensagem secreta que fizesse com que a pessoa que recebesse a fita soubesse algo além de que estava viva... ou que estava viva no momento em que a mensagem fora gravada.

Ele ficou na sua frente, os braços cruzados sobre o peito largo, os dedos da mão direita envolvendo o cabo da faca. Ela não tinha saída. Tinha que fazer o que ele queria.

Por enquanto.

Logo, ela escaparia de alguma maneira.

O prego estava quase saindo da madeira do armário.

Ligou o gravador e, enquanto um esquilo cruzava o telhado do barraco dilapidado, ela começou a ler a mensagem:

— Mãe, por favor me ajude, mãe. Estou com medo...

Irritado, ele tirou o gravador da mão dela e rebobinou a fita.

— Sua vaca! — Seu rosto se encheu de cor e os olhos profundamente azuis se espremeram na direção dela. — Eu sei que você não é tão idiota; então, chega de jogo. Grava de novo, mas, agora, não fica fazendo essa voz de débil mental de quem está lendo alguma coisa na aula de alfabetização, ok? Faz parecer de verdade. Como se você estivesse com medo.

— Mas eu não sei como...

Subitamente, ele se abaixou, agachou ao lado dela, um braço envolvendo-lhe o tronco, o outro levantando a faca na altura do seu rosto.

Ela quase fez pipi.

Com os lábios tão próximos que encostavam em sua orelha, ele sussurrou:

— Você só precisa de uma motivação, de um pouco de incentivo.

Com a lâmina pressionando sua bochecha, tudo o que ela conseguiu fazer foi não gritar de pavor.

Tremia, o metal gelado da faca na sua pele quase a impedia de respirar. O pânico percorria seu corpo e ela sentiu o calor dele, de sua figura musculosa sendo pressionada contra ela. O suor brotou-lhe na pele. O pavor embrulhou seu estômago. O fogo ardia e estalava.

— Agora — ele sugeriu, a voz baixa e quase sensual, já que ele parecia ter recobrado um pouco da sua calma. — Vamos tentar de novo...

* * *

Khan deu um latido curto.

Shannon viu Travis Settler estacionar perto da garagem e sair de dentro do carro. Parecia tão intenso quanto na noite anterior. Suas feições estavam duras e compenetradas, os olhos encobertos por óculos de aviador, o cabelo menos despenteado, algumas mechas louras iluminadas pelos raios do sol. Vestia o que parecia ser o mesmo jeans da noite anterior, um tênis surrado, uma camiseta que já tivera melhores dias, apertada em seus ombros, cara de poucos amigos. Bateu a porta do carro e espreguiçou, a camiseta levantando o suficiente para mostrar o abdômen de tanquinho bronzeado e o caminho de cabelo escuro que desaparecia na linha da cintura do jeans de cós baixo.

Shannon afastou o olhar rapidamente. Disse a si mesma que o calor súbito que acometera seu corpo tinha mais a ver com a manhã quente do que com a visão da pele desnuda de Travis.

Resmungando quão tola era, principalmente diante das circunstâncias desagradáveis que circundavam sua vida, afastou esses pensamentos da cabeça e saiu da cozinha, afastando-se da janela.

Comporte-se, repreendeu-se em silêncio ao abrir a porta exatamente no momento em que ele alcançava a varanda.

— Bom-dia — ele balbuciou e, mais uma vez, tolamente, seus batimentos cardíacos aceleraram.

— Idem. — Ela sorriu e segurou a porta aberta para ele. Khan saiu correndo e se enroscou energicamente nas pernas de Travis.

— Não é exatamente um cão de guarda esse daí — Travis observou.

— Talvez ele confie em você.

— Talvez ele confie em qualquer um.

— Não, Settler, é o seu charme pessoal, sua personalidade cativante. Os cachorros sentem essas coisas.

Os olhos dele se estreitaram, descrentes. — E os treinadores de cães sabem como vender o serviço.

— Às vezes — ela admitiu, sentindo os cantos da boca repuxarem um pouco. Depois de todo o estresse dos últimos dias, era bom um pouco de leveza. — Então, antes de começar, que tal um café?

Ele sorriu com o canto da boca. Khan ainda se enrodilhava entre suas pernas. Travis acariciou a cabeça do cão. — Você deve ter lido meus pensamentos.

— É, eu sou assim, meio vidente. — Ela o encaminhou até a cozinha, pegou xícaras descasadas no armário, enquanto Khan, feliz com a companhia, seguiu em frente para checar sua tigela de comida. Ela pegou a garrafa térmica e serviu a primeira xícara. — Não tem creme, nem açúcar. Pelo menos, eu acho que não.

Ele deu um risinho e colocou os óculos escuros sobre a mesa. Ela se viu olhando fixamente para os olhos dele, azuis como um céu de brigadeiro.

— Puro tá ótimo.

— Que bom. — Percebendo que suas mãos começavam a suar, ela se esforçou para servir a outra xícara sem derramar o café e entregou a maior para ele. — Então, alguma novidade?

— Sobre a Dani? — O sorriso dele se desfez. As linhas de preocupação que haviam deixado seu rosto momentaneamente voltaram a sulcar-lhe profundamente a pele em volta dos olhos e da boca. — Nada. — Provou o café antes de tomar um gole maior e encontrar as perguntas no olhar dela. — Quer dizer, não exatamente. Falei com os policiais federais, locais e com as autoridades do Oregon. — Franziu o cenho, olhou para a própria xícara e balançou a cabeça. — Mas se você tá falando de alguma notícia concreta sobre o caso... não. Nada.

O coração dela afundou dentro do peito. Mesmo esperando essa resposta, uma pequena parte sua desejava ouvir alguma coisa, qualquer pontinha de esperança que a convencesse de que Dani estava viva. Em vez disso, testemunhou a sensação de desespero se aprofundar nas feições de Travis. Sob a fachada de determinação dele havia devastação e culpa.

— Você vai encontrar a Dani — ela disse, apesar de não ter certeza de acreditar nas próprias palavras. Simplesmente sentia que, se alguém fosse capaz de localizar a filha, seria esse homem duro, sério, de lábios finos como uma lâmina, maxilar quadrado e tensão recolhida no pescoço, cujas mãos se abriam e fechavam nervosamente.

— Mais alguma percepção extrassensorial? — ele perguntou, levantando uma sobrancelha enquanto tomava um gole de café e apoiava o quadril nos armários mais baixos.

— Mais fé que percepção.

Ele resfolegou. — Eu precisava de um caminhão disso agora. — Depois, como se tivesse escutado a derrota na própria voz, acrescentou: — Mas você tá certa. Eu vou encontrar a Dani. — Ele hesitou, olhou nos olhos dela e disse, ainda, com convicção: — Ou vou morrer tentando.

Ela acreditava nele. — Vamos torcer pra isso não ser necessário.

— Amém.

— Você falou com a polícia sobre Mary Beth?

— Bem, em se tratando da Califórnia, é mais o caso de dizer que eles falaram comigo; mas, é verdade, eu tive uma conversa com dois malas da investigação de incêndio hoje de manhã.

— Janowitz e Rossi — ela adivinhou. — Eles me interrogaram no hospital.

— Então você ainda não teve com o Paterno?

Ela negou com a cabeça.

— Você vai. Eu já tive o prazer, hoje de manhã. Esse Paterno é detetive criminal. Como sua cunhada foi assassinada, isso virou a menina dos olhos dele, e ele acha que tá tudo ligado, inclusive os incêndios e o rapto da Dani.

Ela sentiu o estômago revirar. — Eles sabem como?

Ele levantou um dos ombros. — Meu palpite é que eles vão começar por você. Você é a conexão mais óbvia.

Ela estava levando a xícara à boca, mas seu movimento parou no meio do caminho. — Mas eu não sei o que aconteceu com ela.

— Então, a gente tem que descobrir, não é? — Seu olhar perdeu a firmeza e, pela primeira vez desde que o conhecera, ela teve a sensação de estarem do mesmo lado.

— É — ela disse. — A gente realmente vai ter que se esforçar.

— Então, vamos começar. O primeiro passo são os seus cachorros. — Ele terminou o café num gole só e ela deixou o que restava do seu na bancada.

Do lado de fora, o dia já estava sufocante, uma brisa mínima lambendo as folhas secas que ainda resistiam nos galhos, raios de sol manchando o chão. O que sobrara do barracão sujava a paisagem, os escombros escurecidos tendo secado ao ar livre no calor dos últimos dias, uma das pontas da fita adesiva amarela balançando ao vento, cansada.

Travis examinou o terreno. — Você sabe que quem quer que tenha provocado o incêndio poderia ter feito a mesma coisa com facilidade no canil, na cocheira ou na sua casa, não sabe?

— Sei. Já tinha pensado nisso. Mas os cachorros teriam feito mais barulho.

— Eu acho que ele teria dado um jeito nisso. Conseguiu circular furtivamente por aí sem muito problema.

— Feito você.

Travis balançou a cabeça. — Eu nunca cheguei perto da casa.

— Mas ele chegou — ela pensou em voz alta, lembrando-se da noite terrível, e sentiu a pele arrepiar novamente. Pegou Travis olhando para ela e viu o próprio reflexo distorcido nas lentes escuras dele. — E isso não era pra ser fácil. — Para clarear seu ponto de vista, abriu as portas do canil e foi cumprimentada por uma cacofonia de latidos, ganidos e rosnados. — Esses cachorros são incansáveis — disse. — Mesmo que já tenham comido, bebido água e feito exercício. Espera só mais um pouquinho e eu deixo vocês saírem — falou para os cães, ansiosos, acariciando a orelha de cada um deles ao passar.

Quando estava em fase de treinamento sério, principalmente em se tratando dos animais de outra pessoa, Shannon tirava um cachorro de cada vez do canil, levava-o para fora para se exercitar, depois trabalhava com ele antes de fazer o mesmo com o próximo. Somente depois de cada cão ter feito o treino completo, deixava que brincassem juntos, coisa que alguns treinadores não recomendam. Ela, por outro lado, acreditava que cachorros, sendo animais de matilha, funcionavam melhor em sociedade. Negócio é negócio, claro, mas jogo é jogo. E importante. Nesta manhã, depois de terminar o trabalho com Atlas, ela o deixaria correr, farejar, fazer pipi e se divertir à vontade. Exatamente como fizera mais cedo.

— Só cinco? — ele perguntou.

— Seis, contando com Khan. Mas, é verdade, eu não tô hospedando nenhum cachorro agora. Esses são todos meus.

— Mas eles não têm a mordomia de ficar dentro de casa?

— Nem sempre. Eles ficam em turnos. Mas cada um desses garotos... ah, e garotas, desculpe, Cissy... — ela disse, acariciando a border collie. — Mas todos eles foram criados em casa, quando eram filhotes. Eles entram de vez em quando, mas acaba sendo um pouco demais — falou e olhou para Khan. — Ele, é claro, é terrivelmente mimado. Eu digo que é "o escolhido", e ele se comporta como se fosse. — Coçou a cabeça de Khan e ele lambeu a mão da dona, imediatamente. — Viu como ele é irresistível? — Dirigiu-se ao cão: — Você realmente tá se superando hoje, não é?

Khan abanou o rabo como se compreendesse as palavras de Shannon.

— Um cachorro tem que conquistar o direito de dormir na minha cama.

Travis olhou para ela. — O Khan dorme com você?

— Na maioria das vezes. Ele deveria ficar na cama *dele*, que fica debaixo da janela do quarto, mas acaba que, quase sempre, ele se infiltra debaixo do *meu* cobertor e, normalmente, eu já tô exausta pra discutir. O pior de tudo é que ele gosta de ficar no meio da cama, então eu acabo acordando na beirinha do colchão, não é, Khan? — perguntou e acariciou o cão novamente. Endireitou-se e olhou para Travis. — Tem algum problema?

— Acho que não, mas...

— Mas o quê? — ela perguntou, pegando uma coleira.

— Eu tava só aqui pensando que um cachorro na cama pode não ser muito bem-vindo, se...

— Se o quê? Se eu quiser ver tevê ou... ah, você quer dizer se eu tiver companhia? — ela perguntou, surpresa com a intimidade da pergunta. — É isso, não é?

— Foi só uma coisa que me passou pela cabeça.

Ela levantou um ombro. — Eu acho que vou deixar pra cruzar essa barreira quando chegar a hora. — Colocou a coleira no pescoço de Atlas e alcançou a tranca do canil onde colocara o saco plástico com a suéter de Dani. — Vem, garoto — ela disse para o cão. Depois, olhando para Travis, explicou: — O Atlas é meu melhor rastreador. Então, se tiver alguma coisa por aqui, se a Dani tiver passado pelas redondezas, ele vai ser capaz de sentir o cheiro dela. Mas, eu preciso te alertar, não é muito provável. — Ela encaminhou o cachorro para o lado de fora. — Primeiro, nós dois sabemos que, quem quer que seja ele, é bem difícil que o sequestrador tenha trazido a Dani pra cá. Problema número um. Em segundo lugar, a área em volta da minha casa foi contaminada por gente, fogo e toneladas de água. E, terceiro, já faz muitos dias desde quando a gente acha que o cara esteve aqui... e ele não é a Dani. Não acho que uma busca padrão vai funcionar, mas a gente vai tentar. Só tô falando tudo isso pra você não ficar com uma expectativa muito otimista.

— É tudo o que eu tenho agora.

Shannon colocou um par de luvas. Depois, tentando comportar-se profissionalmente e chutando suas emoções para um canto esquecido da mente, tirou a suéter da filha de dentro do saco plástico. Deixou que o cão cheirasse a roupa e, com o coração partido, rezou silenciosamente para que Atlas fosse capaz de descobrir alguma coisa.

Qualquer coisa.

Um fio de esperança.

Ao seu lado, Travis ficou tenso.

Ela deu um comando para o cachorro: — Procura! — E Atlas disparou e circulou pela área, movendo-se com velocidade, o focinho rente ao chão, levantando a cabeça somente para respirar.

— Como você vai saber se ele achou o cheiro dela?

— Ele vai me dar uma dica — ela disse, mas, ao seguir o caminho do cão em volta dos prédios e dos campos, temeu que a busca não fosse mais que um exercício em vão.

O pastor estava tentando.

Atlas circundou o canil, a garagem, as cocheiras e os escombros do barracão. Esgueirou-se pelo caminho de entrada, nariz no solo, mas em nenhum momento levantou a cabeça para Shannon e latiu, nem deu indicação alguma de ter sentido o cheiro de Dani.

Ele ziguezagueou, deu meia-volta, ampliando ainda mais a zona de busca. Cruzou os piquetes e os campos ressecados por entre as árvores, farejou o rastro de um cervo debaixo da cerca, inclusive a área demarcada com uma placa enorme de PROIBIDA A ENTRADA, ameaçando de processo os violadores. O trecho em que Travis estivera para observar a casa de Shannon com seus equipamentos estava sendo preparado para construção.

Mas foi tudo em vão.

Simplesmente não havia cheiro algum para que o cão seguisse.

— Nada — Travis disse, depois de quase duas horas estudando os movimentos do cachorro que ia e vinha sob sol e sombra.

Ele coçou a nuca e suspirou em aceitação amargurada: — Mais uma parede de concreto.

— Eu tinha medo disso — Shannon concordou. Ela suava e a dor em seu ombro aumentara com o sol alto no céu. Acariciou o pastor alemão, congratulou-o pelo trabalho e retirou alguns carrapichos e folhas do seu pelo grosso, antes de encher de água uma tina de metal, utilizando uma mangueira que conectara à torneira do bebedor dos cavalos. Quando o cão saciou a sede, Shannon levou Atlas para o canil, tendo Travis a seu lado.

— A gente sabia que era um tiro no escuro — ela disse, mas não conseguiu aliviar o próprio desespero. As coisas estavam saindo de controle, indo de mal a pior, e os dois sabiam que a cada minuto as chances de encontrarem a menina diminuíam.

— Obrigado por tentar — ele disse e, quando ela lhe devolveu a suéter, ele acrescentou: — Fica com ela, por enquanto. A gente pode ter outra chance, se alguma coisa mudar.

Ela sentiu um nó na garganta. Que outra chance?, pensou, mas segurou a língua e concordou: — Ok.

— Eu vou ficar em contato... tem certeza de que não precisa de uma carona pra buscar seu carro?

— Acho que não. O Oliver deve vir me trazer.

— O padre?

— Quase padre — ela elucidou, enquanto andorinhas sobrevoavam o telhado do celeiro. — Ele não fez os votos finais, ainda. — Percebendo a pergunta nos olhos dele, disse: — Eu não sei por que ele se ofereceu pra trazer o carro, mas imagino que Shea esteja enrolado com a investigação. Robert tá um bagaço com a morte da Mary Beth e o Aaron... vai saber...

— Se você tem certeza.

Ela sorriu. — Eu tenho o seu telefone, caso precise de ajuda, mas eu duvido. Se tudo o mais falhar, o Nate deve voltar em algum momento. — Deu uma olhadela para a garagem e sentiu uma pontada de preocupação.

Travis seguiu seu olhar. — Onde ele tá?

— Eu realmente não sei. — Ela quase confiou nele, quase dividiu suas preocupações, mas alguma coisa na sua maneira de perguntar fez com que ela segurasse a língua. Afinal, Travis Settler não viera parar aqui pensando que ela raptara sua filha? Não a estava espionando outro dia? Apesar de ter começado a sentir afinidade com o homem, alertava-se silenciosamente para ir devagar, com cuidado. — Acho que vou descobrir quando ele chegar. — Forçou um sorriso que tinha certeza de ser transparente para Travis.

— Tudo bem, então. Te aviso se souber de mais alguma coisa. — Ele apontou para o canil. — E obrigado por tentar me ajudar a localizar a Dani.

— Pode contar comigo — Shannon disse. *Ela é minha filha também.* Mas não pronunciou tal pensamento. Não era preciso. Os dois sabiam muito bem a razão primeira da vinda de Travis a Santa Lucia.

— Me avisa se souber de alguma coisa.

— Combinado.

Ele hesitou um segundo e, através das lentes escuras dos óculos, lançou-lhe um olhar que alcançou uma parte proibida dela, invadindo-lhe profundamente a alma. Shannon teve a sensação de que ele queria beijá-la, mas que suas próprias reservas, as dúvidas a respeito dela o impediram.

O que foi até bom, porque ela não tinha ideia do que faria se ele a alcançasse e a puxasse para perto. O simples fato de pensar na possibilidade fez seu sangue esquentar mais do que devia e ela se recriminou, silenciosamente. Então, ele olhou para ela? E daí?

Meu Deus, Travis Settler não era homem com quem se deva fantasiar. Na verdade, ela pensou, de pé no pátio de estacionamento, observando a nuvem de poeira levantada pela passagem da caminhonete de Travis, ele era, provavelmente, o último homem na face da Terra por quem ela deveria sentir-se atraída. O último.

CAPÍTULO 19

Anthony Paterno tamborilava enquanto olhava para suas anotações. Cinco páginas de seus pensamentos estavam dispostas sobre a mesa na Delegacia de Polícia de Santa Lucia e ele tentava juntar as pontas, frágeis, das informações. A porta do escritório estava entreaberta e ele podia ouvir os ruídos com os quais estava acostumado: telefones tocando, zumbido de conversas, impressoras em funcionamento e gargalhadas ocasionais se sobrepondo ao barulho do ar-condicionado que já acusava excesso de uso.

O prédio baixo de tijolinho tinha quase oitenta anos e, apesar de ter passado por inúmeras renovações, nenhuma realmente o melhorara, Paterno pensou, com seu olhar estético. Funcionalidade acima da forma era certamente a máxima de quem desenhara as horríveis alas adjacentes de paredes caiadas nas laterais do prédio original.

Estava quente nesta área interiorana da região do vinho, decididamente mais provinciana do que São Francisco, lugar que chamara de lar por tantos anos. Sem vista para a baía ou para o Oceano Pacífico, somente colinas e mais colinas cobertas de vinhedos entre aglomerados de cidadezinhas dedicadas aos turistas. Um lugar bonito. Mais quente do que gostaria. Ajustar seu termômetro interno levara algum tempo e ele se via frequentemente dependente do ar-condicionado, no carro, em casa e no escritório. Este verão estava sendo o pior, o mais quente dos últimos três anos, o calor sem dar trégua, a temperatura raramente abaixo dos vinte e seis graus, mesmo à noite.

Os níveis dos reservatórios de água estavam baixos, apagões devido ao excesso de gasto de energia com refrigeração eram comuns e a ameaça de incêndio era uma constante — os campos ressecados e as florestas áridas prontas para pegar fogo com a ajuda de uma simples fagulha.

Ele se sentia sempre desconfortável e achou que perder seis quilos ajudaria, mas, até agora, não perdera mais que trezentos gramas, nem colocara os pés numa academia de ginástica.

Afrouxou a gravata e recostou na cadeira, a morte de Mary Beth girando dentro da sua cabeça. Era assim que ele funcionava. Um quebra-cabeça como o que encarava agora se infiltrava na sua corrente sanguínea e ele praticamente não pensava em outra coisa, dia e noite. Os casos simples não provocavam a mesma coceira nele, a mesma necessidade de descobrir o assassino, a mesma corrida contra o tempo na tentativa de impedir que o criminoso agisse novamente.

Porque era isto que Paterno achava que tinha pela frente — alguém não somente com sede de sangue, mas de algo mais. O cara estava jogando, deixando pistas intencionais, tentando a polícia e esperando espalhar medo naqueles que ainda estavam vivos.

Por que outro motivo perderia tempo desenhando com batom aquele símbolo esquisito no espelho?

Por que deixaria uma mochila com o mesmo desenho?

Por que deixaria claro para a polícia e todo mundo que o sequestro de Dani Settler estava relacionado à morte de Mary Beth?

Paterno deu uma olhada numa das páginas de suas anotações sobre a vítima.

Mary Beth Flannery tinha trinta e três anos, era mãe de duas crianças e, se as fofocas eram verdadeiras, estava prestes a se divorciar do marido, Robert Flannery, bombeiro. Tinha um considerável seguro de vida em seu nome, de quase um milhão de dólares. Mas ela estava dificultando o divórcio, logo sua morte livraria Flannery do casamento, assim como colocaria um bocado de dinheiro em seu bolso.

E Robert Flannery estava com dificuldades financeiras. A casa da família já estava na terceira hipoteca. Todo e qualquer valor agregado do pequeno rancho já fora utilizado. E havia a dívida com o cartão de crédito e o leasing recente do BMW.

Robert Flannery tinha motivo suficiente para matar a mulher, mas para que tanto trabalho para encenar sua morte? Essa parte não se encaixava no resto. A não ser que quisesse confundir a polícia e soubesse o suficiente para fazer com que esse assassinato parecesse se conectar à certidão de nascimento queimada deixada na casa da irmã. Mas Paterno não acreditava que Robert tivesse cérebro, tempo ou condições para raptar a menina. Ele poderia ser um oportunista se aproveitando de uma investigação em andamento, tentando embaçar as coisas, depois de saber que a criança fora sequestrada. Mas Paterno também não acreditava nisso.

Robert Flannery lhe parecera impulsivo — alguém que se arrisca, não que trama. Ele pode ter desejado a morte da mulher, mas era mais o tipo de homem que contrata alguém para fazer o serviço. Até poderia fingir um acidente, mas não essa cena bizarra, quase ritualística. Paterno achava que isso estava fora do alcance da imaginação de Robert.

Então, quem?

Tamborilou mais um pouco e franziu o cenho. Outras pessoas talvez gostassem de ver Mary Beth fora do caminho, inclusive Cynthia Tallericco, amante de Robert. Mas, de novo, por que um assassinato tão exibicionista? Tão planejado? Por que a ligação com o desaparecimento de Dani Settler? O interessante era que Tallericco tivera parte no processo de adoção da menina.

Coincidência?

Paterno não apostava muito em coincidências. Na verdade, não acreditava que elas existissem.

Por que Cynthia Tallericco, ou qualquer pessoa, no caso, desenharia aquele símbolo no espelho? Ou na mochila?

Depois de fazer uma busca na propriedade, a polícia encontrara a mochila deixada perto da pia. Estava chamuscada, mas praticamente intacta; portanto, deve ter sido protegida por algum tipo de spray para dificultar o alastramento do fogo.

No interrogatório, Robert insistira que a mochila não pertencia a nenhum de seus dois filhos ou a amigos destes, mas Paterno se perguntou se o bombeiro realmente saberia. As aulas mal haviam começado e Flannery estava bastante envolvido com sua nova namorada. Talvez estivesse ignorando os filhos, assim como a mulher, enquanto seu caso prosperava.

Porém, nem a mochila nem o símbolo pareciam se encaixar com a personalidade de Robert Flannery, a não ser que fossem elaboradas pistas falsas. Mas Paterno não comprava a ideia. Não, a mochila e o desenho rabiscado eram coisa do assassino, e o assassino não era Robert Flannery.

Então, o que ele sabia de fato?

Primeiro, Mary Beth fora estrangulada. Havia água em seus pulmões, mas não o suficiente para afogá-la, e os hematomas em volta do pescoço indicavam que alguém cortara-lhe o ar com as mãos. Verdade, o marido era supostamente a última pessoa a ver a mulher com vida, mas ele tinha um álibi: a Tallericco. E Paterno realmente acreditava que estavam juntos.

Segundo, a casa de Mary Beth fora incendiada e pistas haviam sido deixadas intencionalmente no local.

Terceiro, uma investigação da conta telefônica revelara que Mary Beth falara com o irmão, Liam, e com Shannon Flannery mais ou menos uma hora antes de ligarem para o Corpo de Bombeiros.

Quarto, as crianças estavam, convenientemente, passando a noite com a irmã de Mary Beth, Margaret.

Ele decidiu averiguar com a família e os amigos novamente. Policiais já estavam investigando a vizinhança, falando com os moradores da área, procurando alguma coisa fora do comum na noite da morte de Mary Beth.

A família dela ligara repetidas vezes para a delegacia. E a imprensa não parecia satisfeita com as respostas que conseguira com os oficiais. Mas todos teriam que esperar.

A cadeira de Paterno rangeu quando ele se levantou. Inclinou-se sobre a mesa novamente, o olhar voltado para o estranho símbolo deixado em duas cenas de crime. O primeiro tinha a forma de um diamante sem uma das pontas. No centro, um número 6. Ou um 9, ele supôs, se virasse o desenho de cabeça para baixo.

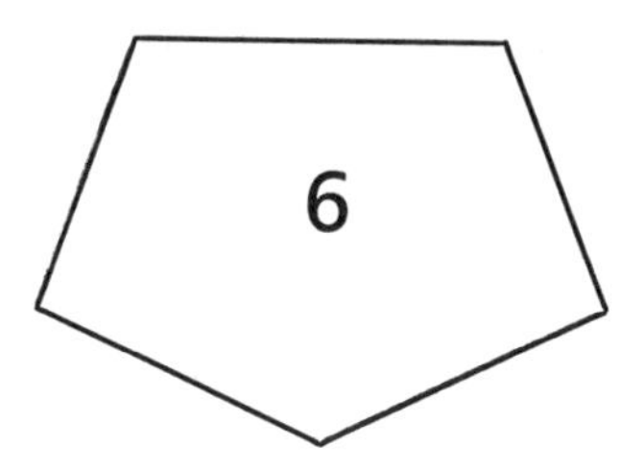

O segundo símbolo obviamente fazia parte de uma estrela de cinco pontas, sem uma delas. Na parte inferior esquerda havia um espaço em branco, nenhuma ponta, mas um número 5 fora desenhado com letra firme. A ponta inferior direita era visível, porém fora feita em linhas pontilhadas, enquanto o resto da estrela tinha linhas fortes e firmes. O número 2, também em linha pontilhada, aparecia no centro da ponta inferior direita.

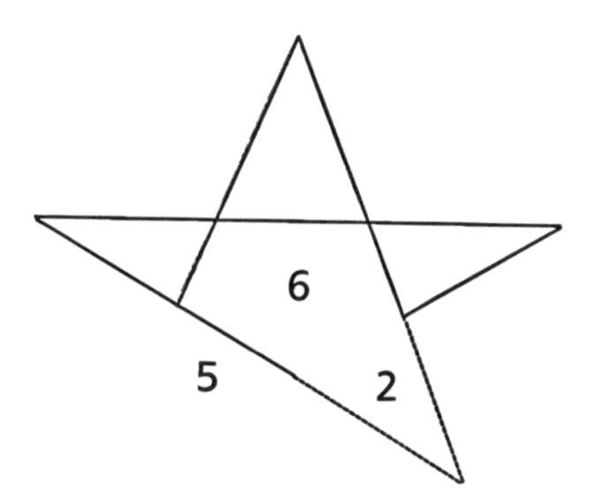

Paterno olhou para os dois desenhos e franziu o cenho. Se levantasse a primeira imagem e a colocasse sobre a segunda, elas se encaixariam perfeitamente: o número 6 ficando no centro da estrela fraturada. Não era um 9, mas um 6, estando todos os números virados para cima.

O que será que o desgraçado do assassino estava tentando dizer?

Pegou seu café. Estava frio, mas ele o bebeu assim mesmo, depois jogou o copo descartável na cesta de lixo sob a mesa. Quem era esse cara? Que jogo era esse?

Seu olhar se voltou para outro pedaço de papel: suas anotações sobre Shannon Flannery. Estava certo de que ela era o centro do que estava acontecendo. Ele sabia que a criança que ela entregara para adoção treze anos antes, Dani Settler, desaparecera. Um pedaço da certidão de nascimento da menina fora parcialmente queimado e deixado na casa de Shannon. Não muito tempo depois, um incêndio se iniciara em sua propriedade. Nos dois casos, o símbolo que se encaixava no centro da estrela fora deixado no local.

Será que ela era o número seis? O que isso significaria?

O que quer que estivesse acontecendo, estava relacionado a Shannon Flannery.

E com o incêndio. Por que alguém se daria o trabalho de queimar a certidão ou o barracão de Shannon Flannery, ou mesmo de botar fogo no banheiro onde Mary Beth, de acordo com as investigações preliminares, já estava morta devido a um estrangulamento?

O telefone de Paterno tocou e ele, ainda encarando a papelada sobre sua mesa, levou o fone à orelha. — Paterno.

— O relatório toxicológico preliminar de Mary Beth ficou pronto — Jack Kim disse sem fazer rodeios. — Nada que não fosse de se esperar. O nível de álcool no sangue estava acima do permitido pra dirigir, mas não pra tomar banho. — A tentativa de piada do técnico de laboratório não encontrou eco do outro lado da linha. — Até agora nenhuma novidade pra família. A autópsia está marcada pra depois de amanhã. Eles querem o corpo pro funeral.

— Mas eu não vou liberar, até a gente ter mais algumas respostas.

— Foi o que eu disse pra eles.

— Ótimo. — Era sempre o mesmo problema com os parentes das vítimas. Eles queriam respostas, queriam o criminoso atrás das grades, mas também tinham pressa em enterrar aqueles que amavam. Paterno desligou e pescou sua folha de anotações sobre Shannon Flannery.

Ainda estava à espera dos relatórios sobre a morte do marido dela três anos antes, e, quando os tivesse em mãos, seu plano era investigá-los com pente-fino, depois, repetir a operação. Alguma coisa sobre aquela mulher não se encaixava. Parecia que muitas pessoas próximas a ela morriam ou sumiam da face da Terra. Onde estava o pai da criança, Brendan Giles? E o que acontecera com seu irmão, Neville? Pensou furtivamente na possibilidade de terem deparado com um final violento, assim como o marido. De acordo com testemunhas, a última vez que alguém vira Neville Flannery fora umas três semanas depois do assassinato de Ryan Carlyle. Ele pedira demissão do trabalho, começara a agir de maneira estranha e... simplesmente desaparecera.

Estranho.

Paterno fez uma anotação para buscar mais informações sobre o irmão desaparecido de Shannon. Algo não se encaixava.

O que seria?

Ele reconstruiu o que sabia sobre o assassinato de Ryan Carlyle e o subsequente interrogatório de Shannon. As evidências eram circunstanciais, mas o promotor público parecera ficar excitado com a ideia de incriminá-la.

A acusação utilizara argumentação básica. Shannon Flannery apanhava do marido. Havia laudo médico atestando os ferimentos em duas situações diferentes. Na primeira vez, ela insistira ter caído na baia de um cavalo; na segunda, não tentara esconder o fato de que ele a golpeara com força suficiente para quebrar-lhe o maxilar. Ela dera queixa, mas ele se livrara sob fiança e a surrara novamente. Shannon sofrera um aborto. Conseguira um mandado de segurança contra ele e se preparara para entrar com o pedido de divórcio. Antes disso, ele violara o mandado, recusando-se a ser afastado da própria casa.

Mas ela esperara por ele, quase como se na expectativa do seu retorno, e preparara uma armadilha. Com a ajuda do irmão Aaron, instalara um sistema de áudio e vídeo para gravar a infração de Ryan.

Como se tivesse ensaiado, o idiota aparecera e partira para agredi-la. Na sua ira, Carlyle descobrira o equipamento e o quebrara em mil pedaços.

Ela acabara no hospital, mais uma vez.

Uma semana depois de receber alta, o corpo de Ryan Carlyle fora encontrado, com queimaduras que quase impediram seu reconhecimento. Ele morrera num incêndio na floresta, o qual fora provocado, a defesa insistira, pelo próprio Carlyle, incendiário conhecido, ou por pessoas acampadas que, descuidadamente, haviam esquecido de apagar sua fogueira. A floresta ressecada deveria ter incendiado quando o vento mudara de direção e Carlyle acabara preso num desfiladeiro, cercado pelo fogo. Oitocentos hectares de floresta haviam sido destroçados pelas chamas. Assim como Ryan Carlyle.

Nenhuma evidência física ligara Shannon ao incêndio.

Apesar de não ter um álibi (ela afirmara estar sozinha em casa com os cães na hora do crime), a defesa lançara dúvida suficiente na teoria da acusação para que Shannon Flannery fosse inocentada. Ou para que conseguisse escapar, dependendo do ponto de vista.

A família de Ryan Carlyle, inclusive sua prima Mary Beth, ficara revoltada com o resultado do julgamento. A imprensa tivera dias de glória. A especulação de que Shannon Flannery literalmente se livrara do assassinato corria à solta.

Ninguém, ao que parecia, achava que a justiça fora feita.

Paterno enxugou as sobrancelhas e percebeu que a temperatura no escritório era de quase trinta graus, apesar do zumbido do ar-condicionado e do ventilador que soprava sobre os papéis na mesa.

Ele espreguiçou e foi até a janela, de onde podia ver a calçada, dois andares abaixo. Pedestres andavam, pombos ciscavam e pedaços mínimos de vidro entremeados no concreto refletiam os intensos raios solares. Havia uma moratória de água lá fora e as árvores margeando as calçadas pareciam secas e encolhidas, as folhas amarelecidas, penduradas sem vida nos galhos seminus. O calor lançava suas ondas, enquanto ele observava os carros na rua, vans e caminhonetes cruzando os sinais de trânsito, suas imagens distorcidas pelo vapor quente.

Ele não estava convencido nem da culpa nem da inocência de Shannon Flannery, mas pretendia passear por todas as evidências, assim que as caixas de arquivos fossem trazidas do depósito onde haviam estado lacradas nos últimos três anos. Talvez ele fosse capaz de tirar as próprias conclusões.

Sem certeza do que esperava encontrar naqueles documentos, desejava que houvesse algo que o ajudasse a descobrir o que estava acontecendo agora. Por que parecia que todo mundo em volta de Shannon Flannery desaparecia ou morria? Onde será que se enfiara o desgraçado que era pai da criança que ela dera para adoção? A família de Brendan Giles ainda morava em algum lugar das redondezas... talvez em Santa Rosa.

Paterno fez uma anotação para contatar qualquer pessoa que conhecesse Giles e tentar descobrir o que teria acontecido com ele. Exatamente o mesmo que escrevera sobre Neville, o irmão de Shannon que desaparecera depois da morte de Ryan. Sem deixar pista. Outro que se transformara em poeira. Estaria Neville envolvido no assassinato de Carlyle? Seria culpado e estaria foragido? Ou teria sido silenciado, e seu corpo, despachado? Talvez em algum lugar nas colinas ou nas profundezas do Oceano Pacífico, a algumas horas de distância.

Daria uma segunda inspecionada nos outros irmãos também. Apesar de Paterno achar que Robert era inocente, não o descartara completamente da lista. Tivera motivo e oportunidade. Quanto a Shea Flannery, o cara era ok, mas era reservado e nervoso. Paterno não gostava dele, estava satisfeito de tê-lo afastado por uns tempos. O que lhe deixava Aaron, o qual, agora, era detetive particular, porque fora expulso do Corpo de Bombeiros. Por quê? Fez um círculo em volta do nome de Aaron e decidiu desenterrar um pouco do seu passado.

E havia o irmão que virara padre, Oliver, homem que estivera num hospital psiquiátrico não somente uma vez, mas duas. Por que cargas d'água a Igreja aceitaria alguém tão evidentemente instável como padre? Apesar dos problemas enfrentados pela Igreja católica atualmente, não fazia sentido que descessem ao fundo do poço, a ponto de ter um doido de pedra na congregação.

Oliver não somente tentara cortar os pulsos quando criança, mas perdera completamente a razão depois da descoberta do corpo de Ryan. Ficara em silêncio, quase um recluso, e acabara num hospício por várias semanas. Depois, recebera "o chamado".

Com certeza.

Outro ponto de interrogação. Outra pessoa que deveria ser interrogada.

Além de Shannon Flannery, a lista era composta dos irmãos dela e da família de Mary Beth.

Inquieto, Paterno tentou abrir a janela, mas ela estava grudada por causa da tinta. Frustrado, recostou na moldura e tentou imaginar o que a morte de Mary Beth teria a ver com a menininha raptada no Oregon.

A menina que Shannon Flannery entregara para adoção.

Estava tudo interligado, ele só precisava descobrir como. E ele o faria, estava decidido.

Espreguiçando um braço acima da cabeça, ouviu a coluna estalar em reclamação às muitas horas sentado à escrivaninha, muitos minutos despendidos na mesma posição, enquanto as engrenagens do seu cérebro giravam.

O que ele sabia, com certeza, era que os incêndios que haviam devastado a região três anos antes, todos provocados por um incendiário desconhecido, nomeado pela imprensa de Incendiário Furtivo, deixaram de acontecer depois da morte de Carlyle. Sete prédios em chamas. Uma morte. Paterno conferiu suas anotações — uma mulher de trinta e dois anos, chamada Dolores Galvez.

O telefone tocou e ele fez uma careta. Não queria ser perturbado enquanto tentava entender os fatos. Tirou o telefone do gancho bruscamente, levou-o a orelha e atendeu, ríspido: — Paterno.

— E aí, Tony? Adivinha? — Ray Rossi perguntou. — Sabe as impressões digitais na mochila? A gente tem uma pista pra você.

— Deixa ver se eu adivinho... são do Travis Settler.

— Bingo — Rossi disse. — Palmas pra você.

— Mais alguma coisa?

— Nada que se encaixe. A gente imagina que as outras digitais sejam da garota.

— Provavelmente — Paterno disse. — Eu vou falar com ele.

Sua picape deslizou até parar em frente à garagem.

Shannon, que estava sentada à mesa da cozinha organizando as contas, ouviu o barulho do motor e foi até a porta no momento em que Oliver, vestindo calça comprida larga e camisa polo, saltou do carro. Khan pulava de excitação ao lado dele, pedindo carinho.

— Desculpe a demora — o irmão disse. — Tive dificuldade pra motivar a mamãe.

— A mamãe?

— Ela tá vindo aí. — Ele pegou um graveto no chão e o jogou longe, fazendo com que girasse no ar e cruzasse o pátio. — Eu precisava de uma carona de volta — Oliver explicou.

— Eu te levaria.

— Mamãe não quis ouvir falar nessa possibilidade. Nossa... — Ele espremeu os olhos na direção do barracão e suspirou longamente. — Falaram que foi intencional, né?

— É. — Ela ouviu o ronronar do Buick da mãe se aproximando. Preparando-se para mais uma cena, observou Maureen O'Malley Flannery, o cabelo vermelho lustroso, parecendo recém-saída do salão de beleza, parar o automóvel perto do dela.

Ótimo, Shannon pensou, sabendo que a visita não seria das melhores.

Não estava errada.

Depois de acompanhar a mãe, passar pelo barracão e entrar na cozinha, tendo sido obrigada a ouvir todos os lamentos de "Pobre Mary Beth", "Não posso imaginar o que anda passando na cabeça do seu irmão", "Você já voltou no médico?" e "Como você está se sentindo?", Shannon ofereceu café instantâneo e a mãe a encarou.

— A esta hora do dia? — perguntou. — Acho que prefiro tomar um chá, se não for muito incômodo. — Sentou-se à mesa redonda da cozinha.

Rapidamente, Shannon retirou suas contas e a calculadora da mesa e colocou tudo no canto da bancada, antes que a mãe pudesse bisbilhotar suas finanças. Não que tivesse algo a esconder, mas não queria que a mãe se preocupasse e perguntasse como andavam seu crédito e seus pagamentos da hipoteca.

— Eu não entendo — Maureen começou a falar, ao passo que Oliver, insistindo que Shannon se poupasse e se sentasse à mesa, em frente à mãe, procurava o chá gelado e, depois de encontrá-lo, começava a servir os copos. — Por que alguém iria querer machucar Mary Beth? E aquelas pobres crianças?

Oliver, sempre diligente, colocou o copo na frente da mãe, mas ela nem percebeu.

— É a maldição dos Flannery — Maureen insistiu, secando os olhos com um guardanapo retirado do suporte em cima da mesa.

— Você disse isso ontem à noite.

— Mas é a pura verdade! — Maureen confirmou bruscamente.

Ela era conhecida por sua dureza. Os amigos se impressionavam com sua mão para educar aqueles filhos grandes e baderneiros, mas, ainda assim, Shannon sabia que a mãe tinha os próprios segredos, os próprios demônios com que lidar. Esta manhã ela estava continuando de onde parara na noite anterior.

— Se não fosse a má sorte, nós não teríamos sorte de espécie alguma — disse, fungando.

Esse fora seu mantra desde que Shannon podia se lembrar dela.

— Isso matou seu pai, você sabe. Não só o fato de você ter engravidado, nem a confusão com o Ryan. Foram os ataques, o mandado de segurança, as acusações com relação àquela tolice de Incendiário Furtivo, a desgraça do assassinato e o Neville... meu doce Neville... ah, meu Deus...

Ela parou para fazer o sinal da cruz e Oliver apoiou a mão sobre o ombro dela, enquanto seus olhos encontravam os da irmã. Não precisaram dizer uma palavra, simplesmente concordaram silenciosamente que aquela mulher era mãe deles e não se calaria até achar que fosse a hora.

Presa à própria dramaticidade, Maureen começou a soluçar baixinho. Shannon, apesar de já conhecer a peça, teve pena da mãe.

— Sem falar na expulsão do Aaron do Corpo de Bombeiros e... agora começaram os incêndios e a Mary Beth está morta. Pensem na pobrezinha da Elizabeth e no RJ. O que eles vão fazer sem a mãe?

— Eu não sei, mãe, mas o Robert vai cuidar deles.

— Eu vou rezar para que ele faça isso — suspirou, trêmula. — Ele tem andado tão... distraído, ultimamente.

— Mas ele vai dar suporte aos filhos — Oliver disse. — Ele estava de pé, o quadril apoiado num dos armários, os dedos agarrados à bancada da pia.

— Aquele incêndio terrível. O que mais poderia significar isso, a não ser uma maldição?

— Mamãe — Oliver a repreendeu baixinho.

A cabeça de Shannon pulsava de dor, como uma vingança. Talvez ela precisasse daqueles analgésicos.

— E o incêndio aqui, Shannon? Olhe para você! Seu rosto ainda está tão machucado... seu braço, suas costelas.

— O que aconteceu não tem nada a ver com maldição, nem com demônio, nem nada disso — Shannon disse. — Má sorte, talvez... bem, com certeza, na verdade... e decisões idiotas, mas alguém que quer nos atingir, ok. Acho até que você tá certa quanto a isso, mas não maldição... não, definitivamente não.

Oliver fez sua contribuição de fé: — Pelo menos a gente deve agradecer o fato da Shannon não ter se machucado mais seriamente.

— Mas a Mary Beth não teve a mesma sorte.

Depois de alguns minutos, Oliver avisou que precisava ir embora. Shannon tentou não demonstrar o alívio que sentia ao acompanhá-los até o lado de fora. Depois, observou o irmão ajudar a mãe a sentar-se no banco do carona do Buick.

Antes de ir embora, ele puxou a irmã para um canto à sombra do carvalho. — Tem uma coisa que eu acho que você deve saber. — Os olhos dele giravam de um lado para outro, como se não tivesse certeza da maneira com que diria o que estava em sua cabeça.

— O que é?

Ele hesitou.

— Chega de drama. Por favor. A gente já teve uma boa dose com a mamãe. O que foi?

Ele coçou o queixo. Evitou os olhos da irmã. — Bem, eu não tenho certeza, pelo menos não cem por cento, mas acho, não, na verdade eu tenho quase certeza de que vi o Brendan na igreja, domingo passado.

— O Brendan? — Ela estava chocada. Uma série de imagens do pai da sua filha passou-lhe pela cabeça. Brendan de smoking quando a buscou para a festa de formatura do colégio; Brendan acenando das arquibancadas na formatura dela; o rosto pálido de Brendan quando ela lhe contou do bebê...

— Isso, Brendan Giles — ele disse de supetão. Depois, acalmou-se. — Desculpe... eu detesto a ideia de trazer isso à tona, caso eu esteja errado. Mas eu acho que era ele; bem, ou era alguém muito parecido, parado atrás do último banco da igreja. — Ele balançou a cabeça. — Eu posso ter me enganado, é claro. Faz tanto tempo que a gente não se vê... o quê?... Uns treze ou catorze anos? Mas... eu acho... ah, quem sabe...? — Oliver engoliu com dificuldade e olhou para o céu, uma ruga de preocupação na testa. — Talvez eu não devesse ter dito nada.

— Não, claro que você devia — ela insistiu, ainda em choque.

O olhar dele foi até a irmã. — Só achei que você devia saber.

— Você tentou falar com ele?

— Tentei, depois da missa. Corri até os fundos, cumprimentando todo mundo, é claro, mas... — Oliver levantou os ombros, como se o peso do mundo estivesse depositado neles — ele já tinha sumido. — Estalou os dedos. — Quase como se nunca tivesse estado ali... como se eu tivesse imaginado, de repente.

— Você que dizer como se fosse uma alucinação, é isso?

— Louco, né?

Shannon não respondeu.

A porta de passageiro do Buick foi aberta. — Oliver? — a mãe chamou. — Você vem ou não? Está quentíssimo aqui dentro.

— Já vou, mãe. — Ele olhou para a irmã, seus olhos azuis atormentados. — Eu tenho que ir.

— É, eu sei.

Ele deu um beijo rápido em Shannon, depois a deixou sob os galhos do carvalho. *Brendan estava de volta? Justo quando ela acabara de descobrir que sua filha havia sido raptada? Deles... a filha deles.*

Ou Oliver estaria enganado?

Ou teria imaginado ver Brendan?

Ela viu o sedã cor de bronze se afastar pela estradinha de acesso, levantando poeira na tarde quente.

Se Brendan tivesse voltado para Santa Lucia, certamente teria procurado os pais. Certo? *Eles* saberiam que ele estava na área agora, exatamente no momento em que, coincidentemente, a criança que haviam concebido juntos estava em grave perigo.

O pesadelo que ela estava vivendo se tornava mais estranho a cada segundo.

Estômago embrulhado, Shannon correu para dentro de casa e folheou o catálogo de telefones. Com os dedos tremendo, fez uma ligação que não queria fazer.

Claro que a secretária eletrônica atendeu. Sentindo que minutos preciosos lhe escapavam, ela deixou nome, número de telefone e um pedido para que alguém ligasse de volta.

Teve fé em Deus de que alguém se importaria.

CAPÍTULO 20

— É da Dani — Travis declarou, a garganta apertada, medo e raiva percorrendo seu sangue enquanto olhava fixamente para a mochila. — Estava com ela quando foi pro colégio naquele dia. — Chocado e assustado, ele se virou para o detetive. — Onde você pegou isso?

— Na casa dos Flannery, na cena do crime.

— Ela tava lá? — Travis sussurrou tomado de horror.

— Acho que não. Acho que o assassino deixou lá, da mesma maneira que deixou a certidão de nascimento queimada no portão de Shannon Flannery.

— Por quê? — Travis perguntou.

— Não sei. Mas ele queria que a gente encontrasse.

— Vocês não encontraram nenhum outro rastro dela, certo? — Travis perguntou, forçando as palavras para fora da boca. — Ela não...

— Ela não estava lá — Paterno rapidamente assegurou. — Não existe nenhuma evidência de que ela tenha estado em qualquer lugar perto da casa.

Travis suspirou com dificuldade. Talvez Dani ainda estivesse em segurança... Deus, ele pediu que sim.

— Eu estava esperando que você pudesse explicar isto. — Sem permitir que Travis tocasse na mochila, abriu a parte de cima e, ali, desenhado com material que parecia carvão, o estranho símbolo de uma estrela com números e linhas partidas. — Você já viu isso antes?

— Não. Não faço a menor ideia do que seja. — Travis olhou atentamente para o bizarro desenho. — Não tava aí quando eu vi a mochila pela última vez.

— Tem certeza?

— Tenho.

— Alguma chance de a sua filha estar envolvida com drogas ou cultos, ou...

Travis bateu o punho na quina da mesa de Paterno. — Olha só, detetive — ele rosnou, a raiva percorrendo-lhe o corpo —, já falei sobre isso com a polícia do Oregon e com o FBI milhões de vezes. A Dani não usava drogas. Ela não confiava em estranhos. Ela não fugiu. — Os músculos do seu pescoço estavam tão tensos que doíam. Subitamente, teve vontade de esganar esse policial presunçoso. — Minha filha é a vítima, deu pra entender? A *vítima*. Não começa a deturpar as coisas. Faz o seu trabalho e encontra a minha filha. Só isso.

— Eu acho que todas as delegacias de polícia da Califórnia e do Oregon estão fazendo exatamente isso.

— Então, onde é que ela tá? Hein? Com o pervertido que fez isso? — ele perguntou, apontando irritadamente para a mochila. — O cara que matou pelo menos uma mulher e atacou Shannon Flannery? É ele que tá com a minha filha? — Seus dedos se recolheram de desânimo. — Você e eu sabemos que toda essa confusão de merda tá ligada de alguma forma, e a minha filha é o centro de tudo. A gente também sabe que a cada segundo que passa as chances de sobrevivência dela diminuem. Então, detetive Paterno, em vez de me perguntar coisas sem sentido sobre drogas e cultos, por que você não parte pro jogo e encontra a minha filha?!

Travis não esperou pela resposta. Saiu e bateu a porta. Um de seus punhos estava cerrado e ele queria mais do que tudo usá-lo para esmurrar o rosto de alguém.

A polícia estava andando em círculos.

Exatamente como o desgraçado que estava com Dani queria. O filho da mãe estava jogando. Com a vida da sua filha!

Mas Travis estava focado.

Determinado.

E letal.

Se esse maníaco de merda tivesse tocado num fio de cabelo da Dani, ele seria um homem morto. Travis daria conta dele. Sem perguntas.

"Cuidado com os presentes de grego." Isso não era um dito popular? Ou seriam presentes de tolo? Ouro de tolo? No presente momento, talvez qualquer um dos dizeres fizesse sentido, Shannon pensou. Seu vizinho, o corretor Alexi Demitri, o homem que lhe vendera sua nova propriedade na montanha, orgulhosamente lhe entregara um filhote de cachorro gordinho e dourado. Shannon usara o tempo desde a saída da mãe e de Oliver para ligar para Aaron e dar a notícia sobre Brendan Giles. Aaron prometera investigar e, quando ela ouviu as batidas à porta dos fundos, imaginara ser o irmão. Em vez disso, Alexi aparecera.

— Só queria fazer alguma coisa por você — ele disse. — Você passou por tanta coisa, ultimamente. — Levantou a mão e a moveu em direção ao espaço onde, antes, ficava o barracão. — Eu soube da sua cunhada. Sinto muito.

— Eu também — Shannon disse, confusa com o gesto dele.

— Mas e você? Está se sentindo melhor?

— Um pouco — ela disse com um sorriso ao segurar a pequenina bola de pelo. Seus pés não doíam mais e a dor de cabeça se reduzira a uma latência enjoada, apesar de seu ombro e das costelas ainda fazerem com que se lembrasse do incêndio. Ela ainda parecia ter perdido três rodadas de lutas com o campeão de peso-pesado de boxe.

O filhotinho se acomodava em seu colo e ela, imediatamente, se encantou com o animalzinho felpudo, cor de manteiga. Khan, sempre presente e ciumento, olhou ansioso para o filhote e ganiu.

— Shh — ela sinalizou. — Você ainda é o número um.

— Quando eu soube que você tinha tido tanto azar — Alexi disse —, pensei em trazer alguma coisa para te animar.

Um cachorro?, Shannon pensou, incrédula. Apesar de ter recebido plantas, cartões e flores, ninguém tivera a ideia de lhe dar um animal como presente de recuperação. Até agora. Ela pensou em todos os cães que tinha na propriedade, animais que precisavam ser treinados enquanto se recuperava, e chegou à conclusão de que tudo de que não precisava no momento era de um filhote.

Naquele instante, o bichinho lambeu seu queixo, derretendo-lhe o coração. Ele cheirava como um filhote, claro, e era tão quentinho, suave e aconchegante. E tão bonitinho!

Talvez Alexi estivesse certo. Talvez ela precisasse deste labradorzinho para animá-la.

Como se pudesse ouvir seus pensamentos, Alexi sorriu, mostrando uma pontinha de ouro num dos dentes da frente. — O melhor da ninhada, vou te falar. E muito esperta. Essa mocinha é muito inteligente! — Entregou a ficha veterinária que comprovava suas vacinas e saúde perfeita.

Shannon deu uma olhada nos papéis, depois guardou-os no bolso.

— Então, por que você não vende a cachorrinha? — Shannon perguntou e recostou-se na moldura da porta, sentindo o calor do dia atravessar-lhe os ossos.

Os olhos escuros de Alexi se iluminaram. — Não vendi essa porque não queria que fosse parar na mão de um estranho, não importava o preço. — Ele assentiu, a cabeça calva subindo e descendo como se tentasse convencer a si mesmo. Enfiou a mão no bolso e pegou um molho de chaves. Elas brilhavam sob a luz do sol. Novíssimas.

— E o resto da ninhada?

— Bem, a minha filha pegou um. Meu sobrinho também precisava de um cachorro. Dois morreram no parto, uma pena, e eu salvei essa, Skatooli, a melhor, pra você. — Ele sorriu amplamente mais uma vez e entregou o molho de chaves para ela. — Essas são da porta dos fundos do depósito de madeira. Eu tive que mudar a fechadura e, como falei pra você, esqueci de trazer quando a gente fechou o negócio — explicou.

As chaves eram da propriedade que ela acabara de comprar, um rancho de oito hectares, localizado uns vinte e cinco quilômetros acima, na estrada rural. Um lugar perfeito, ela pensara, para expandir seu espaço de treinamento para cães de rastreamento e busca, um lugar para recomeçar, um lugar sem lembranças do passado. E agora, ela pensou, olhando para a parte escurecida da cocheira, um lugar mais seguro contra quem quer que estivesse tentando importuná-la.

— O que significa Skatooli? — ela perguntou, guardando as chaves no bolso.

— Um agrado grego. — Ele sacudiu a mão, como se indicasse que o significado real não fosse importante. — Todas as avós chamam suas netas queridas de Skatooli... — No entanto, ele corou, a pele do topo da cabeça ganhando um tom avermelhado com o calor da tarde.

— Skatooli — Shannon repetiu enquanto segurava sua nova cadelinha, uma labradora dourada. — Eu não sei o que dizer. Você não devia... mas obrigada. — Ela afagou o pelo sedoso da cachorrinha, que abanou freneticamente o rabinho sobre seu peito. Aos seus pés, Khan gania, andando em círculos.

— Imagina. E, por favor, fique bem! — Subitamente, os olhos escuros de Alexi assumiram um ar de preocupação. — Toda essa história de incêndio, além do que aconteceu com a sua cunhada... é tão preocupante... ruim. — Obviamente, ele lera as notícias nos jornais ou vira nos noticiários de tevê que havia suspeita de incêndio provocado.

— Amém — ela concordou.

— Se cuide, Shannon. Cuidado.

— Sempre.

— Estou falando sério, você poderia contratar um serviço de segurança completo, com câmeras. Toma. — Ele buscou no bolso traseiro da calça, pegou uma carteira de couro liso e retirou dali um cartão. — Quando eu não estou vendendo propriedades, trabalho com segurança junto com meu cunhado. — Entregou a ela o cartão da Segurança em Primeiro Lugar, empresa com sede em Santa Rosa.

— Então, você vende casas e sugere que seus clientes invistam em sistemas de segurança?

Ele levantou um dos ombros. — Eu faço o que posso.

— Ótimo bico.

O sorriso dele se alargou. — Você deve pensar num sistema de segurança pra cá *e* pra casa nova. Segurança nunca é demais.

— Segurança em primeiro lugar — ela disse, apontando para o cartão enquanto segurava a cadelinha que se mexia em seu colo. Lembrou-se do equipamento de vídeo que instalara por sugestão de Aaron. O equipamento que Ryan destruíra quando o descobrira.

— Isso... exatamente. — Ele levantou a mão, num aceno suave, depois caminhou até seu carro, um Cadillac branco que tinha, provavelmente, vinte anos de idade e brilhava sob os raios de sol. Ao abrir a porta do motorista, ele olhou por sobre o teto do carro e acrescentou: — Você não vai se arrepender de ter comprado sua casa nova.

— Realmente, espero que não — ela disse, achando o comentário dele estranho, enquanto o via entrar no automóvel e engatar a ré.

Depois de completar a manobra, ele seguiu pela estradinha de acesso. Ela ficou no portão e assistiu enquanto o carro sacolejava pela pista acidentada sombreada por carvalhos.

— Sabe de uma coisa, Skatooli? — sussurrou. — Ele é pra lá de esquisito. Foi bom você ter escapado enquanto pôde. — *Ah, sim, claro. Como se aqui fosse um refúgio seguro.* Beijou a cabeça de veludo do animalzinho. Labradora pura? Pouco provável, sendo um presente. Havia algo no comportamento de Alexi — um pouco do clichê dos antigos vendedores de carros usados — que a incomodava. Ainda assim, comprara dele a propriedade e assinara os documentos na semana anterior.

Antes de sua vida virar de cabeça para baixo.

Assistiu à penugem de poeira levantada pelos pneus do Cadillac dissipar-se lentamente e disse para si mesma que estava se preocupando à toa. — Vamos lá pra dentro — sussurrou, gemendo em seguida, quando a cachorrinha se mexeu, indo de encontro às suas costelas. — Devagar. — Com Khan quase a derrubá-la, levou a cadela para dentro de casa.

Skatooli, subitamente alerta para os novos cheiros, a nova paisagem e os novos sons da vizinhança, começou a tremer e Shannon a segurou com mais firmeza. — Tá tudo bem — disse ao apresentá-la gentilmente para Khan. Com seus olhos, um de cada cor, Khan estudou a pequenina bola de pelo. Cheirou e bufou, como que repugnado, depois afastou-se, caminhando até sua vasilha de água. — Viu? — Shannon sussurrou enquanto o velho cão matava a sede ruidosamente. — Ele gostou de você.

Ela acomodou a cachorrinha no canil que ficava no canto da cozinha, providenciou comida e água, depois esperou. O pequeno animal ganiu e tentou escalar o cercado enquanto Shannon guardava o dossiê veterinário num armário da lavanderia e procurava mais uma vez seu celular.

A última ligação que fizera fora para a emergência, no momento em que saía de casa para ir até o incêndio. Dali em diante não se lembrava do que fizera com o telefone.

Se não o encontrasse logo, teria que cancelar a linha e comprar outro aparelho.

Apesar de já ter tentado fazer isso antes, pegou o aparelho de casa e ligou para seu celular. Começou a tocar do outro lado, mas não estava dentro de casa.

Ou será que ela escutara um som fraquinho vindo pela janela? No quarto toque, ouviu a própria voz e desligou. Discou novamente e foi para o lado de fora. A ligação foi completada e, desta vez, ela não somente ouviu tocar do outro lado, como identificou a campainha de seu celular. Seguiu o som até se aproximar da janela aberta da sua caminhonete, antes que a secretária eletrônica atendesse.

Abriu a porta do carro e checou o interior... o telefone não estava no lugar habitual, o porta-copos perto da caixa de marcha. Nem sobre o painel nem no banco de passageiros... olhou no porta-luvas. Também não. Com a lanterna que guardava na lateral da porta do motorista, procurou novamente, lançando a luz sob o banco, e, ali, escondido na barra de direção, estava o aparelho, quase sem bateria.

Como tinha ido parar ali?

Ela não o usara desde o incêndio, largara-o durante o ataque.

Não estivera em nenhum lugar perto do carro.

Alguém o colocara ali.

Seu coração quase parou. Ela teve a terrível sensação de estar sendo observada. Olhou em volta e não viu nada fora do comum. Os cavalos pastavam, Khan circulava e farejava perto do tanque de água, os outros cachorros dormiam sob o sol da tarde e Nate ainda não tinha aparecido.

Nervos à flor da pele, abriu o telefone e tentou checar as mensagens enquanto a bateria apitava, acusando pouca carga. Antes que a ligação se completasse, o telefone apagou e ela não conseguiu religá-lo. — Droga — ela murmurou, batendo-o contra a palma da mão antes de desistir completamente. Quem teria encontrado seu celular e o colocado... não, o escondido... dentro da caminhonete, sem lhe dizer nada? Alguém que o encontrara naquela noite? Travis? Não. Nate? Registrou mentalmente que deveria perguntar para ele, depois. Mas quando? Com certeza, não fora na noite em que o barracão viera abaixo.

Então, ela se deu conta.

Com a mesma certeza de que se ele lhe tivesse sussurrado a verdade, ela soube que quem iniciara o incêndio colocara o telefone dentro do seu carro. E era o mesmo doente que deixara a certidão de nascimento queimada na porta da sua casa, que raptara Dani, que matara Mary Beth.

E ela acabara de apagar qualquer chance de coletar as impressões digitais dele, repreendeu-se. Depois, concluiu que a pessoa que o pegara devia ter sido cuidadosa em relação a isso também.

Ela sentiu um arrepio e virou-se lentamente, olhou para a casa, para os canis, a cocheira, o barracão destruído, procurando algum vestígio de pessoa estranha, de alguém perigoso e sombrio, alguém que gostava da ideia de atormentá-la.

Quem era ele?

Por que matara Mary Beth, mas a poupara?

Porque ele ainda não terminou. E quer que você saiba disso. Ele tem prazer em te assustar.

— Desgraçado — ela sussurrou, com raiva. Pensou em Dani Settler. *Sua* filha. Filha de Travis. *Pode esperar, meu anjo... a gente vai encontrar você. Vai encontrar!*

Ela entrou em casa, colocou o celular para carregar, depois discou para Nate. Dane-se essa história de dar espaço a ele. Ela precisava dele ali. Agora.

Mas ele não atendeu e a caixa postal estava cheia.

— Que inferno! — ela resmungou. Seu pensamento voou para Travis. Queria falar com ele, queria vê-lo. Travis fora embora há apenas algumas horas, mas parecia uma eternidade.

— Ah, deixa de bobagem, Shannon — murmurou. O que estava pensando? Ela, uma pessoa tão determinada a se livrar dos irmãos superprotetores. Ela, uma pessoa que jurara não se casar novamente, depois dos horrores sofridos enquanto Sra. Ryan Carlyle. Ela, a garota que fora rejeitada quando contara para Brendan Giles que estava grávida. Ela não tinha — não tinha mesmo — que pensar em Travis Settler como algo mais que o pai da Dani, um homem preocupado, em busca da filha.

— Ele não significa nada além disso pra mim — disse para a cachorrinha, que, finalmente exausta, dormia enroscada sobre um travesseiro felpudo no cercadinho. — Vai ficar tudo bem — Shannon sussurrou e se perguntou se estava falando com a cadela ou consigo mesma.

Chegou à conclusão de que precisava de algum tempo para pensar, longe da confusão, longe do telefone, longe da sensação ridícula de que estava sendo constantemente observada por olhos sinistros.

— Eu já volto — prometeu à cadelinha, que mal se moveu no travesseiro. — Bons sonhos.

Encontrou as chaves da caminhonete. Precisava sair. Ficara absorta nos próprios pensamentos tempo demais.

Pensou em Nate novamente. Desde que ela lhe contara que estava comprando uma nova propriedade, sentiu como se um muro se erguesse entre eles, um tijolo emocional sobre outro.

E era estranho que ele não a estivesse circundando desde o incêndio, mas talvez fosse uma bênção, usando o ponto de vista de Oliver sobre a vida.

Decidiu fazer algo construtivo e começou a carregar sua caminhonete com suprimentos comprados para a casa nova. Era arriscado pegar, ao mesmo tempo, as caixas de produtos de limpeza, latas de tinta, toalhas de papel, papel higiênico e coisas do gênero, mas ela conseguiu encher completamente a picape. Shannon trabalhou com firmeza, claramente satisfeita com o próprio esforço. Algumas horas antes do pôr do sol, a última embalagem de Lysol estava finalmente encaixada debaixo do volante. Apesar do ombro e das costelas fragilizadas, era tão bom realmente *fazer* alguma coisa, afastar seus pensamentos dos incêndios e do assassinato de Mary Beth, pelo menos por um breve espaço de tempo.

Assoviou para Khan, abriu a porta da cabine da picape e ele pulou para sua posição no banco de passageiro. — Você é mimado, hein? — ela disse com um sorriso ao girar a chave na ignição. Passou a marcha e saiu com o carro, pedrinhas espalhando-se no chão sob os pneus quando ela pisou um pouco mais fundo do que esperava no acelerador.

Rodaram uns vinte e cinco quilômetros sob as copas de árvores frondosas, os raios de sol penetrando por entre as folhas e riscando o solo. Apesar de ter ligado o rádio e tentado se concentrar na música de um cantor country que ela não reconhecia, sua mente vagava por imagens de documentos queimados, fotos de bebê, Brendan Giles, Mary Beth e sua morte terrível, Travis Settler — infernalmente sexy — e símbolos estranhos queimados em madeira. Em que espécie de pesadelo ela entrara? O que tudo isso significava? Será que Brendan estava realmente de volta a Santa Lucia?

Não confie no que Oliver contou, sua mente a avisava. *Ele já estivera errado antes. Alucinara. Fora hospitalizado por conta de problemas psiquiátricos... Poderia acontecer de novo...*

Estava tão mergulhada em pensamentos que quase perdera a entrada para a casa nova. A estradinha estava cheia de mato, arbustos cobriam o portão enferrujado e permanentemente aberto, o qual balançava nas dobradiças instáveis. Ela freou rapidamente, fazendo com que Khan quase perdesse o equilíbrio.

— Desculpe — disse, depois entrou com a picape na estrada privativa. Não mais que dois sulcos para a passagem de pneus, separados por uma faixa de grama seca que lambia o fundo da picape, o caminho subia a colina por entre as árvores. A caminhonete velha sacolejava enquanto fazia o percurso ascendente. Shannon, diminuindo a velocidade, registrou mentalmente que deveria encomendar alguns carregamentos de cascalho para a estrada.

Quando sua vida voltasse ao normal. *Se* voltasse.

Na última virada, as árvores abriam caminho para uma clareira e um lago de água cristalina. Perto da margem, ficava uma cabana abandonada que fora construída entre a Primeira e a Segunda Guerra. Era de dois andares, mas a parte de cima não era usada há anos. Um celeiro muito bem equipado, cocheira, uma garagem para dois carros e barracões para armazenamento haviam sido construídos na margem ao norte do lago de água corrente. Uma garagem de barcos e um deque sobressaíam-se na paisagem de libélulas com suas asinhas nervosas sobre a água cristalina sob a qual trutas nadavam.

No instante em que Shannon pusera os olhos naquele lugar sentira-se em casa, apesar de não conseguir explicar o motivo. Este rancho abandonado e estranhamente especial a tocara. Verdade seja dita, o lugar precisava de empenho e trabalho pesado, mas era maior que sua casa atual, mais reservado e, o mais importante, não lhe causava lembranças; nenhum fantasma do passado andaria pelos corredores daqui.

E, apesar da casa velha precisar de reforma, as construções ao ar livre estavam em ótimo estado, além do fato de que o solo era perfeito para a nova vida que ela levava, desde a morte de Ryan. Já imaginava como expandir seu negócio, enfatizando o trabalho com cães de busca aquática, treinando-os no lago particular.

A configuração do campo atrás do celeiro poderia ser modificada para incluir um piquete circular para Nate e seus cavalos.

Nate.

Ainda perdido na batalha.

A união deles era única e diferente, pensou. A maioria das pessoas pensava que eram amantes — dois desencaixados vivendo no mesmo ambiente, dois solitários. Os fofoqueiros em Santa Lucia que cochichavam dizendo que ela e Nate dividiam a mesma cama estavam errados. Não que ela desmentisse os linguarudos. Nate trabalhava com os cavalos, ela com os cães. Nate passara um ano e meio na prisão antes de sua condenação por assassinato ser revogada diante de novas evidências de DNA. Ela fora acusada de matar seu marido... Não, eles não eram amantes, pelo menos ainda não, e isso era decisão dela, não dele. Isso era, provavelmente, o cerne de suas discussões recentes, a razão principal para ele ter sido contra a compra da propriedade de Demitri. Ele achava que ela estava fugindo.

Dele.

Shannon fez uma careta. Não queria pensar nele e no que queria dela, porque sabia, no fundo do coração, que nunca se apaixonaria por Nate. Provavelmente porque ele era exatamente o tipo "certo" de homem para ela, apesar do protesto dos irmãos. Mas, afinal, ela nunca escolhera o cara certo. Mesmo agora, o único homem que achava interessante era Travis Settler, e, não importava o quão infernalmente masculino ele fosse, aquele pensamento era simplesmente um absurdo. Ele suspeitara que ela tivesse lhe roubado a filha. Fora encontrado na sua casa, em alguma espécie de missão, cheio de equipamento militar e armas. Desde que ele viera para a Califórnia, as coisas iam de mal a pior, e, agora, sua cunhada estava morta.

Travis Settler era, definitivamente, um homem a ser evitado a todo custo. Aproximar-se dele, mesmo que ele permitisse, seria mais um erro. E ela já não cometera erros suficientes pela vida inteira?

Bastava se lembrar de Brendan, o rapaz que namorara no colégio, amigo de seu irmão Robert, e de como toda essa história havia terminado. Depois, é claro, existira Ryan, o homem com quem se casara no rebote — e o maior erro de sua vida. Os homens com quem se relacionara depois de Ryan haviam sido poucos e intervalos grandes separavam um de outro, nenhum deles era homem que se introduzisse na família.

Lembrando-se do marido, Shannon sentiu um estremecimento. Que pesadelo. Uma das razões para que finalmente decidisse se mudar era sair da casa que haviam dividido, um lugar onde fatos inconcebíveis tinham ocorrido. Apesar de ela ter se mudado do quarto principal no primeiro andar há muito tempo, transformando-o em uma espécie de escritório, e ter comprado uma cama nova que acomodara no andar de cima, a lembrança de Ryan e do que fizera com ela ainda eram presentes.

Este lugar novo, apesar de várias escalas abaixo do que se pode chamar de rústico, era um recomeço. Um recomeço com novos e iluminados horizontes, ela disse para si mesma enquanto descarregava latas de tinta, rolos para pintar parede, baldes, material de limpeza e algumas coisas essenciais, como papel higiênico, toalha de papel, sacos de lixo, e os arrastava para dentro.

A cozinha tinha paredes de madeira amarelada, o piso era todo de tábuas corridas arranhadas. A chaminé era de pedra e ela suspeitava que, devido à falta de uso, era o lar de pássaros e vespas. Mas imaginava como ficaria o lugar depois de pintado, sintecado, novos azulejos e armários reformados.

Pensou em alguns tapetes espalhados estrategicamente entre sua cadeira de balanço e o sofá antigo, o fogo queimando suavemente na lareira. E o melhor de tudo: logo depois da cozinha, depois de um portão que dava para dentro de casa e para um cômodo que fazia as vezes de lavanderia, havia um depósito de madeira. Comprido e estreito, o teto despencando e uma porta no fundo que dava para o jardim atrás da casa, o lugar sem uso se transformaria no novo canil para todos os cães que ela hospedava e treinava. Construiria passarelas individuais que se encontrariam num espaço comum para exercícios e brincadeiras.

Seria perfeito!

— O céu na Terra — ela murmurou, sarcástica, sabendo que tal coisa não existia, quando pegou o molho de chaves que Alexi lhe dera e abrira a porta para o depósito de madeira em mau estado. O cheiro de algo queimado, serragem e poeira, encheu-lhe as narinas e ela foi até a porta dos fundos, livrando-se das teias de aranha que pendiam do teto, que precisaria ser reformado. Perguntou-se se poderia salvar alguma das paredes daquele lugar e chegou à conclusão, ao alcançar a porta dos fundos, que o cômodo todo teria, provavelmente, que ser reconstruído. Inclusive, precisaria refazer o isolamento, o encanamento, uma reforma elétrica, trocar o aquecimento e fazer novas janelas para deixar entrar luz natural para os cachorros. Também teria que trocar o piso podre de madeira por cimento e azulejos. Seriam precisos tempo e dinheiro — um bocado dos dois, mas Shannon vinha economizando há três anos, determinada a se mudar do lugar que lhe causara tanta dor de cabeça, dor e vergonha.

Estava prestes a destrancar a porta dos fundos do depósito quando se deu conta de que esta não estava trancada, a tramela nova e reluzente não estava em seu devido lugar.

Na verdade, quando encostou na maçaneta, a porta se abriu sozinha, revelando o batente apodrecido que dava para um jardim descuidado e um caminho repleto de ervas daninhas até o portão.

Um tremor desconfortável percorreu seu corpo.

Por que Alexi se daria ao trabalho de colocar uma fechadura nova e, depois, negligentemente, deixaria a porta destrancada?

Um engano?

Ou alguém teria invadido o lugar?

Saiu para o jardim e foi girando devagar, perscrutando a casa e os arredores mais uma vez. Afastou tal pensamento. As únicas pessoas que poderiam se interessar por aquele lugar seriam adolescentes em busca de um espaço para se reunir — apesar de não ter visto nenhuma evidência de que alguém tivesse entrado na casa, nenhuma lata de cerveja vazia, nem guimbas de cigarro, nem rastros de lixo —, algum outro corretor esperançoso de que a venda caísse, ou um andarilho ou caçador que desse de cara com o lugar por acaso e ficasse curioso.

Ninguém do mal.

Nada de mais.

Ela só estava fantasiando as coisas por causa dos recentes acontecimentos estranhos. Por causa do incêndio e do ataque que sofrera.

— Chega de imaginar coisas — murmurou ao fechar a porta com firmeza. Testou a fechadura logo em seguida. A porta mal fechada fora somente um esquecimento. Nenhum grande mistério.

Deixou o depósito de madeira e chamou Khan, que vagava pela grama alta em frente à casa, nas proximidades do lago convidativo de água calma. O velho deque estava firme, não fossem algumas bordas apodrecidas, então ela foi até a beirinha, tirou o tênis e as meias e mergulhou os pés nas profundezas geladas. A água estava uma delícia! Soltou o rabo de cavalo, deixou o cabelo se espalhar pelos ombros. Fechou os olhos, deixou a cabeça pender para trás e suspirou.

Não quisera explicar para Nate nem para os irmãos sua necessidade de se mudar. Nem confidenciara com sua mãe ou amigos. Comprar esta propriedade fora uma decisão simples que tomara sozinha. Sentiu um arrepio ao pensar na família discutindo os prós e os contras dessa mudança em sua vida. Eles que pensem o que quiserem. Três anos atrás ela decidira sustentar-se nas próprias pernas, chovesse ou fizesse sol. Estava farta de correr para o colo dos irmãos. Farta das discussões com a mãe. Farta de depender de qualquer pessoa que não fosse ela mesma. Tudo bem, Shea, Robert e Aaron haviam prestado ajuda no último trauma sofrido, mas, de agora em diante, ela tomaria as próprias decisões. No passado, deixara a família convencê-la das coisas, agora chega.

— Chega — disse em voz alta e sentiu um calafrio, como se uma nuvem tivesse deslizado e agora tapasse o sol. Mas, quando abriu os olhos, o céu continuava claro, o halo dourado do sol mais intenso e brilhante do que nunca.

Engraçado.

Shannon passou a mão no ombro machucado e procurou pelo cão, encontrando-o de pé, rígido, o pelo do pescoço eriçado enquanto olhava fixamente para a floresta do outro lado da cerca.

Shannon se empertigou.

Imóvel, Khan deixou escapar um rosnado de alerta.

— Que foi? — Shannon sussurrou enquanto juntava seus tênis e meias. Sentada sozinha na borda do deque, os pés dentro das águas calmas, sentira-se inocente como uma colegial, mas isso era tolice. Não aprendera? O ataque a ela e o cometido contra Mary Beth não haviam lhe ensinado nada? Exposta como estava, poderia ser um alvo fácil para qualquer...

Chega! Não faça isso! NÃO faça isso. Você ainda tem uma vida para viver sem se acovardar e se esconder.

Mas Mary Beth estava morta.

E Dani Settler desaparecida.

Teria ela permitido que a insanidade e o medo a seguissem até aquele lugar que esperava ser seu porto seguro?

Devagar, expirando suavemente, dirigiu seu olhar para a área sombreada pelas árvores. Não havia nada visível. Ninguém se escondendo na penumbra. Ainda assim, os arrepios não a deixavam e ela se sentia observada, como se alguém estudasse cada um de seus movimentos.

Irritada consigo mesma, deu um comando enérgico para o cachorro. Khan, ainda rosnando, enfiou o rabo entre as pernas e correu para a picape.

— Você é um tremendo de um medroso — disse para o cão e afagou-o ao entrar no carro. Ligou o Dodge. — O *mais* medroso de todos!

E você também, Shannon!

Ligou o rádio e ouviu o final da previsão do tempo enquanto girava o volante, fazendo uma grande curva com o carro.

— ... e o calor continua, sem nenhuma previsão para acabar. A temperatura vai ser superior a trinta e dois graus e o risco de incêndios continua elevado... — o locutor dizia enquanto ela olhava pelo retrovisor.

Seu coração subiu até a garganta.

Ele estava ali!

Através da poeira, uma figura borrada, escura, apareceu refletida — uma imagem rápida de alguém se esgueirando por entre as árvores.

Ela engasgou.

Pisou no freio.

Girou a cabeça para poder olhar pelo vidro traseiro do carro. A poeira baixava atrás dela.

O calor subia do chão em ondas, distorcendo a paisagem.

Mas não havia ninguém visível sob a sombra dos carvalhos escuros. Nenhum bicho-papão se escondia maliciosamente na penumbra. Nenhuma presença demoníaca movia-se furtivamente pelos arbustos.

Ela olhou para o cachorro. Khan olhou para ela, expectante. Seu pelo estava baixo. Sem estar arrepiado.

Não havia nenhum barulho além do piar de pássaros sobrepondo-se ao rugido do motor do carro e ao zum-zum dos insetos na grama. Shannon forçou os músculos a relaxarem. — Idiota — deixou escapar. Estava se mudando para se livrar dos próprios demônios... não os carregaria. Não mesmo. Devagar, tirou o pé do freio e, com um olho fixo no retrovisor, continuou dirigindo pela estradinha.

Nada parecia diferente.

Nada fora do normal.

O chalé perto das margens do lago cercado de árvores desaparecera do seu campo de visão quando fez a curva e a picape sacolejou pela pista sulcada.

Ela provavelmente imaginara a imagem refletida no espelho. Embarcara na ansiedade do cão. Ele poderia ter visto um veado, uma raposa, até mesmo um puma.

Mas você viu um homem.

De pé. Nas duas pernas.

O pulso disparado, pressionou vários botões do rádio, encontrou uma estação de rock e, cantando junto com Springsteen uma das músicas de que se lembrava da juventude, alcançou a estrada. Não deixaria que sua hiperativa imaginação tomasse conta dela. Recusava-se a ser controlada pelo medo.

Não desta vez.

Nunca mais na vida.

CAPÍTULO 21

O sangue escorria por entre os dedos dentro da meia, agora com furos à altura dos dedos. Dani trabalhava duro, colocando toda a sua energia na tarefa de retirar o prego do armário. — Anda, anda — ela resmungava, sabendo que seu tempo estava se esgotando. Assim como sua paciência. O maluco não a manteria ali para sempre, ela sabia disso. Observara-o pela fresta da porta e ele estava ficando mais inquieto, elétrico. Andava de um lado para outro em frente à lareira e passara a deixar a faca perto do fogo, a lâmina aproximando-se das chamas, o aço se avermelhando sob o reflexo das labaredas.

Lembrou-se de quando ele encostara a ponta da faca contra sua bochecha, da ameaça pontiaguda, e tremeu por dentro. Nunca se colocaria naquela posição outra vez. Nunca.

Seus dedos doíam, mas ela não desistiria. — Anda, porcaria! — Encurvou os ombros e pressionou o prego para a frente e para trás, sentindo-o balançar freneticamente entre seus dedos.

— Anda!

Um último puxão, o prego estava livre.

Dani quase caiu de costas.

O coração aos pulos, olhou para o objeto pontiagudo e dobrou os dedos da mão cobertos pela luva sobre o objeto. Isso! A possibilidade de livrar-se do maluco estava em suas mãos. Queria sair porta afora naquele minuto, mas sabia que isso seria suicídio. Poderia dar de cara com ele chegando. Já saíra havia algumas horas e sua permanência na cabana tornara-se irregular.

Por mais que quisesse correr para a floresta dos arredores agora, não se atreveu a sair. Ainda era dia e ela devia fugir à noite, depois que ele saísse para uma de suas missões doentias.

Nos últimos dias, se acostumara a observá-lo pela fresta da porta. Sabia onde ele guardava a lanterna reserva e a faca que normalmente levava, mas ela poderia carregar outros objetos, como o isqueiro que ele usava para acender a lareira todas as noites. Seria bastante útil. E, dane-se, levaria a foto da mãe.

Mas não tinha mais sua mochila. Ele a roubara algumas noites atrás, logo, o volume que podia carregar era limitado. E ela ainda tinha a guimba de cigarro do maluco guardada no fundo do bolso. Se levasse mais algumas coisas da casa, coisas que talvez tivessem as impressões digitais dele, a polícia poderia descobrir seu esconderijo.

Ela não podia esperar.

Mas estava colocando o carro na frente dos bois.

Primeiro, precisava esconder o prego. E o melhor lugar era de volta no buraco de onde saíra. Alargara-o suficientemente para que o prego fosse extraído novamente com facilidade.

Sorriu e encarou o prego comprido.

Seu desejo real era enfiá-lo fundo no pescoço do cara. Ou usar seus conhecimentos de *tae kwon do* e deixar o maluco de joelhos. Ah, adoraria fazê-lo desmaiar! No entanto, assim como ele obviamente menosprezara suas capacidades, não sabendo do que era capaz, ela não sabia nada sobre ele. Ele também poderia ser faixa preta. Era forte e musculoso. Vira o suficiente do corpo dele durante seus rituais noturnos para saber disso. Por mais nojento que fosse o espetáculo, aprendera algumas coisas. Se ele quisesse, poderia machucá-la.

Logo, não deveria provocá-lo.

Mas não podia ficar sentada esperando que ele resolvesse não precisar mais dela.

Olhou para o prego... tinha quase seis centímetros, imaginou. Tamanho suficiente para o que pretendia fazer.

Logo ele estaria de volta. Sentiu um embrulho no estômago ao pensar que estaria próxima daquele homem novamente. Se estivesse certa de que tinha tempo, fugiria agora. Deveria arriscar?

Olhou para cima e, vendo o céu pela claraboia, deu-se conta de que era final de tarde, talvez anoitecesse logo. As sombras já manchavam o céu, portanto o sol devia estar baixando no Oeste. Talvez ele não voltasse tão cedo. Talvez devesse escapar agora, enquanto tinha chance. Talvez não tivesse outra.

Segurou o prego.

O mínimo que podia fazer era explorar a cabana...

Pensou ouvir o barulho do motor de uma caminhonete a distância.

Droga!

O medo atravessou seu corpo.

Ele não pode apavorar você. Não pode. Você só tem que aguentar mais algumas horas.

Rapidamente, enfiou sua nova ferramenta de volta no buraco do chão do armário e se jogou na cama. Teria que esperar. Teria que lidar com ele mais uma noite.

Sua garganta apertou de repulsa.

Hoje à noite.

Fosse o que fosse.

Depois que ele voltasse, desse uma olhada nela, a alimentasse e partisse para seu ritual macabro, iria embora. E quando ele partisse, ela teria tempo suficiente para escapar com segurança.

Esta noite, mais tarde, ela estaria fora dali.

Quando Shannon chegou em casa e estacionou perto da garagem, seu medo e seu nervosismo haviam quase desaparecido. Usara a estrada para convencer-se de que estava simplesmente cansada e irritadiça. E, talvez, tivesse imaginado o homem na cabana. Com tudo que acontecera nos últimos dias, seus nervos estavam mais do que à flor da pele. Era isso. Pensou em tomar um longo banho, talvez uma taça de vinho, acender velas... Esvaziaria a cabeça; melhor ainda, deixaria sua mente vagar. Talvez, se tivesse alguns minutos a sós, em paz, fosse capaz de ver o sentido das coisas, ordená-las e afastar o medo.

Não podia deixar aquela tensão, que arruinara sua sensação de bem-estar, se espalhar e manchar seus sonhos para sua nova casa, seu novo começo.

— Vai valer a pena — disse para si ao saltar do carro. Khan pulou no chão poeirento da garagem e saiu correndo para fazer pipi no seu poste preferido da cerca. Todos os cachorros adoravam aquela velha estaca retorcida e Shannon despendeu os próximos dez minutos, no escuro, lavando-a com jatos de mangueira.

— Você não vai conseguir fazer o cheiro sumir — Nate disse e ela se assustou.

A ponta da mangueira escorregou de suas mãos e a água se espalhou em jatos desgovernados até que firmasse a mão novamente.

Repentinamente, seu cabelo, seus braços e a frente da camiseta ficaram encharcados. — Droga. — Ela disse, mas, na verdade, a água gelada fazia-lhe bem. Era refrescante.

— Desculpe.

Ela viu o esboço de um sorriso, um lampejo de dentes brancos em contraste à pele bronzeada. — Seu cara de pau, você faz isso de propósito, não faz? Você *gosta* de dar susto nas pessoas. — Ele abriu a boca para responder e ela levantou a mão. — Pode parar pra pensar duas vezes, se for começar com essa história de que isso faz parte da sua herança indígena, tá? — Apontou a mangueira para o rosto dele. — Tô com vontade de apontar esse troço pro lugar certo. — Baixou a pontaria de sua arma recentemente descoberta na direção da virilha de Nate.

Ele levantou as mãos, as palmas para a frente. — Sim, senhora — disse com voz arrastada, imitando algum sotaque ridículo de caubói de cinema. — Eu me rendo.

— As duas palavras que eu mais gosto de ouvir de um homem — ela disse, abaixando-se para desligar a torneira. Sentiu uma pontada nas costelas e lembrou-se de que ainda estava longe de estar curada. — Pelo menos a cerca não vai ficar tão fedorenta que qualquer vira-lata que passe a cem metros de distância sinta o cheiro e venha fazer xixi aqui.

— Você ia adorar se isso acontecesse e ainda ia adotar todos eles.

Ela riu e sentiu uma leve dor novamente. Mas ele estava certo. Ela nunca encontrara um cão perdido que não trouxesse para casa.

— Eu não sou nenhuma Santa Francisca de Assis — ela disse, limpando as mãos na barra da camisa.

— Não?

— Com certeza, não.

— Que tal Santa Shannon?

— Não existe Santa Shannon.

— Tem certeza? — ele perguntou.

— Bem... não. — Ela levantou o ombro e assoviou para Khan. — Já faz um tempo que eu estudei no Santa Theresa e tive aulas de catecismo. Mas eu acho que, se alguém chamada Shannon tivesse sido canonizada, eu teria ouvido falar. — Olhou para ele e levou uma das mãos ao quadril. — E por onde é que você tem andado?

— Indo e vindo. Meu carro anda dando ataque. Tá no conserto agora. Um dos mecânicos me deu uma carona de volta.

— Você podia ter ligado.

— Eu liguei. Pro seu celular. Você não ligou de volta.

— Eu tentei, mas sua caixa-postal tava cheia. E, também, meu celular tinha sumido — ela disse, ainda perturbada com o reaparecimento súbito dele.

— Ok; então, eu tentei falar com você.

Não tentou muito, ela pensou, mas deixou passar o comentário.

— Eu soube da Mary Beth. Que coisa horrível.

— É, pois é.

— A polícia acha que foi intencional, que foi assassinato, é isso?

Ela assentiu com a cabeça e todo o calor e bom humor que eles haviam compartilhado alguns minutos antes se desfez com a verdade nua e crua.

— Como é que o Robert tá encarando tudo isso?

— Ainda não estive com ele, desde que aconteceu, mas, segundo meus irmãos e minha mãe, não muito bem.

— E as crianças?

— Eu não sei, mas deve estar sendo duro. — Ela apoiou os braços na cerca. — A polícia acha que foi a mesma pessoa que matou a Mary Beth e botou fogo no depósito.

O olhar de Nate foi do barracão para o rosto dela. — E atacou você.

— E, provavelmente, sequestrou a Dani Settler.

— Sua filha.

Ela ergueu uma sobrancelha. — Não me lembro de ter te contado meus segredos mais terríveis.

Ele encolheu os ombros e disse: — Santa Lucia é uma cidade pequena. Todo mundo sabe da vida de todo mundo.

— Inclusive você?

— Só da vida de quem é importante pra mim — ele disse e, antes que ela pudesse responder, apontou com o queixo para o piquete onde um pequeno grupo de cavalos pastava. — Tem uma coisa que eu queria te mostrar.

— O quê?

— Vem aqui. — Como se esperasse uma recusa, acrescentou: — É uma coisa que tá me intrigando. Pode acreditar, Shannon, acho que você vai ter interesse no que eu descobri.

Curiosa, ela fez um gesto amplo com a mão. — Pode ir na frente. — Ela o seguiu até a cerca que circundava o piquete do lado de fora da cocheira. Os cavalos se deliciavam com os últimos raios de sol. Vários mordiscavam a grama seca que restava em montinhos em alguns cantos do piquete, enquanto o cavalo castrado cor de amêndoa se esfregava na poeira do chão, levantando uma nuvem que encobria parcialmente seu corpo, de maneira que as pernas, que ele sacudia no ar, eram tudo o que se via. Outros animais continuavam de pé, os olhos escuros voltados para eles.

— Espera aqui — Nate instruiu enquanto pegava uma rédea de couro num gancho da parede lateral do prédio. Depois, entrou no piquete e se aproximou do pequeno grupo sob uma árvore frondosa. Os animais levantaram a cabeça, ao vê-lo se aproximar. Ele andava com firmeza, sua voz era firme, os movimentos estudados e suaves.

Molly, a égua que refugara quando Shannon tentara libertá-la durante o incêndio, ainda estava arredia. Enquanto os outros cavalos voltavam a saborear chumaços de mato seco, ela parecia pronta para sair correndo. Narinas infladas, olhos arregalados, o corpo tremendo sob o pelo castanho-claro.

Nate a distinguiu, se aproximou e a égua relinchou ansiosa, apesar de permitir que ele lhe colocasse a rédea. Nate acariciou seu ombro e a encaminhou até a cerca.

— Ela ainda tá nervosa — Shannon observou e espantou uma mosca que voava na altura da cabeça de Molly.

— Eu também estaria. — De repente, Nate assumiu um ar grave, seus olhos escuros enraivecidos. — Olha o queixo dela, em volta da boca — disse.

O olhar de Shannon foi atraído para a cara do animal. Olhos escuros e sombrios a encaravam suspeitosos. Molly tentou afastar a cabeça quando Shannon estendeu a mão para acariciá-la, mas Nate a segurou firmemente. — Não tô vendo nada — Shannon disse. — O que é que eu devo procurar?... Ah. — Viu o pelo escuro nascendo em volta da boca de Molly e disse: — Espera aí, os pelos do queixo e do focinho estão falhados.

— Não só falhados, como eu acho que foram queimados e arrancados.

— Queimados? — ela repetiu, analisando os pelos escuros que restavam. — No incêndio?

— Antes do incêndio.

— O quê? — Ela olhou fixamente para ele, um arrepio gelado perpassando-lhe a espinha.

— Pelo cara que te atacou.

— Mas por quê? — ela perguntou, mas sua mente já adivinhava a única razão que faria algum sentido. — Ah, não...

— Pra assustar o animal — Nate disse, firme. — Pra fazer com que ficasse impossível conduzir a Molly. Pra te forçar a entrar na baia e garantir que você ficasse presa com uma égua desgovernada, selvagem, enlouquecida. — Um músculo saltou no seu maxilar quando ele acrescentou: — Quem quer que tenha feito isso planejou tudo com cuidado. A Molly não tava sendo só teimosa ou refugando por causa do fogo. Ela tava reagindo à tortura. Olha aqui. — Ele apontou para um pedaço de pele escurecida perto do canto da boca da égua, uma marca óbvia de queimadura.

— Não. — Shannon olhou para o focinho do animal e viu a evidência, agora tão clara para ela. Subitamente, sentiu-se enjoada. — Que espécie de pessoa doente faria uma coisa dessas?

— Alguém determinado, mortal, alguém que te odeia terrivelmente. Ele deve ter usado algum tipo de lança-chamas, um isqueiro ou um graveto.

— Que droga! — Ela queria gritar contra aquela crueldade cometida contra a égua. Remontou a cena que Nate mapeara: ela tentara tocar em Molly, acariciá-la, mas a égua reagira afastando sua mão. — Você contou isso pra polícia?

— Ainda não — ele disse e Shannon compreendeu sua aversão às autoridades. Nate, assim como ela, fora falsamente acusado de assassinato no passado. Passara dezoito meses de sua vida na prisão, antes que uma prova de DNA o livrasse do crime. Ele não confiava na lei. — Eu achei que você gostaria de contar.

— Eu vou — ela disse, a raiva percorrendo-lhe o corpo. Que tipo de maníaco pavoroso maltrataria um animal inocente, usaria a dor da criatura para se vingar dela? Quem? E por quê? Automaticamente, enfiou a mão no bolso para pegar o celular, antes de se lembrar de tê-lo deixado em casa para carregar a bateria.

Inferno! Deixou que seu olhar se movesse do rosto preocupado de Nate para o pequeno grupo de cavalos. — Os outros animais foram agredidos também?

— Não que eu tenha visto.

— Você checou os cachorros?

— Chequei.

— Que bom. — Apesar de estar revoltada por causa de Molly, sentiu certo alívio de saber que não havia mais nenhum exemplo daquela tortura tremenda.

— Acho que tá na hora de colocar um sistema de segurança na sua casa, nas cocheiras e no canil.

Ele tirou a rédea, libertando Molly. Bufando, a égua trotou rapidamente na direção dos outros cavalos e ficou ali, o rabo negro balançando, as orelhas se movendo nervosamente.

— Eu vou colocar um na casa nova. Vou ter que fazer umas reformas, de qualquer jeito. E o Alexi Demitri passou aqui, hoje. Ele me disse que tem uma empresa que pode fazer a instalação.

— Eu não gosto dele — Nate disse, sem inflexão.

— Você já disse isso.

Ele apertou os lábios ao passar pelo portão. — Acho que você devia repensar esse plano. Ainda falta um tempo pra mudança e, aparentemente, o perigo continua. De repente, era bom fazer alguma coisa aqui também.

Ele tinha certa razão. Ainda moraria ali por algumas semanas, e o pensamento de que a pessoa que a atacara fora capaz de ir e vir livremente lhe deu arrepios. Pior ainda, o mesmo homem que matara Mary Beth e, provavelmente, estava mantendo Dani Settler em cativeiro... se não tivesse matado a menina também.

O pânico a atravessou rapidamente. Apesar de não ter nenhuma evidência de que ele entrara em sua casa, ela não tinha certeza, e se voltasse... sentiu um aperto na boca do estômago. — Vou ligar pro Alexi, agora — disse.

— E o que ele veio fazer aqui? — Enquanto o sol se punha e as sombras cresciam sobre os campos, Khan, cansado de caçar esquilos numa pilha de madeira, aproximou-se trotando e ganiu, chamando atenção de Nate. Como sempre fazia, Nate estendeu a mão e acariciou o cão, atrás de sua orelha boa. — O que é que o Demitri queria?

— Veio deixar as chaves do depósito da casa nova.

Nate apertou os cantos da boca e a pele de suas bochechas se esticou. — Eu pensei que, depois do que aconteceu naquela noite, você não ia querer se mudar.

— Talvez lá seja mais seguro.

Ele resfolegou. — Mais isolado.

— Olha só, Nate, a gente já falou sobre isso mil vezes. E o Demitri tinha outro motivo, também, pra vir aqui.

— Qual?

— Uma visita de pêsames, pela Mary Beth. E ele me trouxe um presente também.

Uma de suas sobrancelhas pretas se ergueu, enquanto Nate se aprumava.

— Uma cachorrinha. Filhote. — Ela hesitou. — Vem. Vou te apresentar pra ela.

— Ele te *deu* um cachorro? — A incredulidade permeada na voz.

— Hum-hum. — Ela já se virara e caminhava em direção à porta dos fundos da casa. Em três passadas rápidas, Nate a alcançou e entraram juntos, o piso de madeira rangendo sob as botas de Nate.

Quando ela alcançou a porta, ele tocou em seu braço. Era o primeiro contato físico que tinham desde o incêndio. — Espera um minuto — ele disse, a voz baixa. — Como você tá? — Pelo olhar dele, Shannon soube que estava falando de algo além da superfície das coisas.

— Eu tô bem. — Ela forçou um sorriso. — Você não disse uma vez que eu era forte?

Ele olhou para o chão. — Eu podia estar errado.

— Até parece.

Ela abriu a porta e ele tirou a mão do seu braço. O problema de Nate era o fato de não ser um cara superficial; ela sabia disso. Os sentimentos dele, apesar de sempre escondidos, eram profundos. Talvez profundos demais.

Uma vez na cozinha, ela foi até o cercado onde a cadelinha já estava acordada de novo. A bolinha de pelo pulava e dava voltas no espaço confinado. Cuidadosamente, Shannon debruçou sobre o arame e pegou a pequena serelepe. — Skatooli — ela disse e a cachorrinha lambeu seu rosto vigorosamente. — Vem, vamos conhecer o Nate. — Shannon entregou o animalzinho para o homem alto e Skatooli, como todos os bichos, se acalmou nas mãos grandes, calosas e incrivelmente gentis de Nate. — Labrador puro... sem pedigree, é claro.

— Só se for na China — Nate disse com voz calma. — É o mesmo que eu dizer que sou Cherokee puro-sangue, ou que o Khan é um pastor australiano premiado. — Ele levantou o olhar, seus dedos ainda acariciando a cadelinha. Khan, ao ouvir o próprio nome e desejando ser sempre o centro das atenções, começou a dar voltas ao redor das botas de Nate. Ganiu esperançoso, antes de soltar um latido rouco. A pequenina também deixou escapar um latido de filhote.

— Eu sei, mas ela é um amor. E, provavelmente, esperta.

— Eu já te falei que não confio no Demitri — Nate repetiu. — Esse cara tem segundas intenções nas segundas intenções.

Shannon suspirou: — Eu já captei a mensagem, pode deixar.

— É, mas deixou pra lá. Como sempre.

— Não "como sempre". Presto atenção nos seus conselhos quando eu acho que você tá certo. Vamos falar a verdade, Santana, não é só com o Demitri o problema. Você não confia em ninguém.

Ele fez um som depreciativo e ela riu. Eles já conheciam o terreno. — Além do mais, eu gosto da casa nova.

— Eu sei. Não adianta discutir sobre isso, de novo — Nate disse. — Já é caso encerrado, eu sei. — As linhas em volta da sua boca se apertaram um pouco.

Shannon ignorou a desaprovação dele. Não havia razão em explicar por que queria uma casa nova, uma casa sem lembranças, sem fantasmas de um passado que não queria desaparecer. Um lugar onde não acordasse no meio da noite, coberta de suor, o corpo tremendo, os pesadelos ainda vívidos e reais como haviam sido nos últimos três anos. Ela olhou para cima e viu que Nate a encarava com seus olhos escuros e reservados. Ele tinha uma maneira de olhar para ela que lhe invadia a alma, pensava às vezes, como se estivesse tentando ler seus pensamentos.

Cuidado, Nate. Você pode não gostar do que vê.

Por mais perturbadora que fosse sua intuição, ele era um presente no treinamento dos animais. Um misto de encantador de cavalos, índio americano e caubói incansável, Nate Santana era a principal razão para seu negócio ter se desenvolvido. Sua intensidade silenciosa, sua concentração e seu método suave eram inigualáveis. Shannon uma vez o vira sustentar por três horas o olhar furioso de um cavalo de reputação demoníaca, que sofrera espancamentos e não conhecia outra língua que não fosse a guerra. Nem cavalo nem homem se moviam, e, durante todo o tempo, Nate sussurrara um monólogo apaziguador.

No final, o cavalo baixara a cabeça e se aproximara lentamente do homem, sem medo, um curandeiro silencioso. Aquele cavalo, Rocco, um baio lustroso, cuja ancestralidade poderia ser traçada até os tempos das famosas batalhas da Guerra Civil, era agora dele.

Isso revelara o lado positivo de seu parceiro.

Uma vez, uma vespa particularmente irritante sobrevoara sua cabeça e ela fora testemunha do momento em que ele a pegara com a mão e a esmagara sem gemer enquanto o inseto mordia repetidamente seus dedos.

No fim, deixara a pequena carcaça negra cair no chão.

Shannon nunca esquecera aquele incidente.

Agora, encontrava-o olhando para ela. — Olhando alguma coisa? — perguntou.

— Só tentando desvendar você.

— Impossível, Santana.

Ele sorriu. — Eu só preciso de um pouco de tempo.

Os dois sabiam que esse tempo nunca chegaria, e, quando ele lhe entregou a cadelinha e saiu da cozinha, ela sentiu um pequeno aperto no coração.

Havia algo estranho na calma autoridade de Nate, naquela calma que parecia preceder uma tempestade. Talvez fosse essa a razão para que ela não tivesse ido para a cama com ele. Ou talvez fosse por saber que ele a amava. Ele nunca dissera as palavras, mas Shannon as pressentia logo abaixo da superfície.

— Ou talvez, simplesmente, você seja meio maluca — ela resmungou enquanto o via pela janela e se perguntava por que esse homem não mexera com ela da maneira como Travis Settler.

Seu relacionamento com Settler, se é que podia chamar assim, sempre a intrigara, e ela o achava estimulante. Se pensasse logicamente, Travis não era mais bonito do que Nate Santana e ela não sabia quase nada sobre ele.

Mas sua determinação em encontrar a filha, sua obsessão em protegê-la, sua abordagem franca da vida a atraíam sensualmente. Havia algo de visceral e masculino nele que a encantava.

Provavelmente, por causa de todo o drama que o rodeava. Certamente porque era o pai da sua filha e, provavelmente, também, porque ela sempre se apaixonava pelo homem errado.

— Como eu disse — sussurrou para a cadelinha —, meio maluca.

Ele fora tolo.

Muito ansioso.

Deixara que as emoções controlassem suas ações.

Tudo fora meticulosamente planejado. Esperara muito tempo pelo momento exato de atacar, e, agora, isso!

Ele não podia correr o risco de outro erro, pensou, ao mergulhar nas sombras dos carvalhos. Vestindo roupa camuflada, deslizava silenciosamente pela estrada que terminava no pátio de pedrinhas abandonado onde estacionara sua caminhonete. Estava suando, o coração aos pulos, mas a excitação da adrenalina circulava na sua corrente sanguínea.

Tão perto.

Estivera tão perto!

Corria com facilidade no lusco-fusco que aumentava e pulou sem esforço sobre uma árvore caída no meio do caminho. Estava em excelente forma física e o provaria na próxima tarefa. Já não provara o suficiente com a patética Mary Beth?

A excitação correu-lhe nas veias quando pensou no golpe de sorte de Shannon ter comprado este pedaço específico de terra. Não poderia encontrar melhor cenário para seu plano se tivesse, ele mesmo, escolhido o lugar. Numa bifurcação, virou à esquerda e correu mais uns quinhentos metros até chegar ao pátio de pedras abandonado.

Sua caminhonete o esperava.

E o preço, aliás, não, a isca, estava escondida em segurança, uma criança tímida e covarde que sempre agia com tanto medo que mal podia encará-lo... a não ser nos raros momentos em que mostrava algum espírito, alguma graça. Ele se perguntava: ela estaria, realmente, tão assustada quanto parecia? Às vezes, quase catatônica? Ou seria mais esperta do que ele imaginara?

Ele precisava ser cuidadoso.

Sem novos erros, disse para si, diminuindo o passo e respirando profundamente, sem novos erros. Ele estava muito perto.

Pensou nas próximas duas vítimas. Imaginou os incêndios... crescendo, subindo em espiral em direção ao céu, escondendo as estrelas atrás da fumaça, e as labaredas quentes, famintas, enchendo o ar com o cheiro de madeira e carne queimadas.

Fechou os olhos e imaginou as fagulhas buscando o céu.

Ah, sim! Um rasgo de excitação tomou conta do seu sangue, aquecendo-o, preenchendo seu vazio mais profundo.

Desta vez ele não esperaria tanto tempo.

Um incêndio acenderia a fagulha do outro... como a tocha olímpica sendo levada de uma cidade para outra.

Uma fagulha atrás da outra.

Sim!

Era hora de acelerar as coisas.

CAPÍTULO 22

— Confia em mim — ele sussurrou com as mãos em concha em seu ouvido quando se deitaram, nus, no escuro. Sob o canto de sapos e grilos na noite. A floresta se insinuava sobre eles. Uma brisa soprava os galhos secos acima de suas cabeças. Uma lua de outubro deslizava, silenciosa, pelo céu estrelado, sem nuvens.

Seu coração estava acelerado, sua respiração, fraca, quando se deitaram na cama de folhas barulhentas sob seus corpos em movimento. O suor os encharcava e o vento que varria as árvores dos arredores estava seco como a respiração de um dragão, duas vezes mais quente. Ao longe, um cão latia.

Ou seria um lobo?

Com a sensação de estar fazendo algo absolutamente perigoso, Shannon não conseguia impedir-se de continuar. Sua pele se arrepiava de desejo. Seu sangue corria quente em suas veias. Ela retribuiu o fervor dos beijos dele.

Seu corpo inteiro estava arrepiado. O desejo latejava em sua mente.

Ela queria esse homem, precisava dele.

Os lábios dele eram quentes e sensuais. O corpo nu e forte, os músculos alongados, acariciavam sua pele, também nua. Ele a tocava intimamente. Amorosamente. Sua boca a encontrava e ela respondia fervorosamente. Faminta. Com desejo. Desejo de tudo.

Não faça isso, Shannon, o homem é perigoso, sua mente gritou. Ele traz morte e escuridão.

Mas ela ignorou o alerta, entregou-se à sensualidade animal do momento.

As mãos dele eram grandes e calosas. Experientes. Passeavam pelas curvas das suas costas, os dedos pressionando-lhe ansiosamente as covinhas acima do bumbum.

Meu Deus, ela ardia de desejo por ele. Queimava. Tremia de necessidade. Transpirava quando os lábios dele criavam um caminho quente, molhado, ao deslizarem sensualmente por sua bochecha, seu queixo, seu pescoço, a língua indo de encontro ao pequeno vão entre os ossos na base da sua garganta.

— Você me quer — ele disse e a floresta pareceu silenciar. Sua voz era profunda e poderosa. Ela podia senti-la vibrar dentro do corpo. Uma mão encontrou seu seio, brincou com o mamilo. — Você me quer.

Ela engoliu com dificuldade, olhou para ele.

— Diz.

Aqueles dedos mágicos acariciaram mais intimamente o bico do seu seio.

Os sapos haviam parado de coaxar.

Ele beijou seus seios. Ela suspendeu o corpo e ele a puxou para si, arqueando as costas. Entregou-se a ele, sabendo que não havia volta. Ela o desejava. Desesperadamente. Apesar do aviso em sua mente que dizia que aquilo era errado.

Perigoso.

Mortal.

E mais: um pequeno ruído no chão da floresta, o cheiro discreto de fumaça.

— Diz — ele ordenou.

— Eu... eu quero você — ela forçou as palavras, o hálito quente e o ar ainda preso nos pulmões.

Pare agora, enquanto ainda pode, sua mente insistia em silêncio.

Mas, por dentro, ela ardia, imaginando como seria tê-lo dentro dela.

Fazia tanto tempo... tanto tempo.

As folhas balançaram ameaçadoramente quando ela levantou a cabeça. Ela olhou para o rosto dele sob o luar. Os olhos escuros, azuis como um céu à meia-noite, o cabelo com reflexos prateados, o rosto tenso de expectativa. Deus, como era bonito.

Ela escorregou as próprias mãos pelo peito dele. Mais abaixo, sobre suas costelas, passaram pelo abdômen, os dedos mergulhando ainda mais fundo, até que ele buscou o ar e disse: — Isso, assim.

O cão havia se calado.

Uma nuvem escura, pesada, escondeu a lua e, de repente, ela viu uma luz alaranjada brilhar no horizonte. Um rugido seco alcançou seus ouvidos e, subitamente, a fumaça encheu-lhe os pulmões, queimou-lhe os olhos. As árvores — seus troncos transformados em silhuetas escuras diante da parede de chamas que se avolumava incansável, raivosa — a circundaram.

Fogo!

Ela olhou para cima, em busca de seu amante, mas ele sumira, desaparecera como um sopro de fumaça.

O fogo crescia. Quente. Com ódio. Mais perto.

E ela estava só.

Os olhos de Shannon se abriram. O grito que se formava em sua boca morreu. O coração ainda selvagem, aos pulos, adrenalina correndo-lhe nas veias, ela reconheceu seu quarto, viu o sol adentrando as janelas, olhou para o relógio na cabeceira da cama e gemeu. Já passava das oito. Pela primeira vez, desde o ataque, ela dormira profundamente.

Até que o sonho a trouxesse de volta à consciência. Desta vez não havia fogo, nem o cheiro persistente de fumaça. Tudo acontecera em seu subconsciente. *Graças a Deus.*

Sentou-se na cama, puxou as pernas para a lateral do corpo e pensou no sonho em que quase fizera amor com um homem, um estranho. Quando as imagens se foram clareando, imaginou que o homem seria Travis Settler; ela respondera a ele como se já fossem íntimos, como se, realmente, fossem amantes.

— Jesus — sussurrou. Khan, aninhado nas cobertas, levantou a cabeça e bocejou. No andar de baixo, a cachorrinha ganiu. — Melhor levantar. — Espreguiçando-se, pensou novamente no sonho. Travis era o homem que estava nu com ela? Parecia tão real, e, ainda assim... As feições do homem que a tocara no sonho, que inspirara tanto desejo nela, estavam borradas.

Um homem sem rosto.

Sem nome.

— Você é maluca — disse para si mesma e olhou para a foto de Dani Settler, encostada no abajur da cabeceira. Pegou a fotografia e suspirou, sentindo o peso do mundo mais uma vez em seus ombros. — A gente vai te encontrar — disse para a imagem da menina sorridente e desejou não estar mentindo.

Vestiu jeans e suéter de moletom, ligou a cafeteira e foi cuidar dos cães, inclusive da cadelinha que não parecia se saciar com o punhado de ração que ela tinha na mão. — Que foi? — perguntou quando a pequena Skatooli terminou de comer a última porção e olhou para cima, na expectativa de mais comida. — O Alexi nunca te deu comida? — Pegou a cachorrinha no colo por um tempo, depois a levou para fora, antes de colocá-la de volta no cercadinho e ir dar início às tarefas do dia, o que incluía cuidar dos outros cães. Eles também foram alimentados e tomaram água fresca. Depois, Shannon trabalhou cada um dos animais, e, por fim, lavou o canil.

Quando terminou, já havia passado das onze e seu estômago estava roncando. Quando voltou à cozinha, viu que tinha quatro mensagens na secretária eletrônica, duas da mãe, convidando-a para um "encontro de família" por volta das cinco.

— Que delícia... — Shannon resmungou entredentes. A terceira ligação era de uma mulher procurando um lugar para hospedar seu cão, e a quarta era de Anthony Paterno, o detetive encarregado do assassinato de Mary Beth. Pedia que ela retornasse o telefonema para que marcassem uma entrevista. — Mais diversão — resmungou novamente, mas pressionou os números e, como ele não atendeu, deixou recado.

Tinha acabado de desligar quando viu Nate cruzar o estacionamento em direção à casa. Alguns segundos depois, deu umas batidinhas na porta dos fundos, abriu-a e tirou as botas.

— Só queria saber de você — ele disse, abrindo um sorriso. — Como tá se sentindo?

— Melhor. Pelo menos fisicamente. — Suas costelas ainda doíam e os pontos na cabeça estavam começando a coçar, mas as dores terríveis de cabeça haviam diminuído. Seu ombro também doía, mas a dor não era insuportável. — Ainda é duro pensar no que aconteceu com a Mary Beth.

Ele assentiu e ela resolveu mudar de assunto. Esticou-se para pegar duas xícaras no armário sobre a bancada da pia. — Que tal um café?

— Acho ótimo. — Ele entrou de meias na cozinha e olhou para a cadelinha, que, ao vê-lo, abanou o rabo. — Ela precisa de um nome novo, você sabe, né?

Shannon esperou que Nate pegasse o filhote com suas mãos enormes e fosse premiado com uma lambida no rosto.

— Por quê?

Nate sufocou um sorriso. — Acho que ela não gosta de ser chamada de Porcaria.

— O quê?

— É a tradução informal de Skatooli.

— Você tá brincando.

— Não. Eu dei uma olhada na internet. — Ele recolocou a cachorrinha no cercado, ignorando o descontentamento do animalzinho, e deu a atenção de que Khan, tão desesperadoramente, precisava. — Vai ver que algumas pessoas acham bonitinho, mas eu, particularmente, acho que dá pra achar uma coisa melhor.

— Você tá adorando isso, não tá? — ela perguntou, olhando jocosa para ele enquanto servia o café e lhe entregava uma xícara.

— Eu te falei que não confio no Demitri.

— É, eu tô lembrada — ela suspirou, tomou um gole do café e balançou a cabeça. — Que tal Bonzi?

— Nossa, tão ruim quanto. O que é que significa?

— Não sei. Eu gosto do som.

— Dá um tempo pra pobre da cachorrinha. Dá um nome... normal.

— Tipo Fido, Rover ou Cachinhos de Ouro?

— Cachinhos de Ouro até que não é ruim não.

— É péssimo, Nate — ela disse, tomando um gole do café, antes de se ajoelhar na frente do cercadinho e olhar nos olhos castanhos da cadelinha. — O que é que você acha de Marilyn?

— O quê?

— Ela é loura e linda. E a Marilyn Monroe é um ícone... é isso.

— Monroe ficava melhor.

— Não. Muito masculino.

— Feito Bonzi.

Ela ignorou a provocação. — Eu gosto!

— Marilyn? — ele testou o nome e levantou uma sobrancelha suspeita. — Acho que ganha de Skatooli.

Ela riu e os dois discutiram os planos do resto da semana para os cavalos e cães. Ela não falou muito sobre a casa nova, já que sabia da desaprovação dele. Quinze minutos depois, Nate largou a xícara e voltou ao trabalho.

— Vê se deixa as portas trancadas, mesmo durante o dia — ele sugeriu da porta, enquanto calçava as botas. — Eu não tô gostando do que anda acontecendo por aqui.

— Nem eu. Mas acho que a casa é segura durante o dia.

Ele balançou a cabeça. — Tem muita coisa esquisita acontecendo. — Endireitou o corpo. — Melhor errar por excesso de cuidado, não é?

— Tudo bem. Mas se eu ficar trancada do lado de fora, é melhor você ter uma chave à mão.

— Deixa uma na garagem, naquela parede atrás da escada dobrável. Tem um prego lá e ninguém vai saber que tem uma chave reserva ali.

— Boa ideia.

— E chama uma empresa de segurança. De preferência, uma que não seja do Demitri.

— O mais rápido possível — ela prometeu.

Ele olhou para ela, como quem diz não acreditar no que ouviu, cruzou o pátio do estacionamento e subiu a escada exterior do seu anexo. No último degrau, parou. — Eu falei sério, Shannon. Vou ter que viajar à beça nas próximas semanas... Você precisa achar alguém pra instalar um equipamento aqui.

— Eu já disse que vou fazer isso, não disse? — Encararam-se a distância.

Quando ele se virou para a porta de seu apartamento, Shannon o chamou, num repente: — Nate? — Ele parou, olhou para ela. — Por que você vai ter que viajar tanto? Dá pra me dizer?

O pulso de Shannon batia forte e acelerado. *Por favor, me diz o que você anda fazendo.* Por um instante, ela pensou que Nate realmente fosse responder.

Os lábios dele se apertaram. Parecia estar considerando a pergunta. Mas tudo que disse foi: — As coisas nem sempre são o que parecem. — E, deixando o comentário enigmático pairando no ar, entrou no anexo.

Aquilo não era resposta. Nem mesmo tinha a ver com a pergunta. Shannon continuou olhando depois que ele sumiu de vista, perplexa e um tanto desconfortável. Apesar de defendê-lo em público, Nate era um homem cheio de segredos.

Onde ele fora na noite anterior ao incêndio?

Ele testou a porta, como sempre fazia, para garantir que a tranca mantivesse a garota presa do lado de dentro. Andara preocupado com a possibilidade de a menina se jogar contra a porta com força e durante tempo suficiente para quebrar o ferrolho, mas sua preocupação se provara sem fundamento. Ela era muito fraca e covarde para se aventurar a tentar escapar.

Ou assim parecia.

Olhou para a fechadura e franziu o cenho. Estranho essa menina se derreter de medo. Pelo que apreendera sobre ela, durante o tempo em que se haviam comunicado pela internet, esperava encontrar uma garota destemida, corajosa, com iniciativa. Ela falava sem parar na sua capacidade de atirar com armas de fogo e se gabava de ser faixa preta num tipo qualquer de arte marcial. Dizia-se capaz de montar em pelo um cavalo no galope e de armar sua própria tenda, de caçar e pescar, tudo devido à educação ao ar livre que o pai lhe dera.

Até o momento, nada disso se provara verdadeiro.

A não ser que estivesse fingindo morrer de medo.

Ele analisou a fechadura minuciosamente.

Muita gente mente na internet. O tempo todo. Pessoas solteiras em busca de um encontro mentem sobre a idade, o peso ou sobre quanto ganham. Melhoram seu status social para satisfazer o ego, e crianças eram provavelmente as piores, entrando no mundo virtual para ser algo que não são.

Esfregou o queixo, olhou para o relógio e viu que não tinha muito tempo, apesar de ainda ser final de tarde. Deu umas batidinhas na porta. — Eu volto logo! — gritou à porta e a menina reagiu com um gemido, como se o som da voz dele a aterrorizasse.

O que, simplesmente, não parecia fazer sentido. Seus olhos se estreitaram e, por um segundo, ele se perguntou se estaria sendo enganado.

Em várias ocasiões a pegara encarando-o, prestando atenção a todos os seus movimentos. Ele até mesmo vira seu olho grudado na fresta da porta, apesar de estar de costas para ela. O espelho manchado e quebrado sobre a bancada da lareira lhe dava uma visão do que estava acontecendo atrás de si, mas ele fingira não ver que ela o observava discretamente. Então, ele lhe oferecera um show mais elaborado. A menina provavelmente se excitara vendo um homem nu. Bom, tudo bem. Ele dera o seu melhor. O medo era um grande motivador, a arma psicológica perfeita.

Ela devia ser esperta o suficiente para entender que seus músculos significavam que era forte, e ele se exibia ao andar pelo cômodo com sua faca, aquecê-la no fogo da lareira e se exercitar com movimentos de difícil execução, um espetáculo, só para, discretamente, provar o quão forte e mortal podia ser.

Caso ela tivesse uma ideia errada sobre ele.

Caso ela pensasse em fugir.

Ainda não, pentelha. Nunca.

Você ainda não sabe, mas está marcada, amaldiçoada.

Exatamente como a sua mãe.

* * *

— Eu sinto tanto pela Mary Beth — Shannon disse ao ver o irmão Robert pela primeira vez, desde a tragédia que acabara com a vida de sua ex-mulher.

— É, eu sei — ele respondeu e desviou o olhar, incapaz de olhá-la nos olhos, os dois de pé, na cozinha da mãe. O cômodo cheirava a Lysol e gordura de bacon, o mesmo cheiro havia quatro décadas. O único odor que faltava era o dos charutos do pai. Apesar de Patrick e seu hábito terem sido banidos para o gabinete perto da lareira ou a varanda, o cheiro de tabaco queimado sempre permanecera na casa, como um lembrete de quem era o patriarca, o galo naquele galinheiro.

Graças a Deus ele não estava presenciando isso.

Patrick, como o próprio pai, sempre fora fascinado pela luta contra o fogo, pela ideia de se lançar, ele mesmo, contra a besta viva, sonora, irada. Aquilo estava no sangue dos Flannery havia gerações.

Agora, Robert, os ombros largos arriados, era o último dos homens da família que ainda combatia incêndios. Todos os cinco irmãos haviam seguido os passos do pai e do avô, mas todos abandonaram a luta, fosse por escolha ou imposição. Menos Robert.

Que ironia sua mulher ter morrido durante um incêndio.

— E as crianças? — Shannon perguntou quando a conversa rareou.

— Tudo bem, eu acho. Elizabeth tem tido pesadelos, e o RJ não fala muito no assunto, age como se esperasse Mary Beth aparecer num passe de mágica. — A voz de Robert embargou e ele pigarreou. — O enterro vai ser duro.

— Pra todos nós — Shannon concordou. — Talvez você devesse pensar numa terapia pra eles.

— É, a Cynthia acha boa ideia.

Shannon sentiu o corpo enrijecer. Apesar de dizer a si mesma que aceitava o relacionamento de Robert — a vida era dele, afinal de contas —, parecia desrespeitoso e, de alguma forma, deselegante falar sobre Cynthia tão cedo, tão pouco tempo depois da morte de Mary Beth.

— Onde eles estão?

— Com a irmã da Mary Beth... Margaret... Eu tenho que arrumar um esquema de babá pra depois do colégio. — Fechou os olhos e, como se fosse a primeira vez, lhe ocorreu o quanto a mulher fizera por ele, pelos filhos. — Isso é uma porra de um pesadelo — sussurrou. Depois, percebendo o que dissera, acrescentou: — Desculpa... ainda é um choque pra mim.

— Eu sei. — A campainha da frente tocou e os outros irmãos entraram na casa onde a mãe, achando que a família precisava de um tempo para se reunir e prestar solidariedade entre si, antes do enterro, decidira reunir a todos. Maureen dispusera canapés no aparador da sala de jantar e sobre a bancada do bar de Patrick, o qual ainda guardava um estoque de uísque e vários tipos de licor.

Conversaram sobre coisas sem importância, beberam e beliscaram bolinhos de siri, frutas, legumes e asas de frango mergulhadas em molho rosé. Uma fumaça tênue exalava de um suprimento de batatas fritas cobertas de queijo. A televisão estava sintonizada num jogo de beisebol e o Giants perdia para o Mariners. Seus irmãos se amontoavam em volta da tela, na qual se via homens com bastões, chuteiras e grandes manchas de giz nas bochechas.

Para Shannon, a cena toda parecia surreal, como se, de alguma maneira, sua mãe quisesse transformar a situação esdrúxula em algo normal, numa tentativa de deixar Mary Beth e suas lembranças de lado. Antes do enterro. Antes de o clã dos Flannery ter que confrontar a família de Mary Beth no velório.

Bom, não estava funcionando. Apesar de ninguém tomar conhecimento do fato, a presença de Mary Beth era mais visível, mais óbvia do que quando estava viva. Era como se ela fosse um fantasma e escutasse as conversas banais e *pro forma*.

De qualquer maneira, a tarde era penosa. A conversa era esparsa, assuntos sem importância eram favorecidos em lugar de qualquer coisa que pudesse trazer à tona emoções aprisionadas. A mãe alternava sorrisos forçados e batidinhas com um lenço no canto dos olhos.

Shannon cansou-se rapidamente de dizer aos irmãos que se sentia melhor. Seus olhares preocupados, afagos gentis e palavras suaves só faziam com que a situação fosse mais desconfortável. Os ferimentos dos quais mal se lembrava de manhã agora pareciam mais evidentes. As referências da mãe à maldição da família eram a pior parte, ruins como a sensação de unhas arranhando um quadro-negro. Shannon recusava-se a comentar, a ser empurrada para dentro do assunto, e, quando Oliver disse algo sobre "agradecer a Deus pelas bênçãos da família", ela quase engasgou com um bolinho de siri salgado demais. A dor de cabeça que lhe dera um descanso mais cedo agora galopava atrás de seus olhos e, em vez de discutir com os irmãos ou com a mãe, ela se retirou para o banheiro do andar de cima, lugar onde Maureen guardava uma cara seleção de comprimidos e outros remédios.

Shannon tomou duas aspirinas e sentou-se na beirada da banheira, deixando que a brisa que entrava pela janela semiaberta soprasse-lhe a nuca. A casa estava quente. Úmida. Gotas de suor brotavam-lhe na pele e ela segurou o cabelo para o alto, livrando o pescoço.

Ouviu o clamor dos irmãos na varanda dos fundos. Isqueiros eram acesos e fumaça era liberada durante a conversa cochichada. Como fazia quando criança, ficou ouvindo escondida. Era um hábito que não perdera, hábito conquistado pela exclusão, porque seus irmãos, apesar de sempre protetores, sempre a mantiveram longe de seu círculo fechado.

A voz de Aaron era sussurrada, mas ela o ouviu dizer "hora do nascimento". O que será que estavam discutindo?

Alguém, pareceu-lhe a voz de Shea, resmungou alguma coisa sobre Neville, mas ela não conseguiu entender.

Agora estava realmente curiosa. Trancou a porta do banheiro cuidadosamente e entrou na banheira, de onde podia espiar, através de uma fresta de persiana opaca da janela. Do outro lado, pôde ver duas cabeças, cabelos negros brilhando sob a luz do sol. Aaron e Shea, pensou, vendo-os fumar e falar em tom baixo sob a parreira que oferecia um pouco de sombra contra o sol escaldante. Passarinhos iam e vinham do bebedouro de aves e abelhas zumbiam no jardim colorido de brincos-de-princesa, petúnias, margaridas e lavandas.

Onde estavam Robert e Oliver?

Sob o alpendre, fora do alcance de sua visão? Com a mãe dentro de casa?

Intencionalmente excluídos?

Por que ela tinha a sensação de que havia algo terrível naquela reunião? Eles só tinham saído para fumar e bebericar, mas ainda assim...

Toc. Toc. Toc.

Batidinhas à porta.

Shannon quase morreu de susto.

— Está tudo bem com você, meu anjo? — Maureen perguntou, girando a maçaneta.

— Tá. — Ela respirou fundo, tentando acalmar as batidas aceleradas do coração, devido ao choque de quase ser flagrada escutando pela janela. — Eu só tava procurando um analgésico.

— Olhe no armário de remédios.

— Achei. — Silenciosamente, Shannon saiu da banheira e percebeu que, para sua sorte, não deixara pegadas na porcelana reluzente.

— Está tudo bem com você?

— Só tô com um pouco de dor de cabeça, mãe.

— Acho que você devia ir ao médico novamente.

— Eu vou. Daqui a alguns dias.

Shannon puxou a descarga, depois abriu a torneira da pia. Segundos depois, abriu a porta e encontrou a mãe de pé, perto da cômoda, olhando-se no espelho e acomodando alguns fios rebeldes de volta aos cachos cuidadosamente feitos. — Você tem certeza de que está tudo bem? — perguntou, pegando uma lata de laquê para manter o cabelo no lugar.

— Certeza absoluta — Shannon mentiu, e, antes que a mãe se lançasse numa nova sessão de "pobre de mim" e da "maldição dos Flannery", disse: — Eu vou ter que ir, mãe. Foi um dia longo e eu tô com um filhote novo em casa.

— Claro, claro. — Maureen prestava pouca atenção nela, enquanto ajeitava a echarpe. Girou a cabeça para os lados para conferir o resultado. Como se qualquer um dos filhos fosse perceber as dobras do lenço que envolvia seu pescoço.

— Vejo você outro dia.

— No enterro. Se precisar de uma carona...

— Eu vou estar bem, mas qualquer coisa, eu ligo — Shannon disse, sabendo que a mãe gostaria de ter suas crianças ao seu redor para apoiá-la. Shannon acharia uma maneira de afastar as conversas negativas, ficaria ao lado da mãe, seguraria sua mão, ofereceria um ombro para chorar e, o que era mais importante: lhe daria a sensação de solidariedade familiar no enterro.

Ela quase esbarrou em Oliver no final da escada.

Pálido, trêmulo, perguntou: — A mamãe está lá em cima?

— Tá.

Ele pareceu preocupado.

— Tá ajeitando o cabelo.

— Não gosto quando ela fica sozinha.

Shannon indicou a escada de corrimão polido e degraus atapetados. — Então, vai lá falar com ela.

— E você?

— Eu tenho que ir embora, Oliver — ela disse e viu uma nuvem negra cobrir os olhos do irmão, uma sombra de irritação. — A gente se fala depois.

— Espera, Shannon.

Quando se virou, viu que ele a olhava fixamente e havia algo em seu olhar, algo de tortura, que fez com que ela parasse. — O que foi?

Ele olhou para cima da escada e linhas profundas de preocupação marcaram sua testa. — Eles dizem que o perdão faz bem à alma.

— Você tá falando de mim? — ela perguntou. — E quem são eles?

— Eu quero dizer...

O som de passos interrompeu sua fala e, um segundo depois, Robert apareceu no hall da escada. Oliver estava a cinco degraus de altura e Shannon estava na base.

— Você já vai? — Robert perguntou à irmã.

— Eu tenho que ir. O dever e os cães me chamam. — Deu um beijo na testa dele e sentiu cheiro de fumaça misturado com uísque. — Se cuida. Diz pros pequenos que eu mandei um beijo.

— Digo sim — ele disse e a abraçou com mais vigor do que o fizera em uma década.

Ela olhou para Oliver, que a encarou e, depois, confuso e resignado, continuou subindo a escada.

Ela ficara incomodada com a atitude de Oliver, mas não havia muito que pudesse fazer. — Oliver — chamou e mandou-lhe um beijo. — Até já.

— Tudo bem — ele disse, mas parecia haver hesitação em sua voz.

— Tem alguma coisa te incomodando? — ela perguntou.

— Tudo me incomoda, Shannon. Você já não sabe disso?

— Quer conversar?

Ele olhou para Robert, encontrou o olhar do irmão mais velho.

— Não. Tudo bem.

— Tem certeza? — ela insistiu, mais uma vez sentindo-se excluída dos segredos de seus irmãos.

— Absoluta — ele disse e, com um sorriso e um brilho levemente demoníaco no olhar, disse: — Vai com Deus.

Ela riu. Então ele tinha algum senso de humor, afinal de contas, ainda podia rir de si mesmo. — Até já — ela disse. Despediu-se dos outros irmãos e foi embora, dirigindo sua caminhonete acima do limite de velocidade, como se esperasse que um deles fosse atrás dela para levá-la de volta ao redemoinho de tragédias que era sua família.

— Deixa de ser idiota — disse para si mesma, mas conferiu o retrovisor mesmo assim. Viu a preocupação nos próprios olhos e decidiu que não valia a pena analisar por que a família às vezes a deixava sem ar ou por que, muitas vezes, sentia uma necessidade desesperadora de sair correndo de perto deles.

Não fazia sentido algum.

Não que houvesse muita coisa na sua vida que fizesse sentido, atualmente. Pisou um pouco mais fundo no acelerador e afastou seus pensamentos.

— Eu acho que a gente encontrou a van. — A voz de Carter guardava certa morbidez. Parecia tensa. — A mesma que a Madge Rickert disse que viu quando foi passear com o cachorro, que Earl Miller viu estacionada atrás da Janssen's Hardware Store, com placas do Arizona.

Travis estava sentado ao pé da cama no seu quarto no hotel.

— Dani? — Travis sussurrou, a garganta apertada, o medo pulsando em sua cabeça.

— Não estava lá, Travis. Mas o celular dela estava.

— Jesus Cristo — sussurrou.

— A van foi encontrada na garagem de uma fazenda abandonada em Idaho. A gente só encontrou o carro porque um vizinho que arrenda um pedaço de terra pra plantar trigo sentiu um cheiro ruim. Ele estava com o cachorro e o labrador ficou louco. A porta da garagem estava com uma tranca nova, o fazendeiro estranhou e a forçou. A van estava lá dentro e tinha um saco de lixo enorme cheio de roupas cobertas de sangue. Roupas de homem. E muito sangue.

— Sangue de quem? — Travis se forçou a perguntar.

— Da Blanche Johnson.

Travis fechou os olhos, contou até vinte devagar, esperando que seu pulso desacelerasse.

— O fazendeiro ligou pra Blanche Johnson, a fazenda em Idaho é dela, e a gente interceptou a chamada. Como as roupas estavam cobertas de sangue, a gente achou que eram as que o criminoso estava usando quando matou a Blanche. A gente está fazendo testes no laboratório, na esperança de descobrir quem é ele.

A mão de Travis doía de tanto que apertava o telefone. — Mas vocês não encontraram a Dani?

— Não. Só o celular dela no chão da garagem. A polícia de Idaho carregou o aparelho e fez um rastreamento pra saber de quem era.

Acelerou a nossa investigação. A gente colocou homens e cachorros pra vasculhar a área, mas, pelas marcas de pneus, parece que ele tinha outro carro guardado e escapou nele.

— Com a Dani?

— Provavelmente. A gente encontrou umas pegadas. Femininas, tamanho trinta e seis, o mesmo da sua filha.

Travis apertou os olhos. *Pelo amor de Deus, que ela esteja viva. A salvo.*

— A gente tem outras pegadas também, masculinas, tamanho quarenta e seis. E a equipe de investigação vai checar a garagem e a van, agora. O Departamento de Polícia de Idaho está trabalhando com o FBI e com a delegacia local. Eu estou sendo informado de tudo e vou mantendo você atualizado.

Travis segurava o telefone com uma das mãos e passava a outra no cabelo. — Você não acha que o sangue nas roupas é da minha filha, acha? — ele perguntou, forçando as palavras.

— Não, não acho. É claro que a gente ainda não tem certeza, mas vai ter logo, logo. Uma faca de açougueiro foi encontrada no saco, parece com a que desapareceu do jogo de cozinha da Blanche Johnson, e a ligação é a casa dela em Idaho. Ela herdou o lugar faz alguns anos, mas não morava lá desde criança. O que se sabe é que ela mal ia visitar. A casa está caindo aos pedaços. Ela vinha alugando nos últimos tempos pro vizinho.

Travis escutava, a garganta apertada, o pulso batendo em seus ouvidos ao pensar nas roupas ensanguentadas, na faca respingada de sangue, na sua filha.

— Eu imagino que quem matou a Blanche queria que a gente achasse a van... Ele devia saber que alguém acabaria passando por ali e talvez reparasse na tranca nova. Com certeza é alguém que também sabia que ela era dona da propriedade. A gente está averiguando todos os conhecidos, todas as pessoas do passado. Isso vai levar um tempo.

— Eu acho que a gente tá ficando sem tempo.

— Aguenta firme.

— Ele tá aqui, agora. Em algum lugar perto de Santa Lucia — Travis disse, pensando nos incêndios recentes. — E tá com a Dani. Deixou a mochila dela no último incêndio.

— Eu sei. Tenho falado com o Paterno. Não se preocupe, a gente vai continuar cavando até encontrar o esconderijo dele. Eu ligo quando souber de mais alguma coisa — Carter prometeu, antes de desligar.

Travis olhou para o telefone nas mãos. A raiva, sua companheira constante ultimamente, germinava em sua cabeça. Levantou-se e foi até a janela. Escurecia e ele estava inquieto. Tinha que fazer alguma coisa. Qualquer coisa. Não podia ficar parado neste quarto de hotel nem mais um segundo.

Pegou suas chaves na mesa, saiu do cômodo e dirigiu-se ao pátio de estacionamento. Moscas e outros insetos voavam em volta das lâmpadas acesas. O calor deixava o ar pesado, nenhum sinal de brisa que pudesse fazer a temperatura baixar. Permeando o entra e sai de gente no El Ranchito, o som de conversas e de música latina se perdia na noite.

Travis parou ao lado de sua caminhonete e olhou para o outro lado da rua. O Ford Taurus prateado não estava mais lá, os detetives encarregados de vigiá-lo não estavam mais à frente do caso. Ou... Olhou em volta, com alguma expectativa de ver outro veículo estacionado na penumbra.

Nada visível. E, de qualquer maneira, ele não estava ligando para isso.

Olhou para o lugar onde Mary Beth Flannery apoiara o quadril no carro esporte do marido recentemente, as chaves penduradas no dedo, a ameaça de violência explícita no olhar.

Algumas horas depois de ter ido embora com Robert, fora assassinada, tivera a casa incendiada e a mochila de Dani fora deixada na cena do crime.

Por quê?

O que a Dani tinha que ver com a mulher de Robert Flannery? Com a cunhada de Shannon?

Shannon.

Mãe da Dani.

Travis suspirou longa e lentamente. Ela não saíra da sua cabeça desde o momento em que a conhecera. Queria odiá-la. Desconfiar dela. Provar que estava de alguma forma envolvida no roubo de sua filha. Mas esse não era o caso. Ah, ela estava envolvida, com certeza, mas num nível bem diferente. Também era uma vítima, se tudo o que vinha testemunhando na Califórnia fosse para ser acreditado.

As coisas não são o que parecem, você sabe disso. Não confie nela, use-a.

Os músculos do seu pescoço se contraíram. Por um segundo, viu-a como naquela tarde: os raios de sol iluminando-lhe os olhos verdes, o sorriso levemente sensual — sorriso que mostrava um pouco de seus dentes brancos — em lábios ligeiramente rosados. Ela era inteligente, determinada e confiante quando trabalhava com os cães. Travis prestara atenção na maneira com que o jeans se ajustava ao seu bumbum quando ela se abaixara perto do animal de busca. Pudera ver um pouco da pele das costas, já que a camiseta, suspensa ligeiramente pelo movimento, permitira a visão tentadora de uma parte de seu corpo.

Parecia improvável, ou mesmo impossível, que ficasse atraído por ela, dadas as circunstâncias. Ele já não aprendera a lição, no que se referia a lindas mulheres? Jenna Hughes não acabara com ele? E essa... A mãe da sua filha estava fora de questão.

Use-a, simplesmente.

Balançou a cabeça. A ideia lhe parecia não somente injusta como pouco sábia. Ela ainda estava se recuperando de um ataque, os hematomas no seu rosto ainda não haviam desaparecido. Passara por tantas coisas na vida e tentava tão desesperadamente ajudá-lo a encontrar sua menina. Não era verdade? Certamente não era fingimento. Mas ele não podia ter absoluta certeza. Apesar de não mais acreditar que participara do sequestro de Dani, certamente fazia parte do jogo, mesmo sem querer.

Shannon Flannery era a ligação.

Portanto, use-a... Já sabe que ela tem atração por você. Percebeu isso hoje, não percebeu? Não fraqueje.

— Filho da mãe — rosnou, sentindo o suor brotar-lhe na testa. Chutou uma pedrinha, fazendo com que esta fosse parar na calota de uma minivan.

Irritado com o mundo e consigo mesmo, Travis entrou na sua caminhonete, ligou o motor e manobrou em direção à rua, o tráfego já diminuindo com a chegada da noite.

Passou a marcha do Ford e pisou no acelerador.

CAPÍTULO 23

Paterno desligou o carro. Armado do máximo de informações que conseguira sobre as famílias Carlyle e Flannery, ele e o encarregado da Divisão de Incêndios da polícia, Rossi, foram até o pequeno rancho de Shannon Flannery. Já interrogara os irmãos dela, assim como a família e amigos de Mary Beth, antes de convocar a viúva infame de Ryan Carlyle.

Acreditava que os crimes estavam ligados. A história do Incendiário Furtivo, o assassinato de Ryan Carlyle, o rapto de Dani Settler, os incêndios recentes e o homicídio de Mary Beth Flannery. Ao pesquisar as informações antigas, descobrira alguns segredos novos dos Flannery e dos Carlyle, fatos estranhos, sem explicação por décadas.

Assim como o número seis no estranho símbolo deixado no local dos crimes, Shannon, gostasse ou não, era o centro de tudo o que estava acontecendo.

— Vamos — disse para Rossi, e os dois saltaram do carro. Os arredores eram bem cuidados. Havia luz acesa dentro da casa, mas o anexo sobre a garagem estava escuro e o único veículo visível era a caminhonete registrada em nome de Shannon Flannery. Prestou atenção ao fato de Nate Santana, o homem que morava na propriedade, não estar por ali esta noite. O pequeno rancho, apesar de não distante da cidade, tinha uma atmosfera serena, rural. Uma lâmpada de segurança iluminava o pátio onde a picape estava estacionada e várias construções o circundavam. Uma delas fora incendiada e praticamente arruinada, tendo restado muito pouco dela, a fita adesiva amarela ainda cercando a área. Um celeiro alto fora queimado, a pintura da lateral do prédio estava descascada perto dos escombros, algumas das janelas, lacradas com pedaços de madeira.

Paterno cruzou o pátio. Um cão latiu dentro de casa e, antes que ele chegasse à porta, uma lâmpada na varanda foi acesa. A porta se abriu e uma mulher pequenina, de aparência atlética, apareceu no batente. Um cachorro malhado e despenteado, tenso em todos os músculos, pelos do pescoço eriçados, surgiu ao lado dela e olhou para Paterno com seus olhos de cores diferentes.

— Shannon Flannery? — Paterno perguntou, mostrando sua credencial, alerta quanto ao cão. Ela fez um gesto afirmativo de cabeça. — Detetive Paterno, do Departamento de Polícia de Santa Lucia. Esse é...

— Detetive Rossi — ela disse friamente. — A gente já se conhece.

Paterno ignorou o olhar gelado de Shannon para o detetive mais jovem. — Nós estamos investigando a morte de Mary Beth Flannery. Se você não se importar, gostaríamos de entrar e lhe fazer algumas perguntas.

Esperou que ela dificultasse as coisas, hesitasse, até mesmo se recusasse, dado seu histórico com a polícia. Em vez disso, Shannon escancarou a porta. — Eu tava esperando vocês — ela disse. — Soube que estiveram com meus irmãos. Podem entrar. — Para o cão, disse: — Vai deitar. Agora. — Depois de um último olhar para Paterno e Rossi, o cachorro obedeceu à ordem, as patas tilintando no chão enquanto se encaminhava para a cozinha, onde a cadelinha gania, envolta pelo cheiro de cebola apimentada. Ao passarem pela porta, ele notou que a refeição de micro-ondas ainda fumegava, dentro da embalagem, sobre a bancada da pia.

Ela os encaminhou a uma pequena sala de estar, forrada com carpete desgastado. Fotografias da família e de vários cães cobriam as mesas espalhadas pelo cômodo. Ela se sentou numa poltrona listrada, que fazia par com um pufe, no qual apoiou os pés descalços.

Paterno sentou na beirada de um sofá velho e Rossi ocupou uma cadeira bamba que rangeu sob o peso do seu corpo.

Shannon encarou os dois homens com atenção. — O que vocês querem saber? — Ela sabia que não seria excluída da interrogação, mas, quando Rossi começou a fazer anotações, e Paterno, com sua permissão, colocou um gravador sobre a mesa de centro, sentiu o corpo contrair internamente. Foi acometida de uma terrível sensação de *déjà-vu* e se lembrou da última vez em que a polícia a interrogara ali, naquela mesma sala.

Mas agora ela não tinha nada a esconder, não fizera nada suspeito.

Paterno começou perguntando sobre seu relacionamento com Mary Beth, e sobre o que estava fazendo na noite em que a cunhada fora assassinada. Ela contou tudo, inclusive sua ida ao local do crime, a visão do corpo da cunhada sendo removido, e explicou que sua picape ficara bloqueada, tendo ela sido obrigada a deixá-la estacionada na rua.

Sim, testemunhara a briga entre Robert e Mary Beth e vira-os entrar no carro dele. Não, ela não telefonara para a cunhada, apesar de Mary Beth ter insistido que sim e, até mesmo Shea, achar que ela havia feito a ligação.

— Mas você não ligou — Paterno reiterou, atento como uma águia à reação dela.

Shannon teve um insight, como se fosse atingida por uma tonelada de pedras. — Jesus... — ela sussurrou, endireitando-se na poltrona. — Não, eu não liguei pra ela, mas perdi meu celular na noite do incêndio aqui. Liguei pra emergência, mas, depois, deixei o telefone cair, quando fui atacada. Ficou sumido dias. Só ontem encontrei o aparelho, claro que sem bateria. Não usei mais o telefone. Espera um segundo. — Ela saiu da poltrona, correu até a cozinha e teve certeza do que procurava. O coração aos pulos, tirou o celular do carregador. Ignorando a cadelinha que chorava pedindo atenção, Khan, deitado no seu tapete, à espera de um comando para sair do castigo e o frango oriental de micro-ondas recentemente aquecido, ligou o telefone.

Caminhou lentamente até a sala, olhando para o visor do aparelho. Apertou um botão e viu a lista de ligações recentes.

— Meu Deus — sussurrou. Levou a mão à garganta ao ver o número familiar na tela. O telefone de Robert e Mary Beth listado três vezes seguidas. Entregou a evidência para Paterno. — Encontrei o telefone no meu carro, escondido debaixo do banco, mas ele não tava comigo no dia das ligações. — Numa reação próxima à histeria, perguntou em voz alta: — Quem faria isso? Quem pegaria meu telefone, faria as ligações e depois esconderia o aparelho dentro do meu carro?

— Você não tem nenhum palpite? — Paterno guardou o celular num saco plástico cuidadosamente.

Shannon se sentou no pufe. — Não.

— Ninguém conhecido que pudesse querer fazer uma armadilha pra você? Te incriminar?

— Ai, meu Deus, você tá pensando que eu... eu... que eu matei a Mary Beth? — ela perguntou, alarmada.

— A gente não sabe o que pensar — Paterno disse com paciência. — Mas já que perguntou "quem faria isso?"... Acho que você é a melhor pessoa pra responder.

— Eu já passei uma lista de pessoas que imagino que poderiam querer me atacar e incendiar meu galpão para o detetive Rossi e a parceira dele. A lista é a mesma.

— Você poderia falar um pouco mais sobre sua relação com a sua cunhada?

Shannon olhou para ele, sem expressão. Não fazia ideia do que o detetive estava imaginando, de fato. — Nós fomos amigas durante um tempo, melhores amigas, na época de escola. Eu apresentei o Robert pra ela. Todo mundo estudava no Santa Theresa. Meus irmãos, eu, Mary Beth, Liam, Kevin e Margaret.

— E o seu marido?

Shannon apertou as mãos. — Também.

— Ryan Carlyle era primo-irmão de Mary Beth Carlyle Flannery.

— Isso.

— Primo *adotivo*.

— Exatamente — ela disse. — O Ryan era adotado. Ele não alardeava isso, mas também não era um segredo que ele ou a família tentasse esconder.

— Ele tinha um irmão também, não tinha?

Aonde ele queria chegar? — Tinha. Teddy.

— Você chegou a conhecer?

— No colégio. Ele era um ano mais novo que eu.

Paterno conferiu suas anotações. — Ele era da sala dos seus irmãos Neville e Oliver.

— Isso — ela disse automaticamente, e lembrou-se de Teddy Carlyle, menino mimado, barulhento e atlético. Sardento, dentes levemente tortos.

— Eles saíam juntos?

— Às vezes — ela disse. — Apesar de ele ser mais amigo do Neville. O Oliver e o Teddy não se davam muito bem.

— Por que não?

— Eu acho que foi porque ele ficou entre os dois. O Teddy gostava de arrumar confusão, e provocava o Oliver porque ele era tímido e meio CDF. Sempre que o Teddy tava por perto, acontecia alguma coisa.

— Então você não gostava dele?

— Você tá distorcendo as minhas palavras. Eu não gostava da maneira com que ele interferia na dinâmica da família, do jeito que ele encontrou de ficar entre os gêmeos, mas isso era assunto deles, não meu. O Teddy não tinha muito a ver comigo.

— Mas o Ryan tinha.

— Não naquela época.

— O Teddy não era adotado — o comentário surgiu do nada.

Ela sentiu uma mudança na atmosfera, sentiu o foco apertar nos olhos dele. — Não era? Talvez não, eu não sei, não conversava muito sobre isso com o Ryan. — Franziu o cenho. — O que o Teddy tem a ver com tudo isso?

— Ele morreu num acidente de carro, assim que fez treze anos. Ryan estava dirigindo.

Ela acenou positivamente com a cabeça, sentindo que devia agir com cautela. — Um acidente horrível.

— Eu sei. Li a ocorrência. O Ryan não era um motorista muito experiente, mal tinha dezesseis anos, tinha acabado de sair de um jogo de futebol, mais ou menos nessa época do ano.

— É, acho que foi... — Shannon disse, tentando não tamborilar nervosamente no braço da poltrona. Aonde é que Paterno queria chegar com todas essas perguntas?

— De acordo com as testemunhas, e a evidência da derrapagem deixada na pista, Ryan desviou para escapar de um veado, saiu da estrada, perdeu o controle do carro e bateu numa árvore. Também disseram que Ryan tentou tirar o garoto, mas o carro explodiu. A autópsia mostrou que seria tarde demais, de qualquer jeito. Teddy não estava usando cinto de segurança. Quebrou o pescoço, morreu na hora.

Shannon estremeceu. Teddy sempre fora um problema, sempre causando confusão entre os gêmeos, mas era pena que tivesse morrido tão cedo.

— Você não acha estranho que o Teddy tivesse treze anos na época do acidente? Tinha feito aniversário mais ou menos uma semana antes, e, agora, a sua filha, a menina do Travis Settler, faz treze anos e é abduzida, provavelmente trazida para cá, apesar de a gente não ter certeza. Mais os incêndios recentes... parecidos com os que o Incendiário Furtivo provocou. Não parece que tudo isso está ligado?

— Eu não sei.

— Acho que tudo está conectado de alguma maneira, entende? Como numa rede. Se puxar um fio, a trama toda começa a se desfazer.

— Então, puxa esse fio — ela disse, cansada de acusações veladas, das indiretas percebidas durante o interrogatório.

— Seus irmãos eram grudados?

— Desculpa, eu não entendi.

— Os gêmeos. Eles eram muito ligados?

— Muito — ela concordou, sem relaxar. Simplesmente porque as perguntas haviam ficado mais suaves, ela não queria ser enganada por uma sensação de segurança; não com Paterno.

— Os gêmeos não saíam com outros garotos?

— Alguns. Às vezes. Principalmente o Neville. Dos dois, ele é o mais... era... o mais sociável.

— Era? — Paterno perguntou. A cadeira de Rossi rangeu quando ele mudou de posição. — Você acha que ele está morto?

Shannon balançou a cabeça como resposta.

— Ele simplesmente desapareceu. Logo depois do incêndio que tirou a vida do seu marido.

— Bom... mais ou menos três semanas depois, eu acho.

— Vocês se viram nessas três semanas?

— Claro.

— Conversaram?

— Sim — ela disse.

— Sobre o quê?

— Eu não lembro! É tudo meio embaçado — ela admitiu, virando a palma das mãos para cima, lembrando o horror ao tomar conhecimento da morte do marido. Não, ela não o amava mais, não, ela não confiava nele, mas, não, ela realmente não desejara sua morte. Só queria que a deixasse em paz, que parasse de encontrar maneiras de feri-la. Mas sua morte, o incêndio... a suspeita de que o tivesse matado, ou mesmo o encurralado de alguma maneira, quase a levou à loucura, quase a destruiu emocionalmente. Sim, estivera com Neville na época, mas conversara realmente com ele? Ela não sabia. Seus irmãos, sim, pensou. O último a estar com ele fora Oliver, logo antes do esgotamento nervoso que o levara ao hospital psiquiátrico, onde encontrara Jesus. Onde, através de orações, Deus falara com ele, convocara-o a entrar para a Igreja.

Obviamente Paterno já ouvira essa história. Assim como, obviamente, não acreditava numa palavra.

Paterno se mexeu no sofá. — Não é estranho? Seu irmão simplesmente desaparecer?

— Muito estranho — ela suspirou, olhou pela janela e viu a noite invadindo a paisagem. — Eu... eu não entendo. Nunca consegui entender. Mas, naquela época, eu andava distraída, andava ocupada com outras coisas.

— Com a acusação de assassinato.

— Isso! — Ela olhou para ele e a raiva que sentira do promotor, da polícia, do sistema, invadiu seu corpo mais uma vez. — Minha vida inteira ficou de cabeça pra baixo. Meu marido, morto. Assassinado. Acusado de ser um incendiário maluco, e eu tava sendo acusada de assassinato! Pra piorar tudo, meu irmão desaparece e ninguém sabe onde ele tá. — Ela debruçou sobre o próprio corpo, os cotovelos apoiados nos joelhos. — Detetive Paterno, tudo isso é notícia velha. Eu não sei o que aconteceu com o Neville. Ninguém na minha família sabe. Com certeza, você conhece meu irmão Shea, já que é o substituto dele na investigação, e sabe que meu outro irmão, o Aaron, é detetive particular. Eles, e toda a minha família, tentaram encontrar o Neville.

— E nada?

— Nada. — Ela o encarou, a dor de cabeça dando sinais novamente. — Eu achei que você ia me perguntar sobre o assassinato da Mary Beth.

O olhar que ele lhe dirigiu refletia a paciência de alguém metódico, porém determinado, alguém que não desiste jamais.

— Como a Mary Beth reagiu quando o primo morreu e você foi a julgamento por assassinato?

— Ela me culpou pela morte dele — Shannon admitiu. — A família Carlyle inteira me acusou, principalmente o Liam. Ele e o Ryan eram da mesma idade, jogavam no mesmo time de futebol, eram grandes amigos.

— Junto com seu irmão Robert?

— O Robert era da sala deles também — ela assentiu, recostou novamente na poltrona e resignou-se a suportar mais algumas perguntas.

— Grupo fechado esse.

— Na maioria das vezes. — A época de colégio parecia estar a séculos de distância.

— A Mary Beth depôs no seu julgamento.

Shannon fechou os olhos. — Todo mundo depôs. — Lembrou-se do depoimento de Mary Beth, os olhos cheios de lágrimas ao dizer que ouvira Shannon declarar seu desejo de que o marido estivesse morto. Em seguida, Liam reproduzira as mesmas palavras, mais veementemente, enquanto exaltava as qualidades de Ryan. Kevin fora mais discreto, mas a encarara com tanto ódio que a fizera tremer. E Margaret, sempre devota, vibrava visivelmente, fazendo repetidamente o sinal da cruz enquanto dizia para o tribunal que o casamento de seu único primo era instável.

Com certeza, não sabiam que Ryan batia nela. Não acreditavam que ele fosse capaz de tal violência. Mas, na verdade, poucos acreditavam.

— Seu marido — a voz de Paterno a trouxe de volta ao presente — trabalhava com seus irmãos no Corpo de Bombeiros de Santa Lucia.

— Isso.

— Liam Carlyle também?

— Também.

— Depois do incêndio que tirou a vida do Ryan, não só Liam se demitiu, como seu irmão Neville também. Algumas semanas depois, ele desapareceu. E você não faz ideia de onde ele esteja?

— Eu já disse que não. Adoraria saber, mas não sei. A verdade é que eu suspeito que tenha acontecido alguma coisa com ele.

— Alguma trapaça?

— Um dia ele tá com a gente, como se nada tivesse acontecido, no outro ele desaparece. — Estalou os dedos. — Assim, do nada.

— Como é que alguém simplesmente desaparece?

— Boa pergunta. Pergunta pra família do Jimmy Hoffa — ela disse de supetão, tirou os pés do pufe e endireitou-se na poltrona. — Queria saber o que aconteceu — admitiu. Olhou pela janela, apreciou a paisagem noturna e sua própria imagem refletida no vidro. Disse: — Eu queria que ele estivesse aqui.

— Ele tinha um seguro de vida. Você é a principal beneficiária.

— A seguradora nunca me pagou.

— Mesmo assim... ainda é válido, não é?

— Acho que sim.

— E você ficou com a maior parte da herança dele, não ficou?

Ela assentiu. — O Neville não era casado, não tinha filhos.

— Mas tinha um irmão gêmeo, idêntico, e você disse que eles eram muito próximos. Costumavam pregar peças em todo mundo, trocar identidades.

— Você acha que ele devia ter deixado tudo pro Oliver.

— Estou puxando fios, Srta. Flannery.

Shannon baixou a cabeça. — Eu não sei por que eu sou a beneficiária, detetive. Talvez o Neville soubesse que o Oliver ia entrar pra Igreja — ela disse, tendo feito a mesma pergunta a si mesma milhares de vezes. — Neville não era particularmente religioso. Eu não sei. Todos os meus irmãos têm a mania de me proteger, sempre tiveram. Eu sou a única mulher e a mais nova.

— A número seis.

— O quê?

— A sexta criança.

— É verdade — ela disse e sentiu uma pequena mudança no ar. Algo mudara. Os pelos do seu braço se arrepiaram.

— O mesmo número do símbolo que foi deixado no seu portão e no centro da estrela desenhada que nós encontramos no incêndio que matou Mary Beth. — Paterno enfiou a mão no bolso e retirou dois pedaços de papel, cada um com um desenho. Entregou-os a Shannon. O primeiro ela reconheceu, tinha o formato da certidão de nascimento. O outro — uma estrela sem uma das pontas, com números e linhas pontilhadas — era novo para ela.

— Você acha que o seis me representa? — perguntou, confusa. — O que é que significa? — Não esperou pela resposta. — Se eu sou o seis, quem são os outros números? — perguntou, tentando seguir a lógica do detetive e sentiu um arrepio mais gelado que a morte. — Membros da minha família?

— É possível.

— Mas por que as linhas pontilhadas? Por que eu estaria no meio desse troço? — sussurrou, olhando para as páginas como se, ao fazê-lo, fosse capaz de solucionar os mistérios do universo, ou, pelo menos, os da própria vida e das pessoas próximas a ela. Deus, isso era assustador. — Eu não entendo. De onde vem isso?

— Encontramos essa imagem em dois lugares na casa de Mary Beth. Um, rabiscado com o que imagino ser batom, no espelho do banheiro. O outro, debaixo da aba da mochila deixada no local. Travis Settler identificou a bolsa como sendo da filha. Da *sua* filha.

— O quê? — ela sussurrou, repentinamente sem ar. Meu Deus, não. Ela não aguentaria ver Dani envolvida no assassinato de Mary Beth, mesmo que remotamente. — Não tô entendendo.

— Nem eu. Mas... — ele disse. Seu celular tocou, ele se levantou e tirou o telefone do bolso. — Paterno — disse rapidamente, depois de levar o aparelho à orelha. — Sim... não... — Olhou para o relógio de pulso. — Eu chego aí em mais ou menos quinze minutos. Isso, estou só terminando aqui... Ok. — Desligou o telefone e, apontando para as folhas de papel ainda nas mãos dela, disse: — Acho que isso é tudo, por enquanto. Pode ficar com os desenhos.

Como se ensaiado, Rossi se levantou.

— Tem alguma coisa que você queira dizer? — Paterno perguntou.

— Não... quer dizer, tem. Eu não sei se tem alguma coisa a ver com o que tá acontecendo, mas meu irmão, o Oliver, acha que viu o Brendan Giles na igreja, domingo passado.

Paterno franziu o cenho, as sobrancelhas hirsutas juntando-se numa única e intensa linha. — Eles se falaram?

— Não. — Shannon relatou rapidamente o que Oliver lhe contara.

— Ele provavelmente se enganou — Rossi finalmente abriu a boca.

— Talvez. Faz anos que ele não aparece. Eu só achei que vocês deviam saber.

— Engraçado seu irmão não ter mencionado isso quando falei com ele — Paterno disse, lentamente. — Ele deve ter esquecido.

— Como eu falei, ele também não tem certeza.

— Mais alguma coisa que você acha que a gente deve saber? — ele perguntou, arqueando uma sobrancelha.

— Tem — ela disse. — Tem uma coisa, mas eu não sei como ela se encaixa.

— Diga.

— Na noite do incêndio aqui, que destruiu meu barracão, parece que alguém machucou um dos meus cavalos de propósito. — Ela explicou a teoria de Nate sobre o que acontecera com Molly, depois calçou os tênis e encaminhou os policiais até a cocheira, onde eles puderam ver os bigodes arrancados da égua.

O rosto de Paterno se fechou.

— O cara é realmente doente — Rossi comentou, corando.

Aparentemente, para Rossi, machucar um animal era pior do que matar uma mulher. Ou talvez ele tivesse ficado calejado com o passar dos anos, se acostumado a encontrar corpos carbonizados em banheiras. Sendo ela mesma uma amante dos animais, Shannon compreendia a sua raiva, mas surpreendeu-se com a reação do detetive. Paterno, por outro lado, manteve-se quieto, o olhar sombrio e contemplativo.

Quando voltaram para a casa, Paterno disse: — Se houver mais alguma coisa, você telefona, certo?

— Com certeza. Eu, mais do que ninguém, quero esse maluco preso. Ele tá com a minha filha.

Se ele intencionava dizer alguma coisa, talvez mencionar o fato de Shannon ter desistido dos direitos maternais sobre a filha treze anos antes, pensou melhor e desistiu.

Homem inteligente.

Shannon os acompanhou até o carro. Quando entraram no sedã, ela voltou para casa e, depois de fechar a porta da frente, apoiou-se nela e agradeceu o fato de a entrevista ter terminado. Seu pensamento se voltou para Dani Settler mais uma vez, como sempre, desde que soubera do rapto da menina. — Meu Deus, por favor, faça com que ela esteja bem — rezou, sentindo uma dor profunda. Por que nem a polícia nem o FBI conseguiam encontrá-la? Onde ela estava? Shannon chegaria a vê-la algum dia, chegaria a conhecer a única filha que provavelmente teria? Experimentaria, pelo menos, a paz de espírito de saber que Dani estava a salvo?

Era uma pergunta assustadora.

A ideia de nunca conhecer a menina, cuja foto ficava na sua mesa de cabeceira, rasgou-lhe o coração. Deus não poderia ser tão cruel.

Sentiu um nó na garganta, um nó impossível de engolir, e a dor de cabeça contra a qual lutara o dia todo agora voltava como uma vingança.

Na cozinha, Khan latiu pedindo atenção. — Você acha que eu te esqueci? — ela perguntou ao entrar. Deixou os desenhos que Paterno lhe dera em cima da mesa.

O cão pintado ainda estava no seu tapetinho, tenso. — Você ia ficar sentado aí até o reino se jogar aos seus pés? — perguntou, divertida. Ele requebrou ao vê-la, e Marilyn latiu de dentro do seu cercadinho, tentando escalar a rede de proteção. — Vem! — Shannon chamou Khan. Olhou pela janela da cozinha e viu as luzes traseiras do carro de polícia romperem a escuridão da noite. Um segundo depois o motor foi acionado e a viatura saiu deslizando pela pista. Shannon suspirou e voltou sua atenção para o cachorro. — Você é tão bonzinho... — disse para Khan.

Mas ele não estava no clima para elogios ou frases feitas. As unhas desgovernadas arranhando o chão, correu para a porta da frente, suspendeu o corpo, levou o focinho à vidraça, os olhos grudados no carro que partia, todos os músculos do seu corpo tensionados. — É, eu também tô feliz que eles foram embora. — Ela percebeu a murchidão da refeição cozida havia tanto tempo e não conseguiu pensar na possibilidade de esquentá-la mais uma vez. Fez uma careta e jogou a caixa no lixo. — É demais pra uma apreciadora da boa culinária — disse para a cadelinha. — E você? — Acariciou a cabecinha aveludada e sentiu um narizinho úmido encostar na sua mão. — Só um minuto, ok?

Ouvindo o choro da cachorrinha, Shannon subiu correndo as escadas, tirou duas aspirinas do frasco e, afastando o cabelo do rosto com uma das mãos, engoliu-as com água da torneira. Enfiou um par de chinelos e dirigiu-se mais uma vez ao andar de baixo.

A pequena latia alto quando Shannon voltou para a cozinha.

— Paciência não é uma das suas maiores virtudes, né? — provocou, pegando a pequenina no colo e levando uma lambida de língua rosada no rosto.

Shannon riu. Por que filhotes eram tão irresistíveis? Seria o cheiro? A inocência? O corpinho suave e irrequieto? Ou o pacote completo? — É, eu também gosto de você.

Khan, sempre ciumento, postou-se a seus pés rapidamente, mas Shannon o ignorou por um momento, enquanto colocava a nova moradora de volta no seu cercadinho. Pôs mais comida na sua vasilha. Marilyn não podia ser mais eficiente em devorar seus punhados de ração. Assim que o último montante sumiu da vasilha e a cadelinha tomou alguns goles d'água, Shannon prendeu uma coleira de treinamento no pescoço de Marilyn e levou-a para fora da casa. Ao passo que Khan saiu correndo na frente para farejar os arbustos e a cerca, na esperança de afugentar esquilos ou algum outro roedor, Shannon deixou a cachorrinha vagar e explorar o novo ambiente.

O galpão queimado era um lembrete sinistro do que andava acontecendo. Shannon lembrou-se de ligar para a empresa de segurança de Alexi Demitri no dia seguinte, pela manhã, apesar da desconfiança de Nate em relação ao homem. Porém, Nate, Shea e até mesmo Alexi estavam certos em uma coisa: com tudo que havia acontecido, ela seria tola se não instalasse câmeras e alarmes na propriedade. Se os homens de Alexi não pudessem vir imediatamente, ela pediria ajuda a Aaron. Exatamente como fizera no passado.

Contraiu-se ligeiramente ao lembrar-se da última vez em que ela e Aaron instalaram pequenas câmeras e gravadores. Sabia que Ryan ignoraria o mandado de segurança e temia que fosse até ela de punhos prontos e cerrados. Decidira que lutaria contra ele, até mesmo atiraria nele para se proteger, se precisasse, ou então gravaria seus movimentos e levaria a prova para a polícia, assim como para o advogado.

E a ideia dera errado.

Encolheu os ombros, protegendo-se da lembrança da fúria de Ryan ao descobrir o que fizera. Não somente a machucara como destruíra a evidência ao quebrar todo o equipamento.

Uma semana depois, estava morto.

Carbonizado num incêndio terrível.

E ela fora acusada de assassinato.

Agora, enquanto passeava com a cachorrinha, pensava nos estranhos símbolos que o detetive Paterno lhe mostrara, e, claro, pensou em Mary Beth e em Dani.

A luz de faróis despontou na estrada de acesso à casa.

Seu coração ficou petrificado.

— Não... — sussurrou, acreditando que os dois detetives estavam de volta. Mas o barulho do motor parecia mais forte que o do sedã dos policiais e, em segundos, divisou a picape de Travis Settler se aproximando.

Uma onda refrescante de alívio percorreu seu corpo e ela até se permitiu um sorriso. No entanto, quando ele saltou da caminhonete e seu coração tolo começou a bater de forma irregular, ela se repreendeu. Reconhecia o perigo quando deparava com ele. E Travis Settler com seu jeans surrado, sua jaqueta de couro, ar sombrio e olhar de quem não tem tempo a perder, era perigo puro.

A barba de alguns dias escurecia-lhe o maxilar, e o que quer que lhe estivesse passando pela cabeça não era bom. — Eu vi o Paterno indo embora — disse, sinalizando em direção à estrada. Quando seus olhos encontraram os dela novamente, estavam escuros, cheios de preocupação. Tocou no ombro saudável de Shannon, as pontas dos dedos passando calor através da manga da camiseta. — Você tá bem?

Ela sentiu algo se quebrar internamente, algum pedacinho de resistência que mantinha em volta do coração. — Você tá? — ela perguntou e ele quase sorriu.

— Não sei se algum dia vou ficar. — Ele passou a mão livre pelo pescoço, mas a outra ainda tocava naquela frágil articulação dela. — Já te contaram da mochila da Dani?

— Já.

Ele fechou os olhos. A pressão no ombro de Shannon aumentou. — Se aquele filho da mãe tiver feito alguma coisa com ela, eu juro que eu mato o desgraçado com minhas próprias mãos.

— Só se você conseguir chegar nele antes de mim — ela disse. Seus olhos se encontraram na escuridão acolhedora, sob a frágil e fantasmagórica luz da lâmpada de segurança. Ela pensou no sonho que tivera, no qual quase fizera amor com um homem que pensava ser Travis, e, apesar de saber que era tolice, sentiu um arrepio de excitação percorrer-lhe o corpo.

— Quem é esse? — ele perguntou, apontando para o pequeno filhote.

— O novo membro da família. Recentemente nomeada Marilyn.

Travis quase sorriu ao olhar para a cadelinha.

— Vamos lá dentro e eu te ofereço uma cerveja — ela disse.

O quase sorriso se transformou num quase riso. — Ponto pra você.

Quando já estavam dentro de casa, todas as luzes da cozinha acesas, parte da intimidade do encontro ao ar livre se dissipou. Ela entregou uma cerveja para ele, mas, por causa da aspirina que tomara, bebericou a sua de leve, os dois sentados à mesa. Repreendeu-se por ser uma romântica de carteirinha, mas, depois, ao ouvi-lo falar sobre o telefonema do Oregon e sobre a descoberta da van na qual, em tese, Dani fora abduzida, esqueceu completamente suas fantasias. Em tempo, contou a ele seu encontro recente com Paterno e Rossi, além da suspeita de Oliver de ter visto Brendan Giles na cidade. Mostrou-lhe, também, os estranhos desenhos, os quais Travis já conhecia. Depois, contou-lhe o que acontecera com Molly e explicou-lhe a suspeita de Nate Santana.

Travis fez uma careta diante da menção a Santana, mas terminou sua cerveja e pediu para ver a égua. Mais uma vez, agora com

Khan liderando o caminho, ela se encaminhou para fora de casa, cruzou o pátio e entrou na cocheira. Alguns relinchos e espirros saudaram sua chegada, e vários animais, orelhas atentas, mostraram a cabeça sobre a portinhola das baias.

— Parece que passou um século desde aquela noite — ele disse, os olhos voltados para o local onde ela fora atacada. Ainda havia manchas de sangue no chão.

— Aconteceu tanta coisa. — Ela destravou a porta da baia. — A pobrezinha da Molly foi mais uma vítima. — Cuidadosamente, alcançou o cabresto da égua e mostrou a ele o focinho de bigodes queimados.

Os olhos de Travis escureceram. Os lábios se comprimiram.

— Desgraçado — sussurrou. — Desgraçado, filho da mãe! — Cerrou os punhos por um segundo e pareceu querer atingir alguém com alguma coisa. Ela não o culpava. Saíram juntos da cocheira. — E você disse que o Brendan Giles tá de volta?

— Não. Eu falei que o Oliver *acha* que viu o Brendan. Quando eu dei uma pressionada, ele recuou. Liguei para os pais do Brendan e, surpresa, eles não me ligaram de volta. Falei com o Paterno que o Oliver achava que tinha visto o Brendan.

— Ótimo — ele disse entredentes, mas estava nitidamente agitado diante da possibilidade de o pai biológico da Dani estar por perto.

— Tem mais uma coisa — ela falou quando cruzaram o pátio em direção à casa. Um sopro de brisa passou pela noite, revolvendo as folhas secas e a poeira do caminho. — Eu achei meu celular. Na picape. — Falou dos telefonemas para Mary Beth e disse que Paterno levara o aparelho como evidência.

— Quando é que o celular foi colocado lá?

— Eu não sei. Pode ter sido quando o carro ficou estacionado perto da casa do Robert no dia do incêndio. Tinha milhares de pessoas lá e, como você sabe, eu tive que deixar o carro na rua.

Travis se virou e olhou na direção do veículo estacionado no lugar usual. — Onde foi que você encontrou o telefone, exatamente? Me mostra.

— Claro. — Ela cruzou o pátio até o carro, abriu a porta e apontou para o banco. — Ali embaixo.

— Tem uma lanterna?

— Tenho... por quê?

— Só quero dar uma olhada em volta — ele disse, hermético, enquanto ela procurava no porta-luvas. Entregou-lhe a lanterna, ele acendeu a luz e iluminou o chão do carro sob o acento.

— O que é que você acha que vai encontrar?

— Provavelmente nada, mas espero que o filho da puta tenha vacilado e deixado alguma pista.

— A polícia não olhou aí.

— Eles não acreditaram em você, não é?

Ele não levantou a cabeça, simplesmente continuou remexendo o chão do carro e achou um mapa, restos de batatas fritas, uma revista e uma caixinha de plástico. — É sua? — perguntou, iluminando a caixa.

Shannon apertou os olhos. — Acho que não. O que é isso?

— Uma fita.

O coração dela parou. — Você quer dizer uma fita, tipo fita cassete? Uma fita pra fazer gravação?

— Isso. — Com voz grave, ele encarou a fita cassete como se ela fosse um demônio vindo diretamente do inferno. — Você tem toca-fitas?

— Tenho... no som da sala. É velho. — Ela já estava correndo em direção à casa, o pânico pulsando dentro do corpo. Instintivamente, sabia que a gravação era importante, provavelmente uma mensagem do assassino. — Será que a gente deve chamar a polícia?

— Ainda não. Pode não ser nada, só alguma coisa que alguém esqueceu sem querer, tipo uma coletânea de músicas antigas gravadas. A gente não vai chamar o Paterno pra vir escutar uma gravação ruim do Bon Jovi, da Madonna ou das Dixie Chicks.

— É, mas eu acho que não é esse o caso — ela disse em voz baixa ao abrir o armário onde ficava o som. Mal encostava nas laterais da fita enquanto olhava para o objeto, e, em seguida, colocou-a no aparelho de som.

Alguns segundos depois, uma voz de menina retumbou nas caixas:

— Mãe, por favor, me ajude, mãe. Estou com medo. Vem me buscar. Eu não sei onde estou, mas acho que ele vai me machucar! Por favor, mamãe. Vem rápido!

CAPÍTULO 24

O sangue sumiu do corpo de Shannon. Ela sentiu um desfalecimento. Soube instantaneamente do que se tratava, deu-se conta do que estava ouvindo, antes mesmo de Travis afirmar bruscamente: — É a Dani. É a voz dela!

Shannon escorou a palma da mão na parede, buscando apoio. Travis agachou diante do aparelho de som, paralisado. Seu rosto estava absolutamente pálido, os olhos sombrios de ódio. Com palavrões pungentes, bateu com o punho na mesa. Fotografias chacoalharam e caíram no chão. — Desgraçado filho de uma puta — sibilou entredentes, os lábios mal se movendo. Voltou o olhar para Shannon.

— Ela tá viva. — Lágrimas escorriam pelo rosto de Shannon enquanto ouvia a voz da filha. Por dentro, estava em pedaços, morrendo para encontrar a criança que nunca vira em treze anos. — Mas tem mais alguma coisa, outro som... — ela disse, estremecendo ao reconhecer o ruído familiar.

— Fogo. Ele colocou a Dani perto do fogo.

— Meu Deus. Meu Deus. — Ela tremia, a cabeça rodava, suas emoções em pandarecos. Ter visto a foto de Dani destruíra-lhe os limites da alma, mas isto, ouvir a voz da filha, sabendo que ela estava em algum lugar, nas mãos de um maluco, pedindo socorro à mãe, à mãe que a abandonara tantos anos atrás. Shannon levou a mão à boca, tentando não soluçar.

Mãe, por favor, me ajude, mãe. Estou com medo. Vem me buscar. Eu não sei onde estou, mas acho que ele vai me machucar! Por favor, mamãe. Vem rápido!

As palavras davam voltas em sua cabeça. — Jesus — ela sussurrou, limpando o nariz, com a sensação de que tudo em que acreditava, tudo em que confiava, fora arrancado dela. Sua filha estava sozinha na escuridão, prisioneira de uma armadilha perto do fogo.

Deixou escapar um gemido e Travis se aproximou, envolveu seus ombros com os braços, puxou-a de encontro ao próprio peito e ela desmontou completamente, seus dedos agarrando as pontas da camisa dele, suas lágrimas manchando o tecido suave, seus ombros sacudindo incontrolavelmente.

Braços fortes a circundaram, apertaram-na com força enquanto ela espremia os olhos tentando acalmar uma chuva de lágrimas, a dor daquilo tudo.

— Shhh... — ele sussurrou e acariciou-lhe a cabeça suavemente.

O que só piorou as coisas. Como ele devia estar sofrendo. Como devia estar se despedaçando aos pouquinhos.

— Eu... eu... Ai, meu Deus, Travis, eu sinto tanto — ela sussurrou, perdendo a batalha e o controle.

— Não é culpa sua.

— É claro que é. Se não fosse por minha causa ele não teria levado a Dani. Ela tava me chamando, você ouviu? Me chamando! Chamando a mãe. Por quê? Ela não me conhece. Não... Agora eu entendi... ele obrigou a Dani a dizer aquelas coisas. Encenando o que ele queria que ela dissesse com o barulho do fogo atrás. Ele sabia que a gente ia reconhecer o som. Depois... depois ele deixou a fita no meu carro pra que eu soubesse, pra que eu sentisse o sofrimento dela... Ai, meu Deus... — Seus joelhos não resistiram e ele a segurou.

— Não se tortura.

— Mas é tudo por minha causa. — Ela piscou os olhos, lutando contra a avalancne de lágrimas, tentando enrijecer a coluna e endireitar os ombros. Travis tinha razão. Ela não poderia lutar contra o monstro se despedaçando, fazendo exatamente o que ele esperava.

Ainda assim, lhe parecia impossível juntar os pedaços e ir à luta como sempre fizera na vida.

Quem quer que estivesse fazendo aquilo, sabia como feri-la, desejava machucar profundamente seu coração, vê-la sofrer com a dor mais inimaginável. Soluçou e fungou, segurando a camisa dele com tanta força que a deixou amassada e molhada, na esperança de buscar forças naquele homem, o pai da menina, a única pessoa no planeta mais ferida que ela.

— A gente precisa encontrar a Dani — ela disse, levantando a cabeça e olhando para ele através das lágrimas. — A gente tem que fazer tudo o que for possível.

— A gente vai fazer — ele respondeu, a voz embargada, os olhos brilhando. Sob o medo, escondida sob a superfície da própria dor, havia uma determinação visível. Seu maxilar estava travado, os músculos rígidos, as narinas infladas como se estivesse indo para uma guerra. — Mas, antes, você tem que ir lá pra cima, pra cama. Descansar. Se organizar. Eu vou ligar pro Paterno. Eles vão pegar a fita e vão dissecar a gravação. Talvez encontrem digitais, ou separem os sons pra ver se escutam outros ruídos, algum barulho disfarçado ou escondido pela voz da Dani.

— Ele não daria uma derrapada — ela falou, sem querer acreditar.

— Todo mundo derrapa. Agora, vem, eu te ajudo a subir...

— Não... eu vou ficar bem. Eu... é só me dá um segundo pra eu lavar o rosto. — Ela não queria que ele tomasse conta dela, como se fosse uma mulher frágil, chorosa, patética, mesmo se estivesse agindo como uma. Afastou-se e quase caiu quando ele tirou os braços dela. — Liga pro Paterno. Fala com ele pra vir pra cá buscar a fita e checar o carro, ou o que mais ele quiser. Ele pode virar tudo de cabeça pra baixo. Eu só preciso de um minuto... pra... lavar o rosto.

— Você devia descansar — ele reiterou. — Você ainda tá se recuperando.

— Não tá todo mundo se recuperando, Travis? Me espera só um minuto. Eu não pretendia cair daquele jeito, eu só... Ai, caramba... ouvir a voz dela...

— Eu sei. — Ele a segurou novamente, puxou-a para perto e beijou o topo de sua cabeça. Sua respiração levantou alguns fios de cabelo dela, fazendo com que um leve arrepio de excitação percorresse suas veias.

Shannon pensou em se afastar dele, em romper o abraço improvável, mas não pôde. Era como se precisassem se abraçar com força, reafirmando sua dedicação à causa, sua determinação para encontrar a filha deles. Não a filha dele. Não a filha dela. A filha deles.

Olhou para ele, encontrou seus olhos fixos nela e cada batida do seu coração parecia durar uma eternidade. Ali estava um homem que poderia amar, pensou furtivamente, um homem solteiro cuja vida era dedicada à filha.

Sentiu um aperto na garganta, deu um beijo rápido no rosto dele e sentiu o cheiro de loção pós-barba ao ter seus lábios espetados por um pelo nascente. — Desço em cinco minutos. Pode usar o telefone, se você quiser.

Depois, antes que fizesse algo tolo, como colar sua boca à dele, subiu a escada correndo, mal sentindo as dores de seus ferimentos. Diante da cama, parou, encaminhou-se até a mesa de cabeceira e pegou a foto de Dani Settler. Lágrimas ameaçaram seus olhos novamente quando se lembrou das palavras dirigidas a ela, saídas da boca da filha coagida. — Não se preocupa, meu anjo — disse, contornado com o dedo o rosto de Dani. — Eu tô indo... sua mãe tá indo.

Era agora ou nunca. A Besta tinha ido embora fazia mais ou menos uma hora e ela não seria enganada, não acreditaria que ele estaria de volta tão cedo quanto afirmara.

Mesmo que não tivesse mentido, Dani não suportaria mais um segundo naquela cama horrível, naquele quarto imundo, fedorento e sem janelas. Ela já perdera tempo suficiente, planejara fugir mais cedo, mas as circunstâncias impediram-na de escapar. Ela sabia que as coisas estavam mudando. Ele estava ficando desesperado. Ela podia apostar, devido à maneira irregular como agia, à irritação constante, à impaciência. E não a teria forçado a gravar aquela fita, implorando para que a mãe fosse salvá-la, a menos que planejasse se livrar dela em breve.

Ela não tinha ilusões.

Ficar seria morrer.

Precisava arriscar.

Estava pronta. Vestiu sua roupa, imunda como estava, e, com o prego na mão, foi até a porta, seu portal para a liberdade.

Estava apreensiva, os nervos à flor da pele, quando deslizou o prego na fresta entre a porta e a moldura, suspendendo-o firme e lentamente. Sentiu a resistência ao encontrar a tranca, mas continuou o movimento ascendente.

Nada.

O trinco nem mesmo se mexeu.

Não, ah, não! Seu plano não podia falhar. Ela tinha que fugir. A ideia de deixar aquele maluco para trás era o que a impedia de se desmanchar em mil pedaços quando ficava cara a cara com ele. Seu plano a mantivera firme e não o abandonaria por causa de uma fechadura idiota aparentemente determinada a não se mover.

Tentou novamente. Colocou o prego na posição. Forçou-o para cima. O objeto atingiu o trinco de metal mais uma vez. — Isso... — ela disse, empurrando o prego para cima, tentando fazer uma alavanca, imaginando a posição da tranca e o motivo de ser tão difícil abri-la.

Falhou.

— Droga! — resmungou e encolheu-se ao som da própria reclamação. Não podia ceder à raiva. Precisava de foco. Lembrou-se das lições de *tae kwon do* e do mestre Kim. Respirou fundo. Acalmou-se. Alongou os músculos do pescoço, atenta ao fato de que minutos preciosos escorriam-lhe das mãos, a qualquer segundo a Besta poderia voltar para fazer sua coreografia pervertida em frente à lareira.

Segurou o prego com as duas mãos, o mais firmemente que conseguiu. Deslizou o objeto pela fresta, concentrou-se e, lentamente, porém com firmeza, moveu o prego para cima. Desligou-se de tudo o mais e visualizou a tranca sendo levantada, cedendo, a porta se abrindo. Sentiu a resistência. Ignorou-a. Manteve a pressão. A respiração regular. Imaginou sua fuga. Seus dedos começaram a doer, os músculos do antebraço tremiam. Ignorou a dor, pensava somente no metal pressionando o metal. *Abre, abre, abre*, pensou. Como um mantra pessoal. *Abre, abre, abre...*

Sentiu uma mudança. Algo estava cedendo, a tranca movia-se levemente. Seu coração disparou, mas ela manteve a pressão, forçando a mente a manter-se centrada no movimento da fechadura.

Num instante, ela afrouxou. O trinco subiu e a fechadura cedeu. Dani quase caiu na sala, do outro lado da porta.

Não perdeu tempo. Pegou a faca e o isqueiro lança-chamas em cima da lareira, achou a lanterna que ele guardava numa caixa embaixo da cadeira bamba, depois guardou a foto da mãe — aquela mulher de cabelo ondulado ruivo e olhos verdes *tinha* que dar força a ela — dentro do bolso. Todos esses objetos tinham as impressões digitais dele. Ela o vira tocar em cada um deles, logo precisava ter cuidado para não apagá-las ou borrá-las. Ainda tinha guardada a guimba de cigarro que continha o DNA dele, mas as digitais seriam mais fáceis de rastrear se ele fosse fichado, pelo menos fora isso que aprendera assistindo a tantos programas de detetives e crimes na tevê. Mas agora não era hora de contemporizar. Precisava seguir em frente.

Rápida como um raio, Dani saiu pela porta dos fundos.

A noite estava escura, estrelas esparsas e um pedacinho da lua sendo a única fonte de luz nas montanhas. Ela pensou nos predadores, nas cobras, nos pumas, nos porcos-espinhos e nos morcegos, mas nada, nenhum animal no planeta, era tão assustador ou letal quanto a besta de que acabara de se livrar.

E ele ficaria revoltado. Quando descobrisse que ela fora mais esperta, ficaria com ódio mortal. Teria que ser bem-sucedida na fuga ou morrer tentando. Era tudo o que tinha.

O fino rastro de luz da lanterna a guiar seu caminho, seguiu o que deveria ser a trilha de um cervo, correndo o mais rápido que conseguia sem tropeçar. Tinha certeza de que ele seria capaz de rastreá-la, estava deixando marcas na poeira do chão, mas, assim que visse uma maneira de sair da trilha, o faria. Agora, precisava do máximo de distância que conseguisse dele.

Desceu a colina, imaginando que encontraria lá embaixo um riacho. Sabia que se se jogasse na água, ele seria incapaz de encontrar suas pegadas e, se os filmes de antigamente dissessem a verdade, até mesmo cães de rastreamento ficariam confusos. A boa notícia era que ele não tinha um cachorro. A má notícia era que num verão quente e seco como este, a maioria dos riachos teria seu leito seco.

Mesmo assim, tinha que seguir com seu plano.

Como era.

Foco, disse para si. *Foco, foco, foco!*

— É a voz da sua filha? Tem certeza? — Paterno perguntou. Ele e Rossi haviam voltado, depois da convocação de Travis, e, agora, estavam de pé na sala de Shannon, ouvindo a gravação.

— Eu conheço a voz da Dani, detetive — Travis disse, bruscamente. — E a gente acha que o outro ruído, esses estalos, são de fogo. Quem quer que seja o desgraçado que raptou a minha menina, tá mantendo a minha filha perto do fogo. Ele quer dizer alguma coisa com isso.

O rosto grave de Paterno assumiu expressão ainda mais sombria. Escutou com atenção, depois fez um gesto de concordância com a cabeça. — Você está certo.

Shannon, como acontecia cada vez que escutava a fita, sentiu novo desfalecimento. Ouvir o som da palavra mamãe vindo da filha que nunca chegara a conhecer a levava às lágrimas. E, literalmente, quase a fazia ficar de joelhos.

— Mas, sua mulher, a mãe dela está morta.

— Eu sei disso!

Shannon interveio: — É óbvio que a fita é dirigida a mim. Foi deixada no meu carro, com o meu celular. Quem forçou minha filh... Dani a dizer essas palavras tá querendo me atingir.

— Você acha a mesma coisa do incêndio no galpão e da morte da sua cunhada? — Paterno perguntou, apesar de ela suspeitar que o detetive estava quilômetros à frente deles. Estava só medindo os dois com suas perguntas, arrastando as questões para testar suas reações. Estavam todos de pé, ela perto das janelas, os homens em frente ao som que ficava num armário baixo encostado na parede.

— Você disse que eu era o centro de tudo — Shannon disse, olhando pela janela, vendo a própria imagem fantasmagórica refletida no vidro. — O número seis no meio da maldita estrela.

— Você acredita agora?

Cruzando os braços sobre o peito, ela disse: — Como você mesmo disse, eu sou a sexta filha da família. Hoje eu escutei uma conversa dos meus irmãos...

— Sobre? — Paterno provocou, mas Shannon hesitou, sentindo-se como se incriminasse seus irmãos, homens que constantemente cuidavam dela. Como Aaron gostava de dizer: "Não se preocupe, Shannon. Eu te protejo." Protegera? O que significaria a conversa que ela entreouvira na varanda da casa da mãe? Alguma coisa? E se ela estivesse apontando para os irmãos, estaria errada? Uma criança, sua criança, estava em perigo. Uma mulher havia sido morta. — Eu só não entendo o que a ordem dos nascimentos quer dizer.

— Qual é a ordem? — Paterno perguntou e ela viu a imagem do homem que a encarava, caneta na mão, refletida no vidro.

— Você já sabe.

— Eu só quero ter certeza de que não estou me esquecendo de nada.

Ela duvidava que Paterno se esquecesse de muita coisa. — Aaron é o mais velho, acabou de fazer quarenta anos. O Robert tem trinta e nove, a diferença entre eles é pequena, pouco mais de um ano. É... o Shea é o próximo, e eu acho que ele tem trinta e sete, não, quase trinta e oito. O Oliver é um ano e meio mais velho que eu, tem trinta e quatro.

— E você tem trinta e três.

— Isso.

— E seu irmão Neville?

— Ele era... gêmeo do Oliver. Trinta e quatro.

— Você sempre se refere a ele no passado.

Ela fechou os olhos. — Acho que tem uma parte de mim que acredita que ele tá morto — disse baixinho. Nunca admitira antes, sempre fora a única a dizer para a mãe: "Ele vai voltar, é só esperar pra ver. Quando ele estiver bem, vai entrar pela porta da frente." Mas, agora, dava-se conta de que estivera mentindo, se enganando. No fundo, acreditava que o irmão mais novo estava morto. Virando o rosto da janela, encarou o detetive, percebendo que Travis, de pé num canto, a observava. — Se ele tá vivo, então onde ele tá? Por que está se escondendo? Será que ele tem uma identidade secreta, amnésia, faz parte de algum programa de proteção à vítima... o quê?

— Talvez ele queira ficar escondido.

— Por quê?

— Talvez ele seja um criminoso — Paterno sugeriu. — Talvez tenha feito alguma coisa tão ruim que não possa mais voltar.

— Tipo o quê? — ela perguntou. Depois, deu-se conta de onde o detetive queria chegar. — Você acha que ele matou o Ryan? Porque o Neville sumiu logo depois da morte dele? — Incrédula, balançava a cabeça. Sua voz se alterara, e Khan, mais uma vez relegado ao tapete da cozinha, rosnou. — Shhh! — ela deu o comando quando a cadelinha deixou escapar um gemido. Naquele momento, ignoraria os animais. — Não, não era, não *é*, a natureza do Neville. Eu não acredito.

— Você mencionou uma conversa entre seus irmãos?

Enquanto Rossi guardava a fita num saco plástico, ela explicou o que ouvira: — Eu não sei o que eles queriam dizer, e, provavelmente, nem pensaria mais nisso, mas um deles, não consigo me lembrar qual, falou em "ordem de nascimentos". Outro falou qualquer coisa do tipo "isso", seja lá o que "isso" significa, "isso é culpa do papai". Ela viu a pergunta se formar nos lábios do detetive e respondeu: — Eu não sei, realmente não faço ideia do que eles estavam falando, ok? Você vai ter que perguntar pra eles.

— Pode ter certeza — Paterno disse, encerrando o assunto. Os dois policiais juntaram seus pertences e dirigiram-se para a porta. Antes de saírem, Paterno alertou Shannon para o fato de que o FBI entraria em ação na manhã seguinte, já que se tratava de um caso de sequestro. Disse também que analisaria a fita e comunicaria a ela suas descobertas. E que sua picape seria rebocada para a garagem da delegacia, onde seria examinada mais minuciosamente na busca por qualquer evidência deixada pela pessoa que colocara a fita ali.

Travis ainda estava com ela quando o reboque, levando sua caminhonete, chacoalhava na pista. Finalmente, estavam a sós.

— E agora? — ela perguntou.

— Você precisa descansar. — Levou um dedo gentilmente ao rosto dela, os ferimentos ainda em processo de cicatrização. — Eu cuido do jantar.

— Você consegue cozinhar numa hora dessas?

— Não. — Entortou os lábios. — Mas eu acho que a gente precisa se unir. — Tentava aparentar calma, controle, mas um ligeiro tique sob seu olho traía suas emoções veladas. — A gente conversa enquanto come uma pizza. Eles entregam aqui?

— O Gino entrega, mas a taxa é quase o preço de uma passagem pra Europa.

— Eu pago.

Ela percebeu que Travis não queria deixá-la. — Você não precisa ser minha babá, tá?

— É isso que eu tô fazendo?

— Parece um pouco.

Ele encolheu os ombros. — Ok. Primeiro: você tá presa aqui, já que a polícia levou seu carro. Segundo: isso parece ser o centro de tudo. Eu não tô falando só do número seis no meio da estrela, mas aqui é o lugar onde ele ataca.

— Então, você tá ficando pra ser meu guarda-costas ou porque acha que pode pegar o cara aqui?

— Um pouco dos dois, eu acho — ele admitiu.

— Eu devo ficar lisonjeada? Ou irritada?

Ele levantou um ombro. Seus olhos azuis brilharam. — Um pouco dos dois, eu acho — repetiu. — Agora vai, veste alguma coisa mais confortável. "Ordens médicas."

— Quem é o médico?

— Eu. — Seu sorriso estava desmaiado.

— Tá bom.

— Você quer brincar?

— De quê? De médico? — Shannon olhou para ele, surpresa.

Ele riu. — Tudo bem, a piada foi péssima. Só achei que a gente podia dar uma aliviada no clima.

Ela levantou uma sobrancelha.

— Eu ando tão focado, tão... tenso, obcecado. Não tô conseguindo me distanciar do que tá acontecendo e olhar as coisas de uma maneira mais ampla. — Os olhos dele se estreitaram. — Não me leva a mal, minha única intenção é encontrar a minha filha e trazê-la de volta a salvo. Mas, como eu acho que tô com uma visão muito estreita, acabo perdendo a noção do todo, e, no fundo, uma visão mais ampla das coisas pode ajudar a localizar a Dani.

"E você tá envolvida — ele continuou. — O centro de tudo..."

Sua cabeça trabalhava em círculos novos, os motores se acelerando, ideias girando com rapidez. Shannon pôde ver em seus olhos.

— Olha, você gostando ou não, nós dois estamos nisso juntos. Ele tá nos forçando a trabalhar em conjunto e eu acho que a gente não deve lutar contra isso.

— Você luta?

— Claro. Eu cheguei aqui cheio de certezas, cheio de um senso de dever paternal, determinado. Queria encontrar minha filha sozinho. Eu tava exausto da polícia, do FBI, de ficar esperando esse bandido fazer algum movimento. Eu era o próprio John Wayne! Mas não funcionou. Provavelmente porque o desgraçado que levou a minha filha tava contando que eu fosse agir assim. De certa maneira eu tô nas mãos dele, tô jogando o jogo dele... E você também. A gente precisa ficar firme, mas de cabeça fria, olhar pra isso tudo com um olhar novo, atento. A gente tem que estar um passo à frente, em vez de atrás.

"É difícil. À beça. A gente tá falando da minha filha. O cretino me deixou de joelhos e eu preciso tentar entender por quê. Não sou eu, eu acho, mas você. É com esses olhos que a gente tem que examinar a situação. — Ele ficou sério. — Não vou te enganar, Shannon, vai ser duro fazer isso."

— Como se até agora tivesse sido um piquenique.

Os olhos dele capturaram o olhar dela e todas as suas tentativas de leveza foram embora. — Detesto dizer, mas você pode ter razão. Talvez o que a gente vem passando, o que a Dani tá tendo que suportar, seja um piquenique comparado ao que ele tem planejado pra gente daqui pra frente.

Ele seguiu sua presa a distância.

Sempre vigilante.

Sempre atento.

Ninguém o pegaria, não agora, não quando estava tão perto de seu objetivo final. Depois de estacionar sua caminhonete a alguns quarteirões de distância, correu pela noite, depois esperou na penumbra, escondido pelos arbustos que circundavam a velha congregação. O zelador regara o terreno e o cheiro de terra úmida invadiu suas narinas, um odor bem-vindo na noite seca e quente. Cada músculo do seu corpo estava contraído, os nervos repuxados de excitação, além de uma ponta de preocupação. A garota... aquela menina estava aprontando alguma coisa. Ele podia sentir, e, por causa dela, daquela pentelha, sua apreciação da noite não era tão absoluta quanto normalmente. Não podia saborear o ritual, o ritual que planejara durante anos, tanto quanto gostaria. Isso o aborrecia. Ter a criança por perto estava lhe dando nos nervos. Ela o arrepiava — a maneira com que olhava para ele, estudava seus movimentos, e, quando falava, não gostava de suas perguntas.

Mas, em breve, isso não teria mais importância.

No máximo mais um ou dois dias.

Então, se livraria dela.

Sentiu uma onda de satisfação ao pensar nisso. Depois de servir ao seu propósito, ela não teria mais utilidade para ele. Aí sim daria conta dela.

Mas, agora, enquanto a noite se espessava à sua volta, precisava se concentrar na próxima tarefa. Finalmente, depois de esperar e planejar tão longamente, conseguiria um pouco da vingança merecida.

Seria uma dança complicada, precisaria ajustar sua programação. Nada de adiar mais as coisas. Não podia confiar na menina e estava perdendo a paciência. Não podia mais esperar para alcançar sua meta final.

Hoje, a noite seria cheia de surpresas...

Seu olhar se dirigiu a um chalé bem cuidado da rua. Viu o carro familiar se aproximar e estacionar no lugar de sempre.

Tão previsível.

O motor do veículo foi desligado, os faróis se apagaram e o motorista saltou apressadamente, quase como se pressentisse o perigo de permanecer em qualquer lugar por muito tempo. Hesitou, olhou rapidamente para o chalé, depois virou-se e andou com rapidez até a igreja.

Com certeza, o "padre" Oliver tinha alguns pecados a confessar.

A Besta — era assim que a menina o chamava, ele a ouvira sussurrar quando pensava que ele não estava escutando — sorriu, a expectativa crescente.

Era melhor quando suas vítimas sentiam um espasmo de medo, quando sentiam que seu tempo precioso na Terra estava prestes a ser interrompido.

Em algum lugar próximo, uma coruja piou.

Morcegos voaram, deixando a torre da igreja, batendo as asas sobre ele.

O alvo não percebeu, continuou andando apressadamente, quase correndo, como se estivesse desesperado.

E com medo.

Cabeça baixa, ocupado com os próprios pensamentos, corria para os degraus da igreja remexendo um chaveiro cheio de chaves.

Traidor.

A Besta espremeu os olhos na escuridão, sob a pálida luz dos poucos postes espalhados nas alamedas que cortavam a grama molhada da igreja. Mesmo o brilho dos faróis dos carros que passavam era filtrado pelos arbustos densos e pelas árvores da rua.

Perfeito.

Lambeu os lábios secos e sentiu um espasmo de excitação ao imaginar o sangue jorrando, as chamas lambendo as paredes, os estalos e silvos do fogo ao encontrar o líquido vermelho e pegajoso.

Calma... devagar... tudo a seu tempo. Ainda não acabou.

Enquanto sua próxima vítima atravessava o pórtico, destrancava a porta e entrava na Igreja de São Bento, protegido por suas telhas e paredes de chapisco, ele observava.

Esperou.

Preparou-se.

Depois de passados cinco minutos desde que a porta grossa e pesada fora fechada, a Besta pegou seu pequeno pacote e retirou dali sua faca. Seus dedos enluvados circundaram o cabo e ele sentiu o peso do objeto na palma da mão.

Uma arma perfeita, passível de ser usada como ameaça, capaz de forçar uma pessoa a ceder. Ou como algo letal, capaz de matar.

Ninguém mais entrara ou saíra da igreja.

Mais dois minutos se passaram e os sinos, badalando a meia-noite, começaram a soar. *Um, dois, três...*

Começou a se mover, deslizando por entre as sombras.

Quatro, cinco, seis...

Enquanto os sinos da igreja badalavam, aproveitou a melodia para encobrir o som dos próprios passos. Rapidamente, atravessou o gramado, expondo-se por alguns segundos até chegar à igreja.

Sete, oito, nove...

Com a respiração irregular, o coração batendo de excitação selvagem, passou pelo pórtico, a mão buscando a maçaneta enorme.

Dez, onze, doze...

Chegara a hora.

Um jato de adrenalina percorreu seu corpo.

Na décima segunda badalada, abriu a porta da Igreja de São Bento. Entrou deslizando, passos silenciosos.

O dia havia sido torturante.

Mentiras. Perfídia. Adultério. Crueldade. E assassinato.

Pecados abundantes o circundavam enquanto passava o dia com sua mãe e os irmãos. Para confortá-los. Consolá-los. Mas não houvera conforto nem consolo, nem havia tempo a perder com sofrimento e preces murmuradas implorando segurança e sanidade. Ah, não...

Oliver sentiu uma pontada no estômago, uma ameaça de vômito iminente, ao lembrar-se da visita à casa antiga na Avenida St. Marie.

Houvera conversas, todas sussurradas, sobre o que deveria ser feito. Sobre como "lidar com a situação". Oliver estremeceu, sabia que o que estava sendo planejado era absolutamente errado. E, ainda assim, não tivera força de caráter, convicção na verdade e no amor de Cristo que o ajudasse a perseverar. Por isso voltava à igreja, seu santuário, e rezava pedindo a coragem que jamais conheceria.

O peso da falsidade pressionava sua alma. Engoliu com dificuldade, sabia ser hora de acabar com as mentiras, de falar a verdade, de firmar-se, de permitir que o escândalo e a punição começassem.

Ele, é claro, não teria permissão para se ordenar. Talvez até fosse excomungado por seus pecados, mas sua alma carecia de limpeza. Precisava lavar-se.

Ele era fraco.

Ó Senhor, tão fraco.

Talvez a morte fosse a única solução, ele pensou, acendendo várias velas. Observou o tremular de suas pequenas chamas, viu-as queimar. Se confessasse seus pecados, rezasse por absolvição, o Pai talvez ainda permitisse sua entrada no céu. Deus era, afinal, capaz de perdoar.

Certamente a morte seria melhor do que o tormento perpétuo na Terra. Ele tentara, antes... mas, agora... Seria capaz de cometer um pecado capital? Quem ouviria sua confissão? Quem o absolveria pelo que fizera? Padre Timothy?

Pai, por favor... preciso de ajuda.

Ao som das badaladas, ajoelhou-se no chão de pedra da igreja de teto alto, de enormes janelas com seus vitrais iluminando a cruz e o altar. O cheiro de incenso queimado adocicava o ar, misturando-se ao odor de seu suor nervoso. Precisava de orientação e de penitência, de uma maneira de enxergar seu caminho com clareza, uma maneira de ser absolvido de tantos pecados. Fez o sinal da cruz com destreza e sentiu o peso do terço no fundo do bolso da sua jaqueta. — Perdão, Pai. Por favor, eu imploro, me ajude a encontrar forças para fazer isso parar. — Lutou contra um jorro de lágrimas e a escuridão que o ameaçava do fundo da consciência. Depressão e medo competiam por sua alma e ele estava tão cansado, tão fraco diante do peso dos pecados que carregara nos últimos três anos, que não sabia se era capaz de seguir.

Pensou ter ouvido um sapato arranhando o chão atrás de si e olhou em volta. Olhos e ouvidos aguçados. Ninguém entrara. Estava só, mas nervoso, preocupado com o que deveria fazer. As velas pareciam tremer um pouco. Viu um camundongo passar correndo sob um dos bancos e escorregar para dentro de uma fresta da parede. Estava imaginando coisas novamente. Deixando que a paranoia se infiltrasse em sua vida.

Não faça isso. Não dê espaço para o medo, para o ódio. Lembre-se de Neville, aquele que era sua metade, aquele cuja imagem era idêntica à sua, mas cuja psique era tão diferente.

Oliver começou a chorar ao pensar no irmão gêmeo.

Pare, mostre alguma coragem, algum caráter. Não desmorone, não deixe Satã assumir o controle, não permita que a fraqueza o empurre para longe, o mande para o hospital, para um lugar onde sonhos são esfacelados e pessoas, destruídas.

Lembrou-se da Nossa Senhora das Virtudes da sua infância. Da escuridão que permeava corredores, dos segredos atrás de portas trancadas, do mal residente, sempre presente, que perseguia a todos os que tinham o infortúnio de cruzar aqueles corredores sombrios.

— Eu me rendo — Oliver orou, tremendo por dentro, mais uma vez um menino assustado. O som dos sinos parou de repente, a igreja voltou ao silêncio obscuro permeado somente pelo ruído da sua respiração e pelas batidas pesadas do seu coração.

Nervoso, deslizou os dedos dentro do bolso e pegou seu terço de contas gastas, muito usadas, na esperança de encontrar o conforto que costumava encontrar ali. Respirou profundamente, preparando-se para sussurrar as preces que faziam parte da sua vida há tanto tempo. Seus dedos envolveram com familiaridade o crucifixo do terço, e, mais uma vez, fez o sinal da cruz. — Eu acredito em Deus Pai, Todo-Poderoso, criador do céu e da Terra...

Lágrimas de arrependimento encheram seus olhos ao movimento dos seus lábios e ele olhou para a imagem de Jesus na cruz. Estava tão imerso em orações que não percebeu o suave golpe de ar quando a porta foi aberta, surdo que estava para os passos que se aproximavam. Não percebeu que alguém entrara na igreja com um propósito único e fatal. Nem chegou a compreender por que, esta noite, assim como acontecera com Cristo, ele morreria pelos pecados de outrem...

CAPÍTULO 25

O coração de Dani batia desgovernado. Seus pulmões queimavam e as pernas ardiam, arranhadas pelos espinhos dos arbustos enquanto corria pela trilha. Não fazia ideia de que horas eram ou quanto tempo se passara desde que escapara, mas correra até não mais conseguir, o corpo gritando por descanso. Sentia dor nas canelas devido à descida, mas seguiu adiante, tentando se distanciar o máximo possível da cabana. Quanto mais longe chegasse, mais segura estaria.

Continue. Sem parar! Dentes cerrados, sem nunca parar completamente, deslizava em alguns momentos, tropeçava em pedras soltas, mas, por sorte, sem se machucar. Apressada, iluminava o caminho à sua frente com a lanterna, acelerando o mais que podia, arfando, a adrenalina no sangue sendo a única responsável por mantê-la em movimento.

Não sabia se era melhor correr sob a proteção da escuridão, na esperança de que ele não visse o facho de luz da lanterna, ou se, depois do amanhecer, enxergando o caminho adiante, conseguiria ir mais rápido, apesar de ficar, ela mesma, mais exposta e visível.

Com certeza, o perdera de vista.

Provavelmente já estava longe o suficiente para que não fosse encontrada.

Ainda assim, lembrava-se da determinação de aço dele, da maneira como se exercitava nu, no chão, em frente à lareira, suando profusamente, a pele brilhando com a transpiração, o cabelo escuro encharcado em mechas, as cicatrizes nas costas, lisas e reluzentes.

Ele nunca desistiria.

Não até encontrá-la.

Não até tê-la usado para qualquer que fosse a perversidade que tinha em mente.

Isso a mantinha correndo esbaforida, montanha abaixo, seguindo a trilha até que sua cabeça latejasse e os pulmões parecessem à beira da explosão. Arfando, finalmente parou numa bifurcação da estrada estreita. Ouviu atentamente. Esforçando-se para identificar os sons além das batidas do próprio pulso. Inclinou o tronco para a frente, mãos apoiadas nos joelhos, e respirou profundamente, tentando relaxar e mapear sua localização.

As estrelas não ajudavam... A Polar não significava nada para ela. Qual seria o caminho seguro? Não fazia ideia.

Sua respiração se estabilizou.

O suor escorria-lhe pelo nariz, respingando a poeira do chão. Estava com tanta sede que mal podia respirar.

— Deus, me ajude — sussurrou e pensou no pai. Onde ele estava? E a mãe? Ai, Deus, se pudesse dizer à mãe, pelo menos mais uma vez, o quanto a amava. Com um nó na garganta, sentia-se prestes a desmoronar completamente, mas não podia permitir que isso acontecesse. Chorar, agora, dissolver-se em autopiedade, não a ajudaria em nada, precisava continuar firme.

Ao longe, escutou o som de sinos. Sinos de igreja. Ecoando no vale abaixo, a distância. Seu coração disparou. Empertigou-se, vasculhando a escuridão. Onde havia igreja, havia gente; estava se aproximando da civilização! Forçou a vista na direção do som e, apesar dos arbustos e árvores no caminho, pensou avistar luzes, uma cidade. Lá longe. Bem lá longe.

Droga!

Como chegaria lá? Não poderia simplesmente andar desgovernada pela floresta, teria que escolher um caminho ou poderia deparar com a impossibilidade de um penhasco. Seu progresso seria mais lento e ela corria o risco de andar em círculos e se perder. Apesar de ter aprendido com o pai alguma coisa sobre como se localizar com a ajuda das estrelas, só conseguia enxergar Vênus, a Ursa Maior, a Ursa Menor e a Estrela Polar, mas isso não era suficiente, ela não estava segura para vagar pela floresta às escuras, onde arbustos, pedras, galhos e raízes soltas poderiam fazê-la tropeçar.

Manteve-se na trilha e, a cada bifurcação, escolhia o caminho que parecia levar ao pé da montanha, apesar de, por duas vezes, ter deparado com uma subida sinuosa, marcado o chão com pegadas e voltado por entre a vegetação, tomando cuidado para não deixar rastros de sua descida. Era um plano simples, provavelmente desnecessário, perda de tempo, mas tinha esperanças de confundir a Besta, quando começasse a caçá-la.

Não tinha dúvida de que ele partiria à sua procura. Tinha um propósito em relação a ela, algo que se relacionava à sua mãe biológica, mas não fazia ideia do que era. Sabia que era ruim. Ficava apavorada só de pensar sobre os planos dele, sabia que aquele homem era demoníaco. Maldoso. E louco. Obcecado pelas pessoas de quem mantinha fotos emolduradas sobre a lareira. Levou a mão ao bolso, tocou na fotografia que roubara e pensou na mulher do retrato. Seria casada? Teria outros filhos? Por que não pudera ficar com Dani? Esse pensamento tinha um lado feio. Ela amava o pai e a mãe, as pessoas que a haviam criado com todo amor, mas, ainda assim... Tinha dezenas de perguntas para essa mulher. A lanterna estava falhando, mas ela voltou a correr, na tentativa de aumentar o máximo possível a distância da cabana. Não queria pensar na sua raiva se ele a alcançasse, esse esquisito que se deleitava ao fazer pipi no fogo. Ela não queria pensar nisso. Não permitiria que acontecesse. Fosse o que fosse.

— Eu tenho que falar com o Oliver — Shannon disse, afastando a cadeira. Arrastou os pés no chão da cozinha ao ficar de pé. Ignorou os três pedaços restantes de pizza esfriando na caixa sobre a mesa.

— Já é mais de uma hora — Travis avisou. Ainda sentado à mesa, terminava sua cerveja e analisava os desenhos que Paterno deixara mais cedo. Não estava chegando a lugar algum. Ainda estava embrulhado por dentro, o estômago revirado por ter ouvido a voz de Dani.

Passara por muita coisa na vida. Que inferno, passara o suficiente por duas, não, três vidas inteiras, e ainda não tinha chegado aos quarenta. Mas isto... saber que a filha estava por aí, no escuro, com um assassino vil, malicioso, presa contra a própria vontade, suportando sabe-se lá que tipo de coisa, o consumia.

Sim, ele estava determinado a encontrá-la.

Sim, ele arrancaria pessoalmente os membros do assassino, um por um, sem se importar com as consequências.

Sim, ele não desistiria por nada.

Mas que droga, sim, ele estava apavorado até o fundo da alma. O medo era seu companheiro constante. O tempo parecia voar numa velocidade estonteante. Estava a ponto de subir pelas paredes de frustração.

Sem dar ouvidos às suas objeções, Shannon já pressionava os números no aparelho sem fio. — Padres ficam de plantão vinte e quatro horas por dia, sete dias por semana — disse, passando pelo cercado no qual a cadelinha, enroscada, dormia profundamente, às vezes ganindo um pouquinho, sob o efeito de um sonho canino.

O outro cão, Khan, estava deitado sob a mesa, olhos focados em Travis, na esperança de ganhar uma sobra de comida.

— Droga! — Shannon desligou, irritada. A cachorrinha deixou escapar um gemido, mas não acordou. — O Oliver não tá atendendo.

— Você podia ter deixado um recado.

— *Se* meu irmão tivesse entrado no século vinte e um... mas o Oliver se orgulha de ser o último resistente. Não tem secretária eletrônica. Não tem caixa-postal no celular. Não tem identificador de chamadas. Nada. — Balançou a cabeça e passou a mão nos cachos atrás do pescoço. — Ele devia ter estudado pra ser monge.

— Ser padre é bem perto disso — Travis comentou e percebeu que ela parecia exausta. Pálida, manchas escuras eram visíveis sob seus olhos e gemia de vez em quando, ao levantar o braço acima da cabeça para espreguiçar. — Você devia dar um tempo. Descansar um pouco. Vai deitar.

— Pra quê? Pra ficar fritando a noite inteira, ouvindo aquela fita feito um mantra na minha cabeça até de manhã? — perguntou, encarando-o com seus inteligentes olhos verdes. — Não. 'Brigada.

— Você não tem um remédio pra ajudar a dormir?

— Eu não quero virar um zumbi.

— Só tô tentando impedir que você se mate.

— Eu não vou me matar. Pode deixar — finalizou seu alongamento improvisado e ligou novamente. — Vai, Oliver, anda. Acorda.

— Talvez ele não esteja em casa.

— Onde ele pode estar? — ela perguntou. Depois, olhou para Travis e rolou os olhos. — Entendi — disse, desligando com um suspiro. — Até os padres, ou quase padres, têm vida privada.

— E por que você tá tão desesperada pra falar com ele hoje, agora?

— Porque mais cedo não lhe dei atenção. — De repente, parecia culpada. — Ele tentou conversar comigo na casa da mamãe. Com certeza tava incomodado com alguma coisa, dava pra ver nos olhos dele. Mas, antes de me dizer o que era, o Robert apareceu e ele travou. — Franziu o cenho, pequenas linhas marcando presença entre suas sobrancelhas. — Pra falar a verdade, eu achei bom. Não tava a fim de uma conversa pesada. Eu queria ir embora. — Olhou a noite pela janela. — Mas agora... — Seus lábios se comprimiram numa careta. — ... Agora eu acho que ele tinha alguma coisa importante pra me dizer, alguma coisa que ele achava desesperadoramente que eu devia saber. — Apoiou a ponta do quadril na bancada da pia. — O Oliver tinha acabado de chegar do jardim, da tal conversa que ele teve com meus outros irmãos aos cochichos, sobre ordem de nascimento e sei lá o que mais que era culpa do papai. — Foi até a mesa e pegou os desenhos. — A conversa parecia tão secreta que, seja lá o que for, deve ter a ver com o que tá acontecendo com a Dani e com os incêndios. Talvez até com o assassinato da Mary Beth. — Mostrou o número seis no desenho inacabado da estrela. — Eu juro, o Oliver deve saber de alguma coisa e tava tentando me contar hoje.

— Se você tem certeza, a gente vai descobrir.

— Você e eu?

— É. — Ele se levantou e, realmente, olhou para ela. — Você tá quase dormindo em pé.

— Você já disse isso. — Ela sacudiu a mão, impaciente. — Mesmo que eu tentasse, não ia conseguir dormir. Você consegue?

Ele negou com a cabeça.

— Foi o que eu pensei. Como a minha picape tá com a polícia, a gente vai ter que usar o seu carro. Eu dirijo.

Ele lançou um olhar de "só por cima do meu cadáver" para ela.

— *Eu* dirijo.

— Tudo bem. Vamos nessa.

Paterno não conseguia dormir.

Estava intrigado com aquele caso.

Não tinha jeito.

Despiu-se, ficando só de cueca e camiseta, pegou um copo na cozinha e encheu de gelo. Com mãos hábeis, destampou uma garrafa de uísque que guardava sobre a bancada e ouviu o estalido familiar das pedras geladas em contato com o líquido. Girou o copo, recusando-se a dar atenção aos pratos dentro da pia. Em vez disso, foi até a sala onde a televisão estava ligada em dois canais: ESPN na tela principal e CNN na janela do canto inferior direito.

Jesus, como estava quente. O ar-condicionado estava escangalhado e seu cômodo no segundo andar, irrespirável. Abriu a porta de correr da varanda, mas não sentiu grande alívio.

O tráfego era pouco e silencioso, a rua lá embaixo, vazia. Deu um gole no uísque e sentiu o líquido deslizar suavemente por sua garganta enquanto prestava atenção numa mosca rodando em volta da lâmpada da varanda. Desligou a tevê e apreciou a noite.

Então, o que estava perdendo?

Voltou para sua mesa, tomou mais um gole do drinque e olhou para suas anotações, agrupadas em pilhas desordenadas. Quanto aos desenhos, é verdade, não descobrira nada sobre eles, a não ser seu palpite de que o pontilhado da estrela tinha algo a ver com os irmãos Flannery... O que mais? A linha que faltava era o irmão desaparecido, certo? As pontilhadas... talvez tivessem alguma relação com o divórcio de Robert... Não, talvez a pessoa que morrera não fizesse parte da formação e tivesse um laço restrito ao casamento... ou haveria outro tipo de ligação? Shannon estava no centro... os irmãos em volta dela... Droga, será que isso fazia algum sentido? Não. Se fosse o caso da ordem de nascimento, os números não estariam arranjados cronologicamente, por idade? Mas da maneira como enxergava as coisas o número cinco, sem ponta, estava posicionado perto da linha interrompida do número dois, com o seis no meio. Fosse qual fosse o ponto de vista, o dois não deveria estar próximo ao cinco. Deveria ser circundado pelo número três e pelo número um... se sua teoria estivesse correta. Mas quem disse que o assassino era são?

Talvez estivesse a léguas de distância com essa ideia de ordem de nascimento. Talvez houvesse outra razão para o número seis ser significante e destinado a Shannon... ou à criança? Talvez fosse isto. Era a certidão de nascimento de Dani, não a de Shannon. Talvez tivesse dado uma volta enorme ao seguir um instinto que não tinha base alguma.

Precisava dar um passo atrás.

Começar de novo.

Esquecer qualquer referência à “ordem de nascimento” do pai.

Seu olhar se dirigiu à próxima pilha. Anotações sobre o Incendiário Furtivo... nenhuma morte em todos os incêndios, fora uma mulher. Era quase como se o criminoso tivesse escolhido prédios que sabia abandonados.

Paterno tomou mais um gole e deixou um gelo pequeno escorregar para dentro da boca. Mastigou o cubo e pensou um pouco.

Depois, correu o dedo pelas três páginas de anotações sobre o incendiário... Uma mulher morrera: Dolores Galvez.

Por que aquele nome parecia ter alguma importância? Havia algo... mas o quê?

Sentou-se à mesa e pegou uma caixa com anotações que copiara da investigação original. As páginas estavam amareladas e cheiravam a mofo devido aos três anos de arquivamento. Enquanto passava as folhas, pensava naqueles incêndios, tão perto de Santa Lucia. Na época, não somente Patrick, pai de Shannon, era bombeiro. Os filhos também. Todos eles. Paterno checou novamente a informação. Aaron, Robert, Shea, Oliver e Neville. E dois outros nomes familiares constavam também na lista: Ryan e Liam Carlyle. Primos de primeiro grau. — Grupinho incestuoso — Paterno disse para si. Não gostava deles como um todo, inclusive dos mortos. Ryan Carlyle fora um sujeito difícil e os primos não eram muito melhores. Apesar de não merecer o destino recebido, Mary Beth fora uma esposa vulgar e mandona. A irmã, Margaret, era uma carola, e Kevin, um dos irmãos, era um patinho feio, um solitário fechadão e, apesar de ter diplomas até o tampo, trabalhava no escritório do governo federal. Liam, o mais velho, o mais próximo de Ryan, também era reservado. Fora casado e divorciara-se algumas vezes, e, depois de se demitir do Corpo de Bombeiros de Santa Lucia, arrumara um emprego de investigador de incêndios numa companhia de seguros em Santa Rosa.

E Teddy, irmão mais novo de Ryan, estava morto, havia morrido num acidente de carro tenebroso quando tinha treze anos, no qual Ryan era o motorista.

Não, Paterno pensou, ele não gostava dos Flannery nem dos Carlyle.

Ryan fora, era senso comum, o pior. Um espancador de esposa. Sem dúvida. Paterno escutara um pouco da gravação da última briga entre ele e a mulher, Shannon. A maior parte do equipamento fora destruída, mas a polícia reconstruíra um pedaço da fita em que Shannon gritava com o marido, e parecia que ela estava lutando pela própria vida. O recorte da gravação fora usado para sustentar a teoria de que ela tinha motivos para matá-lo... Sim, aquilo era uma comprovação, mas, na opinião de Paterno, não era o suficiente. A acusação perseverara, insistindo que Shannon procurara ajuda de um assassino de aluguel ou de cúmplices — sendo estes seus irmãos, cujos álibis eram os outros consanguíneos.

O caso era fraco e, olhando para trás, Paterno se perguntava por que a promotoria decidira levá-lo a julgamento. Por pressão, concluiu, olhando fixamente para a transcrição da fita.

Procurou mais um pouco, até encontrar informações sobre a mulher morta num dos incêndios provocados pelo Incendiário Furtivo.

Dolores Galvez tinha trinta e dois anos, era divorciada, não tinha filhos e era garçonete num restaurante italiano que falira depois da sua morte. Tinha um irmão, que morava em Pasadena. Os pais moravam em Los Angeles, fazia uns três anos. Uma anotação dizia que o irmão achava que ela estava saindo com alguém, mas nunca encontrara o cidadão nem ouvira seu nome. Só sabia que Dolores estava "apaixonada". Ela era reticente quanto a revelar informações sobre o cara e ele não dera importância à irmã, porque era do tipo que se apaixonava facilmente. "Algumas vezes por ano", era o que ele dizia. Mas não havia nenhuma menção ao homem com quem vinha se encontrando na época de sua morte em nenhuma das anotações sobre Dolores. Todos os namorados antigos haviam sido investigados e estavam limpos.

Depois da tragédia, o homem misterioso não aparecera. Se fora ao funeral, ninguém prestara atenção.

Paterno não gostava disso.

Alguma coisa não soava bem.

Mas nada nesse caso soava bem.

Tinha esperança de que o laboratório encontrasse alguma impressão digital na fita com a voz da criança, ou, pelo menos, que os técnicos conseguissem separar os sons para que pudessem tentar ouvir alguma coisa que não estivesse muito aparente. O celular de Shannon deveria oferecer algumas pistas; os números chamados recentemente e as ligações recebidas apareceriam na tela e ele já solicitara a conta à companhia telefônica. E havia a picape dela. Quem quer que tivesse deixado o telefone ali teria sido descuidado o suficiente para deixar digitais ou alguma pista?

Ele duvidava.

Até o momento, esse cara fora cuidadoso. Dera à polícia somente o que quisera. Talvez o FBI descobrisse algo mais na van encontrada na propriedade de Blanche Johnson, em Idaho. Algo que os levasse ao maluco que raptara Dani Settler e, provavelmente, matara Mary Beth Flannery, assim como Blanche.

Mas, talvez, eles tivessem sorte.

Paterno não estava contando com isso.

Esfregou o rosto com uma das mãos e sentiu a barba de dezoito horas despontar em suas bochechas enquanto passava os olhos em outra pilha de notas sobre o assassinato de Blanche Johnson.

O que era aquela mensagem deixada na cena do crime, escrita em nada menos que sangue? *Hora do Ajuste de Contas*. O que será que isso queria dizer? E o que tinha a ver com Shannon Flannery?

Paterno sentia-se derrapando.

Teria que ligar para as autoridades do Oregon pela manhã e ter uma conversinha com o evasivo Nate Santana. Checar o que ele sabia. Ele andava viajando bastante ultimamente. Nunca estava por perto. E era um ex-condenado, tivesse ou não escapado à sentença.

Terminou seu drinque e desistiu por esta noite, indo até as cortinas e fechando-as. A tonta da mosca ainda se debatia em volta da lâmpada.

— Desiste — resmungou, apagando a luz. Não sabia se falava com o inseto ou consigo mesmo.

— Vou ligar de novo — Shannon disse enquanto Travis estacionava a caminhonete atrás de um Toyota Camry branco, em frente a um chalé às escuras.

— Parece que ele não tá em casa. — Entregou seu celular para Shannon.

— O carro dele tá. — Pressionando as teclas, ela sinalizou com a cabeça em direção ao carro em frente a eles. — Anda, Oliver — sussurrou, esperando, roendo o canto da unha enquanto o telefone continuava chamando. Nenhuma luz vinha de dentro da casa. Ela fechou o telefone. — Tem alguma coisa errada.

Antes que ele pudesse dizer uma palavra, Shannon estava fora do carro, andando na calçada em direção à porta da frente. Enquanto Travis saía do carro, ela tocava a campainha insistentemente. Onde Oliver estava?, perguntava-se. Sua cabeça girava — talvez tivesse deveres a cumprir, os últimos rituais, ou talvez estivesse atendendo alguém com problemas. Mas não teria levado seu carro? Um amigo poderia tê-lo buscado, ou ele poderia estar com um dos irmãos, ela supôs, mas, mesmo assim, não parecia certo. Deu uma olhada no Camry estacionado no lugar de sempre e sentiu um calafrio de medo na boca do estômago.

— Oliver! — chamou e bateu na porta. — Sou eu, Shannon, abre aqui.

Nada.

— Oliver! — Seu punho estava preparado para atacar a porta mais uma vez quando Travis a impediu de continuar, seus dedos envolvendo os dela.

— Você vai acordar os vizinhos.

Ela olhou em volta da rua deserta. — Eu sei onde ele guarda uma chave — disse, e, antes que Travis pensasse em contra-argumentar, ela já tinha descido dois degraus de escada e se apressava em direção aos fundos da casa. Destravou o portão do jardim cercado, tentou manter o medo sob controle. Oliver estava bem. Ela só precisava encontrá-lo.

Mas pensou em Mary Beth, em Dani e no fato de Oliver ter querido tanto falar com ela mais cedo. Repreendeu-se por não ter dado ouvidos ao irmão, foi até a porta dos fundos e encontrou a chave sob o capacho. Em questão de segundos já estava destrancando a porta e, tendo Travis a seu lado, entrou na casa pequena e espartana do irmão.

Acendeu a luz da cozinha.

Tudo estava nos devidos lugares. Nenhum prato na pia, nenhuma pilha de correspondência não lida na bancada, nenhuma das duas cadeiras afastadas da mesa. Fora o zumbido da geladeira, não se ouvia um ruído.

— Oliver? — chamou. Um arrepio de medo atravessou-lhe a espinha.

Na sala, a Bíblia estava aberta sobre uma mesa perto da cadeira dele, o acento marcado pelos anos de uso. A lareira estava apagada e, penduradas nas paredes, várias imagens de Jesus e Maria.

Seus pés fizeram um ruído leve no carpete puído ao cruzarem rapidamente o cômodo em direção aos dois quartos. Um, o escritório, era tão espartano como o resto da casa, somente uma escrivaninha, um sofá-cama e livros esparsos nas prateleiras ornavam o ambiente. Ela já os vira antes, textos sobre religião, teologia, psicologia e afins. O outro, o quarto de dormir do irmão, tinha a cama arrumada com esmero e uma escrivaninha que ele mantinha desde a juventude, também vazia. Ninguém dormira ali.

— Cadê ele? — ela perguntou enquanto seus olhos dirigiam-se à porta do banheiro. Vazio. Impecavelmente em ordem. A toalha de mão azul dobrada ao lado da pia com precisão militar.

— Eu não sei. — Travis voltou à sala, à mesa sobre a qual descansava a Bíblia. Acendeu a luz e virou as páginas.

— Encontrou alguma coisa aí?

— Não, acho que não.

— Tá tão tarde. — Ela franziu o cenho, pronta para telefonar e alertar os irmãos. Já estava mesmo a caminho do telefone de parede da cozinha quando parou e pensou. Tentou entrar na cabeça de Oliver. Estudou os crucifixos ornando as paredes, as folhas de palmeira, as imagens de santos. — Se você estivesse prestes a fazer os votos pra virar padre e tivesse preocupado com alguma coisa... alguma coisa importante que tivesse te comendo por dentro... — ela pensou em voz alta, cruzando a sala e abrindo as persianas da janela para poder olhar para o jardim da frente da igreja, do outro lado da rua. Havia luzes acesas no alto, iluminando a torre dos sinos e as cruzes nos telhados pontiagudos. — Se estivesse angustiado de verdade, pra onde você iria?

— Eu não sei. Não sou católico — Travis respondeu, mas andou até a janela e, acompanhando o olhar de Shannon, observou a igreja.

— Quando você tá mal, Travis Settler, pra onde você vai quando quer clarear as ideias?

— Normalmente eu saio pra andar. Ao ar livre. Em algum lugar calmo, onde eu possa pensar — disse.

Shannon fez um sinal afirmativo, o indicador entre as frestas da persiana. — Eu acho que ele tá na igreja. Do outro lado da rua.

— Pode ser — Travis concordou.

Shannon atravessou a cozinha e saiu da casa por onde entrara. Corria agora, movida por uma sensação de urgência. Por que não parara e escutara Oliver na casa da mãe? Ela não tinha alguns segundos para oferecer ao irmão obviamente atormentado?

Pare, Shannon, não se torture. Você ainda não sabe o que se passava na cabeça dele.

Atravessou a rua às pressas, Travis ao seu lado. Encontraram um caminho de pedras e se dirigiram ao prédio, uma construção antiga ainda utilizada pela congregação. Uma igreja pequena, nem de perto tão grande ou moderna quanto a sede principal, Santa Theresa, localizada menos de um quilômetro ao norte dali, mas estava fechada e o carro de Oliver estava nas redondezas. *Tinha* que ser este o lugar.

O pórtico estava às escuras quando se aproximaram, nenhum ruído vindo de dentro.

Shannon envolveu a grande maçaneta com os dedos e empurrou. A porta abriu-se silenciosamente e ela sentiu um leve tremor, a mesma sensação que experimentara quando adentrava um lugar em que não era bem-vinda, em que houvesse sinais de NÃO ULTRAPASSE, mesmo que implícitos. A igreja — apesar de amigável e sagrada, tomada de cantos orações, música de órgão e esperança, durante as horas de funcionamento — era sombria e assustadora, silenciosa quando não havia ninguém por perto. Sempre tivera essa impressão, desde criança.

Seus irmãos, coroinhas, sentiam-se em casa dentro da nave da igreja, mas ela sempre se pensara desprotegida ao ver que os bancos estavam vazios como agora.

Entrou e olhou para o corredor central até o altar onde velas tremulavam e para a figura embaçada de Jesus na cruz, as gotas de sangue pontilhando sua testa sob a coroa de espinhos, suas palmas e pés também manchados de vermelho, a ferida na lateral do corpo, outra fonte de dor e sangue.

Para os que não tinham fé, aqueles que não compreendiam o sacrifício de Cristo pela humanidade, a imagem poderia ser assustadora. Quando pequena, Shannon morria de medo.

Ela buscou a mão de Travis, entrelaçou seus dedos nos dele e rezou pedindo força.

— Ele não tá aqui — Travis disse.

— Mas as velas estão acesas — ela sussurrou, dirigindo-se ao tablado no qual as chamas das várias velas votivas tremeluziram à sua passagem. Olhou para as feições sombreadas de Travis, seus olhos se encontraram e ela disse: — Alguém acendeu essas velas.

— Shannon, a igreja tá vazia.

— Aqui tá vazio. A gente não sabe se o resto também tá.

— Você quer sair espionando os cantos?

— Você não?

— Parece meio sacrilégio.

— E é. — Puxando a mão dele, cruzou o corredor central, os olhos de um lado para outro, em busca de alguém ou alguma coisa fora do lugar. A cada passo seu coração batia mais pesadamente e os pelos dos braços arrepiavam-se, como um aviso. — Oliver? — chamou, a voz um pouco mais alta que um sussurro. — Oliver, você tá aí?

Ela parou para escutar.

Nada.

Travis balançou a cabeça, mas ela seguiu em frente, expulsando suas ridículas reservas. Este era um prédio de Deus, e Ele, com certeza, desejaria que a verdade fosse revelada. No altar, ela olhou para cima, fez o sinal da cruz, observada pela imagem de Jesus, mas não se ajoelhou. Somente apertou a mão de Travis mais fortemente.

Foi até uma das paredes e abriu a porta para a pequena capela, lugar reservado a orações solitárias onde, imaginava, Oliver poderia estar para falar com Deus. O lugar estava escuro. Tateou procurando um interruptor e acendeu a luz. O cômodo estava vazio.

— Ele não deve estar aqui — Travis disse, dando um aperto confortador na mão dela.

— Eu quero ter certeza. — Sem apagar a luz da capela, dirigiu-se mais uma vez à frente da igreja, passou pelas filas de bancos e foi olhar atrás do altar. Nada. Somente o silêncio e o cheiro de incenso queimado a permear o ar parado.

Espiou a sacristia, mas não viu nada além das vestimentas e dos utensílios habituais dos padres. Numa parede, viu os confessionários: duas cabines às escuras. Puxando Travis atrás de si, foi até eles. Lembrou-se de entrar ali, quando criança, e contar para o padre Timothy, do outro lado da tela, seus pecados: um palavrão que proferira, uma resposta à mãe, uma mentira aos irmãos. Depois, esperava que o padre lhe passasse alguma leve penitência.

Agora, aproximava-se das cabines.

O coração aos pulos, abriu a porta.

Nada.

Prendeu a respiração, aproximou-se da outra, as mãos tremendo ao abrir a porta. Também estava vazia.

Cuidadosamente, deu a volta até o lado destinado aos padres, abrindo cada uma das portas e encontrando as cabines também vazias.

— Oliver? — chamou novamente, a voz mais alta. Ecoando nas vigas, calafrios tomando conta de seu corpo.

— Ele não tá aqui — Travis disse delicadamente. Mas, em seguida, ela sentiu seus dedos segurarem mais firmemente sua mão. Viu-o levantar a cabeça e virar o rosto na direção de um dos arcos que anunciava um corredor escuro.

— O que foi?

— Shh! — ele disse, tensionando o corpo e encaminhando-se para o arco. — Você tá sentindo esse cheiro?

— De quê? — Ela cheirou o ar, percebendo um leve odor de fumaça.

— As velas...

Ele balançou a cabeça, soltou a mão dela, puxando-a para trás de si enquanto moviam-se em direção àquela abertura às escuras. *Isso é loucura*, ela pensou. *É uma igreja e a gente tá agindo como se fosse um filme de terror para adolescentes*.

Mesmo assim, não disse uma palavra. Enquanto adentrava o corredor atrás de Travis, seu coração batia forte, o sangue pulsando-lhe no ouvido. O cheiro de fumaça que atribuíra às velas ou restos de incenso ficou mais intenso.

Fogo?

Sentiu um calafrio na espinha.

Por favor, Deus, não. Não aqui! De novo não!

Travis dobrou uma curva e entrou num pequeno corredor, onde viu uma porta entreaberta. Pela fresta, ela viu sombras, reflexos dourados tremeluzindo contra as paredes em direção às escadas que davam no porão.

— Não! — gritou ao certificar-se do cheiro e ouvir o primeiro estalido de chamas famintas. — Oliver!

Travis jogou seu celular para ela. — Chama uma ambulância! Agora! — Empurrou a porta e desceu correndo as escadas.

Shannon, logo atrás dele, pressionava as teclas, tropeçando nos degraus íngremes de madeira. A fumaça subia pela escadaria, o cheiro de querosene queimada muito forte. O medo pulsava dentro dela. Oliver! Onde o Oliver estava? *Aqui?* — Não — repetia. — Não, por favor. — Imagens do corpo queimado de Mary Beth sendo carregado para fora de casa, colocado dentro de um saco preto, cruzavam a mente de Shannon.

Travis alcançou o fim da escada, suas botas fazendo barulho no concreto. — Jesus! — sussurrou, quase como uma oração. Virou-se.

— Vai lá pra cima. Agora! — Ela estava no último degrau, olhando para a frente. — Não, Shannon!

Ele tentou impedir sua visão com o próprio corpo, mas era tarde demais. Ela olhou por cima de seu ombro e quase desmaiou ao ver o irmão, circundado de pequenas labaredas, pendurado pelo pescoço, balançando levemente na viga de sustentação. Seu corpo girou, a corda que o sustentava estalou. Uma cadeira dobrável sob ele fora derrubada, como se houvesse cometido o ato terrível ele mesmo. À sua volta, num círculo amplo, escombros sob chamas baixas que se apagavam.

— Não! — Shannon gritou. — Não!

— Liga pro Corpo de Bombeiros — Travis ordenou mais uma vez.

Num movimento ágil, ele arrancou a camisa pela cabeça. Atacando as chamas, pulou sobre a linha de fogo. Endireitou a cadeira sob o corpo de Oliver e subiu nela.

Shannon pressionava os botões do telefone freneticamente.

— Corpo de Bombeiros — uma mulher de voz calma disse. — Qual a natureza da sua emergência?

— Um incêndio e um... um homem que precisa de ajuda, possivelmente uma tentativa de suicídio. Ele se enforcou, mas a gente tá tirando ele da corda.

— Um homem enforcado *e* um incêndio?

— É! Manda socorro! É na igreja na esquina da Quinta com Arroyo! — disse, depois repetiu: — Tem um incêndio e um homem seriamente ferido! No porão da Igreja de São Bento. — Shannon estava tendo hiperventilação, engolindo fumaça enquanto olhava Travis rasgar a corda espessa com sua faca.

— Senhora, é na Quinta com Arroyo?

— É! Manda alguém agora!

— Fique na linha, estou enviando agora. Qual o seu nome?

— Shannon Flannery! — ela disse, uma sensação de *déjà-vu* invadindo seu corpo. Não fazia muito tempo que fizera a mesma chamada, no dia em que fora atacada em sua cocheira. — O homem ferido é Oliver Flannery! Manda uma ambulância! Rápido!

— Os carros já estão a caminho. — Recebeu a confirmação ao mesmo tempo que a faca de Travis finalmente rompia a corda. Oliver caiu como um pacote sobre o cimento sujo, as chamas vivas e mortais em volta dele.

— A senhora poderia continuar na linha?

Num instante, Travis já estava no chão, ao lado dele.

Shannon largou o telefone. Tremendo, tossindo, sem acreditar no que via, deu um passo à frente. — Oliver — gemeu.

— Não chega perto! Fica aí! Ou procura um extintor de incêndio! — Travis levantou a mão e se abaixou, tentando escutar a respiração de Oliver, sentir seu pulso. A cabeça de Oliver pendeu para o lado, os olhos abertos e fixos, vítreos e imóveis.

Internamente, Shannon estava aos pedaços. Lembranças de verões, borboletas, varas de pescar e corridas em campos abertos com os irmãos gêmeos brotavam-lhe na mente. Oliver rindo. Neville forçando-os a correr mais rápido.

Sentiu um nó na garganta e deu um passo atrás, batendo em algo, um pilar ao pé da escada.

Travis olhou para ela, balançou a cabeça.

Mesmo antes que dissesse as palavras, ela soube, com certeza aterradora, que Oliver não faria seus votos finais, nunca se tornaria padre.

Seu irmão estava morto.

CAPÍTULO 26

— Vamos sair daqui. — Travis enlaçou os ombros de Shannon, levando-a para longe da igreja e do horror da descoberta do corpo de Oliver. Caminhões do Corpo de Bombeiros, carros de polícia e uma ambulância deslocavam-se para a cena do crime, trazendo com suas sirenes e faróis potentes uma multidão de vizinhos e curiosos que se amontoavam em volta da área restrita por um cordão de isolamento, além da fita amarela providenciada pela polícia. Veículos de emergência encheram o estacionamento pequeno perto da porta lateral. Barricadas bloqueavam os dois lados da rua entre a casa de Oliver e a igreja.

Padre Timothy, o fino cabelo grisalho espalhado no topo da cabeça, óculos sem armação que não escondiam seus olhos vermelhos, chegara depois de receber o telefonema de um dos vizinhos. Parecia desgovernado e incrédulo, cansado e com raiva de "tal atrocidade" que acontecera não somente na sua paróquia, mas dentro das paredes sagradas da Igreja de São Bento. Falara a sós com a imprensa que chegou em massa, vans brancas com antenas parabólicas em ação, repórteres com microfones, câmeras e refletores. Jornalistas de estações rivais disputavam o melhor enquadramento da igreja, as mais recentes ou exclusivas entrevistas com qualquer um que soubesse o que estava acontecendo. Shannon e Travis, repetidamente, haviam recusado as solicitações.

A noite estava quente e seca, sem um sopro de vento, um calor que parecia alimentado pelo mal cometido. Shannon tentou afastar seus pensamentos da imagem do corpo exangue do irmão balançando na corda do sino.

Sabe-se lá como, ela e Travis conseguiram dar seus depoimentos a um oficial do Departamento de Polícia de Santa Lucia que fora o primeiro a chegar à cena do crime. Os dois prometeram disponibilidade para maiores esclarecimentos, e Shannon sabia que em breve teria um cara a cara com o detetive Anthony Paterno. O que poderia dizer a ele? Que por sua causa alguém estava matando, abduzindo ou aterrorizando pessoas próximas a ela?

Por quê?

Se pelo menos tivesse conseguido falar com Oliver, se não estivesse com tanta pressa para deixar a casa da mãe. O que teria custado dar cinco minutos do seu tempo ao irmão? A culpa ainda a devorava quando viu dois de seus irmãos abraçados sob os galhos de uma sequoia enorme, plantada perto do estacionamento.

— Me dá um segundo — disse para Travis e atravessou o gramado na direção deles. Robert, apesar de não estar em serviço, e Shea, ainda afastado de seu cargo, haviam chegado separadamente e respondido às perguntas da polícia. As mesmas feitas a Shannon.

Eles conheciam alguém que pudesse ter feito isso com Oliver?

Quando fora a última vez que o haviam visto, falado com ele?

Sabiam algo sobre sua vida particular? Amantes? Amigos? Inimigos?

Alguém tinha raiva dele?

Qual era sua rotina?

Mudara algum hábito?

O que os levara até ali? Ou, no caso de Shannon e Travis: como descobriram o corpo? Por que Shannon queria falar com o irmão à uma hora da manhã? Por que não podia esperar?

Pálidos, balançando a cabeça, lábios contraídos em expressões entre raiva e desespero, seus dois irmãos ainda estavam atordoados com a perda de Oliver.

— Os dois gêmeos — Robert disse, olhos baixos. — Mortos. E Mary Beth, pobre Mary Beth.

— Parece obra do mesmo criminoso — Shea confidenciou, acendendo um cigarro e soltando a fumaça pelo canto da boca. Robert assentiu e cutucou o braço de Shea com as costas da mão. — Posso pegar um desses?

— Claro. — O olhar sombrio de Shea desviou-se de Shannon para concentrar-se no sino da torre da igreja, mas Shannon desconfiou que seus pensamentos, como os dela, estavam a quilômetros de distância. Ele estendeu um maço amassado de Marlboro Light para Robert. O irmão, mãos ligeiramente trêmulas, puxou um cigarro pelo filtro e acendeu.

— Claro que é o mesmo psicopata — Shannon disse. Era a única coisa de que tinha certeza. A única. — Não podem existir dois maníacos soltos por aí, tentando exterminar membros da nossa família, deixando marcas estranhas queimadas como se fossem cartões de visita esdrúxulos.

— Você acha que é isso que ele tá tentando fazer? — Robert perguntou.

— Você não?

— Então, por que Mary Beth? E por que... por que não...? — Deixou a pergunta parada no ar.

Mas ela entendeu a mensagem: — Por que não me matou na noite em que ele teve a oportunidade?

— É.

Boa pergunta, Shannon pensou, não pela primeira vez. Por que fora atacada e poupada da morte?

Teria sido um engano?

Ela achava que não. Matá-la teria sido fácil naquela noite. Tudo o que o assassino teria que ter feito era enfiar os dentes afiados do forcado nela, em vez de espancá-la com o cabo.

Teria sido, então, um aviso?

Não, o ataque desse homem era rápido e certeiro. Os assassinatos medonhos de Mary Beth e agora de Oliver haviam sido meticulosamente planejados.

Uma prévia do futuro?

Ela encolheu por dentro. O assassino queria que conhecesse o medo. Medo sombrio, dilacerador da alma. E conseguira.

E esta noite... o testemunho da cena de morte de Oliver fora algo destruidor. Ter visto o irmão pendurado numa viga atravessada no teto — o sangue manchando-lhe as palmas das mãos, uma pequena parede de chamas a circundar seu corpo suspenso — partira-lhe o coração. Ela gritara, o estômago revirado, seus joelhos cederam, e cair fora o máximo que conseguira para não vomitar.

Depois de baixar o corpo de Oliver, Travis conseguira arrastar o quase padre para fora do círculo de fogo, mas nenhuma tentativa de ressuscitação havia funcionado. Oliver estava morto. Grotescamente assassinado. Os paramédicos não foram capazes de revivê-lo e a polícia descobrira, depois de extinguidas as chamas, que o anel de fogo em volta de seu corpo pendurado não era um anel, propriamente, mas uma estrela sem várias pontas. Números, marcados exatamente como na mochila e no espelho do banheiro, haviam sido desenhados com querosene e, provavelmente, haviam queimado primeiro, antes que a forma final fosse acesa em volta de seu corpo. O formato era semelhante aos outros desenhos, não fosse o fato de que nesse faltava a ponta da direita. Em seu lugar havia o número quatro:

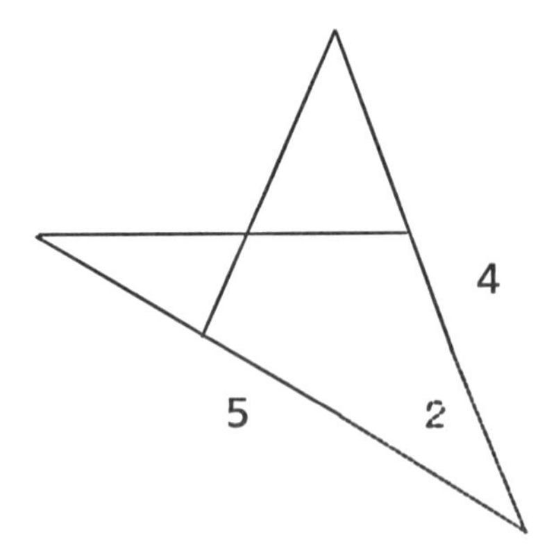

Shannon sentiu um enjoo ao ver o desenho.

Alguém estava terrivelmente doente.

Alguém estava tentando dizer algo macabro.

Alguém estava à solta para pegar cada membro da sua família.

Não somente seus parentes de sangue — Mary Beth também fora vítima.

Travis falava enquanto Robert e Shea fumavam: — Seja lá o que estiver acontecendo, envolve mais que a sua família, Shannon, já que minha filha foi sequestrada.

Robert exalou a fumaça cinza. — Mas ela é filha da Shannon também. Mesmo sangue.

— É verdade, mas outra mulher foi morta no Oregon. A professora de piano da Dani, Blanche Johnson.

— Ela não foi assassinada pra que ele pudesse raptar a sua filha? — Robert perguntou para Travis.

— Talvez. Ou pode ter sido uma coisa independente. A Dani não tava na casa da Blanche Johnson naquela tarde. Ela desapareceu na hora do colégio, antes da aula de piano, que, na verdade, já tinha sido cancelada.

Shea balançou a cabeça e franziu o cenho.

— Então, por que essa mulher foi assassinada? — Robert perguntou.

— É o que a polícia tá tentando descobrir.

— Ele deixou algum desenho lá? Tipo uma estrela completa, alguma coisa do gênero? — Shannon perguntou, ainda tentando fazer sentido das tragédias.

— Nenhuma estrela, só uma mensagem, escrita com sangue na parede: Hora do Ajuste de Contas.

— Jesus, ajuste de que contas? — Robert murmurou. — Que diabo significa isso?

— A Dani faz parte de algum ajuste de contas? — Shannon perguntou, com dificuldade de proferir as palavras.

Travis franziu profundamente as sobrancelhas. — A gente não sabe. Ainda.

Shannon segurou o braço dele e olhou-o no rosto. O que mais ele sabia e não dividira com ela?

— Olha só, eu vou dar a notícia pra mamãe — Shea disse quando o silêncio tornou-se constrangedor. Jogou o resto do cigarro no chão e amassou-o com o salto do sapato. — Vou passar lá. — Olhou por sobre o ombro para as vans dos noticiários ainda paradas no local. — Ela acorda cedo e eu não quero que saiba o que aconteceu pela televisão.

— Ela vai ficar arrasada — Robert resmungou.

— Não estamos todos? — Shannon indagou.

— Acho melhor a gente se preparar — Shea disse ao ver um gato esgueirar-se por entre os arbustos e sair trotando pela rua. — Ainda não acabou.

Shannon sentiu uma pontada no estômago. Teve um calafrio. Quem era esse louco? O que ele queria? Deus do céu, por que não encontravam a Dani e acabavam logo com isso? — Alguém ligou pro Aaron? — perguntou.

— Pra que acordar o cara? — Shea questionou, dando de ombros. — Ele vai saber da notícia logo, logo. Eu soube por uma pessoa do departamento e, Robert, você foi avisado pelo Cuddahey, não foi?

— Isso, Kaye me ligou quando eles receberam o pedido de socorro. Eu falo com o Aaron amanhã. Agora... eu só quero ir pra casa. Ficar com os meus filhos.

— Eu também vou embora — Shea concordou, sério. — Não tem mais nada que a gente possa fazer aqui. Shannon, você quer carona?

— Eu a deixo em casa — Travis interveio.

Nenhum dos irmãos fez comentários, mas, quando Travis e Shannon se afastaram um pouco em direção à rua onde a picape dele estava estacionada, ela sentiu o olhar dos irmãos a acompanhá-la. Ouviu um repórter chamar seu nome, mas continuou andando. Não estava com paciência para perguntas idiotas, recriminações ou o levantamento de um passado que ela sabia que seria regurgitado nos noticiários mais uma vez.

Exausta até a medula, queria ir para casa.

Com Travis.

Estava satisfeita com a força dele, com sua clareza mental, e, apesar de saber que era uma fantasia, sentia como se estivessem ligados, trabalhando por uma causa comum, buscando o monstro que roubara sua filha.

Deslizou para dentro do carro, bateu a porta, recostou a cabeça no encosto do banco e fechou os olhos. O dia fora longo e a noite mais longa ainda. Não queria nada além de milhões de horas de sono, afastar todos os demônios, impedir a aparição das imagens terríveis que presenciara. Queria um novo começo.

O que era impossível.

Travis manobrou o carro no final da rua, dando a volta no tráfego interrompido pela polícia. Rodaram em silêncio, sob o som dos pneus rangendo contra o asfalto e o resmungo abafado do motor do carro. O tráfego praticamente inexistente àquela hora da noite, a viagem até seu pequeno rancho levou menos de vinte minutos.

A picape de Nate não estava ali.

Mais uma vez.

No meio da noite.

No conserto? Ela duvidava. O anexo de Nate parecia escuro, mas não era para estar mesmo, caso estivesse dormindo lá dentro?

Enquanto Travis diminuía a velocidade até parar, Shannon se perguntava se Nate teria arrumado uma amante, uma mulher que ainda não tivesse mencionado. Por que mais estaria fora de casa tão tarde? Os longos períodos que vinha passando longe? Ocorreu-lhe que poderia estar envolvido nos crimes contra sua família, mas certamente falaria com ele assim que o visse, o encostaria contra a parede. O que eram suas desculpas recentes? Estivera "indo e vindo", o carro vinha "dando ataques", ele "tentara entrar em contato" com ela pelo celular, mas não conseguira. E sua caixa de mensagens andava lotada para que se pudesse deixar um recado para ele.

As coisas nem sempre são o que parecem.

Não era resposta suficiente.

Não quando assassinatos e desordem haviam tomado conta da situação.

O que ele estaria escondendo? Tal pensamento a atormentava. Durante todo o tempo em que trabalhara com ele, saíra poucas vezes de folga, mas, justo antes do primeiro ataque, dissera que se ausentaria por um tempo, que precisava se afastar um pouco. Ela dissera "não tem problema" e concordara em tomar conta dos cavalos durante a semana em que ele estaria fora.

Depois ele aparecera na noite do ataque, antes da data marcada para a volta, e ajudara a salvá-la. Depois, estivera, como havia dito, "indo e vindo", apesar de nunca negligenciar os animais. Ficava ausente dias e noites, mas os animais estavam sendo alimentados e banhados, talvez não nos horários habituais, mas cuidados mesmo assim.

Então, o que ele andava fazendo?

Travis desligou o carro e ela alcançou a maçaneta.

— Eu preciso dar uma olhada nos animais — ela disse, depois lançou-lhe um olhar por sobre o ombro ao deslizar no banco da picape. — Você quer me ajudar? Não vou achar ruim ter companhia.

— Claro.

Ela saltou do carro. A noite estava quente, ainda sob os efeitos do verão, somente um sopro de brisa oferecendo algum alívio, a lua parcialmente visível através das copas das árvores sobre suas cabeças. Os prédios estavam silenciosos e escuros, o barracão ainda uma lembrança dos incêndios que haviam roubado a vida daqueles próximos a ela.

Sentiu-se fraca, mas havia trabalho a ser feito. Por enquanto, manteria o foco longe do barracão e das tragédias. Travis seguiu ao seu lado e encontraram os cavalos descansando. Acordaram todos os cães ao acenderem a luz do canil. Mas tudo parecia estar bem.

— Então? Por onde anda o Santana? — Travis perguntou ao fechar a porta do canil e caminhar em direção à casa.

Ela olhou para o anexo às escuras sobre a garagem. — Talvez esteja em casa. Ele disse que a caminhonete tava com problema, mas... eu não sei, ele anda meio estranho ultimamente. Fica muito tempo fora.

— Como assim, estranho?

— Distante. Cheio de segredos. — Ela parou na porta e franziu o cenho. — Eu e o Nate sempre fizemos as nossas coisas. A gente não se mete na vida do outro. Provavelmente porque nós dois já fomos esquadrinhados pela imprensa e pela polícia, sei lá. E ele sempre cuidou dos animais em primeiro lugar, mesmo durante toda essa loucura que tá acontecendo.

— Mas... — Travis grunhiu.

— Mas tem alguma coisa. Definitivamente. — Ela olhou para ele. — Nada parece muito certo esses dias, de qualquer jeito.

— Eu sei. — Ficaram parados por uns instantes ao alcançarem o portão às escuras. Shannon olhou-o nos olhos, olhos azul-prateados sob o leve toque do luar.

O olhar dele se transferiu para sua boca.

Ela perdeu o fôlego quando ele subitamente curvou a cabeça e tocou sua bochecha com os lábios.

O coração de Shannon quase se partiu diante da ternura do gesto.

— É melhor você dormir um pouco — ele disse, seu hálito quente alcançando-lhe a pele.

— E você?

— Eu tava pensando em dormir aqui. No seu sofá.

— Você acha mesmo que eu preciso de babá?

Uma faixa branca iluminou o breu quando ele abriu a boca e sorriu. — Acho que *eu* preciso.

Ela quase riu, apesar de tudo o mais, e isso lhe fez bem. — Eu acho que você nunca vai precisar de uma babá, caubói — ela disse. Para sua surpresa, ele a envolveu com os braços, puxando-a para bem perto de si, e descansou o queixo em sua cabeça. — Ah... — sussurrou. — Ah, Shannon... Se você soubesse como eu preciso.

Ela ouviu o eco das batidas do coração de Travis sobre o dela e começou a se afastar, mas os braços dele apertaram-se em torno dela. Era como se travasse uma batalha silenciosa contra suas emoções e, finalmente, sem querer, desistisse.

— Inferno — ele grunhiu. Depois, capturou a boca de Shannon com a pressão dos próprios lábios. Rendido à tentação do toque de seu corpo contra o dela. Suas mãos emaranhadas no cabelo ruivo, segurando-a bem perto, tão perto que ela mal podia respirar. Seus lábios ávidos colados.

Shannon retribuiu o beijo. Desesperadamente. Sem pensar em nada que não fosse a pressão persistente da boca de Travis contra a sua e a sensação de seu corpo. Rijo. Forte. Absolutamente masculino. Não pensou aonde isso poderia levá-los, somente que agora, neste instante, precisava ser desejada, tocada, beijada.

Para esquecer.

Seus dedos agarraram-se à camisa dele e ela abriu a boca para receber a invasão daquela língua. A cabeça girando. A fantasia sensual e vã transformada em realidade, até que ouviu um latido agudo do outro lado da porta.

Gemendo, afastou-se dele. — Khan — disse.

Travis deu um risinho. — Nunca fiquei em segundo lugar por causa de um cachorro — falou, o olhar deixando transparecer seu divertimento.

— Se você quer andar comigo, melhor ir se acostumando.

Ele a soltou e Shannon se virou, balançando a cabeça diante do ridículo da situação. Depois, destrancou a porta. Khan se atirou para fora. Enroscou-se por entre suas pernas, latindo feliz.

— É, você é incrível, já sei disso — ela disse. — Todo mundo já sabe.

O cachorro insistiu em solicitar a atenção de Travis também, e, depois de ser acariciado e elogiado, cruzou a varanda em busca de um arbusto ou uma estaca da cerca onde pudesse se aliviar.

— Ele não é ótimo? — ela provocou.

— Incrível. O melhor.

Então o caubói tinha senso de humor. Mesmo numa situação terrível. O que era bom. Shannon acreditava firmemente que humor negro era melhor que nenhum.

De dentro de casa, a cadelinha ganiu. — O dever me chama — Shannon disse e entrou, acendeu as luzes, jogando o horror da noite para o fundo da mente. Não deixaria que a última imagem de Oliver se perpetuasse, nem que as palavras desesperadas na fita cassete que recebera, os apelos da criança que jamais conhecera, se repetissem em sua cabeça. Não agora. Haveria tempo suficiente para isso mais tarde.

— Oi, Marilyn, tudo bem? — perguntou, debruçando-se sobre o cercadinho e pegando a cachorrinha felpuda. Seu rosto foi lambido várias vezes. — É, eu também fiquei com saudade de você. Muita saudade. — Shannon passou os próximos quinze minutos com a pequenina. Alimentou-a, acariciou-a, conversou com ela e levou-a lá fora.

Travis remexeu os armários que serviam de bar e fez um drinque forte para os dois.

O filhote estava cheio de energia, pronto para ficar acordado por horas. Ou foi o que pensou. — Eu sei, já entendi, você tá animada, né? — Shannon disse, beijando a cabecinha macia de Marilyn. — Errado. — Brincou com os dois cachorros por alguns minutos mais. Quando se acalmaram, ela se aprumou e agradeceu o drinque, um copo pequeno cheio de líquido âmbar sobre cubos de gelo.

— Uísque — Travis disse e eles brindaram. — A... dias melhores.

— E noites melhores.

— Que a gente encontre a nossa filha.

Lá estava. Dito em voz alta. O simples fato de compartilharem a paternidade de uma criança desaparecida.

— Isso. Que a gente encontre a Dani. — Shannon sentiu a garganta apertar e ela concordou, lutando contra lágrimas repentinas. Olhou para Travis por sobre a borda do copo e tomou um gole da bebida.

Apesar do gelo, o uísque queimou sua garganta, aquecendo-lhe o sangue, aliviando a tensão que se tornara sua companhia constante nos últimos dias. Deveria sentir-se desconfortável com Travis, mas isso não acontecia. Quando terminou seu drinque, pareceu-lhe a coisa mais natural do mundo deixar o copo na pia, ficar na ponta dos pés e colar seus lábios aos dele. — 'Brigada.

— Por?

Ela inclinou a cabeça. — Ah, você sabe.

— Não.

— Por estar aqui. Eu normalmente não me importo de ficar sozinha. Na verdade, até prefiro, mas, hoje, com tudo que tá acontecendo... — Ela balançou a mão no ar. — É bom ter você aqui.

— Eu acho a mesma coisa, sabia? — ele admitiu. Depois, desviou o olhar, como se, de repente, ficasse constrangido. — Eu tô cansado de saber que o certo seria chamar um dos seus irmãos ou algum amigo seu pra ficar aqui com você. Devia pegar minhas coisas e voltar pro hotel. — Assentiu com a cabeça, como se concordando consigo mesmo. — Mas eu não quero fazer isso.

— E eu não quero que você faça.

Ela engoliu com dificuldade. Sentiu-se incrivelmente vulnerável. Mordeu o lábio e ouviu-o murmurar algo entredentes. — Dane-se — ele grunhiu, o braço forte enlaçando-a pela cintura, puxando-a fortemente contra o próprio corpo. Seus lábios pronunciaram-se sobre os dela e Travis beijou-a com uma urgência que a fez tremer. Tudo nele era forte. Rijo. Tenso. Seus joelhos ameaçaram fraquejar, ela mal conseguia respirar, não conseguia pensar e não se importou.

Fazia tanto tempo que não estava com um homem, tanto tempo. E esse homem, apesar de ser possivelmente a pior escolha, era quem ela queria. Desesperadamente.

Ele beijou sua têmpora, ela fechou os olhos e ele suspirou no seu ouvido. — O que é que você tem que me enlouquece? — sussurrou antes de beijar suas pálpebras.

Algo dentro dela se partiu.

Emoções que escondera vieram à tona.

Meu Deus, ela o queria, queria perder-se nele, no sexo, na fusão dos dois corpos.

Os lábios dele encontraram os dela novamente. Uma de suas mãos pressionou-lhe a coluna, a outra acariciou seu pescoço, o polegar tocando a garganta, os dedos em volta da nuca.

Sua respiração estava fraca e arfante, e, apertada contra ele, sentiu sua ereção forçando, insistente, a calça jeans.

— Nossa, moça — ele disse, mantendo-a perto. Por um segundo Shannon pensou que ele fosse concluir afirmando que aquilo tudo era um erro, que haviam perdido a cabeça, que não deviam se distrair, dispersar. Arrasada, abriu a boca para falar no exato momento em que ele a suspendeu, olhou por sobre seu ombro e, segurando-a bem perto de si, ordenou para o cão: — Fica aí!

Khan não moveu um músculo.

— Eu não acredito — ela sussurrou, o coração aos pulos, uma das mãos atrás do pescoço de Travis. — Ele não obedece a ninguém que não seja eu.

— Eu sou bom com os animais. — O sorriso de Travis era uma tira branca de puro sarcasmo. Com um tapa, apagou as luzes. Depois, fechou a porta da cozinha com um chute. As botas dela caíram no chão, uma de cada vez, fazendo barulho no assoalho, enquanto ele escalava os degraus da escada, carregando-a para o andar de cima, levando-a para um quarto no qual ela nunca fizera amor, onde nunca sentira a presença de um homem. Depois de reformar e mudar-se para o segundo andar, após a morte de Ryan, nunca permitira que um homem entrasse no seu santuário particular.

Até agora.

Shannon gemeu, sentindo uma pontada de dor nas costelas ao caírem na cama. Ele começou a beijá-la de novo e a dor desapareceu, expulsa por uma nova sensação ardente, um desejo que vinha das entranhas. A boca de Travis, quente e sensual, tocava seus lábios e ela sentia seu gosto, experimentava ondas de frio e de calor ao mesmo tempo.

Ela o beijou com exaspero, sentiu o sal da pele dele e o cheiro da loção de barba misturado ao odor de fumaça que resistia. Ansiosamente, seus dedos afundaram no colo de Travis, tocando-lhe a pele rija com força.

A língua dele deslizou por entre seus lábios, pressionando seus dentes. Ela gemeu, abrindo a boca, sentindo a ponta da língua de

Travis encostar na sua, girando, provocando-a, fazendo com que o desejo percorresse suas veias.

Ele levou as mãos por baixo da sua blusa, um dedo alcançando o limite do jeans, no ponto em que o cós abraçava sua cintura. Seus nervos gritaram e, quando as pontas dos dedos escorregaram para dentro do tecido, deslizando sobre seu quadril, ela se contorceu, aproximou-se, puxou a camisa dele pela cabeça e correu as mãos sobre os ombros e braços suados, fortes e rijos.

Ele era tão másculo.

Tão macio.

Tão rijo.

Tão determinado. E ela o queria.

Ele a olhou, a beijou novamente, os olhos de meia-noite grudados nos seus enquanto abria sua calça jeans. O zíper cedeu num assovio de expectativa e excitação.

Shannon respirava rápida e pesadamente, o desejo se avolumando, ardente. As mãos de Travis abriam caminho entre sua pele e o jeans, tocando-a, investigando-a, uma delas deslizando pelo seu abdômen até a fronteira fina da calcinha, a outra apertando suavemente seu bumbum, fazendo com que se contorcesse.

— Ah... — O calor se propagava. — Ah... Travis — ela gemeu.

Ainda beijando-a, ele deslizou o dedo para dentro de sua fenda, para dentro da umidade. Ela arfou, respondeu ao toque e ele aumentou a pressão, abrindo-a, deixando-a pronta. A outra mão, espalmada sobre seu bumbum, segurava-a, enquanto ele a acariciava, tocava-a profundamente, fazendo com que arfasse. — Meu Deus — ela gemeu, seus dedos cravados no pescoço de Travis, que continuava suas manobras, seu joelho agora separando-lhe as coxas, a mão ainda fazendo mágicas.

Era impossível recuperar o fôlego, pensar em qualquer coisa que não fosse aquele ponto pulsante, desejante. Na maneira com que ele a tocava, com que a acalmava e ela queria mais, tão mais. Seu coração batia selvagemente, o pulso disparado. Quanto mais a tocava, mais ela queria, mais se contorcia. O suor encharcava sua pele e ela sentia que podia explodir a qualquer momento. Mais quente. Mais rápido. Mais selvagem. Num segundo, seu corpo convulsionou em gemidos, grudando-se a ele, a mente em órbita.

Lentamente, Shannon deixou escapar o ar contido nos pulmões. Abriu os olhos e olhou para ele antes de deixar o corpo cair para trás na cama, ensopado de suor, a respiração ainda arfante, o sangue pinicando-lhe a pele.

Enquanto sua respiração se normalizava, ela manteve o braço sobre a testa. — Pelo amor de Deus — disse. — Acho que você já fez isso antes.

Ele riu, a própria respiração também irregular. — Acho que uma ou duas vezes.

— É... com certeza. Uau — ela suspirou. — Uau.

Ele se espichou ao seu lado, apoiando-se no cotovelo, um meio sorriso visível no escuro. Ela passou a mão em volta do seu pescoço.

— Vem cá — sussurrou. — Esse jogo é pra dois.

— Você acha?

— Eu sei que é.

— Então, vamos jogar, baby — ele disse, beijando-lhe a testa. — Vamos jogar.

Ela não conseguiu resistir. Mordeu o lábio inferior. Tocou no rosto dele, passou um dedo pelo maxilar, depois baixou-o, passeando pelo pescoço de Travis, desenhando uma linha imaginária. — Me fala se eu fizer alguma coisa que te aborrece — ela disse e ele riu mais uma vez.

— Tenta.

— Humm... — Ela escorregou o dedo, passou pelos músculos rijos do seu peito, pelo abdômen de tanque, seguindo a linha fina e escura dos pelos que se afogavam dentro da calça jeans. Agarrou o cós com um dedo e sentiu seu abdômen contrair, abrindo caminho.

— Acho que agora é sua vez — ela disse, soprando o peito dele enquanto o encarava através da franja dos próprios cílios. Ele inspirou profundamente quando ela desabotoou sua calça, escutando o suave *pop*, *pop*, *pop* dos botões e do zíper se abrindo.

— Cuidado, moça — ele avisou em voz baixa. — Você tá brincando com fogo.

— Você também... — Ela enfiou a mão dentro do zíper aberto, os dedos deslizando sobre os músculos das coxas. Ele rolou na cama, aproximando-se, sua boca pressionando os lábios dela com urgência.

Beijando-a.

Tocando-a.

Acariciando-a.

As mãos de Shannon moviam-se com naturalidade. Apalparam a pele rija, percorreram a coluna, a respiração irregular ao enlaçá-lo e alcançar seu bumbum.

— Jesus — ele sussurrou.

Ela começou a puxar sua calça jeans pelas pernas, mas ele estava impaciente e, com um gemido, rolou para longe, rapidamente se livrando da Levi's. E deitou-se nu sobre ela. Longas coxas musculosas em contato com sua pele. Ele era rijo, firme, os músculos brilhando sob o suor, sua masculinidade ereta e pronta.

Ela ficou sem ar.

Travis olhou para ela, debruçou-se e beijou primeiro um dos seus seios, depois o outro. Sugou avidamente, faminto, a boca quente e úmida, dentes e língua roçando sua pele. Shannon esqueceu-se de tudo que não fosse o desejo puramente animal que a impelia, tudo que não fosse a necessidade de estar perto dele, que não fosse a dor que só ele poderia curar.

Me ama, ela pensou, mas não disse uma palavra.

Ele mudou de posição, montou sobre ela e, depois, os lábios se encontrando, ele afastou os joelhos e entrou no seu corpo, profundamente, com força, num movimento contínuo, cadenciado, os dois dirigidos pela chama ardente do desejo. Olhos fixos um no outro, ela respondia aos movimentos. Ele a olhava fascinado enquanto a amava, mais forte, mais rápido, mais forte, mais rápido, mais forte, mais rápido, até que, arfando, o corpo dela convulsionou em êxtase novamente. Cada músculo de seu corpo se contorceu. Shannon fechou os olhos e sua mente escapou em devaneio. Travis enrijeceu, seu grito de prazer rouco e entrecortado. — Shannon — sussurrou e caiu sobre ela.

A dor irradiou na lateral do corpo de Shannon. Uma dor aguda. Ela lutou contra a urgência de gritar, mas ele compreendeu e rolou rapidamente para o lado. — Desculpa — disse, puxando-a para perto de si. — Você tá bem?

— Hum-hum. — A dor nas costelas diminuíra e, mesmo que isso não tivesse acontecido, não teria se importado.

— Tem certeza? — ele perguntou, a preocupação evidente em sua voz.

— Tenho, caubói. — Fechando os olhos, ela sentiu seu hálito em seus cabelos. Aproximou-se, embalada pelo cheiro de sexo e almíscar... esse homem na sua cama... e pensou furtivamente que jamais dormiria, que estava muito excitada, muito arisca.

Estava errada.

A exaustão cobrou seu preço, envolveu-a.

Com os braços firmes de Travis Settler em volta de si, ela apagou.

CAPÍTULO 27

A criança sumiu!

Ele não conseguia acreditar. Vasculhou os quartos mínimos, buscou por ela, olhando em todos os lugares onde poderia ter se escondido. Armários, closets, qualquer pequeno buraco. Nada! Checou novamente.

Ela simplesmente sumira.

Amaldiçoou-a com impropérios frustrados. Não! Isso não podia acontecer. Não agora!

A droga da cabana estava vazia, a porta do quarto dela escancarada.

Merda. Ele não a trancara? Sim, lembrava-se de ter conferido a fechadura duas vezes. Mas, de alguma maneira, ela conseguira esgueirar-se para fora da prisão.

— Merda! — Apesar de seus cuidados, aquela desgraçada conseguira escapar! Garota ingrata. Invadiu o quarto mais uma vez, iluminando o chão e os lençóis imundos com a lanterna, depois chutou o travesseiro. O tecido fino cedeu quando atingiu a parede. Penas velhas voaram, provocando uma verdadeira chuva branca. — Filha da puta! — Jogou a lanterna no chão ao ouvir um rugido seco na própria cabeça, como se fossem ondas. Enfiando as mãos no cabelo, sentiu a fúria se avolumar nas suas entranhas, um ardor crescente que acabou por turvar-lhe a visão. Ele não podia perdê-la! Não podia! Ela era a chave de todo o seu plano.

A isca.

A ira comeu-lhe as entranhas.

Por causa dela, não podia se refestelar na satisfação da morte de Oliver. Deveria ter se dado ao luxo de saborear o assassinato, de rever o momento em que Oliver, ajoelhado na igreja e absorto em prece patética, sentira as fibras firmes da corda deslizando em seu pescoço e voltara a cabeça rapidamente para encarar seu olhar letal.

Um momento de reconhecimento.

De entendimento.

E aceitação.

Quase como se o quase padre esperasse morrer.

Quase como se agradecesse.

A Besta escarneceu, lembrando-se de como se debatera com o nó, como arrastara pela igreja um homem que se contorcia, repentinamente desesperado para viver. Engasgando, arfando, agarrado à corda grossa que envolvia seu pescoço, Oliver decidira que a vida era melhor que a morte.

As coisas haviam mudado, no entanto. Oliver desmaiara antes que a Besta o tivesse arrastado escada abaixo até o porão. Agora, lembrava-se de carregar o corpo inerte de Oliver pelos degraus vacilantes. Uma vez no porão, o largara no chão. Precisara de cinco minutos para montar a cena. Jogara a velha corda por sobre uma viga exposta que um dia fora usada para tocar os sinos da igreja, depois colocou o quase padre de pé, ajeitando-o sobre uma cadeira dobrável sob a viga. Quando finalmente acordasse, veria o que estava acontecendo e assistiria aterrorizado enquanto o fogo queimava a forma de uma estrela sem algumas pontas. Depois sentiria uma dor estranha, olharia para baixo e veria o próprio sangue pingando no chão, formando uma poça sob a cadeira. Oliver entraria em pânico, encontraria os olhos da Besta no momento em que chutava a cadeira embaixo dele e se daria conta de que sua alma iria diretamente para o inferno. Esse era o plano.

Mas Oliver não reagira como ele desejara. Não se debatera ou contorcera, não se agarrara em seu pescoço novamente, nem lutara pela própria vida. Era como se, no curto tempo em que estivera inconsciente, houvesse encontrado aceitação... até mesmo absolvição.

Oliver abrira os olhos e, ao ver as chamas crescendo, lambendo os gravetos, a corda e os trapos em volta de si, sabendo que sangrava nos pulsos, encontrara o olhar da Besta, sorrira e, antes que esta pudesse reagir, calmamente saíra da cadeira, chutando-a para trás. Esta, de metal, chacoalhara violentamente no piso de cimento, ao passo que Oliver se enforcava calma e silenciosamente. Era como se estivesse pronto para a morte. Não, melhor ainda: como se tivesse *abraçado* a morte.

Essa parte era inesperada.

Assustadora.

Irritava-o agora.

A aceitação da morte não era uma coisa satisfatória.

Dar boas-vindas à morte era simplesmente um erro.

Nada natural.

A Besta queria guerra.

Queria ter presenciado uma luta. Queria se deleitar no pânico das pessoas, sentir seu pavor, seu medo extremo, excruciante.

Somente assim sua necessidade de vingança seria satisfeita.

Precisava que alguém lutasse pela vida, alguém que duelasse com ele, que o fizesse sentir um espasmo de força quando as labaredas começassem a crescer e consumir tudo, sendo ele, a Besta, o vencedor.

O autossacrifício de Oliver ameaçara seus planos.

Trouxera um gosto ruim à sua boca.

E agora isto! A criança escapara.

Algo completamente inesperado!

Claro que Oliver era maluco. Sempre o fora.

Mas a garota... Agora, ela virara outra coisa. Misteriosa e destemida, para sua surpresa, paciente e determinada, uma adversária contra quem valia a pena lutar. A filha de Shannon. Sentiu um arrepio ao antecipar a perseguição à menina, o momento em que a derrubaria.

Ela perderia.

Claro.

Pentelhinha escorregadia! Tinha que encontrá-la! Tinha!

Pronto para encarar o novo desafio, ele se acalmou, preparou-se para a caçada. Entrou na sala de estar, olhou para o espelho e percebeu que algo estava errado. Num segundo, deu-se conta de que um de seus porta-retratos havia desaparecido. A foto de *Shannon*. Conferiu, para ver se não poderia ter caído ou estar escondida atrás de uma das outras fotografias, mas não. Sumira.

Cerrou os dentes e a fúria que conseguira controlar segundos antes soltou-se num ataque colérico tenebroso. Aquela miserável, aquela merdinha de criança tinha levado a fotografia!

Ah... mas ela ia se arrepender...

Quando a alcançasse, faria com que compreendesse que ultrapassara o limite. Isso nunca aconteceria de novo. Quem ela pensava que era para pegar a porcaria da foto?

Se pudesse matá-la agora. Rapidamente livrar-se dela. Mas não podia. Não era parte do plano, elaborado tão cuidadosamente durante anos.

Um esquema inteiro aos pedaços agora, por causa dela.

Não, lembrou a si mesmo. *O plano não falhou. Você falhou. Subestimou a menina.*

Agora, conserte. Encontre a desgraçada!

Uma adolescentezinha miserável, mentirosa, não iria pará-lo. Ele a caçaria. E quando a encontrasse, ela saberia com quem estava lidando.

Bateu com o punho na parede. Queria encontrá-la imediatamente e arrancar a vida de dentro dela, vê-la se contorcer e gritar de medo e dor.

Pare! Pense! Acalme-se!

Você pode localizá-la. Escolheu este lugar porque escapar seria quase impossível. Ela não deve estar longe. Seja mais esperto que ela.

A cabeça a mil, forçou-se a respirar calma, profundamente e a encarar a situação como um desafio. Uma caçada.

Quanto tempo de vantagem ela teria?

Não muito, imaginou. Não ficara fora tempo suficiente para que ela viajasse muitos quilômetros. Apesar de a floresta ser densa e dar boa cobertura, ela se manteria nas trilhas ou velhas estradas, evitaria se perder. Estava escuro...

Olhou para o lugar onde costumava guardar sua lanterna. Não estava lá.

Rapidamente, revistou o resto da casa. Ela levara uma faca e um isqueiro, mas não pilhas de reserva. Sua lanterna falharia rápido, antes de amanhecer, sem dúvida, e o isqueiro que roubara não seria de muita ajuda. Pensou na possibilidade de a menina usar fogo para chamar atenção, mas ela não faria isso. Teria medo de atraí-lo e de provocar um incêndio que poderia consumi-la, matá-la, estando a floresta seca como estava.

Só havia uma velha estrada sulcada por ali e, apesar dos andarilhos e das trilhas de cervos, todas as rotas davam no mesmo lugar.

As pontes.

Uma para o trem.

A outra originalmente construída para caminhões de transporte de madeira.

As duas ocupavam uma faixa estreita do desfiladeiro, uma a menos de quinhentos metros da outra.

O único caminho diferente para sair das montanhas seria uma volta por trás do morro, mas a pessoa teria que subir muito antes de encontrar uma descida bastante perigosa e precipitada. Ele apostou no fato de que a criança preferiria descer em vez de subir.

Logo, só precisava encontrá-la.

Saiu.

Sua caminhonete já estava equipada com o essencial: seu rifle, munição, faca de caça, botas, binóculo de visão noturna e corda.

Pegaria a desgraçada de manhã.

Nada, nem ninguém, arruinaria seus planos.

Ele já chegara longe demais.

* * *

A lanterna de Dani era inútil, o fraco facho de luz se apagava completamente. Exausta, encontrou uma árvore e sentou-se atrás dela. Talvez pudesse dormir por algumas horas até o amanhecer. Não conseguiria avançar no escuro.

Mas ele vai te encontrar. Você sabe que vai. Você precisa continuar andando. Só isso.

Ela queria se quebrar em mil pedaços, chorar e rezar para que o pai a encontrasse. Mas era tarde demais. Estava nisso sozinha. Lágrimas começaram a rolar por suas bochechas sujas, mas disse para si mesma que continuasse andando. Agora não era hora de ser chorona. Teria que prosseguir — era isso, seguir a trilha e...

Sentiu um tremor.

O chão tremeu.

As árvores tremeram.

Meu Deus, um terremoto? Ela não queria acreditar em tanta má sorte. Como se não bastasse, teria que aguentar um terremoto?

Levantou-se num pulo, perguntando-se o que fazer, que caminho tomar, e, então, ouviu o barulho familiar do trem cruzando a noite.

Onde? Olhou em volta, desesperada. *Onde?*

O som ficou mais alto, o trovão das rodas sobre os trilhos era ensurdecedor, um rugido estonteante.

Uma luz brilhou na floresta com a aproximação do trem. Movendo-se rapidamente, ignorando as dores musculares, Dani correu por entre as árvores e arbustos que, repentinamente, abriam espaço para os trilhos sobre uma grande área de terra limpa. A luz estava quase sobre ela e, com ruído ensurdecedor, os motores em velocidade mortal arrastavam uma longa fila de vagões atrás da locomotiva.

Não havia chance de pular no trem ou de se pendurar numa das grades, ela pensou, desejando desesperadamente poder, de alguma forma, subir num vagão, se esconder em meio aos contêineres de metal e deixar a maldita floresta para trás. Na próxima parada procuraria as autoridades, o delegado ou algum guarda na rua, falaria do maluco e contaria o que fizera com ela.

Claro que tudo isso era pura fantasia.

O trem fora embora, desaparecendo na noite. Seu coração afundou. Desespero e desolação tomaram conta dela. Isso era tão inútil. Tão desgraçadamente inútil.

Não desista agora. Você não pode desistir, não pode!

Endireitou os ombros. Apertou o maxilar, escalou a pequena subida e começou a andar pelos trilhos. Mal podia vê-los sob seus pés, mas era capaz de, se mantivesse os passos regulares, andar sem tropeçar. Pode ser que levasse bastante tempo, mas, em algum momento, os trilhos do trem a levariam até a civilização.

Foi na direção de onde o trem viera, na direção que vinha seguindo, para longe do chalé. Longe dele.

Mas precisava se apressar. Sabia que a Besta estava por aí, em algum lugar, sentia que ele a seguia, se aproximava dela.

— Desgraçado — sussurrou e continuou andando, dizendo para si mesma que estava sendo paranoica e que devia superar isso, que não devia ceder ao medo. Andar. Era isso. Simplesmente continuar andando. Andou pelo que lhe pareceram quilômetros, antes que notasse que o céu começava a clarear e que uma manhã cinzenta se impunha nas montanhas devagar, porém certeira, que pássaros começavam a cantarolar e que o sol nascia atrás dela.

O que era bom. E ruim.

Conseguiria enxergar, claro, e poderia andar mais rápido se tivesse forças, mas ele poderia vê-la com mais facilidade também. Usando o sol como guia, soube em que direção viajava. Não que importasse muito, porque não sabia onde ficava a cidade mais próxima.

Sentia gosto de areia e todos os seus músculos doíam. Tinha certeza de que seria capaz de matar por um pedaço de pizza, um sanduíche ou um de seus lanches preferidos. Quando chegasse em casa, devastaria a geladeira. Não haveria nuggets suficientes, batatas fritas suficientes nem petiscos suficientes para satisfazê-la.

Quando chegasse em casa.

Se chegasse em casa.

Não pensa assim.

Ele ainda não te pegou, pegou?

E mesmo sabendo que ele a estava caçando, ela sentia uma pontada de satisfação acalmar o seu medo. Não podia evitar um sorriso ao pensar em quão revoltado ele teria ficado ao descobrir que ela desaparecera. Ela adoraria ter visto a cara dele. *É... bem, engole isso, seu saco de cocô. E pode fazer todo o xixi do mundo na sua porcaria de lareira.*

Enfiou a mão no bolso e encostou na foto da mãe — bem, ela achava que era a mãe. Qual o papel da mulher do porta-retrato nisso tudo? O de Dani? Quem saberia? Provavelmente ninguém, nem mesmo o cara que fazia pipi no fogo. Aquele psicopata era tão desarranjado que provavelmente nem sabia quais eram seus planos.

Não se iluda. Ele sabe exatamente o que tem em mente e você é uma parte do jogo.

Continua andando.

Sem parar.

Seus pés estavam feridos e quando o sol começou a subir ela teve a certeza de que seria mais um dia quente. Mesmo agora, apesar de ainda ser de manhãzinha, ela já podia sentir o calor crescer e não tinha nenhuma esperança de uma neblina para escondê-la ou nuvens que oferecessem algum tipo de alívio. Como seu pai sempre dizia: "Vai ser um dia infernal."

Seu pai.

Onde ele estava?

Por que não viera atrás dela?

Sentiu pena de si mesma mais uma vez e limpou as lágrimas com raiva. Estava cansada, com fome e com medo. Pensou nas viagens que costumava fazer com o pai, nas caminhadas de quatro dias nas montanhas. Tinham água, comida, sacos de dormir e...

Virou em um trecho e dois cervos, tão assustados quanto ela, se escafederam por entre os arbustos. O coração aos pulos, disse para si mesma que se acalmasse, que parasse de se assustar à toa, quando seu olhar pousou sobre uma ponte.

Ela estacou de repente.

Seu coração quase parou de bater. Era uma das pontes estreitas de madeira da ferrovia, compridas, entre dois penhascos agudos. Lá embaixo, a uma distância de mais de trinta metros, ela pensou, um riacho seco serpenteava por entre as montanhas e não havia outra possibilidade de descida.

— Droga!

O medo tomou conta do seu coração.

O pavor a preencheu.

Com certeza, haveria outra maneira... mas, ao olhar em volta, percebeu que estava presa. Ou voltava por onde viera ou cruzava a ponte.

Não poderia ser tão difícil. Acabara de andar quilômetros sobre os trilhos sem cair uma só vez. Cruzar a ponte seria somente uma questão de controle dos nervos. Não poderia olhar para baixo. Teria que colocar um pé na frente do outro. Não poderia entrar em pânico.

Mas, Deus meu, era uma descida enorme!

Talvez houvesse outro caminho, talvez encontrasse uma trilha por onde descer para chegar ao pé da montanha e seguir o leito do rio. Desesperadamente, varreu com os olhos os quatro cantos do desfiladeiro. Paredes rochosas, pontiagudas e irregulares margeavam o abismo profundo, árvores e arbustos no topo.

Não longe do sul havia outra ponte, estreita, construída para carros e caminhões de carregamento, ou qualquer outro veículo que se atrevesse a escalar esses morros. Retrocedeu mais ou menos cem metros, buscando um caminho na floresta que a levasse à estrada.

A estrada que a Besta provavelmente usa.

É lá que ele deve estar. Provavelmente ele acha que você está tentando encontrar a estrada e usou as trilhas como disfarce. Não tem jeito. É melhor cruzar a ponte. Agora. Acaba logo com isso.

Cerrou os dentes e foi até a beirada da ponte novamente. Agachou e colocou as mãos nas grades de proteção, checou se havia alguma vibração ou trepidação e aguçou os ouvidos, na esperança de que, se houvesse outro trem a caminho, perceberia. Os trilhos não tremeram. E ela não ouviu o ruído abafado de algum motor ou o chacoalhar de rodas nos trilhos. Em resumo, fora o pio de um pássaro ou o farfalhar de esquilos nas árvores e arbustos, não se ouvia barulho algum.

Vai. Anda. Deixa de ser covarde!

Era agora ou nunca.

Insegura, começou a jornada, garantindo que cada passo se ajustasse exatamente aos dormentes de madeira da ponte. Olhou por entre as frestas e viu a terra dar passagem ao vazio de uma queda assustadora. Cuidadosamente, deu um passo de cada vez.

Não para.

O coração acelerado, avançou pelo abismo, percebendo que sua respiração estava fraca, que seu coração batia freneticamente, que seus nervos estavam a ponto de explodir. Toda a sua capacidade de concentração estava voltada para os próprios movimentos, lentos, porém certeiros, mais ainda sobre as fendas, um pé, depois o outro, um pé, depois o outro.

Exposta ao ar livre, sem as montanhas ou as árvores para protegê-la com sua sombra, o sol castigava sua cabeça e o suor escorria-lhe pelo rosto. Ela não se atrevia a limpar as gotas que entravam em seus olhos, com medo de perder a concentração ou, pior ainda, o equilíbrio.

O que a mãe sempre lhe dizia? "Uma tarefa pode ser simples ou complicada, depende de como você a encara." *Tá bom.* "Fácil, fácil, querida."

Seu pai dissera, não sem certo orgulho, que ela não tinha medo de nada.

Errado, papai. Por dentro, tremia como uma folha ao sabor do vento.

Estava no meio do caminho agora.

Respirou profundamente e seguiu adiante. Talvez conseguisse. Quando chegasse ao outro lado, não teria tempo de parar para descansar, simplesmente teria de continuar margeando os trilhos, rezando e esperando encontrar uma cidade ou, pelo menos, uma casa de fazenda a distância.

Mais um passo.

E outro.

Mais perto.

Olhou para cima e pensou ver algo se mover num arbusto do lado da barra de proteção. Um vislumbre de alguma coisa... reflexo de sol no vidro?

Parou. A quase cinco metros do final da ponte. Olhou mais atentamente para o lugar onde vira a luz brilhar, refletir alguma coisa, mas não havia nada nos arbustos, nenhum movimento nas sombras.

Ainda assim, sentiu um arrepio na nuca.

Sua pele se eriçou e um frio de medo percorreu sua espinha.

Ele não poderia ter descoberto onde estava, poderia?

Não poderia ter dirigido a caminhonete pela estrada e, apostando no fato de que ela teria ido nessa direção, sem se arriscar a pegar a estrada, chegado ali.

Não... isso seria dar muito crédito ao cara.

Ou seria possível?

Ela hesitou. Mordeu o lábio. Olhou atentamente para a colina à sua frente. Deu mais um passo incerto adiante e parou novamente. Alguma coisa não cheirava bem. Ela sentia. Alguma coisa se mexeu na penumbra, debaixo da árvore? Outro cervo?

É — e de óculos. Até parece.

Deu um passo atrás. Mais um.

Era ele!

A Besta desgraçada estava ali!

Seus olhos se arregalaram de horror.

Ele saiu das sombras dos arbustos, um homem grande, musculoso, de roupa camuflada e óculos escuros, caminhando diretamente na sua direção, ao longo da barra de proteção, seus passos fazendo com que a ponte tremesse.

A Besta fora capaz de encontrá-la.

Não!

Girou o corpo rapidamente, torceu o tornozelo, mas seguiu em frente, tentando ganhar distância, tentando voltar para o lugar de onde viera. Mas a extensão era enorme, o abismo, paralisante, as botas dele soavam como trovões. Seu coração pulava desgovernado.

Ela não se entregaria, não se entregaria. Começou a correr, mais e mais rápido, sentindo que ele se aproximava.

— Pode parar, sua pentelha maluca. Para!

Ai, meu Deus, não, ela não podia ter chegado tão longe para ser pega agora...

A ponta do seu tênis ficou presa. Aos gritos, o corpo inclinado para a frente, deparou com o abismo profundo sob seu corpo. Lá embaixo, as rochas brilhavam sob o sol.

Uma mão forte envolveu seu braço, agarrando-a e colocando-a de pé.

— Ei!

Ele a jogou sobre o ombro. — Para com isso, sua pentelha, ou você vai acabar matando nós dois! — A cabeça pendendo sobre as costas dele, o cabelo caindo no rosto, aquele homem a segurava pelas pernas enquanto fazia a volta, aparentemente sem nenhum esforço, e se encaminhava na direção de onde estivera se escondendo, o final cheio de arbustos da ponte em que ela imaginava encontrar a salvação.

Lágrimas de frustração pingavam no chão e ela batia nas costas dele com punhos cansados, movidos pela raiva.

— Continua, sua cadela, e eu largo você, juro que largo — ele prometeu e ela parou, as mãos pendendo, as pontas dos dedos quase varrendo o chão, soluços devastadores convulsionando seu corpo. Ela estava perdida, sabia disso. Não, não acreditava que ele a mataria imediatamente, mas era só uma questão de tempo. Se ela tivesse alguma coragem, tentaria lançar o corpo para longe dele, se precipitaria sobre a beira, na esperança de que os dois voassem pelos ares. Sim, ela morreria, mas, pelo menos, levaria o maluco junto.

Mas ela não fez isso.

Desistiu.

Deixou que ele a arrastasse para fora da ponte. Ele a carregou por uma trilha no meio da floresta de mais ou menos um quilômetro e meio até o lugar onde estacionara a caminhonete. O carro os esperava no acostamento da estrada, cozinhando sob o sol.

Ela ficou em silêncio durante a viagem de volta à cabana, muito cansada para planejar uma nova tentativa de fuga, não mais tentando ser corajosa, deixando que as lágrimas escorressem-lhe pelas bochechas.

Ele dirigiu como um louco, a caminhonete aos solavancos pela estrada acidentada, a poeira do chão flutuando depois da passagem dos pneus. Não parecia se importar que ela visse para onde estavam indo. Ela sabia o motivo. Ele a mataria em breve e, como já estivera fora do cativeiro e pudera ter uma noção de onde estava, sigilo era algo que não fazia mais sentido.

Estacionou no lugar de sempre, acendeu um cigarro e, então, empurrando-a com o rifle, fez com que cruzasse o caminho devastado até o chalé abandonado. Lá dentro ele jogou a guimba do cigarro na lareira, depois cutucou-a com a ponta da arma, encaminhando-a para o quarto. Para sua cela. — Tira a roupa — ordenou. Ela estacou.

— O quê?

— Entra aí e tira a roupa. Joga fora isso aí que você tá vestindo e os tênis também.

— Não, por favor, não faz isso!

— Faz o que eu tô mandando! — O rosto dele era uma máscara sinistra de determinação. Apontou a arma entre os seios da menina. — Nada me daria mais prazer que te matar agora, mas vou te dar uma chance. Se você for boazinha, entrar nesse quarto e me jogar a sua roupa. E não é pra esvaziar os bolsos não. Eu sei que você tá com as minhas coisas e eu quero tudo de volta. — Ela o olhou com revolta e ele a espetou com o rifle. — Agora!

Ela fez o que ele ordenara, despindo-se até ficar só com as peças íntimas, e embolou suas roupas. Seus dedos se aproximaram de algo duro. O prego. Ela o segurou com firmeza, contando as batidas do coração, ganhando forças. Depois, atirou as roupas pela fresta da porta.

— Os tênis — ele reafirmou.

Irritada, jogou os tênis preferidos pela fresta e ouviu-os cair em algum lugar perto da porta da frente.

— Calcinha e sutiã.

— Não... espera.

— Calcinha e sutiã!

— Mas eu...

Ouviu o rifle sendo engatilhado.

— Tira tudo ou eu vou entrar aí e fazer isso pra você.

Tarado!

Humilhada, jurando em silêncio que o mataria se tivesse a oportunidade, tirou o sutiã e a calcinha, lançando-os pela estreita abertura entre a porta e o batente.

Um segundo depois, voltou para a relativa segurança de sua cama e se cobriu com a coberta imunda.

A porta se fechou com estrondo.

Ouviu o clique da tranca.

Estava presa novamente, mas ainda tinha o prego.

Ouviu-o andar no outro cômodo. Provavelmente se preparava para seu ritual doentio, mas não se atreveu a olhar pela fresta da porta hoje, não queria que a pegasse espiando, sentiu-se estranhamente mortificada ao pensar que ele poderia ver sua nudez. Então, deitou se na cama, a exaustão tomando conta dela. Começou a pegar no sono.

BAM! BAM! BAM!

A casa toda chacoalhou.

Por um segundo, não sabia o que ele estava fazendo. Depois, compreendeu. Estava martelando. Contra a sua porta. Sem dúvida pregando um pedaço de madeira que a bloqueasse.

Garantindo seu cárcere dentro desta jaula quente e sem ar.

CAPÍTULO 28

Travis abriu um dos olhos.

Raios de sol adentravam o quarto.

Shannon estava aninhada junto a ele, o corpo nu envolvido pelo seu, a anca maravilhosa firmemente pressionada contra sua virilha. Lembrou-se do sexo, do desespero com que haviam se amado, da libertação, da ruptura que proporcionara. Era o que os dois precisavam. Passou um braço sobre ela e beijou-lhe a nuca. Ela sorriu e deixou escapar um leve suspiro.

O cheiro dela estava em toda parte e, apesar de saber que devia se levantar, que precisava encarar mais um dia, a visão do corpo de Shannon ao lado do seu, dos raios de sol iluminando-lhe as mechas, de seus seios livres e resplandecentes, era irresistível. Passou o dedo em volta da auréola de um dos seios e ela suspirou, o mamilo intumescido de expectativa.

Estava excitado só de olhar para ela; seu bumbum tão próximo fez com que sentisse uma dor de desejo. Ele brincou com seu mamilo e ela sorriu.

— Cuidado, caubói. Nem começa se não puder terminar — ela disse, grogue, e ele já estava em ponto de bala.

Inclinou-se sobre ela, encontrou seus lábios e beijou-a com um ardor que não sentia desde que era um adolescente cheio de tesão.

Vagarosamente, as pálpebras de Shannon se abriram, expondo as íris verdes, inteligentes, que o desafiavam. — Tá com vontade?

— Muita.

Uma sobrancelha levemente avermelhada se arqueou e ele apertou gentilmente o mamilo dela, enquanto via sua pupila se dilatar.

— Você sempre acorda assim? — ela perguntou.

— Sim, senhora — ele disse com voz arrastada e ela riu, jogou os braços em volta do seu pescoço e beijou-o como se ele fosse o último homem na Terra. Seu corpo respondeu e eles rolaram sobre os lençóis, braços e pernas enroscados, a respiração pesada, lábios exploradores de novos gostos e sentidos, o calor aumentando. Quando ele não pôde mais suportar a provocação, penetrou-a com uma estocada firme e profunda.

O corpo dela era úmido e quente, os músculos se contraíam em volta de seu membro. Ele se mexia e ela encontrava seu ritmo, em sintonia com ele, olhando-o nos olhos, os dedos cravados em seus braços.

Travis sentiu o corpo de Shannon começar a vibrar, viu quando ela tentou tomar um gole de ar e não pôde mais se segurar. Gozou dentro dela e, em vez de cair sobre seu corpo e maltratar suas já feridas costelas, rolou para o lado, pousando sobre os próprios cotovelos, puxando-a, gentilmente, sobre si. Ela virou a cabeça e roçou o nariz em seu pescoço. Seu coração ecoava o dele enquanto diminuíam a velocidade, as respirações em uníssono. Somente quando ela deixou escapar um longo suspiro ele a rolou para o lado.

Shannon olhou para ele. Seus olhos brilhavam maliciosos e ela tinha um meio sorriso nos lábios. — Primeira a tomar banho — ela disse, beijando-o na testa, e, antes que ele pudesse agarrá-la, deslizou para fora da cama.

Nua, apressou-se até o banheiro e ele ficou deitado, perguntando-se que diabos estava fazendo. Quando a ouviu abrir a torneira e o barulho da água caindo, um breve pensamento lhe passou pela cabeça: estava se apaixonando por ela. Imediatamente baniu essa ideia tresloucada. Jurara ficar longe das mulheres depois de sua tentativa frustrada de se juntar a Jenna Hughes. Tudo bem que não acontecera, mas isto... Shannon Flannery... a mãe biológica da sua filha. Pior ainda.

Ainda assim, ouviu-a cantar fora do tom no chuveiro e precisou conter-se para não ir até o banheiro, deslizar para dentro do chuveiro, e, os corpos ensaboados e escorregadios, suspendê-la nos braços e fazer amor com ela sob a cascata de água quente.

A ideia era tão atraente. Travis já se levantara quando viu a fotografia de Dani, a mesma que dera para Shannon no El Ranchito, o pôster que anunciava o desaparecimento de Dani Settler.

A dor antiga voltou à tona. A sobriedade lhe voltou instantaneamente e as últimas horas certamente lhe pareceram frívolas.

Rodeado de medo, morte e dor, perdera de vista sua missão, pelo menos por algumas horas. Agora, no entanto, estava de volta aos planos de vingança.

Pegou sua Levi's. O encanamento velho rangeu quando a água foi desligada. Travis olhou para cima e viu Shannon, toalha enrolada no corpo, cabelo pingando, entrar no quarto.

Deus, como era bonita.

Mesmo sem um pingo de maquiagem, o rosto ainda levemente ferido, ainda assim era inacreditavelmente bela. — Sua vez, se quiser.

— Acho que eu devia ter ido te fazer companhia. Aí nós dois iríamos estar prontos.

— Hã-hã. — Ela balançou a cabeça. — A gente teria ficado lá até acabar a água quente. Melhor assim. Além do mais, enquanto você toma banho, eu preciso dar uma olhada nos animais. O Khan, com certeza, já deve estar de péssimo humor, a Marilyn tem que comer e ir lá fora, e tem um monte de cavalos e cachorros me esperando.

— O Santana não toma conta deles?

— É, mas ultimamente...

— Eu sei, ele vem se comportando de maneira "estranha".

Um pouco da leveza se fora. — Anda — ela disse. — Quem sabe você não dá a sorte de eu preparar um café da manhã completo?

— Eu acho que já tive "sorte" hoje.

Um sorriso levantou os cantos da boca de Shannon. — Eu também.

* * *

Shannon se apressou escada abaixo, preparou o café, cuidou dos dois cachorros da casa, depois dirigiu-se para o canil. Khan disparou na frente, conhecendo a rotina. A picape de Nate não estava estacionada no lugar habitual, mas os cavalos permaneciam do lado de fora.

Ela alimentou os cães e os levou para fora do canil para que exercitassem as pernas. — Tá se sentindo rejeitado? — perguntou para Atlas. O cachorrão roçou o focinho na perna de Shannon e Khan latiu para um esquilo que caíra de um dos galhos do carvalho. Ela coçou as orelhas de Atlas e ele gemeu. — Você gosta disso, não gosta? Eu sei... hoje à noite é sua vez. E sua também — disse para Cissy, cadela que, como sempre, esperava quieta, deitada, o corpo pressionando o gramado seco, sem se mover enquanto observava o cão maior, pronta para perseguir o pastor alemão se ele, em algum momento, lhe desse o prazer.

— Vem — disse, procurando os brinquedos dos cachorros. Costumava atirar bolinhas para eles, gostava de estar com os animais. Os bichos preenchiam uma necessidade dela que agora, como sabia da existência de Dani, havia mudado. Por anos acreditara que nunca teria filhos, que nunca saberia o que era cuidar de uma criança. De alguma forma, os cachorros e os cavalos haviam ocupado aquele vazio emocional.

Agora as coisas haviam mudado e, apesar de amar esses animais com fervor, e não poder esperar para levá-los para um lugar maior, um ambiente melhor, dava-se conta de que nunca tomariam o lugar da sua filha.

Jogou a bola com o braço bom até esgotar suas forças, depois aceitou o fato de que não poderia adiar o inevitável para sempre. Precisava telefonar para a mãe, visitá-la e consolá-la. Depois, teria de confrontar Nate, se conseguisse encontrá-lo.

Quanto a Travis... Shannon lançou um olhar para a casa e suspirou. Noite passada, haviam se tornado amantes, mas isso não significava nada além do fato de serem dois solitários presos a uma tragédia comum.

Fora estranho, porém agradável. Ela nunca fora de se jogar de cara na cama com um homem; na verdade, depois de sua experiência com Brendan Giles, longo tempo se passara até que voltasse a ter confiança. Depois, infelizmente, mais uma vez escolhera o homem errado: Ryan Carlyle.

Os dois caras com quem saíra desde então eram dois desastres. Especialmente Reggie Maxwell, aquele que se esquecera de mencionar a mulher e os filhos. Não era para menos que tivesse desistido dos homens.

Até a noite passada. Quando, ao que parecia, jogara fora todas as suas regras. Por causa de Travis? Ou porque tudo em que acreditava estava sendo testado e destruído?

Observou os cavalos no piquete por uns instantes e, ao fazê-lo, sua mente voltou à conversa que escutara entre os irmãos não fazia nem vinte e quatro horas. Todos aqueles sussurros sobre a "ordem de nascimento" e "a culpa é do papai". Convencera-se de que Oliver tinha a intenção de confidenciar com ela.

Observava a égua castanha, mas pensava mais uma vez na ordem em que os irmãos haviam vindo ao mundo: Aaron, Robert, Shea, Oliver, Neville. Pensou sobre a diferença de idade entre eles, nos abortos que a mãe sofrera, mas não conseguia chegar a nenhuma conclusão... nada fazia o menor sentido.

Precisava falar com um dos irmãos sobre isso, mais provavelmente com Aaron. Perguntava-se como ele teria recebido a notícia da morte de Oliver. Era revelador, ela pensou, que, diante da morte do irmão, em vez de querer correr para sua família e fazer parte de seus momentos de dor e consolação, ela quisesse correr na direção contrária.

Sem respostas, Shannon pulou a cerca e entrou na cocheira. As baias estavam limpas e havia capim fresco cobrindo o chão. Nate com certeza estivera por ali. Qual o seu papel nessa história toda? Talvez o acordo tácito de não invadirem a vida um do outro não fosse, de fato, uma boa ideia.

A porta dos fundos foi aberta e ela quase desmaiou de susto. De certa maneira esperando por Travis, surpreendeu-se quando Nate, em pessoa, apareceu, sua silhueta sombria, o corpo contornado pela luz do sol.

Estava tão absorta nos próprios pensamentos que não ouvira a caminhonete se aproximar.

— Agitada hoje? — ele perguntou.

Ele vestia uma camiseta de manga curta, que um dia já fora vermelha, e uma Levi's de bolsos rasgados, no grito da moda, apesar de ele não saber disso.

— Você me culpa?

— Não. — Estava sério ao andar até ela. — Acabei de saber do Oliver no noticiário. — Seus olhos estavam sombrios e vermelhos, como se tivesse passado a noite em claro. — Fiquei arrasado.

— Eu também.

— Não sei o que te dizer.

A imagem do corpo ensanguentado de Oliver pendurado na viga fugiu do esconderijo da mente onde ela a armazenara. Sentiu um nó na garganta.

— Você quer falar sobre isso?

Ela balançou a cabeça e piscou os olhos com força. — Não. Eu sei que tenho que ir ver a minha família e... discutir o assunto, provavelmente falar com a polícia de novo, tentar evitar a imprensa; então, por enquanto, tô deixando passar. — Sentiu um vazio por dentro, um buraco que sabia que nunca mais conseguiria preencher.

— Faz sentido.

— E, por favor, não começa com a história de sistema de segurança outra vez. Eu pretendo ligar pra eles hoje — disse, depois se contraiu. — Depois que eu falar com a mamãe.

— Como ela tá?

— Eu não sei, ainda — Shannon disse, sentindo-se mais do que culpada. — Não falei com ela até agora. Shea ia lá ontem à noite. Com certeza, ela deve estar devastada.

— Você também — ele disse com tanta delicadeza que ela quase desmoronou.

Mas não permitiu que acontecesse. Em vez disso, disse o que estava em sua cabeça: — E por onde é que você anda, Nate? E não adianta vir com esse papo furado de "indo e vindo"; eu já sei essa parte. Você continua tomando conta dos animais. Feito hoje de manhã. Você não tava aqui quando eu cheguei, e olha que já era bem tarde, quase três da manhã, eu acho, mas, seja já como for, você voltou, deu uma geral nas coisas e depois foi embora de novo. O que é que tá acontecendo?

— Eu pensei que a gente tinha concordado em não se meter na vida do outro.

— Isso foi antes de gente começar a ser assassinada! Fala sério, Nate! Antes de eu ser atacada, da Molly ser torturada! — Apontou para a porta aberta nos fundos da cocheira, na direção do piquete onde a égua pastava sem parar.

— Você acha que eu tenho alguma coisa a ver com o que tá acontecendo? — ele inquiriu.

— Eu não sei! Esse é o problema!

— Eu não sou nenhum assassino — ele disse, finalmente.

— Bem, que ótimo — ela disse, incapaz de disfarçar o sarcasmo na voz. — Mas alguma coisa tá acontecendo, Nate. — Apontou para o peito dele. — Alguma coisa você tá escondendo.

O maxilar de Nate deslizou para o lado. — Eu já disse, não sou assassino.

— Então você não vai se importar de me dizer onde você tem andado, o que você tem feito, e por que vive entrando e saindo daqui como se fosse um fantasma.

Ele olhou para o chão.

— Sabe o que parece? Parece que você tá tendo um caso com uma mulher e não quer que eu saiba.

Os lábios dele se contraíram e ele franziu o cenho para o chão.

— É isso, não é? — ela perguntou como quem desvenda um mistério. — Eu acho ótimo! Mas você não precisa ficar se escondendo, pelo amor de Deus.

Ele estendeu o braço num rompante, a mão agarrando o pulso de Shannon. — Lembra quando falei que as coisas nem sempre são o que parecem? — ele perguntou e, depois, como se realizasse o que estava fazendo, soltou-a. — Bem, essa é uma dessas vezes. É, tem uma mulher, mas não é o que você tá pensando. — Passou uma das mãos no pescoço. — Talvez seja a hora de ser honesto com você.

— Já passou da hora. Você é o único cara em quem eu achava que realmente podia confiar no mundo. Mais até do que nos meus irmãos.

Um tique começou a dar sinais sob um de seus olhos.

— Vamos lá dentro — ele disse, o olhar fugindo dela para o chão, depois para além da porta aberta, para o lugar onde o sol brilhava e os cavalos pastavam.

A manhã parecia calma e segura. Mas uma sensação de perigo e desgraça tomou conta de Shannon e ela teve certeza de que aquela primeira impressão iria mudar.

Ele se encaminhou para a porta aberta. — O Settler deve ouvir isso também.

Paterno sentou-se à sua mesa. Havia estudado a cena do crime na igreja e estava convencido, devido aos arranhões, de que Oliver fora pego na nave, provavelmente enquanto rezava, e arrastado até o porão. Seus dedos estavam feridos da luta contra a corda amarrada em seu pescoço. Os pulsos haviam sido rasgados em ângulos impossíveis ao próprio alcance. Sem dúvida fora assassinado pelo mesmo criminoso que tentara de maneira incompetente fazer com que a morte parecesse suicídio. Mas, não, Paterno não comprava essa ideia. O assassino era esperto o suficiente para saber que ninguém seria enganado, estava somente fazendo lembrar a todos que sua vítima já tentara matar-se uma vez cortando os pulsos.

Pelo menos era essa a abordagem de Paterno sobre o que acontecera. — Maluco — resmungou e voltou o olhar para a mesa entulhada. Andara estudando as informações coletadas sobre os crimes recentes e a morte de Ryan Carlyle. Voltou à papelada e vasculhou os documentos novamente, enquanto rabiscava novas anotações num bloco, esperando pelos laudos do laboratório e as ligações da imprensa.

Rossi entrou na sala com dois copos descartáveis de café. Já era o final da manhã. Paterno só dormira três horas na noite anterior, e até mesmo aquela lama disfarçada de café da região cheirava bem. Já entornara três copos, dois em casa e um no escritório. — O filho da mãe está tentando nos dar uma pista — Paterno murmurou, apontando para os desenhos encontrados nos incêndios, inclusive o mais recente deles, no qual o número quatro tomara o lugar da ponta da estrela.

Rossi assentiu. Entregou um dos copos descartáveis a Paterno.

— Mas qual?

— Estou confuso — disse, dando um gole e olhando fixamente para as imagens. — Mas isso quer dizer alguma coisa, e tem a ver com ordem de nascimento, segundo Shannon Flannery.

— Parece que as pontas estão protegendo a parte central. Ordem de nascimento... Será que os números representam os irmãos pela ordem de nascimento?

— Pode ser.

— Mas é estranho, não é? — Rossi balançou a cabeça careca. — O cara tá só de sacanagem com a gente.

— Pra que se dar o trabalho?

— Ele é maluco. Tem tempo a perder.

Paterno levantou a cabeça bruscamente. — Bem lembrado. Quem matou Oliver gastou um bocado de tempo. Deve ter esperado bastante. Se o cara tiver um emprego normal, deve estar exausto agora. — Tomou um longo gole do café, depois fez uma careta. — E onde é que foi parar a filha do Travis Settler?

— Quem dera eu soubesse — Rossi falou.

— Quem dera que qualquer um que não fosse esse louco soubesse. — Paterno olhou para o mapa da área que colocara na parede. Marcara todas as casas dos Flannery e dos Carlyle com tachinhas azuis. Com vermelhas, indicara os locais dos incêndios, pretas designavam os assassinatos cometidos. No caso de Shannon Flannery, ela tinha duas tachas vermelhas e duas azuis — pelos dois incêndios e por ser membro das duas famílias. Na casa de Robert e Mary Beth ele inserira uma vermelha, duas azuis e uma tachinha preta.

Até agora o sistema não dissera muita coisa. Fizera algo similar no computador, na esperança de que algum programa sofisticado pudesse ajudá-lo a localizar a menina, o assassino ou alguma porcaria de qualquer coisa. Até agora, nada.

— E o que é que a gente faz agora? — pensou em voz alta, tomando goles de café. — A gente imagina que o cara deve estar mantendo a garota nas proximidades, pra poder ir e vir dos locais dos crimes, mas isso pode não ser verdade. Dani Settler pode não estar viva. A fita que ele deixou na picape da Shannon Flannery pode ter sido feita na época do sequestro ou em qualquer outro momento depois. Não é prova de que ela ainda esteja viva, só de que foi raptada por ele e estava viva quando a fita foi gravada. A gente sabe que ele não deixou a menina na fazenda em Idaho; então, concluímos que ela veio pra Califórnia com ele, mas isso tudo também é só especulação.

— Mas ele só pode morar por aqui — Rossi arriscou. — E conhecer muito bem as vítimas. Ele sabe os horários, os hábitos, sabe onde elas vivem, onde elas vão, que nem no caso do Oliver. Ele antecipa onde elas vão estar e encontra uma maneira de entrar nos lugares.

— Em cada caso tem um incêndio envolvido. Então, é alguém que tem fascinação pelo fogo.

— A gente tá checando os bancos de dados de todos os incendiários que não estão presos, investigando quem acabou de ser solto. Não apareceu ninguém ainda.

— É um risco, de qualquer maneira. Isso é mais pessoal. Quanto a ser alguém fascinado por fogo, tem a família inteira dos Flannery — Paterno disse. — Shamus, o avô, na época em que o departamento era todo de voluntários, depois Patrick, o filho, e, mais tarde, todos os filhos dele entraram pro Corpo de Bombeiros.

— Até saírem.

Paterno assentiu. — Agora só tem o Robert. O único que ficou no departamento. Que tal? — Levantou uma sobrancelha e recostou na cadeira. — Os Flannery... Eles não estão exatamente se afastando como heróis. O pai, Patrick, não se aposentou sem manchas. Foi praticamente forçado a se reformar.

— Por quê?

— Pelo que consegui juntar, ele costumava quebrar as regras. Tinha um problema com bebida e fez algumas bobagens. O engraçado é que isso acontece exatamente na época em que o departamento inteiro começa a desmoronar. O homem é forçado a sair e os filhos também começam a ir embora feito ratos abandonando o navio naufragado. — Paterno levantou um dedo. — Shea entra pra polícia. — Outro dedo se junta ao primeiro. — Aaron aposenta as chuteiras por causa de "insubordinação", seja lá o que isso queira dizer; Neville se demite imediatamente, algumas semanas depois desaparece, e Oliver encontra Deus. — O terceiro e o quarto dedos juntam-se aos dois primeiros. — Quatro irmãos e o pai fora, de uma hora pra outra.

Tomou um gole longo do café quente, os olhos espremidos em direção ao mapa. — E isso tudo só os Flannery. Ainda tem os Carlyle. Ryan acaba queimado feito churrasco e as evidências indicam assassinato. Depois, o Liam larga o Corpo de Bombeiros de St. Louis e aceita um emprego numa companhia de seguros. Desiste de todos os benefícios e começa do zero com um salário mil vezes menor. Eu até poderia entender se ele fosse um pai de família e quisesse um trabalho mais "de nove às cinco", horário comercial, mais seguro, mas ele não tem filhos e estava divorciado da segunda mulher na época. — Paterno revirou suas anotações, até encontrar as informações sobre a família Carlyle. — Desde o incêndio na floresta, Liam arrumou a esposa número três, mas esse casamento também implodiu. Eles se separaram.

Fez uma careta. — É isso o que acontece com o Corpo de Bombeiros. É praticamente dizimado e eles têm que ir atrás de sangue novo.

Seus olhos se prenderam às anotações sobre os Carlyle, mais um grupo de solitários. — O outro irmão, Kevin, com um QI estratosférico, se contenta com um emprego público, nunca se casou e provavelmente é gay, apesar de nunca ter oficialmente saído do armário. A irmã, Margaret, é uma fanática religiosa que vai à missa todo santo dia. E depois vem a Mary Beth. Morta. Mais uma vítima.

— Talvez o Liam tenha se cansado de arriscar a vida. Afinal de contas, o primo morreu num incêndio.

— Mas não tentando apagar um, não em serviço — Paterno ponderou. — Além do mais, a maioria dos bombeiros que eu conheço ama o que faz, eles são dedicados, é uma coisa que está no sangue. — Olhou para Rossi. — Eles não desistem.

Paterno não gostava da maneira como a coisa toda se passara. Levantou-se e, espreguiçando-se, foi até o mapa. Franziu o cenho. Eram tantas as coisas que não se encaixavam. — Quer saber de uma coisa, Rossi? Eu ainda não entendi por que a procuradoria tentou acusar Shannon Flannery. Eu não estava aqui na época, mas estudei os arquivos. O caso era frágil feito casca de ovo.

Rossi balançou a cabeça. — Eu era novo na polícia daqui, tinha acabado de vir de San Jose. O promotor, o Berringer, tava atrás de uma vitória, o departamento tava tendo problemas de relacionamento com a população e a história do Incendiário Furtivo tava deixando a comunidade em polvorosa. Claro que a imprensa não ia ficar quieta. Era muita pressão na época, todo mundo queria resolver o caso e arquivar. Fazer a população se sentir segura de novo.

"O Berringer. Ele realmente queria encostar o caso e eu acho que ele acreditava que Shannon Flannery tinha feito o serviço de alguma forma. Ele estava obcecado com isso, tinha tesão na possibilidade de derrubar a mulher. Ela não tinha álibi, mas sim um tremendo motivo: Carlyle batia nela. O suficiente pra fazer com que ela perdesse um bebê. Ela tinha um mandado de segurança contra ele, estava brigando pelo divórcio. A vida inteira do cara estava indo por água abaixo. Ela ia atrás dele com tudo, mas, antes do caso ir parar nos tribunais, o cara foi assassinado e o Berringer estava determinado a fazer a acusação."

— Mesmo assim, não tinha prova suficiente.

— Aí, teve aquela informação anônima de que o carro da Shannon tinha sido visto na estrada velha naquela noite, não muito longe do crime e do incêndio. Uma senhora confirmou. Tinha a teoria de que Shannon não teria conseguido fazer tudo sozinha, que teria contratado alguém pra ajudar ou que os irmãos estariam na história com ela. Eles eram o álibi um do outro e ela sustentou inocência até o fim. Eu acho que o Berringer pensou que ela não aguentaria, que confessaria, que eles iriam sugerir um acordo, mas isso nunca aconteceu e a pessoa do telefonema anônimo nunca mais deu notícia. Outra testemunha, uma mulher que pensou ter visto o carro, era, na verdade, praticamente cega, não conseguia distinguir uma caminhonete amarela de uma branca em plena luz do dia. Não muito crível num julgamento.

"É, era um caso bem frágil, nunca deveria ter ido parar no tribunal e acabou custando a carreira do Berringer."

Paterno já ouvira isso tudo, claro, já que começara a escavar o passado, mas era bom que Rossi detalhasse tudo novamente. Fazia com que as coisas ficassem mais claras. No final das contas, Berringer era um idiota.

Seu telefone tocou e ele se preparou. Repórteres vinham ligando a manhã toda, sem se importar com a quantidade de vezes em que ele mandara telefonarem para o escritório de relações públicas. Eles não desistiam. E também podia ser do laboratório, alguém com informações sobre o caso, um colega policial. Virou o café, amassou o copo, jogou-o na sua lixeira e agarrou o telefone. — Paterno.

— Shane Carter — o homem disse.

Paterno reconheceu a voz do delegado do Oregon. — Tudo bem?

— Já estive melhor. Olha só, queria te dar uma atualizada nas informações. O FBI vai te ligar também.

— Ótimo. — Exatamente o que Paterno precisava. Dos federais. A maioria sabia o que estava fazendo, mas o cara da delegacia local era um idiota. Sem rodeios. — E aí, quais são as novidades?

— Parece que a Blanche Johnson tinha dois ex-maridos. Um deles está morto, o outro ainda não foi localizado. Tem também uns namorados espalhados no Nordeste, alguns a gente ainda tá tentando rastrear. Nenhuma família, a não ser os dois filhos. O mais velho fugiu quando era adolescente, o outro, a gente acha, ela deu pra adoção pequeno, talvez ainda bebê, quando ainda estava em Idaho. A gente tá correndo todas as informações, mas leva um pouco de tempo porque os documentos eram sigilosos. A criança deve ter uns trinta e poucos anos agora.

— Vai me mantendo informado — Paterno disse e desligou. Não conseguia ver como o fato de Blanche Johnson ter dois filhos entrava na história, mas guardou a informação. Do jeito que o caso estava indo, quem sabe...

Olhou para o mapa novamente. Para todas as tachinhas. — Acho que você está certo, Rossi, o nosso cara só pode estar nas redondezas. E se a menina estiver viva, também não pode estar longe. — Apontou para vários pontos do mapa. — Ele precisa ter facilidade de se mover com rapidez. Ir e vir, sem ninguém perceber nada suspeito e podendo voltar pra casa sem chamar atenção. Indo e vindo à vontade, a qualquer hora.

Afastou-se do mapa, tentando ter uma visão geral, na esperança de ver algo revelador, um padrão, como se, caso amarrasse cada tacha vermelha no mapa, pudesse vislumbrar uma estrela de cinco pontas, ou alguém que morava no centro exato de todos os incêndios. Ou alguma outra evidência. Mas não.

Nada o iluminou.

Nenhum raio revelador.

Mas aconteceria. Ele estava se aproximando. Podia sentir. Olhou para as anotações na mesa e franziu o rosto, atento a todas as estrelas que desenhara. — Ei, Rossi! — chamou. — Você não quer desenhar uma estrela pra mim, não?

— O quê? — O detetive mais novo olhou para ele sem entender.

— Faz alguma coisa pra me animar — Paterno disse, olhando para os desenhos do assassino. — Desenha uma estrela... Aliás, desenha duas.

* * *

Travis serviu-se de uma xícara de café e sentou-se à mesa sobre a qual estavam os desenhos que Paterno deixara expostos. Seu cabelo ainda estava molhado. Que diabos quereriam dizer?

Seu celular tocou e ele atendeu. Era Carter, mas ainda não havia notícia de Dani. Um funcionário de campo do FBI o manteria informado. Paterno fora contatado e Carter passara as mesmas informações que agora dava a Travis: Blanche Johnson tinha dois ex-maridos, um punhado de namorados e dois filhos. Carter prometeu mais notícias no fim do dia.

Desligaram. Travis digeriu as informações, perguntando-se como se encaixavam no caso. Pela janela viu Nate Santana andando em direção à casa com Shannon e seu estômago revirou. Tiraram as botas e entraram, íntimos um do outro, assim como haviam feito milhares de vezes antes. Sentiu mais uma pontada de ciúme. Lembrou-se da maneira como Santana tocara nela na noite do incêndio, de como assumira o controle da situação, de como lhe parecera que ele e Shannon eram amantes, o que ela jurou não ser verdade.

Mas, agora, o rosto de Shannon estava sério e duro. Ela lançou um olhar para Travis e ele soube imediatamente que algo estava errado. Mais más notícias. — O que foi? — perguntou, cabreiro.

— Nate precisa desabafar — ela disse.

Travis olhou para Santana. O homem hesitou, depois assentiu com um breve movimento de cabeça. — O assunto pode afetar você também — Santana admitiu.

— Então fala — Shannon incitou. — O que é que tá acontecendo?

— Eu me *envolvi* com outra mulher — ele disse. — Seu palpite tava certo. — Travis sentiu a tensão crescente no ar. Onde é que isso ia dar? — O único problema é que ela tá morta.

— O quê? Do que é que você tá falando? — Shannon perguntou. — Quem tá morta? Mary Beth?

— Não! — Santana cerrou os punhos, foi até a janela e olhou para fora. — Dolores Galvez.

— Quem? — Travis perguntou, mas o nome lhe trazia uma vaga lembrança.

— A Dolores morreu num incêndio há mais ou menos três anos e meio — Nate afirmou sem comoção, suas emoções seguras com rédea curta. — Ela foi a única vítima da série de incêndios atribuída ao Incendiário Furtivo.

Shannon empalideceu visivelmente. Segurou-se nas costas de uma cadeira. — Meu Deus — murmurou, olhando para Santana. — Você tá querendo dizer... foi o Ryan?

Ele balançou a cabeça. Virou-se e encarou os dois. O maxilar travado, os lábios comprimidos e uma fúria queimando-lhe profundamente os olhos. — Eu acho que não — ele disse, os dedos se contraindo sobre o parapeito da janela até que suas articulações embranqueceram. — Ryan Carlyle não era o incendiário que tirou a vida dela, Shannon. Ele não era o Incendiário Furtivo.

CAPÍTULO 29

— Como assim? Por que você acha que o Ryan não era o Incendiário Furtivo? — Shannon perguntou, chocada, encarando o homem que pensava conhecer havia dois anos. A casa de repente ficou abafada. Aos seus pés, Khan ganiu pedindo atenção, mas, pela primeira vez, ela o ignorou. Passou por Nate e abriu a janela, o crocitar de um corvo no telhado da cocheira soando como uma gargalhada. — Como você saberia que não era ele?

Nate inclinou o corpo sobre a bancada da cozinha, os quadris apoiados no armário de baixo. — Eu não sei, não tenho cem por cento de certeza ainda, mas eu tô indo atrás das informações.

— Indo atrás das informações? — ela repetiu, questionadora. As coisas começaram a se juntar na sua cabeça. Lembrou-se de ter encontrado Nate num leilão de cavalos, de como acabaram envolvidos numa conversa, de como pareciam ter tantas coisas em comum, de ele ter mencionado, em encontros subsequentes, que procurava um lugar e que tinha a expectativa de se associar a alguém num negócio que envolvesse treinamento de animais, de ela ter comentado que estava procurando alguém para trabalhar com os cavalos... Sentiu-se repentinamente enjoada ao se dar conta de que fora enganada, manipulada. Sentiu-se completa e absolutamente traída. — Você me enganou — sussurrou ao perceber a verdade terrível. Esse homem a quem defendera com unhas e dentes era, de repente, um estranho.

Travis esfregou as costas da cadeira. — O que é que tá acontecendo aqui?

Nate levantou uma das mãos. — Eu vou explicar.

— Então começa. — Travis já estava de pé e a cozinha parecia subitamente pequena. Claustrofóbica.

— Vamos lá pra fora, eu não tô conseguindo respirar aqui dentro — Shannon disse. Abriu a porta dos fundos. Khan saiu em disparada e ela o seguiu, a cabeça pulsando com as mentiras, as decepções, as traições, todas as meias verdades que ouvira por tantos anos. De gente em quem confiara. Gente em quem acreditara.

Enfiou as botas e esperou na varanda, escutando o arrastar de pés enquanto os homens, os dois recolhidos como cobras prontas para o bote, a seguiam. — Ok — disse, uma vez que Nate se postara sob o alpendre da varanda. Atrás dele, ela viu o barracão, negro, queimado, e perguntou-se qual, se é que tinha alguma, seria a parte dele na sua destruição. — Então... pode continuar.

Nate descansou o quadril na grade que circundava a varanda.

— Resumindo: conheci a Dolores num restaurante onde ela era garçonete. Começamos a sair e as coisas esquentaram. Rápido. Tava ficando sério, mas ela queria manter segredo, não queria abrir pra família, porque tinha um histórico bem ruim. Um divórcio, dois noivados rompidos. A família não confiava muito nas escolhas dela no que dizia respeito a homens e, agora, olhando pra trás, não posso dizer que eles tivessem culpa. Na época, isso me deixava louco. — Deixou escapar uma risada seca. — Era irônico de certa maneira. Eu era um cara que não queria me amarrar, achava o casamento uma sentença de morte, gostava de levar minha vida, de ser livre, leve e solto. Mas aí eu conheci a Dolores e mil bandeiras vermelhas deveriam ter se iluminado na minha cabeça. — Seu maxilar se tensionou, escorregou para o lado. — E isso aconteceu, mas eu não quis saber de nada. Achei que ela era a mulher pra mim, se é que existe isso.

Shannon não conseguia acreditar no que ouvia e, ainda assim, as rugas no rosto de Nate a convenceram de que ele estava falando a verdade.

— Uma noite, a gente marcou de se encontrar nesse restaurante abandonado. Ela escolheu o lugar, não sei por quê. Mas eu fiquei preso. Saí tarde do trabalho, o trânsito tava um inferno, ela não tinha celular. — Seus dedos apertaram a grade com força. Ele fechou os olhos, como se visualizasse a cena. — Eu cheguei meia hora atrasado e o lugar tava em chamas. Ela já tava morta.

— E você não fez nada? Não procurou ninguém?

— Eu não confio na polícia. Ponto. Contar pra eles que a gente tinha um caso não ia trazer a Dolores de volta. Só ia causar mais problemas. Eu teria que me encontrar com a família, explicar por que a gente tinha resolvido se encontrar ali, o que até hoje eu não sei. Eu acho que foi por acaso, porque ela tinha trabalhado lá anos antes, achava que era seguro. Jesus...

— Eu não acredito nisso — Shannon disse. Olhou para o anexo sobre a garagem onde Nate morava. — Eu confiei cegamente em você — murmurou. — A gente vive a menos de vinte metros um do outro, trabalha junto e você nunca disse uma palavra!

Travis perguntou com voz cavernosa: — E aí, o que foi que aconteceu?

— Como eu falei, quando cheguei ao restaurante, já era tarde demais. Os bombeiros já com mil mangueiras em cima, eu tava frenético e me meti na multidão. Ouvi um repórter entrevistando as pessoas. O grosso das conversas era que o incêndio tinha sido provocado pelo Incendiário Furtivo. Depois eu vi o saco com o corpo e sabia que era a Dolores. Liguei pro irmão dela. Sem me identificar. Pra ele poder reivindicar o corpo. Eu não suportava a ideia de olhar pra ela.

— Ou não teve coragem de se apresentar — Travis afirmou, sem emoção.

— Eu era um ex-presidiário. Tudo bem, eu fui inocentado, mas aposto que o registro tá em algum computador da polícia até hoje, junto com o meu nome. Imaginei que a melhor maneira de ajudar era achar o filho da mãe que tinha provocado os incêndios. Pegar o desgraçado do Incendiário Furtivo.

— Sozinho? — Shannon se sentia tão absolutamente traída que mal conseguia falar.

Travis disse: — Você achou que podia pegar o cara, mesmo sabendo que os profissionais não tinham conseguido? Um departamento de polícia inteiro, cheio de investigadores treinados, peritos e equipamento especializado? É isso que você tá dizendo?

— Eu tô dizendo que eles não fizeram um trabalho benfeito.

— E por que você achou que podia fazer melhor?

— Eu não sabia se ia fazer melhor, mas com certeza o meu plano era tentar. Cresci aprendendo a caçar e rastrear, passei um tempão como guia de montanha. Pra ajudar a pagar a faculdade. Passei meus verões ajudando a apagar incêndios nas florestas. No inverno, durante as aulas, eu era membro voluntário do Corpo de Bombeiros. Achei que era qualificação suficiente.

— E a acusação de assassinato? Aquilo não era mentira? — Shannon perguntou.

Os olhos dele se cravaram nos dela. — Infelizmente não. O período na cadeia? É, isso aconteceu também. Exatamente como eu contei pra você.

— Mas você foi esbarrar comigo de propósito, depois do meu julgamento, depois de ficar público que a polícia achava que o meu marido era o Incendiário Furtivo.

Ele assentiu. Olhou para as laterais da varanda, quando Khan, caçando esquilos, começou a fuçar em volta da casa, indo parar na pilha de lenha.

— Você armou essa história toda e mentiu pra mim — ela disse com raiva. Travis levou a mão até seu braço, mas ela a afastou, cansada de homens que a manipulavam.

— Me aproximar de você podia me ajudar a descobrir o que tava acontecendo, podia me dar a oportunidade de ver as coisas de dentro — ele admitiu, o rosto corando de raiva. — Mas deu errado, ok? Porque o que eu descobri, ficando perto de você, foi que a Dolores não era a única mulher do mundo pra mim. Ela não era a mulher.

Que inferno, eu nem sei se ainda acredito nisso, porque eu me apaixonei por você. Completamente.

— Eu não acredito em você!

— Mas é verdade.

— Jesus Cristo, Nate. Você podia ter me contado.

— Se ele contasse, estragaria o disfarce e não ia conseguir as informações que queria — Travis disse. Estava perto dela, os olhos apertados contra o sol, o cabelo com reflexos dourados, a boca uma linha fina, tensa.

— Acertou — Nate disse, encarando-o de volta. — Mas você entende isso, não é? Você tá usando a Shannon pra conseguir o que quer.

— Não.

Algo na negativa de Travis soou falso. Shannon deu um passo atrás. — Você também? — sussurrou, pensando na transa da noite anterior, na provocação pela manhã. Ela sabia que os motivos que o haviam trazido até ali tinham relação com a filha, a mesma que ele dissera ser "deles". E à luz do dia isso agora parecia tolice, um jogo para conquistar sua confiança.

— Não é assim — Travis disse.

— Claro que é, Settler — Nate interrompeu. — Você veio aqui por causa da sua filha, conheceu a Shannon e achou que se ficasse por perto ia descobrir o que ela sabia.

Shannon sabia que as palavras de Nate eram verdadeiras. Já não suspeitara deste homem que se escondera na sua propriedade, que a espionava na noite em que fora atacada? Mas afastara esses pensamentos, permitira-se acreditar, mesmo que por pouco tempo, que eles se importavam um com o outro, que podiam aprender a amar um ao outro. Que idiota! Mais uma vez. Sentiu-se como se tivesse levado um chute na boca do estômago. — Continua, Nate — ela disse, desviando o olhar de Travis e seu cabelo manchado de sol, seus olhos de céu profundo, maxilar determinado, e encarou o homem com quem trabalhava. — Me diz o que mais você acha que sabe. O tempo que a gente passou junto valeu a pena?

Ele não rebateu a provocação. — Eu acho que um dos seus irmãos, ou mais de um, talvez, tá envolvido nos incêndios.

— O quê?! — ela indagou, incrédula. — Meus irmãos?

— Ryan Carlyle não era o Incendiário Furtivo. Ele era só o bode expiatório.

— Aonde é que você tá querendo chegar agora, Santana? — Travis rugiu.

— Isso é loucura total! — Shannon não acreditava no que estava ouvindo. — Você acha que o Aaron, o Shea ou o Robert é... o Incendiário Furtivo? Que um deles provocou os últimos incêndios e tá matando outros membros da família? Que... que... o quê? Que um deles me atacou, matou a Mary Beth e o Oliver? — Sua voz cresceu em fúria, chegando próximo à histeria.

— Você tá fora de si, Santana — Travis concordou, tenso.

— Eu não acho.

— E como é que essa teoria se conecta com o sequestro da minha filha? Ou com a morte da Blanche Johnson? Um dos irmãos da Shannon fez a minha filha mandar um apelo pra ela gravado numa fita?

— Eu não consegui entender tudo, ainda. Por isso eu não ia contar nada pra você.

Shannon disse entredentes: — Então você ia continuar agindo de maneira estranha? Os horários malucos? Aparecendo e sumindo no meio da noite? Pelo amor de Deus, Nate, aonde é que você anda? Nos arquivos dos jornais? Na biblioteca? Ou espionando a casa das pessoas da minha família? Atrás de pistas do Incendiário Furtivo? Brincando de detetive? Como é que você imaginava descobrir alguma coisa?

— Eu não fui em porcaria de biblioteca nenhuma — Nate rosnou. — A verdade é que, desde que eu descobri que sua filha tinha sido raptada, Settler, eu tenho ido atrás dela.

— Sem me contar?

— Você teria se metido no caminho.

— Merda.

No piquete, um cavalo relinchou e Nate deu uma olhada nos animais, antes de prosseguir: — Olha, eu acho que a Dani é o centro do que tá acontecendo. A primeira pista foi a certidão de nascimento. Deixada aqui... na casa da mãe biológica.

— E você acha que um dos meus irmãos tá com ela? — Shannon mal podia acreditar.

— Com certeza tá tudo ligado.

—Ninguém da minha família machucaria uma criança. Qualquer criança.

— Você não conhece a sua família, nem sabe do que eles são capazes. — Ele devolveu tão alto, que o corvo, ainda sobre o telhado da cocheira, alçou voo imediatamente.

— Você acha que a minha filha ainda tá viva — Travis disse.

— Acho.

Shannon sentiu certo alívio. — Por causa da fita?

— Não. — Ele balançou a cabeça, o cabelo preto brilhando sob o sol. — Porque se ela já estivesse morta ele não teria como ameaçar você, e, eu acho, depois do que aconteceu aqui... o ataque, a certidão queimada... que tudo isso tem mais a ver com você do que com qualquer outra pessoa. Eu não sei o que as palavras escritas com sangue no espelho da Blanche Johnson significam, e ainda não entendi a estrela e os números, mas acho que tem a ver com a sua família.

Shannon foi até o final da varanda e observou Khan farejar em volta do barracão queimado. — Como um dos meus irmãos poderia ter ido até o Oregon e... e Idaho sem a gente dar pela falta dele aqui?

— Uma pessoa pode ir de carro até aquela parte do Oregon em menos de doze horas, seria uma viagem de vinte e quatro horas. Se fosse de avião, tipo um avião particular, por exemplo, seriam só algumas.

— Nenhum dos meus irmãos é piloto.

— Mas eles têm amigos.

— Isso tá ficando cada vez mais louco — ela disse, virando-se para encarar o homem, braços cruzados. — Você tá tentando fazer as coisas se encaixarem. Não é uma conspiração, tipo, tipo o assassinato do Kennedy ou o que aconteceu com a Lady Di! Quem iria tão longe?

— Quem? — ele concordou com a pergunta.

— Nenhum dos meus irmãos! — ela respondeu, enfática, querendo encerrar a conversa. — Eu não acredito que um deles me odeie tanto que quase tenha me deixado ir presa! E mais isso tudo!

— E o Neville? — Travis perguntou.

Shannon congelou. — Neville? — Um novo sopro de medo fez com que os pelos de sua nuca se arrepiassem. — Mas ele... ele nem tá por aqui.

— E por quê? — Nate perguntou.

Travis não estava comprando a história de Nate, mas tinha alguma coisa ali. Ele sentia.

— Eu não sei.

— O que é que você acha, Shannon? — Nate a encarou.

Uma nuvem solitária encobriu o sol e o dia escureceu. — Olha, Nate, não começa com essas esquisitices pra cima de mim, ok? Eu não tenho a menor ideia do que aconteceu com o Neville, mas ele não tá se escondendo por aí, matando o resto da família.

— Por que ele foi embora?

— Eu me perguntei isso um milhão de vezes — Shannon disse, frágil. — Eu acho... acho que ele tá morto. — Nenhum dos homens disse uma palavra. — Espera aí... Não. Mesmo que o Neville esteja vivo, ele nunca mataria o Oliver. Ou a Mary Beth. Chega! — Apontou para Nate. — Você precisa falar com a polícia, contar o que sabe, e, por favor, pelo amor de Deus, tentar *não* incriminar a minha família! — Saiu em direção à porta, querendo encerrar a discussão, quando a voz de Nate fez com que parasse.

— O Oliver não te falou que viu o Brendan Giles recentemente?

— Falou, e daí?

— O Brendan tá na Nicarágua — ele disse e Khan adentrou a varanda.

— Ai, por favor, como é que você sabe disso? — Ela estava começando a achar que Nate estava indo longe demais.

— Eu falei com os pais dele.

— E o que foi que eles disseram? — Ela lembrou que nenhum deles tinha se dado ao trabalho de responder aos seus telefonemas. Ou tinha? Será que tinham ligado e Nate atendera? — Eles se recusaram a falar comigo.

— Eu fui lá, disse que era detetive particular e que se eles não quisessem falar comigo eu iria à polícia, fazer com que os caras fossem lá pra falar com eles. Aí eles decidiram se abrir, me contar o que sabiam. Eu vi fotos e e-mails.

— Que qualquer um pode inventar de qualquer lugar — Travis assinalou e recostou nas persianas da porta da frente. — Fotos falsas são fáceis de produzir e, com todo o aparato digital de hoje, não seria nada difícil criar um e-mail que desse a impressão de ser do Terceiro Mundo. Não se a pessoa tiver alguma esperteza tecnológica.

Nate assentiu: — Verdade, mas eu acredito nessas pessoas. Não acho que estejam dando cobertura pro filho. Eles me falaram que não veem o Brendan há mais de dez anos.

— E, de repente, o cara entra em contato com eles. Justo agora? Muita coincidência, você não acha?

— Eles vêm se comunicando há quatro anos — Nate disse. — Desde antes do Ryan ser assassinado. Muito antes desse surto de incêndios. Os Giles só não saíram espalhando que andavam falando com o filho.

— E por que eles fariam isso? — Shannon perguntou.

— Eles não me disseram, mas eu acho que tinham medo que ele estivesse envolvido com alguma coisa ilegal. Drogas, de repente.

— Que ótimo — Shannon murmurou, levantando a mão. — Isso tá ficando cada vez melhor.

— O ponto é: por que o Oliver mentiria pra você sobre o Brendan?

— Ele não disse que tinha certeza, só que *achava* que tinha visto o Brendan na igreja.

— Os Giles não são católicos — Nate lembrou. — Foi uma pista falsa, Shannon. Ele tava escondendo alguma coisa.

Ela sentiu necessidade de defender o irmão: — Ele não é... não era o Incendiário Furtivo!

— Concordo. Se fosse, ainda estaria vivo. Mas aposto que ele sabia quem era, e, se o Oliver sabia, tem chance de algum dos seus outros irmãos saber também.

— De novo com a mania de conspiração. Talvez você devesse se candidatar pra um emprego na CIA.

— Talvez. — Lançando-lhe um olhar furioso, enfiou a mão no bolso e pegou seu celular. — É simplesmente questão de checar. — Estendeu o telefone para ela. — Vamos ligar pro Aaron.

— Qual é o seu plano? — Travis perguntou.

— Por que Aaron? — Foi a pergunta de Shannon.

— Porque ele é o mais velho. Quem nasceu primeiro. Provavelmente ele sabe o que tá acontecendo.

Enquanto mantinha o telefone suspenso na direção dela, Shannon pôde ouvir o som da discagem. Sua cabeça girava. *Quem nasceu primeiro. O mais velho. Ordem de nascimento.* Um suor frio invadiu sua pele e ela sentiu uma pontada de pavor. Uma voz gravada instruiu o chamador a desligar e tentar novamente, mas o que Shannon ouviu foram os sussurros da sua infância, os segredos rapidamente sufocados. Um frio intenso partiu-lhe o coração. Pedaços que haviam estado flutuando em sua mente, provocando-a, dando-lhe dores de cabeça, começaram a se encaixar.

— Desliga isso — ordenou a Nate, e, como ele não desconectou a ligação imediatamente, ela repetiu: — Desliga, agora!

Tremendo internamente, ela entrou em casa, arrancou um pedaço de papel do bloco na bancada, sentou-se e escreveu os nomes dos irmãos, um debaixo do outro. Enquanto o fazia, escutou Travis e Nate entrarem, o piso de madeira rangendo sob seus passos.

— O que é que tá havendo? — Travis perguntou, uma ponta de preocupação na voz.

— Olha. — Ela adicionou o próprio nome à lista, colocando-o abaixo do de Neville.

Aaron
Robert
Shea
Oliver
Neville
Shannon

— Meu Deus… isso… isso é loucura — sussurrou ao olhar para os nomes na vertical. Sua garganta se fechou e ela mal conseguia respirar. Lembrou-se de ouvir rumores quando criança, fofocas maldosas que se dissimulavam entre as paredes da Santa Theresa. Que o pai era uma semente ruim, provocara intencionalmente os incêndios, ganhara prêmios e comendas por sua bravura antes que a verdade fosse descoberta. As acusações eram sempre retiradas e ele até mesmo ria delas, chamando-as de "uvas podres" de alguns colegas.

Eram?

Sentiu o estômago revirar.

A lembrança de Mary Beth no vestiário do ginásio, colocando o uniforme de escola, passou-lhe pela cabeça. Shannon estava numa das cabines, trocando de roupa. Olhara pela fresta entre a cortina e a parede e vira o espelho sobre uma fila de pias. Mary Beth estava encostada a uma cuja torneira pingava, o nariz quase grudado no espelho enquanto passava rímel nos cílios já enormes. Estivera confidenciando a Gina Pratt que o pai, membro do Corpo de Bombeiros de Santa Lucia, dissera que Patrick Flannery era um incendiário. Todos no departamento sabiam disso. Shannon vestira-se às pressas e correra atrás da "amiga", mas esta insistira que estava "brincando".

E agora… sentia dificuldade de engolir.

— O que foi? — Travis perguntou. Sua mão sobre o ombro dela e ela tentando não pensar sobre isso, sobre a ternura do gesto. Era tudo falso, lembrou a si mesma. Ele se aproximara por motivos pessoais, exatamente como Nate. Afastando a mão dele, deslizou vagarosamente o dedo pela folha sobre a mesa, tocando na inicial do nome de cada um dos irmãos, antes de parar na primeira letra do próprio nome. A-R-S-O-N-S, incêndios premeditados em inglês.

Coincidência? O pai era conhecido por sua especialidade em pregar peças, mas isso não era engraçado. Nem um pouco. Na verdade, era mais que pavoroso. "ARSONS."

Travis, a expressão sombria, olhou para ela. — O que é que você tá querendo dizer?

— Eu ouvi meus irmãos falando em "ordem de nascimento" e que era tudo "culpa do papai". Se o que o Nate tá dizendo é verdade, será...? Meu Deus... — A ideia era repugnante. Ela achou que ia vomitar. — Será que meu pai era o Incendiário Furtivo?

— Pode ser — Nate disse.

Travis acrescentou: — Mas ele tá morto. E todo mundo acha que os últimos incêndios podem ter sido provocados pelo mesmo incendiário.

— É verdade. — Nate encarou Shannon. — E quem seria o candidato mais provável a tomar o lugar do pai? A, literalmente, assumir a tocha.

— Ninguém — ela insistiu, mas, pela primeira vez, duvidou de si mesma.

O telefone de Travis tocou e a especulação foi interrompida. Ele atendeu e, de pé ao seu lado, Shannon reconheceu o número da Delegacia de Polícia de Lewis County, no Oregon.

Ela não se atreveu a respirar.

Travis levou o celular à orelha. — Settler. — Houve uma longa pausa enquanto Travis encarava Shannon, ao mesmo tempo que ouvia a conversa de uma só via. Finalmente, disse: — Obrigado. — Desligou o aparelho. Guardou o celular no bolso e falou: — Mais uma peça do quebra-cabeça. O Carter me disse que conseguiram um juiz para liberar os documentos de adoção do segundo filho da Blanche Johnson. Descobriram que ele foi adotado por um casal sem filhos daqui, sobrenome Carlyle. Os pais adotivos deram ao filho o nome Ryan.

CAPÍTULO 30

— Ok, ok, e as estrelas? — Rossi perguntou quando Paterno voltou ao escritório, carregando as folhas que colocara diante dos companheiros oficiais, dos secretários e até mesmo de um suposto ladrão de carros que estava sendo fichado. Pedira que cada um deles desenhasse uma estrela sem tirar a caneta do papel. Todos o encararam como se tivesse enlouquecido, mas haviam executado o que pedira, alguns fazendo piadas sobre a súbita necessidade de voltarem ao jardim de infância. Ele não ouvira ou não se importara.

— Olha só o que aparece — disse para Rossi, que afrouxava a gravata. Nossa, como estava quente. — Onze de treze pessoas fizeram a estrela da mesma maneira que você e eu, começando pela ponta esquerda, subindo até um ponto, depois descendo direto até o ângulo, subindo de novo, de novo pra esquerda, depois cruzando direto pra direita, e, finalmente, descendo até o ponto do começo.

Rossi tentou parecer interessado, mas falhou. — E isso tem algum significado?

— Eu acho que sim — Paterno disse. — Talvez uns cinco significados. Digamos que, se você desenhasse a estrela dessa maneira, sem tirar a caneta do papel, o primeiro ponto estaria no topo, olha só. — Demonstrou. — Exatamente no lugar de onde você começaria a descer, depois de subir. Então, aí é o número um, mas continuando a descida, a gente faz mais um ponto na parte direita inferior, faz um ângulo agudo e sobe. Então, esse é o ponto dois. Entendeu?

— A ponta inferior da direita é o número dois. Entendi. Mas não tô entendendo aonde você quer chegar.

— Espera. Você vai chegar lá. — Com a caneta ainda pressionando o papel, olhou para cima. Rossi, concentrado na caneta, assentia lentamente com a cabeça. — Aí a gente sobe pra ponta superior da esquerda, vira radicalmente pra direita, fechando a ponta da esquerda...

— O número três. — Rossi estava anotando.

— Isso! De novo, cruza pra direita e vai descendo, fechando também a ponta da direita, o quatro. — Levou a caneta novamente para o ponto de origem, completando o desenho da estrela no canto inferior esquerdo. — Aí está o número cinco, lá embaixo, no canto esquerdo. O centro está completo, o lugar do número seis. — Acenou positivamente para si mesmo, como se confirmasse o próprio desenho. Depois começou a escrever os nomes nos lugares apropriados. — Agora, se você fizer a correspondência dos números entre os pontos e de onde eles partiram com a ordem de nascimento das crianças Flannery, você vai ter algo mais ou menos assim:

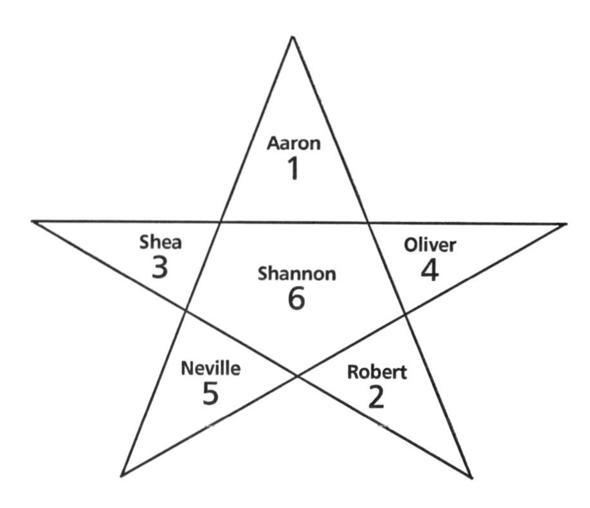

"E, se você prestar atenção, os que foram assassinados, ou desapareceram, os números cinco e quatro, Neville e Oliver, estão no lugar onde as pontas incompletas deveriam estar. Porque eles já foram embora."

— Então, o Neville tá morto.

— Eu apostaria nisso.

— E a linha pontilhada, a do número dois? — Rossi apontou para o papel.

— Deve significar que o assassino tirou a vida da mulher do Robert, Mary Beth. Por quê? De propósito? Por engano? Pra afirmar alguma coisa? — Paterno franziu o cenho, pensativo. — Eu não sei, talvez pra mostrar a ligação frágil dela com o marido. E, se esse é o caso, então, nosso criminoso teria que estar muito próximo do que estava acontecendo, bem por dentro do funcionamento da vida amorosa do Robert. Ou, talvez, estivesse com raiva dela também, e, aí, a linha só vai ficar cheia de novo quando ele matar o Robert.

— Se é que é isso que o desenho significa.

— Exato. — Paterno estava num moto-contínuo. Costumava experimentar certa eletricidade, quase um sabor, quando se aproximava da solução de um caso. Sentia isso agora, essa pontada de excitação, a emoção de desvendar a metodologia de ação de algum maluco, antes que pudesse agir novamente. — Eu não sei o que a estrela tem a ver com a história, mas o assassino quer que a gente saiba disso.

— Acho tudo meio improvável, se você quer a minha opinião — Rossi disse, coçando o cavanhaque.

— Tem alguma ideia melhor?

— Não.

— Exatamente! E se isso não faz muito sentido, é só lembrar que a gente não está lidando com um cara muito são. — Paterno se endireitou e perscrutou seu trabalho manual, o desenho da estrela com os nomes rabiscados dentro. — Pode levar um tempo pra eu entender, mas eu juro que tem um método na loucura desse cara.

— Se você tá dizendo — Rossi respondeu, cético.

— Eu sei que tem. E o sinal foi o telefonema desse delegado de Lewis County, no Oregon, pra falar que aquela mulher que foi assassinada no dia do sequestro da Dani Settler é, na verdade, a mãe biológica do Ryan Carlyle.

— Isso não é meio repentino, meio fora de contexto não? — Rossi perguntou, passando o dedo sobre o desenho de estrela.

— Isso é mais uma conexão com Shannon Flannery.

— Mas o que é que tem a ver com o sequestro da menina?

— Isso é o que a gente tem que descobrir. — Paterno olhou para seus desenhos rudimentares. O que o assassino queria lhes dizer? Seu único grande palpite era o fato de Shannon ser o centro de tudo.

O telefone tocou e, ainda encarando os desenhos, levou o aparelho ao ouvido. — Paterno.

Era Jack Kim, o técnico, o mágico do laboratório. — Acho que a gente tem uma coisa aqui que você vai gostar de ouvir — disse.

— O que é?

— Uma coisa interessante naquela gravação da garota que você trouxe. Dá um pulo aqui embaixo e ouve você mesmo.

Ele não perdeu tempo. Ao sair do escritório, disse para Rossi:

— O laboratório achou algo na gravação da filha do Settler.

— Espera aí.

Passaram pelos compartimentos envidraçados de onde se ouvia o som de teclados de computador, telefones tocando, zum-zum de conversas e o zumbido do ar-condicionado velho. Em vez de esperarem o elevador, desceram apressados os três lances de escada, os sapatos chacoalhando na madeira gasta do piso até o laboratório, muitos graus mais fresco, se não mais.

Paterno foi direto para a sala de áudio, à prova de som e sem janelas, onde o técnico, Jack Kim, esperava por ele. — O que é que você descobriu? — o detetive perguntou.

— Escuta isso. — Colocou a gravação para tocar e eles ouviram as súplicas de Dani Settler para que a mãe fosse salvá-la sobre o som das chamas estalando. Kim apertou *Stop* e rebobinou a fita. — Ok, agora escuta de novo. A gente isolou os sons e vê o que você escuta quando eu tirar o som da voz dela e o do fogo. — Ajustou vários botões e comandos e colocou a gravação de novo.

Paterno se preparou. Tinha certeza de que ouviria o sequestrador sussurrar algo, mas, em vez disso, escutou um farfalhar abafado que tinha achado ser o som das chamas.

— O que é isso? — perguntou, a cabeça já estava a mil por hora. Era um som familiar.

— Um trem — Rossi respondeu. — Ele tá com ela perto de uma estação ou dos trilhos de um trem.

— Jesus Cristo, você está certo. Toca de novo. — Escutaram mais uma vez. — Ok. Vamos manter isso em segredo — Paterno disse. — Sem vazar. Nem pra família. A gente não quer dar nenhuma pista pra esse maníaco de que estamos nos aproximando. Obrigado — disse para Kim, dando-lhe um tapinha nas costas. — Te devo uma cerveja.

— Você me deve meio caso, mas quem é que tá fazendo as contas?

— Acho que você.

Kim deu um sorriso. — Sempre.

— O FBI já sabe disso?

— Vou ligar pro pessoal de campo, mas eles têm uma cópia da fita. Meu palpite é que já chegaram à mesma conclusão.

Rossi e Paterno deixaram o porão e se dirigiram ao andar de cima. Paterno sentou-se diante do computador e fez uma busca nos mapas da área. — Que ótimo, isso realmente facilita as coisas — murmurou, sarcástico. — Esses trens desgraçados passam por todas as cidades do vale e depois somem pelos morros.

— A gente deve ter em mente que ele tá com ela em algum lugar isolado, porque dá pra ouvir o trem, mas não se ouve barulho de tráfego — Rossi assinalou. — Mais nada. Se a gente consegue ouvir o trem, não devia escutar também barulho de um carro passando, do cachorro de um vizinho latindo, esse tipo de coisa?

— Só se um carro passasse na hora da gravação da fita. Se um cachorro resolvesse latir exatamente na hora.

— Bem, o que a gente sabe é que quando a fita foi gravada ela não tava escondida num lugar à prova de som, nem num porão. Onde quer que seja, ao ar livre, perto de uma fogueira ou não, o lugar não tem isolamento acústico e a gente só ouve o trem e mais nada.

— Você disse uma coisa certa — Paterno falou enquanto olhava para a tela do computador e todos os trilhos de trem que circundavam a cidade. Na verdade, não eram tantos assim, mas eram quilômetros e mais quilômetros. — É um começo. Bem pobrezinho, mas um começo. — Procurou o telefone. Pensou que era hora de falar com o FBI pessoalmente.

Shannon pegou a bolsa e as chaves. Conferiu os animais, sem confiar completamente em Nate — apesar de, honestamente, ele nunca ter negligenciado os cavalos.

Um ponto para ele.

Mas era um mentiroso. Oportunista. E sabe-se lá o que mais.

Arranjara um tempo para ligar para Alexi e combinara que o esquema de segurança seria montado tanto na sua casa como na nova propriedade até o final da semana. Telefonara para os irmãos, deixara recado para Aaron e Robert, e localizara Shea na casa da mãe e prometera passar lá depois.

Mas o mais importante em primeiro lugar.

Ela precisava de um meio de transporte. Sua picape ainda estava apreendida, então pediu que Travis a levasse à cidade para que pudesse alugar um carro.

— Você não precisa fazer isso — Travis disse no caminho. — Eu fico feliz de te levar.

— Eu quero um carro pra mim. — Depois da confissão de Nate e de suas teorias, decidira não confiar mais em ninguém. Inclusive em Travis. Além do mais, não queria ninguém atrás dela, aonde quer que fosse; não era uma dessas mulheres que precisavam de um homem a cada segundo do dia... especialmente um por quem tinha atração e que tinha a própria agenda.

— Você tá deixando o Santana te influenciar — ele disse, virando uma esquina nos arredores da cidade.

— Eu só preciso de um pouco de espaço, tudo bem?

Ele tirou uma das mãos do volante. — Não me deixa de fora, ok?

— Por quê? Porque a gente dormiu junto? — ela perguntou, odiando o sarcasmo nas próprias palavras.

— Não. Porque a gente tem uma filha em comum.

— Tem? — ela devolveu, Travis diminuiu a velocidade ao se aproximar de um sinal e o tráfego convergir na sua direção. — Acho que você entendeu errado. A gente não tem nada em comum. Eu desisti dos meus direitos há muito tempo. — Arrepiada, passou os braços em volta do peito, como se quisesse se proteger. O que andava pensando? Comprando essa história de "nossa filha". A Dani pertencia a ele. Ponto. Apesar de Shannon ser capaz de qualquer coisa para encontrar a menina, e querer desesperadamente encontrar a criança que trouxera ao mundo, sabia que sua fantasia secreta — que, de alguma maneira, eles seriam uma família, que Travis seria o pai, ela, a mãe, e Dani, a filha amada e querida — era uma bobagem que nunca daria certo. Nunca. Nem mesmo se todas as partes estivessem dispostas a tentar.

— Ali — ela disse, apontando para uma loja pequena, entre um shopping e uma barraca de *donuts*, a qual anunciava o aluguel de carros velhos, longe de seus áureos tempos. Ele estacionou no pátio e ela saltou da caminhonete antes que estivesse completamente parada. — 'Brigada — disse friamente. Ouviu o que disse e resolveu fazer jus ao fato de que se importava com esse homem, mais até do que deveria. — É sério. Obrigada por tudo que você tem feito.

— Eu posso...

Ela levantou a mão. — Você já fez demais. De verdade. Eu... eu te ligo mais tarde, ou você me liga se descobrir alguma coisa sobre a Dani.

— Shannon...

— Agora não. Por favor. A gente não tem tempo pra isso. A gente encontra a Dani, depois vê o resto, pode ser? — perguntou, olhando fixamente para o rosto dele. Droga, como era bonito aquele rosto. Mas ele, como todos os homens na sua vida, não era confiável.

Ela bateu a porta do carro e ficou parada no pátio empoeirado.

O sol de final de tarde fazia com que ondas de calor subissem das ruas, distorcendo sua visão do tráfego, das placas de neon e das fachadas das lojas. Forçando um sorriso, usando as mãos como viseira, observou enquanto Travis dava a ré e saía do estacionamento.

Tola, sentiu um aperto no coração. Como se realmente amasse o cara. — Boba — resmungou, chutando uma pedrinha, frustrada. Foi até a porta de vidro do prédio e prestou atenção na frota de carros estacionados atrás de uma corrente.

Alguns estavam amassados e aparentavam desgaste, mas outros pareciam novos em folha.

Em meia hora, estava dirigindo um Mazda de cinco anos em excelentes condições, a caminho da casa da mãe.

Ele estava irritado. Ansioso. Com raiva da criança. De si. Por causa do tempo que perdera, tivera que desistir de parte de seu plano. Outros tinham que pagar, mas teriam que esperar. Até mais tarde.

Agora, por causa da droga da criança, teria que adiantar sua programação.

Apesar de estar fazendo mais de trinta graus, acendeu a lareira, despiu-se e sentiu o calor escaldante cortar-lhe a pele. Trazendo de volta o horror que revivia sem parar na cabeça, lembrando-se de que tinha uma vingança em andamento.

As chamas lambendo a madeira na lareira do chalé ficavam cada vez mais quentes e ele começou a suar, tirou as peças de roupa, sentindo cada vez mais calor.

Chamas... todas as chamas... ele se lembrava delas, se lembrava de vê-las consumindo sua vítima... elas dançavam e cresciam, tomando conta da floresta. O homem estivera inconsciente enquanto o fogo aumentava em volta dele, a fumaça se transformando em nuvens negras de raiva no céu.

Com uma lufada, o vento chegara e o fogo se espalhara, impedindo sua fuga. Ele não podia mais esperar. Subira pela trilha correndo, sentindo o calor escorchante, vendo, com o canto dos olhos, as chamas fazerem um arco e, depois, rapidamente, num piscar de olhos, fagulhas choviam vindas do céu. No seu cabelo, no pescoço, inflamando suas roupas.

Uma dor lancinante rasgara-lhe as costas e ele parara no meio do caminho, caíra no chão e rolara para a frente e para trás, tentando apagar o fogo, sentindo o calor enquanto a floresta estalava e queimava à sua volta.

Ele fora tolo.

Esperara tempo demais.

Morreria com sua vítima. Ryan Carlyle e um homem não identificado... apesar de que não demoraria muito para que descobrissem.

Forçara-se a ficar de pé e avançara, sem a camisa queimada, a pele em carne viva, latejando. Um pé na frente do outro, estrada acima, até o lugar onde estacionara o carro. Por um segundo, preocupara-se com a possibilidade de o veículo ter sido circundado pelas chamas, ou mesmo pegado fogo, temera que o tanque de gasolina tivesse explodido e não houvesse outra maneira de sair dali não fosse a pé.

Mas ao chegar ao topo da montanha, os pulmões pegando fogo, vira o carro e tivera certeza de que escaparia.

Suas costas ardiam de dor e ele não tinha dúvida de que ficariam cheias de cicatrizes.

Mas sobreviveria.

Sobrevivera.

Para se vingar.

Seus lábios se contorceram num sorriso gelado diante da lembrança.

Endireitando-se, apagou as chamas lentamente com a própria urina. Gostava da sensação, de seu poder sobre o fogo. Gostava de ouvir o sibilar raivoso quando lançava seu jato sobre a brasa. Tremeu de excitação.

Agora era hora.

Agora.

Quando terminou, foi nu até a porta do quarto onde a mantinha. Batendo com o punho, gritou: — Hora do show! — Usando a ponta do martelo, tirou as ripas de madeira cruzadas sobre a porta que usara para aprisioná-la completamente. Os pregos longos partiram a madeira ao serem retirados. As tábuas caíram no chão.

Encontrou as roupas e os sapatos de Dani, jogou-os no quarto escuro, nem mesmo tentou localizá-la. Não poderia ter escapado, e, agora, finalmente, ela cumpriria sua função. — Anda logo — disse.

Apesar da noite ainda estar longe, ele tinha muito o que fazer.

Shannon dirigia o pequeno Mazda sem o benefício do ar-condicionado. Janelas abertas, guiava o carro por ruas familiares. A insinuação de Nate soava na sua cabeça: a insinuação de que o pai era o Incendiário Furtivo, que um dos irmãos estava seguindo os passos dele, numa nova versão aprimorada de incendiário assassino e lunático.

Isso fazia algum sentido?

Era possível?

Ela sabia o dia em que Dani fora sequestrada. Conferira. O paradeiro de todos os irmãos era conhecido, apesar de um ser o álibi do outro. Todos, era o que parecia, teriam tido a oportunidade. Shea tirara dois dias de folga e fora pescar. Sozinho. Robert tivera o dia livre, por causa da escala de trabalho. Aaron trabalhava para si mesmo.

E agora Oliver estava morto.

Um pouco do choque e da dor estava indo embora, enquanto o vento quente de setembro soprava em seu cabelo e ela sentia uma raiva enorme. Não acreditava nem por um segundo que os irmãos fossem capazes de fazer as coisas que Nate sugerira e tinha raiva dele e das suas ideias malucas, raiva por ele ter mentido, por tê-la usado. E agora sentia o mesmo em relação a Travis. Ele não se aproximara somente porque estava procurando a filha? Não suspeitara que ela sequestrara Dani no princípio? Vira seu rosto de manhã, vira a culpa quando Nate o acusara de tê-la usado. Então, estava com raiva dele, assim como dos irmãos por guardarem segredos dela.

Pior ainda, estava com muita raiva de si mesma.

Por acreditar tanto nas pessoas.

Seus dedos apertaram o volante quente do Mazda e ela virou numa esquina um pouco rápido demais, quase derrapando e entrando na pista onde um adolescente que dirigia com headphones meteu a mão na buzina.

Shannon mal notou. Seu pensamento estava a quilômetros de distância, no pai morto, no homem rude de cabelo branco de Papai Noel, de rosto corado e cheiro permanente de uísque irlandês com charuto. Ria com facilidade, se irritava mais facilmente ainda, e costumava usar o cinto preto e fino nos irmãos para mantê-los na linha. Nunca nem ameaçara bater nela, mas, quando um dos meninos fazia bobagem, subia lentamente a escada, ia até o armário do quarto onde o cinto ficava pendurado, descia novamente, os passos pesados fazendo ranger cada degrau. Depois, sem um pio, fazia sinal com a cabeça na direção da varanda de trás e o filho desobediente marchava para fora tremendo e chorando, ou duro, resistente.

Patrick sempre acreditara firmemente no ditado que dizia "poupe o bastão e estrague a criança", como o pai dele. Mas parecia inacreditável que fosse um criminoso. Um incendiário. Um assassino.

Ela poderia acreditar que Patrick Flannery era o Incendiário Furtivo? Não... não.

E o anagrama com a primeira letra dos nomes dos irmãos?

Será que ele dera os nomes aos filhos para formar o anagrama e fazer uma piada doentia, de mau gosto? Quem era esse homem que a gerara?

Diminuiu para parar no sinal vermelho e tamborilou nervosamente no volante, tentando acalmar sua raiva. O fato é que estava revoltada com quase todo mundo que conhecia, vivo ou morto. O que dizer de Brendan Giles, o covarde que a deixara assim que soubera que estava grávida? Ou de Ryan, cuja única forma de comunicação acabara sendo um par de punhos cerrados? E mesmo de seus irmãos gêmeos, tão próximos dela e que agora a abandonavam, intencionalmente ou não.

— Que vão todos pro inferno! — rosnou, pisando com tanta força no acelerador quando o sinal abriu que os pneus do Mazda cantaram.

Passou pelo Colégio Santa Theresa e não deixou que sua mente vagasse por aqueles corredores sombrios. Alguns segundos depois, parou numa vaga em frente à casa da mãe. Tudo parecia tão igual a como quando era criança que se perguntou se aquilo, também, não seria uma mentira. Quando tirou a chave da ignição do Mazda e a jogou dentro da bolsa, pensou que nada em que acreditara era o que parecia.

Subiu a calçada às pressas. Não estava no clima para desculpas, para frases feitas, para nada que não fosse a verdade.

Subiu os degraus da varanda de dois em dois. Quando chegou à porta da frente, colocou as duas mãos nos grossos painéis de carvalho e respirou fundo. Bateu duas vezes, escancarou a porta destrancada e entrou.

Os cheiros da sua juventude a assaltaram: os odores permanentes de velas acesas e cigarro, o aroma suave de peixe sendo preparado, sem dúvida, na sexta-feira, apesar de que ninguém, além da mãe, parecia dar atenção às velhas tradições.

Pela primeira vez, desde que podia se lembrar, não sentia um pingo de nostalgia ao espiar o retrato da família que ficava sobre a lareira na sala, tirada quando tinha sete anos. Uma foto tirada quando todos os irmãos viviam sob este teto, emoldurada de dourado. No retrato, seus irmãos estavam de pé atrás do banco no qual ela, a mãe e o pai estavam sentados. Os meninos vestiam casacos esportivos iguais e sorrisos nervosos, cheios de dentes. Alguns tinham espinhas, outros já uma penugem de barba, todos cópias xerox do pai, de olhos azuis, cabelo preto e aquele queixo firme dos irlandeses. Os gêmeos ficavam nas extremidades, tão parecidos que ela só sabia que Oliver era o da esquerda, de pé ao lado de Aaron, porque todo ano a posição era discutida em volta do peru do Dia de Ação de Graças, feriado no qual a mesa de jantar era estendida até o hall de entrada para acomodar todos os membros da crescente família Flannery.

Agora não mais.

Por causa de algum maluco.

Neville estava desaparecido.

Oliver e Mary Beth, mortos.

— Shannon? — Shea apareceu, olhando por cima da meia-parede do hall. Os olhos sóbrios e doloridos, a pele esticada no rosto. — Que bom que você veio — ele disse com uma ponta de sarcasmo.

Ela ignorou a provocação e subiu apressadamente os degraus cobertos de carpete gasto. Não permitiria que lhe empurrassem nenhum sentimento de culpa. — Como ela tá?

— O que é que você acha?

— Nada bem.

— Tá sendo bem difícil. Ela e Oliver eram...

— Próximos.

Ele aquiesceu. Enfiou as mãos nos bolsos traseiros da calça e parecia ter estado andando de um lado para outro, a ponto de cavar um buraco com os pés no carpete do lado de fora da porta do quarto. O tique monótono do relógio da entrada quebrou o silêncio.

— Eu chamei o médico dela de manhã e corri na farmácia pra comprar uns tranquilizantes — disse. — Ela já tomou alguns, tá um pouco alheia.

— Cadê o resto? — Ela esperava que a casa estivesse cheia de irmãos, que a mulher de Shea estivesse ali, talvez, até mesmo Cynthia ou os filhos de Robert. Como estava, a casa velha às escuras parecia uma tumba.

Ele deu de ombros. — Aaron ligou pra ela, disse que viria mais tarde, mas ainda não apareceu. Robert... Merda, quem sabe do Robert ultimamente? Ele tá um trapo.

— Todo mundo não está?

Ele bufou concordando. — Acho que eu vou dar um tempo na varanda — disse, pegando o maço de Marlboro Lights no bolso da frente da calça. — Ela — apontou o queixo na direção da porta aberta do quarto — provavelmente vai dormir, se é que já não dormiu. — Puxou um cigarro do maço pelo filtro e o colocou na boca. — Tem uma senhora que a mamãe conhece da igreja, a Sra. Sinclair, que vai ficar aqui com ela alguns dias. Ela era enfermeira. O padre Timothy sugeriu e eu achei a ideia boa. — Olhando para o relógio, o cigarro pendurado na boca, disse: — Ela já deve estar chegando. — Encaminhou-se para a escada.

— Não vai embora — Shannon disse. — Eu preciso falar com você. — Antes que ele pudesse fazer qualquer pergunta, ela entrou no quarto às escuras e encontrou a mãe deitada sob uma manta grossa, apesar do calor opressivo ali dentro. As cortinas estavam fechadas e a única fonte de luz era o abajur sobre a mesa perto da cama.

Maureen parecia pequena e pálida na enorme cama de dossel que dividira com o marido por mais de quarenta anos. Um copo d'água pela metade, uma xícara de chá vazia e vários frascos de remédio descansavam ao lado de uma caixa de lenços de papel, sua Bíblia e seu terço. Na mesa de cabeceira também havia um cinzeiro, cheio de guimbas de cigarro, e um maço pela metade de Salems, a marca que Maureen fumava antes de parar, mais de vinte anos antes.

O coração de Shannon quase pulou do peito e caiu no chão. Nunca vira a mãe naquele estado, tão completamente devastada, nem mesmo no enterro do próprio marido.

As pálpebras de Maureen estavam semicerradas e seu cabelo vermelho, sempre uma fonte de orgulho para ela, despenteado, oleoso.

— Oi, mãe. — Shannon foi até a cama, deu a volta num cesto de lixo repleto de lenços de papel, sentou-se na beira do colchão e segurou a mão da mãe. — Como você tá?

A mãe não respondeu, o que partiu o coração de Shannon.

— Eu sei que é difícil.

Nada ainda.

— Mãe?

Os olhos de Maureen se viraram em sua direção, mas estavam vermelhos e sem foco. Uma pontinha de sorriso curvou-lhe os cantos dos lábios sem cor. — Shannon — sussurrou, os dedos de aparência frágil agarrando os seus com toda a força. — Oliver. Meu doce, doce Oliver.

— Eu sei, mãe, eu sei.

— Por quê?

— Meu Deus, eu não sei. Não faz sentido.

Lágrimas escorriam dos cantos dos olhos de Maureen. — Ele está nas mãos de Deus agora — ela disse e tateou cegamente em busca do maço de cigarros.

— Mamãe, por favor, você não devia fumar na cama... nem em lugar nenhum. Não vai ajudar.

A mão da mãe, de aparência extremamente magra, pendeu para o lado, postando-se sobre a manta florida. — Não importa — sussurrou, a voz embargada.

— Claro que importa.

— Eu estou tão cansada — disse.

— Você deve tentar descansar — Shannon sugeriu, depois continuou. Ela tinha que saber a verdade. Mesmo que a mãe estivesse sofrendo, grogue devido aos sedativos. — Mas... você pode falar um pouco do papai?

— Seu pai? — Um de seus olhos se abriu e sua pupila, um tanto dilatada, pareceu se aguçar.

Shannon respirou fundo. Seus dedos apertaram discretamente a mão frágil da mãe. — Ele era o Incendiário Furtivo?

— O quê? — Ela estava saindo do ar de novo, as pálpebras claramente pesadas.

— O incendiário? — Shannon esperou, mas a mãe continuava ausente. — Mãe, por que a gente tem esses nomes? Por que a gente...?

— O que, Shannon? — A voz de Shea, apesar de baixa, ecoou no quarto. — Por que a gente o quê?

Ela soltou a mão de Maureen, beijou rapidamente sua têmpora e foi até a entrada do quarto onde estava o irmão. — Você tava ouvindo escondido.

— Você tava fazendo perguntas estranhas pra mamãe — ele pressionou-a, seu rosto impossível de ler.

Ela fechou a porta do quarto. — Eu disse que a gente precisava conversar. Vamos fazer isso. Agora. — Um passo à frente, ela desceu a escada às pressas, atravessou a cozinha e saiu para a varanda, onde os irmãos haviam se juntado e cochichado juntos no dia anterior. Parecia fazer séculos.

— Eu quero que você seja direto comigo — ela disse, sem clima para conversa fiada.

— Sobre o quê? — Curvando as mãos sobre a ponta do cigarro, acendeu-o.

— O Incendiário Furtivo. A gente... a nossa família. — Shea se plantou na sombra da varanda, fumando enquanto ela expunha tudo o que Nate lhe contara de manhã. Ele não a interrompeu, não fez perguntas, simplesmente escutou, enquanto abelhas e vespas zumbiam na macieira e passarinhos tomavam banho na vasilha de água. Por fim, ela perguntou: — Então? Quanto disso é verdade, Shea?

Ele deu uma última tragada e soltou a fumaça pelo canto da boca. — Eu não sei que bem faria arruinar a reputação do papai agora.

— Você tá me dizendo que ele *era* o incendiário? — Ela achava que estava preparada, mas, diante da verdade, precisou se segurar na grade da varanda para se firmar.

— Eu não sei. Acho que sim. — Ele apagou o cigarro na terra úmida de uma jardineira cheia de petúnias cor-de-rosa.

— E os nossos nomes?

— Tudo parte da grande piada cósmica.

— Você *sabia*? — Ela estava chocada.

— *Suspeitava*.

— Mas o Ryan...?

— Não era nenhum inocente. — Espantou um mosquito que zumbia perto da sua cabeça.

— Quando ele morreu, os incêndios pararam.

— O papai ficou com medo, eu acho.

— Você não sabe?

Shea balançou a cabeça. — Eu não tenho certeza de nada — disse e desviou o olhar, olhou por cima da cerca para o jardim do vizinho, onde se podia ver uma piscina, um colchão inflável flutuando vazio na superfície.

— Quem matou o Ryan? O papai? E depois ele armou pra mim?

Shea fechou os olhos, apertando-os. — Não.

— Você sabe de alguma coisa, Shea — provocou. — Alguma coisa que tá matando essa família, um de cada vez. A gente já perdeu o Neville, não foi? E agora o gêmeo dele, sem falar na mulher do Robert. Quem é o próximo, Shea? Você é um homem da lei, pelo amor de Deus, você tem que fazer alguma coisa!

— Eu não posso! — ele gritou. — Você não entende, Shannon? Droga, eu não posso dizer uma palavra.

— Por quê? — ela exigiu. — Tem gente morrendo e... e... — E então a verdade a atropelou. Com a força de um caminhão. Nate tinha razão. Shea estava envolvido.

CAPÍTULO 31

Não havia jeito.

Shea, de pé na varanda da mãe, olhou para a irmã e quis morrer um milhão de vezes. Talvez já tivesse morrido. — Tudo bem, Shannon — disse. A derrota descansando pesadamente sobre seus ombros. — Você venceu. Você tá certa. Eu não aguento mais essa situação... não vale a pena. Mas, antes de entrar nos detalhes, eu quero falar com meu advogado. E aí, depois de discutir tudo com ele, eu falo com o Paterno. Só vou passar por isso uma vez.

— Contanto que você conte a verdade — ela disse. Seus olhos verdes pressionando-o com toda sorte de coisas indizíveis. O engraçado era que, com tudo o que estava acontecendo, ele pensasse que ela teria medo dele.

Nem tanto, sua irmã mais nova.

— Aqui não — ele disse, olhando em volta da casa em que crescera, onde sentira a mão do pai em seu ombro quando fizera pontos para o time de futebol americano do colégio, onde vira o olhar cheio de reprovação da mãe quando chegara tarde em casa, cheirando a cerveja, onde sentira a mordida do cinto do pai que lhe dilacerava o bumbum quando era pego fazendo algo que não devia. Havia buracos rebocados nas paredes, mas ainda visíveis, marcas de seus punhos cerrados quando um murro direcionado a um dos irmãos errara a mira. Havia um pedaço arrancado perto da porta, estrago feito quando arrebentara a corrente da fechadura no dia em que Neville o trancara do lado de fora, e havia um pedaço do telhado que julgava seu, do lado de fora da janela do sótão, onde se sentara tantas vezes à noite, sob o céu estrelado, cheio de tesão juvenil, e pensava no seu futuro brilhante.

E tudo desmoronara, transformando-se nisso.

— Onde? — ela perguntou.

— Vamos pra casa do Aaron.

— Ele também tá envolvido? — ela perguntou.

Mas ele tinha certeza, pela expressão no rosto da irmã, que ela já adivinhara ou fora informada sobre a maior parte da verdade.

— Até a raiz dos cabelos.

— E Robert?

— Claro que sim.

Ela estava visivelmente chocada, mas levantou o queixo e disse:

— Então, vamos acabar logo com isso, ok? Se algum de vocês sabe onde a Dani Settler tá, eu...

— Não precisa ameaçar, Shannon — ele disse, um pouco da raiva reaparecendo. — Eu já entendi. Vamos logo fazer isso, e, só pra você saber, não faço a menor ideia do que aconteceu com a menina.

Ela não acreditou, obviamente, mas ele não deu a mínima. Ligou para os irmãos e para o advogado. Concordaram em se encontrar na casa de Aaron, na Fifth Street. Ele e Shannon esperaram em silêncio intenso até que a Sra. Sinclair chegasse para cuidar de Maureen.

Graças a Deus ele não teve que encarar o padre Timothy novamente, ou ser lembrado de como Oliver terminara seus dias, pendurado numa viga do porão da Igreja de São Bento.

Foram em carros separados até a casa de Aaron. O advogado da família, Peter Green, saltava de seu Mercedes preto. Numa das mãos trazia uma pasta. Parecia extremamente preocupado, a testa careca franzida desde as sobrancelhas, ao guardar as chaves no bolso. Aproximando-se de Shea na frente da casa, disse: — Acho que você está cometendo um engano enorme.

— O engano é meu, Pete — disse. — Vamos lá pra dentro.

Shannon esperou na calçada e, juntos, entraram na casa pequena de Aaron, um bangalô de chapisco de um quarto, construído na década de vinte.

Robert e Aaron estavam no pátio dos fundos, de pé à sombra de uma árvore frondosa, fumando e cochichando. Os dois pareciam desnorteados.

— O que é que tá acontecendo? — Aaron perguntou, os olhos indo de Shannon para Pete e voltando para Shea. Tragava o cigarro como se fosse sua última chance na vida de sorver um pouco de nicotina.

— Tá na hora de abrir o jogo — Shea disse e Aaron ficou lívido. Robert franziu o cenho. — A gente não pode mais esconder. — Ele se sentou, frágil, numa cadeira do pátio, perto de uma mesa empoeirada com um guarda-sol quebrado. Peter e Shannon se sentaram perto dele. A expressão tensa, Aaron ficou embaixo da varandinha de acesso. Robert se sentou no degrau superior da escada, envolto em fumaça, parecendo o mais miserável dos desgraçados. — Shannon descobriu uma parte grande do que tá acontecendo — Shea disse, colocando-os a par da situação. — Tá na hora de ir falar com o Paterno. A gente deixa o Pete falar e ver o que dá pra ser feito. — Olhou para Shannon. — Você quer a verdade? Vai em frente, pode perguntar.

— Tudo bem — ela disse e inclinou o corpo, apoiando-se nos cotovelos. — Vamos começar pelo óbvio. Onde tá a Dani Settler? Por que ela foi raptada e quem é o desgraçado do Incendiário Furtivo?

Shannon escutava com horror crescente, enquanto a história dos irmãos se desvelava. Shea encabeçou a narrativa:

— O papai começou com essa história do Incendiário Furtivo. Não tenho certeza se ele algum dia confessaria, mas eu trabalhava no Corpo de Bombeiros de Santa Lucia na época e percebi que toda vez que algum incêndio era atribuído ao Incendiário Furtivo, o papai sumia um tempo. Encontrei umas coisas na garagem, o mesmo tipo de alastrador que o incendiário usava, o mesmo tipo de material combustível. Encostei o papai na parede e ele explicou que tinha precisado fazer alguma coisa, virar um herói, pra não perder o emprego. Tava há muitos anos no Corpo de Bombeiros, queria uma promoção pra poder se aposentar com um salário maior. Então, tinha criado o próprio cenário pra virar herói.

Robert fechou os olhos e deixou a cabeça pender. Aaron evitava olhar para ele.

— Mas uma pessoa morreu — Shannon murmurou.

— Morreu. Uma mulher que se chamava Dolores Galvez.

— O papai provocou o incêndio?

Shea assentiu: — Provocou.

— É isso mesmo, Aaron? — ela perguntou, percebendo que o rosto do irmão mais velho estava da cor de giz.

— O papai não sabia que teria alguém lá.

— E vocês todos sabiam, quando isso aconteceu? — Sua voz se elevou em revolta.

Peter levantou as mãos. — Escutem, eu não acho que vocês precisam discutir isso com ninguém. Vocês podem acabar se incriminando. Meu conselho é que não falem com ninguém, só comigo.

Shannon bateu com os punhos na mesa.

Peter deu um pulo.

Todos os irmãos levantaram a cabeça.

— Minha filha desapareceu. Algum maluco tá com ela e isso tem ligação com essa história do Incendiário Furtivo. Agora, se o papai era o cara, quem é o imitador? Um de vocês?

— O quê? — Robert perguntou, piscando nervosamente. — Você acha que eu mataria a Mary Beth? E o Oliver? — Ficou de pé num pulo e foi até a mesa, seu rosto a um milímetro do de Shannon. — Não, Shan. Não sou eu! — Bateu no próprio peito. — Eu fiz uma porção de coisas na vida das quais não me orgulho, mas eu não peguei sua filha.

— E o Ryan? — ela perguntou e Robert se encolheu, afastando-se dela. — Quem matou o Ryan? O papai? É isso que você tá dizendo?

— Não, Robert — Peter avisou.

— Eu... eu não sei. — Os olhos de Robert estavam esbugalhados

— Você sabia que ele era filho da Blanche Johnson? Que ele foi entregue por ela pra adoção?

— Jesus, não. Quer dizer, eu sabia que ele era adotado, todo mundo sabia, mas... o que isso quer dizer?

— Você me diz.

— Eu não posso!

Frenético, ele olhou para Shea, e Shannon sentiu uma mudança na atmosfera. Seus três irmãos trocaram olhares.

— Eu vou pegar uma cerveja — Aaron disse.

Shannon sustentou o olhar de Shea. — O que é que vocês não estão me contando?

Peter, do outro lado, balançava lentamente a cabeça de um lado para outro, tentando desencorajar seu cliente, mas era tarde demais. Shea parecia um homem no confessionário.

— Nós cinco conversamos e decidimos que podíamos fazer a mesma coisa que o papai fez, não pra engrandecimento pessoal, mas pra... pra que as coisas mudassem pra melhor.

— Você tá falando tipo Robin Hood...? Fazer justiça com as próprias mãos e consertar o mundo? Jesus, escuta o que você tá dizendo! Se isso não tem a ver com engrandecimento pessoal!

Shea apertou os lábios. — Você quer ouvir a história ou não?

— Tudo bem, tudo bem — ela disse, levantando as mãos, ainda chocada com as notícias. — Que tipo de mudança?

Aaron voltou, colocou latas de cerveja na frente de cada um. Mas elas permaneceram fechadas, fora a dele, aberta com um silvo. — A gente formou um grupo. E se alguém precisasse consertar alguma coisa, a gente se encontrava... numa espécie de comitê, e alguém executava os planos. Normalmente quem tinha levantado a questão.

— Coisas ilegais — ela palpitou, o coração aos pulos.

— Shea — Pete interrompeu mais uma vez —, eu estou avisando, como seu advogado, que você não deve dizer mais nada.

— A Shannon precisa saber — Shea disse, febril. — A vida de uma criança tá em jogo. — Olhou diretamente para ela. — A primeira sugestão foi dar um sumiço no Ryan Carlyle.

— O quê?! — ela gritou.

— Ele matou seu bebê — Aaron defendeu. — Te espancou. Não queria dar o divórcio.

— Vocês mataram o Ryan?

— Na verdade, foi ideia do Neville — Shea disse.

— Neville?

Ela pensou no irmão, o mais forte dos gêmeos. Ainda assim, não conseguia imaginá-lo envolvido no assassinato de alguém. — Você tá dizendo que vocês cinco, incluindo o Neville *e* o Oliver, formavam uma espécie de clube de assassinos? — Ela estava tremendo. Alguma coisa zumbia e rugia nos seus ouvidos. Jogou a cadeira para trás.

Robert amassou a lata de cerveja e disse: — A gente só se encontrou algumas vezes.

— Mas vocês mataram o Ryan — ela murmurou — e me deixaram levar a culpa.

— Não — Robert balançou a cabeça veementemente. — Não foi bem assim.

— A gente se encontrou naquela noite na floresta — Shea disse, o tom firme, interrompendo Robert. — A gente decidiu que o Ryan devia morrer. E ele morreu.

— Vocês mataram o Ryan — ela repetiu, em choque.

— O Neville matou o Ryan — Shea disse suavemente. — E, depois, descobriu que não ia aguentar, que a culpa tava deixando ele louco.

— Você sabe onde ele tá?

Shea negou com um gesto de cabeça e os outros irmãos demonstraram grande interesse em suas latas de cerveja.

— O Neville matou o Ryan — ela disse — e vocês todos sabiam. Sabiam a verdade, perdoaram até, aprovaram. Como se vocês fossem Deus ou... ou júri e juiz e pudessem determinar quem deve morrer, quem deve ficar vivo. — Ela se levantou da cadeira tão rápido que sua lata fechada de cerveja caiu e rolou pelo tampo de vidro da mesa. — Eu não acredito nisso — ela murmurou. Depois, começou a juntar as coisas: — O Oliver não aguentou, não foi? Foi isso que fez ele ir parar num hospício.

— Oliver sempre foi fraco — Shea afirmou.

— Ser sensível não é a mesma coisa que ser fraco! — Shannon não conseguia acreditar que esses *assassinos* eram seus irmãos. — E vocês me deixaram ir a julgamento! Eu fui presa. E o tempo todo eram vocês, meus irmãos superprotetores, que faziam a minha armadilha.

— Você nunca iria pra cadeia — Shea insistiu. — O caso era fraco. Você *nunca* deveria ter sido acusada.

Aaron disse: — A gente tinha um acordo. Se o veredicto fosse contra você, a gente ia se apresentar.

— Com essa palhaçada de dizer que o Neville era o culpado e tinha desaparecido?

— Shannon... — Robert tentou, mas ela não estava escutando.

— Isso é vil, ilegal e completamente diabólico — ela sibilou. — E... e aí? Vocês começaram tudo de novo?

— Não! — Robert disse enfaticamente.

— Então, quem tá fazendo isso agora? Quem tá provocando esses incêndios desgraçados? — ela inquiriu. A fúria descontrolada correndo em suas veias. — Quem tá brincando de júri, juiz e Deus agora, matando as pessoas que são próximas da gente? Quem pegou a minha filha? Quem matou o Oliver, a Mary Beth e a Blanche Johnson?

Seus irmãos permaneceram em silêncio.

— *Quem?* — ela repetiu a pergunta e Shea levantou a mão.

— A gente não sabe, Shannon. Eu te contei tudo o que eu sei. Agora, acho melhor a gente falar com o detetive Paterno.

— Espera, Shea. Vamos discutir o que você quer contar, que tipo de acordo vocês vão precisar — Pete disse.

Shannon saiu do pátio. Já ouvira demais. Sua cabeça latejava novamente e ela não suportava mais um segundo do pacto doentio dos irmãos, ou da tentativa desesperada do advogado de fazê-los manter segredo sobre a própria culpa.

Entrou no carro alugado, manobrou-o rapidamente na frente da casa de Aaron e dirigiu-se para fora da cidade, passando pelos gramados bem cuidados e dos lares em que as pessoas simplesmente assistiam à televisão, jantavam ou discutiam coisas razoáveis, lares onde a vida caminhava normalmente, como devia.

Normal.

Ela duvidava que se sentisse normal novamente.

Em casa, sentado à sua escrivaninha, cubos de gelo derretendo no drinque, Paterno olhava fixamente para o relatório da autópsia de Ryan Carlyle. Queria comparar o que o exame médico descobrira sobre ele e os relatórios sobre Blanche Johnson, Mary Beth e Oliver Flannery. Mexera seus pauzinhos e o departamento médico adiantara a autópsia. Vários relatórios toxicológicos ainda não estavam prontos, mas a autópsia preliminar estava quase completa.

— Muito bom, pra serviço público — brincou. As sobras do seu jantar, um frango com fritas congelado bem servido, continuavam intactas na bancada da cozinha. Os pratos estavam empilhados na pia, mas ele não ligava. Não quando sua cabeça estava em outro lugar. E hoje ela estava, definitivamente, muito longe.

Espalhou as cópias dos relatórios na mesa e comparou-as. Duas mulheres e dois homens. Mortos de maneiras bem diferentes.

Deu um gole no uísque, sentiu-o aquecer o estômago. Depois colocou seus óculos na ponta do nariz. Normalmente, não se dava o trabalho, mas algumas cópias estavam realmente muito claras e seus olhos, bem, merda, não só os olhos, mas os joelhos e as costas andavam lhe causando dificuldades.

Blanche Johnson fora esquartejada. Sangrara até morrer, a carótida rasgada com lâmina afiada, provavelmente uma faca, arma ainda não descoberta. Mary Beth Flannery fora asfixiada, os ferimentos no pescoço comprovavam. Especulava-se que o assassino era grande e forte e a surpreendera no banho. Fora submersa na água depois de morta e o fogo viera depois. Oliver Flannery também morrera por falta de oxigênio, resultado de lento enforcamento por corda uma vez utilizada nos sinos da igreja. Não sangrara até morrer, apesar dos cortes nos pulsos, nem inalara muita fumaça. Por outro lado, Ryan

Carlyle morrera asfixiado pela fumaça, logo antes de seu corpo ser esturricado.

Todos métodos diferentes.

Teriam sido mortos pela mesma pessoa?

A morte de Carlyle fora encenada para que parecesse acidente, mas a cena fora preparada de maneira atrapalhada, quase como se o assassino quisesse que a polícia soubesse que o homem não ficara simplesmente preso na floresta em chamas.

Quem quer que fosse o assassino, queria se mostrar.

E tinha uma agenda específica. De outra maneira, Shannon Flannery já estaria morta.

Então, para que o hiato de três anos?

O que o teria feito recomeçar?

Pode ser outro cara... você está assumindo que o criminoso não só matou Ryan Carlyle, mas essas pessoas que eram próximas a ele.

Não se sabia onde estavam duas pessoas: Brendan Giles e Neville Flannery.

Parecia que Giles estava, de fato, na América Central.

Restava Neville Flannery. O irmão desaparecido.

Mas por que voltar e se vingar dos irmãos? Teriam feito algo sujo contra ele? Ele teria surtado? Poderia ser tão doente que resolvesse perseguir a filha de Shannon? Fora isso que levara três anos? O tempo de encontrar a menina e sequestrá-la?

Alguma coisa o intrigava, zumbia atrás de sua orelha. Como um mosquito. Olhou para as fotografias arquivadas da família Flannery. Todos os rapazes tinham beleza irlandesa, como o pai; a semelhança entre eles era enorme, e aqueles gêmeos... assustador o tanto que eram parecidos.

Estava mordendo o gelo com os dentes de trás e parou, de repente.

Seria possível que Oliver e Neville tivessem trocado de lugar? Era isso que o estava perturbando?

Paterno tomou um gole do drinque, esmagou mais um bocado de gelo com os dentes enquanto pensava. Por que os irmãos trocariam de lugar? Parecia uma ideia improvável. Teria sido realmente Oliver o irmão enforcado — o religioso, o que falava baixo, o bonzinho?

E por que alguém sequestrara a criança? Com que fim, ele se perguntava, o gelo sendo despedaçado pelos molares enquanto pensava. Para quê?

Quem era o assassino? E por que tanto tempo entre a primeira vítima, Ryan Carlyle, e a próxima, Mary Beth Carlyle Flannery?

Franziu o cenho; nada lhe ocorria.

Pegou os relatórios médicos de Ryan Carlyle novamente e leu linha por linha. No final, viu algo que o fez parar. Leu novamente. Havia sido feita uma identificação temporária, porque um pedaço de uma carteira de motorista da Califórnia fora encontrado no local. O documento de alguma maneira escapara da destruição total. Pertencia a Ryan Carlyle. Sua identidade fora mais tarde confirmada por Patrick e Shea Flannery. Não por sua mulher, Shannon. O que era estranho, Paterno considerou, mas Shannon e Ryan estavam separados na época e ela estava dando andamento ao pedido de divórcio. Ainda assim, Shannon era próxima. O reconhecimento seria difícil, o cara se queimara quase além da possibilidade de identificação. As fotos do arquivo eram o suficiente para fazer com que seu estômago revirasse.

Mesmo assim, algo estava fora de lugar.

E a única pessoa capaz de explicar era Shea Flannery.

A Besta dirigia. E estava elétrica. Excitada.

No banco de passageiro, Dani tentava sem sucesso enxergar alguma coisa através da venda amarrada sobre seus olhos. Sentia um medo que nunca experimentara na vida.

Ela precisava encontrar alguma maneira de escapar, fugir dali. Logo.

A Besta tinha algo grande planejado.

Mais cedo, forçara-a a se vestir. Depois, sem querer correr nenhum risco, amarrara suas mãos para trás e também seus tornozelos. Ela conseguira esconder o prego dentro do bolso e ele não se dera ao trabalho de checar, mas o objeto não seria muito útil agora. Era uma arma no máximo patética, e, com as mãos amarradas não havia como usá-la.

Ele estava irritadíssimo com ela.

Confidenciara-lhe isso.

Por causa da sua tentativa de fuga, tivera que alterar seus planos e não ficara nada satisfeito. Ela pensou que ele fosse fazer algo, tamanha era sua raiva: espancá-la ou algo pior. Até agora, não fora o caso.

Depois de amarrá-la e vendá-la, a amordaçara e a deixara na varanda enquanto permanecia um tempo dentro do chalé. Ela o ouvira empurrar móveis. Logo depois, arrastara-a morro abaixo até sua caminhonete, enfiara-a lá dentro e pusera o carro em movimento. O tempo todo ela sentiu cheiro de gasolina, seu vapor atravessando a mordaça, queimando suas narinas e sua boca.

O odor estava em toda parte, parecia emanar dele, e sentiu um frio de morte quando pensou no que ele faria com aquilo.

Só conseguia ver um fio de luz pela fresta da venda. Dava para saber que estava escurecendo e odiava pensar no que ele planejara para ela.

Fosse o que fosse, a gasolina era o elemento essencial.

O que a apavorava completamente.

Shannon viu que Travis a esperava e seu tolo coração começou a bater loucamente. — Idiota — disse para si ao parar o Mazda no lugar habitual, ao lado da garagem. O que esse homem tinha que ela não se cansava dele? *Existe uma palavra para isso, Shannon. Autodestruição. Autodestruição emocional.*

— Pode vir que eu aguento — murmurou ao jogar a chave dentro da bolsa.

Sentado no degrau do topo da escada da varanda da frente, as longas pernas esticadas diante do corpo, Travis a seguia com os olhos e coçava as orelhas de Khan enquanto Shannon estacionava. Droga, como ele era bonito.

Alguma coisa na sua constituição alta e magra, um tanto desengonçada, e no seu sorriso fácil, a encantava. Toda tensão pareceu sumir de seus ombros quando ela saltou do carro e ele ficou de pé.

— Traidor — disse para o cachorro. — Como é que ele conseguiu sair?

— O Santana tem a chave.

— E ele deixou você entrar.

— Ele deixou o cachorro sair — Travis esclareceu —, mas, só pra deixar registrado, eu acho que ele confia em mim.

Ela levantou uma sobrancelha. — Duvido. O Nate não confia em ninguém.

— Ele tá apaixonado por você. — Seus olhos eram de um azul intenso.

— Foi o que ele disse.

— E você?

Ela suspirou, andou até ele e disse:

— Você sabe como são essas coisas, não dá pra forçar o coração quando a gente não quer. Pra você ver, tem outro cara em quem eu tô interessada.

O sorriso surpreso se alargou no rosto de Travis quando ela o alcançou, sua sombra se avolumando sobre ela. — Tem?

— Mas ele me irritou. De verdade. Mentiu pra mim.

O sorriso sumiu do rosto de Travis. — Eu nunca menti pra você. Nunca te dei uma impressão falsa sobre mim.

— Só fingiu interesse pra descobrir qual era a minha, o que eu sabia sobre a Dani.

— Isso é só uma verdade parcial. Eu queria saber essas coisas, mas eu nunca "fingi" interesse por você. Eu não precisei. Eu fiquei interessado de cara. — Seus braços a circundaram e ele a puxou para perto de si. Ela sentiu o cheiro suave da loção pós-barba. Ele apoiou a cabeça na dela, seus olhos a milímetros de distância. Shannon se perdeu na intensidade do olhar dele e seu ardente fogo azul. — Eu não queria me interessar por você. Nossa, claro que não. Não foi uma coisa planejada, mas, desde a primeira vez em que eu te vi, na janela, apoiada na pia, eu lá fora espiando, medindo o lugar antes do incêndio, eu sabia que tava correndo perigo.

Ela suspirou. — Eu achava que você era o último homem na face da Terra, o último dos últimos com quem eu devia me envolver. — Sorriu para ele. — Mas aqui estamos nós.

— Inferno. — Ele rosnou e a puxou, seus lábios solicitando os dela num beijo que atravessou todo o seu corpo, gerando calor intenso e imediato, trazendo de volta lembranças vívidas da noite passada a dois.

Ela queria contar tudo a ele, entregar seu coração. Lágrimas encheram seus olhos.

— O que foi? — Travis perguntou, mas ela balançou a cabeça.

Ele olhou para ela. Pegou sua mão e a levou para dentro da casa destrancada, propositalmente deixando Khan do lado de fora. Guiou-a ao andar de cima e ela o seguiu espontaneamente.

Era uma loucura, ela sabia, passar algum tempo na cama com ele, mas ela queria, precisava desesperadamente. O toque e o sentimento dele eram tão reais, tão tangíveis, afastavam o irreal e o horror da sua cabeça.

Depois, jantaram. Ele trouxera bifes e champanhe. Ela tinha umas batatas na despensa e alguns tomates plantados em vasos na varanda dos fundos. Ele fez churrasco. Ela serviu champanhe e, enquanto as batatas assavam e os bifes tostavam na grelha, relataram rapidamente o que cada um havia feito.

— Eu jurei segredo — ela disse, cortando cebolas enquanto a cachorrinha, liberta do cercadinho, andava pela cozinha, explorando os novos arredores.

— Pra quem eu contaria?

Ela olhou para ele. Que se danassem seus irmãos armadores e doentes. Travis era com quem se importava, o pai doente de preocupação com a filha. Rapidamente, contou-lhe sobre o pai, os irmãos e o Incendiário Furtivo. Ele só a olhava. Quando terminou, balançou a cabeça.

— Então seu pai matou Dolores Galvez por acidente e depois desistiu de provocar mais incêndios? Os meninos resolveram levantar a bandeira e, apesar de chocados com as atitudes do pai, decidiram levar as coisas um passo adiante. Mataram seu marido, depois deixaram você ir a julgamento pelo crime.

— Basicamente isso.

Travis se voltou para a garrafa de champanhe. Com um estalo sonoro, a rolha pulou para fora do gargalo e um jato de champanhe gelada borbulhou no ar. — Você acreditou em tudo? — Serviu uma taça para cada e entregou uma para Shannon.

— Na maior parte. Ainda tem uns buracos. Eu não tenho absoluta certeza de que os meus irmãos foram completamente honestos comigo. — Bateu com a borda da sua taça na dele, tomou um gole do líquido gelado e efervescente. — Mas por que eles começariam agora?

— Esses buracos são do tamanho do Grand Canyon. — Ele olhou pela janela, a noite se insinuando sobre a Terra. — As coisas não se encaixam. Por mais que você junte as peças, alguma coisa tá errada.

— Eles vão falar com o Paterno e, talvez, ele consiga arrancar a verdade.

— Mas eles já foram instruídos pelo advogado.

Ela tomou outro gole de bebida antes de misturar as cebolas aos tomates.

— Acho que eles só estão preocupados em salvar a própria pele.

Ela não discutiu. Não podia. Seu palpite era o mesmo.

— Tem alguma coisa errada.

Shannon concordou. Depois, surpresa com a própria fome, salpicou azeite, manjericão e vinagre balsâmico na tigela, enquanto Travis ia lá fora buscar os bifes na grelha. Ela comeu como uma faminta. Um psicólogo provavelmente diria que estava preenchendo uma necessidade, um vazio. Algo que não poderia satisfazer.

Finalmente, afastou o prato e, depois, quando ela e Travis foram para a cama, aninhados um no outro, somente um lençol sobre seus corpos nus, uma foto de Dani sobre a mesa de cabeceira, Shannon se perguntou: *Onde estaria a filha deles?*

CAPÍTULO 32

Algo está errado... muito errado... Ela vagava pela casa, a casa da mãe, à procura de alguém, de alguma coisa.

— Neville? — chamou. — Oliver?

Onde os gêmeos estavam?

Ouviu o barulho de carne na frigideira, sentiu cheiro de bacon, mas não havia ninguém na cozinha, o fogão não estava aceso.

— Não tem bacon, Shannon! É sexta-feira! Que vergonha — sua mãe disse, mas Maureen não estava nas proximidades e, quando Shannon tentou alcançar a porta para o porão, estava trancada, impossível de abrir. — Você nunca seguiu as regras, seguiu? — a mãe dizia e sua voz vinha do escritório.

— Mãe? — Shannon chamou, mas ao chegar ao cômodo onde o pai fumava charutos viu que estava vazio, somente a fragrância do fumo persistia, como se o pai tivesse estado ali segundos antes, dando baforadas no seu charuto favorito. Os charutos estavam lá, numa caixa de vidro sobre a mesa, ao lado da foto da Dani.

O coração de Shannon congelou.

Onde estava sua pequena?

Ouviu o choro de um bebê e se dirigiu às escadas, a voz fantasmagórica da mãe como uma perseguição: — O pagamento dos pecados é a morte... — Mas o bebê chorava e havia fumaça no ar.

— Dani! — gritou, as pernas pesadas como chumbo enquanto se arrastava degraus acima, numa escada que não acabava nunca. Segurou-se no corrimão e sentiu um enjoo. Quando olhou para a própria mão, viu que estava

ensaguentada, que um rio de sangue descia as escadas. Ainda havia fumaça e um bebê ainda chorava.

Ela olhou para cima, engasgada. No topo da escada viu Oliver, pendurado pelo pescoço, fumaça e chamas circundando-o, uma criança nua, sua pequena, nas mãos cobertas de sangue dele.

— Não! — Shannon gritou em desespero, subindo dois degraus de cada vez, sem conseguir se aproximar. — Não! Oliver!

Os olhos dele se abriram.

Olhou para ela, seu rosto se derretendo e se transformando de maneira terrível.

Subitamente, ela se deu conta de que era Neville e ele pegou o bebê e jogou para o alto, acima das chamas, mais e mais alto na fumaça voava a criança.

O pânico tomou conta dela. Gritou ao perder o bebê de vista:

— Nããããão!

Seus olhos se abriram.

Era noite.

Estava escuro.

— Meu Deus... — ela sussurrou, abalada, e virou-se buscando os braços de Travis.

— Shhh. — Ele a puxou para si e beijou-lhe o topo da cabeça. Ela tremia junto ao seu corpo, sentindo o calor que emanava dele, sentindo seu cheiro estritamente masculino misturar-se ao leve aroma da fumaça do seu pesadelo.

Um sonho. Terrível, visceral e apavorante. Fora só isso. Nada mais.

Mesmo assim... Ainda sentia cheiro de fumaça. Sentiu os braços de Travis mais firmes em volta dela. Abriu os olhos e encontrou-o acordado, um brilho alaranjado refletido em seus olhos.

A escuridão seria total... não fosse aquele brilho sinistro.

Seu coração pulou dentro do peito.

De repente, sentiu o cheiro da fumaça. Fumaça de verdade, não a vaga lembrança de charutos queimando ou do bacon fritando em seu sonho.

E teve certeza. Meu Deus, ela teve certeza.

O Incendiário Furtivo estava de volta.

Um ruído cortou o ar. O som agudo do detector de fumaça.

— Não!

Travis já estava de pé, enfiando a calça jeans.

Shannon rolou para fora da cama, os pés descalços encontrando o chão com estrondo. — Liga pro Corpo de Bombeiros! — gritou por cima do ombro enquanto corria para a cozinha.

Khan gania e a cadelinha também estava agitada. Por que não ouvira os cachorros? Exaustão? Champanhe? Amor? Sexo? Não conseguia pensar em nada ao abrir a porta dos fundos e calçar correndo suas botas. Khan, latindo desesperadamente, saiu em disparada.

— Você fica — disse para a cadelinha e avistou Travis, telefone na orelha, gritando ordens para quem quer que estivesse do outro lado da linha.

— Isso, na casa da Shannon Flannery.

Ela gritou o endereço e ele despejou as palavras no fone enquanto calçava as botas. Depois, desligou.

— Eu vou soltar os cachorros — Shannon disse, puxando o extintor de incêndio da parede e atirando-o nas mãos de Travis. — Vai ver os cavalos. Eu vou pegar a mangueira.

Ela cruzou o pátio, um enjoo corroendo-lhe as entranhas. Não havia só um incêndio, mas dois. Um na cocheira, outro no canil.

— Desgraçado — rosnou entredentes, depois gritou: — Nate! Santana! Acorda! — Não podia perder tempo e bater na porta dele, não com as chamas já se alastrando pelos prédios onde os animais estavam presos. Viu Travis entrar na cocheira quando escancarava a porta do canil.

Os cachorros estavam enlouquecidos. Latiam, ganiam, tomados pelo pânico. Mas o fogo estava contido nos fundos do prédio. Ela agarrou o extintor da parede e começou a lançar os jatos, soltando os cães enquanto passava. — Tá tudo bem — acalmava-os, sabendo, no fundo do coração, que estava mentindo. Destravou a gaiola de Atlas e ele disparou pela porta aberta. Na próxima jaula, Cissy esperava quieta, paciente. Mas no instante em que Shannon abriu o portão, a border collie saiu correndo pelo canil e Shannon foi jogada no chão, sua cabeça atingindo o cimento.

Travis! Os cavalos!

Pela janela, viu as chamas perfurarem o telhado da cocheira.

Travis escancarou a porta da cocheira. Fogo, fumaça e um calor intenso vinham dos fundos do prédio, do lado que dava para o piquete. Os cavalos, presos dentro das baias, tremiam, em pânico. A fumaça era espessa e escura, ardia nos olhos dos animais, cegava-os. Tossindo, lançando mão do extintor, Travis abriu a primeira baia, destravou o portão e seguiu em frente.

Um cavalo castanho passou por ele em desespero, os cascos chacoalhando no cimento em pleno galope na direção da porta aberta que daria no pátio de estacionamento.

Andou mais dois metros, encontrou outra baia e, rapidamente, destravou o portão. Mais uma vez, um animal enorme passou correndo, quase o derrubando.

Merda, ele não enxergava nada, mas, até agora, havia mais fumaça que chamas. Foi em frente, uma baia de cada vez, os cavalos disparando na sua direção, até que, nos fundos do prédio, ele a viu.

Sua filha. Amarrada e amordaçada, de pé na porta que dava para o piquete.

Ele não conseguia acreditar naquilo. Ela estava viva! E tão perto. Ela balançava violentamente a cabeça, terror estampado nos olhos ao vê-lo dar um passo à frente. Um segundo depois, ele se deu conta do próprio erro, ao sentir uma linha fina se romper na altura de suas canelas.

Jogou-se para a frente.

Uma explosão sacudiu o prédio.

Foi catapultado para longe.

Bateu contra a porta de uma das baias e, chocado, viu bolas de fogo atravessarem a cocheira.

Dani! Onde estava Dani?

* * *

— Não! — Shannon gritou. — Travis, não! Correu do canil até a cocheira, vendo os cavalos saírem em disparada do prédio em chamas. — Travis! — gritava, frenética, tossindo, a fumaça atingindo seu nariz e seus olhos. — Travis!

Ao longe, ouviu o som de sirenes.

— Rápido, droga! — pensou alto, adentrando às pressas o prédio que pegava fogo. — Travis! — A fumaça era tão espessa e escura, ela não conseguia enxergar, não conseguia respirar. Labaredas subiam pelas paredes e um cavalo solitário relinchava apavorado.

Seguindo adiante, sentindo o calor escaldante, encontrou a baia. O cavalo, um baio castrado, aterrorizado, corria em círculos, relinchando e refugando. — Espera aí — Shannon disse, fazendo uso do extintor de incêndio, engasgando e se forçando a continuar andando. — Travis! — gritou e uma janela se espatifou. O vidro se espalhou por toda parte. Fragmentos atingiram seu cabelo, arranharam seu rosto. O cavalo relinchava de pavor. — Travis! — Onde ele estava? Jesus, por favor, faça com que ele esteja em segurança. — Travis!

O cavalo castrado estava completamente enlouquecido. Os olhos esbugalhados de pânico, emoldurados de branco. Espuma, agora vermelha de sangue provocado pelos estilhaços de vidro, manchavam seu pêlo escuro. — Tá tudo bem, garoto — ela disse para acalmá-lo, ao mesmo tempo que procurava por Travis. — Shan... calma.

Seus pulmões ardiam. Seus dedos tentavam abrir o portão. *Anda, anda!* Cadê o Travis?

Finalmente a tranca cedeu, ela abriu a portinhola e o cavalo disparou, correndo desgovernado, galopando no corredor. — Travis! — chamou novamente, enquanto tentava apagar as chamas, apavorada ao vê-las escalando as paredes.

BAM!

Outra explosão tirou seus pés do chão. Ela viu o telhado incandescente começar a desmoronar.

— Meu Deus, não! — Tremendo, rastejou para trás, tentando escapar Suas botas escorregavam e estilhaços de vidro furavam suas mãos. Ela tinha que sair dali. — Travis! — gritava. Não podia perdê-lo. Não podia! Com um rugido, uma viga em chamas começou a cair.

Shannon ficou de pé num pulo e correu atrás dos cavalos, ouvindo o gemido das sirenes. Mais perto. *Por favor! Depressa, depressa, depressa!*

Jogou-se do outro lado da porta, tossindo engasgada, lágrimas escorrendo de seus olhos enquanto procurava por Travis. Os cavalos e os cães corriam pela estrada, sob o risco de serem atingidos pelos carros de socorro seguindo depressa em direção ao inferno.

O que aconteceu? O quê?

Olhou para um canto da floresta e viu uma menina. De pé, sozinha, tremendo, mãos e pés amarrados, amordaçada, visível sob a tenebrosa luz alaranjada que subia aos céus.

Dani!

Shannon a reconheceu imediatamente.

Minha menina!

Viva!

Oh, minha menina!

Sentiu um aperto no coração e atravessou correndo o pátio de pedras, ignorando o fato de que sangue escorria de seu rosto, das suas mãos. — Eu tô indo! — gritou, tossindo, ainda zonza com o som estridente das sirenes e com a fumaça que tomava conta do céu noturno. Quem fizera isso com ela? Por quê?

Dani, chorando, sacudia a cabeça violentamente, mas não se movia. Como se estivesse presa. Estava frenética. Desesperada. Sem dúvida por causa do sofrimento por que passara. — Espera. Aguenta firme! — Shannon disse, olhando nos olhos aterrorizados da criança.

Só quando estava a dez metros dela deu-se conta de que Dani não sacudia a cabeça de medo, mas tentava dizer alguma coisa, tentava alertá-la.

Uma armadilha?

Deu um passo à frente e ouviu um ruído horrível. Num segundo, um anel de fogo a circundou, separando-a da menina enquanto a gasolina incitava o fogo à sua volta.

Girando, viu seu agressor.

Seu coração disparou.

Um homem de preto, capuz sobre a cabeça, parecendo o próprio Satã, se aproximou. Ela tentou desviar dos olhos que faiscavam através do capuz. — Quem é você? O que é que você quer? — gritou, mas ele não disse uma palavra. — Cadê o Travis?

Ela começou a correr, mas deu de cara com uma parede de fogo.

Rapidamente, ele a pegou. Shannon lutou com todas as forças, debatendo-se, tentando feri-lo, contorcendo-se enquanto as labaredas estalavam e sibilavam à sua volta. Não podia deixá-lo vencer. Tinha que chegar até Dani. Travis. Mas ele era pesado e forte, derrubou-a no chão, aparentemente despreocupado com o fogo. Ela gritou de dor no ombro.

Ele agarrou um punhado de cabelo, puxou-os para trás e os pontos na sua cabeça se romperam. Ela tentou desesperadamente afastá-lo e sentiu o cheiro de gasolina.

Gasolina?

Aqui? No meio das chamas?

Seus olhos se esbugalharam de terror. Ele pressionava o peito e o abdômen contra o chão, o corpo comprido sobre o dela. Alcançando sua cabeça com a mão livre, tapou seu nariz e os lábios com um pedaço de pano encharcado de gasolina. Ela tentou morder sua mão, mas não conseguiu, o gosto de combustível invadindo sua boca. Se debateu e ele rosnou no seu ouvido: — Tenta e você frita!

Ela não duvidou por um segundo.

Tentou gritar, fugir, mas os galões de gasolina, tão perigosos, estavam perto do fogo e adentravam seu nariz, sua boca, sua garganta.

— Tenta alguma gracinha, eu acendo um fósforo e fico assistindo enquanto as chamas lambem o seu pulmão.

Shannon ficou paralisada. Lutou contra a vontade de desmaiar.

Mais alguns minutos.

Só mais alguns minutos.

Os carros de bombeiros estavam perto!

Aguenta firme, disse para si, ao passo que a escuridão se aproximava para roubar-lhe a consciência. *Não deixe o desgraçado vencer.*

Tarde demais. Não conseguia respirar sem ser tomada pelo líquido.

Sua cabeça flutuava. O estômago revirava.

Apesar de seus esforços, perdeu a consciência.

Dani gritava, os pulmões a ponto de explodirem a boca amordaçada. A mulher — sua mãe — era arrastada pela Besta e as chamas estavam ficando muito próximas. Ela se debatia com a corda que a mantinha imobilizada, presa ao anel de fogo onde ele mergulhara sobre sua mãe.

Dani estava presa ao chão. Ele usara um dos postes de amarrar os cavalos para mantê-la numa única posição. A corda que a prendia ao poste era curta, não lhe dava muito espaço para se mexer. Dane-se! Lutara contra ele quando a trouxera para cá, tentara fugir. Atacara-o nos olhos com o prego e sentiu o objeto rasgar-lhe a carne. Ele urrara de dor e fúria, mas ainda assim a segurara rapidamente, amarrando-a ao poste enquanto o sangue escorria-lhe pelo rosto que rosnava. Pensara que ele a mataria, mas a Besta continuara sua missão. Enquanto ela era amarrada, como isca para um predador, seus esforços em vão para libertar-se, viu-o colocar seu plano em ação, aterrorizada. Luzes num quarto do andar de cima se acenderam, depois a Besta trouxera os galões de gasolina que armazenara na caminhonete, estacionada a menos de um quilômetro, numa estrada alternativa.

Ela tentara alertar alguém.

Gritara com força até arranhar a garganta.

Por causa da maldita mordaça ninguém a escutara, e, apesar de alguns cachorros terem latido, ninguém prestara atenção.

Até ele acender o fogo e voltar para buscá-la. Para usá-la como uma isca maldita!

Ela vira o pai e a mulher atravessarem o estacionamento correndo, entrando nos prédios onde a Besta montara os explosivos.

— Não! Não! Não! — gritara ao ser posicionada perto da cocheira. Dani chorara e pisara no pé dele, mas o maníaco a segurara. Até que seu pai, na cocheira em chamas, a vira. Tentara alcançá-la, mas não conseguira.

O terror tomara conta dela. A Besta matara seu pai. Ele não poderia ter sobrevivido.

Mas o pervertido não tinha terminado. Levara-a de volta à pequena clareira e a aprisionara num lugar onde pudesse ser vista do pátio de estacionamento. Então, as explosões começaram.

Desesperadamente, ela chutara e lutara, tentara se libertar.

Agora, avançava com dificuldade, e acabou caindo de cara no chão, os olhos a apenas alguns centímetros das chamas que se aproximavam, lambendo os gravetos, a grama e as folhas secas que a circundavam. Poeira e fuligem invadiram suas narinas e todos os músculos do seu corpo doíam. Mas ela não podia desistir.

Tremeu e arrastou-se, sabendo-se condenada.

O desgraçado conseguira, finalmente. Encontrara uma maneira de matá-la. *Maldito!*, pensou. *Doente, maluco nojento!*

O que podia fazer?

Como se salvar?

Ouviu o som das sirenes... Por favor, por favor, será que a veriam a tempo? Tentou ficar de pé novamente. Mas caiu.

As chamas chegavam cada vez mais perto quando ela percebeu um movimento.

Uma sombra escura.

Seu coração parou. O maluco voltara para buscá-la.

— Eu vou pegar você — uma forte voz masculina disse, tirou uma faca afiada do bolso, arrebentou a corda e arrastou-a para longe do fogo, ao passo que o primeiro carro de bombeiro, luzes piscando, sirene gritando, rugia nos arredores.

O caminhão parou.

Bombeiros pulularam para fora do veículo e uma ambulância apareceu.

— Você tá bem? — o homem que a segurava perguntou ao tirar-lhe a mordaça.

Ela aquiesceu. — Quem é você?

— Nate Santana. Eu conheço seu pai e... e sua mãe biológica.

— Meu pai — ela disse, lágrimas enchendo-lhes os olhos.

— Shh. Ele tá bem. — Ele a colocou de pé no chão e cortou a corda de seus pulsos e tornozelos. — Fui até ele primeiro. — Deu um leve sorriso. — Ele vai ficar contente em ver você. Vamos.

Ele apontou com a cabeça em direção à casa enquanto outros carros de bombeiro chegavam. Ela avistou o seu pai encostado na varanda, arfando. À sua visão, correu em disparada: — Pai! — ela gritou e, antes que ele pudesse erguer-se, ela pulou em seu colo, pousando em seus braços, agarrando-se a ele e soluçando ardentemente.

— Dani — ele sussurrou, sua voz embargada enquanto a segurava como se não fosse mais soltar. — Dani. — Lágrimas escorriam pelo seu rosto coberto de fuligem e, ainda que ele lutasse contra isso, Dani percebeu que o pai começava a soluçar. — Você tá bem? Meu anjo.

— Tô.

— Ele machucou você?

— Não... pai... ele... eu tô bem. — Ela olhou para Travis com seus grandes olhos verdes. — Juro.

A voz dele estava embargada: — Você tá a salvo agora; Deus, você tá a salvo, minha pequenininha. Eu nunca vou deixar uma coisa dessas acontecer com você de novo! Eu juro!

Dani chorava, agarrada a ele, quando o pai, ainda com a menina no colo, se levantou. Em volta deles, os bombeiros desenrolavam mangueiras, bombeavam água, gritavam ordens. A cocheira estava incandescente, chamas ameaçavam a garagem. Homens apontavam o bico das mangueiras para os telhados dos prédios vizinhos. Galões de água lançados no ar encharcavam o telhado da casa, da garagem e do canil, enquanto homens lutavam contra as chamas que destruíam a cocheira.

— Ei! Vocês! — uma mulher do Corpo de Bombeiros gritou, apontando para eles. — Saiam do caminho! Tem mais alguém aí?

— Shannon — Travis disse, olhando em volta. Seu coração disparou quando não a viu, dando-se conta de que todos os animais haviam sido soltos. — Ela tá...

— Não! Ele tá com ela — Dani explodiu.

— O quê? — Deus, ele parecia frágil e pálido. Travis só conseguira abraçá-la, niná-la e se esquecera de tudo o mais.

— Ele levou ela embora.

Meu Deus, não! — Como assim? — Travis perguntou, mas, no fundo da alma, sabia o que a filha queria dizer. Um horror abjeto percorreu-lhe o corpo.

— Ele tá com ela! — Dani disse, os olhos preenchidos por uma sabedoria muito além da sua idade. O sangue de Travis congelou. — A mulher de cabelo cacheado vermelho, a mulher da foto... ela é minha mãe, não é? — Seu queixo pequenino estava projetado, os olhos focados nele, desafiando-o a mentir, tão semelhantes aos de Shannon que seu coração ficou em pedaços.

— É — ele admitiu, lembrando-se do desespero de Dani para encontrar a mãe biológica, e agora que a encontrara, Shannon desaparecera, estava nas garras daquele doente que a sequestrara. Por um segundo, sentiu que seu mundo entrara em colapso. Chegara tão longe, encontrara a filha, e, agora que Dani estava em segurança, perdera Shannon. Apertou a menina como se tivesse medo que ela desaparecesse.

— A Besta tá com ela. A gente tem que fazer alguma coisa! A gente tem que salvar...

— A gente vai, meu amor. A gente vai — Travis prometeu, na esperança de que, assim como a água corria sob seus pés e o ar se enchia do cheiro da umidade e de madeira queimada, ele não estivesse mentindo.

Santana mirou a menina com olhos intensos. — Quem é a Besta?

— O maluco! — Dani esclareceu como se Nate fosse um idiota. — O doente pervertido que me enganou!

— Merda! — Nate disse.

A moça do Corpo de Bombeiros, o rosto já marcado sob o capacete, a expressão severa, insistiu com eles: — Ainda tem alguém dentro da casa ou de algum dos prédios? — A silhueta recortada pelas labaredas raivosas que sibilavam e soltavam fagulhas na direção do céu, seu olhar ia de um lado para outro.

— Não. — Travis balançou a cabeça.

Ela olhou para Nate, esperando uma confirmação enquanto os bombeiros gritavam, davam ordens e arrastavam cavalos pelo chão ensopado e coberto de lama, sem parar de lançar água sobre os prédios em chamas. Cães latiam descontrolados, cavalos relinchavam e as luzes dos veículos piscavam na noite.

— Ninguém! — Nate gritou. — Todo mundo já saiu. Mas tem uma mulher desaparecida. Shannon Flannery. A dona daqui. — Nate apontou para Dani. — Dani Settler, a menina que a polícia tava procurando. Ela disse que foi trazida pelo sequestrador pra servir de isca pra Shannon. — Seu rosto estava sério e tenso, um espelho da expressão dos bombeiros ao olharem para Dani. — É isso mesmo?

— É — Dani confirmou também com um gesto de cabeça e cerrou os punhos.

O coração de Travis estava dilacerado. Apertou a filha contra o corpo. — Você tá segura agora — sussurrou, apesar do medo por Shannon o estar sufocando. Para onde aquele monstro a teria levado? Estaria viva? Pensou em Oliver, Mary Beth e Blanche. O maníaco não se satisfaria até que matasse Shannon. Deus, ele tinha que encontrá-la. Tinha que encontrá-la!

A mulher do Corpo de Bombeiros olhou para Dani. — Acho melhor você contar isso pra polícia. Vou ligar pra delegacia e garantir que o encarregado do caso seja informado.

— Detetive Paterno — Travis disse, sentindo que os minutos passavam rápido demais, sabendo que a cada segundo Shannon era levada para mais longe. — Basta avisar ao Paterno sobre o que tá acontecendo. A gente não tem tempo a perder.

— Quem te sequestrou? — Nate perguntou para Dani.

— A Besta. Não sei o nome dele, mas tinha uma foto dela e ele... ele levou ela. Já tava planejando isso há um tempão. — Olhou para o pai. — Eu era a isca. Mas ele não me queria. Ele queria ela.

— Pra onde ele foi com ela? — Nate inquiriu.

— Não sei. Mas... eu acho que pra cabana — ela disse.

— Que cabana?

— A cabana onde ele me prendeu. — Seu rosto sujo de fuligem estava tenso. — Se não foi pra lá, eu não sei. Ele não falou.

Pneus riscaram a pista. Travis levantou o olhar e viu a van do noticiário estacionar a menos de dez metros deles.

— Droga de imprensa — a mulher disse.

— Você sabe onde fica essa cabana? — Travis perguntou e a filha balançou a cabeça.

— Eu acho que não. — Mordeu o lábio, mas não desmontou.

Travis, gentilmente, apesar de sentir o pânico invadir-lhe o corpo, disse: — Fala o que você sabe. O que você lembra.

— É... é bem longe, nas montanhas. Ele me trancou num quarto com as janelas bloqueadas — ela disse enquanto a fumaça continuava a emanar do incêndio. — Era um chalé velho e bem detonado... bem rústico. Não tinha luz. Nem encanamento direito. Ele acendia a lareira toda noite e eu ouvia o barulho de um trem passando, de vez em quando. — Olhou para Travis e sua expressão mudou. Endureceu. — Eu fugi uma vez e fui seguindo as trilhas, que nem você me ensinou. Desci a montanha e acabei encontrando a estrada de ferro. Aí eu fui seguindo os trilhos, né, achando que ia chegar numa cidade, alguma coisa assim. — Seus olhos se escureceram diante da memória. — Era pra eu ter conseguido escapar. Quase consegui. Mas dei de cara com uma ponte e foi aí que ele me achou.

Nate ficou tenso. — Que tipo de ponte? — perguntou de imediato. — Você consegue ser mais específica?

— Uma ponte da estrada de ferro. Eu disse que...

— Uma ponte tipo palafita? De madeira e vigas, é isso?

— É — ela concordou com um aceno de cabeça. — Eu cruzei um desfiladeiro enorme e... e um pouco longe, mas não muito, eu encontrei outra ponte. Essa não era pra trem, era pra carro e caminhão.

— Eu sei onde é isso — Nate disse, olhando para Travis. — Não é muito longe. Uns quinze, dezesseis quilômetros na direção norte.

Travis já se dirigia até sua caminhonete, ignorando o repórter que saltava da van do noticiário. — Vamos nessa.

— A gente vai precisar de um cachorro. — Nate assoviou várias vezes. Virou-se para a mulher do Corpo de Bombeiros. — Liga pro Paterno, conta tudo isso que você acabou de ouvir, principalmente a parte do chalé. Fala da ponte. A cidade mais próxima é Holcomb, eu acho, o melhor ponto de referência é o Pico Stinson. Tem uma estrada paralela à estrada de ferro... é... que droga... como é mesmo o nome da estrada?

— Johnson Creek Road — a mulher do Corpo de Bombeiros complementou.

— Isso.

Nate acenou positivamente e Atlas, o enorme pastor alemão, saiu das sombras. O cachorrão, apesar do fogo, se apresentou para Santana.

A mulher do Corpo de Bombeiros pegou o celular.

As chamas diminuíam, mas o ar ainda estava denso, poluído de cinzas e fumaça. Travis disse para Dani:

— Imagino que ele tenha trazido você pra cá de carro.

— Uma picape — ela afirmou. — Mas eu consegui pegar o maluco.

— Pegar? — Travis perguntou, lábios contraídos.

— Com um prego. Arranhei a cara dele. Tentei acertar o olho, mas acho que não consegui. — Ela olhou para o pai. Lágrimas brilhavam em seus olhos, refletindo as labaredas douradas do incêndio que se esvaia. — Eu queria ter matado...

— Tudo bem — ele disse e ela fechou os olhos. — Você tá a salvo.

— Mas *ela* não. Ele vai matar ela, pai. Eu sei que vai. — A culpa estava estampada em seu rosto.

Travis abraçou a filha. — Não se eu puder impedir. E não é culpa sua, Dani. Nada disso é culpa sua.

— Mas se seu não tivesse começado a procurar na internet, ela não estaria correndo perigo. Eu não teria sido raptada.

— Não pensa assim. Tá bom? A gente tem é que ir atrás daquele filho da mãe.

Ela fez sinal afirmativo imediatamente.

— Isso. Agora, você tem ideia de onde ele parou o carro?

— Lá. — Sem hesitação, ela apontou para os caminhões estacionados desordenadamente na estrada de acesso que ficava do outro lado da cerca, atrás da casa de Shannon. — Do outro lado daquele campo — disse, indicando o local. — Num beco escuro.

— Vamos lá. Você mostra onde é — Travis disse à filha.

A mulher do Corpo de Bombeiros desligou o telefone. — Paterno já está a caminho.

— Ótimo. — Travis e Dani se apressaram em direção à picape de Nate.

— Ei, vocês dois! Espera. — Travis olhou por cima do ombro, Nate já abrindo a porta do carro. Sob o capacete, a expressão de desaprovação distorcia as feições da mulher. — Sua filha pode ficar e esperar pela polícia.

Travis não ouvia ninguém. — A gente não tem tempo — disse e Nate ligou o carro. Travis e Dani se empilharam na cabine e Nate pisou fundo no pedal, disparando na frente de um repórter com expressão preocupada que se dirigia a um cameraman. Nate ganhou velocidade, cortando a estrada de acesso e deixando o gemido das sirenes para trás.

O medo apunhalava Travis. Ele tinha a filha de volta, sim, mas agora Shannon estava desaparecida, capturada pelo mesmo maluco perverso que pegara Dani.

Ele tinha que encontrá-la.

Antes que fosse tarde demais.

CAPÍTULO 33

Os olhos de Shannon se abriram.

Ela tossiu, suas narinas queimavam.

Onde estava?

Tentou se mover, mas não conseguiu. Ao passo que a cabeça clareava e os olhos se ajustavam à meia-luz, dava-se conta de que estava num pequeno chalé miserável. Estava escuro, a única fonte de luz sendo o reflexo vermelho fantasmagórico de carvão queimando numa lareira velha, decrépita.

Tossiu novamente, sentindo o cheiro ácido que invadia suas narinas e o pulmão.

Gasolina!

Imediatamente, seu cérebro começou a funcionar. Ela se debateu. Tentou ficar de pé. Mas estava amarrada a uma cadeira. As mãos presas atrás do corpo. Os pés amarrados aos pés da cadeira.

— Não! — gritou, assustando-se com a própria voz.

Imagens passavam-lhe pela cabeça. O incêndio na cocheira. A filha amarrada a um poste. Um anel de fogo. Um homem encapuzado, de roupa escura, se jogando sobre ela.

O terror agarrou-a pela garganta.

Alguma coisa estava errada... tão errada.

— Acordada? — Uma voz grave, demoníaca, disse.

Ela congelou.

A voz era familiar. Terrível.

Uma onda de desgosto e medo causou-lhe arrepios. Estava enganada. Só podia estar. Não havia possibilidade de a voz assustadora de seu passado estar ali... não... Deus, não!

— Ryan? — ela murmurou, o terror congelando-lhe o sangue nas veias.

— Então você se lembra?

Meu Deus, por favor, não!

Como um fantasma, ele se moveu para fora da sombra. Estava nu, o corpo brilhando sob o estranho reflexo, como se tivesse despendido tempo esfregando cada centímetro do próprio corpo com óleo.

Ela o encarou, incrédula. Havia sangue escorrendo na lateral do rosto dele. Estava ferido perto do olho, arroxeado e inchado. Isso tinha que ser um pesadelo terrível, equivocado.

O sorriso dele, os dentes brancos rasgando os lábios finos, era a encarnação do mal. — Então você não me esqueceu.

— Mas você... você tá...

— Supostamente morto, não é? — Ele se aproximou. Músculos firmes e exuberantes moviam-se sob a pele esticada, como se tivesse se exercitado todos os dias desde que Shannon o vira pela última vez. Repulsa e pânico explodiram dentro dela. *Pense, Shannon, pense. Não deixe que ele vença. Você tem que lutar.* Ela fechou os olhos por alguns segundos, tentou sem sucesso se fortalecer.

— Surpresa. — A voz dele era sedosa e convencida.

— Eu não entendo. — Ela abriu os olhos. Olhou para o rosto que uma vez amara e agora desprezava. Ele era uma aberração, um doente, um maluco. Ela precisava achar uma maneira de se salvar.

Lá fora estava escuro como piche, as janelas não mostravam nada além de breu. Onde quer que estivessem, era longe e deserto. Ela não podia contar com qualquer ajuda. A cavalaria não chegaria para salvá-la.

Não desista. Não deixe esse desgraçado vencer!

— Claro que você não entende — ele disse, andando em círculos largos em volta dela, sem se aproximar. Ela viu suas costas, horrivelmente marcadas por cicatrizes, e estremeceu. — Mas você nunca me entendeu, não é, minha mulherzinha querida?

A gasolina! Onde estava a porcaria da gasolina? O coração aos pulos, Shannon perscrutou as sombras, não viu nenhum sinal de galão... ele teria derramado o líquido? Estava muito escuro para que enxergasse, mas sob o reflexo do fogo ela percebeu linhas escuras marcando o chão. O que era aquilo? Ele não teria derramado a gasolina, teria? E por que o cheiro lhe queimava as narinas? Como se... Deus do céu! Ela olhou para as próprias roupas. Com certeza, ele não...

— O problema, Shannon, é que você nunca foi tão esperta quanto gostava de parecer. Você achou que tinha escapado, não foi? O assassinato perfeito?

— Do que é que você tá falando? — Ela precisava mantê-lo entretido na conversa. Precisava encontrar uma saída, uma rota de fuga. Mas suas roupas! Ele a teria ensopado de gasolina? Era por isso que estava nu e ela ainda vestida? — Que assassinato? Você sabe que eu não tentei te matar. O que foi que você fez? Encenou tudo? Por quê? Você queria desaparecer? — Ela tinha dificuldade de se concentrar. O medo se espalhava nela como uma praga e sentia o suor escorrer-lhe pela espinha.

— Eu tive que fazer isso. Você sabe. Você tava por trás de tudo.

— Eu não sei do que você tá falando.

— Não se faz de inocente comigo! — ele disse, surtando. — Seus irmãos, sempre te protegendo, decidiram se livrar de mim. Os seus irmãos! *Meus* parentes! — Bateu com o polegar no peito. — *Meus colegas de trabalho, supostamente meus amigos*. Cheios de segredos podres.

— Que segredos? — ela perguntou, mas sabia que ele se referia a algo que tinha a ver com a sigla.

— Não se faz de tonta! ARSONS... Aaron, Robert, Shea, Oliver, Neville e, finalmente, Shannon — ele disse, cuspindo seu nome, enquanto a circundava. Ela tentou manter o rosto dele à vista, atenta a qualquer indicação do que ia fazer.

Mas ela sabia, não sabia? O cheiro de gasolina a alertava sobre sua morte certa, dolorosa.

— Não dá pra dirigir um pouquinho mais rápido? — Travis provocou, a picape sacolejando pela estrada estreita e sinuosa. Do lado de fora estava um breu de morte, os faróis da caminhonete de Nate rasgando a escuridão total.

— Você quer que a gente chegue vivo lá, não quer? — Santana rosnou, mas pisou no acelerador e as rodas da picape giraram desgovernadas, cravando no solo.

— Ali! — Dani disse quando avistou uma ponte estreita. — Era ali que ele tava estacionado.

O coração de Travis quase parou ao pensar na filha com o louco que agora tinha Shannon nas mãos.

Haviam viajado sem parar pelas montanhas e a cada minuto que passava ele ficava mais desesperado. Rezava para que Shannon continuasse viva e para que conseguissem encontrá-la. Para que Dani estivesse certa e ele a tivesse levado para seu covil.

Onde quer que fosse.

Do contrário, talvez não a visse com vida novamente.

O medo congelava-lhe o sangue e ele segurava sua filha apertada junto ao corpo.

Permita que ela esteja viva, rezava em silêncio. *Permita que a encontremos... Jesus, por favor!*

Shannon repuxava as cordas que a amarravam com tanta força que seus pulsos doíam.

Ryan andava de um lado para outro. Explicava. Obviamente feliz com o desabafo.

— Seus irmãos, eles fizeram uma cerimônia enorme, ridícula... todos em pé nas pontas de uma estrela no meio do mato, como se fizessem parte de uma sociedade secreta. E, um a um, eles prometeram me matar. Você pode imaginar uma coisa dessas? — Ele se debruçou sobre ela, o nariz a um centímetro de Shannon. — Por sua causa. Porque eles queriam proteger você de mim. E eu era o seu marido! Seu marido! Você se lembra dos votos do casamento, cachorra? — revoltou-se. A mão levantada como se fosse lhe dar um tapa.

Ela o encarou, feroz, o coração batendo, os nervos à flor da pele. Silenciosamente, o desafiava a espancá-la. Como no passado. O rosto dele se contorceu de fúria, o olho inchado fazendo com que parecesse o louco que era.

— Eu teria morrido naquela noite, se não fosse o Oliver ter uma crise de consciência. Ele me contou. Confessou o segredo. Me explicou o que ia acontecer. Implorou pra eu deixar a cidade.

— Mas você ficou.

— Você me conhece, Shannon, eu não fujo. — Sorriu com desdém. — Eu revido. Era fácil, na verdade. O Neville era do meu tamanho. Não suspeitou de nada.

— O Neville? — ela murmurou, intuindo a verdade.

— Ninguém desconfiou que eu tinha sobrevivido porque virei o Neville. Sequestrei o cara, perguntei tudo e descobri que o gêmeo maluquinho dele tinha falado a verdade. Depois eu troquei de lugar com ele. Me disfarcei com o traje ridículo e fui pro tal encontro na floresta, só pra descobrir que era tudo verdade. Todos os seus irmãos estavam planejando me matar. Eles tinham esse espetáculo idiota, e o líder, o Shea, pelo que o Neville tinha me falado, apesar de ninguém imaginar, armou tudo. Todos eles juraram assassinar Ryan Carlyle naquela noite, entendeu? — inquiriu, ainda andando em círculos, emanando ódio, o cheiro de gasolina entorpecedor. — Eu ganhei deles. Deixei minha carteira com o Neville. Enterrei longe do alcance do fogo, mas perto o suficiente pra ser encontrada. Imaginei que ia ser difícil reconhecer o corpo do Neville, de tão queimado. Sorte minha que a sua família quis guardar segredo. Identificaram o cadáver de Neville como se fosse o meu.

— Eles não fariam isso. Não mentiriam sobre o Neville.

— É? Talvez eles não tivessem nem certeza. Mas ninguém quis olhar o corpo do Neville querido muito de perto. Não teve autópsia.

Não teve teste de DNA. Era só dizer que era Ryan Carlyle e todo mundo ia pra casa feliz.

Shannon não podia acreditar. Tentou não ouvir, manter o pensamento focado na fuga.

— Foi aí que aconteceu isso. — Apontou com o polegar para as próprias costas. — Eu tropecei quando tava fugindo e escorreguei pra dentro do fogo. Mas consegui sair. O Neville não.

Shannon se encolheu diante das duas imagens: as cicatrizes reais de Ryan e Neville morrendo queimado.

— Tive que cuidar delas sozinho... Mas tem sido um bom lembrete. Mantêm meu foco. Me ajuda a não esquecer o que eu tenho que fazer. Acertar as contas.

O corpo de Shannon se contorceu quando ela se lembrou de Travis contando sobre as palavras escritas com sangue encontradas na casa de Blanche Johnson.

Travis...

Por favor, meu Deus, permita que ele e Dani estejam a salvo, longe desse maníaco.

Shannon estremeceu ao se dar conta de que ela era o motivo de os dois estarem em perigo.

— É isso, minha mulherzinha querida, hora do acerto de contas. Pra vaca que me dedurou e pra sua família. E pra minha...

— Mary Beth? — Shannon balbuciou, dando-se conta de que ele estava se referindo à prima.

— Cachorra vira-casaca. Era pra ela ter me defendido! Mas o seu advogado torceu as palavras dela, deixou a vaca confusa. — Suas narinas se inflamaram. — Ela sempre foi uma idiota.

— E aí você matou...

— Foi muito mais que isso — ele disse, satisfeito consigo mesmo. — Eu queria que o Robert sentisse a dor, soubesse que estava por trás da morte dela. Que, por causa da galinhagem dele, não estava lá pra salvar a mulher. — Seus olhos se estreitaram e ele disse, convencido: — Acho que funcionou, você não acha?

* * *

Ryan encarou a mulher, sua prisioneira, aquela que fora, um dia, sua vida. Ela, como os outros, era uma traidora e merecia o destino que estava prestes a lhe proporcionar.

Todos haviam virado as costas para ele. Principalmente a cachorra sentada na cadeira, amarrada e imobilizada. Ela estava com medo; ele podia ver em seus olhos, na maneira como o observava. Mais que isso, ela o desafiava. Como sempre. Nunca se acovardara diante dele, nunca o deixara fazer as coisas do seu jeito.

Mulher estúpida.

Pior, ainda era linda. De parar o trânsito. Sempre adorara seu cabelo selvagem, os olhos grandes, o sorriso sensual. Aquele sorriso já fora sua ruína.

Estudou-a. Se tivesse tempo, transaria com ela primeiro, faria com que se lembrasse de que era seu marido, a deixaria ferida e com dor, garantindo que soubesse que *ele* estava no comando. Depois, enquanto ainda estivesse gemendo ferida, ele a mataria.

Ela não era melhor do que os outros. Era ainda pior. Não tinha jurado amor e obediência "até que a morte nos separe"? *Bom, meu bem, a morte estava prestes a fazer sua parte*. Bastaria riscar apenas um fósforo, a gasolina se inflamaria e ela sentiria a dor que ele sentira, o calor do fogo, o terror de saber que seria consumida por labaredas raivosas...

Shannon tinha que girar a cabeça para poder observá-lo por sobre o ombro, enquanto ele a circundava. Fazia força contra suas amarras quando ele não estava olhando. Estavam se movendo? Não haviam afrouxado um pouco? Se tivesse tempo, se conseguisse trabalhar as cordas, seria capaz de fazer com que a mão escapasse? Era tudo de que precisava: uma mão. O suficiente para que pudesse agarrar uma arma e matá-lo.

— Neville não morreu no incêndio — Shannon lembrou a ele, entredentes. — Se não era você, era outra pessoa, porque o Neville foi visto depois dali. — Estava desesperada para mantê-lo falando e andando, distraído. Precisava de tempo para se libertar.

— Correção — Ryan disse, levantando um dedo. — Oliver, *fazendo-se* passar por Neville, foi visto.

— Você tá mentindo! — Shannon cuspiu. — O Oliver nunca faria uma coisa dessas. Ele amava o Neville! Amava a Deus!

— Você não acredita que o pobre, o crente do Oliver desceria tão baixo, como fingir ser o irmão por algumas semanas?

Ela balançou a cabeça. — Não.

— Ele tava salvando a própria pele. Pensa bem. Você alguma vez viu os dois juntos depois que eu morri?

A mente de Shannon voltou no tempo, àqueles terríveis primeiros dias em que fora acusada de assassinato, quando a especulação de que ela matara o marido corria solta. Seus pais e irmãos estavam por perto. Mas, agora, com o passar do tempo, as imagens estavam borradas. Ela não tinha certeza.

— Você não viu! Ninguém viu os dois juntos. Porque o Neville tava morto. E o Oliver era especialista em se fingir de Neville, em passar pelo gêmeo. E escondeu de todo mundo, mas, no fim, ele não aguentou. Pirou. De novo. O pobre e *inocente* Oliver não aguentou a mentira e foi parar noutro hospício.

— Você não sabe de nada!

— Pensa bem. Você sabe que eles dizem que confessar faz bem à alma. Bem, foi isso que o Oliver fez antes de morrer. No porão da igreja. Ele baixou a cabeça e confessou tudo pra mim.

— Seu desgraçado! — ela rosnou, sacudindo os braços e as pernas. Sentiu o corpo todo doer. — Seu doente, psicótico filho da mãe! — gritou, a cabeça girando.

— É assim que você fala com o seu marido? Seu amante?

O estômago de Shannon, já revirado devido ao cheiro de gasolina, se apertou com a intimidade com que a tratava. Olhando para ele, disse com tanta força que podia sentir as cordas vocais saltando no pescoço: — Isso tudo é um monte de besteira, Ryan. Eu não acredito em você. O Oliver, se ele soubesse que você tava vivo... teria me avisado.

— Ele sabia que eu tava vivo, apesar do resto não saber. Mas todo mundo suspeitava de alguma coisa... eles só não tinham certeza sobre o Neville por causa do teatro do Oliver. — Ryan fez uma expressão maliciosa. — Mas você tem que encarar, meu amor, eles te deixaram ao sabor do vento com a minha morte. Planejaram o meu fim, mas deixaram você ir a julgamento por assassinato!

Ela gelou por dentro. Apesar do calor.

— Caras legais os seus irmãos.

— Eles não tinham como saber.

— O Oliver sabia. Ele não me dedurou, mesmo quando descobriu que eu tinha voltado. Quando a gente se confrontou no confessionário... você sabe, aquela coisa de voto de confiança entre padre e fiel, né? Eu lembrei a ele que, se contasse, iria sofrer a ira de Deus.

Ela estava chocada. — Você usou a Igreja... a fé do Oliver... contra ele?

— Não, sua vaca — ele disse, subitamente com raiva. — Usei a *culpa* dele!

Shannon encarou aquele horror, que um dia fora seu marido.

— Você matou todos eles. Neville, Mary Beth... Oliver — disse secamente, a verdade terrível se materializando. Não havia saída. Também estava condenada. O cheiro de gasolina era insuportável. Revoltante. Deus, por favor, suas roupas não... mas, fosse qual fosse o plano dele, seria absurdamente terrível. A intenção era extrair tudo o que pudesse de sua vingança e ela sabia que sua morte era não só iminente, como seria horrível. Tinha que mantê-lo falando e tentar encontrar uma maneira de enganá-lo, surpreendê-lo, salvar-se.

— Eu só tô revidando, esposinha do coração — ele ressaltou, ainda andando em volta dela, mas mantendo a distância. — Eu esperei muito tempo por isso. Deixar o país não foi tão difícil quanto eu imaginei, eu já tinha arrumado uma documentação falsa, então foi fácil roubar um carro e viajar. Larguei a caminhonete, comprei uma lata velha no norte de Seattle e continuei na estrada. Era fácil ficar escondido no Canadá. Ninguém procura um homem morto.

Ela trabalhava com as mãos, quebrando a cabeça em busca de mais assunto. — Como é que você viveu lá?

— Ah, eu trabalhei numas serrarias, fiz uns bicos. O tempo todo bolando meu plano, esperando a hora certa. Pensando nas maneiras de fazer o troço funcionar. Depois, eu me lembrei: a melhor maneira de me vingar de você era a sua filha. A filha que você abandonou.

Shannon tentou não reagir. *Por favor, Dani, esteja bem.*

— Osso duro de roer aquela lá, uma cachorra, exatamente como você. — Apontou com o dedo para a ferida perto do olho. Sangue escorria-lhe pela pele. O olho estava tão inchado que Shannon duvidava que pudesse enxergar direito. — Ela teve a audácia de vir pra cima de mim com um prego.

— Ela tá bem?

— Claro que não — ele disse sem nenhuma emoção e jogou o porta-retratos com a foto de Shea na lareira. — Virou um pedaço de carvão. Exatamente o que era pra eu ter virado três anos atrás!

Ele estava mentindo! Tinha que estar! Os punhos de Shannon, sob as amarras, se fecharam em desespero. Se quisesse matá-la, bem, que o fizesse. Mas não a sua criança. Não a Dani!

Levantou a cabeça. Olhou para ele com olhos letais. — Você não machucou a minha menina.

Ele sorriu, malicioso.

— Se machucou, eu juro, eu te mato.

— Falou grosso pra quem tá na sua situação.

— Desgraçado!

— Olho por olho, baby — ele cuspiu. — Olho por olho!

— É por aqui? Tem certeza? — Nate inquiriu enquanto a picape deslizava sobre a estrada de terra.

— Eu... eu acho que é. — Dani só passara por ali duas vezes. Quando a Besta a levara do chalé, tentara prestar atenção nos pontos de referência. Havia uma rocha que se destacava na estrada, um rochedo, e ela não a vira ainda. Depois, uma árvore partida, atingida por um raio numa bifurcação. Ela indicara o caminho, mas estava tão escuro...

— Tudo bem — seu pai disse, mas ela sabia que não era verdade; sabia que o destino de sua mãe biológica dependia de sua memória.

— E a estrada também não vai até a cabana. — Engoliu com dificuldade. — Como é que a gente vai encontrar a casa no escuro?

— O Atlas vai ajudar a gente — Nate disse. — Ele vai encontrar a Shannon.

Olhando pelo para-brisa carimbado de insetos, Dani esperou que ele estivesse certo.

Um surto de adrenalina percorria o corpo de Shannon. Mais uma vez se esforçava para afrouxar as cordas. Era sua imaginação ou elas haviam escorregado um pouquinho mais?

Ele foi até a lareira. Lentamente, pegou as fotos emolduradas na bancada, itens que ela não percebera até agora. Ele as sacudiu em frente ao seu rosto.

Ela piscava diante das fotografias e um medo novo se pronunciou dentro dela.

— Reconhece todo mundo? — ele perguntou.

— Minha família? — ela retrucou, horrorizada. *O que ele pretendia agora?*

— Todos os que contam. — Um músculo saltou no seu maxilar. — Merda! Meu plano era matar todo mundo primeiro, mas aquela criança desgraçada... Eu não aguentava mais um minuto com ela, então tive que ir atrás de você. Ela era minha isca.

Shannon se lembrou de ter visto a menina durante o incêndio. Em silêncio, rezou por sua segurança. — Ela não fazia parte disso. Seja lá o que for que você tem contra a gente, minha filha não é parte disso!

— Mas os seus irmãos eram. Cada um deles queria me ver morto. Eles não queriam nem saber como eu ia morrer, nem quanta dor eu ia ter que suportar. — Com um ágil movimento de punho, jogou a fotografia de Aaron na lareira.

O vidro se partiu. Espatifou. O fogo sibilou, raivoso.

Shannon se debateu com as cordas durante o breve segundo em que ele manteve a cabeça virada para o outro lado. Seus antebraços doíam do esforço, mas ela tinha certeza de que as amarras haviam cedido um pouco mais. Labaredas consumiam com estalidos a imagem de Aaron.

Mais uma virada de punho. A foto de Robert foi jogada ao fogo, batendo-se contra a lenha que queimava.

Shannon forçou mais suas amarras.

Crash!

Estilhaços de vidro espalharam-se pelo chão, refletindo o brilho do fogo. Crepitaram e ela pensou na gasolina. Tão volátil... Onde ele a tinha colocado? Não se arriscou a perguntar, não quis que ele conhecesse seu medo. Deus... Aquilo era outra linha desenhada no chão? Teria ele ensopado o piso de madeira com o líquido inflamável?

Ryan jogou outra foto, agora de Oliver, ao fogo. *Smack!* Mais uma vez o vidro se partiu, o fogo acordando labaredas furiosas, liberando fagulhas.

Shannon girava os punhos contra as cordas que a arranhavam. Entendeu que Ryan pretendia matá-la com o mesmo fogo que devorava as fotografias dos irmãos. Era parte do ritual para destruir sua família. Seu olhar varreu o pequeno chalé de paredes de madeira e janelas quebradas. Com o tempo seco e tanta madeira, aquele lugar se transformaria num inferno horripilante. E suas roupas pegariam fogo instantaneamente.

— Não tem saída — ele disse, provocando-a, como se tivesse lido seus pensamentos.

Deus, ele gostava disso. Gostava de torturá-la. De provocar aquela sensação de abandono. Assim como gostara de matá-los. Primeiro, Neville, depois, Mary Beth e Oliver. Se tivesse planejado direito, todos eles estariam mortos...

Você ainda pode conseguir... ainda dá tempo... Mas, primeiro, simplesmente mate Shannon. Lembre-se do que ela fez com você. Do plano com a polícia contra você. Não tenha piedade dela. Mate-a. Agora. Faça-o!

Ele lambeu os lábios, excitado, sentiu o frisson familiar, a ansiedade pelo ato. Era hora. Sexo seria bom.

Mas a vaca precisava queimar.

— Eu não sabia de nada que os meus irmãos planejavam — Shannon disse, desesperada, a cabeça rodando enquanto tentava mantê-lo falando. Tinha que haver uma maneira de escapar! *Tinha* que haver!

— Ah, claro, você é a inocente — ele bufou, em repulsa. — Mas você armou pra mim, baby. Lembra? Com o Aaron e a história das câmeras? Tentou me fazer quebrar o mandado de segurança. Até gravou tudo em vídeo. Pra polícia me arrastar pra cadeia.

Ele estava com raiva agora. Agitado. Os lábios comprimidos, o olho azul em bom estado perfurando-a, o outro, inchado, completamente fechado. *Muito bem, Dani!* Talvez ela pudesse usar a visão perdida a seu favor.

Era um monstro, brilhando, orgulhoso de si mesmo, de suas costas... Mas, Jesus, suas costas eram marcadas por cicatrizes, devastadas pelo fogo.

Ele percebeu seu olhar, sua repulsa. — Como eu falei, seus irmãos estão de parabéns. — Pegou a foto de Neville. Furiosamente, atirou-a ao fogo. A moldura se quebrou e o vidro foi espatifado. Estilhaços voaram, longe da lareira. O cheiro de gasolina tomava o ambiente.

Depois, enquanto as chamas subiam e iluminavam o pequeno cômodo, Shannon finalmente compreendeu por que ele mantinha distância, circundando-a num círculo tão largo. As linhas que percebera antes estavam claras agora. Deu-se conta — uma certeza mortal — de que o piso do chalé fora encharcado com gasolina. Não era um anel, como pensara, mas um diamante, a forma que compunha o centro da estrela — a imagem que ele queimara na certidão de nascimento de Dani.

— Você e Mary Beth... — disse. — Duas cachorras.

Ele pegou a última fotografia, a de Shannon, e olhou para a imagem. — A sua filha roubou a foto — disse, revoltado. Seu olhar foi para Shannon. — Mas eu peguei de volta. — Furiosamente, jogou o porta-retratos na lenha. O vidro rachou, mas não se quebrou. Horrorizada, Shannon assistiu à própria imagem sendo retorcida das bordas para dentro, o papel escurecendo antes de entrar em combustão.

— ARSONS. Incêndios premeditados — ele entoou. Levou a mão até o fogo para pegar um pedaço de moldura. Depois, cruzou a linha do combustível para se aproximar dela. A pele de Shannon se arrepiou quando ele suspendeu o pequeno fragmento em chamas diante de seu rosto. Encolheu-se, debateu-se, tentou evitar que o objeto ficasse próximo a ela, perto de suas roupas...

Faça alguma coisa, Shannon! É agora! É a sua chance! Senão você vai morrer! Ele vai te matar como matou todos os outros! O mínimo que você pode fazer é levá-lo junto, é matar esse filho da mãe!

— Você não tá feliz de me ver? — ele perguntou e inclinou-se sobre ela, como se fosse beijá-la.

Shannon jogou o corpo para a frente com toda a força. Bateu com o topo da cabeça no queixo dele. Houve um estalido ensurdecedor. Uma dor lancinante percorreu-lhe a espinha.

Ryan gritou e cambaleou. — Sua vaca! — urrou, largando o pedaço da foto em chamas sobre a própria pele. — Ahhhhh! — Aos uivos, começou a bater em si mesmo, tentando alcançar as chamas. Ela o golpeou novamente, levantando a cadeira do chão.

As pernas dele bambearam e ela o atacou mais uma vez. Com força. Gritando, braços sacudindo contra o próprio corpo, ele escorregou e caiu. Seu corpo acendeu a gasolina.

Num espasmo, as labaredas o envolveram.

Ele gritou novamente, agora um uivo terrível, assustador, ecoando na noite.

O cheiro de carne queimada invadiu o cômodo.

Shannon não esperou. Presa à cadeira, cruzou cambaleando a linha de fogo, pulando em direção à janela, sentindo as chamas se aproximarem dela, de suas roupas.

Meu Deus. Meu Deus. Meu Deus!

Engoliu o grito e seguiu adiante. Aproximou-se da janela. O calor à beira de sufocá-la. Corava, suava, sabia que suas chances eram desesperadoramente pequenas.

As labaredas estalavam e lambiam com velocidade a trilha de gasolina. Cada vez mais velozes, mais altas, queimando o piso de madeira ressecada.

Continue andando! Continue andando!

Os uivos de Ryan se transformaram numa sirene pavorosa, gritos de angústia que subiam com o fogo.

Não olhe para trás!

Pulos! Pulos! Pulos! Até a parede. Na janela, viu o reflexo do fogo, do homem atrás dela, se debatendo dentro de um anel de labaredas selvagens, desgovernadas, barulhentas.

Era tarde demais para Ryan.

Usando toda a sua força, Shannon se jogou, com cadeira e tudo, pela janela. O vidro estalou e se espatifou quando ela se lançou em direção à varanda. Sua cabeça atingiu o chão com um estrondo. A escuridão da inconsciência ameaçou tomar conta dela. As pernas da cadeira ficaram presas na moldura da janela.

— Não! — ela gritou, empurrando-se para a frente, ignorando a dor no ombro, o mesmo que sofrera a injúria antes. O vidro se partiu e espalhou à sua volta durante a tentativa de ir adiante. Labaredas queimavam atrás dela. Fez um esforço e atravessou a janela, arrastando as pernas da cadeira. O calor ajudou a fazer com que passasse para o outro lado. Rolou para a varanda, ainda presa à cadeira. A cabeça e os ombros chocaram-se contra o piso de madeira.

Meu Deus, a grade! Como passaria pela grade?

Atrás dela, Ryan gritava e as chamas destruíam o chalé seco e imundo. As chamas lambiam as paredes. Em questão de segundos, a varanda seria abocanhada pelo fogo.

A única saída eram os degraus perto da porta. Cerrou os dentes, concentrou-se e seguiu adiante. A caminho da escada, arrastou a maldita cadeira, tossindo por causa da fumaça.

A dor percorria todo o seu corpo e o calor da inconsciência pulsava em seu cérebro, seduzindo-a a desistir da luta. — Nem pensar — rosnou, tentando manter-se acordada, lutando enquanto seguia lentamente, determinada a se salvar.

Pensou em Travis.

Na sua noite de amor com ele.

Em Dani.

A criança que não via desde o nascimento. Lágrimas encheram seus olhos. *Por favor, meu Deus, me permita ter forças para voltar para eles. Por favor, por favor, proteja-os, e, não, por favor, não permita que ela esteja morta.*

Atrás dela, tão perto que seu hálito ameaçava engolfá-la, o fogo estalava e rosnava. Porém, por sobre o som do fogo, pensou ouvir vozes... vozes humanas, o latido de um cão e mais alguma coisa — um zumbido que parecia não fazer sentido naquele lugar isolado.

Impossível.

Era alucinação.

Pensamento positivo.

Continue andando. Os degraus estão chegando perto. Ignore o calor, as chamas. Só siga em frente.

O barulho estava ficando mais alto agora.

Intenso. Em algum lugar, na escuridão, vozes gritavam na noite. Ela pensou estar imaginando coisas, achou que, sob o efeito da fumaça e do fogo, tivesse perdido a razão.

— Vamos!

Nate? Por favor...

O breu ameaçava-lhe a consciência. Seu corpo convulsionou num acesso de tosse.

Continue andando!

O calor era insuportável.

— Procura! — alguém gritou. — Procura a Shannon!

Travis?

Seu coração disparou.

— Vai, garoto!

Ela estava sonhando ou era a voz de Travis gritando?

— Shannon! — ele gritou, mais perto agora que ela estava prestes a desmaiar. — Pelo amor de Deus, Shannon, aguenta firme!

Seu coração se desgovernou. Tentou rolar para longe da casa, mas a grade, agora em chamas, fez com que parasse. Através das barras de madeira queimadas, ela pôde ver o reflexo de olhos determinados numa cabeça grande e peluda. Atlas! O cão latiu e Travis correu atrás dele, ordenando que ficasse onde estava.

Um segundo depois, Travis rompia as chamas, jogando-se na varanda. Suas botas chocaram-se contra o chão e ele puxou uma faca, libertou suas pernas e braços, pegando-a no colo. Calor e chamas dançavam em volta deles.

— Eu tô aqui — ele disse, mergulhando a cabeça em seu cabelo e, carregando-a, cruzou correndo a varanda até a escada. Ela piscou e viu o chalé, circundado pela floresta escura, envolto pelas chamas. Sobre eles, o som de um helicóptero rasgava o céu da noite.

— Aguenta firme, meu anjo — Travis insistiu.

— Dani? — ela sussurrou. — A Dani tá...?

— Salva. No carro.

— Viva? — Ela engasgou, o coração aos pulos, banhada por uma onda de conforto.

— Isso. Viva. A salvo!

Lágrimas de alívio encheram seus olhos. — Como você me achou? — ela perguntou, chorando, o rugido atrás deles perfurando seus ouvidos.

— A Dani ficou presa aqui. O Nate conhecia a área. Você treinou bem o Atlas e a Guarda Florestal ajudou. Conto tudo isso depois. Cadê o maníaco?

— Lá dentro.

Travis olhou por sobre o ombro para o chalé totalmente engolfado pelo fogo, as labaredas estalando e subindo para o céu noturno como dedos do inferno. — Ótimo.

Ela ouviu o som de sirenes se aproximando. Era tarde demais para Ryan. Desta vez, ela tinha certeza, ele morrera. No colo de Travis, engasgada, soluçando, começou a tremer e a chorar. Estava encerrado. Sua filha estava salva. Travis estava aqui e finalmente, finalmente, Ryan, o monstro, o assassino, estava morto. Pelas próprias mãos. Olhou para trás, para o chalé em chamas. O único som era o rugir faminto do fogo. Os gritos de Ryan haviam morrido com ele.

— Ele não pode mais machucar você — Travis disse, como se lesse seus pensamentos. — Nunca mais, eu prometo. — Shannon se agarrou a ele e beijou-lhe os lábios. Quando afastou o rosto, ele deu seu sorriso discreto e sensual. — Você é minha, meu amor — ele disse, a voz embargada, carregando-a no colo para longe do chalé em chamas. — Você é minha e eu não vou deixar você escapar nunca mais.

Ela levantou os olhos e viu Nate com Dani, de pé ao lado da picape. Sirenes ecoavam ao passo que carros enormes e luzes piscando os circundavam. A menina deu um passo à frente.

— Dani! — Shannon gritou, o coração ardendo ao ver a filha.

Naquele momento, a adolescente começou a correr na direção deles, atravessando às pressas os arbustos e a grama seca. Através das próprias lágrimas, Shannon viu que Dani também chorava, o choro manchando-lhe as bochechas sujas. Jogou-se de encontro ao pai.

— Desculpa! — choramingou, os braços envolvendo o casal. — Desculpa... Shannon.

Shannon fungou e quase gargalhou diante do absurdo que era a culpa que Dani sentia. — Shhh — sussurrou, com um nó na garganta. — Não foi culpa sua.

— Mas eu...

— Você me encontrou. Me juntou ao seu pai.

Travis afastou gentilmente a filha. Carregou Shannon para uma ambulância que os esperava, mas Shannon buscou a mão de Dani, que a segurou com força. Mãe e filha se encararam, com sede do rosto uma da outra.

A garganta engasgada de emoção, Shannon disse:

— Eu espero que, se você me der uma chance, a gente possa compensar o tempo perdido.

Dani fez um sinal positivo rapidamente.

Shannon olhou para Travis, um sorriso tremido se insinuando em seus lábios. Ele a beijou com fervor.

— A gente tem um futuro juntos — ele disse, com a voz instável.

— Nós três — Shannon murmurou.

Dani não respondeu, mas se recusou a soltar a mão da mãe. E essa era a maior de todas as respostas.

EPÍLOGO

Véspera de Natal

"And so this is Christmas..." A voz de John Lennon soava através das caixas de som novas, rodopiando em volta da árvore decorada, tomando os cômodos da nova moradia à beira do lago.

Era manhã de Natal, mais de dois meses depois da noite em que Ryan Carlyle morrera. Desde que Shannon tomara conhecimento de que Ryan era filho de Blanche Johnson, a mulher que o entregara para adoção ao nascer, a mulher que ele assassinara. Blanche também criara um segundo filho, outro assassino, responsável pela matança ocorrida no Oregon, no último inverno.

Fora um período longo de horror. E agora estava encerrado.

Muita coisa mudara, Shannon pensou enquanto andava descalça pela cozinha e moía grãos de café sobre a bancada velha, que logo seria trocada. Todos os seus irmãos estavam respondendo a processos decorrentes dos incêndios causados pelo Incendiário Furtivo, e havia uma investigação em andamento sobre o assassinato de Neville. Apesar de Ryan tê-lo matado, os irmãos estavam envolvidos em vários níveis.

A situação não parecia favorável a eles, ela pensou, e, por causa disso, o caso de Robert com Cynthia Tallericco terminara, assim como o casamento de Shea estava, definitivamente, no fundo do poço.

A mãe sofrera um colapso. Por sorte, depois de um período curto no hospital e com a ajuda do padre Timothy, Maureen fora transferida para um asilo assistido, onde, apesar das tragédias, estava se adaptando e fazendo novos amigos.

Shannon apertou o botão e a máquina de café gemeu ao pulverizar os grãos. Pela janela da casa nova, olhou para o lago, onde Dani e sua amiguinha, Allie Kramer, pescavam do deque. A família de Allie tinha vindo do Oregon para uma visita e estava hospedada na antiga casa de Shannon. Casa que Nate Santana pensava em comprar.

Marilyn, um dia chamada Skatooli, agora um tanto crescida, olhava fixamente para a água e abanava o rabo dourado, enquanto Khan, o traidor que adotara Travis com fervor, farejava a borda do lago, tentando espantar os esquilos.

Cavalos pastavam preguiçosamente no piquete recém-construído, e, apesar de alguns cães estarem presos no canil, outros estavam do lado de fora, deitados perto da casa ou farejando em busca de esquilos e coelhos.

Sobre o telhado inclinado, via-se uma miniatura de trenó de Natal e um Papai Noel de tamanho natural se pendurava perigosamente na chaminé. Nenhum sinal de Rudolph ou das outras renas. Aparentemente, haviam fugido.

Enquanto outros cachorros tomavam sol do lado de fora, Atlas estava dentro de casa, deitado num tapete perto da lareira onde pedaços de carvão queimado refletiam um suave brilho avermelhado.

Shannon olhou para o cão e sorriu enquanto colocava água na cafeteira. Ela achava que, depois de tudo por que passara, acender a lareira seria traumático. Nem tanto, graças a Deus. E agora, vendo as luzes e um pinheiro decorado na bancada, sentiu um calor confortável espalhar-se pelo seu corpo. Os últimos ferimentos haviam curado. Mesmo seu ombro já estava quase novo outra vez.

Apertou o botão para ligar a cafeteira. Atlas levantou a cabeçorra enquanto seu rabo comprido batia no chão de madeira. — A vida podia ser pior — disse para ele. — Muito pior.

Dani e Allie haviam montado acampamento no sótão da casa, planejando uma expansão da área e a transformação desta numa suíte para ela e, provavelmente, para Marilyn.

O café ficou pronto, encheu o ar com seu aroma suave e Shannon olhou em volta, sua nova casa. Com a ajuda de Travis, ela se mudara para o chalé perto do lago e, apesar de o bangalô não ter passado por uma reforma, parecia um lar. Um lar de verdade. Foi até a janela e olhou para o lago, onde Travis, Allie e Dani pescavam.

Sua família.

Como devia ser.

Travis não pensara duas vezes se deveria ficar com ela ou não. Como Dani estava entrando no ensino médio, decidira que o momento seria perfeito para a mudança, e, para sua surpresa, não encontrou muita resistência na filha. Sua filha. Filha *deles*.

Haviam falado em casamento, mas decidiram ir devagar. Talvez na primavera. A casa de Travis no Oregon estava à venda. O corretor avisara que um casal estava "realmente interessado" e era "quase certo" que fariam uma proposta. Eles veriam.

Enquanto observava, um jipe entrou na estrada de acesso. Shane Carter dirigia e Jenna Hughes estava ao seu lado. Vinham para celebrar o Natal com Travis e Dani na Califórnia. No banco de trás, viajava a filha de Jenna, Cassie, que, apesar de mais alta, era uma cópia da mãe.

Shannon saiu de casa, cruzou a varanda e desceu a escada apressada enquanto Shane estacionava o jipe perto da garagem. Vários cães, inclusive Khan, latiram cumprimentando os visitantes que saltavam do carro.

— Como é que você aguenta esses animais? — Cassie perguntou, mas estava brincando, o sorriso amplo na boca enquanto acariciava cada cabeça peluda que encontrava.

— Eu não sei — Shannon disse. — Mas amo todos eles. Quase morro cada vez que tenho que vender um.

— Eu não venderia nenhum, nunca. — Khan liderou o caminho, e Cassie foi atrás dele até o deque onde Allie fisgava um peixe.

— Feliz Natal — Jenna disse, descarregando o carro.

Era pequenina e linda, Shannon pensou, ainda mais bonita em aparência comum. Sem batom, jeans velho e ar de apaixonada, Jenna era o tipo de mulher que faz as pessoas virarem a cabeça para olhar. Também se mostrara uma amiga calorosa.

— Feliz Natal. — Shannon a abraçou enquanto Shane seguia a futura enteada até o lago.

Jenna observou a filha mais velha. — É incrível como as crianças se recuperam rápido. Ano passado, eu achei que ela nunca iria superar o que aconteceu com a gente naquela tempestade de neve, mas ela me surpreendeu. Tá indo bem na escola. — Jenna sorriu amplamente. — E tá com um namorado novo. Um de quem eu gosto.

Shannon riu: — Esses nunca duram.

— Eu sei. Com certeza, já que eu gosto dele e dos pais, esse namoro tá condenado. — Enfiou as mãos nos bolsos. — E a Dani? Como vai indo? Ela também passou por coisas bem difíceis.

Shannon levantou a mão e fez um gesto no ar. — Às vezes bem, outras vezes nem tanto.

— Mas ela tá se adaptando? Quer dizer, com a mudança pra cá e tudo o mais?

— Acho que sim. Ela sente falta da Allie, mas fez novas amizades. Já até deu uma escorregada e me chamou de mãe, outro dia. — Sorrindo, Shannon balançou a cabeça. — Eu quase não acreditei.

— Que ótimo.

— Eu me senti incrível — Shannon admitiu. Deixou seu olhar vagar até o deque, onde as meninas conversavam com Shane e Travis. Sentia sempre a mesma pontada no coração toda vez que via sua filha com o pai. Ele era tão bom com ela. Shannon pensou rapidamente no rapaz com quem concebera Dani e ficou satisfeita com os rumores acerca de Brendan Giles terem se provado falsos. Ele não retornara. Um dia, quando Dani fosse mais velha, se quisesse saber algo sobre ele, Shannon daria todas as informações que tivesse. Por enquanto, Travis era o único pai da menina.

Khan, dando-se conta de que seu lugar de honra com Shannon estava em risco, correu para o seu lado e rosnou para Atlas. O grande pastor alemão não pareceu notar, somente abanou o rabo.

Shannon inclinou o corpo e acariciou a cabeça dos dois cães.

— Vocês são tão bonzinhos — disse, e eles a rodearam, batendo em suas pernas com o rabo.

Uma grande gargalhada explodiu na turma reunida à beira do lago.

— Adorei o Papai Noel — Jenna disse para Shannon, apontando para o telhado da casa.

— Obra do Travis.

— Imaginei.

Jenna e Shannon foram em direção às suas famílias. O sol refletido na superfície vítrea do lago. Dani e Travis se viraram para olhar para ela e Shannon não conseguiu evitar um sorriso.

Levaria algum tempo para que curasse todas as feridas. E daí? Ela tinha todo o tempo do mundo. Como era a letra da música do John Lennon... ? “A very merry Christmas...”

Sim, ela pensou, fitando Travis e Dani, assim seria.

Um feliz, feliz, feliz Natal.

Impresso no Brasil pelo
Sistema Cameron da Divisão Gráfica da
DISTRIBUIDORA RECORD DE SERVIÇOS DE IMPRENSA S.A.
Rua Argentina 171 – Rio de Janeiro, RJ – 20921-380 – Tel.: 2585-2000